新松集

明德实验班论文集

下册

XIN SONG JI

武新军 杨 亮 许卫东 编

Wuxinjun
Yangliang
Xuweidong
Bian

mingde shiyanban
lunwenji

新华出版社

图书在版编目 (CIP) 数据

新松集：明德实验班论文集. 下／武新军，杨亮，许卫东编.
—北京：新华出版社，2021.7
ISBN 978-7-5166-5895-6

Ⅰ. ①新…　Ⅱ. ①武… ②杨… ③许…　Ⅲ. ①世界文
学－文学研究－文集　Ⅳ. ①I106－53

中国版本图书馆 CIP 数据核字 (2021) 第 108619 号

目　录

陶渊明晚年政治慨叹与政治行为象征
——《桃花源记并诗》

母家琪

摘　要：《桃花源记并诗》是陶渊明晚年的作品，是他经历了东晋政权的重要动荡之后的创作。其中部分内容和暗含、塑造的理想社会不仅仅是陶渊明在十几年的矛盾仕途生活后的政治慨叹，也是陶渊明晚年逃避政治、隐居躬耕的象征。

关键词：《桃花源记并诗》；陶渊明；政治慨叹；象征

许多人对于陶渊明的印象，大多都停留在"陶渊明作为中国古代著名的诗人，受东晋时期盛行的老庄思想的影响，身体力行地支持隐逸，一生留下了许多田园诗"上。事实上，虽然陶渊明确实深受道家思想影响，但他幼时修习过儒家经典，因此一开始也曾因为家境贫寒而主动尝试出仕，在20岁左右开启了自己的"游宦"生涯。所谓游宦，其实就是远离家乡做官，《饮酒》（其十）就是陶渊明对自己这一段生活的描述："在昔曾远游，直至东海隅。道路迥且长，风波阻中途。此行谁使然？似为饥所驱。倾身营一饱，少许便有馀。"①虽然这首诗中暗含的陶渊明在做官时的情绪与经历并不算太乐观，他自29岁进入仕途开始，便陷入了十三年的官场现隐戏，在当官和隐居之间转换，持续多次。陶渊明曾在《饮酒》（其十九）中写道"畴昔苦长饥，投耒去学仕"②，讲他迫于生活压力走上了仕宦之路，也在《归去来兮辞序》中

---

① 袁行霈.陶渊明集笺注[M].北京:中华书局,2003:258.
② 袁行霈.陶渊明集笺注[M].北京:中华书局,2003:279.

说到最后一次任职彭泽县令后选择彻底归隐，发出了"及少日，眷然有归欤之情"①的感慨。历经十几年的在田园与官场往返的犹豫和矛盾之后，四十多岁的陶渊明回到田园隐居生活中，从此开启了他二十二年的躬耕生活。在朝堂与隐居之间几度往复，一朝重回田园，是否说明陶渊明只是醉心于田园，完全不愿关心和参与当时黑暗的政治生活呢？他晚年创作的《桃花源记并诗》或许可以告诉我们答案：陶渊明选择离开官场，实际上也存在一种因有心立业与无力回天相矛盾而引发的逃避心态，这篇文章的内容和陶渊明晚年在政坛的处境与行为息息相关。

一、陶渊明政治形势的慨叹：有心立业的个人抱负与无力回天的社会现状的分析

陶渊明是东晋时期名将陶侃的后裔，自会受到先祖的影响。陶渊明的《杂诗》（其五）中明确道："忆我少壮时，无乐自欣豫。猛志逸四海，骞翮思远翥②。"少壮时的他是有奋发之志向的，而经过官场生活之后的陶渊明却是处处表现了自己对田园生活的留恋："采菊东篱下，悠然见南山"的心境，"种豆南山下，草盛豆苗稀"的悠闲……而一篇倾诉作者理想的《桃花源记并诗》还是蕴涵了陶公心中政治的抱负。

《桃花源记并诗》以"晋太元中，武陵人捕鱼为业"一句开头。"晋太元中"一句中的"太元"是指晋孝武帝司马曜的年号，在司马曜在位时期，东晋政权与北方的统一政权前秦之间发生了著名的以少胜多的战役——淝水之战。在此次战役中，东晋在谢玄、桓冲等人的带领下，在作战人数相比前秦有极大劣势的前提下，取得了淝水之战的完全胜利。此次战役使得东晋取得了对北战争的绝对主动权，东晋政权也进一步稳定和巩固。而"武陵人捕鱼为业"一句与陶渊明的祖先陶侃也有着联系，传说陶侃少年时曾是个捕鱼人。《晋书》卷六十六记载道："或云侃少时渔于雷泽。"吴士鉴《晋书校注》引《御览》四十八《异苑》一文中说道："钓矶山，陶侃钓于此山下。"刘孝标注引《幽明录》中写道："陶公在寻阳西南一塞取鱼，自谓其池曰'鹤门'③。"陶侃是晋朝的名将，多次平定起义且勤于吏职，为稳定晋朝政局立下了赫

---

① 袁行霈.陶渊明集笺注［M］.北京:中华书局,2003:460.
② 袁行霈.陶渊明集笺注［M］.北京:中华书局,2003:347.
③ 李长之.陶渊明传［M］.北京:北京联合出版公司,2019:10.

赫功劳。为"桃花源"的故事安排一个这样的背景,也许正是陶渊明对东晋政权恢复平稳的渴望和对像陶侃这样的名将怀念之情的流露。

《桃花源记并诗》中更是以目前尚且不明是否真实存在的"桃花源"来直接表达陶渊明的政治理想。

"土地平旷,屋舍俨然,有良田、美池、桑竹之属。阡陌交通,鸡犬相闻。其中往来种作,男女衣着,悉如外人。黄发垂髫,并怡然自乐。"

"相命肆农耕,日入从所憩。桑竹垂馀荫,菽稷随时艺。春蚕收长丝,秋熟靡王税。荒路暧交通,鸡犬互鸣吠。俎豆犹古法,衣裳无新制。童孺纵行歌,班白欢游诣。"①

"桃花源"里的人们过着怎样的生活呢?他们远离战争与朝代更迭,日出而作,日落而息,种桑耕田,睦邻和谐,老幼有依,自给自养,宁静快乐。梁衡曾在散文《心中的桃花源》中评价:"这是什么?这简直是共产主义。"陶渊明提出这样一个反对剥削与动乱、同"共产主义"形式上十分相似的自然而和谐的政治幻想生活其实根源于当时的社会现状。

《桃花源记并诗》大致创作于元熙二年,公元421年。在此之前,刘裕为东晋立了巨大军功,想谋朝篡位,他先是更换东晋的皇帝,后将东晋的最后一位皇帝晋恭帝司马德文改立为零陵王,自立为帝,改立年号为永初,建立刘宋政权。自此,东晋政权彻底崩溃。东晋在历经桓玄篡位后又遭遇了刘裕夺权,东晋末年政坛混乱,沧海横流,人们饱受乱世下战争与赋税的煎熬,生活艰难且痛苦,渴望河清海晏。已经远离官场、隐居躬耕,面对国家遭此劫难无能为力的陶渊明深受打击且义愤填膺,将自己的政治抱负与理想融入《桃花源记并诗》中,塑造了一个政治幻想中的太平之世。

二、陶渊明政治行为的象征:矛盾与逃避

《桃花源记并诗》既然是黑暗的政治与社会的产物,它的巧妙之处除了寓意了作者美好的政治理想之外,还在于"桃花源"中人物的遭遇与行为恰恰是陶渊明晚年生活的象征,两者之间有着十分明显的相似性。"桃花源"中的人们:

---

① 袁行霈.陶渊明集笺注[M].北京:中华书局,2003:479-480.

"自云先世避秦时乱，率妻子邑人来此绝境，不复出焉，遂与外人间隔。"

"嬴氏乱天纪，贤者避其世。黄绮之商山，伊人亦云逝。往迹浸复湮，来径遂芜废。"

秦末农民起义、战争肆起，"桃花源"中人的祖先们没有揭竿起义而是选择远离纷争，率领妻子、孩子和邻里们来到"桃花源"，不再主动与外界沟通往来。虽然拥有了美好的生活，但这里的人们的行为实际上是对战乱和动荡的现实生活的逃避。陶渊明同样也是经历了参与官场和政治与远离政坛的矛盾与煎熬之后选择彻底避世的，"桃花源"中的人们其实是陶渊明的缩影，象征着他出仕务耕的无奈与逃匿，是在国家并不太平的环境下的明哲保身之举。

作者用只要来到了这里，人们便不会经历朝代更替的动乱与战争之苦的"桃花源"来象征自己的晚年政治选择，其实也意味着避世的人方能远离朝堂争斗，享有自己一方自由自在的天地。从这一角度上讲，"桃花源"中的人们在知道了外来的捕鱼人来后，都激动地找他，"咸来问讯"，其实也说明了陶渊明内心深处对于政事并非毫不关心的态度。但是，最终武陵人要走的时候，"桃花源"中没有一个人想跟着他出去看看，还对要出去的武陵人说："不足为外人道也。"但武陵人出去之后，没有守诺，去找了太守来复寻"桃花源"，却没有找到。这样的安排也是陶渊明尽管有矛盾和犹豫，还是彻底坚持隐居，选择逃避政治的表现。

在《桃花源记》的结尾处，陶渊明写道："南阳刘子骥，高尚士也。闻之，欣然规往。"虽然陶渊明有要坚持隐居和逃匿的目的，不能使刘子骥找到"桃花源"，但是作者增加了让高尚义士刘子骥也来附和自己的"桃花源"之举的情节，从某种程度上讲，也是陶渊明对自己所经历的在政坛上现隐的激烈矛盾后最终选择隐匿自保的自我说服。而且，本文的题目《桃花源记并诗》中"桃花"的由来源自文中"忽逢桃花林，夹岸数百步，中无杂树，芳草鲜美，落英缤纷"一句。"桃花"自古以来就被许多文人骚客当成美好的意象写入作品中，早在《诗经》中就有"桃之夭夭，灼灼其华"的名句流传，曹魏文学家曹植也曾发出"南国有佳人，容华若桃李"的感慨。可见单从寓意上讲，"桃花源"也是陶渊明心所向往的美好之地。借用美好之地来象征自己晚年在政治上的选择状况，也能说明这一问题。因此，虽然陶渊明已经明确选择了躬耕生活，但其实仍然忧心政治的态度不言自明，只是迫于现实和个人能力不足而无奈选择了自保和逃避。

经历了一番矛盾，陶渊明最后还是选择隐居，也成就了其盈千累万的文学作品。他还因此被称为"古今隐逸诗人之宗",换个角度思考,陶渊明生活在东晋末年极其黑暗的年代。他的隐逸,也不妨被称为是一种智慧,他逃避的是封建官场,而不是人生。他的隐逸,得以使自己的性灵更加纯真、幽美,使自己的人生更加高尚、自然;他的隐逸,是一种回归自然,得以创作出更多不朽诗文的智慧。不可否认的是,《桃花源记并诗》成了陶渊明隐喻政治、表达社会理想的典型代表作品。它是暮年的陶渊明历经即使在朝为官也郁郁不得志,眼看着自己的国家被奸佞所害却无能为力,只好选择解甲归田后国家更为破败的悲愤与不甘下的文学产物。《桃花源记并诗》既是晚年陶渊明的象征,又是他的所愿,且随着时代的发展,《桃花源记并诗》的地位有了进一步的发展。金融鼎在《陶渊明集注新修》中评价陶渊明此篇作品标志着诗人的思想发展到了一个新的高度。这样的评价是由该作品描述的理想社会的状态所决定的。上文提到梁衡评价陶渊明的这部作品所描绘的简直是"共产主义",事实上,当时的中国既没有资本主义萌芽,也没有资产阶级与无产阶级的产生,陶渊明只是表达自己对政治仕途的矛盾与无奈的慨叹,与真正意义上的共产主义并没有直接的关系。但是,《桃花源记并诗》属于政治幻想作品,1200年后的欧洲出现了空想社会主义思潮,因而产生了《乌托邦》等文学作品,而《桃花源记》和《乌托邦》《太阳城》三部作品被称为幻想理想社会类文学作品的三大里程碑,将中国文学文化的影响力又一次推向世界。

参考文献

[1]袁行霈.陶渊明集笺注[M].北京:中华书局,2003.

[2]梁衡.跨越百年的美丽[M].北京:中国青年出版社,2014.

[3]于丹.于丹:重温最美古诗词[M].北京:北京联合出版公司,2016.

[4]金融鼎.陶渊明集注新修[M].上海:华东理工大学出版社,2017.

[5]李长之.陶渊明传[M].北京:北京联合出版公司,2019.

母家琪,女,河北省石家庄人,河南大学文学院2018级明德计划实验班成员,有志于语言学方向。

《堂吉诃德》与《浮士德》追求理想的差异性

侯　蕊

摘　要:《堂吉诃德》中的小绅士堂吉诃德的理想是努力做一名行侠仗义、铲奸除恶的骑士,恢复骑士制度,所以他带着仆人桑丘·潘沙到处除暴安良,因为堂吉诃德所希望的是回到过去的骑士时期;《浮士德》中的博士浮士德希望过上一种充满斗争、极具激情的人生,从而获得心灵上的满足,于是魔鬼梅菲斯特找到了他,带着他经历各种人生,可以说,浮士德寻求的是一种未来式的新生活。这两部作品中的主人公都在"仆人"的帮助下走上了实现理想的道路,但是他们的理想和实现途径却不尽相同。文章通过对比分析这两者的差异性,以求更加明晰理想与现实的关系,同时也对这两部作品有一个更深的把握。

关键词:堂吉诃德;浮士德;理想;现实

　　《堂吉诃德》是西班牙伟大的作家塞万提斯的代表作,故事讲述了主人公堂·吉诃德·台·拉·曼卡三次离家到各处行侠仗义,却每每好心办坏事以及在途中和仆人发生的一系列令人啼笑皆非的故事;《浮士德》是德国伟大的诗人、作家和思想家歌德耗费六十余年创作出来的诗剧,剧中讲述了浮士德不满足于现实生活而与魔鬼签约,从而开启体验爱情、政治、艺术和创造事业的生活。这两部作品中的主人公都因对既有生活的不满而踏上了追求理想的道路,但其目的和手段以及理想的意义却大相径庭。接下来是对他们追求理想的解读。

一、堂吉诃德式的理想追求——集盲目性与荒诞性于一体的信仰主义的悲剧

堂吉诃德用毕生追求骑士精神的再现，并身体力行，但是已经逝去且不适应社会发展的制度和职业，注定无论怎么维护都不可能重新存在。作者通过描写堂吉诃德的荒唐行径，以及他屡屡碰壁、事事失败的遭遇，生动地说明了骑士制度的腐朽。况且堂吉诃德只凭借一己之力，更无法与社会前进的洪流抗衡。虽然他的初衷是追求现实社会能再度如过去那般，人人对骑士充满尊重与敬爱，反过来骑士也会奋不顾身地保护弱女幼童，伸张正义。但从堂吉诃德对骑士小说产生不可自拔的迷恋开始，他的思想与行为就已经开始向幻想倾斜，脱离现实。不管碰上什么样的事情，他都全凭自己的猜测与书中的描述来判定是非对错，不分青红皂白地就对自认为迫害他人的一方进行攻击，到头来非但没有能帮助到别人或者真正解决问题，反把自己弄得伤痕累累，狼狈不堪。即使有时他事先询问当事人一两句，也不过是用来验证自己猜测的正确性。可以说，堂吉诃德是生活在了自己营造的一个理想世界中，他把客店当作城堡，把未曾谋面甚至不知是否确有其人的姑娘当作心中爱慕的对象，把妓女当成贵妇人，把风车当作巨人，把羊群当作军队等一系列令人听来不可思议的怪诞想法和疯狂的行为，实则是受病态的信仰主义支配的结果。过度奉行骑士那一套而不顾现实环境和情状，终将处处碰壁而以失败收场。值得肯定的是，堂吉诃德并没有仅仅耽于空想，而是在用毕生之力来实现自己的向往，但这也正是他悲剧性的关键所在。为了理想的世界，在现实中拼搏战斗，却不顾真情实况，一腔孤勇，注定无法将之实现。但堂吉诃德不顾一切维护公平正义，面对挫折屡败屡战的斗争精神，为了别人的利益而甘愿赴汤蹈火的高尚情怀，又使他可笑、可悲的形象中蕴含着可爱、可敬的品质。

堂吉诃德动机的纯良性和个人勤恳的奋斗行为让人赞赏，并通过他心之所向——反对压迫，禁止奴役，崇尚正义与自由，体现出些微的人文主义光点，但努力方向上的错误和过度追逐旧信仰，甚至刻板遵循骑士时期的一切言谈举止，而不愿意顺着时代的进步而选择新的合乎人性关怀的原则，则让我们在懊恼他盲目冲动、不吸取教训的同时，也为他悲剧性的命运生出同情。他的固执在于认为只有骑士存在，公平正义才可以得到伸张，这想法听来实在有些幼稚。公平正义远不是某一

个小群体所能制定和维护的，而需要全民的努力和共同认可。单靠某一群人的力量建立起来的公平正义，非但不是长久之计，反而会因此陷入过度崇拜之中。如果堂吉诃德能清醒地意识到这一点，也许他也就不会在临终时才幡然醒悟，碌碌一生。

二、浮士德式的理想追求——个人的超脱与极致人生的求索

浮士德一开始的人物设定就是一个已经久负盛名、满腹经纶的博士，但即使是已经到达了一般人无法企及的高度，他仍旧不满足，却又无法改变现状，所以陷入了无边的苦恼之中，甚至几欲自杀。而魔鬼与上帝的赌约正好给了他一个摆脱陈旧生活的契机。如果上帝代表的理想与智慧战胜了梅菲斯特所代表的个人欲望，则暗示着理性主义的胜利，反之则说明浮士德失败，灵魂归于魔鬼。于是浮士德借助梅菲斯特的力量，开始了俗世的生活。浮士德首先体验的是爱情生活。他的爱慕对象格雷琴深受教会钳制，而要想同格雷琴生活在一起，浮士德就必须战胜封建教会这一团体，但最后却并无任何一方胜出，无辜的人替这场交锋抵了命。这一方面说明了封建教会力量的强大，另一方面说明了理性主义的攻击力还不够。接下来心灰意冷的浮士德投向了官场政治，但海伦的出现让他意乱神迷，决心追求古典之美，这在他的精神上是一种十分明显的突破。奢靡的宫廷生活无法使他真正快乐，而求诸美才能获得心灵的慰藉。所以他决定结束政治生涯，献身于追求美的道路。然而海伦的这种美只是一种虚幻的东西，无法长久地存留于现实世界中。当浮士德与海伦结合，也是现实与美相融合，所产生的结晶夭折时，浮士德的人生追求再次受挫。这更加让他觉得人生的虚无。一次次的愿望落空，一次次的蜕变，浮士德也在期间成长起来。最后他勇敢地面对现实，打算开启自己的事业，不再贪恋不切实际的名利爱情，而是决定通过个人奋斗，脚踏实地干出一番成绩，实现自己真正的人生价值。他的理想追求也从这里开始升华：要想实现整个人类的理想与社会性事业就必然要牺牲个人的利益、感受，而对理想的追求，其价值也同样远远大于对个人感受的追求。然而他过于极端的做法，为了满足自己的愿望而不惜有损于他人的野心，正好被魔鬼利用，使得一对老夫妇被大火烧死。一心只扑在把沧海变桑田上的浮士德被蒙蔽了双眼，不知道自己犯下的罪行，所以当他听到铁锹

声,以为自己的事业即将实现,便满足于这种生活。就在他的灵魂即将被魔鬼带走时,天使赶来将他带到了天堂。还留下一句:凡自强不息者,终将得到救赎。虽然浮士德的灵魂最后没有被魔鬼带走,但这并不代表着他的胜利。"不满是向上的车轮"①,浮士德人生最后一刻满足于他的既得事业,不过是被魔鬼蒙蔽了双眼,才发出的满足的感叹,所以在真正意义上来说,魔鬼和浮士德都没有胜出。他没能下地狱是因为上帝的帮助,这恰恰说明只有个人的力量无法战胜强大的阻碍,需要更多的人的加入和帮助,才能将过去推翻,建立新的社会秩序。但浮士德骨子里那种不断求索、坚持进取、探寻人生真谛的精神,任凭魔鬼引诱,也不会真正消失,一旦他明白过来自己上当受骗,便不会再次落入其圈套之中。

三、堂吉诃德与浮士德理想幻灭的对比

如果说堂吉诃德所代表的是追缅过去,企图寻找已经失落的社会曾有过的美好,那么浮士德则是追寻新的人生、渴求超脱、推动社会不断发展的代言人。相比较而言,堂吉诃德的理想一开始便脱离实际,根本不会实现,社会即使短暂停滞,却绝不会倒退;而浮士德的理想其实更贴近现实生活中的大多数人的追求,集中反映了欧洲资产阶级上升时期的知识分子的迷茫和内心的欲望。对于堂吉诃德所持有的追求,作品中体现出更多的是讽刺,"他的愿望无非要世人厌恶荒诞的骑士小说"。而对于浮士德的不懈探寻生命的价值,作者更多的是一种赞赏和鼓励。

四、结语

堂吉诃德和浮士德的理想的失败,尽管原因不同,但二者都向我们传达出了应该如何对待理想与现实的关系,应该如何将个体与社会相联系,以及在为理想的奋斗过程中,应该葆有怎样的精神信念和求索态度。每个时代都有它的发展轨迹,只有遵循大的历史潮流,才能在随着社会前进的同时,保持理性和运用智慧,用一种永不满足的进取之心和脚踏实地的实际行动来实现自己的人生理想。

---

① 鲁迅.不满[M].北京:人民文学出版社.2016:43.

参考文献

[1]魏维芮.浅谈《堂吉诃德》的人物形象与意义[J].文学教育(上),2018(3).

[2]林清怡.从《浮士德》看浮士德的"追求"[J].现代交际,2017(9).

[3]叶怡妹.理想性与现实性的交融——论堂吉诃德的矛盾性[J].现代交际,2020.

侯蕊,女,贵州遵义人,河南大学文学院2018级明德班成员。喜欢外国文学,业余爱好音乐和舞蹈。

从阿德勒"个体心理学"探求奥赛罗性格塑造

孙　涵

摘　要:2020 年 5 月 25 日,白人警察将黑人跪压致死事件将美国推入了暴乱的漩涡,白人秩序仍在干预黑人生活。回望 17 世纪莎士比亚四大悲剧之一《奥赛罗》,会发现黑人主人公所遭遇的种族"他性"对待,对其形成自尊又自卑的二重人格具有决定性影响,形成过程也与奥地利心理学家阿尔弗雷德·阿德勒的"个体心理学"有所关照。文章将以此理论为线索,重新梳理、分析奥赛罗的人格塑造。

关键词:奥赛罗;个体心理学;种族;人格形成

2020 年 5 月 25 日,美国明尼苏达州一名黑人乔治·弗洛伊德在被逮捕过程中,受白人警察跪压颈部窒息而死。此事件引起了美国黑人的极度不满,抗议活动最终演变为暴乱。可见白人秩序仍在干预黑人生活,黑人的社会形象构建仍在受传统的种族本质主义论影响。

回望创作于 17 世纪的种族悲剧《奥赛罗》,其被英国哲学家布拉德莱评价为"莎翁悲剧剧作中结构最完整、情节最紧凑的一部"。彼时殖民主义日渐兴起,黑人被大量掳掠,当作奴隶售卖,"白人为'优等人种',黑人则与之相反"的种族优劣观逐渐传播开来。在全球的话语喧嚣中,莎士比亚将创作矛头对准了种族本质主义论,讲述了效忠于威尼斯公爵、声名颇为显赫的黑人将军奥赛罗与元老的女儿苔丝狄蒙娜的爱情悲剧。

值得注意的是,奥赛罗作为黑人所遭遇的种族"他性"对待,对其形成自尊又自卑的二重人格具有决定性影响,性格塑造过程与阿德勒"个体心理学"相关理论有所关照,后者以"自卑感"与"创造性自我"为中心,强调"社会意识"。

一、"器官缺陷"：奥赛罗的自卑根源

奥赛罗是一名摩尔人将军,战功赫赫、名声远扬、手握军权,威尼斯的安危悬系在他一人身上,然而这位德高望重的武将军却与全城人的肤色相反,他是个黑人。

阿德勒个体心理学阐释称,有缺陷(包括身体缺陷)就会产生自卑心理。那么作为人类最大的器官——皮肤,自然占据了心理塑造极其重要的地位。剧中的威尼斯是一个典型的白人社会,肤色的不同成了种族之间极大的差异特征,奥赛罗也就成了种族排斥的首要攻击对象。并且从奥赛罗的自述可知,他并非一出生便在威尼斯,他曾参战失败,被敌人当作奴隶贩卖,又赎身远走,最终才来到威尼斯效忠公爵——可见奥赛罗最初是作为白人社会的闯入者被人们知晓。异族的突然出现,自然会激起本土种族强烈的排外情绪。

然而,莎翁并没有为我们叙述奥赛罗初到威尼斯受到了怎样的对待,他仅为我们描画出奥赛罗早已名声显赫,成为威尼斯委以重任的将军后,人们对他的评价和议论,为读者留了很大的想象空间。但对于已经成功的奥赛罗来说,"摩尔人"还是成了他另一个名字。几乎所有出场角色都当面或背后称呼过奥赛罗为"摩尔人",从对他满心厌恶的伊阿古,到对他满心敬佩的卡西欧,甚至奥赛罗的爱人苔丝狄蒙娜也曾在对话中如此指代丈夫,只不过前面加上了"尊贵的""我主"等修饰词,本质上依旧是本族对外族、白种人对黑种人的割裂。由此我们可以意识到奥赛罗与白人社会不相融合的必然性,他作为游离在整个威尼斯的社群以外的"他者",是个不折不扣的局外人。

在全剧中,肤色是奥赛罗最常被直接或间接提到的个人特征。在伊阿古向布拉班修状告奥赛罗的"罪行"时,前者毫不客气地称奥赛罗为"黑山羊""异教徒",后者向公爵描述两人的私婚之事时也称其为"贪淫的摩尔人""丑恶的黑鬼"。可见在威尼斯人眼中,黑人是粗犷、暴力、淫乱、未开化的代名词,若白人与之通婚,以布拉班修的话讲,就是"奴才和异端都要成为我们的政府大员了"[①]。

这样激进、持续的种族观念使正直勇敢的奥赛罗无形中继承了关于黑人种族

[①] (英)威廉·莎士比亚.奥赛罗[M].梁实秋,译.北京:中国广播电视出版社,2001:31.

卑劣的种族本质主义论,这一切足以让他产生自我怀疑:"黑人种族真的如此不堪吗,我真的具有劣根性吗?"

于是,当白种人心中所构建的野蛮残忍、暴力易怒、性欲旺盛、异教信仰等一系列消极特征,不断地与"黑色皮肤"这个能指挂上钩的同时,也使得奥赛罗自己对黑人种族产生了不信任感。这在他描述自己时所用的词句里多有体现:

奥　或者,因为我皮肤黑,并且我没有一般晴朗所有的风流柔媚,或是因为我上了年纪——其实还不算老——她竟背弃了我……①

奥　她的名誉,本来是和戴安娜的面貌一般的鲜艳,现在却像我自己的脸这样污黑。②

奥　(我)像是一个粗鲁的印度人,随手抛弃了一颗比他全族价值还大的珍珠……③

可见,随着肤色与种族优劣越来越频繁地联系,奥赛罗逐渐深陷自我种族否定的圈套,进而造成了越发严重的自卑心理。个体心理学还提道:"自卑感是客观存在的。它的产生不分场合,凡遇到相同情况就会自卑。这种自卑感会形成他精神生活中长久潜伏的暗流。"④也即是说,奥赛罗对自我种族的否定(自卑感)一旦形成,便长久地定性了,他难以摆脱黑色符号所指的那些污名,最终在伊阿古等白种人有形或无形的引导中,走向了外显的自卑人格。

除此之外,阿德勒还认为,正因为身体缺陷的存在,缺陷者本人在成长过程中会愈发悲观和内向,而当他们发现自己没有得到足够的关注时,就会变得更加尖刻而多疑。这也就解释了为什么奥赛罗听闻苔丝狄蒙娜"身心出轨"后出于愤怒,宁愿杀死对方而后自杀也不愿调查事情的真相,其根源更多在于自我认同的崩溃。在日复一日加深种族自卑感的过程中,奥赛罗也从之前给人留下"勇敢""可靠""高贵"的印象逐渐变成了善妒、多疑、偏激、轻信他人的形象——而后者则与白人构建的黑色种族的劣等特征如出一辙。

---

① (英)威廉·莎士比亚.奥赛罗[M].梁实秋,译.北京:中国广播电视出版社,2001:133.
② (英)威廉·莎士比亚.奥赛罗[M].梁实秋,译.北京:中国广播电视出版社,2001:143.
③ (英)威廉·莎士比亚.奥赛罗[M].梁实秋,译.北京:中国广播电视出版社,2001:257.
④ (奥)阿尔弗雷德·阿德勒著.自卑与超越[M].顾天天,译.重庆:重庆出版社,2011:33.

二、缺陷补偿心理：奥赛罗对优越感的追求

自奥赛罗与白种人发生交涉伊始，白人秩序就对其进行排斥，不断向其灌输着肤色优劣观念，奥赛罗的自卑感大概率从童年时期就已经萌生，潜伏许久。

阿德勒认为，人对某些缺陷的补偿是自卑的重要内容和表现，即一个有原始缺陷的人会尽力去取得某种优越感，以此在自卑与自尊之间达到微妙的平衡。同时，对于人与社会的关系，个体心理学声称，任何人都无法断绝与他人的联系独自生存，一个人若想单独面对所有问题，必然走向灭亡。作为黑人的奥赛罗必定在闯入白人秩序初期就意识到，他根本无法脱离已定社会的枷锁，然而长久的嘲讽和敌视无疑会摧毁一个人的自尊，为此他必须对可能出现的人格失控做出补偿行为，即努力保持自身优越感和人格的稳定平衡，这是奥赛罗生存的最低要求；毫无疑问，奥赛罗的最高愿望无非是终有一天可以进入白人的文化建构之中。

为了达到最低要求，奥赛罗首先要使个人的存在价值被承认，这也是奥赛罗追求优越感的第一个阶段：个人补偿阶段。

怎么能让白人认同奥赛罗的个人价值？阿德勒以"虚构目的论"一词来形容人的行为是受到想象的目标牵引。他认为人是活在"自己虚构的情节"中，即活在自己认为世界应该是如何的想象里。此等虚构情节可能表达成"我只有达到完美时，才会安全无忧"或"我只有成为重要人物时，才会被别人接受"。因而在第一个阶段，也就是奥赛罗最早发现自己因肤色承受着极大恶意时，他选择成为"全体元老认为完全可靠的高贵的摩尔"，打造"情感所不能撼动的高贵性格"和不因意外动摇一分的"坚强美德"。①

虚构式的目标代表奥赛罗对安全感的自我设定，并成为他在任何情境下努力的方向，他在第一阶段大获全胜，威尼斯人无不知晓黑人将军奥赛罗的勇猛无畏、刚正不阿，他拥有了可以补偿自身"器官缺陷"的武器——名誉、地位、功绩。奥赛罗对其在战场立下的军功有着无法掩饰的骄傲和自豪，当他获悉苔丝狄蒙娜的父亲已知他们两人的婚事时，他说自己凭借战功就可以驳倒他的控诉：

奥　我本是皇族的血胤，并且以我的功劳而求我如今已得的这样的权势，也可毫无愧怍。

---

① （英）威廉·莎士比亚.奥赛罗[M].梁实秋，译.北京：中国广播电视出版社，2001：187.

奥　我绝不躲开:我的本领,我的名誉,我的光明的胸襟,都可以给我好好作证。①

然而逐渐地,奥赛罗发现自己虽备受赏识,却仍能感到威尼斯人对自己的隔阂。他已经把全部的才华献给了这个白人社会,但依旧不被认同,"黑鬼"是他心灵的创痛。他认识到,自己拥有的全部品格还不足以打破种族之间的屏障,个人补偿不足以支撑他融入白人社会,他痛苦而焦灼,在越发追求个人荣誉和赞美的同时,开启了"器官缺陷"的社会补偿阶段。

奥赛罗意识到自己需要在思想文化中完成自我在白人社群内部的"同质化"。李毅指出融入一个新社会的最重要的方式便是娶一个当地女子和皈依那个社区的宗教。② 奥赛罗正是如此行动:他皈依基督教,"愿说一声'阿门'"③;又在得知元老的女儿对自己倾心后勇敢地追求,渴望以一种婚姻上的联结来"洗白"自己。

因此我们可以说,奥赛罗对苔丝狄蒙娜的感情并非完全是爱情,她更像是奥赛罗自我理想和价值的最高准则,是他荣誉和社会理想的寄托,也是他证明自己优越感的一种方式。奥赛罗以多年征战沙场的艰辛、冒险生活的历练,换取代表纯洁、光明的苔丝狄蒙娜,她是上流社会的白人女性,却深爱着作为黑人的自己,这是奥赛罗灵魂深处的理想主义大厦,在苔丝狄蒙娜身旁他觉得自己的"器官缺陷"最终得到了补偿。因此与其将"大厦将倾"定义为奥赛罗男性尊严被践踏、个体地位被贬低,不如说是"维持着黑人种族自尊与自卑平衡的精神支柱"已然崩溃。

而对于最后奥赛罗的自杀行为,个体心理学中也有相关阐述:"自卑者面对困难,最彻底的退缩表现就是自杀。面对生活中的种种谴责或报复,我们可以把自杀的人看成是在争取优越感。"④因此不论奥赛罗最后是愤怒、流泪还是道歉,根本上都是自卑情结的表现。由于自卑感会产生压力,所以往往需要通过表露出一种优越感来缓解,即使这种优越感已经难以真正解决问题,但自卑者依旧宁为玉碎,不为瓦全。正如第三幕中奥赛罗所说的那句"啊! 杀,杀,杀!"⑤,已然昭示着其人格岌岌可危的平衡性终被打破,走向了对自我及他人的毁灭道路。

①　(英)威廉·莎士比亚.奥赛罗[M].梁实秋,译.北京:中国广播电视出版社,2001:25.
②　李毅.奥赛罗的文化认同[J].外国文学评论,1998(2):115.
③　(英)威廉·莎士比亚.奥赛罗[M].梁实秋,译.北京:中国广播电视出版社,2001:233.
④　(英)威廉·莎士比亚.奥赛罗[M].梁实秋,译.北京:中国广播电视出版社,2001:34.
⑤　(奥)阿尔弗雷德·阿德勒.自卑与超越[M].顾天天,译.重庆:重庆出版社,2011:147.

三、结语

白人构建的种族本质主义论将黑人视作粗犷、暴力、淫乱、未开化的象征,奥赛罗作为威尼斯中唯一的黑色存在,自他与白人秩序交涉伊始,便产生了以肤色为中心的"器官缺陷"自卑心理。随着肤色与种族优劣越来越频繁地联系,奥赛罗逐渐深陷自我种族否定的圈套,为保持人格的稳定、平衡自卑感,他越发追求个人荣誉和赞美,以获得"缺陷补偿"的优越感。最后,在认识到个人努力和社会"同质化"均不能跨越种族之间的障碍后,奥赛罗的二重人格平衡终被打破,走上了毁灭的道路。

参考文献

[1]叶丽贤.文化建构与自我意识:论奥赛罗在威尼斯社会中的"种族他性"[A].福建省外国语文学会会议论文集[C],2005.

[2]罗淑君.《奥赛罗》的后殖民解读[J].淮南师范学院学报,2013(4).

孙涵,内蒙古自治区呼伦贝尔市人,河南大学文学院2018级明德计划实验班学生。一头扎进文学批评与文学理论的小白式人物,坚持走在社会心理、新闻传播、文学三界交际的林荫小路上,主张有深度、有人文情怀和普遍意义的书写。

《最蓝的眼睛》中佩科拉的精神生态解读

黄英杰

摘　要:《最蓝的眼睛》中有着丰富的自然生态描写,莫里森强调文化意蕴下的自然环境,关注黑人女性人物的精神生态。文章拟从精神生态角度对《最蓝的眼睛》中的佩科拉进行分析,来探讨莫里森的生态思想,阐释小说文本中具有文化意蕴的自然环境,浅析黑白两种文化冲突下美国黑人女性的精神生态状况。文章从文本出发,分析佩科拉的精神危机的种种表现,并探寻导致这一问题的根源,从而找到进行伤痛弥合的道路途径。

关键词:《最蓝的眼睛》;精神生态;佩科拉

莫里森生于普通的黑人之家,其父是一位蓝领工人,其母在一个白人家庭工作。她的成长环境给她以后的文学创作提供了源泉与养分,其日后的很多作品都反映了平凡黑人的艰难生活与内心世界。其于 1969 年发表处女作《最蓝的眼睛》(*The Bluest Eye*),一举成名,并凭借此作获得诺贝尔文学奖。《最蓝的眼睛》中的主人公是一个名叫佩科拉的 11 岁黑人女孩。一年秋天,佩科拉来到克劳迪亚家里,因为自己的爸爸放火把自己的家给烧了;冬天,一个混血男孩朱尼尔以给佩科拉看小猫为由,把佩科拉带进自己家里,却把一只大黑猫扔到佩科拉的脸上捉弄她;春天,佩科拉被自己的妈妈打,被自己的爸爸强暴,被皂头牧师利用杀死一只老狗;夏天,佩科拉被自己的爸爸强暴;秋天,佩科拉的孩子死了,她也疯了。本文拟在阅读整本小说基础上,对佩科拉的经历以及她所在的社会环境进行解读,浅析她的精神生态失衡的体现、原因以及如何重建。

一、佩科拉精神生态失衡的体现

1.行为的"无能化"

有些人或多或少地品尝过暂时或一段时期内遭人讨厌甚至排斥的滋味。也许那种感觉仅仅是无所谓，或是淡淡的烦恼，但也可能是受伤。因为某些无法控制和改变的事而遭人痛恨——这种痛恨是不公正的——知道自己并非罪有应得，然而被痛恨者无法对他人的轻蔑给予反击，也无力凭借以牙还牙的手段去痛恨他人。出现这种事情的时候，如果把来自他人的排斥视为理所当然，那么这种态度则会导致的巨大悲剧，甚至是致命后果。在家里，佩科拉被乔利和布里德洛夫太太厮打时，她也只能想方设法地去忍受，或用被子蒙住脑袋，让呼吸变得舒缓些，或是祈祷上帝"让我消失吧！"当她被朱尼尔的妈妈赶出房子时，她只能倒退着走出房间，看到耶稣正用伤感而毫不惊讶的目光俯视着她，感受着三月的冷风。就算是不小心把馅饼碰翻，被烫得尖叫大跳，在布里德洛夫太太面前她也丝毫没有解释的余地。在被亲生父亲强暴时，她那潮湿油滑的手指把乔利的双腕攥得死紧，做出的也是徒劳的挣扎。到最后，"她经常两肘弯曲，双手搁在肩上，像鸟儿般不停地挥舞双臂，为飞翔做着永恒而绝望的努力"，最后的最后，那小鸟一样飞翔的动作也退化成单纯的徘徊与彷徨。佩科拉什么都没做错，可对于这一切不公正的待遇，她无能为力，只能默默忍受。如果说人的真正存在是他的行为，在行为里个体性是现实的，有什么样的行为就有什么样的个人。① 佩科拉的行为是那样的无能，承受着有形的、无形的、无奈的，来自父母、学校的压迫，仿佛她的存在就是一个错误，而她的行为只能显示着内心深不见底的紧张与对外界世界的恐惧。

2.存在的"疏离化"

佩科拉作为小说里的主人公，在学校里更像是个透明的存在，除了丑陋，什么也没有。学校里的老师和同学都不理睬她，看不起她，她是班上唯一单独坐双人课桌的学生。老师们总是这样对待她：他们尽量避免瞥到她，只有当全班每个人都必须回答时，才点到她的名字。佩科拉躲藏在自己的丑陋后面，隐蔽，遮掩，销声匿迹——极偶尔偷偷向外张望几眼，结果也只能更加迫不及待地回到面具之后。② 同样是黑人的男孩对佩科拉也只有捉弄与嘲讽，用随口胡诌的打油诗侮辱佩科拉，他

---

① （德）黑格尔.精神现象学[M].鹤麟，王玖兴，译.上海：上海人民出版社，2013：367.
② （美）托尼·莫里森.最蓝的眼睛[M].杨向荣，译.海口：南海出版公司.2013：23.

们好像在充分利用自己潜心培育的愚昧,用心学到的自我憎恶,苦心设计的绝望,为了自己的利益,把佩科拉往火坑里推。作为黑人群体中的一员,佩科拉因为丑陋的外貌被身边的黑人包括自己的妈妈厌恶,仿佛要被排除出去。佩科拉知道自己只能继续跟这些讨厌自己的人待在一起,她属于他们,她还是他们中的一员,为了被接受,她需要有所作为——她经常对着镜子一坐就是好几个钟头,试图揭开丑陋的秘密——丑陋得让学校的老师和同学都不理睬她,看不起她。佩科拉想要一双蓝色的眼睛,又大又蓝的眼睛,想变漂亮些,从而不被父母、老师、同学嫌弃。可当她被人行道上的裂缝绊倒后,愤怒又开始在她心中躁动并苏醒,她大张着嘴,像只贪婪的小狗,舔舐着她羞耻的残渣——被糖果店白人老板嫌恶的羞耻。吃着玛丽琴的糖果,看着玛丽琴那笑眯眯的白色脸蛋、微微凌乱的金色头发、蓝色的眼睛,佩科拉更是想变成玛丽琴。一方面佩科拉被黑人群体排斥着,另一方面佩科拉的心理又被黑人群体的心理态度所支配,而这种群体心理又表现为种族特征、阶级偏见。佩科拉一边否定着自我的存在,一边又向往着群体对她自身的认同。她与黑人群体是疏离的,与自己的内心世界又是疏离的。这种疏离最终导致她精神中心的丧失,自我肯定的坍塌,幻想自己拥有最大最蓝的眼睛。

3. 精神的"真空化"

爱默生曾说:"当人面对自然而全然敞开心扉时,所有的自然之物都给人以相似的印象"①。马克思也提出"自然是精神的异化,精神也是自然的异化",心情好的时候,自己看到的天空也更蓝了,空气也变得更清新了(杜甫的"感时花溅泪,恨别鸟惊心",也是精神的自然化)。佩科拉带着藏在袜子里的三分钱去买糖果时,看到电线杆下漂亮的蒲公英,她很纳闷人们为什么管蒲公英叫野草。她凝视着蒲公英黄色的花头,觉得自己是这个世界的一部分,同时,世界也是她的一部分②。在大自然面前,佩科拉和其他所有人一样平等,一样可以呼吸空气,沐浴阳光,一样是自由的、有生气的存在。她也有对大自然的喜爱之心,更能在大自然中找到自己活着的意义。可是在糖果店白人老板眼里,佩科拉完全看不到人类应有的认同,只能看到一种呆滞无光的疏离和带有嫌恶棱角的虚无。当佩科拉付钱时,白人老板不想碰到佩科拉的小黑手。走到外面,佩科拉心底忽然升起对蒲公英的厌恶。她想:

① (美)爱默生.自然沉思录[M].博凡,译.天津:天津人民出版社,2009:8.
② (美)托尼·莫里森.最蓝的眼睛[M].杨向荣,译.海口:南海出版公司,2013:58.

"蒲公英就是丑,蒲公英就是杂草。"①从起初对蒲公英的喜爱,到后来对蒲公英的厌恶,何尝不是对自己活着的怀疑? 在卡森看来,人类对自然的保护和尊重是出于人类精神的内在需要,人类精神从属于生态精神,是宇宙精神的一部分,人类对自然的敬畏是一种精神性的回归。② 佩科拉渴望来自他人的肯定与认可,然而最终她失去了动物的自信的本能,失去了生活的意义,绝望在她心底慢慢地滋长。在孩子夭折之后,面对人们的流言蜚语,面对小孩子无情的大声嘲笑,她只能把自己的时光、自己的生命消磨在枝蔓丛生的暗绿色中,专心致志地向往自己无法达到的蓝色虚空,步入了幻想的疯狂之中。

二、佩科拉精神生态失衡的原因

1. 个人原因

作为群体中的一员,佩科拉受到生活时代与环境的影响。学校与家庭给她的教育是只有金钱、白皮肤、蓝眼睛是美的,黑人是丑陋的和低下的。原本喜欢蒲公英的她,也要被教育"蒲公英是丑的"。这种教育在她心里深深地扎根,她认为自己不被爱与关心是由于自己的黑皮肤和丑陋的外表,外界对她的歧视、嘲笑、欺凌是理所当然的。弗洛伊德在《自我与本我》中曾说:"个体私下的情感冲动和智力行为太过势单力孤,根本不可能达成任何成就。为了有所作为,个体必须依赖群体中的其他成员,以类似的方式重复这些冲动和行为来强化它们。"③佩科拉对自己的肤色与外貌持否定态度,她太想变漂亮了。她的愿望在很大程度上也是外部附加给她的,同时被所属的群体支配着。在学校里,只有克劳迪亚和她的姐姐弗里达同情佩科拉并保护她。那个叫莫丽恩的白人女孩因为她富有的家庭和美丽的外表,到处都受到宠爱:老师总是微笑着叫她的名字;她从没有在走廊上被黑人男孩绊倒;白人男孩也没有向她扔石头;白人女孩很乐意与她玩耍;当她想要上厕所时,有人为她让路;当她选择一张桌子的时候,就会有人主动为她安排好……美丽与丑陋形成了鲜明的对比,冷漠和歧视布满了佩科拉生活的每个角落。在强烈的对比中,在白人文化价值的冲击下,佩科拉还要忍受白人所倡导的审美价值观带来的束缚,很

① (美)托尼·莫里森.最蓝的眼睛[M].杨向荣,译.海口:南海出版公司,2013:60.
② 常如瑜.荣格生态文艺学思想研究[M].北京:商务印书馆,2016:14.
③ (奥)西格蒙德·弗洛伊德.自我与本我[M].周钧,译.天津:百花文艺出版社,2019:157.

难想象佩科拉的心理不被扭曲与震撼的,这些更是导致了她的自我憎恨。她有追求美的权力,更有向往幸福生活的愿望,可是这一切又都在执着追求美的路上,被来自父母、学校、社区的压迫所扼杀,最后掉进了精神错乱的深渊。

(1)母爱的缺失

同样是黑人女孩,克劳迪亚的精神是健全的,生活是活泼的。在她生病时,有母亲的照顾;母亲心情好时,还会唱歌给她听。而佩科拉的母亲——宝琳,生活的全部意义都在给白人工作之中。她向孩子们灌输的是自尊体面,却因此教会了他们恐惧——害怕举止笨拙,害怕变得像父亲那样,害怕得不到上帝的宠爱。这些在佩科拉心中刻上了对成长、他人以及生活的恐惧。[①] 宝琳两岁时,小脚被生锈的铁钉穿透,家人对她是完全漠然置之的态度。她没享受过家庭给她的爱与关护。与乔利结婚后,从南方搬到北方,她又遭受着来自黑人妇女的取笑。她买新衣服、化妆,仅仅是为了博得其他女人对她模样的赞许目光。电影给她带来的是对美丽外貌的幻想,最具毁灭性的幻想,源于嫉妒。她把外貌美与道德感等同起来,剥离自己的思想,将其束缚,然后成堆地收集自我轻贱。[②] 电影带给她的是白人文化价值,而她全盘接受,对自己的黑人身份感到羞耻。她虽然爱佩科拉与萨米,可是总忍不住去打他们。她对自己的家庭只有厌恶,全身心地为白人家庭服务,越来越冷落自己的家庭。就算佩科拉被烫到,她首先关心的还是白人的地板与孩子。宝琳崇拜白人文化,被白人审美价值异化,迷失了自己的身份。在她的思想里,除了她所崇尚的白人文化价值观之外,根本别无其他,乔利只是荆棘头冠,孩子只是她背负的羞耻的十字架。人格分裂与精神异化的母亲给佩科拉造成的是心理异常、自我憎恨和自我否定。在佩科拉被亲生父亲强奸后,宝琳也持漠然置之的态度。母亲冷漠的态度和僵化的感情,加速了佩科拉不健康心理的发展,并且使得更多的恐惧和不确定因素充斥着佩科拉的身心,加速着佩科拉的毁灭。

(2)父亲的乱伦

佩科拉的父亲与母亲有着明显的不同,在对待白人文化上,乔利对白人文化充满了恐惧,并且这种恐惧让他萌发出逃避现实的想法,对自己,对他人,他都不感兴趣。年少时被白人羞辱,无力反抗的乔利从没想着仇恨白人,他认为仇恨白人就等

---

① (美)托尼·莫里森.最蓝的眼睛[M].杨向荣,译.海口:南海出版公司,2013:75.
② (美)托尼·莫里森.最蓝的眼睛[M].杨向荣,译.海口:南海出版公司,2013:64.

于是自取灭亡。从小就生活在父母缺席的环境中,他理解不了家庭的重要性。与宝琳单调、毫无花样的生活以及枯燥沉重的压力逼得他濒临绝望,孩子的降生让他目瞪口呆、束手无策。从没看到过父母抚养自己,他根本不知道该如何处理父女关系。当看到瘦小的佩科拉时,他觉得难受、厌恶、内疚、怜悯,然后是爱。他对女儿保护的冲动与对妻子的回忆交织在一起,他想温柔地强暴佩科拉,无视佩科拉的僵硬与失语。

（3）家庭环境的混乱

家庭本应是佩科拉最安心的所在,可是乔利与宝琳所营造的家庭氛围是紧张与恐怖的,他们整天争吵和厮打。佩科拉自年幼就要成天目睹父母间没完没了的争吵与厮打。性别与年龄的限制,让佩科拉不能像哥哥一样出走,她只能想方设法地去忍受:用被子蒙住脑袋,祈求上帝让她马上从这个世界消失,好让她听不见、也看不见眼前这一切。可是眼睛没有消失,她还得看着这一切。她开始幻想如果摄取那些画面、熟悉那些场景的眼睛不同,如果她的眼睛漂亮,如果她的外表漂亮,也许父母就不会打架。佩科拉开始幻想能有一双蓝眼睛,把所有的希望寄托在眼睛变蓝这件事上。母亲从未给她安慰与鼓励,只在乎给白人工作;父亲更不知道如何表达对女儿的关爱与呵护;年少的哥哥也不能带她离开这个家。佩科拉无法从家庭这个群体中获得力量和信心,也无法获得心理满足和个人安全的满足。她在这种暴力、缺爱的家庭中生活得非常无助和痛苦。面对这样的家庭现状,她唯一能够做的就是逃避,逃避家庭和学校带给她的痛苦,可她又无路可逃,只有精神的荒原在等着她。

2. 社会原因

（1）白人文化的影响

在美国,白人文化为主流文化,控制着文化的发言权。而占主体地位的白人的审美标准以欧洲文化的审美标准为原形,以欧洲人的金发碧眼作为美的基本准则。大人、大女孩、商店、杂志、报纸、橱窗标志——全世界公认蓝眼睛、黄头发、粉红色皮肤是漂亮的。如此一来,就形成了一种统一的思想意识,对黑人产生潜移默化的影响,使其将白人审美标准内化。白人的文化与审美对黑人文化形成了强烈冲击,这种强大的文化向黑人证明了其野蛮的合法性,因此白人把它当作理所当然的主宰。随着时间的推移,这种不平等为黑人所接受,他们认为这是自然的生活秩序,对此没有异议和反抗。学校对佩科拉的无视,黑人男孩对佩科拉的嘲弄,母亲宝琳对佩科拉的厌恶,周围社区对佩科拉的流言蜚语,不是白人文化强加给他们的,是他们对白人文化的接受而产生的自我憎恨,这种自我憎恨不仅伤害了他人,也伤害了自己,还伤害了他们的亲人和同胞,在黑人社区内部造成不团结,让佩科拉无处可去。

（2）种族歧视

种族歧视直接导致了佩科拉人格悲剧的发生。黑人种族的自卑感是在漫长的白色文化侵蚀下一点点累积起来的,是白色文化有意为之的结果。黑人群体长期浸泡在白色文化圈内,使得原本民族的色彩逐渐褪色,取而代之的是强势的白色文化。黑人种族的文化信仰逐步被蚕食,原本热情积极的黑人种族被白色文化吞没了。佩科拉对蓝眼睛的渴望,并不是一种简单的审美追求。白人主流文化所倡导的审美价值观是基于白人生理特征的价值观,这一切使黑人成为白人的对立面。对蓝眼睛的追求,反映了一个被剥夺了爱、温暖和友谊以及自我价值追求的黑人孩子的渴望。父母的冷漠残暴以及童年的生活经历,剥夺了佩科拉作为人的尊严和价值,在无能为力的情况下,佩科拉把最后的希望寄托在上帝和奇迹上。当然,奇迹幻灭了。佩科拉最后一次不可避免的精神错乱,有力地证明了美国黑人所遭受的创伤。

种族歧视给佩科拉带来了长时间的精神痛苦。在种族主义环境中,黑人女孩是丑陋的,这已经深深地扎根于黑人的心中,他们将白人的价值内化了,在他们的脑海中,已经把自己的文化和民族传统排除在外。但是佩科拉并不能真正融入白人的世界,于是佩科拉产生了自我克制和自我厌恶,最终陷入心灵扭曲、个性分裂的痛苦之中。对于白人种族主义者来说,黑人似乎是文化和生理上的劣等种族;而黑人期待着摆脱奴隶制和歧视。但现实与梦想相反,他们的努力工作并没有改变他们遭受贫穷、歧视和虐待的境况,更糟糕的是,梦想和现实之间存在着非常巨大的差异。

（3）种族歧视的内化

白人对黑人的精神殖民造成了后者内部的暴力,和对其黑人性征的否定。黑人用白人灌输的种族观念看待自己,形成了内化的种族主义,这就意味着他们本身带着一种"他者"的眼光看待自己,从而产生自我憎恨与自我否定。这种憎恨和否定通常表现为对同族人即黑人的侮辱和伤害。事实上，他们只是想通过否定他人来摆脱自我蔑视，以治愈本身的精神创伤。

在白人意识形态的影响下，当黑人邻居们知道佩科拉遭遇灾难时，他们无动于衷，并没有伸出友好的手来安慰她和热情地拥抱她，反而在他们的讲述中表达了震惊与冷漠。这些黑人邻居认为佩科拉的家人是一个巨大的耻辱，对这个不幸的家庭并不表示同情。

此外，黑人邻居的讽刺话语也表明他们对黑人民族失去了意识和凝聚力。尤其当佩科拉一家处于困境时，黑人社区没有提供任何援助，那些冷漠的邻居鄙视佩科拉的家人，他们认为这一家是黑人堕落的表现。这种源自黑人社区的愚昧和无知，深深道出了黑人悲剧产生的根源。

佩科拉是孤独的，家庭不能安慰和关爱她，外人面对她的遭遇也显得十分冷漠，甚至是嘲笑。佩科拉的悲剧，其实是千千万万黑人女性的真实悲剧，她们生活在黑人社区中，但是丝毫没有意识到自身的悲剧，其麻木的态度，正是因为在这种种压迫下导致的茫然无知。

三、佩科拉精神生态的重建

1. 自然之爱

人类是自然的一部分，他们依赖于生态系统，并且不能完全操纵自己的命运。佩科拉和路边的蒲公英一样都不能决定自己的命运，在蒲公英被大人们叫为野草的时候，在蒲公英的花头被摘下的时候，佩科拉迷失了自我，陷入了幻觉的深坑，走向了精神与生命的毁灭。[①] 人类的精神同万物的精神一样，都是从自然和宇宙中诞生的。当人的精神在宇宙和自然中迷失的时候，必须通过原型来找回自我，这个过程是作品表达的激情以及作家在创作活动中表现出的迷狂状态，是人类灵魂寻找自我的过程。[②] 莫里森在听到自己的朋友想要一双蓝眼睛时，才真正认识了美丽、可爱、善良和丑陋。在那之前虽然莫里森经常使用"美丽"一词，却从未体验过它带来的震撼——无人识得美丽，甚至，或者尤其是那些拥有美丽的人。莫里森在《最蓝的眼睛》后记中写道："彼时彼刻，我审视的肯定不限于容貌：还有午后大街上的

---

① （美）唐纳德·休斯.什么是环境[M].梅雪芹，译.北京：北京大学出版社，2008：3.
② 常如瑜.荣格生态文艺学思想研究[M].北京：商务印书馆，2016：4.

寂静、光线和忏悔的氛围。无论如何,那是我平生第一次懂得什么叫美丽。我独立地思考了这个问题。美不单单是眼中所见,它也可以是手中所为"。在小说中,莫里森建构的是一个破碎的世界:某年九月,某年秋季,某个金盏花没有开放的秋天。那明媚、朴素、坚强、柔韧的金盏花。一九四一年,对美国来说是第二次世界大战的开始。在人们期待金盏花会在一个叫作"秋天"的季节怒放到极致的温带地区,在美国参战前的几个月内,某件可怕的事情即将爆发。佩科拉怀了她父亲的孩子,金盏花没有发芽。"自然"的摧毁暗示着社会关系的摧毁,而社会关系的摧毁会对个体产生悲剧性的后果。佩科拉的悲剧在错乱的时空中悄然发生,那些无情的暴力是多么的可恶,而最好的藏身之处就是爱。爱里没有惧怕,爱里完全把惧怕除去。对佩科拉来说,那些没有生命的事物,都看得见,体验得到,对她来说可谓是真真切切。她熟悉这些东西,它们是这个世界的准绳和试金石,能够被转化,被占有。她拥有那个让自己摔跤的裂缝;她拥有那一簇簇蒲公英,去年秋天,她吹飞了它们白色的头;今年秋天,她曾凝视它们黄色的花头。拥有这些让她觉得自己是这个世界的一部分,同样,世界也是她的一部分。① 在自然面前,佩科拉找到了自我的存在,而这个自然只剩下一小部分。她生活的地方是墙皮剥落、昏暗阴沉的匣子,毫无想象力的住宅,家里的每一个成员都活在自己意识的单元格中,彼此认可地凑合着生活。11 岁的佩科拉没能存活下来,是土地对她的谋杀,土地上的一切又都是帮凶。从佩科拉对蒲公英的喜爱中,可以看出她对土地、对生命的热爱。假使这片土地对佩科拉多些关爱,她的命运便不至于如此悲惨。

2. 他人之爱

在乔利把自家的房子给烧了之后,佩科拉被克劳迪亚一家收留,受到克劳迪亚和她姐姐的陪伴,睡在两姐妹中间,这种手足之爱在佩科拉与哥哥之间不存在。弗里达和佩科拉可以深情地聊着秀兰·邓波儿;克劳迪亚和弗里达也可以陪同佩科拉一起忍受妈妈的絮叨;讨论干点什么打发时间。除了这对姐妹,佩科拉再没有其他朋友了,她们对佩科拉的关爱是如此的真挚,甚至愿意把卖花籽挣来的两块钱埋掉,只为祈祷佩科拉的孩子存活下来。麦克蒂尔太太欢乐地为佩科拉清理衣服上、身上的污迹。这些原本应该是宝琳做的,可是她却缺席了。在别人眼中的品行不端的三个妓女在佩科拉面前也是毫不避讳地谈论自己有多少男朋友,喊佩科拉各

---

① (美)托尼·莫里森. 最蓝的眼睛[M]. 杨向荣,译. 海口:南海出版公司,2013:23.

种各样的绰号,要知道宝琳小时候是没有人喊她绰号的。在三个妓女身边,佩科拉多少是轻松的,没有人再说她是丑陋的存在,她甚至怀疑:她们是真人吗,为什么如此开心？佩科拉没有非常地不合群,也没有过分地不善交际,在遭受父母、老师、学校的排斥时,还有人乐意和她交往。人类是群居动物的同时,更是一个个独立的个体,而这些个体又与周围的一切发生着这样或那样的联系。佩科拉在莫里森的小说中不是孤独的存在,还有来自别人对她的关爱。莫里森虚构了同情佩科拉困境的朋友,他们或是有父母的支持,或是自身有活跃性,多少给佩科拉荒芜的精神世界带去了欢乐。

3. 信仰之爱

保罗在写给哥林多教会的书信中提道:"爱是恒久忍耐,又有恩慈;爱是不嫉妒,爱是不自夸,不张狂,不做害羞的事,不求自己的益处,不轻易发怒,不计算人的恶,不喜欢不义,只喜欢真理;凡事包容,凡事相信,凡事盼望,凡事忍耐,爱是永不止息。"①"爱像枫树的汁液般稠密黝黑,慢慢涌入那扇裂了缝的窗户。爱,我能闻到它,尝到它的滋味——甜美,陈腐,深处带点冬青的味道——在那幢房子里,爱无处不在。爱,连同我的舌头,粘在结霜的窗户上。爱,连同药膏,糊在我的胸口。"②这是克劳迪亚对爱的记忆,来自她的母亲。佩科拉只能在上帝面前虔诚而又狂热地为自己拥有蓝眼睛而祈祷。相对于母亲宝琳,基督教更是她的借口,而不是出于爱。真正的信仰应该是本于爱,那样对待别人的时候也会把爱表现出来。对于信仰,要更加纯粹地去盼望,同时对生活充满期待,那样才不会被眼前的困境完全束缚。

4. 自我之爱

莫里森虚构的克劳迪亚在带着恨意肢解蓝眼睛娃娃的过程中完成了爱的转变,成功地从憎恨白人转变到试着接受白人的外表,她将对白人的仇恨与厌恶藏在了爱的后面,并最终学会了爱自己。"我们当时天真烂漫,毫不虚荣,仍然喜爱我们自己的模样。我们对自己的肤色安之若素,享受着感官释放给我们的信息,爱自己身上的污垢,精心呵护身上的疮疤,还不理解别人的轻蔑"。③同样是黑人小女孩的

① 圣经·新约·哥林多前书.中国基督教协会,2011:194.
② (美)托尼·莫里森.最蓝的眼睛[M].杨向荣,译.海口:南海出版公司,2013:5.
③ (美)托尼·莫里森.最蓝的眼睛[M].杨向荣,译.海口:南海出版公司,2013:47.

克劳迪亚和姐姐弗里达可以接受自己的身体、肤色、模样，这在佩科拉身上是缺失的。佩科拉虽然能看到自己可爱的牙齿，但是无法理解别人为什么那样嘲弄自己的外貌与肤色，她想要改变，她不能接受原本的自己。如果佩科拉像克劳迪亚那样喜爱自己的模样，对别人的看法置之不理，更不去想别人的轻蔑，那样她也不会祈祷上帝给她蓝眼睛了。可是她从来没有看到过自己，直到她幻想出一个拥有最大最蓝的眼睛时。自我首先是身体的自我（bodily ego），它不仅仅是一个停于表面的实体，而且自身就是表面的投影。① 当她选择追求蓝眼睛时，是对自我原本的放逐，也是在放弃自己本民族的文化，强行融入另一个将她排除在外的文化，是自我的迷失。在否定外在身体的时候，是无法爱自己的。治愈这种迷失所带来的自我否定，首先要接纳自己的不足，正视它，而不是逃避。爱自己，把自己藏在爱中。

四、结语

佩科拉对蓝眼睛的虚妄追求，既是人类对自然规律背离的讽刺，也是黑人自我认同上的混乱与迷失。她厌恶自己丑陋的外表，无法接受自己的肤色。"然而，佩科拉的自我厌恶情结并不是与生就有的，而是她所生活的那个白人为主宰的社会把黑人降为物体，并通过各种途径来强化他们的这种'物化'意识，然后让他们自己感到黑皮肤确实是丑陋、低人一等的社会而来的。"②佩科拉在白人文化与价值观主导的社会压迫中，在自己同胞的蔑视和冷嘲热讽中彻底丧失消亡。

"就现实的人的存在来说，人既是一种生物性的存在，又是一种社会性的存在，同时，更是一种精神性的存在。"③当佩科拉以及其他黑人的价值观念被白人窃据时，种族歧视的内化，黑人文化的流失，对自我的否定，这些都象征着黑人精神生态渐渐荒漠化，甚至是精神性的泯灭。黑人群体只有回归到自然属性，突破白人价值观的束缚，才能寻求真正意义上的种族平等。莫里森在小说中颠覆了四季的顺序，应和了黑人在种族歧视下的艰难挣扎不知何时是尽头。佩科拉的精神生态的严重失衡：行为的无能、存在的疏离、精神的真空，甚至得了精神癔症，是原生家庭、黑人社区、白人文化共同导致的悲剧性后果。同时，莫里森也提出了重建精神生态的途

① （奥）西格蒙德·弗洛伊德.自我与本我［M］.周钧，译.天津：百花文艺出版社，2019：137.
② 谢群英.莫里森《最蓝的眼睛》中的主题与象征意象［J］.武汉：中南民族大学学报，2009（6）：160.
③ 鲁枢元.生态文艺学［M］.西安：陕西人民教育出版社，2000：132.

径：黑人应该保持自我的平衡，爱自己，爱他人，与社会保持关系的和谐以及真正融入美国社会当中。

参考文献

[1]（奥）西格蒙德·弗洛伊德.自我与本我[M].周钧，译.天津：百花文艺出版社，2019.

[2]（美）托尼·莫里森.最蓝的眼睛[M].杨向荣，译.海口：南海出版社，2013.

[3]常如瑜.荣格生态文艺学思想研究[M].北京：商务印书馆，2016.

[4]（德）黑格尔（Hegel，G.W.F.）.精神现象学[M].鹤麟，王玖兴，译.上海：上海人民出版社，2013.

[5]蔡静一.《最蓝的眼睛》中主人公的多重悲剧动因[J].淮海工学院学报，2017（9）.

[6]黄丽.《最蓝的眼睛》中黑人文化困境[J].洛阳师范学院学报，2017（7）.

[7]徐晓琪，王晓燕.《最蓝的眼睛》中的创伤主题研究[J].河北民族师范学院学报，2018（3）.

[8]杨颖育.生态批评视角下的《最蓝的眼睛》解读[J].新疆大学学报.2016（4）.

[9]夏增强.莫里森的生态女性主义思想解读——评《最蓝的眼睛》[J].新闻与写作.2017（4）.

[10]金哲.精神分析视角下《最蓝的眼睛》中佩科拉的生存困境[D].沈阳：辽宁大学，2019.

[11]黄海宁.托尼·莫里森小说——《最蓝的眼睛》和《宠儿》中女性人物的精神生态解读[D].哈尔滨：哈尔滨工业大学，2018.

[12]周珣.用精神分析法解读《最蓝的眼睛》中佩科拉的悲剧[D].成都：四川师范大学，2015.

黄英杰，女，河南周口人，河南大学文学院2018级明德计划实验班成员，有志于比较文学与世界文学研究。

从林泉"境界"浅探北宋诗画美学

崔禹尧

摘　要:《林泉高致》作为一本由北宋时期御画院艺学士郭熙和其子合编的山水绘画论著,涉及山水画的诸多要素,从起源、功能到具体创作时的构思、形象塑造以及观察方法等,不少地方发前人所未发。书中"境界"一词的提出,无形中将北宋的山水画创作提高到了美学自觉的范畴,同时也把山水画训练中的因素推进为一种文人素养的塑造和生命的关怀。文章以《林泉高致》中的"境界"一词为讨论基础,浅探郭熙是如何将自然山水、人文道德、文学修养融为一体,从而开启宋代"诗画一体"传统美学的华章。

关键词:境界说;诗画一体;冷热媒介观

一、境界说

《林泉高致》的《画意》篇记载:"及乎境界已熟,心手已应,方始纵横中度,左右逢原。世人将就,率意触情,草草便得。"①这是绘画领域第一次明确地提出"境界"观,用来定义艺术创作的心理感受与外界条件的互通。我们想要了解这里"境界"的内在含义,不妨先寻其本。"境界"是我国文艺理论独创的一个核心概念,最早是由抒情文学理论发展而来的理论产物。《庄子》中最早提出了"竟"的观点。在《庄子·逍遥游》中有"荣辱之境",《庄子·齐物论》中也出现了"振于无竟"的说法。在这里的"竟"往往是一种宇宙视角的、极其宏观的美学境界,是庄周美学的代表,

----

① 郭熙.林泉高致[M].郑州:中州古籍出版社,2003:130.

即"天地之大美"。针对庄子提出的"竟"，南朝文学理论家刘勰等人进行了持续深入的解读，"境界"的概念渐渐趋于细化并且逐步走向各类文艺作品中，成为各朝各代创作主体较为自觉的理论观念。我们认为宋人郭熙在《林泉高致》书中提出"境界说"，并不是完全参照前人，照搬而来，他这种美学观念的养成，和他本人的仕途经历有很大关系。根据记载，郭熙在宋神宗熙宁元年（1068）奉诏入图画院，起初为"艺学"，后任翰林待诏直长。宋神宗赵顼深爱其画，郭熙最得意时期，"一殿专皆熙作"，可见皇家对其宠爱。在授予书院艺学的同时，郭熙还负责当时的书画考试，鉴定和保存历代书册、图画。王安石变法时期，创设有中书、门下两省和枢密院，郭熙也曾奉命在其玉堂等墙上做壁画。我们由此推测郭熙美学意识的塑造，离不开这些皇家"艺学"所提供的便利条件，特别是他在宋神宗熙宁元年（1068）奉诏入图画院和之后担任翰林待诏直长后。"翰林"之名汉代已有，本指文学之林，是文翰荟萃所在。"翰林"唐代开始作为官及官署名，唐玄宗开元元年（713）设置此官以掌四方表疏批答、应和书试文章。最初的性质是"天下以艺能技术见召者之所处也"，所谓"艺能"，即文学、经术、僧道、书画、琴棋、阴阳等各色专长。郭熙担任翰林待诏直长，借助"艺能"的广大平台，理所当然地可以接触到历代的名画典籍。在皇家画院的纷繁卷帙中，他势必能够利用优势条件，对前人积攒的文艺理念广蓄博收，从而寻找到诗画结合的特质，以及这种特质外化的表现形式，然后按照他个人对于诗画艺术的理解，并结合北宋文人政治的时代特征，在绘画领域对于这种美的形式进行合理表述。绘画创作需要文学素养，这种契合文人心理的精神符号连同绘画、书法融为一体，得出一种"美的产物"，同时可以予以受众"美的感受"，"美的产物"和"美的感受"作为文艺创作和接受主体的异同，归根到底是一种在山水绘画中，既能够反映画意，又能够体现诗意，归纳在一起，就是郭熙所说的"境界"。"境界"在《林泉高致》中，被作为一种画家必备的素养而设立，在《山水训》《画意》《画诀》《画格拾遗》《画题》和《画记》等主要的六部分构成中取得重要席位。需要关注的是《画意》列在《山水训》之后，在《画诀》之前，想见郭氏父子对于绘画者文学素质培养的重视程度。《画意》将阐述的重心放置在创作者的心态、创作者的文学素养上，还罗列了和山水绘画相匹配的清新秀丽的诗句。简录《画意》篇："更如前人言'诗是无形画，画是有形诗'，哲人多谈此言，吾人所师。余因暇日，阅晋唐古今诗什，其中佳句，有道尽人腹中之事，有装出目前之景，然不因静居燕坐，明窗净几，一炷炉香,万虑消沉,则佳句好意亦看不出,幽情美趣亦想不成,即画之主意亦岂易!及乎境界已熟,心手已应,方始纵横中度,左右逢原。世人将就率意,触情草草便得,思因记先子尝所诵道古人清篇秀句,有发于佳思而可画者,并思亦尝旁搜广引。"①美学家黑格尔强调说:"在艺术里不像在哲学里,创造的材料不是思想而是现实的外在形象,所以艺术家必须置身于这种材料里,跟它建立亲密的关系;他应该看得多,听得多,而且记得多!"②《林泉高致》中"境界"的提出,是一种美学的自觉,更是一种对于诗画创作者提出的"先器识而后文艺"的要求和思想主张。

二、诗画一体

美学家李泽厚先生在《美的历程》中谈及两宋绘画时总结为"细节忠实和诗意追求",他如是说:"中国诗素以含蓄为特征,所谓'含不尽之意见于言外',从而山水景物画面如何既含蓄又准确恰到好处地达到这一点,便成了中心课题,为画师们所不断追求、揣摩。画面的诗意追求开始成了中国山水画的自觉的重要要求。"③北宋诗画发展的优势主要有两点:一方面是政府的引导和支持,比如说皇家画院的书画考试;另外一方面是文艺创作者的自觉发现和推广,即如同郭熙这样的绘画评论活动。宋徽宗本人热爱书画创作,他极为关注文学因素对于绘画的介入,在他1110年建成的画院考试体系中,尤为重视入选考生的文学才能。这体现在书画考试中要测试文学知识,对于经典知识的掌握,以及身为画家的本领。最具特色的是宋徽宗喜欢用命题的方式进行考试,考察应试者对于命题诗句的个人阐释,以及对于诗句的意境如何用绘画技法展现。宋徽宗时期画院最高一层的要求是:"考画之等,一不仿前人,而物之情态形色,俱若自然,笔韵高简为工。"④皇帝本人亲自主持考试,亲自出题并亲自评卷,考察的不仅是考生的专业能力,更看重他们的综合素质、创新意识、艺术素养。构思巧妙,不落俗套,做到笔意俱全者是为人才。许多考试都有满分佳作,流传至今的考题,例如"野水无人渡,孤舟尽日横""深山藏古寺""踏马归来香满蹄"等,都是透过诗句来启发创作者的灵感,并且引导他们利用精巧的

① 郭熙.林泉高致[M].郑州:中州古籍出版社,2003:132.
② 黑格尔.美学[M]第一卷.朱光潜,译.北京:商务印书馆,1979:358.
③ 李泽厚.美的历程[M].北京:生活·读书·新知三联书店,2019:179.
④ (美)高居翰.诗之旅[M].洪再新,译.北京:生活·读书·新知三联书店,2012:14.

构思追求诗意的审美。"境界"的发掘离不开文学积累和艺术鉴赏能力，了解如何体现诗画审美的细腻性和含蓄性，就需要深入诗境，"人须养得胸中宽快，意思悦通"，便宜个人心中先行的"诗意"，郭熙父子倡导的方法是"诵道古人清篇秀句，有发于佳思而可画者"①，由此《林泉高致》中列举了很多的"清篇秀句"，在此不再赘述。以诗情启发画意，是林泉之心在诗画两端相互转移的一个过程，这个过程涉及"境界"的多个层级。

唐代诗人王昌龄的《诗格》就把"境界"细化和归纳为物境、情境和意境。"诗有三境：一曰物境。欲为山水诗，则张泉石云峰之境，极丽极秀者，神之于心，处身于境，视境于心，莹然掌中，然后用思，了然境象，故得形似。二曰情境。娱乐愁怨，皆张于意而处于身，然后用思，深得其情。三曰意境。亦张之于意而思之于心，则得其真矣。"②王昌龄认为"境界"的概念确切可查，物境、情境和意境也是北宋诗画中能够体现的，"诗是无形画，画是有形诗"。郭熙用"境界"的定义，发现和推广了山水绘画和"清篇秀句"的内在美学关联，同时更强调了"宋人尚意"的"意"。"清篇秀句"在北宋文艺创作史上成为一种时代的宠儿，《宣和画谱》中就曾收入王维的诗句，如"落花寂寂啼山鸟，杨柳青青渡水人""行到水穷处，坐看云起时""白云回望合，青霭入看无"之类，以诗句品鉴诗画，说其诗"皆所画也"。结合他的绘画创作，其作品笔墨清新，格调高雅，同样传达出了一种诗意的境界。山水绘画的形象遥远地回应了唐人诗歌中的许多美学尝试。此外我们通过观看北宋诸多名家的绘画作品，不难理解何所谓"意"，何所谓"诗画一体"。在郭熙、郭思之后的苏东坡，从艺术鉴赏的角度出发，广泛地推出了"诗画本一律"的理论主张。他所说的"诗画本一律，天工与清新"同郭熙的"幽情美趣，清篇秀句"极为暗合，共同说明了北宋文人对于绘画中洋溢的和于诗意境界的赞美。"天工与清新"恰是《林泉高致》借助诗句的境界分析，见其大义式地剖析中国山水绘画晦暗不明的美学内在，融汇诗意的北宋山水画并没有因为画院传统的"细节的追求"变得形式僵化，相反是"从形似中求神似，由有限的画面中流出无限的诗情，与诗文发展趋势相同，日益成为整个中国艺术的基本美学准则和特色"。作为一部让创作主体走出抽象的"意境"定义，方向

① 郭熙.林泉高致[M].郑州:中州古籍出版社,2003:132.
② 陈应行.吟窗杂录[M].北京:中华书局,1997:207.

明确地寻找和营造诗画境界的著作,《林泉高致》一定程度上树立了两宋文艺创作的时代丰碑,开启了中国山水绘画的诗之旅。

三、冷热媒介观

文末我想借媒介理论家马歇尔·麦克卢汉的"冷热媒介观"复北宋的诗画意境。他在《理解媒介——论人的延伸》一书中提出了"冷热媒介观",其中热媒介是指具有"高清晰度"且"参与程度低、有排斥性"的媒介;而冷媒介如广播、电影、写稿、口语等,是指"低清晰度""参与程度高""有包容性"的媒介,如电话、电视、印刷品等。麦克卢汉说:"热媒介有排斥性,冷媒介有包容性。"①按照这个观点,绘画作品作为一种视觉清晰的媒介,它对于人的感官延伸是单一的,参与度也比较低,那么需要解读绘画的深意,势必需要绘画创作者提供参与度高,延伸观众的更多感官基础。王安石《明妃曲》云:"意态由来画不成,当时枉杀毛延寿。""图画难足"是一个令绘画创作者很头疼的问题,如何让"物"和"情"合理结合,"度物象而取其真",进一步引导观众留意探索画面中的声源景观,恰当地利用诗歌是一个很好的选择。因为文字的冷媒介可以延伸人诸多感官,而且它的文字表意还有多义的弹性,对于绘画的审美补充起到了关键的作用,同时冷热媒介还有相互补充的优势。《世说新语》中记载东晋大画家顾恺之说:"画'手挥五弦'易,'目送归鸿'难。"难在哪里,难在将绘画形而上的美学经验尽可能准确、尽可能委婉地传递"目送归鸿"所寓的含情脉脉给观众,也就要求感官的延伸,最终达到美的延伸。高居翰在《诗之旅》中分析中国的诗画艺术,他指出:"绘画和诗歌的结合,对于那些能够得到并欣赏它们的人来说,诗意画舒缓了生活的现实,它们唤起了优雅和谐的诗意经验,呼应了人们对于远离尘世,再度回归无忧无虑的大自然等这些由来已久的理想的深刻渴望。"诗歌延伸了人们的思维感官,传递了绘画艺术的人文追求,这也正是《林泉高致》开篇所言:"然则林泉之志,烟霞之侣,梦寐在焉,耳目断绝,今得妙手郁然出之,不下堂筵,坐穷泉壑,猿声鸟啼依约在耳,山光水色滉漾夺目,此岂不快人意,实获我心哉!此世之所以贵夫画山水之本意也。"

综合以上,我们对于北宋已降的诗画艺术有了大致的了解。《林泉高致》这部

---

① (加)马歇尔·麦克卢汉.理解媒介——论人的延伸[M].南京:译林出版社,2020:38.

探索绘画理论的书籍,将魏晋之后文人艺术的美学自觉再一次推上了一个时代的高峰。山水有灵,生生不息,借助诗意的画境,我们得以一窥宋人的"林泉之志",对于两宋美学的论证分析,还需要我们完善更多的文学典籍和历史文物资料,并且提升解读文艺作品的能力,去进行更深一步的探索和发现。

参考文献

[1]宗白华.美学散步[M].南京:江苏凤凰文艺出版社,2019.

[2]徐复观.中国艺术精神[M].上海:华东师范大学出版社,2001.

[3]高居翰.诗之旅[M].北京:生活·读书·新知三联书店,2012.

[4]余宝琳.中国诗歌传统中的形象解读[M].普林斯顿大学出版社,1987.

[5]陈良运.论《林泉高致》的美学品位[J].美术学报,2004.

崔禹尧,男,河南大学文学院2018级明德计划实验班成员,河南开封人,祖籍山西省长治市。喜爱宋元诗画艺术,有志于美学和艺术理论的研读,希望进一步探索诗词书画与中国传统美学的紧密关系。座右铭:任凭弱水有三千,我只取一瓢饮。

遁形山林的智慧——多角度探析中国的隐士文化

摘　要:中国的隐士阶层及其背后的隐士文化都是中国古代历史上源远流长的社会现象,历史上的隐逸之人,即所谓的隐士,共同构成了一个社会角色较为特殊的社会群体。文章通过隐士的含义及特征,隐士阶层产生的原因、演化、发展与归宿,以及隐士阶层在中国历史及社会上起到的作用来表现中国视野下的隐士文化,并通过分析比尔·波特的《空谷幽兰》,尝试着站在西方人的角度观察中国隐士文化,感受中西文化的交流与碰撞。

关键词:隐士;隐士阶层与文化;精神归宿;西方视野;多元文化

一、前言

之所以选择"中国隐士阶层与文化"这个角度,是因为"隐士"在中国乃至世界文化的发展进程中着实是一个特例。从传说中的上古时期到明清时期,远离公众、遁形山林的仕人时有出现,于是就形成了独树一帜的隐逸现象。

中国古代把社会成员分为"士、农、工、商"四类,"士"的基本属性相当于现代意义上的知识分子。隐士意为"隐居不仕之士",这就要求首先是知识分子,其次是不仕,即或终身于乡村劳作,或遁迹江湖经商,或居于深山砍柴,方可谓之"隐士"。《南史·隐逸》说隐士:"须含贞养素,文以艺业,不尔,则与夫樵者在山,何殊异也。"而且一般的"士"隐居也不足以称为"隐士",到底什么人能被称为隐士呢?《易》曰:"天地闭,贤人隐。"又曰:"遁世无闷。"又曰:"高尚其事。"隐士是"贤人隐"而非一般人，总而言之，就是有才能，有学识，能做官而不做官，也不为此努力的人，才叫隐士。凡是被称为隐士的人，普遍在少年时就颇有成就，饱读诗书，学识渊博，是知识的拥有者，就好像比尔·波特回答"美国人要类比中国隐士传统与美国社会的一些现时象时，我告诉他们隐士很像研究生，他们在攻读他们精神觉醒的博士"，这是他们区别于乡野村夫、市井细民的根本所在，也是隐士即便混迹市井、杂处农樵，亦能卓尔不群的区别标识。

我始终认为，中国文化意义上的"隐士"，是有着兼济天下的雄心壮志的文人墨客，但他们终究只是文人，当梦想与现实相碰撞，梦想终成泡影，孤寂、苦闷、忧郁、彷徨、愤懑等数万种情愫交织在一起，毁灭了他们最初的信念，却糅合成了摆脱社会黑暗现实的新理想，这个过程是很玄妙的，却也是中国古代社会在文化花园中孕育出的一朵奇葩。

隐士问题不光是中国人千百年的关注焦点，更是西方世界想要探寻的神秘现象。文明皆为人类创造，无论东西，多有雷同之处。诸如，西有民主，我有举荐；西有理想国，我有桃花源；西有骑士济民，我有游侠仗义。而唯我有隐士，西方文明史上却从未出现过相似的阶层。比尔·波特在《空谷幽兰》中称中国隐士为"没落的萨满"，以西方人的角度走近中国的隐士群体，探寻终南山深处的那片净土。

二、隐士的含义及特征

1.隐士的含义

谈及隐士，首先要理解一个"隐"字。隐者，趋避也。或是迫于某种压力或是循着某种追求或是碍于某种情感而远离尘嚣，人为地去断绝与社会的联系。诚然，人若要与社会完全断绝联系是不可能的，否则陶渊明一定会被酒馋死，会饿死在东篱下；严子陵钓的鱼恐怕只能生吃，所以"隐"实际是一种对社会关系的远离或对社会关系中世俗功利的那一部分的规避，而非彻底断绝。假使范蠡不携西施同隐，岂不是件很煞风景的事？而带了西施，他至少还没断绝夫妻关系。又有语云：大隐于朝，中隐于市，小隐于山林。这一说法显然是隐士阶层发展到一定规模时，由某些人提出的，隐分大小，层次出现了高低，"隐"的内涵有了进一步的发展。由"甫归终南山"发展到了"心远地自偏"，由人身的遁形匿迹发展到了精神上的遗世独立，由与统治阶级的完全对立发展到若即若离。到此时,"隐"字已包含了人肉体上的隐和精神上的隐两个层次。其次,来看这个"士"字。《说文解字》里面的解释,士,博学者也。用我们今天的话说,就是知识分子。应该看到,在古代,无论中西,文化的普及范围实际是很小的,所谓教化,也多针对拥有一定物质基础的阶层实行,用马克思主义的观点看待,那时候的知识还是属于统治阶级或剥削阶级的,这是时代的限制,就算在今天的社会主义制度之下,我们的人民也并非都可以接受高等教育。我们还是得承认,在当时的社会中,知识和掌握知识的人,还是很受人们崇敬的。中国古人把这么一批文化的传承者尊称为"士",诸如学士、博士、进士等,可以明确,在中国,士一般指代在当时了解文化、掌握知识、有思想、有头脑的知识分子阶层。综上所述,可以把"隐士"理解为具有一定知识内涵和文化底蕴又因某种原因而不愿意与统治者合作以至于采取各种形式躲避名利、躲避政治、躲避黑暗的一类人的总称。能够看出,隐士之关键在于"士",这是隐士阶层与众不同的标志和特征,是隐士之所以区别于山叟野老的特殊属性。隐士首先是知识分子,他们属于知识分子阶层,而其自身又具有了异于一般知识分子的品格,是其中的一派另类;其次,隐士才是遁形山林的超脱之人。

2. 隐士的特征

通过对隐士阶层的分析,我个人总结出来一些隐士的特征:

(1)有文化,有思想。可以慧眼洞察世间百态,却囿于时代的局限而找不到救治的良策,只好采取一种超脱的姿态"退而独善其身",以求做到眼不见心不烦。

(2)有信念,有操守。能够明辨是非,坚持追求真善美,追求公平自由,追求诚信正义。而在这种追求得不到实现时,往往心灰意冷,而后即弃世遗世,归隐山林。

(3)有个性,有特点。隐士大多特立独行,与众不同,并非为了哗众取宠(不排除有个别现象),而是因其思想内涵的自然流露与外化表现。追求个性解放也是中国隐士阶层的一以贯之的传统。同为士,隐却不同,目的一样,方式迥异,不同的隐士,思想境界不同,所以其处事方法也不相同。

以上是对隐士特性的初步认识,谈完了隐士的特征,那么产生这一阶层的历史的社会的根源何在呢? 是什么使得隐士成了中国文明乃至世界文明发展的孤例呢?

三、隐士产生的原因

以笔者拙见，隐士在中国是必然产生的一个社会阶层，这是中华民族独特而博大的文化底蕴孕育出的一颗璀璨的明珠，然而这同时又是一颗畸形的明珠。纵观中国历史，上至尧舜大禹，下迄光绪慈禧，浩浩五千年，漫漫坎坷路，我们的祖先创造出了辉煌的文明，宽广而博大，谦虚而平和，堪称硕果累累。我们的文化从一开始就具有了兼收并蓄、求同存异的传统，在这种文化氛围中成长起来的一代又一代知识分子也始终具有博大的胸襟、谦虚的态度、高尚的情操和坚定的操守。然而，与此相对应地，我们的政治制度，从启立夏历经商周，又自秦始皇一统到鸦片战争，一脉相承延续不断的竟是不断加强的专制和集权。中国的古代史可以说是一部专制制度的发展史，是专制制度不断加强最终登峰造极的见证史。在专制制度下，统治必然有很强的随意性和昏暗性，对于文化的态度也必然是极其残酷的，因为当时的统治阶级是绝对不会希望有异己的学说存在的，对"蛊惑人心"的思想肯定会赶尽杀绝，秦始皇"焚书坑儒"和汉武帝"罢黜百家，独尊儒术"皆是印证。如此一来，要求兼收并蓄、畅所欲言的文化与崇尚暴力、追求集权的政治间就必然会产生矛盾。这种矛盾，我认为实际上就是文化追求的多样性与政治追求的单一性之间的矛盾，换言之，即文化要的是百花齐放，政治求的是一枝独秀，二者之间的矛盾不可调和。

当然，不能一概而论，文化与政治的矛盾不是从其诞生时就具有的，文化与政治的矛盾也不是绝对不可调和的。事实上——具体到中国而言，早期的文化与政治是不分家的，譬如，上古时期的部落领袖伏羲是阴阳学说的创始人，周文王是周易的推衍者，至于周公旦则更是不遗余力地推行"礼教"，奠定了中国传统文化的基础。

但是，随着文化与政治的对立的加深，政治对文化的局限与束缚日益严重，文化与政治的矛盾开始凸现，面对强大的国家机器和残酷的刑罚，文化的力量显然是单薄而不堪一击的。但，我们欣喜地看到，文化并没有妥协，没有因为政治的压迫而止步不前甚至湮灭，这集中地体现为知识分子，也就是"士"对政治制度、对社会归宿进行的不懈探索。东周列国，战事纷纭，扰攘不断，民不聊生。在这种长达五百年的动荡局势里，涌现出相当一批伟大的思想家，他们传播或践行着他们的思想学说,形成了"百家争鸣"的文化盛景,诸如儒家、道家、法家、名家、阴阳家、纵横家等,这些学说对后世的影响可谓空前绝后,此后的数千年间无有出其右者,中华文化的框架在这时被架设起来;及至秦朝统一,中央集权的国家建立起来,文化的繁荣随着专制的加强而迅速衰败,后来的焚书坑儒实是文化的一场巨大浩劫,文化被政治重创,再往后,汉武帝罢黜百家,再一次对文化进行了破坏,从此,文化再没有像春秋战国时期那么繁荣过,文化的多样性受到了删节,许多优秀的文化沦落民间,走向堕落,成为迷信,甚至有的干脆就湮灭在了历史的长河之中。

在上述情况下,士的阶层开始分化,一部分尝试与政治融合,希望并入统治阶级从而使自己的思想学说借国家机器的力量推而广之,实现其治世救国的理想,变成了"仕",这一部分人可以说在某些层面成功了。譬如,董仲舒,他对儒家学说进行删改,迎合了统治者的需要,至少,让儒家学说借此机会确立了其统治地位;而另外的一部分人,则对政治心灰意冷,对社会的阴暗感到失望,遂拿起了明哲保身、清静无为的思想武器,躲进了山林,与统治阶级划清了界限,走上了归隐之路,于是,隐士产生了。

所以,我认为,在中国,隐士阶层出现之根本原因,是民主自由的文化追求与专制强暴的政治统治之间的矛盾,是不愿屈从政治的文化在夹缝中求生存的形式,是必然出现的。倘若没有隐士,我们的文化实际上是被政治压迫扼杀了。试想,如果压迫之下没有反抗,难道不是悲哀吗?我们庆幸我们有隐士阶层的存在,是他们让我们看到了民族的希望,看到了国家的前途;是他们让我们了解到了原来还有这么一种生存方式;是他们拓宽了我们的精神家园,让我们在经受挫折时还能得到慰藉,做到豁达。然而,我们也不得不承认,隐士是夹缝中的产物,是政治迫害的不得已,所以同时也是畸形的。

四、关于隐士阶层的演化、发展及各自归宿

1.隐士阶层的发展

(1)先秦时期隐士阶层的发展和特点

在中国隐士阶层出现的早期,这些隐士们大多以黄老思想为指导,主张无为而治,倡导天下人人皆应清修自律,修身养性,希冀以个体的自觉融会成社会整体的

和谐。这一时期,很多黄老学说的信奉者、发展者走上对政治、对混浊世事的规避之路。庄子终身不仕,力辞楚聘,躲在漆园里做不问世事的小吏,可谓隐士先驱了。至于道家学派的创始人李耳,早年虽然还做过两年的国家图书馆馆长,但后来也西出函谷关,驾牛云游去了。我认为,早期的隐士阶层大多是以道家的思想为其内核或曰理论支持的,我们甚至可以这样认为,早期的隐士实际就是一群道家学说的践行者。在这一阶段的隐士阶层还处于一种相当出世的状态,重视隐蔽效果,趋向于与整个社会都断绝联系,泅渡伍子胥的"渔丈人",风歌笑孔丘的楚接舆都可谓其代表。相信"渔丈人"、楚接舆,还都只是偶尔被历史典籍捕捉到的风毛麟角,像他们一样的隐士应该还会有很多,只是这些士隐得太彻底了,让我们今人难寻其蛛丝马迹。

我认为,早期的隐士阶层大概有如下两个特点:思想较为消极,行为大多出世,信奉黄老学说;成分较单一,规模还不大,重视"隐",过分地与社会断绝,从而忽视了"士"的作用。

这一类早期的隐士因其对黄老思想的共同信仰,连同后世思想行为与其相似的一类隐士,我将其归入一派,称为"消极派"。当然了,冠之以"消极"二字,实在是为了便于阐述和理解,实际上道家思想绝不等同于消极。

(2)秦汉以后隐士阶层的发展和特点

及至秦汉以后,历经两晋南北朝,我们可以发现,见诸史册的隐士忽然多了起来,大有蔚然成风之势。很多知识分子甚或官僚贵族争相以隐为荣,出现了一大批广为人知的"隐"士,一变早期隐士阶层重"隐"的倾向,转而向重"士"的方向发展。我认为,此时的隐士阶层实际已开始分化,从早期纯粹的信奉黄老思想分化出一派杂以儒家思想、积极地谋求实现自我价值、推行自己观点的一类隐士。对于他们而言,隐不是目的,而是一种无奈的选择,一旦有入世的机会,他们会积极地谋求,我将此一派隐士及后世与其思想行为相似的一些隐士归为一派,称为"积极派"。

另外,历史的记载里还有一些打着"隐"的旗号而沽名钓誉,将"隐"作为个人追名逐利的晋身之阶,这一类人名虽为隐士,实际上却庸俗不堪,我将其归入"假隐士"一派,不做分析。

以上是我对隐士阶层的一个简要划分,上文中提到的隐士阶层的两大派别,是我个人为方便论述而人为地依据史实做出的,实际上历史上并不存在所谓的"消极"与"积极"两派,仅是我一家之言。

2. 两种隐士类型的演化与归宿

（1）无欲无求的"消极"隐士

在论述此派的发展状况之前,必须先来了解一个很重要的人——庄子。为什么要了解庄子呢? 要知道,庄子是黄老学说的重要继承者和发展者,我个人认为,庄子对黄老学说的继承并不是很多,更多的是在其清静无为的思想上进一步扩展,主张要张扬个性,追求自由,是为逍遥。这很关键,这一观点对隐士的影响很大,尤其是对魏晋南北朝时期的隐士,我们下面还要专门去探讨。庄子的逍遥思想,可以说,诱发了隐士阶层中的消极派的分化,从单纯的重隐分化出了重性一类。所谓"重性",实际是指重视人的天性,倡导尊重自然,尊重人性,追求自由和无拘无束的生存状态。我们可以看到,消极派的隐士们,重隐的一派因为过分地隔断与社会的联系,在汉代以前还能散见于史册,汉代以后就很少见到他们的身影了,大概是在唐朝有一个管辂还可以属于此类。可以说,重隐的这一派后来已经是销声匿迹了;相应的,重性的这一派却发展得很壮大。

在魏晋南北朝时期,发展成了名士狂士思想,诸如王猛扪虱对策,王羲之祖胸招婿,谢灵运游山玩水等都是放浪形骸的典范。不拘小节,不拘一格,是当时隐士的主要追求和处世方式,而这种思想后来又影响到了佛教,催生出了带有明显"重性"倾向的汉传佛教——禅宗。禅宗的六祖惠能后来明确地提出了"直指人心,见性成佛"的观点,以至于,宋以后,在禅宗中竟然出现了所谓的"狂禅"一派,道济和尚即是佐证;到了明朝,又有徐渭、倪瓒等人,简直可谓放浪不羁,与当时的礼教格格不入却又符合人性的本质;明末出现了一个以癫狂而闻名的大思想家——李贽,因为思想威胁到统治者的统治曾身陷囹圄,其狂可见一斑;再到清朝,因为文字狱的缘故,很多知识分子都采取了避世的处事态度,也不敢过分张扬,大都转入内敛,闭门考证做学问,但重性的隐士依然存在,最有名的要算连郑板桥在内的"扬州八怪"了;及至近代,社会动荡,好不容易不动荡了,文化却遭到了灭顶之灾,隐士自然不存在了,归宿就姑且算是再次回归大自然吧。

（2）以退为进的"积极"隐士

前文已经提到,积极派的隐士是倾向于入世的,所以,这一派隐士大多有多重身份且多是政治身份，譬如王维，官至尚书右丞，同时又是盛唐的大诗人，曾一度热心政治，直到安史之乱后被诬为叛臣屡遭排挤，才隐居家中，是积极派中较有名的一个。积极派的渊源可以上溯到春秋时期的孔子，大家也许不理解，但孔子晚年的确是隐居家中不问世事了，这当然是孔子早年四处碰壁的结果，但这不意味着孔子改变了他治世救国的初衷，他著书立说，广授门生，尽可能地传播自己的思想，希冀后世的统治者可以理解他的微言大义，采纳他的意见。这实在得算是一种无奈的隐，而又是积极的隐。孔子以降，后世多有追随者，譬如东汉的严光、严子陵，与光武帝交游甚好，虽不入朝为官却在野发挥了重要的作用，被光武帝邀入宫中做客，"论道旧故，相对累日"，可谓为帝者师，实际发挥了士的作用，同时又兼顾了隐的相对自由。及至隋唐，李白可以算一个好例子，他明确地提出"功成名就，全身而退"，可以说是很好地概括了积极派隐士的心理状态。王维不说了，还有柳宗元、刘禹锡，这两人可以说都怀有拳拳赤子心，而迫于政治斗争的迫害，不得不隐，也是积极派中的佼佼者。

宋朝，有苏轼代表这一派。苏轼，字子瞻，自号东坡居士，苏洵子，眉州眉山（今四川眉山）人，一生仕途坎坷，屡受倾轧，数次被贬，而始终豁达乐观，晚年隐居杭州。虽然苏轼官做得不是很顺利，名声却大得很，建树也颇多，对诗词的创作，对文化的研究，对书画的造诣都堪称一绝，是隐士中的文化巨人。到此，积极派的辉煌时期便结束了。元代自不必说，几乎所有的中土知识分子全部隐居，而且是消极的隐，隐得踪迹全无。明清两代，封建主义皇权集中到无以复加的地步，对异己言论的禁绝也到了空前的境地，知识分子受到的打击迫害在"文革"之前可谓登峰造极，隐士渐渐丧失了生存的空间，无论是积极派还是消极派都开始归于没落，中国的隐士阶级也从此开始慢慢地退出历史的舞台。

3.隐士阶层发展的规律总结

（1）隐士是特定时代的特定产物，随着时代的发展而发展，也随着社会制度的变迁而归于消灭。

（2）隐士阶层的两个派别始终是相互杂交、相互融合的，不是绝对的截然分开的，上面论述的仅是大的方面，很多细节还是会有特例存在的。

（3）我个人认为，隐士文化实际已渗入了国人的集体无意识当中，虽然隐士阶层在当今已经归于灭失，但归隐的思想仍然存在并发挥着作用。对隐士这一文明发展历程中的独特现象应该给予应有的重视,研究隐士对现实的指导意义也相当巨大。

五、隐士的作用

隐士在中国历史上的作用是相当巨大的。归纳一下,可以有这么几个方面。

1. 在物质层面上,隐士对生产力的发展起到过一定的推动作用

明末清初的张履祥就是一个典型的例子,青年时代的张履祥,曾习八股文,打算在科举上获取功名。年十五,补县诸生,后屡试未中举人,遂在乡间教书,但仍未忘怀于仕宦,崇祯末年曾拜刘宗周为师。明亡之后张与徐敬可、何商隐等图谋恢复明室。到清顺治四年,清廷统治局势已定,张与徐、何等遂决心隐居终身。从此,张履祥一方面教书,一方面注意农事。《补农书》之作,使他成为农学家。与张履祥同时代的很多农学家都是在明代灭亡以后,隐居不仕,接触到农业之后,通过留心观察而成为农学家的。如,《思辨录》的作者陆世仪、《花镜》的作者陈扶摇等。宋代大科学家沈括,早年曾在各地做官,晚年隐居京口附近的梦溪,著有《梦溪笔谈》《梦溪忘怀录》。《梦溪笔谈》被誉为中国科技史上的经典著作,其中就包括了许多与农业生产技术有关的内容。再如最早的一部茶叶专门著作《茶经》,就是由隐士陆羽所作。上述种种,都是隐士对我国古代生产力的发展起到的重要作用。可以认为,隐士是一个另类的民间科研机构,对农业、科技等各方面做了很多总结和创新,功不可没。

2. 隐士在精神文明领域贡献同样颇多

遑论老子、庄子这些本身就是文化巨匠的隐士,西汉武帝时的淮南王刘安组织了一大批以道家为首的隐士,共同编纂了一部《淮南子》,书中多记载历史传说、人物方志、养生之道,是现代人了解当时的社会文化的一份重要资料;南朝萧统组织百名文人隐士汇编历代文学名篇成《昭明文选》,保存了许多南朝以前的文学典籍、文学作品,其中还有一些文学作品同时涉及其时的社会情况。另外,隐士对外来文化的消化吸收,实际促进了中西文化的交流,隐士对本土文化也做了深入的阐述,在继承的基础上进行了发展,扮演了一个文化传播者的角色。还有一点,也是不容忽视的,即隐士和宗教的紧密联系,很多隐士本身就是僧侣、道士或者和这些人交往密切,从而使得隐士与宗教结下了不解之缘,也正是通过隐士,宗教才得以和儒家正统思想达到有机的结合并从根本上融入中国的传统文化体系当中。明清时期,隐士式微,政治上没有大的图谋,于是转而集中精力研究学术,考证历代典籍,对今人的学习起到了极大的帮助。如果没有这些人的辛勤劳作,恐怕将有很多典籍流落失散。从这一角度讲,隐士还是文化的保全者。

3. 隐士对后来的知识分子的影响

我认为,隐士是对政治不妥协的产物,是中国知识分子的脊梁,隐士更多的是一种精神,一种抗争的精神,不畏强权,不惧压迫,就如伯夷叔齐二人不食周粟,以身殉道的反抗精神。这种精神参与塑造了中华民族的精神,正是因为有了这种精神,中华民族才传承延续了五千年,在经历过数次大规模的战乱后仍能恢复和发展,显示了民族文化顽强的生命力。从另外一个角度讲,隐士文化还是中国历代知识分子的一个精神的避难所。它让人明白,我还可以这样活着,我还可以活得这么有尊严,这对人们是一种莫大的精神慰藉,可以让我们在经受挫折后从中获得感悟,达到豁达和乐观。

六、西方世界眼中的中国隐士——比尔·波特与《空谷幽兰》

比尔·波特是美国人,但是对中国文化却有着异于常人的浓厚兴趣,他通过亲身探访隐居在终南山等地的中国现代隐士,了解了中国隐逸文化及其传统产生和发展的历史,并将其与他在探访过程中看到的隐士现状进行比较,展现了他眼中的中国隐士,表达了他对中国传统文化的高度赞叹和向往,并写出了他所看到的中国未来发展的希望。《空谷幽兰》正是一本关于中国隐士文化乃至传统文化复兴的"希望之旅"。

先看一看这本书的名字:空谷幽兰,山谷中优美的兰花,出自《老残游记二编·第五回》"空谷幽兰,真想不到这种地方,会有这样高人",比喻人品高雅。比尔·波特的用意大抵于此了。

从 1972 年开始,比尔·波特就生活在中国台湾和香港,在阳明山顶居住了十四年,每日如痴如醉地学习翻译中国诗歌和佛学经典,1989 年,比尔·波特来到中国大陆,来到终南山下,开始他漫长的寻隐之旅。他用了将近半年的时间,先后三次走近武夷山和终南山,寻找中国隐士。

比尔·波特对于中国的文化研究颇深且有自己的见解,他一直追求的是儒、道、释三者合一,在《空谷幽兰》这本书里也有着很明显的痕迹:他与薛道长的问答里记录了这样一段话:"基础的东西哪里都能学到。有书。要学更深的秘密,当你的修行达到一定层次的时候,你自然就会遇见一位师傅。但是你不能着急。你要有终生献身于修行的准备。这就是宗教的意思……道是不可言传的。悟道前你必须修行。老子教我们要自然。你不能强求,包括修行。"在与续洞法师的谈话中有这样一段记录:"在禅宗里,我们不停地问,谁在念佛。我们所想的一切就是,佛号从哪里升起来的? 我们不停地问,直到我们发现自己出生以前的本来面目,这就是禅……直到我们能够吞下这个世界,它所有的山河大地,一切的一切,但是这个世界不能吞掉我们;直到我们能够骑虎,而虎不能骑我们;直到我们发现我们到底是谁,这就是禅。"

因此在他向西方人介绍中国文化时,他也强调着儒家走的是社会和谐,道家走的是身心和谐,而佛家走的是思想和谐。这三条路看似截然不同,实则殊途同归,实现了人与自然的和谐。

比尔·波特在这本书里提到的隐士虽然只是在山林里修行数十年的僧人和道士,并不是真正意义上的隐士,当然里面不乏一些个例——北京大学中文系毕业的学生,但是他们有一个共同点,就是都远离喧嚣,都拥有智慧,面对各种诱惑时,依然能坚守自己心中的道。因此,尽管他们身在乡野,却能依旧心容世界,静己、正心、明世。

可以说,比尔·波特的这本书打开了终南山隐士的世界,让世界看到了中国的隐士,也让中国人关注到了隐秘的隐士阶层,甚至可以这样说,在没有读这本书之前,我还从未想过要探寻一下只属于中国的神秘的隐士阶层与文化。

七、总结

本文从隐士的含义及特征,隐士阶层产生的原因、演化、发展与归宿,以及隐士阶层在中国历史及社会上起到的作用等方面表现中国视野下的隐士文化、中国隐士与隐士文化,并通过比尔·波特的《空谷幽兰》感受西方视野下的中国文化,试着站在历史和世界的角度上看待中国文化的发展脉络及其现实状况与影响。

可以说，中国隐士阶层和隐士文化是世界文化星河中一颗璀璨的明星，是世界文化史上不可多得的珍宝，现今的中国人应该给予这一阶层与文化现象更多的关注，而非忽视、漠视甚至嘲笑这一阶层与文化现象，更应了解现代社会中的隐士阶层以及他们的生存现状，感受民族文化认同感，将中华文化推向世界，让世界更加了解中国的多元文化。

参考文献

[1](唐)李延寿.南史[M].北京:中华书局,2016.

[2]杨天才,张善文译注.周易[M].周洁,译.北京:中华书局,2011.

[3](美)比尔·怀特.空谷幽兰[M].成都:四川文艺出版社,2018.

[4](东汉)许慎.说文解字[M].北京:中华书局,2013.

[5]楼宇烈.老子道德经注校释[M].北京:中华书局,2012.

[6]朱碧莲,沈海波译注.世说新语[M].北京:中华书局,2014.

[7]孙通海,译注.庄子[M].北京:中华书局,2018.

[8]文天,译注.史记[M].北京:中华书局,2016.

[9]蒋星煜.中国隐士与中国文化[M].上海:上海人民出版社,2009.

[10]南怀瑾.道家与禅宗[M].上海:复旦大学出版社,2016.

[11](清)刘鹗.老残游记[M].北京:人民文学出版社,1982.

刘新阳,女,辽宁省葫芦岛市人,河南大学文学院2018级明德计划实验班成员,有志于古代汉语唐宋文学、汉语言文字学研究。

试论交际中反语的生成和接收

朱香岩

摘 要:在交际中,反语是指说话人为达到某种语用目的而使用的一种修辞格,它与语境有着复杂的关系。反语的使用包括生成和接收两个环节,这一过程要求说听双方及时准确地进行反语两层意义之间的转化,尤其要求听话人迅速对交际语境中出现的不和谐话语做出正确判断和合理反应。

关键词:反语;语境;不和谐性;生成和接收

一、反语的句子意义和话语意义

反语是一种用具有与说话人想要表达的意义相反的意义的语言符号传达信息的语言手段,传统语义研究认为,反语包括正话反说和反话正说两类。反语包含着两层不同的意义,即句子意义和话语意义。句子意义是指构成反语的语句本身表达的意义,这一意义层次是固定的、静态的,它只靠语言结构要素来控制,只与说话人选择使用的语言符号存在对应关系,而与语境无关,并未进入语用范畴。话语意义则是语句进入语境后所表现出来的与语境相契合的意义。从这一角度看,正话反说即通过表达消极的句子意义的语言符号传达积极的话语意义,反话正说则是通过表达积极的句子意义的语言符号传达消极的话语意义。例如:

(1)贼婆娘,怎样了? ……贼婆娘,你放心,一个也跑不了。(《射雕英雄传》第四回)

(2)你可真能干啊,竟然敢翻院墙出去上网。

例（1）是正话反说的例子，这是陈玄风知道妻子梅超风双眼被伤之后说的话。"贼婆娘"显然是贬义的词组，如果仅看字面义即句子意义，会误认为例（1）是讽刺咒骂之语。但根据场合和说话人身份不难判断，这一称呼其实更能体现夫妻之间的亲密，与上下文中说话人粗浅却不乏真情的关心之语形成了和谐的对应关系。例（2）是反话正说的例子，是一位班主任批评学生时所说。"能干"一词在这里是"过分"的意思，表达一种严厉的斥责。

反语的两层意义放在奥斯汀提出的言语行为理论中可以得到更好的解释。奥斯汀认为人们在交际中讲出的话语实际上有两层含义：命题意义和施为意义。命题意义即话语的字面意义，也就是句子意义。施为意义则是语句在听话一方产生的效果，是语用层面的概念。它基本脱离说话者和话语本身而存在，施为意义是在说话的行为发生后才产生的，因此说话者无法对其进行完全控制，除非在说话完成之前终止这一行为，但终止的行动也不能使已经产生的施为意义消失。从语用角度，反语的发出者对需要达到的施为意义具有明确的意图和指向，而反语的话语意义正是实现说话者理想的施为意义的途径。

二、反语与语境的关系

语境是指作为交际媒介的语言符号进入动态使用状态后所处的语言环境，有狭义和广义之分。狭义的语境是针对某一交谈片段而言的，这种片段具有暂时性、完整性和相对独立性，能够集中于一个主题传递相对完整的信息，因此也能够独立存在。狭义的语境包括会话主题、上下文、双方的情感态度以及会话发生的自然环境和社会环境等。广义的语境在很大程度上是针对交际的主体而言的，主要指主体的认知背景和能力，具有长期性和相对稳定性。此处主要在狭义语境的维度下讨论实际交际中反语的语境条件。

反语作为一种"话中有话"的特殊语言形式，本身包含句子意义和话语意义这两重相反的意义，其中，话语意义才是说话人要传达的真实意图。然而说话人在进行反语的信息传达时，不可能明示反语的话语意义，因此，听话人需要完全根据语境做出判断。

会话需要遵循合作原则和礼貌原则，而合作原则包括量的准则、质的准则、关系准则和方式准则。任何一个具体的语境都是围绕某一主题而存在的,为保证交际的顺利性和有效性,交际主体以这一主题为中心选择合适的语言展开会话。而反语使用的最明显的标记方式就是对合作原则或礼貌原则的违背,换言之,反语在句子意义的层面上必然与其语境产生不和谐性。

就反话正说的反语而言,这种不和谐性既包括逻辑上的,体现为反语打破了上下文所言内容中正常的逻辑关系;也包括情感态度上的,体现为说话人语气或交谈氛围的突然转变。前者违反了合作原则,后者违反了礼貌原则。说话人不直接表达自己的意思而选择反话正说无非有两种情况。其一,"不得不用",即说话人受到场合、身份等因素的制约的情况。此时,说话人有强烈的传达真实想法的意图,但不方便直接表明,于是便试图通过看似比较委婉的反语形式掩饰自己真实态度的锋芒。其二,"故意使用"。反话正说的方式可以更强烈地表达消极意义,因此,在这种情况下,说话人为了增强讽刺效果,达到使对方难以招架、进退两难的语用目的,故意使用反语,从而使自己要传达的真实信息和态度欲盖弥彰。这两种情况中说话人都选择了间接、曲折、隐晦、逻辑模糊的表达方式,违背了方式准则。"不得不用"的情况下,说话人虽然有意掩饰锋芒,但所言内容最终仍然增加了交谈氛围中的不和谐因素;"故意使用"的情况下,说话人有意对听话人进行讽刺效果更强烈的言语攻击,因此,这两种使用方式都违背了礼貌原则。例如:

(3)你们通今博古,才知道"负荆请罪",我不知道什么是"负荆请罪"。(《红楼梦》第三十回)

(4)我倒不知道你们是谁,别叫我替你们害臊了!(《红楼梦》第三十一回)

例(3)是薛宝钗受到宝黛言语上的冒犯之后所说的话。在宴会上,身为大家闺秀的薛宝钗不能直接回击二人,于是用反语说自己不知道什么是"负荆请罪",其实是为了突出宝黛的"知道",从而讽刺宝玉因得罪黛玉而"请罪"之事,暗指其亲密关系,完成反驳。例(4)是晴雯的抢白之语,其中"我倒不知道你们是谁"是反语。例(4)中的第二个"你们"显然有所明指(宝玉和袭人),晴雯这样说是为了增强语气,讽刺袭人有失身份。

正话反说的反语同样是用具有与说话人想要表达的意义相反的意义的语言符号传达信息,因此具有逻辑上的不和谐性。但在一般情况下,正话反说并不存在情感态度上的不和谐性。这类反语要传达的真实信息是积极性的,不会对听话人造成负面的刺激,不会造成不和谐因素的介入。相反,如果用这种间接委婉的方式表达积极的情感反而可以活跃氛围,达到幽默效果,增强表现力。正话反说虽然违背了方式准则,但并不违背礼貌原则,因此,这类反语很容易被接受。正话反说可以用于正式场合,但主要应用于随意性的会话之中;同时,其使用频率与会话主体之间的亲密程度有关,一般来说,亲密程度越高,使用频率越高。

（5）德邻先生,你这一次归国,是误上"贼船"了。（毛泽东）

（6）臭小子,转眼就三年,想当初你还是娘肚子里的一颗红烧狮子头,现在都长成有鼻子有眼的帅小伙了。（《哪吒之魔童降世》）

例（5）是毛泽东同志接见刚回国的李宗仁时说的话。李宗仁曾为"中华民国"代总统,与中央领导人有过深刻矛盾。毛泽东同志这句谦虚幽默的话避免了尴尬氛围的产生。可见,在这种正式场合,如果能恰当巧妙地使用反语会对交谈的顺利进行起到促进作用。例（6）是电影中哪吒母亲的台词,其中"臭小子"是反语,但这种说法显然并不影响交际的进行和感情的交流。

三、反语的生成和接收

反语与语境的不和谐性可以在其复杂的生成和接收机制中得到一定程度的解释。作为一个修辞学概念,反语其实是一种修饰性的表达手段,是语言表达的一种特殊形式。在面临某种具体语境时,语境中的主体即说话人首先会做出一定的心理反应,然后会产生向听话人传达或隐瞒这种心理反应的需求。当说话人产生的是传达需求时,就会主要通过语言媒介进行信息传递。但在某些情况下,说话人受到外部条件的制约或内在动因的驱使,不能或不愿直接表达自己的意思而采用其他方式,反语就是其中之一。说话人明确了要传达的信息之后故意选择与话语意义相反的意义,并将其转化为一定的语言符号,之后再以语言符号的形式把信息传达给听话人,这一过程是说话人对自己要传达的信息进行反语化处理的过程。

反语的接收也存在一个解析过程。听话人在接收到语言符号信息之后,首先分析的是该语言符号组合本身可以表达的意义,这对应的是反语句子意义的内容,这是接收的第一阶段。然后,听话人通过对特定的语境条件进行分析,包括会话主题、说话人的表情、语气及态度等,最后在动态的语境中捕捉到话语意义,即说话人想传达的信息。听话人及时并准确地解析了说话人使用的反语之后,才可以说该反语的使用是成功的。

可以用作反语的词汇往往具有很强的描述性,换言之,反语的语言表现形式可以是谓词或谓词性词组,如下例(7)中的"增光"一词;也可以是包含有谓词性成分的体词性词组,如例(8)中的定中词组"好儿子"。在我们的词汇系统中,这类具有描述性的词或词组经常是成对存在的,或意义相反,如"好"和"坏",或意义相对,如"黑"和"白"。这种紧密的联系使意义处于两个极端的双方成为一个统一体,其中一者被单独提及时,我们往往很容易联想到与之意义相反或相对的另一者。因此,在反语的使用中,说话人和听话人并不难做出这种联想从而进行反语处理和解析。

(7)你成天在外边惹事,可真给家里增光啊!

(8)一天到晚不干正事,这就是你养出来的好儿子!

就某一反语而言,"话语意义"这一说法是随着反语的产生才出现的,但话语意义的内容并不是进入语境之后才产生的。实际上,说话人"要传达的信息"就是话语意义的内容,在反语的生成和接收中,它是最先出现的,却是最后被听话人接收到的。

反语生成之前,说话人就已经产生了特定的语用目的。作为交流媒介的反语符号被听话人接收之后会对其产生一定刺激,引发听话人的相关反应。如果这些反应符合说话人的预期,便能够达到其语用目的,反语发挥了预期的语用功能,即达到了说话人理想的施为意义。

(9)我才不想你们呢!

例(9)是一个留守儿童跟父母通话时说的话。一个孩子不可能不想念自己长期出门在外的父母,在通话中,孩子受到父母的声音、通话内容等外部刺激,这种思念之情更加强烈。然而由于抑制情绪的需要,孩子不愿意直接表达这种情感,而是对其进行反语化处理,用一种间接的方式传递信息,表达感情。而听话人即孩子的父母首先接收到的是语音信号,这种语音信号直接联系着句子意义,但是孩子的父母在这一特定语境中会迅速捕捉到孩子要传达的真实内容,完成对反语的解析,意识到孩子的强烈思念,而反语解析的完成也意味着反语语用功能的实现。

四、结语

在会话之中，交际主体经常使用反语这种间接方式表达传达信息。由于这种间接性，反语往往会违背合作原则或礼貌原则，并与语境产生一定的不和谐性。这种不和谐性是由反语本身的复杂性决定的。反语传达的复杂性体现在生成和接收两个环节之中，这两个环节不能自发完成，需要主体进行自觉的语言处理和分析。

参考文献

[1]王华燕.修饰中反语的语用浅析[J].文教资料,2006:189.

[2]马玉莲,张淑君.反语的语用功能分析[J].长春教育学院学报,2019:57-60.

[3]曾绪,唐玲芳.语境与理解[J].西南工学院高教研究,2000:10-14.

[4]王小娜,谢刚.浅谈反语的语境限制性和认知性[J].安徽文学,2007:167.

朱香岩,女,山东省滨州市人,河南大学文学院 2018 级明德计划实验班成员,有志于学科语文方向。

经典在网络时代的碎片化呈现

魏培月

摘　要:文学经典是精英文化的人文旗语,在网络时代其一方面遭受冷落,被不断边缘化,另一方面却又被不断地碎片化解构与呈现。文学经典的语言被截取式呈现或者内核被进行概括式总结,这是经典在大众化进程中的异化现象,其背后受到了后现代主义的解构与颠覆,其权威与影响力被不断消解。同时在网络的视觉化影响下,网络用户之间"看"与"被看"的关系模糊,被碎片化呈现的文本遭遇再次碎片化。但经典本身属于精英文化的一部分,接受度原本就低于大众文化,无法苛求普通大众对其抱有较高的热情。在这样的情况下,文学经典事实上在文化精英阶层中仍然有生存空间,其想要贴近大众生活应当进行适当的革新与形式的改变,以"碎片化"形式来传达较为完整的内核,才是一个健康的大众化过程。

关键词:文学经典碎片化;网络传播;精英文化大众化

社会发展过程中,应用物质文化和技术新成果的速度十分快,应用为适应新技术而进行修正的非物质文化内容速度则往往要慢得多。二者之间的发展差距,社会学称为"文化堕距"。在当前新媒体时代,经典的传播出现了类似的"文化堕距"现象,突出表现在文学经典人文价值的传播与接收严重滞后于媒介新技术的应用。文学经典是精英文化的人文旗语,是经由时间沉淀和实践检验而形成的文学认同标杆。一部真正的好作品既承载所在时代主流价值取向和意识形态的传播使命,又具有超越时代局限的价值体现。文学经典往往具有历史赋予的话语权利,浸时代而生,破时代而来,留给人多元的解读空间。在传统媒介时代,精英文化阶层依靠纸质媒介的传播占领着文学经典的高地，在其非匿名性及有限的传播下建立了较高的准入和发表机制。人们通过掌握发表权，借助文艺批评的力量不断淘汰不符合经典表征的作品，遴选、保留、传承那些为社会所认可的经典作品，通过不断批评又不断重构，经典的权威性及影响力被不断强化。然而互联网的出现打破了这一传统而稳定的机制。它降低了信息准入门槛，使得信息传播的内容及速度呈几何式增长，让匿名传播成为常态。文学创作与发表不再是少数精英文化阶层的特权，批评的话语权下移至每一位读者的手中。后现代主义的兴起与广泛接受又向传统的经典举起了理论利刃，通过网络所进行的阅读和批评秉持着后现代主义的立场，网络环境极易让人们被娱乐充斥而回避严肃，不断进行碎片化解构而颠覆经典。

在网络时代，昔日的文学被重新洗牌，文学经典的命运也发生了变化。一方面是其备受冷落，被不断边缘化，《红楼梦》《百年孤独》等许多文学名著竟被评论说是"死活读不下去的书"。另一方面则是在经典这样被"明目张胆"地遗忘之下，它以另一种形式"新生"——被不断地碎片化解构与呈现。完整的经典被遗忘与冷落，但摘自其中的句子与片段却在网络上被广泛传播。有一些是截取经典中的语言，或是使用鲁迅作品中的句子来作为批评时事的冲锋枪，又或是用太宰治的语言来作为传达绝望的便签条，再或者只摘取文学经典中的一句话以创造一种意境或赢得一些关注；有一些则是企图截取经典的思想或是情节，在像豆瓣这样的网站或是一些自媒体上，查阅关于文学经典的书评或是总纲式的概括便可知其大意。将文学经典的核心内容简略概括，总结性地加以概括，一方面符合信息爆炸时代读者的期望与诉求，但另一方面又把文学经典中的词句之美与对隐藏在具体描写之中的细微态度的研读等排斥在经典阅读的边缘。随着当下社会要求人们的知识量不断增加，经典碎片化呈现的问题被逐步推至眼前。

一、文学经典碎片化呈现现象泛化

上文说到网络传媒对经典意义的消解以及人们对经典态度的异化，以及经典以一种扭曲的形态参与着我们的阅读。最近网络上尤其是各大评论区，有一个值得注意的现象，有一部分人常截取一些经典作品里的话来借此表达自己的想法或心态，其中出现频率较高的是借鲁迅的语言来抨击时事和用太宰治来表现消沉。我们拿鲁迅在评论区的出现做个例子。在一些比较能引起社会性愤怒的恶性事件里,我们不难找到把鲁迅先生有关"人血馒头""民族劣根性""看客"之类的文段拿出来表达看法的评论。他们往往并不会对文段进行改动,怎样理解,全凭个人。就像前段时间受到广泛关注的医生被患者家属连捅数刀最终不治身亡这件事,在微博或朋友圈或者其他资讯软件的评论区我们时常可以看到出自鲁迅先生《呐喊》中的句子"凡是愚昧的国民,即使体格如何健全,如何茁壮,也只能做毫无意义的示众材料和看客,病死多少是不必以为不幸的。"①关于这句话用在这里是否贴切妥当,事件背后到底能不能体现国民性缺陷暂且不论,这里我们只来看对于原作所产生的影响。这句话被人们从厚重的《鲁迅全集》中寻找并截取出来,掐头去尾,只留下这一残破片段。配合原始时事,这句话看起来颇为贴合,再佐以鲁迅辛辣文风在大众心中的深刻印象,这样的评论初看觉得一针见血,颇为震撼。但是如果对其进行深入思考,会发现这样的截取截断了鲁迅作品的能指与所指,就好像很多追求热度与点击量的营销不讲明前因后果只给出一段不完整的视频然后取一个带有舆论导向性的标题来吸引人一样。鲁迅先生执笔为戈,探求人生世相,批判社会荒诞与黑暗以求唤起民族觉醒,他对民族命运表现出深切的忧虑,疗救现在,希冀未来。用辛辣语言无情刺向国民机体内部,揭露堆叠凝血是想要刺破国民心灵,在精神上挽救民族于危亡。他从不是站在冷眼旁观的角度去嘲笑国民,去让世人浸染对国家人民的失望而瓦解掉这个民族,他对民族、国家有着超于常人的深沉的爱,对那些灵魂绝望、麻木痛苦的可怜人的悲悯亦是令人感动。这些单凭寥寥片段必然无法展现。网民数量众多,必然不会人人都深入了解过鲁迅,精读甚至读过《鲁迅全集》的只能占到网民的非常小一部分。但毕竟多数人在中小学时期学过鲁迅先生的文章,相当一部分人对其有过粗略了解,处于这种中间状态的人群最易对鲁迅的辛辣文风及冷酷批评印象深刻而对鲁迅的人文关怀及爱之深切体味不深,读之易生失望悲凉之感,所感所想皆是国家缺陷。以鲁迅先生意蕴深刻的文字配以单独事件,仅能看到其浅显的表层的意思,无法深入解读思考其背后的人文关怀与哲学深思等,获得的单单是视觉化的符号与碎片化的信息,只会生出"哦,鲁迅说得很对啊,果然中国人民的劣根性是改不掉的,这个民族没有未来"的想法。

除了这一最近热度较高的截取鲁迅文章以做其攻击的"武器"这一例子外,还有很多早先出现过的同类现象。若是想找很容易找到,或者甚至不用特意去找,许

---

① 鲁迅.呐喊,鲁迅全集[M].北京:人民文学出版社,1981:417.

多经典里的原句就会悄悄溜进你的眼睛。人们把长篇作品中的某一句摘录并传播，掐头去尾，甚至原作者写来讽刺批判的现象或行为也被拿来郑重其事地收藏。人们并不关心其前后关系，也不关心实际内涵，却会关心出处与作者，以期从这样的片段里获得一点接近经典的慰藉感。

如果说截取是被逐步肢解的残体，那总结就可以说是去肉留骨的框架。与上一种不问内核的情况不同，网络上只总结内核的行为也广受欢迎。各种公众号、App 等层出不穷，《带你半小时读完十本好书》《每日经典解读》等文章大受欢迎。在信息海量且传播迅猛的当下，个体接收着超过自身可承载量的知识但仍然感觉信息获取大量空缺，大众面对冗杂信息的选择性记忆和注意成为信息表征生产和传播的重要参考。"总结式"信息标注重点、提炼要点，能让读者在短时间内快速获取所需的知识而更易吸引大众的注意力。有些甚至会加上创作者本身的书评，使得读者在有意愿的情况下连思考的过程也可以省略，在使用时可以直接"复制"别人的观点作为自己的知识输出以作为自己的社交资本。在许多听书类应用及公众号中，文学经典的表征常被以总结内核、标记重点或者提炼书评的方式加以呈现，其中常常附着着传播者的个性解读。在"豆瓣"这样的网站上，如果想要粗略地了解一本文学经典，只需对其书评与简介进行简略的翻阅便能做到心中有数，整个过程可在几分钟内完成。对于读者来说，这本经典没读但又好像读过了。为了在繁杂的信息里抓住读者的吸引力并尽可能地留住读者，其表征方式需要同读者接收信息和阅读的习惯相匹配，现如今大众的信息接收多在移动端完成，文学经典系统的呈现很大程度上被"碎片状"的表征所取代。

二、网络传播对文学经典意义的消解

是为经典，固有其所以为之处——本身有着极高的文学价值、人文价值以及审美价值等。经典是经受时间洗涤，被身处不同文化环境下的读者阐释与评判后仍存的作品。经典的形成"既有赖于经典创造者的个体记忆和经验表达，更有赖于它在传播过程中获得的普遍肯定，最后则是经过代代传承，固化为一种不随时代变易的永恒价值"[①]。在漫长"硬载体"书写时代，文学经典通过竹简、布帛、纸张等具体实物进行传播。青灯残卷，秉烛夜读，让"读书"获得了一种仪式感或文明的神圣

---

① 刘成纪.经典的现代价值[J].文学遗产,2014(5).

性。即便在当下,很多人选择纸质书也仍旧是想要在这一物质实体上获得一种"仪式感"。若是一本书能让人读之不厌,回味无穷并代代相传,便被视为经典。在"硬载体"媒介时代,由于成本和运输的限制,以甲骨、竹简等为载体的文本若要留存和传承就要经过大量多次的遴选,只有能够被不断提及、使用的作品才有可能在时间的冲刷下沉淀为经典。所谓的经典,包括文学经典,不仅源于作品内容旨趣的精深与高远及其对世道人心所产生的功能性影响,还有文本载体的案牍化(物态化的书本)、传播方式的线性化(从一地到另一地)和阅读方式的凝视性(对优秀作品的精读与品鉴)等技术机制的掣肘。古人说的"皓首穷经",正体现了对经典的敬畏和膜拜,也是经为之"经",典为之"典"的接受美学动因。① 但是文学经典的构建是过程性的,在这个过程中面临价值颠覆与重构的可能性。在纸质媒介时代,文学接受者对作品进行"凝视性"阅读,经过对文字的解码以及二次创作,沉浸在深层次的审美活动中,对作品核心意象进行重现及解读,领悟其人文蕴含。书籍稳定的物质形态和文本的有序排列使得对于经典作品的反复阅读与细读成为可能,人们有更多机会可以对其进行批评与反思。但在媒介融合时代,文学经典的传播环境及机制在技术与设备的迭代下全然不同以往,其接受者亦在新的时代背景中展现新的特点,文学经典的价值卷入"颠覆——重构"的往复之中。网络媒体引发了媒介权力的重新分配,网络传播让信息由单一中心、层级传递向多中心、同步传递、无层级转变,打破了原本相对封闭的文学传承体系,在文学权力上不断"去中心化",文学话语权下移至每一位接受者。虚拟空间的"软载体"文本和信息的实时传播,压缩了信息的传播时间,同时提升了传播空间与内容。海量信息不断涌向接受者,迫使其进行"填鸭式"的接收及概略式的阅读来快速获取信息以满足时代提出的要求,无暇研读品味文本内涵。而在接受效果上则会出现德里达所说的"延异",人们得到的不过是因为难以阻止的异化而造成的"形迹"而已。作品的在线化传播让人们对文本的细读变成了浏览,接受者对文学经典人文性的领悟与反思大打折扣。

但是在这样的环境下人们其实并没有把经典完全抛却。即便人们已经不能沉下心来细细品味经典的深刻人文意蕴,如果能有选择,人们会更愿意阅读娱乐性更强的作品,但是时代对于经典的需求并没有减少。信息爆炸要求人们拥有更加出色的信息提取能力,教育的普及要求人们有更为丰富的知识储备。社会的要求以

---

① 欧阳友权.文学经典在网络时代的命运[J].求是学刊,2019(3).

及消费主义与后现代主义的悄然兴起加速了人们对于经典态度的异化。每日推送碎片化经典的软件及公众号层出不穷,用三五分钟的短视频或文章来呈现经典内容梗概及主观评价的自媒体备受欢迎。多元符号碎片化对人的审美进行干扰,使人们反复领悟及深入反思的机会减少,受众的直观感受冲淡了想象空间,视觉化刺激取代了理性思考。文字的诗性、作品的审美价值、作者的人文态度等都被束之高阁,文学经典中蕴含的人生感悟、隐喻反讽、人性思考等被边缘化,取而代之的是浮于表面的浅层化理解及碎片化呈现。"文学经典的核心价值被重构,权威性和严肃性被消解,建构出的往往是缺乏时代更迭之思、缺少人生训诫之悟、难以发挥其教化之用的价值阐释机制。"①文学经典的价值被颠覆,意义被消解。

三、后现代主义语境下对文学经典的解构

后现代主义是在 20 世纪 60 年代诞生并于 70 年代至 90 年代盛行于西方的一种社会文化思潮。"其本质上是一种知性上的反理性主义、道德上的犬儒主义和感知上的快乐主义。"②人们之所以认定一部作品为经典,是人们传统观念里认为世界是一个可以被理性所理解的整体,这个整体的内部有着自身的规律性,承认这个世界存在着本质主义的整体性、中心性和同一性,承认真理的有效性和合法性,经典中所蕴含的历史沉淀的人文价值及社会规律是对上述所有的逻辑验证。然而后现代主义恰恰否认这些,其试图颠覆整体性、中心性、同一性等思维方式,否认传统形而上学,二元对立。它对真理、稳定等价值观念持怀疑和否定的态度,强调世界的多元性和多义性,强调解释的多元性、意义的多重性和视角的多面性等。这样一种既解构又建构的世界观,撕破一个同质的单一世界,打成碎片,从而又拼贴出一个多元的可以对话的世界,一方面倡导人们认识真理的多元性和相对性,一方面又极力鼓吹价值相对主义,为怀疑主义和价值虚无主义思想的滋生提供了基础。而罗兰·巴特将后现代主义在文学创作与批判上进一步发展,根据其在《作者的死亡》中的观点,是文本语言在说话,而不是作者,换句话说,"作者之死"消除了作者的主体地位,转而确认的是语言的优先地位,这也正是后现代文学理论中"文本"取代"作品"带来的直接后果。在传统视野中,借助于理性的公共性,对文学文本的阅读

---

① 韩传喜,黄慧.媒介融合时代文学经典的价值重构[J].当代作家评论,2019(6).
② 欧阳友权.文学经典在网络时代的命运[J].求是学刊,2019(3).

被认为是一种建立在"理解"之上的接受,进而进行沉淀与反思的过程,是否能"看懂"构成对一个阅读者的评判与约束。传统观念认为阅读要求读者经过自己的思索,探求并确定作品的意义,但在后现代文学理论中,意义并不来源于主体,它们事实上是读者思想中原本存在的观念所决定的。文本实际上具有多重的意义,既无主体,也无结构,也无中心,文本实际上被"解构"了。

20世纪90年代,互联网及附着其所产生的网络文学与后现代主义在我国几乎同时兴起,为我国的哲学、文化以及文艺思想注入了新的活力,客观上激活了创新意识、变革意识,但对文学经典的影响却是颠覆性的。"被封为'经典'的作品不再因对'道'的普遍性解释而具有不证自明的权威,而是在'一千个读者眼中有一千个哈姆雷特'的阅读中被发现和确认"①。在后现代主义影响下,"作品"被解构为"文本",进而被解构为"言语",人们越来越在乎自己读到了什么而不是作者表达了什么。随着义务教育的普及,国民受教育水平提高,阅读这件事更加普遍与大众化。但在"泛娱乐化"的网络环境下,人们更愿意跟随直观视觉感受而追求在短时间内就可以带来快感的娱乐化阅读。面对此种情况,文学经典的命运之路一半通向边缘化,另一半则通向碎片化。我们进行网络阅读与网络批评,操持着后现代的工具,也秉持着后现代的立场。在阅读的过程中作者的地位逐步消解,多元化的解读与视角被不断推崇,文本表达含义许可多种答案,后现代主义语境下人们审美的方式被拓宽,艺术的边界被无限扩大,为传统文学注入了崭新的生命力。但是在后现代主义极力鼓吹价值相对主义的时候,不可避免地滋生了怀疑主义和价值虚无主义,其具有消费性和娱乐性等特征,不再承载责任感,排斥沉重,稀释人们对于精神、真理及价值的追求。人们不再信仰经典的权威性和严肃性,解构甚至颠覆文学经典的概念,更愿意用自己所读到的意义去评判经典。经典中的某句话在某个地方出现,在文本中自身所读到的含义即刻被定义为文本所表达的含义。也许将这一文本截取呈现在网络上的读者切切实实读过整部作品而为这句话在作品本身中蕴含的深刻意义而感动,但是他将其呈现在公开的网络环境后,无法控制受众人群,所以后来的接受者如果没有读过原作,那么他所能接收到的信息就只有文本本身所表达出来的。在秉持"文本中心论"或是"读者中心论"的情况下极容易产生文

① 张颖.媒介文化视域中的文学经典论争——近40年来国内文学经典争论史[D].陕西师范大学,2014(11).

学经典语言的截取式呈现，而秉持这样的观点又会对文本进行重新理解而二次呈现，从而进入"截取——解构——再截取"的循环之中。

四、视觉化下的碎片化与再碎片化

传统媒体时代，受众的记忆方式是选择性记忆，即只记忆对自己有利、符合自己兴趣或与自己意见相一致的传播内容。新媒体时代，受众对媒介的依赖空前加强，在这种情况下，受众的记忆方式和记忆内容也发生了改变，即从向内记忆转变为向外记忆。在口语时代所留存的故事及歌词只能依靠人们的背诵进行口耳相传以完成保存，进入书写和印刷时代以后，文本使深入的分析与反思成为可能，信息有了视觉化的呈现，但同时也令长时记忆显得不再那么重要。现代人的长时记忆能力普遍较先前更为低下，更加健忘，并且更倾向于向外界搜索信息而非自己的内心。互联网的推送与搜索功能进一步扩大了由内向外的转变趋势，当人们看到自身所需的信息时，第一反应是复制保存而非认真分析并进行记忆。记忆的特点发生了变化，碎片化趋势更加显现，受众关注更多的是重要信息点的记忆，以及对如何获取信息的记忆，而不再重点关注完整信息的记忆。在此种信息廉价且易获取的情况下，知识越来越少地被人理解后内化于心，成为自身知识构成的一部分，而更多地被呈现在外部物质载体中，成为随取随用的"可见实体"，在图像主导的文化语境中，包括经典在内的所有信息不可避免地走向视觉化的命运。这并非是说信息必须以试听语言的形式存在，而是说信息更多地成为一种视觉符号，语言的抽象性被可视性消解。比如原本的"行"字是一个整体，在众多意思中有能干、干练与可以的意思。但现如今在各个平台上却常见网友将其拆分为"彳""亍"这样一个词组来表达"行"字的含义，事实上"彳亍"这个词组与"行"字本身的含义有所差别，但是当文字变成一种单纯的视觉符号后，这一切便不再为人们所关心。类似的还有"强"字被拆分为"弓""虽"，"呕"字被拆分为"口""区"等。这种情况大面积流行很大程度上有赖于视觉文化在网络空间上的扩散与辐射，使得人们不去追究这个字的原意及读音，而直接理解其作为"被读之图"所表达的情感色彩。

经典一方面以视觉符号——文字为载体，另一方面又承载着大量的抽象信息。在愈演愈烈的"视觉转向"下，其视觉化逐渐压倒抽象化，人们更关注经典的外在实体及文本，对于其承载的抽象信息却漠不关心。对大量网络用户来说，《百年孤独》

这个书名对自身的刺激程度远高过其中内容,对于其中文本熟悉的价值远超过能够沉溺于其中感受内涵之美。经典中的语言被嚼碎截取成为一个个可以刺激视觉的"图片",经典的情节核心被总结概括成为一篇篇可以取用的资料,甚至经典中的标志性文段已经被重新赋予了网络环境的新含义。文本承载抽象信息的能力衰减,经典的"具象"与"抽象"二重性被割裂,经典中的文本甚至成为承载网络含义的"视觉符号",文学经典至此完成初步的碎片化。

在传统视觉文化研究过程中,具有主导意义的观点将一切事物划分为"具有可视性的"和"不具可视性的",并以此构建了二者的二元对立关系。同时,对于"可视"的认知被狭隘化为"可观看","观看"则被进一步狭隘化为"凝视",一连串的语义狭隘化代替最后被简单化为"凝视 = 欲望机制 = 权力关系"①,于是"观看"退缩为"凝视"进而退缩为"看与被看"。就像在女性主义观点下,男人看——女人被看,在后现代主义观点下,主体看——他者被看。然而在互联网时代,"看与被看"在表达层面被直接消解,人们不再关心"看"与"被看"的意义,甚至不再关心二者之间的区别。这一系列的"漠视"和"狭隘"使得互联网中主客体身份认同逐渐模糊,最终变成"他者即我,我者即他"的混沌局面。在一个连"看"与"被看"都含混不清的空间里,主客体不分,当读者参与网络互动时,自身也即刻变为网络环境的组成部分,达成"你在桥上看风景,看风景的人在楼上看你"的效果。文学经典在一个个读者将其碎片化后,随即会迎来新的读者,被碎片化的经典变为新的"可视"之物,"看"所带来的产物重新变成"被看"之物,走向二次碎片化。在"看"与"被看"的不断转换往复之中,文学经典被不断颠覆,最终产生了完整作品被截取成片段,进而被截取成词语以表达某个文章当中的特定意思的模式,这个词最终被赋予"网络用语"的身份。就像朱自清的散文《背影》中出现父亲给"我"买橘子的片段,最初这一片段被网友截取下来,用以表达"父亲"这一隐含信息,这是经典的一次碎片化呈现,后来这一文本被再次解构拆解,最终用"橘子"这一词语以表达父亲为"我"买橘子这一片段,进而表达"父亲"这一信息。经典一旦在网络上被碎片化呈现,接踵而至的二次、三次的碎片化便难以避免,因为在这个网络世界里,一切都在被解构,解构后的成果也难以避免"看"与"被看"的转换,最终彻底变为一个视觉的符号。当我们在网络上将其"看腻"以后,经典便会像其他网络热词逃不开的命运一样,被逐渐遗忘抛弃。

---

① 曾军.近年来视觉文化研究中存在的几个问题[J].文艺研究,2008(6).

五、精英文化的大众化道路

文学经典是精英文化的人文旗语,在长久的历史中,精英文化一直占领着文学经典的高地。在我国当前的文化格局中,主流文化、精英文化与大众文化并存的局面将长久存在,精英文化相较于主流文化与大众文化,本身的接受度并不高。精英文化作为经典与智慧的传承者,肩负着树立标准与社会教化的重大责任,也正是这一份责任,在一定程度上导致他的传播内容与方式无法与大众产生天然的亲近感。我们必须承认在历史长河中,经典的主要受众始终是占社会少部分的知识分子。在封建时代,甚至在新中国的义务教育普及之前,社会中能够识字读书的只有一小部分人。文字的产出与传播都只能由接受过文化教育的部分文化精英进行,更不必说经典的创作及传承。随着新的社会阶层兴起,印刷和传播技术变革以及中国义务教育的普及,具备读写能力的人群扩大,文化不再只是文化精英才能享受的"特供品",文学经典阅读和阐释的权力扩大到社会各个阶层,文学经典走向大众化。但是接受范围的不断扩大与接受程度的加深之间并没有直接联系。新的传播媒介极大地促进了经典的传播,但是能接受到经典本身是否就能理解经典的审美情趣及人文内涵,这里我们要打个问号。就如下三表①来看,我国网民以 10～49 岁人群为主,网民中具备中等教育水平的群体规模最大,网民多为学生、个体户/自由职业者或企业/公司的管理人员和一般职员。这部分人群恰好是大众文化与消费文化的主要受众群体,他们难以完成经典的创作,对文学经典的批评也因缺少理论支持而大量夹杂个人情绪。

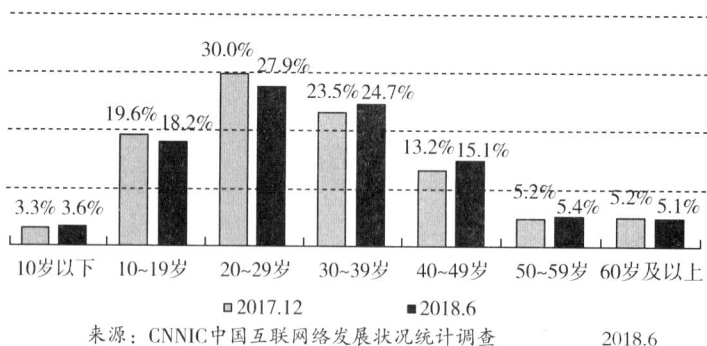

来源：CNNIC中国互联网络发展状况统计调查　　2018.6

图 1　中国网民年龄结构

---

① CNNIC:2018 年第 42 次中国互联网发展状况统计报告——网民属性结构.

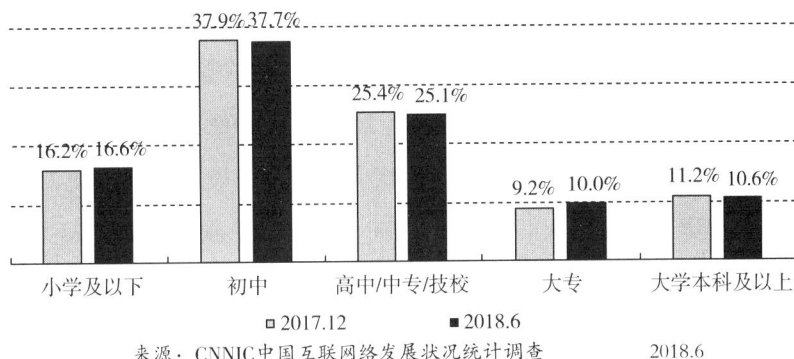

来源：CNNIC中国互联网络发展状况统计调查　　　　　2018.6

图2　中国网民学历结构

来源：CNNIC中国互联网络发展状况统计调查　　　　　2018.6

图3　中国网民职业结构

　　精英文化阶层在网络中的比例本身并不高,我们也不能强制要求普通大众接受经典。即便绝大多数网民拥有获取和阅读经典的能力,在后现代主义的解构与消费主义的冲击下,能深入阅读并深刻理解经典的人少之又少。但在新媒体的影响下,相较于历史,经典的接受人群一定是扩大的,只是相较于大众文化和主流文化,其所占比例有所下降,在当前文化语境下被不断排斥与边缘化。不管在现实或是在网络中,认真研读经典的人并不少见,长卷青灯的景象仍然清晰。作为精英文化重要领地的经典并没有丧失自己的生存环境，仍然有一些精英知识分子没有放弃对于精英文化的坚守。经典在大众文化的语境中也许被漠视冷落，被大众边缘化，但是在精英文化的语境中它仍然有着生命力。在大众化的浪潮里，新媒介的传播使其"客观实体"传播范围不断拓宽，但接受程度不能被同时大众化的经典陷入"文化堕距"，其躯体才被不断解构颠覆，走向碎片化的深渊。大众传媒当前几乎已经全面占据人们的日常生活，作为文明发展动力之源的精英文化想要长久地发展与传承，必须根据当下形式做出调整。传媒的存在推动着文化的生生不息，随着时代的发展，其传播能力与影响都有着飞跃性的进步，技术性优势愈发明显。面对当前的文化语境，精英文化想要提高影响力，被大众所接受，大众传媒是其不得不考虑的传播平台。精英阶层在促进经典大众化的过程中，应当抛弃精英文化与大众文化的二元对立观念，继续秉承人文精神与人文理想，以大众喜闻乐见的方式将精英文化的内核融入大众传媒的外壳之中，实现经典的大众化。像最近精英文化加盟电视而催生的各种文化类综艺节目就很好地推动了精英文化的维系与广泛传播，同时也有利于提升大众的整体文化水平。《中国诗词大会》《见字如面》《朗读者》等节目真正让经典的内核也成功大众化，不拘泥于形式，虽然仍是经典的碎片化呈现，但其内核却成功附着于"碎片状"的文本之上，完成了经典的缩略与通俗化。这样的碎片化呈现才是经典该有的碎片化。我们不能否认经典仍然有着属于精英文化的骄傲姿态，但是我们不能放任其混乱不堪地"被大众化"，真正该被"大众化"的应当是其人文精神与审美价值的内核，而非被剪碎变为视觉符号的外在形式。

六、结语

媒介融合时代，文学经典置身新的传播环境，文学经典在技术红利带来的狂喜中被逐渐边缘化。"文化堕距"下经典本身遭遇冷落，与此同时在后现代主义的解构与颠覆下其外在形式却不断被碎片化呈现。本应属于精英文化的经典被动式走上大众化的道路。但是由于缺乏合理的引导与规划，其文本不断遭遇截取式呈现，疯狂的截取式呈现是经典在大众化路径下的偏离与异化。由于本身与大众的亲近感偏低，经典如果想要在媒介融合时代保持活力，为大众所接受，必然要依靠大众传媒这个平台，进行形式革新以不断适应时代要求。经典走上大众化的道路是不可逆转的,除了引导读者对经典态度转变,提倡经典阅读之外,经典自身也要进行合理革新才能在不断变化的时代中保持自身活力。但是我们同时也要认清,经典原本即属于精英文化,不能仅因普通大众的漠视就对其抱有消极的态度。这个时代仍然有属于经典的生存空间,精英文化阶层仍是经典原著阅读的主力军。但是经典在大众化的过程中不应该被割裂,真正应当被大众化的不是被截取的残肢,而应当是通俗化后的内核。

参考文献

[1](美)戴维·波普诺.我们身处的世界——波普诺社会学[M].李强等,译.北京:中国人民大学出版社,2014.

[2]欧阳友权.文学经典在网络时代的命运[J].求是学刊,2019(3).

[3]曾军.近年来视觉文化研究中存在的几个问题[J].文艺研究,2008(6).

[4]刘成纪.经典的现代价值[J].文学遗产,2014(5).

[5]张颖.媒介文化视域中的文学经典论争——近40年来国内文学经典争论史[D].西安:陕西师范大学,2014(11).

[6]张夏钰.精英文化大众化的典范:央视《朗读者》节目研究[D].宁波:宁波大学,2018-06-25.

魏培月,女,山东淄博人,河南大学文学院2018级明德计划实验班成员,有志于文字学、语言学研究。

后现代主义下的网络游戏文化建构
——以《王者荣耀》为例

董嘉媛

摘　要:近年来,电子技术不断迭代,网络游戏作为发展迅猛的新兴产业,其文化属性也越来越不容忽视。《王者荣耀》作为一款受众广大的网络游戏,在叙事、角色塑造、审美特征等方面都表现出鲜明的后现代性,这一方面满足了现实的重压下游戏受众精神上逃离的需要,另一方面又反映出消费环境之下,资本在利益的驱使之下对人的情感需求和精神状态的掌控。

关键词:《王者荣耀》;后现代;拼贴;解构;非线性叙事

近年来,电子技术不断迭代,越来越多地渗透进人们的日常生活中,网络游戏作为发展迅猛的新兴产业,影响力引发社会各界关注,其文化属性也越来越不容忽视。推出过多款经典系列作品的著名游戏制作和发行公司暴雪娱乐公司有一条核心理念:"游戏终究会死,文化会永存于世。"如何通过画面、声音、规则等的设计完成精彩的游戏叙事,设计出有助于玩家理解和接受并激发其兴趣的虚拟世界,是所有游戏开发者需要解决的最大问题,也是一款作品屹立于游戏行业的关键所在。

"王者荣耀"是由腾讯天美工作室于 2015 年设计并发行的一款 MOBA(Multiplayer Online Battle Arena)类游戏,即多人在线战术竞技游戏,于 2015 年 11 月 26 日在 Android、IOS 平台上正式公测,是当前 MOBA 类手游中用户最多、统治力最强的一款。Quest Mobile 发布的 2020 中国移动互联网专题报告显示,在春节期间,《王者荣耀》日活用户峰值达到了 9535 万,堪称当前最具备国民度的手游,具有很强的代表性。

《王者荣耀》的世界框架由刘慈欣担任指导,讲述了一个地球毁灭后,幸存的人类乘坐方舟来到新大陆,通过基因技术制造克隆英雄的科幻故事。在这一框架支持下,不同历史背景的人物得以共同出现,中国传统文学与历史史实为《王者荣耀》的角色设计提供了丰富的资源。截至 2020 年 2 月 13 日,王者荣耀共设置了 98 位英雄(英雄数量一直在增加),他们聚集于此,在真实与虚幻交织之中,上演着一场又一场激动人心的故事。

游戏与文学艺术的关系是一个极具话题度与争议性的社会热点现象,却没有受到学术界足够的关注,从个人来讲,无论作为游戏玩家还是相关专业学生,都希望为理论研究和游戏行业发展做出一点微小的贡献,以期优秀文化能得到更广泛的传播。综上,文章拟以《王者荣耀》为例,从叙事风格、角色设计和审美特点三个角度分析游戏中的后现代特征。

一、网络游戏与后现代主义文学

1961 年,美国麻省理工学院林肯实验室中的格拉兹、拉塞尔和维塔嫩等师生根据史密斯的科幻小说构思制作了世界上第一款视频网络游戏——《太空大战》,新世界的大门就此大开,网络游戏渐渐风靡世界。1994 年中国加入国际互联网以后,国内网络游戏玩家呈现出爆炸式的增长态势。网络游戏是当代融媒体科技结合最为典型的形式,多媒体三维动画的技术对现实的模拟、数字技术日趋进步,成就了网络游戏业的发展和繁荣。技术所带来的复制性、拟像性、拼贴性,使历史走进了网络虚拟世界,成为网络游戏玩家的狂欢。网络游戏凭借其双向交流、速度快、不受时空限制等优势,具有诱人的叙事性、互动性、仿真性、竞争性和竞技性,形成一种崭新的生存体验。

赵毅衡教授曾在《广义叙述学》中对“叙述文本”做出这样的新定义:一是“某个主体把有人物参与的事件组织进一个符号文本中”;二是“此文本可以被接收者理解为具有时间和意义向度”①。在这个数字化时代,对文学与外部世界的关系的探索也应经由新的门径,我们正站在“文化数字化”的门槛上,迥异于传统的传播媒介,以电子信息为核心的互动式电子文化媒介给予了文学新的发展空间,将曾经分

---

① 赵毅衡.符号学原理与推演[M].南京:南京大学出版社,2016.

道扬镳的艺术与技术重新融合,结合技术的可能性与传统的叙事模式,带来了文学的裂变和图像增殖,使文化得以"双向去中心化"地交流,虚拟现实与日常生活间的关联日渐紧密,后现代化的特征空前强烈。

网络游戏世界是后现代主义完全的践行。网络游戏大都是对历史故事的改写与演绎,是对史实的颠覆与解构。在网络游戏中,历史失去了它的原貌和本真,变成了游戏玩家们玩耍消遣的对象,历史文化退居边缘成为游戏的背景和陪衬。无论是古典式的贵族文化,还是现代性的精英文化,都被游戏解构成一种反逻辑、反传统的做法。美国的未来学家奈斯比特在其《高科技·高思维:科技与人性意义的追寻》一书中对网络所带来的后现代性进行了阐述。他认为这种后现代性主要表现在以下几个方面。一是"我们不太能分辨真实与虚幻"了。网络虚拟技术的出现和发展带来亦真亦幻的虚拟景象。在他看来,无所不在的电子显示屏为人类提供指导、信息、娱乐的同时,也在不知不觉间塑造了虚拟世界的人类。二是"我们视暴力为正常现象"。这同上述症候紧密相连。网络电子游戏中充斥着暴力内容,许多人因游戏故事非真似幻而漫不经心,久而久之,人们就习以为常了。三是"我们把科技当玩具"。不可否认,后现代语境下,商业游戏在解放文学形式的同时也会对传统文化造成一定冲击。如何协调游戏带来的发展与冲击,是游戏文化建构研究中的一个不能回避的命题。

二、《王者荣耀》中的后现代叙事

1.网络游戏叙事功能的合理性证明

叙事,简单来说就是讲述一段故事,人类鸿蒙之初就已经掌握了叙事的能力,并作为人类认识世界的基本方式传承至今。例如《荷马史诗》,依靠口口相传的方法将创世的神话与重大的事件代代传递,为后世提供了认识世界与历史的重要素材。

随着人类文明进程的加速,叙事的方法也在媒介的演进中继承与发展,随着数字媒体技术的发展,终于迎来以电子游戏为代表的互动叙事时代。虽然电子游戏与传统叙事媒介如小说、戏剧、新闻、日记、电影等形态大相径庭,但二者在叙事方面实际具有诸多相似之处。库克里奇（Julian Kucklich）认为玩游戏与读小说、看电影等都是一种符号形式,是一系列符号的互动,电子游戏应该被看作是传统叙事文学与游戏的交叉类别。他提出,就游戏和文学而言,二者表现出了极强的相似特征,直接把游戏过程比作阅读过程实际上是将前者过于简单化了,但是因为电子游戏的界限并不是非常清晰,难以进行准确表达,它们中的一些实际上是以故事为线索展开的,这就已经超出了简单的游戏领域。①

网络游戏的叙事架构并不单纯是真实事件要素或者是整体故事逻辑,而包含许多目标设置和娱乐性的符号。电子游戏可以运用的叙事手段除文本叙事外,还包括对话叙事(如可对话NPC)、图像叙事(如图标)、CG动画叙事(如资料片)等,多种叙事手段的运用使网络游戏具有令人耳目一新的特点。

2.游戏叙事特点

电子游戏叙事在宏观上大致可以分为两类,即宏大叙事与个人叙事。宏大叙事指为了叙事的完整性而采用较大的规模来表现的游戏宏观故事背景,例如游戏的人物、时代、事件等,这些从根本上决定了游戏的场景设定、角色设定、剧情发展等,一般来讲这些都是游戏开发者预先设定好的内容,玩家的游戏内行为无法干预。这种世界观的架构往往通过两种方式完成,一种是参考已有的历史或文学作品并对其进行改造,另外一种则是对可能发生的重大事件进行评估,并通过科学的方式对相关内容不断丰富,以此作为游戏的故事背景。

动视暴雪公司制作的经典FPS游戏《使命召唤》系列便是一个很有代表性的作品,该系列前三部以第二次世界大战时期为中心,根据著名的真实历史事件改变,强大的引擎给人以真实的战争体验。第四部开始的《使命召唤:现代战争》系列不同于前作,选取了虚构的现代战争为题材,设计了一个完全虚构但是又基于现实的故事背景。《使命召唤:黑色战争》系列则较具幻想性,包括了未来科幻武器、丧尸模式、大逃杀等元素,极大满足了玩家的幻想,加之游戏天然的互动性,更使得玩家身临其境,从而展现出了与传统媒介相媲美的艺术性。

本文研究对象《王者荣耀》内的宏大叙事应归于第二类。比较有趣的是,互联网提供的超链接技术使"超文本"的追求得以真正实现,在王者荣耀中,场景、角色性格及角色与场景、角色与角色间的互动都按照非线性链接排列,有兴趣的玩家可

---

① JesperJuul.游戏、玩家、世界:对游戏本质的探讨[J].关萍萍,译.文化艺术研究,2009(1).

以通过点击相互关联的超文本链接自主选择自己的阅读进程、方向和结果，这种"跳跃式阅读"在一定意义上使得游戏中的宏大叙事形成了一种有多种读法，彻底打乱传统阅读叙事的复调小说。格莱齐尔（LP. Glazier）曾分析说："链接给文本带来了一种发现的谜，这种谜是步入一种以前未被发现的文化的土壤的人类学家所经历的：一旦这样一种脚步在沙子上留下印记，文化就不再是'本地的'。一旦链接被选中，它不再是链接，而是已经被旅行的叙述的一部分链接失去其潜力，但在这样做时打开了其他链接的可能性。如果某些这样的链接失败，情况将如何？我们所得到的不是内部的系统的失败，而是在任何内部作品相对于外部次序的胜利。"①

与宏大叙事相对应的就是个人叙事，在宏大叙事的设定中玩家仅能参与，而不能改变，然而在个人叙事中玩家的选择成为整个故事的决定性因素。剧情性较强的 RPG 游戏中，玩家扮演的角色会根据玩家不同的行为模式做出种种不同的选择，触发截然不同的叙事线索，产生完全不同的叙事路线。MOBA 游戏《王者荣耀》的故事性相对较低。游戏节奏很快，一般 6～30 分钟便可结束一局。玩家视角看来，每一局都可作为一个独立事件，具有完整的开始、发展、高潮、结局的叙事结构。玩家在彼此对抗的成功与失败中，得到即刻的情感反馈，获得刺激性和成就感。

事实上，《王者荣耀》的玩家中充分了解游戏背景故事的并不占多数，这与游戏的设计思路与宣传方向有关，可以说，游戏设计者本身就不太重视完整的世界观建构，而更重视 MOBA 游戏的局内体验。也即，比起体系完备、意义深刻的宏大叙事，游戏更注重零碎、通俗化、大众化的微小叙事。

后现代主义叙事的典型标志就是放弃宏大叙事模式，对过去所尊崇的权威、逻辑系统、所沿袭的传统甚至是所有理论和认知都表现出质疑的态度，将崇尚和伟大进行了解构，对历史以及权威进行了消解，乐于将各个板块拼接在一起，将快乐作为目标，力图完成作品的平面化并给使用者带来直观的美的体验。从而后现代叙事走向了微小叙事，以"微""小"为表现特征，观众主要以轻松愉悦为主要兴趣点，以"浅""薄"为核心诉求。

不同于大型端游，《王者荣耀》的游戏节奏很快，英雄就位 3 秒内，配备好装备即可出发，这是开始阶段；15 秒内派出小兵前往敌方防御塔辅助，30 秒后，野区就

① 黄鸣奋.网络文学之我见[J].社会科学战线,2002(4).

刷出中立生物,这是发展阶段,英雄可以击杀小兵、野怪等,获得增强我方实力的强力 Buff、经验及金钱,不断增强角色的能力;角色能力增强后,就进入高潮阶段,组团与敌方角色进行正面交锋,叙事是零碎的、单薄的,但同时也因紧凑的节奏而极具张力。同样是由假想构成的虚幻世界,游戏的世界与图画创作和小说中所演绎的世界有着极大的区别,在那样一类作品中所创作出来的世界是一个静止的世界,读者或许会将自己带入其中的一个角色,但该世界的发生与发展都不会按照读者的想法而发生改变。游戏中却不同,玩家操纵者历史上、神话里的"英雄"游戏按照自己的想法做出相应的行动,所有的情感反馈却都直接作用于玩家本人,玩家在这里是一个作者、读者、主人公三位一体的角色。对局在无数玩家身上的无数次重复使游戏中的个人叙事形成一个不断被重新书写的意义螺旋体,其意义呈现为一个无限庞大的堆积物。

此外,游戏内还置有丰富的局内语音,如"猥琐发育,别浪""稳住,我们能赢""干得漂亮""来一场强者的较量"等,这些语音极为口语化,简短、朗朗上口、娱乐性强,贡献了一大批网络流行语。此外,玩家群体及知名主播在对局过程中也创造出很多流行词,如"坑""Carry""好起来了"等,因游戏受众较广,这些流行词常常被用在游戏外描述其他方面,扩展了词汇外延,以至于催生出一种戏谑对待人生的生活态度,营造了一种大众狂欢似的热闹场景,呈现出全民娱乐的狂欢化视觉景观。

三、《王者荣耀》角色设计中的后现代性

《王者荣耀》沿用了著名端游《英雄联盟》的角色定位,统称为"英雄",又分别划分为法师、射手、战士、坦克、刺客、辅助六类,不同定位英雄的属性和技能都各不相同。在《王者荣耀》的世界中,游戏背景环境相对比较单一,设计者将重点放在了"英雄"上。基于角色定位,设计师进一步设计了角色的个性,并使他(她)鲜明地区别于其他角色。在以欧美风格为主流的 MOBA 游戏市场中,《王者荣耀》大胆地选用了中国风的设计理念,多使用历史人物与神话人物的姓名及特色来塑造游戏中的角色形象。除去 3 个与日本 SNK 公司合作推出的游戏英雄外,当前游戏内共有原创角色 17 个(独立设计、未借鉴历史人物)、化用历史人物角色 8 个(借鉴历史人物原型,修改角色名称等后推出)、神话及文学人物角色 21 个、历史人物角色 63 个。

传统艺术往往极重视独创性,中外著名艺术作品不论是绘画、雕塑,还是歌剧、交响曲等,都是独一无二、匠心独运的精品,后现代主义却以"复制"作为创作的重要手段,通过"复制"使艺术成为"类像",进而消解真正的原作所具有的严肃性,创造出一个"超真实"世界。《王者荣耀》使用复制的手法,大量移植历史与神话中存在过的国家、地区、机构、人物。游戏的地图是一个虚构和真实交织的存在。在这个空间世界里,有十个地区,分别为:勇士之地、王者峡谷、北夷部落、西域、长安城、起源之地、稷下、扶桑、血族巢穴、极北之地。这其中,西域、长安城、稷下、扶桑都是历史上真实存在的,而其余则是根据游戏需要虚构的。在这样一个大地图的背景环境下,"李白""庄周""武则天""嬴政"等人们耳熟能详的人物分别演绎着自己的故事。按照地图的设定,所有英雄都被分成了十二个派别,分别为:太古魔道、稷下学院、秦地、楚汉之地、魏地、蜀地、吴地、长安、长城守卫军、扶桑、西域、北美。这些分属于不同的时期的国家和地区被设计者通过复制的手段置于同一个空间中,进行了时间的折叠,使得游戏空间更加丰富。同时,游戏设计者还大量借鉴了传统文学元素,魏、蜀、吴三地的几个英雄就非常接近文艺作品中的形象。以关羽为例,游戏中的关羽面色红黑,手拿青龙偃月刀,胯骑千里赤兔马,完全就是《三国演义》中罗贯中刻画的形象。吕布则手持方天画戟,戴三叉束发紫金冠,体挂西川红锦百花袍,也非常贴合传统文学中的人物特点。《王者荣耀》不但结合了传统文艺作品设计了易于记忆的人物形象,还真实还原了历史上的部分人物关系,例如刘备与刘禅的父子关系、项羽与虞姬的情侣关系以及周瑜与小乔的夫妻关系等,这也是复制的一个重要表现。

戏仿也是后现代派作家常用的一种语言技巧。作家借前人的话语或文本,创造出一种新的话语或文本,从而取得一种特殊的喜剧艺术效果,达到对传统话语的颠覆。以游戏中的刺客角色"阿轲"为例,其原型为战国时期著名刺客荆轲,但在王者荣耀的故事里,"荆轲"成为一个代代相传的刺客称号,这个代号的继承者是一对兄妹,哥哥因为拒绝了太子丹的任务而被杀害,留下失去记忆的妹妹继承"荆轲"的名号继而延续着荆氏一族的命。刚烈勇猛的义士荆轲被身段妖娆的女性"阿轲"消解、颠覆、替代。值得注意的是,即使是完全保留了历史上的名字的角色,也是经过设计者再创造的,和历史上真实存在的人物存在着一定的偏差,以后主刘禅为例,无论在正史还是在《三国演义》等传统文学作品中,他都是一个昏庸无能的形象,但在《王者荣耀》的设定中,他是一个"天才小霸王",一个不满足于父辈的荣耀、有些骄傲但绝不讨人厌的十二三岁的小男孩,驾驶着自己设计制造的机关熊,说着诸如"身高? 那是禁句!""小小少年,没有烦恼"这样孩子气的台词。而诸葛亮的形象同样十分有趣。在各种影视剧里,诸葛亮的形象多是羽扇纶巾,带着长须的智者,而在王者荣耀的空间里,诸葛亮却是一个年轻帅气的青年,这样的设计无疑有利于吸引年轻的玩家。这种对经典人物的改头换面,摒除了严肃的反抗姿态,以充满调侃和嬉笑怒骂的语言进行"反常规"的叙述,无疑是具有后现代的特征的。

游戏中第三个后现代的特征是"拼贴"。传统作家提倡叙述的整体性、连续性,其目的是再现一个有序的逻辑世界。后现代主义作家则推崇叙述的随意性、零散性和片断性。他们认为,世界不是一个具有整体性的集合体,世界是由片断、碎片构成的,封闭、同质、统一的被开放、异质、破碎、多声部取代。在《王者荣耀》中,英雄除了原始状态以外,还可以穿着不同的"皮肤"(不同的皮肤在外观、语音、特效等方面均有区别)。皮肤的设计中存在着大量的拼贴现象,以2月14日推出的嫦娥、后羿情人节限定皮肤"如梦令"为例,皮肤展示界面的语音台词为"故事说,喜鹊会在云上架桥,惦记之人,会从桥那边奔向你",由此可以得知新皮肤主题借鉴了中国民间传说"鹊桥相会",提及了农历七月初七晚上喜鹊会在银河上搭桥,牛郎和织女在桥上相会的民间典故。嫦娥、后羿本就是上古神话中的人物,这套皮肤为传说嫁接了另一个神话传说,还以与两个传说相关性都不大的"如梦令"为名,拼贴技巧的运用使玩家眼花缭乱,惯常的思绪受到了微妙的干扰。类似的例子还有穿着德古拉伯爵皮肤的刘邦、穿着锦衣卫皮肤的狄仁杰、穿着女团偶像皮肤的公孙离(公孙大娘)等。这些不加节制的大胆拼贴都表现出了非常明显的后现代性。

四、《王者荣耀》的审美特征

拼贴、戏仿和复制等解构性语流将原本正经的内容变得荒诞,将高层次的内容变得低层次,将虔诚的消解为不虔诚的,并将原来的样式与新样式或新语境进行并置,从而使观众产生一种不协调状态的观感。通过这种不协调状态,产生一种喜剧性张力,类似于汤姆森(Philip John Thomson)所持有的看法:"一切戏剧理论的前提,都是具有对立关系事物间的不协调、矛盾和共同存在。"①在狂欢中,伟大被消解了,人们不再崇尚历史性的伟大主题和英雄主义,一切英雄、级别、权威、核心的认知和理念都不见了,在这里个体的天性被释放,体现出了极高水平的自由程度,其中转变和融合的特征在某种意义上是需要被认可和赞扬的,然而后现代主义主张颠覆一切深度模式的同时,也带着无深度感和深度的消失。

《王者荣耀》通过语言的肆意飞扬和视觉上的冲击力等手段来迎合使用者,在商业领域获得了相当大的成功,在这些戏谑"作品"中,游戏的主要受众青少年群体得以释放激情、缓解焦虑、宣泄不满、发现自我。

根据马斯洛需求层次理论,个体在获得了最为基础的生理和安全需要以后,就会进一步出现更高层次的需要,即社交、尊重以及自我实现。快节奏、高压力的现实生活诱发了人们对于逃离的渴求,在身体的逃离不可得的情况下,精神上的逃离是必然的。而网络游戏的审美特征恰恰表现出叙事在追求欲望上的满足,这里充满了世俗社会的颓废与快乐,无论对当下和未来,都不值得忧虑,会有各种奇特的异能被游戏话语制造出来解救现实之中无助的个体。这一方面表明现实的压抑与精神上逃离的渴望,另一方面又反映出消费环境之下,资本在利益的驱使之下对人的情感需求和精神状态的掌控。在解构中不断建构,在启蔽中解除解蔽,在技术祛魅时寻求艺术化的返魅之途,最终导致文学符号话语机制与表征规则的裂变与增殖,也许这就是科技带给文艺的剧变,我很荣幸,当这场化学变化发生在电子游戏这一特定场域时,我的目光得以注视它。

五、结语

网络游戏所具有的文学表达是一个非常丰富且尚待挖掘的世界,这种特殊表达里鲜明的后现代特征在相当程度上是游戏获得商业成功并带给用户良好的使用体验的重要原因。然而,在后现代放纵的梦境中长此沉溺是带有负面作用的。正如尼尔·波兹曼所说:"能够使文化精神枯萎的方式有两个,其一是奥威尔式的——文化成为一个监狱,其二是赫胥黎式的——文化成为一场滑稽戏。"在这场

---

① A·P·欣奇列夫,菲利普·汤姆森.约翰·D·江普.荒诞·怪诞·滑稽——现代主义艺术迷宫的透视[M].杜争鸣等,译.西安:陕西人民出版社,1989:161.

机械复制大肆横行的数字游戏里,文学还能否保持距离感与本真性赋予它的灵韵? 技术拜物的时代里,文学是否还具有它引人痴迷、让人敬畏的神圣感? 从技术祛魅到艺术祛魅的转变是否会带来文学性的式微与置换? 文学技术化、技术文学化以及图像增殖等是否引来了文学在物质世界异化的危险?

回到本文的研究对象《王者荣耀》,肆意解构经典历史文学,会让玩家尤其是年纪较小的低龄玩家对传统文化产生严重的误解,消解文学艺术的深度与崇高性。与此同时,由于其受众广泛,它又是一个很好的建构文化的平台。技术的发展不会停止,技术与文学艺术的互相渗透也势不可挡,这就要求我们在利用技术的同时不忘文学本身应有的艺术品格和人文承担,只有这样,才能实现高技术与高人文的和谐统一,高扬时代的人文精神和挥洒文学的艺术魅力。

参考文献

[1]关萍萍.互动媒介论:电子游戏多重互动与叙事模式[M].杭州:浙江大学出版社,2012.

[2]黄鸣奋.网络媒体与艺术发展[M].厦门:厦门大学出版社,2003.

[3]宗争.游戏学:符号叙述学研究[M].成都:四川大学出版社,2012.

[4]冯俊,陈喜贵,等.后现代主义哲学讲演录[M].北京:商务印书馆,2003.

[5]邵萍.大型电子游戏的数字叙事[J].出版科学,2012.

[6]刘桂茹.后现代"戏仿"的美学阐释[J].学术论坛,2012.

[7]肖绵.空间转向与文学流变[D].桂林:广西师范大学出版社,2007.

董嘉媛,女,内蒙古乌兰察布人,河南大学文学院2018级明德计划实验班成员,喜欢比较文学与世界文学、文艺学。

"爱"背后是困境
——谈《巴黎圣母院》人物际遇悲惨的原因

刘姝雅

摘 要:克洛德破灭的爱,爱斯梅拉达绝望的爱,加西莫多无奈的爱,众生皆在困境里打转,这些或来源于自身身体或灵魂的困境,或来源于无法改变的政治、宗教、伦理带来的困境,这一切直接暗示着人物际遇将无法一帆风顺,间接揭示了他们悲惨宿命的原因。文章将从三个核心人物的困境分别展开分析。

关键词:困境;爱;破灭;绝望;无奈

一、圣母院副主教克洛德——破灭的爱

克洛德是个复杂矛盾的个体,受宗教压迫,他一方面是禁欲主义的牺牲品,另一方面煽动维护宗教体系,将爱斯梅拉达囚禁在教义的桎梏里,他又是宗教的维护者。从青年早期的好学严谨到后期的偏执疯狂,从对天文学和医学的信任到逐渐怀疑,再到投身炼金术。"您到底相信什么?"屠狼肉伙计高声问道。主教代理迟疑片刻,继而阴沉的脸上微微一笑,似乎又否定自己的回答:"我信上帝。"克洛德在神性与人性之间不断徘徊,在禁欲与释放之间苦苦挣扎,直至心灵扭曲。

他陷入的第一重困境就是科学与神学的矛盾;第二重困境是人性与神性的对立;第三重困境是精英与庸众的鸿沟,多重困境下,克洛德无论是心中燃烧起的爱欲之火,追求爱情之旅,还是尚存希望,渴望在亲人身上得到的亲情之爱,都在困境面前被击得粉碎。科学告诉克洛德真相,他的教士身份却要求他隐瞒真相,禁欲主

义标榜克制人的自然欲望,女人就是原罪,性是不洁的,会导致人邪恶,产生犯罪行为。作为一个正常具有感情与欲望的人类,克洛德尽量避开女人,只要听见丝绸衣裙的声音,他就急忙拉下风帽,遮住眼睛;公主博热夫人来参观巴黎圣母院,他也郑重其事地禁止她入内。在遇见美丽的爱斯梅拉达后,他内心深处作为人的部分被唤醒,无可救药地与困境搏斗,当他的爱在爱斯梅拉达那里无法得到回应、同时几乎毁灭了姑娘时,克洛德再次内省,发现自己近乎疯癫了。他的理智几乎完全被摧毁,在他头脑里卧僵了。

克洛德吃透了法典,又潜修医学和各种自由学科,攻读草药学、膏药学,成了热症、扭伤、骨折和疔疮方面的专家。在自由学科方面,先后获得了学士、硕士和博士学位。还攻读语言,学会了拉丁文、希腊文和希伯来文,他如饥似渴,不断获取和积累知识财宝。因此在教士身份之外,他称得上是一位精英,但他往弟弟小约翰身上倾注的爱并未结出硕果,小约翰成了一个懒惰、无知、放荡的庸人,精英与庸众之间无法跨越与交流的沟壑,使克洛德在亲情上寻求爱与理解的希望破灭。

多重困境重重包围下,与其说克洛德求爱不得而欲毁人的变态嫉妒是可恨的,不如说作为扭曲时代与神职身份的牺牲品,他也是受害者,是可怜的。

二、吉卜赛少女爱斯梅拉达——绝望的爱

爱斯梅拉达是一位从外表到内心都真正美丽的美人,克洛德在牢狱里深情地告白:"上帝应当选她当圣处女,选她当他的母亲,假若他诞生时她早已在世,他一定愿意自己是她生下的呢。她的眼睛又黑又亮,头发有几根被阳光照着,像金丝一般闪闪发光。她的脚跳起舞来就像车轮的辐条在迅速转动。在她的头上,在乌黑的发辫中间,有些金属的发针在阳光里闪亮,在她的额头上形成一圈星星。"①加西莫多救了爱斯梅拉达后说道:"我一定使你把我当成野兽了。你呀,你是一道阳光,一滴露珠,一支鸟儿的歌!"②爱斯梅拉达美艳惊人毋庸置疑。除去外表,她在《巴黎圣母院》里是天真、美好、善良的化身,如果把路易十一时期法国的社会比喻成黑暗的地狱,巴黎圣母院暗自僵化死亡,少女无疑是天使。她爱英俊穿军装的弗比

---

① (法)雨果.巴黎圣母院[M].陈敬容,译.北京:人民文学出版社,2009:296.
② (法)雨果.巴黎圣母院[M].陈敬容,译.北京:人民文学出版社,2009:334.

斯,像热爱生活一样多,甚至更多,身体和灵魂都热情地奔向心爱者,最终却陷进绝望的爱情,在一声声"弗比斯"的呼唤声中,走向死亡,滑向悲惨的宿命漩涡。

爱斯梅拉达在爱情中的困境来自内外两方面。第一重困境是人物自身性格的缺陷和不完整性,具体表现在她对爱情的狭隘追求与平庸选择,以及尚未觉醒的女性意识。第二重困境则来源于社会层面,包括宗教的压迫、黑暗封建制度与不公平的司法制度、民众的盲目(集体无意识)。

女郎在伴侣选择上唯一考虑的原则是能保护自己且英俊的男子。"波希米亚姑娘在那军官的马上妩媚地坐直了身子,把双手放在那个年轻人的肩头,仔细地端详了他几分钟。好像被他那英俊的容貌和搭救她的好意打动了。"①只看重外表,势必会导致一颗真挚火热的心,只能触碰到对方的身体层面,永远无法跨越外在的肤浅层次。再者,弗比斯军官本意就是玩弄年轻貌美女郎的肉体,他的灵魂深处是丑陋和自私,对女郎只是表面上的言辞与虚假之爱,爱斯梅拉达一开始的不成熟选择就注定了一场爱情悲剧的诞生。

至于女性意识,她在弗比斯差点强暴得逞的对话里说:"我们不必结婚,既然你讨厌结婚。而且,我算什么人呢? 我,一个阴沟里的可怜的姑娘,可是你呢,我的弗比斯,你是上等人。真想得好呀,一个跳舞姑娘同一位军官结婚! 我发疯啦。不,弗比斯,不,我要做你的情妇,你的玩物,一个供你寻欢作乐的人,只要你愿意,我就是一个属于你的姑娘,我是专门为了这样才出生的。被人轻贱蔑视又有什么关系?只要你爱我,我就会成为最骄傲最快活的女人……我们这些波希米亚姑娘就只要这个,只要空气和爱情!"②她自轻自贱的独白与19世纪《简·爱》中简追求的独立人格与平等爱情,形成鲜明对比,这是爱斯梅拉达个人因素的困境,一定意义上,又是旧封建社会对女性的压迫,平等尊重在男性伴侣面前都化为乌有,爱斯梅拉达永远说不出简的那句"彼此平等——本来就如此!"

政治与宗教势力的相互勾结,司法制度的不完善,以及尚未形成独立意识的群众与巫术迷信风潮,一并将年轻女郎的生命推向冰冷的终点。没有任何可信证据,宗教法庭只为迅速了结案子,就对群众信服的女巫、串通魔鬼力量的犯妖羊借助于

---

① (法)雨果.巴黎圣母院[M].陈敬容,译.北京:人民文学出版社,2009:66.
② (法)雨果.巴黎圣母院[M].陈敬容,译.北京:人民文学出版社,2009:271 - 272.

蛊术和妖法实行的谋杀案宣判了成立。逼迫爱斯梅拉达接受冤枉的命运,群众的麻木、尚未觉醒的意识、纷飞的流言与恨意,使她和她的爱情陷入更大的困境和绝望中。

三、敲钟人加西莫多——无奈的爱

加西莫多对爱斯梅拉达的爱是整本书里唯一真正的爱,他爱爱斯梅拉达,因此奋不顾身保护她、默默守护她,而不是自私地只想满足自己的欲望。吉卜赛少女暂藏在圣母院里,加西莫多没能叫来弗比斯,但是他宁肯被错怪,也不愿惹她伤心。全部痛苦,由他一个人承担。这样一个真挚善良、正直勇敢的青年,究竟是什么原因造成了他的爱情困境?

第一重困境来自加西莫多自身身体的丑陋与缺陷,和对爱情的错误理解。他在丑八怪大赛里获得讽刺性的第一名,整个体型是一副怪相,罗锅腿、独眼,还又聋又哑。身体的不英俊在以貌求偶,且被弗比斯牢牢捕获芳心的爱斯梅拉达那里,无法得到爱与关注,当加西莫多爱上与自己外貌形成鲜明对比的美丽姑娘,就有滑向悲剧宿命的可能性。此外,加西莫多忽略了爱情的相互性,真正美好的爱情并非某一方的独自痴迷与陶醉,而是爱情双方都能在一段感情中得到心灵的关怀、慰藉和愉悦。青年对姑娘是真正的爱,奈何姑娘对青年不是真正的爱,甚至没有爱情,只是单纯地对弱者投予同情,施予关爱。

第二重困境则来自宗教压迫下的社会环境。按照基督教的教义,美的本质是上帝的属性,这意味着丑就只能而且必须定位为上帝的对立面。异化的宗教环境不具有包容性,整个社会价值取向里都认为丑是原罪。无论男女老少,对异己又丑陋的形象极度排斥,例如在丑八怪大赛中,他被一群人围观,"啊!这只讨厌的猴子!"一个说道。"又丑又凶呢!"另一个说。"他是个魔鬼呀!"第三个也加以补充。"他从烟筒里咒骂我们。""有一个晚上,他跑到我家天窗口朝我扮了个鬼脸。我以为那是个男人。可把我吓坏了!""啊!可恶的灵魂!""呸!"①没有人愿意用包容的眼光透过加西莫多的外在了解其内心世界,肯定他的善良与正直。

大众都是在宗教统治意识下一味地批判丑,恶意地揣测与憎恨丑人,视跟在副

---

① (法)雨果.巴黎圣母院[M].陈敬容,译.北京:人民文学出版社,2009:45.

主教身边的敲钟人为巫师旁边的魔鬼。在基督教中，丑本身就是与恶相伴，魔鬼更是丑恶的升华，因此加西莫多陷入的社会生存的困境，也同样使他无奈的爱掉进困境里无法自拔。

四、结语

《巴黎圣母院》里渗透着雨果对下层人民的同情，人道主义和浪漫色彩在对比、曲折离奇的情节里体现出来。爱本无可非议，是人性对美好的呼唤，是浪漫主义对个体情感心理的挖掘，是雨果作品里渗透出来的人道主义思想，但爱而不得，在爱里苏醒，又丧命于爱，人物背后的困境，反映了15世纪法国一代群体在黑暗封建制度与宗教制度下的牺牲与被摧残。把小说人物的困境展现在大众面前，雨果希望唤醒群众对自身以及社会问题的思考，渴望一个自由、平等、博爱的美好世界降临。结局用死亡打破了每个人物身上背负的重重困境，虚拟世界里的死亡或许能换来彼岸现实里的重生。

参考文献

[1]雨果.巴黎圣母院[M].陈敬容，译.北京:人民文学出版社,2009.

[2]庄文泉.一种美学主张的忠实体现——谈"美丑对照"原则在《巴黎圣母院》中的巧妙运用[J].福建师范大学学报,1998.

[3]方向真.善与恶的较量美与丑的舞台——从《巴黎圣母院》的主要人物关系看爱斯梅拉达的爱情悲剧[J].顺德职业技术学院学报,2009.

[4]程维娟.论卡西莫多的爱情悲剧根源[J].湖北经济学院学报(人文社会科学版),2014.

[5]熊露清，王芳.多重不统一造就的精神困境——《巴黎圣母院》中克洛德·孚罗洛的悲剧[J].名作欣赏,2019.

[6]李秋云.浅析爱斯梅拉达之悲剧命运[J].文学教育(上),2020.

刘姝雅,女,陕西省榆林市人,河南大学文学院2018级明德计划实验班成员,有志于世界文学与比较文学、文艺学、现代汉语的研究。

新时期金沙江流域傈僳族语言使用情况调查

白熙智

摘　要:通过访谈和问卷调查法对元谋县 1500 个村民的语言使用情况做了实际的调查,发现傈僳族村民的语言使用情况比较复杂,出现了以普通话、元谋方言和傈僳语等三种语言为主的多语言交替使用的语言现象。该现象以年龄差异分层为最显著特点。新时期偏远农村地区人员进城是较普遍的社会现象,对于该地区语言使用情况产生了重要的影响。论文就元谋县傈僳族村民语言使用情况进行调查,有利于了解西南少数民族地区特殊的语言文化,增进对金沙江流域傈僳族的认识。

关键词:傈僳族;语言使用情况;互动关系;保护和推广政策现实意义

一、前言

我国是一个多民族、多方言的国家。对一个地区的语言使用情况进行探究对于我们了解该地区有很大的帮助。"语言使用是人类在沟通过程中进行身份认同、语言认同、社会认同、民族认同和国家认同的重要形式。语言使用的范围可为家庭、学校和公共社区等,人们在语言使用中通常会依照不同的情境及其活动选择某一种语言、方言或语体。"通过调查语言使用情况有助于我们辨别一个国家、民族和社会的属性,语言在人类社会发展中有着推动作用,是最重要的交际工具和信息载体。

云南省是我国少数民族聚集最多的省份,官方统计共 26 个少数民族。在少数民族聚集地区,因社会环境的差异和语言环境的复杂性,出现了多语言交替使用的现象。语言环境对少数民族的母语使用、传承和保护都有重要的影响,分析当前少数民族聚集地区特殊、复杂、多样的社会环境和语言环境对于调查语言使用情况有着重要的帮助。

除了语言使用的社会环境和语言环境外,影响语言使用的另一个重要因素就是语言态度。"语言态度反映的是人们对一种语言的认识,语言态度包括人们的情感认知、使用意愿和行为倾向等方面的因素。"在诸多的语言面前,人们有着自己的选择,例如元谋县贡茶村村民在普通话、元谋方言和民族语等三种语言面前的选择。新时期农民工进城和学生外出上学是偏远山区人们走出大山最主要的两种方式。当前正处于工业化、信息化建设的重要时期,从前少数民族地区生活条件落后,人口较少;新时期,随着社会各方面的医疗条件改善,生活水平提高,人口激增。

表1　元谋县傈僳族人口统计表　　　　　　（单位:人）

年份	人口
1904 年	90
1952 年	20
1978 年	11500
1982 年	13078
1990 年	14834
1995 年	16127
2000 年	16896
2005 年	16552
2006 年	16809
2007 年	17726
2008 年	18070
2009 年	18437
2010 年	18498
2011 年	18436
2012 年	18498
2013 年	18569

(续表)

年份	人口
2014 年	18831
2015 年	18807
2016 年	18994
2017 年	19174
2018 年	19400

注:因 1952 年到 1978 年人口统计资料无法获得,所以没有 1953 年到 1977 年的数据。

根据表 1,我们从 1904 年的人口调查数据可以看到,元谋县傈僳族人口仅有 90 人,到 1978 年人口激增,共有 11500 人;此后傈僳族人口不断发展、增加,到 2018 年,元谋县傈僳族总人口为 19400 人。

1904 年元谋县傈僳族总人口只有 90 人,1978 年以后,人口突破了五位数,从侧面反映出我国的综合国力日益提升,政治、经济和文化等各方面的能力日益提升,以及边疆少数民族地区生活条件改善,使得人口不断增加。傈僳族人口的这一大发展完善了元谋县的人口组成结构,有利于各种文化互相交融。

新时期国家对少数民族文化愈加重视,推出了一系列保护措施。近几年,有关民族语言的调查与研究做出了一定的相关成果。但是笔者发现,学者们较多关注维吾尔族、蒙古族、瑶族等民族的民族语,对傈僳语的关注较少。我国共计有 56 个民族,每个民族的语言文字都值得我们去深入研究,进而不断丰富我国的民族文化宝库。

(一)调查区域概述

本次对金沙江流域的傈僳族的调查,以元谋县贡茶村为主。元谋县拥有灿烂的远古文明,是人类文明的发祥地之一;元谋县是楚雄彝族自治州的下辖县之一,元朝至元十六年(1279)于云南北部设元谋县。元谋县东临武定县,南接禄丰县,西邻大姚县,北接四川省会理县,西南与牟定县接壤,西北与永仁县毗连。在 2012 年,元谋行政区划为 3 镇 7 乡:元马镇、黄瓜园镇、羊街镇、老城乡、平田乡、新华乡、物茂乡、江边乡、姜驿乡、凉山乡,74 个行政村以及 708 个自然村。

傈僳族属我国云南省世居民族之一,属蒙古人种南亚类型,民族语属汉藏语系－藏缅语族－彝语支。傈僳族在中国主要分布于云南省怒江傈僳族自治州的碧江、福贡、泸水、贡山、兰坪,德宏傣族景颇族自治州的梁河、盈江,保山地区的腾冲、龙陵,大理白族自治州的云龙、剑川,迪庆藏族自治州的维西、中甸,丽江地区的永胜、华坪、宁蒗,楚雄彝族自治州的武定、禄劝、元谋等州、县,少数分布在四川西昌地区。在国外的傈僳族,则主要分布于缅甸、泰国境内。

在云南的傈僳族从地理位置上可以分为怒江流域和金沙江流域,金沙江流域的傈僳族主要分布在楚雄彝族自治州的武定、禄劝、元谋县等县城。本次调查区域以元谋县贡茶村为个案研究,下表2是元谋县2018年各乡镇傈僳族人口分布表,可以直观地反映各个乡镇傈僳族人口的聚集分布情况。

表2　元谋县2018年傈僳族人口分布表　　　　　（单位：人）

地区	人数
元马镇	2730
黄瓜园镇	1406
老城乡	1425
羊街乡	471
凉山乡	711
平田乡	1042
新华乡	33
物茂乡	383
江边乡	3166
姜驿乡	8033
总计	19400

根据元谋县2018年傈僳族人口分布表,我们可以知道元谋境内的傈僳族共有19400人,其中姜驿乡的傈僳族人口共有8033人,江边乡的傈僳族人口共有3166人,是元谋县傈僳族人口分布最多的两个乡镇。这两个乡镇的地形以高山、河谷为主,傈僳族喜居住在高山上或者金沙江边。

姜驿乡是云南省楚雄彝族自治州元谋县最偏远的乡镇,北部靠近四川。而贡茶村是姜驿乡下辖的最大的行政村,也是最大的自然村之一,是姜驿乡傈僳族人口聚集最多的村庄,北部靠近四川,跨地域交流频繁。

贡茶村全村共有380户,常住人口超过1500人,其中傈僳族人口共有1460人,占总人口的97.3%,村民们祖祖辈辈都生活在这里。贡茶村地形以山区为主,平均海拔在1500米以上,村庄较为聚集,四周高山环绕,地形较为闭塞。但是在新时期,随着改革开放的不断深入,社会经济迅速发展,除老年人和幼儿以外,95%的青壮年都通过外出打工和上学的方式离开乡村,进入城市,加之贡茶村每周六都设有集市,与附近的新海村、石板河村、白果村、太平村、马腊村、石榴地村等村民进行买卖交易,商品经济往来频繁。在民族大融合的社会背景之下,傈僳族与汉族和其他民族的人口通婚,贡茶村村民的语言使用情况发生了变化。

特殊的社会条件导致了语言使用的复杂性,当地村民几乎都是多语言的习得者,使用的语言主要有元谋方言、普通话、傈僳语等。多语言交替使用是民族聚集地区特殊的语言现象,值得我们去关注与深入研究。

(二)调查设计

考虑到调查对象的受教育水平、年龄状况等原因,本次调查主要采取走访对话的形式,采用问卷调查法,对元谋县来自不同年龄段、不同乡镇、文化水平不一的1500个村民进行走访调查。

首先我们以年龄段分层,将采访对象分为9组。为了数据的科学性和代表性,其中男性750人,女性750人。(各年龄段分组情况详见表3)

表3　各年龄段分组构成表

年龄分组	7~12	13~18	19~23	24~34	35~45	46~56	57~67	68~76	76~80
人数	150	150	200	200	200	200	150	150	100
(1)	150	150	160	140	100	40	0	0	0
(2)	0	0	40	60	100	160	150	150	100
(3)	90	100	200	200	200	200	150	150	100
(4)	60	50	0	0	0	0	0	0	0
(5)	120	140	180	180	150	100	40	20	0
(6)	30	10	20	20	50	100	110	130	100
占比	10%	10%	13.3%	13.3%	13.3%	13.3%	10%	10%	6.7%

注:接受调查的1500个村民当中,35岁以上村民因受教育水平低和多语言是后天习得的原因,村民所讲的元谋方言和普通话不够标准,仅限于日常交际使用等。序号代表:(1)会使用普通话的村民;(2)不会使用普通话的村民;(3)会使用傈僳语的村民;(4)不会使用傈僳语的村民;(5)会使用元谋方言的;(6)不会使用元谋方言的。

根据表3,我们可以对9个年龄分组的语言使用情况做一个概述:

1.7~12岁的村民都是学生,均会使用普通话,会使用傈僳语的孩子有90人,不会使用傈僳语的有60人,有40人不会使用元谋方言。

2.在13~18岁这个年龄段当中的村民,均会讲普通话,会使用傈僳语的人有100人,不会使用傈僳语的有50人,不会使用元谋方言的只有10人。

3.19~23岁这个年龄段的村民,均会使用傈僳语,会讲普通话的共有160人,会使用元谋方言的有180人。

4.24~34岁这个年龄段当中,会使用普通话的有140人,都会讲傈僳语,会使用元谋方言的人有180人。

5.35~45岁这个年龄段的村民当中,会使用普通话的人数有100人,均会使用傈僳语,会使用元谋方言的人有150人。

6.46~56岁的村民当中,会使用普通话的人只有40人,均会使用傈僳语,会使用元谋方言的有100人。

7.57~67岁这个年龄当中,会使用普通话的人数为0,会讲傈僳语的人数为150,会元谋方言的有40人。

8.68~76岁这个年龄段的村民当中,会使用普通话的人数为0,会使用傈僳语的有150人,会使用元谋方言的有20人。

9.76岁及其以上的老人当中,会使用普通话的人数为0,会使用傈僳语的有100人,会使用元谋方言的人数为0。

总计,在1500人当中会使用傈僳语的人数为1390人,会使用普通话的人数为740人,会使用元谋方言的人数为930人。从年龄分层的角度可见使用这三种语言的人数比不会使用这三种语言的人数多,傈僳语的保护较好,普通话和元谋方言的推广则有待加强。由于接受采访调查的村民的语言使用情况复杂,我们又对接受采访的村民做了一个关于他们是否能够使用2种及以上语言的调查,发现1500个村民当中1200人是多语言习得者,详见表4。

表4　多语言使用调查统计表

类别	人数	占比
会使用元谋方言、普通话、傈僳语	500	33%
会使用元谋方言和普通话	90	6%
会使用元谋方言和傈僳语	400	27%
会使用普通话和傈僳语	210	14%
总计	1200	80%

根据表4我们可以知道，会使用多语言的人数共有1200人，占总人数的80%；会使用元谋方言、普通话、傈僳语三种语言的人数有500人，占33%；会使用元谋方言和普通话两种语言的人数共计90人，仅占6%；会使用元谋方言和傈僳语的人数有400人，占27%；会使用普通话和傈僳语的人数有210人，占比为14%。

从多语言使用的角度来看，多语言的交替使用是贡茶村村民突出的语言使用特点之一，多语言交替使用是在长期社会条件的影响下形成的稳定的、独特的语言现象。针对多语言使用调查的这个问题，我们考虑了影响多语言习得的社会环境，影响社会环境的主要因素为村民的受教育程度和是否进过城市（这里的城市不论大小，甚至包括离贡茶村最近的元谋县城）。因此，我们对研究对象是否接受过教育和是否进过城这两个问题设计了一个采访记录。（详见表5和表6）

表5　研究对象受教育程度调查表

受教育水平	人数	占比
小学及其以下	850	56.67%
初中	420	28%
高中（及技校）	150	10%
专/本科及其以上	80	5.33%
总计	1500	100%

根据表5我们可以了解到贡茶村村民的受教育程度，在1500个村民当中，具有小学及其以下学历的共计850人，占比为56.67%；具有初中学历的共计420人，占比为28%；具有高中水平（及技校）的人数有150人，占比为10%；具有专/本科及其以上学历的人数有80人，占比为5.33%。超过50%的村民，其受教育水平为小学及小学以下；具有初中学历的人口较多。

结合表 3 各年龄段分组构成表进行分析，从文化层次的角度来看，接受过教育的小学生、初中生、高中及专/本科生都会使用普通话，教育是影响村民能否使用普通话的直接因素；而进城务工人员由于工作要求，不得不学会使用普通话，这是社会条件和经济因素影响的结果。

我们可以得出村民的整体受教育程度较低，村民的文化程度有待提高，九年义务的推广力度还不够等结论。

表 6　研究对象是否进过城市调查表

是否进过城市	人数	占比
是	1250	83.3%
否	250	16.7%
总计	1500	100%

根据表 6 我们可以知道，在接受调查的 1500 个村民当中，进过城市的人数占绝大部分，共计 1250 人，占比为 83.3%；没有进过城市的人只占少部分，共计 250 人，占比 16.7%。

从是否进过城市的角度来看，我们可以得出，新时期贡茶村村民与外界的交流增加，70% 的村民都进过城市，人们的思想开放程度增加，大部分村民都是多语言使用者。

二、语言使用现状调查与分析

（一）贡茶村傈僳族语言使用结果

在元谋县贡茶村接受调查的 1500 名村民中，傈僳族村民共计 1300 人，占总人口的 86.67%，剩下的 200 人随着搬迁、与汉族通婚以及其他社会因素等，改变了族别，主要变成了汉族、苗族等，占 13.33%。

使用傈僳语的人数是最多的，共有 1390 人，占总人数的 92.67%，超过 90% 的傈僳族都会使用自己的母语。会使用元谋方言的人数有 930 人，占 62%，超过 60% 的村民都会使用元谋方言。使用普通话的群体主要是学生和年轻外出打工的一辈，共计 740 人，占 49.33%，使用普通话的人数相对较少。贡茶村村民使用傈僳语的能力较强、较稳定，使用普通话和元谋方言的能力有待加强。

多语言习得者占村民中的绝大部分，共计 1200 人，占 80%。多语言交替使用是民族地区一个特殊的语言特征,我们应鼓励多语言的使用,实现该地区更好的发展。

(二)语言使用与年龄变化的关系

根据表3我们可以知道:

1. 在13~18岁这个年龄段以后,不会使用普通话的人数增加,会使用普通话和元谋方言的人数随着年龄增加而减少,成反比关系。

2. 57岁以上的老年人都不会使用普通话。在老年一辈的村民当中,基本以务农为主,没有接受过教育,再加上与外界交流很少的原因,不会使用普通话。

3. 在19岁以上的村民当中,不会说傈僳语的人数为0。2000年及以前出生的村民,极少离开贡茶村外出务工和上学,基本上都在村庄长大,在傈僳语的语言环境中,习得了自己的母语。

综上所述,语言使用与年龄有很大的关系,很大程度上影响了村民的语言习得情况。

(三)傈僳语传承与普通话推广之间的矛盾关系

在傈僳语的传承和普通话推广的过程中,我们不能回避的一个问题就是二者之间的矛盾和冲突。多语言的交替使用,使得傈僳语的使用频率有所降低,其中对傈僳语的使用冲击最大的就是普通话的使用。如何让傈僳语和普通话的使用形成良好的互动关系是我们不得不重视与思考的重要问题。

傈僳语的使用在新时期普通话推广政策的影响下,受到了一定的遏制。在18岁以下的300个村民当中,有110个人不会使用傈僳语,占总人数的7.33%。新时期,一些父母不再对自己的子女教授傈僳语,甚至改变了族别,在1500个接受调查的村民当中,有200人不是傈僳族,占比为13.33%。青年人是民族的未来,18岁以下的村民不是傈僳族,甚至不会使用傈僳语,使得傈僳语的保护在年轻一辈当中失去了应有的代际传承。

在19岁到34岁这个年龄段的村民当中,普通话得到了很好的推广,会使用普通话的人数有300人,占调查人数400人的75%。这个年龄段的村民均会使用傈僳语,但是在新时期农村人员进城的大潮影响之下,他们是年轻一辈的主要组成部分,常年在城市务工或上学,身边的傈僳族同胞较少,傈僳语的使用频率降低,结合贡茶村傈僳族村民社区语言调查统计表,进城的农村人员与外界交流以使用普通话为主,傈僳语的传承受到了冲击。

总之,新时期普通话的推广在偏远农村以青年一辈为主要的对象,而他们是传承傈僳语的主力,普通话的推广使得傈僳语的传承受到影响,二者的矛盾关系也是贡茶村村民语言使用的突出特点之一。

(四)语言使用现状的原因分析

多语言交替使用、使用傈僳语的人数最多是突出的语言现象之一,出现了复杂性与单一性并存的局面。这一特征与特殊的地理环境、社会环境相关。多种文化并存的大文化环境是云南多样文化生存、发展、繁荣的重要的原因。

1. 地理环境

贡茶村地处云南与四川交界处,距离元谋县城119公里,公路崎岖,以及受(金沙江元谋—江边)渡口规定时间的影响,与外界交流不便,母语保存较单一,傈僳语在日常生活中的使用频繁,受到了很好的保护。外出以去县城为例,必经姜驿乡、江边乡、黄瓜园镇以及元谋县等,村民为了便于沟通交流,较容易习得元谋方言。

2. 文化环境

云南多民族的文化影响使得多种语言并存,复杂多样的文化环境孕育了多语言习得者。云南文化突出的特色之一还在于云南散居民族化的特殊性、丰富性。

(1)散居的语言环境

“云南省有56个民族,5000人以上的世居少数民族25个,其中,与境外同一民族毗邻而居的少数民族16个,特有少数民族15个,人口较少民族8个。根据全国第六次人口普查,云南省少数民族人口1533.7万人,占全省总人口的33.37%,是全国世居少数民族最多的省份。‘大杂居、小聚居’是云南少数民族分布的一个显著特点。云南散居民族人口绝对数不少,但居住相对分散,占地区总人口比例的11.8%。云南省8个自治州、29个自治县共79个民族自治地方集中了1219万少数民族人口,在其他的50个县(市、区)也都有少数民族分布。同时,在79个民族自治地方县内也有大量非自治民族散居其中。”

金沙江流域的傈僳族以楚雄彝族自治州元谋县贡茶村为例,这一聚居民族就属于散居在非民族自治州的少数民族,他们在彝族文化与其他少数民族文化的影响下,依旧保持自己的独特性,并出现了大量多语言交替使用的语言现象,这是一个重要的文化因素。

(2)语言使用倾向性

语言态度方面主要指情感认知、行为倾向和使用意愿等方面。针对语言态度这个方面的问题,我们还针对调查对象做了一个社区语言使用情况的调查,详见表7。

表7 贡茶村 1500 个村民傈僳族社区语言使用情况调查统计表

语言使用环境	使用傈僳语（人数/占比）		使用元谋方言（人数/占比）		使用普通话（人数/占比）	
在家里和村里	1400	93.33%	80	5.33%	20	1.33%
在工作单位	900	60%	200	13.33%	400	26.67%
举行民族活动	1420	94.67%	40	2.67%	40	2.67%
和本民族以外的朋友交流时	0	0	700	46.67%	800	53.33%

从表7我们可以看到,在家和贡茶村中使用傈僳语的人数有 1400 人,占比为 93.33% ;在工作单位,使用傈僳语的人数有 900 人,占比为 60% ,使用元谋方言的人数有 200 人,占比为 13.33% ,使用普通话的人数有 400 人,占比为 26.67% ;在举行民族节日活动时,使用傈僳语的人数为 1420,占比 94.67% ,使用元谋方言的人数为 40,仅占 2.67% ,使用普通话的人数为 40,仅占 2.67% ;在和本民族以外的朋友交流时,使用傈僳语的人数为 0,使用元谋方言的人数为 700,占比为 46.67% ,使用普通话的人数为 800,占比为 53.33% 。

综上,贡茶村傈僳族村民的母语能力在家庭、在村里和举办民族节日活动中习得,并且具有一定的稳定性。但是教育是获得使用普通话能力的重要途径和直接手段;与本民族以外的朋友进行交流则必须使用元谋方言或者普通话,同外国人交流则必须使用外语等,这是由于民族语的特性和使用范围决定的。

我们可以看到语言使用分不同的语言环境，村民会根据现实交际的需求，使用不同的语言进行交流。对于村民们社区语言调查的分析，是从语言使用的倾向性去分析，语言使用倾向性可从情感认知、使用意愿和行为倾向等三个方面去分析。

①情感认知

大部分傈僳族村民肯定了母语的重要性，傈僳族村民对语言使用有着清楚的情感认知态度，呈现出明显的年龄差异。中、高龄村民都习得了熟练的母语，完完全全能够用于交际和社会生活，没有任何交流障碍。18 岁以下的村民当中，有出现不会使用傈僳语的情况，在 7 ~ 12 岁和 13 ~ 18 岁 2 组调查对象当中，不会使用傈僳语的人数共计 110 人，仅占 1500 人的 7.33%。

②使用意愿

根据表 7 贡茶村傈僳族村民在家里和村里与举办民族节日活动时，使用傈僳语的人数分别占 93.33% 和 94.67%，绝大部分村民都愿意使用傈僳语与他人进行交流，可以看出他们的使用意愿是很强烈的。

③行为倾向

在行为倾向方面，村民们在与本民族以外的同胞进行交流时，倾向于使用元谋方言和普通话，分别占 46.67% 和 53.33%。因外族同胞不懂傈僳语，与他们交流只能用元谋方言和普通话，体现了一定的行为倾向性。

（3）社会原因

贡茶村的傈僳语的性质保持了一定的独特性，但是在新时期"进城大潮"的影响下，农民工大量进城以及学生进城上学，外界文化的影响与冲击对贡茶村民的语言使用产生了重要的影响。

根据表 5 我们可以知道研究对象的受教育程度，具有小学学历的人数为 850，占比为 56.67%；具有初中学历的人数为 420 人，占比为 28%；具有高中（包括技校）学历的人数有 150 人，占比为 10%；具有专/本科学历的人数为 80 人，占比为 5.33%。

表 3 中 7 ~ 12 岁的孩子都是学生，均会使用普通话。会使用傈僳语的孩子只有 90 人，他们都是在贡茶村长大，并在姜驿乡贡茶完小就读；不会使用傈僳语的 60 个孩子当中，有 40 人随父母进城务工，在城市生活，仅春节回老家。在这个年龄段中，有 30 人不会使用元谋方言，他们从未出过贡茶去外面看看，是留守儿童。

根据表 6 我们可以知道调查对象是否进过城市,进过城市的有 1250 人,占比为 83.3%;没有进过城市的为 250 人,占比为 16.7%。农民工进城不得不学会普通话,便于与身边来自不同省份的工友进行交流。外出务工人员都是多语习得者,这就是新时期"农民工进城大潮"影响的表现之一,对语言使用产生了重要的影响。

学生外出上学这一现象包括小学转出贡茶,初中进入县城及乡镇就读,高中在县城及市区就读,大学在云南省或外省就读等情况,对傈僳族学生使用母语产生了重要的影响,在新的社会环境里,很少有同学能够用傈僳语与外出学生交流,傈僳语的使用频率减少。

三、傈僳语的保护和普通话推广的措施

(一)傈僳语的保护措施

1. 加强语言政策的制度与立法

2011 年 2 月,《中华人民共和国非物质文化遗产法》在第十一届全国人民代表大会常务委员会第十九次会议上通过,国家推出了明确的法制化保护条例。

近年来国家对非物质文化遗产的保护取得了一定的成就,政府鼓励民族语言的传承,选定文化宣传委员,并设定一定的鼓励政策,加强地方性法规政策的设立,在推进普通话推广的同时,加快保护民族语言,鼓励群众掌握双语。语言保护政策与民族语未来的发展息息相关,民族语的传承与我们的未来息息相关。

2. 发挥大众传媒的宣传功能

当今时代是信息高速发展的社会,信息大爆炸,我们应重视文化网络传媒的影响力,通过天天头条等渠道积极宣传民族语言保护意识,积极推送当下的语言社会背景及现状消息;利用互联网传播的高效性与影响力,提升大众的关注度,让普通话推广与傈僳语传承和谐共生的观念深入人心。

在保护红河哈尼族彝族自治州毕摩文化的措施中,就有加强毕摩档案数据库的宣传和利用,建立毕摩文化资源数据库这一措施。对傈僳语的保护,我们也可以建立相应的傈僳语语音资料数据库,同时借助电视、电脑、手机等多媒体设备,传承傈僳语。

3.增加教育投入,开设母语兴趣课堂

学校普遍都有课外兴趣小组活动,相关文化部门应与当地教育部共同努力,在学校开展普通话教育的同时,增设母语兴趣课堂,增强年轻学生学习母语的意识,让他们在学校同样可以接触母语、熟悉母语,在学习普通话的同时,将傈僳语传承下去;在儿童上学前教授他们母语,在入学时让他们接受普通话教育,发展年轻一代。年轻一代是民族的未来,是社会的主力军,可以有机培养双语人才。

4.群众母语保护意识,开展群众公共活动

"2008 年以来,国家和省级财政设立专项资金,支持传承人开展传承活动,改善传承条件,提高生活水平。"国家对民族保护与传承有一定的支持力度,这些政策有利于云南少数民族文化的保护和传承。

定期举办普通话学习和母语学习的讲座与文化游园闯关活动。对于我们傈僳族人们来说,傈僳语就是我们的母语,似乎从我们的祖先开始,我们就是在傈僳语代代相传的过程中,进行农业生产活动。我们的骨子里流着民族的血液,所以我们要守护母语——傈僳语,并将先人的傈僳文化发扬光大。

5.建立傈僳语学习、研究协会

对傈僳语的进一步深入研究,有助于我们本民族傈僳语文化的进一步发展。据悉,2019 年 10 月 18 日,《中国少数民族大辞典·傈僳族卷》编纂工作启动会议在昆明召开。编纂傈僳族卷是一项利在当代、功在千秋的民族文化大业,是傈僳族同胞的共同期盼,也是对民族文化进行挖掘、抢救、研究、保护、传承的基础性工程;对提高民族自信心,增强民族团结,提高民族科学文化素养等方面具有重要的意义;对推动云南民族团结进步示范区建设,推动民族地区的发展,传承弘扬中国各少数民族的历史文化具有重大历史意义;有助于傈僳族文化走向世界,走向更大的舞台。

在家乡云南省楚雄彝族自治州元谋县也有傈僳族研究学会,该研究会致力于元谋县傈僳族文化保护、传承及发扬工作,并定期开展阔时节庆祝活动等大型节庆,有益于民族文化的发展,让优秀的傈僳族民族文化在当代熠熠生辉,在新时期发挥新的光彩与活力!

6.保护傈僳族"语言生态环境"

"云南省现有国家历史文化名城 6 座,云南省历史文化名城 11 座,国家历史文化名村名镇 16 个,云南省历史文化名镇 18 个,云南省历史文化名村 30 个,云南省历史文化街区 2 个。经过多次积极申报,云南列入中国传统村落保护名单的村寨达到 502 个,占全国 2255 个的 22.26%。云南入选的这 500 多个传统村落绝大多数都是少数民族村寨。"对傈僳族民族村寨的保护就是保护傈僳族母语的生态环境。

一种语言的产生与一个地区的环境之间的关系是密不可分的,保护傈僳语要重视傈僳族人们生长、生存、发展的环境,保护孕育民族文化的神奇土壤,让民族语言在这块土地依然茁壮成长,甚至播种到其他地方,推向其他民族,推向世界。

总之,在当前国家的民族保护政策和语言文化丧失的形势影响下,保护傈僳语成为一个重要的话题,需要全体傈僳族成员的共同努力,需要专业人员和傈僳族语言研究者的参与,更需要国家相关政策的大力支持。

(二)普通话推广的措施

1. 鼓励"接受教育"

根据我们的调查,学习普通话的最直接的手段是学校教育。农村地区,有许多没有接受过教育的村民,这些村民是不会使用普通话的最大群体。在这个群体当中,有因家庭经济困难不能接受教育的老人们,有主张"读书无用论"而辍学返乡的年轻人。教育有助于村民接触一门新的语言——普通话,学校提供了良好的语言环境。

2. 培养综合性的普通话教学队伍

新农村建设时期,为了推广普通话,当地文化部门可定期举办线下和线上"普通话进万家"下乡活动。线下活动主要依靠组建一批普通话教学队伍,深入当地小学,帮助当地学生和教师掌握普通话;同时走进千家万户,与傈僳族村民交流互动,开展普通话教学。线上活动可通过乡村广播、网络以及电视等来开展,让傈僳族村民可以随时随地接触到标准、易学的普通话。

培养综合性的普通话教学队伍,有助于促进村民学习和使用普通话,实现贡茶村更好的发展。

3. 定期举办联谊活动

邀请外地人和其他民族同胞举办联谊晚会,促进当地傈僳族村民多语言的使用,锻炼他们用普通话与他人进行交流、沟通的能力。我们可以学习、借鉴辽宁省少数民族地区普通话推广工作中的相关措施,通过比赛的形式,让大家意识到推广普通话的重要性。

4.完善社会保障制度

完善社会保障制度,鼓励有能力的村民进城,参加丰富多彩的活动,融入其他民族的生活,参加老年人兴趣活动学校,参加普通话学习课堂等。抓好精准脱贫工作,将普通话推广工作与扶贫结合起来,有力地提高少数民族地区人们的普通话使用能力。

(三)构建傈僳语和普通话良好的互动关系

保护傈僳语、推广普通话是一个相互影响、相互促进的有机动态过程。构建保护傈僳语与推广普通话之间良好的互动关系有助于少数民族地区语言资源的丰富、经济的发展和民族的团结。

1.变"竞争"为"共生"

不同的语言之间存在竞争关系,在社会发展的过程当中,多语言之间会出现一种语言主导的语言使用情况。例如,少数民族地区的人较单一地只会使用民族语,但在汉民族聚集地区,以使用普通话为主。竞争关系使人们以使用单一语言为主,但在多语言共生的社会背景下,语言之间的共生共存,有助于语言的发展和使用。例如,贡茶村村民可以习得多种语言等。

2.互动关系中把握好动态变化

在少数民族地区,以使用民族语为主的社会群体主要是高龄老人,他们是民族语的优秀习得者,对保护民族语的语言资源有着重要影响。高龄老人面临着死亡的危险,这样一来,容易流失优秀的民族语习得者;而少年一辈是保护、学习和传承民族语的主力军,他们较容易习得与保护民族语。语言习得的人群是一个动态的群体,是不断变化的,需要把握好其动态变化的过程。

四、傈僳语的保护和普通话推广的现实意义

(一)傈僳语的传承价值

中国是一个多民族的国家,民族文化异彩纷呈。民族文化是社会的宝贵财富。语言对于一个民族至关重要,研究傈僳语的语言资料是认识、了解、研究傈僳族文化的重要手段之一。通过对傈僳语的研究,我们可以了解到傈僳族的历史由来、语言文化、文字、酒文化、民族服饰文化、节庆风俗以及社会活动等方方面面的知识。傈僳族

作为热爱"火"的民族之一,因"上刀山、下火海"的惊人表演文化,被称为"火的民族"。在众多少数民族文化中,保持着自身的独特性与古老的传统特色,在少数民族大花园里盛放,散发着独特的魅力,是我国多彩民族文化不可缺少的色彩之一。

傈僳族聚集区在地理位置上可笼统划分为金沙江流域傈僳族和怒江流域傈僳族,随之也产生了相对应的东傈僳文和西傈僳文。各个州、县、乡、村等地区的语言大同小异,在大体方向上保持着一定的一致性,但是在发音、词义、句式等方面有差别,保持着自身的语言特性以及丰富多样的表达意义,在傈僳语内部,呈现出地域的独特性以及地方的多样性。

1. 文化意义

在文化习俗上,傈僳族崇尚唱歌对调,在傈僳族的多声部无伴奏合唱中,傈僳民歌三大调"摆时""优叶""木刮"有"峡谷天籁"的美誉。2006 年 5 月 20 日,傈僳族民歌经国务院批准,列入第一批国家级非物质文化遗产名录。民族乐调的传唱也是少数民族语言魅力的呈现之一,是展现傈僳族善歌善舞的重要手段。

总之,在当下保护、研究、传承、傈僳语,对于了解傈僳族文化的重要性是不可替代的,有特殊的民族意义与文化意义,有利于丰富我国语言语音资料库,有利于我国民族语的多样性的发展。

2. 历史意义

一个古老的民族,文化的传承主要通过口头语言来实现。在傈僳语的传承当中,我们可以清楚地了解到傈僳族的起源、发展、繁荣的整个历史脉络,了解相应的历史时期的时代特征,也可以学习到先辈的思想智慧。傈僳族作为云南省世居民族之一,在云南的历史上有其历史记忆,传承傈僳语有着特定的历史意义。

3. 现实意义

新时期国家重视民族文化的保护与发展,推出了一系列保护与发展政策,例如云南省昆明市的民族村,是集文化保护、旅游发展等于一体的特色民族文化旅游建设典型。打造"民族文化品牌",具有巨大的文化、经济和社会影响力。当下傈僳语的传承具有一定的现实意义,有助于傈僳族更好地发展。

(二)普通话推广的现实意义

1. 经济方面

在经济方面,营造良好的语言交流环境,有利于促进人员交流、商品流通和建立统一的市场。每周六是贡茶村赶集的日子,这一天会有许多大车和其他货车来卖东西,人们在进行经济活动时使用普通话,才能更好地实现沟通、交流的需要,进而有效进行商品的买卖活动。一些特色的农产品也需要卖给这些外地来的老板,这样才能实现少数民族聚居地创意文化旅游产业的良性发展,促进当地经济发展,实现贫困地区的大脱贫,进而带动我国经济的发展。

2. 政治方面

在政治方面,全国统一推广普通话,其一有利于我国多民族的统一与融合,形成共同的认可感与信任度,巩固民族大统一和大团结。其二,增进个人对国家政策的了解与支持程度,推进少数民族聚居地区的基础设施和文化建设。推广普通话让傈僳族村民增加国家认同感,了解更多的国家政治时事。

3. 文化方面

(1)有利于少数民族文化的传承

在文化方面,普通话的推广有利于记录文化,有利于传播、传承文化,许多口耳相传的故事通过统一的普通话传递,在代际间、民族间流动,实现了少数民族优秀文化的再传递。推广普通话可以让傈僳族文化走近其他民族,走向全国,走向世界。

(2)有利于提高少数民族地区的教学水平

推广普通话有利于我国教育事业的发展,有利于开展教学工作,有利于学生和教师沟通交流,有利于提高学生的整体素质与表达能力,促进少数民族地区学生学习普通话、学习汉语,例如许多学前儿童是上小学以后才接触到普通话的。

(3)有利于提高整个地区的文化素养

在少数民族聚居地区,推广普通话,在一定程度上提高了群众的受教育水平,有利于群众学习科学文化知识和学习本民族的文化传统。提高群众对教育的重视程度,送他们的子女去学校接受教育,从而提高整个地区的受教育水平,提升文化素养。

语言文字是思维表达的工具,是文化知识和交际能力的依托,是素质构成与发展的基础,是文化建设的必要条件。

总之,推广普通话在新时期社会经济、政治、文化发展方面产生了不可忽视的作用,是百年大计,是一项增强我国综合能力的伟大工程。

五、结语

本文通过对元谋县贡茶村傈僳族 7~80 岁的 1500 名村民语言使用情况进行调查,得出以下几个结论:

1. 语言使用情况有年龄差异,18 岁以上村民能够熟练使用傈僳语,但是 57 岁以上的老年人使用普通话和元谋方言的能力较弱;

2. 在家中、村里和参加民族节日活动时,村民以使用傈僳语为主,在工作单位,使用傈僳语、元谋方言和普通话的人都有一定的比例,在和本民族以外的人交流时,使用元谋方言和普通话的村民各占 50% 左右;

3. 语言使用与是否进过城有很大的关系,进过城的村民基本上是多语言使用者;

4. 文化环境方面的散居文化环境和语言态度是影响村民语言使用的主要原因;

5. 在保护傈僳语的同时,要加强推广普通话的力度,形成二者良好的互动关系。

对元谋县贡茶村傈僳族村民的调查告诉我们,在少数民族地区,在保护民族文化、民族语和与其他语言和谐相处的同时,要加强普通话的推广力度,保护村庄、学校、民族协会等母语生态环境,增强青年一辈对民族的认同感、归属感和责任感,促进中、高龄一辈的普通话学习和使用能力。要让民族地区的少数民族同胞掌握多语言使用的能力,达到少数民族地区语言交际能力提升的目标,促进民族地区的经济发展,促进我国少数民族文化事业的大繁荣。

六、附录

关于贡茶村傈僳族村民语言使用情况的调查问卷

1. 请问您叫什么名字?

2. 性别?

A. 男   B. 女

3. 您是什么民族?

A. 傈僳族   B. 汉族   C. 苗族   D. 其他

4. 今年几岁了?

5. 您是否会使用傈僳语?

A. 会   B. 不会

6. 您是否会使用元谋方言？

A. 会   B. 不会

7. 您是否会讲普通话？

A. 会   B. 不会

8. 您是否进过城市？

A. 是   B. 否

9. 您接受教育的程度是？

A. 小学及以下   B. 初中

C. 高中（及技校）   D. 专/本科及其以上

10. 您在家里和村里使用什么语言？

11. 您在工作单位使用什么语言？

12. 您在参加民族节日活动时使用什么语言？

13. 您在和本民族以外的同胞交流时使用什么语言？

A. 傈僳语   B. 元谋方言   C. 普通话

14. 您热爱自己的民族吗？

15. 您喜欢使用傈僳语吗？

16. 如果您是家长，会给自己的子女教授傈僳语吗？

17. 您觉得是否有必要保护、传承傈僳语？

A. 有   B. 没有

18. 您觉得是否有必要培养傈僳语专业学者？

A. 有   B 没有

参考文献

[1]云南省元谋县志编纂委员会.元谋县志[M].昆明:云南人民出版社,1993.

[2]元谋县地方县志编纂委员会.元谋县志:1978—2005 年[M].昆明:云南人民出版社,2008.

[3]元谋县人民政府办公室,元谋县统计局.元谋县领导干部经济工作手册[C].2012.

[4]游汝杰,邹嘉彦.社会语言学教程[M].上海:复旦大学出版社,2009.

[5]冯广艺.语言生态学引论[M].北京:人民出版社,2013.

[6]费孝通.乡土中国[M].上海:上海人民出版社,2007.

[7]赵勤.社会调查方法[M].北京:电子工业出版社,2012.

[8]晏月平,吕昭河.民族人口通论[M].北京:中国社会科学出版社,2015.

[9]于烈鹰.民族地区青少年普通话推广的传播学思考[J].传媒论坛,2019.

[10]朱波.论白语传承与普通话推广的共同发展[J].大理学院学报,2018.

[11]杨佳.我国国家通用语普及能力建设70周年:回顾与展望[J].云南师范大学报,2019.

[12]戴庆厦,邓佑玲.城市化:中国少数民族语言使用功能的变化[J].陕西师范大学学报,2000.

[13]瞿继勇.湘西地区少数民族语言态度调查研究[M].北京:民族出版社,2017.

[14]郭熙.中国语言生活70年[J].语言文字报,2019.

[15]李玲,曾涛.炎陵县龙渣村5—14岁瑶族学生瑶语使用情况调查研究[J].楚雄师范学院学报,2019.

[16]何祖坤,边明社等.云南社会科学.彝族文化专辑下(增刊)[J].云南社会科学,2018.

[17]李忠斌.人口较少民族人力资源开发战略研究[M].武汉:湖北科学技术出版社,2012.

[18]严珺,王国旭.推广普通话与保护少数民族语言资源的互动关系研究——以丽江市华坪县傈僳族的语言使用情况为例[J].大理大学学报,2019.

[19]周芸.云南贡山边境"直过民族"村寨国家通用语言认同及传播研究[D].昆明:云南师范大学,2019.

[20]余芳.傈僳语言文字保护与传承的学校教育个案研究[D].昆明:云南师范大学,2019.

白熙智,男,云南省楚雄人,河南大学文学院2018级明德计划实验班成员,有志于现代汉语语法、语言保护和民族语言开发的研究。

技艺或艺术？
——以鲍勃·迪伦作品为例探讨当代的艺术概念

张清晨

摘 要:鲍勃·迪伦获得诺贝尔文学奖引发了歌词是否具有和诗歌同样的艺术价值的争论,人们对歌词的写作究竟是技艺还是艺术观点不一。本文试图从鲍勃·迪伦的作品和各界对它们的看法入手,探讨当代的艺术概念。科技的发展拓宽艺术的边界,使艺术具有更多可能,流行歌曲具有成为艺术的潜质。成为艺术是有条件的,鲍勃·迪伦的作品取法诗歌传统、象征主义、现代派等,吸收现代艺术,具有先锋性、批判性和象征意义,他作品本身的这些特质是成为艺术的内在条件之一。是否以交换价值为最终目的,决定了物品究竟是文化商品还是真实艺术,鲍勃·迪伦的作品虽然由唱片公司制作发行,但他的创作并不以商业价值为目的。即使存在争议,鲍勃·迪伦受到艺术界的承认,他的作品也被视为艺术品。

关键词:鲍勃·迪伦;原真性

2016 年诺贝尔文学奖出人意料地颁给了美国音乐人兼作家鲍勃·迪伦,评委会认为"在商业化的黑胶唱片这一最不可能的条件中,他重新赋予诗歌语言以高昂的姿态……通过授予鲍勃·迪伦诺贝尔文学奖来认可这一革命,初时似乎会觉得过于大胆,但现在已然觉得理所应当"[1]。鲍勃·迪伦获奖在全球范围引起讨论,哪

---

[1] https://www.nobelprize.org/prizes/literature/2016/prize-announcement/

怕过去了四年,在评论界两种对立的声音始终无法统一,歌词是否与诗歌具有同样的艺术价值依旧争论不休。

一、什么能成为艺术

鲍勃迪伦的创作主要在民谣和摇滚方面,截至 2020 年,他发布了 37 张音乐专辑,超过百首歌曲,它们都属于流行歌曲的范畴。音乐一直是艺术的重要部分,以前音乐以曲谱或者现场演奏的形式存在,现在除了这两种形式,音乐还以唱片、磁带、电子数据的形式传播,音乐的制作也更加丰富、复杂,声波认识的深入、声音复制技术的产生、乐器的演变拓宽了音乐的范围。20 世纪四五十年代,在蒸汽技术革命和电力技术革命的基础上,第三次科技革命开始,生物技术、电子计算机技术、新能源技术等的出现推动了社会生产力的发展。产生了许多新的媒介,比如说报纸、摄影机、电台等。依托新的载体,艺术的形式愈发多样。在 19 世纪以前,人们提起艺术,通常想到绘画、音乐、文学、雕塑、建筑。而现在,相机、打印机、机械化工厂的出现诞生了斯蒂格利茨、爱默生、布列松的作品,安迪·沃霍尔的《玛丽莲·梦露》,詹姆士·哈维的《布里洛盒子》,都被我们称为艺术品。艺术的范围扩大了,流行歌曲、摄影、电影、人体甚至是日用品都能是艺术。艺术是什么？我们无法给这个问题一个确切的答案,过去我们能确定地说某幅画是艺术,现在面对小便器,人们争论不休。但可以确定一点,在当代,艺术的定义变得相当宽泛和抽象,艺术不再有城墙(这并不意味着艺术是没有条件的),因此过去不被承认的或者新产生的物品都有可能是艺术。随着艺术范围的扩大,就艺术的定义争论不休已经没有多少意义。

二、成为艺术的内部条件

虽然鲍勃·迪伦一直是以现代流行歌曲的形式进行创作,但我们不难发现他的作品与一般的流行歌曲之间的差异。鲍勃·迪伦歌曲的核心内容是歌词,这些歌词中包含了大量的象征手法,通过这些歌词,鲍勃·迪伦巧妙地将他的思想传达给听众。在鲍勃·迪伦的歌曲里,我们发现许多象征主义的痕迹:运用联想、暗示、烘托等手法,强调感觉的转移和含义的朦胧晦涩。他最具盛名的作品 *Blowing in the*

Wind 注重韵脚，语言质朴，以无处不在又飘忽不定的风指出答案是如此明显但不被重视。这首歌创作于越战期间，除了表达反战思想之外，它的意蕴更加多样。除了歌词之外，鲍勃·迪伦在曲式上也有许多大胆的尝试，在 1965 年新港民谣节的演出中，鲍勃·迪伦打破传统，创新性地将民谣和摇滚这两种风格完全不同的音乐类型进行了融合。他的专辑《美女如云》(*Blonde on Blonde*) 打破了传统的单片唱片的形式①，鲍勃·迪伦的作品让民谣进一步地发展。1919 年马塞尔·杜尚用铅笔在《蒙娜丽莎》的复制品上加山羊胡子，并在下面写 *L. H. O. O. Q*，这幅作品在当时受到传统艺术家们的大力抨击但同时又被大肆赞扬，20 世纪七八十年代的艺术家借鉴杜尚的这种方式进行创作，现在这幅作品被视为艺术品。每个人都能在名画的复制品上作画，也许当某些人还是小孩的时候就曾经给蒙娜丽莎画上胡子，两个作品可能看上去一模一样，但为什么那些人的创作不是艺术品而杜尚的 *L. H. O. O. Q* 是艺术品呢？当小孩在《蒙娜丽莎》的复制品上作画时，他们大多是抱着开玩笑的心理：蒙娜丽莎加上胡子非常滑稽，为了搞笑可以给她加上胡子，也可以给她画个浓眉。而杜尚是怀着目的为蒙娜丽莎加胡子，他在创作时提出：为什么我们不可以换一个角度来看"大师"的作品？如果我们永远把"大师"的作品压在自己头上，我们个人的精神就永远会受到"高贵"的奴役。*L. H. O. O. R* 背后的象征意义使得它不同于为了好笑随便加上的山羊胡子。象征意义是当代艺术的核心部分，艺术的形式只不过是表达象征意义的手段，无论是绘画、文字还是视频，它们不是目的所在，人们进入博物馆、艺术厅或读一本书，不再以这些形式为知识。以美国著名的歌手泰勒·斯威夫特做比较，鲍勃·迪伦和泰勒·斯威夫特的作品都曾受到大众和专业领域的认可，泰勒·斯威夫特的专辑《1989》全球销量破千万，两人都多次获得格莱美音乐奖。为什么同为现代流行歌曲，泰勒·斯威夫特的歌曲不被认为是艺术？媒介的变化带来的影响是文化商品的出现，文化商品的本质是以交换价值为最终目的的商品，就比如我们参观秦始皇陵后在外面买的小兵马俑。我们很容易区分外面卖的小兵马俑和秦始皇陵的兵马俑这种原作和复制品之间究竟哪个是真实艺术。但就音乐、电影这些可机械复制性、直接来源于其制作技术的作品而言，区分文化商品和真实艺术是有一定难度的，我们无法否认商业性的存在，即使是鲍勃·

---

① 唐进，赵成明. 诗化摇滚——论鲍勃·迪伦音乐作品特征与诗意表达[J]. 当代音乐，2020:90-93.

迪伦也承认会受到市场受众的影响。从概念上来说，是以交换价值为最终目的还是以艺术的真实为最终目标是区分艺术与文化商品的标准。现代流行歌曲由专业的音乐公司制作并发行，与古典音乐相比，商业性是它突出的特征。观众的接受度是流行歌曲制作时重要的考虑因素，观众接受度高的歌曲能获得更好的销量，带来更大的经济利益，为了销售额迎合市场需求的流行歌曲只是商品，而非艺术。实际上文化商品和艺术之间的界限越来越模糊，判断一个物品是否是艺术品，除了物品本身，外界因素也很重要。

三、成为艺术的外部条件

文化商品与真实艺术的界限模糊化，如何界定真实艺术，更多依靠人的判断而不是某些既定标准。

在被授予诺贝尔文学奖之前，鲍勃·迪伦多次获得格莱美最佳摇滚歌手、最佳当代民谣专辑、年度专辑奖和格莱美名人堂，他在音乐方面的成就获得专业领域的肯定。在 1996 年和 2006 年鲍勃·迪伦被提名诺贝尔文学奖，在 1990 年他就已经被授予了法国艺术勋章，在 2008 年获得了普利策特别荣誉奖，这些奖项并不是证明他的歌曲是艺术的必要条件，但至少说明鲍勃·迪伦的作品被艺术界承认，被认为是艺术。当艺术界称鲍勃·迪伦为艺术家时，他的作品被自然而然地认为是艺术品。Kaws 创作的拥有着双 X 骷髅头的玩偶形象与史努比、海绵宝宝等当下流行的卡通形象融合在一起，Kaws 与耐克、优衣库等合作生产鞋子和 T 恤，发售时出现万人抢购的盛况，与此同时，这些作品也被亚特兰大高等艺术博物馆、沃斯堡现代艺术博物馆等收藏，人们视这个双 X 骷髅头形象为艺术品。

1917 年法国艺术家马塞尔·杜尚给纽约独立艺术家协会举办的展览送去一个男用小便器并署名"R. Mutt"，2004 年在英国艺术界举行的一项评选中，这幅作品《泉》打败现代艺术大师毕加索的两部作品，成为 20 世纪最富影响力的艺术作品。

除了艺术界的肯定，学界的研究也促成了鲍勃·迪伦作品的艺术之路。鲍勃·迪伦的研究者创立的"迪伦学"，用研究诗歌的方法研究他的歌词，默认了鲍勃·迪伦的歌词与诗歌具有同样的艺术价值，在国内学者的相关著作里还出现了用"鲍勃·迪伦的诗歌"代替"鲍勃·迪伦的歌词"的现象。

艺术媒介的变化给予艺术阐释更加广阔的空间，评论家、艺术家对某件物品的看法影响它的价值，艺术品的价值来源由其自身转向外界，艺术家赋予它的内容和艺术界对它的认可是艺术品价值的构成部分。借用杜尚的话"是我选择了它，选择了一件普通生活用具，予它以新的标题，使人们从新的角度去看它，这样它原有的实用意义就丧失殆尽，却获得了一个新的内容"。

参考文献

［1］（德）瓦尔特·本雅明.机械时代的艺术作品［M］.王才勇，译.北京：中国城市出版社，2002.

［2］（美）阿瑟·丹托.美的滥用美学与艺术的概念［M］.王春辰，译.南京：江苏人民出版社，2007.

［3］陶锋，周旋.鲍勃·迪伦艺术的现代美学诠释［J］.文艺争鸣，2017.

张清晨，女，湖南省长沙市人，河南大学文学院 2018 级明德计划实验班成员，有志于文艺学方向。

看《奥赛罗》中的女性在两性关系中的地位

屈晴爽

摘　要:《奥赛罗》作为莎士比亚的四大悲剧之一,自问世以来,一直以其深邃的社会思考和强大的艺术力量拨动着人们的心弦。同时,在《奥赛罗》这个剧本中出现的女性形象也同样引人注目,且值得研究。文章试图分析《奥赛罗》这一戏剧中的女性在男女两性关系中所处的地位。在《奥赛罗》这一剧本中,女性的贞洁既珍贵又脆弱,非常容易被质疑。而且,女性在爱情中的付出与收获并不成正比,女性的本质和天性被整个社会所歪曲。基于此,可发现《奥赛罗》中的女性在两性关系中的地位并不高,且苔丝狄蒙娜之死正是这一观点的有力证明。

关键词:《奥赛罗》;女性;两性关系;地位

《奥赛罗》与《哈姆雷特》《麦克白》《李尔王》并称为莎士比亚"四大悲剧",具有很高的艺术水平,作为世界公认的经典滋养着一代又一代人的心灵。《奥赛罗》中的女性在两性关系中所处的地位值得深思,笔者将通过分析《奥赛罗》中存在的女性的贞洁问题、女性在爱情中的付出与收获的对比、女性被社会所认定的本质以及苔丝狄蒙娜之死四个方面去探寻《奥赛罗》中的女性在两性关系中的地位。

一、女性的脆弱的贞洁

"莎士比亚多次在作品中涉及女性贞洁问题,实际上这关系到妇女社会地位的问题。"①实际上，女性的贞洁问题，也与女性在两性关系中的地位有关。

在《奥赛罗》这部悲剧中，贞洁问题的所有者一直都是女性，而男性从未与贞洁问题有过联系，"贞洁"一词成了女性所有的专属名词。那么，何为贞洁？贞洁，指人在节操上没有污点。这个"人"指的是男人和女人，即所有人。即使将"贞洁"一词用在两性关系上至少也应该是男女双方的，而不应该独独加于女性的身上。在两性关系中，女性的存在必须以贞洁为前提。女性的贞洁在男性眼中是重要的，因为这有关他们的荣誉；却又是脆弱的、容易被质疑的。

在《奥赛罗》剧本中，贞洁问题的所有者一直都是女性，从未变过。在两性关系中，无论双方哪一个出轨都应该被认为是不"贞洁"的，但是事实却是只有女子才会存在贞洁与否的问题，男性却不曾有。爱米利娅说："他们厌弃了我们，别寻新欢，是为了什么缘故呢？是逢场作戏吗？我想是的。是因为爱情的驱使吗？我想也是的。还是因为喜新厌旧的人之常情呢？那也是一个理由。"②从中我们发现男性的另寻新欢被看作是人之常情，男性根本不存在贞洁与否的问题。反而是女性受到了强加于她们身上的"贞洁"观念的束缚，苔丝狄蒙娜还因此丧失了生命。

在《奥赛罗》这部悲剧中，女性的贞洁成为两性关系存在的前提。一旦女性被发现不贞，丈夫则有权结束两性关系；然而，对于丈夫的不忠，妻子却没有合法的权利去结束这场关系。当奥瑟罗开始疑心苔丝狄蒙娜的贞洁时，他们之间的两性关系就悄然瓦解。当奥瑟罗完全相信妻子苔丝狄蒙娜已经不再具有贞洁时，他们之间的两性关系就完全破裂了，奥赛罗甚至杀死了苔丝狄蒙娜。在奥赛罗与苔丝狄蒙娜的两性关系结成后，奥赛罗自然而然地占据了主动地位，因为如果奥赛罗一旦发现妻子的不贞，奥赛罗从舆论上、道德上占据了制高点，他就有权利舍弃或者杀死不贞的妻子，从而结束这场关系，而苔丝狄蒙娜则处于被动的地位。

在这种情况下，贞洁成为女性最为珍贵的东西，然而不幸的是，女性的贞洁却又是脆弱的，极其容易被怀疑的。而且这种怀疑一旦产生，就像身上的伤疤一样，再也无法消去。且看伊阿古的一段心理描写："我恨那摩尔人；有人说他和我的妻子私通，我不知道这句话是真是假；可是在这种事情上，即使不过是嫌疑，我也要把

---

① 蒋桂红.透过苔丝狄蒙娜与爱米莉娅看莎士比亚的女性观[J].琼州学院学报,2008(4).
② (英)莎士比亚.莎士比亚全集[M].朱生豪,译.北京:中国文史出版社,2013:5495.

它当作确有其事一样看待。"①女性被迫接受了"贞洁"的规范,如果不贞就会被迫接受两性关系的结束,因此"贞洁"对于女性来说就变得极为重要,可是更为可悲的是女性的"贞洁"却又那么容易被质疑。

从女性的贞洁问题出发,笔者发现在《奥赛罗》中"贞洁"一词只是对于女子的强迫的规范,对于男子则没有任何束缚。而在两性关系中,因为女性受"贞洁"观念的束缚,使得男性在两性关系中占据着有利地位。可见,在《奥赛罗》这一悲剧中,女性在两性关系中不具有优势地位。

二、女性在爱情中的付出与收获不成正比

在《奥赛罗》中,女性在两性关系中的付出与收获并不成正比,女性付出的更多,收获的却不多。

以奥赛罗和苔丝狄蒙娜为例,在感情上,苔丝狄蒙娜爱奥赛罗爱得多一些。即使奥赛罗是一个黑皮肤的摩尔人,即使奥赛罗不是很年轻,苔丝狄蒙娜还是很爱他。然而,奥赛罗却仅仅因为他人的挑拨就直接结束了苔丝狄蒙娜的生命。从世俗生活上来看,也是苔丝狄蒙娜付出得多。文艺复兴时期,"贞洁、服从、忠诚和沉默是女性的四大美德,一旦女性背离了这些美德,她们会认为自己在犯罪。"②在与奥赛罗结婚后,苔丝狄蒙娜很好地做到了这些。苔丝狄蒙娜在结婚后将丈夫当成了自己的主人,顺从自己的丈夫。即使丈夫因为误会羞辱她,她也不敢反驳,甚至在丈夫杀了她之后,她还说"谁也没有干;是我自己。再会吧;替我向我的仁慈的夫君致意。啊,再会吧!"可见苔丝狄蒙娜很好地履行了那个时代妻子应尽的义务。而且苔丝狄蒙娜为了与奥赛罗在一起与父亲决裂,放弃了亲情、地位、财富。但是即使苔丝狄蒙娜付出了这么多,从奥赛罗那里收获的不过是不信任罢了。

在凯西奥与比恩卡的关系中,显然也是比恩卡爱得更深,然而凯西奥不仅没有给予适当的回应,而且还从心底里瞧不起比恩卡的妓女身份,甚至与伊阿古一起调侃比恩卡。

---

① (英)莎士比亚.莎士比亚全集[M].朱生豪,译.北京:中国文史出版社,2013:5339.
② 胡妮妮.透过苔丝狄蒙娜看莎翁悲剧里的女性形象及其人文主义思想与女性解放[J].时代文学,2012(2).

可见，《奥赛罗》中的女性在爱情中付出的更多，收获的却不多，女性在两性关系中处于不利的地位。

三、女性的本质和天性被歪曲

在《奥赛罗》中，出现了大量诋毁女性的言论，从而使得女性的本质被歪曲，整个社会对于女性的认知都停留在想象的层面上。

伊阿古多次发表了自己对于女性的看法："我知道我们国里娘们儿的脾气；在威尼斯她们背着丈夫干的风流话剧，是不瞒天地的；她们可以不顾羞耻，干她们所要干的事，只要不让丈夫知道，就可以问心无愧。"①伊阿古在《奥赛罗》整部剧中发表了许多对于女性的看法，他不仅是因为需要蛊惑他人而说出这些话，也因为从内心里他就觉得女人就是如此堕落。伊阿古作为整部悲剧中最具有蛊惑人心能力的人，通过不断地向他人输出"女人堕落"的思想来歪曲整个社会对于女性的看法。伊阿古对于女性的天性的歪曲多从"性"的方面进行，好像找到了女性的软肋，面对伊阿古的歪曲，绝大部分女性毫无还手之力。只有爱米利娅在私下里发表了自己对于女性的看法，进行反击。然而爱米利娅作为伊阿古的妻子也只能在私下里反驳伊阿古的观点，在表面上，爱米利娅还是服从伊阿古的，扮演着伊阿古妻子的角色。

通过伊阿古与妻子爱米利娅的女性观点的交锋可以反映出在当时的社会环境下男性的话语权要比女性的话语权大得多。通过伊阿古对于女性的贬低可以大致反映出整个社会上流行的对于女性的看法，女性的本质和天性被刻意歪曲，女性在两性关系中的地位并不高。

四、苔丝狄蒙娜之死

造成苔丝狄蒙娜死亡悲剧的根源在哪里，这一问题历来有许多回答。笔者将从苔丝狄蒙娜的女性身份进行分析。

"女人之为女人这一性别身份就具有悲剧性。在男权话语模式下，一方面，女

---

① （英）莎士比亚.莎士比亚全集[M].朱生豪，译.北京：中国文史出版社，2013：5409.

人必须贞洁,另一方面,男人不相信女人的贞洁。这一关于女人的矛盾性看法便决定了女人的悲剧身份。"①从身份上说,在夫制男权社会下,女性这一身份便先天地带有悲剧色彩。苔丝狄蒙娜首先因其女性的身份陷入了一个怪圈中,即丈夫要求自己是贞洁的,但是丈夫却质疑自己的贞洁。在女性身份的基础上衍生出女性命运的悲剧,苔丝狄蒙娜被奥赛罗怀疑不贞,奥赛罗凭借男性身份优势对苔丝狄蒙娜进行惩罚,而且是合法的惩罚,造成了苔丝狄蒙娜的悲剧命运。

苔丝狄蒙娜带有悲剧色彩的女性身份导致了她悲剧性的女性命运,而这悲剧性的身份和命运恰好反映了在当时的社会环境下女性在两性关系中悲剧性的地位。

五、结语

《奥赛罗》这一悲剧中出现的女性形象在男女两性关系中处于相对劣势的地位。在"贞洁"问题上,女性处于不利的地位;在爱情中,女性的付出与收获不成正比;在社会舆论中,社会主流评价对于女性并不友善;加之苔丝狄蒙娜之死,都印证了《奥赛罗》这一悲剧中的女性在两性关系中处于不利地位。由于笔者学识与经验的不足,对于某些问题的探讨深度可能略显不足,希望在以后的学习中能够得到解决。

参考文献

[1]刘中阳.男性作家笔下的女性呼唤——对西方四位戏剧大师关于女性问题的分析[J].株洲师范高等专科学校学报,2003(6).

[2]邹婷.奥赛罗杀妻之谜新解[J].泰山学院学报,2011(1).

[3]陈琳.移位的骑士:论奥赛罗的男性气质焦虑[J].外国文学,2014(4).

[4]崔静.反叛与自由——三位离家出走的女性形象试析[J].戏剧之家,2015(15).

屈晴爽,女,河南省许昌市人,河南大学文学院2018级明德计划实验班成员,有志于现当代文学方向。

---

① 黄华.女性主义视角下《无事生非》与《奥赛罗》的悲剧同质性[J].文教资料,2011(2).

《虬髯客传》人物形象之文史差异考

王一凡

摘　要：唐传奇小说在创作方面具有现实和虚构相结合的特点，往往选用历史原型人物进行创作，同时加之虚构情节和神奇色彩。《虬髯客传》这篇小说以李世民、李靖等历史上真实存在的人物为创作基础，通过增加传奇色彩，使得史实和虚构情节交织，真假难辨。小说讲述了虬髯客、李靖、红拂"风尘三侠"的故事，作者在这篇传奇中为人物塑造了个性鲜明的形象。文章将通过史实和小说文本的对比，对人物形象进行辩证分析，探讨李世民、李靖这两个人物形象在史实和传奇中的不同，以求对唐传奇的创作有更深入的认识和思考。

关键词：唐传奇；《虬髯客传》；人物形象；文史差异

唐传奇《虬髯客传》创作于唐朝晚期，关于其作者问题目前有几家之说，学界尚有争议，但其艺术成就却是无争的。小说以隋朝末年为背景，讲述了一个豪侠传奇故事，作者通过增加传奇色彩来塑造人物形象。《虬髯客传》中出现的人物有虬髯客、李靖、红拂女、李世民、刘文静、杨素等，作者着重塑造了虬髯客、李靖、红拂女"风尘三侠"的形象。三人的性格特征在作者的笔下体现得淋漓尽致，虬髯客侠义好施，李靖有出色的政治军事才华，而红拂女能够慧眼识人、敢于追求所爱所想。在文章中所出现的这些人物里，虬髯客是作者虚构的人物形象，李靖、李世民、刘文静和杨素是历史上真实存在的人物。由于正史对女子的记录很少，在官方所记、所传的正史中鲜少寻到红拂女的身影，加之所传的野史、笔记都具有传奇色彩，有些史料真假难辨，所以在此本文对红拂女的形象不做对比考证。相比较而言，在正史中有较多相关记载的李世民和李靖在与唐传奇《虬髯客传》中塑造的形象对比之下,体现出了更为明显的现实与虚构之形象差异,因此本文将通过文史对比,着重考察李世民和李靖的人物形象在历史事实和唐传奇《虬髯客传》中的差异。

一、唐传奇中现实和虚构的创作渊源

唐传奇在我国小说创作史上具有很高的地位,它"始有意为小说"①,有开创性意义。唐传奇在发展之中沿袭了史传文学和魏晋志怪小说的一些传统,它既有史传文学的体例,又有志怪小说的奇异。"从唐传奇开始,文人创作的小说多以'传'为名,以人物传记式的形式展开,具有传记式的开头和结尾,以人物生平为脉络,大体按时间顺序展开情节,并往往有作者的直接评论,这一切重要特征,主要是渊源于《史记》的。"②唐传奇对史传文学的继承主要体现在小说命名、小说形式和文本叙事上,最明显的继承特征体现在命名上,如《莺莺传》《霍小玉传》《柳毅传》《任氏传》以及《虬髯客传》等都是以"传"命名,而《古镜记》《枕中记》《周秦行记》等都是以"记"命名,以人物为中心展开故事始末,大部分的唐传奇都是依托历史上的原型人物进行创作,展示出了创作依附现实的色彩,因此那时人们也将传奇当作历史传记的旁支来看待。

然而,和历史传记所具有的真实性、记录性、重在记人的特征不同,唐传奇小说在创作方面具有虚构的特点,它在以人物为中心的同时也重视浪漫、传奇情节的塑造。所谓"传奇",可解读为传"奇",即传述奇异之人、奇异之事。袁于令在《隋史遗文》中言:"正史以纪事,纪事者何? 传信也。遗史以搜逸,搜逸者何? 传奇也。……传奇者贵幻"③。为使之"奇",传奇小说往往会在历史原型人物身上加入作者虚构的故事情节,以增其"幻",丰富小说的传奇色彩。"凡为小说及杂剧戏文,须是虚实相半,方为游戏三昧之笔。亦要情景造极止,不必问其有无也。"④所以唐传奇中人物的形象往往与历史事实有一些距离。

在古代,人们就尝试对《虬髯客传》进行归类,有的将其归为传记类、有的将其

---

① 鲁迅.中国小说史略[M].北京:中华书局,2010:39.

② 骆玉明.简明中国文学史[M].上海:复旦大学出版社,2004:61.

③ 袁于令.隋史遗文[M].北京:人民文学出版社,1989:序言.

④ 侯忠义.中国文言小说参考资料[M].北京:北京大学出版社,1985:31.

归为小说演义类,还有的将其归为杂附类。可见,对于《虬髯客传》中存在的史实与虚构问题的讨论早已有之,但这一讨论只简单停留在孤立的、单一的、片面的、模糊的分类上。《虬髯客传》中有历史原型人物出现,虽然并不是对人物进行真正的历史记录,但与此同时,它也不是绝对的虚构,而是一部融合了历史事实和虚构色彩的作品,不能简单地进行分类,而需要从文本的细节入手辩证地、综合地、统筹地对其进行对比考察,进而思考文本中何为实、何为虚的问题,通过文史对比考证,归类小说中的所体现的历史事实与虚构因素。

二、李世民的形象在文史中的差异

（一）李世民创业之途

作为大唐盛世的开创者,一代明君李世民备受敬仰和推崇,他常常作为文学形象出现在文人的笔下。《虬髯客传》创作于唐朝后期,当时藩镇割据、时局动荡,人们盼望能出现豪侠、英雄以救乱世,唐太宗李世民往往作为人们心中的明君、英雄在小说中出场,出于政治目的,所以《虬髯客传》中李世民的形象不免有些美化的色彩。

关于李世民如何登上皇位的问题,小说描述和史书中的记录产生了差异。历史上,李世民一生中除了因开启“贞观之治”而创大唐盛世受到瞩目外,其发动“玄武门之变”杀兄弟夺位也是备受后世关注的话题。据史书记载,李世民文武双全,在年少时就参加作战,后来参与了起义,为建立李唐王朝立下了军功。唐高祖李渊在位期间,秦王李世民屡次立战功,这引发了太子李建成的不安,他同弟弟齐王李元吉“引树党友”来排挤李世民,甚至“齐王元吉劝太子建成除秦王世民,曰:‘当为兄手刃之!’”[1]随着矛盾愈演愈烈,为求保全自己,李世民打算先发制人,在玄武门发动了政变,亲手杀了自己的亲哥哥李建成,弟弟李元吉则被随行的尉迟恭杀掉。于是李世民成为太子,顺利地登上了皇位。

而《虬髯客传》中却未提及“玄武门之变”这一事件,小说关于李世民登上皇位的过程没有详细描述,只是简单地叙述为李靖夫妇在虬髯客的资助下辅佐李世民成就了天下大业。但是小说中李世民以正当、合法的手段起兵而取得国家大权的

---

① 司马光.资治通鉴(卷一百九十七)[M].北京:中华书局,2013:4948.

情节，与历史上的残酷现实相差甚远。可能是出于政治目的，作者有意地掩盖这一历史，将唐太宗美化了。

（二）李世民个人品行

关于李世民，唐传奇《虬髯客传》中只着重描写了李世民的气质风度、容貌举止，关于他的才华能力如何，仅仅是通过棋局来展示的。在外貌方面，李世民仪表气度、谈吐举止不凡。《虬髯客传》中对李世民的外貌有这样的描述："不衫不履，裼裘而来，神气扬扬，貌与常异。虬髯默居末坐，见之心死，饮数杯，招靖曰：'真天子也！'""俄而文皇到来，精采惊人，长揖而坐，神气清朗，满坐风生，顾盼炜如也。"①虬髯客本打算凭一己之力以成就天下大业，听闻望气之人说太原有奇异之气象，于是前往太原拜访李世民，他见到李世民之后就放弃了自己创天下大业的理想，称李世民是"真天子"。在史实中也有关于李世民非凡气度的记录："密见太宗天姿神武，军威严肃，惊悚叹服，私谓殷开山曰：'真英主也。不如此，何以定祸乱乎？'"②李密见到李世民时也被他的王者风度和帝王气质所震慑，脱口而出"真英主也"。

历史上的李世民是一代明君，他开启了唐朝盛世，名垂千古，因此在许多文人和史家的笔下，李世民的形象都是高大圣明的。不论是小说还是史传，对李世民的形象都有所美化甚至是神化。如《新唐书》从其童年说起，称李世民从儿时便有了帝王之相。在中国传统文化中，龙是帝王的专属意象，"龙凤之姿，天日之表"均在暗示李世民的帝王之相。

然而，小说对李世民的形象塑造止步于此，使得其形象过于单薄，导致其扁平化。而史实中的李世民是有血有肉的，他有功也有过，他有备受瞩目的成就，也有不堪的负面形象。

除去其残杀兄弟登上皇位一事，史书中还记载了许多他的不善言行。其一，李世民有修改实录、在史书中美化自己形象之疑，《资治通鉴》中记载了李世民想查看记录自己言行的《起居注》之事。其二，失信于人，"孔子称去食、去兵，不可去信。唐太宗审知薛延陀不可妻，则初勿许其婚可也；既许之矣，乃复特强弃信而绝之，虽灭薛延陀，犹可羞也。王者发言出令，可不慎哉！"③其三，《资治通鉴》中还记录了

① 鲁迅校录.唐宋传奇集[M].济南：齐鲁书社，1997：117.
② 刘昫等.旧唐书（卷二）[M].北京：中华书局，1975：24.
③ 司马光.资治通鉴（卷一百九十七）[M].北京：中华书局，2013：5198.

李世民晚年吃丹药的愚昧行为，"陛下饵金石，于方不得临丧，奈何不为宗庙苍生自重！"①其四，在文德皇后去世后，李世民想立弟弟李元吉的妻子杨氏为皇后，"明母杨氏，巢刺王之也，有宠于上：文德皇后之崩也，欲立为皇后。"②这是不合礼法且有悖伦理的。其五，李世民早年的从谏如流、察纳雅言之善在晚年已有所失，"昔贞观之始，闻善若惊，暨五六年间，犹悦以从谏。自兹厥后，渐恶直言，虽或勉强，时有所容，非复曩时之豁如也。"③《新唐书》用十六字评价李世民之过："牵于多爱，复立浮图，好大喜功，勤兵于远。"④这些负面行为都是小说《虬髯客传》中所没有提到的。

　　史书中的李世民晚年吃丹药、兴土木，他的行为屡被诟病，而小说只取其善，塑造了一个美好的形象。单一的美化和神化使得李世民的形象变得单薄，少了几分真实。平面化形象使得他少了立体度，在小说与史实的对比中形成了单一和丰富饱满的对立。

三、李靖的形象在文史中的差异

　　这部唐传奇名为《虬髯客传》，但从文本上来看作者对李靖的着墨更多，几乎每个情节都有李靖的身影，因此李靖这一人物形象在《虬髯客传》中展现得非常充分，历史事实和文本虚构之间的差异在他身上体现得更为明显。下文将通过出身、仕途、文谋武略之才华三个方面对李靖这一人物在史实和传奇中的差异进行梳理。

　　（一）李靖的出身

　　李靖，字药师，陕西人。唐传奇《虬髯客传》中写"卫公李靖以布衣上谒"，这一句话赋予了李靖两重身份，一为"卫公"，二为"布衣"，这句话很容易引起歧义——当时李靖究竟是"卫公"还是"布衣"？这个问题就需要用历史事实来进行回答。历史上记载，李靖先后仕隋、唐二朝，他在唐朝贞观十一年时被封为"卫国公"，然而《虬髯客传》中"卫公李靖以布衣上谒"的时间背景是隋朝。由于这部《虬髯客传》创作于唐朝晚期，因此不难发现，"卫公李靖"这一身份应为作者的已知视角，作者

①　司马光.资治通鉴(卷一百九十七)[M].北京:中华书局,2013:5233.
②　司马光.资治通鉴(卷一百九十七)[M].北京:中华书局,2013:5237.
③　刘昫等.旧唐书(卷七十一)[M].北京:中华书局,1975:2564.
④　欧阳修等.新唐书(卷二)[M].北京:中华书局,1975:48－49.

是以已知视角写当时之事,也就是说小说中此处李靖的身份不是"卫公",李靖也不是故意隐藏卫公身份假扮"布衣",而是单纯的"布衣"。那么,史实是否如此呢?

历史上的李靖从仕隋、唐二朝,在隋朝时曾经担任长安县功曹、驾部员外郎、马邑郡丞等职,除此之外,李靖的舅舅韩擒虎是隋朝有名的将领,他的家族几辈都做官,虽称不上豪门世家、名门望族,但也绝对不是小说中所描写的"布衣""贫士"。在李靖的出身这一问题上,《虬髯客传》中所描写的"布衣"实为虚构。

(二)李靖的仕途

小说《虬髯客传》以布衣李靖拜见司空杨素为起点展开故事情节,小说中布衣李靖求见杨素时有这样的描写——"素亦踞见",从这个"踞"字就可以看出时任西京留守的杨素对求见的李靖是不屑的。然而在《旧唐书》中有这样的记载:"初,(李靖)仕隋为长安县功曹,后历驾部员外郎。左仆射杨素、吏部尚书牛弘皆善之。素尝扪其床谓靖曰:'卿终当坐此'。"①从这里可以看出,李靖还是非常受杨素看重的。在《虬髯客传》中,虽然杨素在听完李靖所进之言后流露出了欣赏之色,但最后还是拒绝了李靖的救国之策,李靖仍是进言无果。因此通过对比可以看到,小说中杨素对李靖流露出的这种欣赏与历史上其对李靖的态度还是大有不同的。

除此之外,《虬髯客传》中李靖因向杨素进言无果,于是投奔了太原李世民,还写到虬髯客散财资助李靖夫妇,意欲使李靖夫妇帮助李世民完成大业,这一系列故事情节表明李靖在唐朝建立之前就认识了李世民。那么史实是否如此呢? 史书记载,在李靖仍为隋朝效力的时候,他就觉察到了李渊意欲起兵抢夺隋朝政权,忠君爱国的他便假装为囚犯以求回京报信,希望阻止李渊的夺权计划,可惜报信之事未成。李渊在攻入京城之后打算杀了李靖,"高祖克京城,执靖将斩之"②。最终是李世民救了他,在这之后,他跟随李世民为李唐王朝效力。可以看出,历史上的李靖和李世民在李唐王朝建立之前非但不认识,还是对立关系。因此,《虬髯客传》中所描写的李靖主动追随、投奔李世民之事也是虚构。

还有一点可以确定的是,《虬髯客传》写李靖在贞观十年的时候担任左仆射平

①　刘昫等.旧唐书(卷六十七)[M].北京:中华书局,1975:2475.
②　刘昫等.旧唐书(卷六十七)[M].北京:中华书局,1975:2475.

章事的官职也是与历史事实相悖的,历史上的李靖在贞观十年担任的是右仆射之职。然而关于李靖是否辅佐李世民登上皇位一事,史书中说法不一,《旧唐书》中记载李靖、李勣为李世民追逐掌权之路效劳,而《资治通鉴》中却记载李靖拒绝了李世民的提议。故就李靖是否助力李世民掌权这一问题,本文尚且无法断言。

（三）李靖文谋武略之才

在《虬髯客传》中,李靖向当时的司空杨素进救国之策、初遇虬髯客时表现出来的谨慎小心与沉着冷静,都体现出了李靖的过人之处。然而在小说的最后提到李靖的兵法有一半都是由虬髯客所传授的,这样的说法明显是不合历史事实的。历史上的李靖出身官宦家庭,他的舅舅韩擒虎是隋朝有名的大将军,李靖在这样的家庭环境中长大,对于兵法武略一定从小就耳濡目染。史书记载,李靖从少年时期就显露出了很高的文谋武略之才,《旧唐书·李靖列传》中就说李靖:"少有文武材略,每谓所亲曰:'大丈夫若遇主逢时,必当立功立事,以取富贵。'其舅韩擒虎,号为名将,每与论兵,未尝不称善,抚之曰:'可与论孙、吴之术者,惟斯人矣。'"①为了起到衬托其他人物的作用,可以说,小说刻意地将李靖的形象平庸化了。

通过上文史实和小说文本的比较,不难发现:其一,史实中的李靖出身官宦家族,且拜见杨素之前已经在隋朝任职,并非小说中的布衣贫士;其二,史实中李靖很受杨素的欣赏,并非小说中所言李靖被杨素无礼对待;其三,李靖在唐王朝建立之前与李渊和李世民是对立的,并非小说中的投奔李世民;其四,李靖在少年时即有文谋武略的才华,他的兵法谋略之才学并非是由虬髯客所传授的。

综上所述,通过史实与传奇的对比,对人物形象在文史中的差异因素进行梳理,能够更好地理解《虬髯客传》的创作背景以及创作意图。

四、《虬髯客传》中人物形象与史实不同的原因

（一）社会功用

"安史之乱"之后,社会局势动荡,百姓不安。唐朝晚期随着藩镇割据的愈演愈烈,人们渴望侠义之士和圣明之君的出现。李靖作为卫国公,为唐朝立下汗马功劳,为百姓们敬仰、崇拜,甚至还被民间神化为了"托塔李天王",出现在民间祭祀

---

① 刘昫等.旧唐书(卷六十七)[M].北京:中华书局,1975:2475.

中。在小说中李靖以"布衣""贫士"的身份出现,献救国之策,"如果从哲学和心理学的角度说,人类又始终有被拯救的欲望和得到更多自由的欲望。"①可以说,小说《虬髯客传》中塑造的李靖这一英雄形象抚慰了民心。

(二)政治目的

"历史的部分可改变的空间不大,只好用心着墨在虚构的人物。"②小说避开李世民的负面形象,在整篇文章中李世民都是以正面形象出现,且加了神化色彩。出于政治目的,为了塑造一个英明之君的形象,小说刻意掩盖了李世民的一些缺点,并且使他的夺权之路合法化了。除此之外,小说在人物角色的选择上也别有用心,小说选用世人熟知的历史名将李靖来进行衬托,李靖比李世民年长了将近三十岁,小说将年长的李靖设置为年轻的李世民的追随者,通过将李靖的形象平庸化,来突出李世民更加高大与圣明的形象。此外,还有一点能够透露出《虬髯客传》创作背后的政治目的,那就是通过贬低杨素来达到贬低隋朝的效果。杨素是隋朝名臣,但《虬髯客传》却把他塑造成了一个昏庸骄奢、傲慢无礼之人。从个人形象上升到朝代形象,以夸饰李世民及大唐盛世。

同时小说也避开了在唐朝建立之前李靖与李渊之间的矛盾,而是直接写李靖向杨素献策无果,后来他为建功立业选择追随李世民。小说中李靖与李渊、李世民父子在唐朝建立之前即是同一战线,而史实中李靖发现李渊筹划起兵谋反,便假扮为囚犯企图向朝廷告发,可见李靖与此二人是站在对立阵营的。从现实中的对立转换为文本中的统一战线,作者企图通过这一转换宣扬李唐王朝的合法性及其海纳百川的王朝气质。

《虬髯客传》这部小说以李世民、李靖等历史上真实存在的人物为创作基础,通过增加神秘、浪漫的传奇色彩来塑造人物形象,使得历史事实和作者虚构的情节交织。本文通过史实和小说文本的对比,对人物形象进行辩证分析,梳理李世民、李靖这两个人物形象在史实和唐传奇中的不同,这将有利于对唐传奇的创作做更深入的认识和思考。

---

① 韩云波.中国侠文化:积淀与传承[M].重庆:重庆出版社,2004:2.
② 蒋蓝.红拂夜奔与嬲世界[J].书屋,2012(8):80.

参考文献

[1]（唐）杜光庭著.虬髯客传［M］//鲁迅校录.唐宋传奇集［M］.济南:齐鲁书社,1997.

[2]（后晋）刘昫,等.旧唐书［M］.北京:中华书局,1975.

[3]（宋）欧阳修,等.新唐书［M］.北京:中华书局,1975.

[4]（宋）司马光.资治通鉴［M］.（元）胡三省音注.北京:中华书局,2013.

[5]（明）袁于令.隋史遗文［M］.北京:人民文学出版社,1989.

[6]鲁迅.中国小说史略［M］.北京:中华书局,2010.

[7]侯忠义.中国文言小说参考资料［M］.北京:北京大学出版社,1985.

[8]刘世德.中国古代小说百科全书［M］.北京:中国大百科全书出版社,1993.

[9]骆玉明.简明中国文学史［M］.上海:复旦大学出版社,2004.

[10]李剑国.唐五代志怪传奇叙录［M］.北京:中华书局,2017.

[11]韩云波.中国侠文化:积淀与传承［M］.重庆:重庆出版社,2004.

[12]蒋蓝.红拂夜奔与嬲世界［J］.书屋,2012(8).

王一凡,女,河南省三门峡市人,河南大学文学院2018级明德计划实验班成员,有志于中国古典文献学、汉语言文字学研究。

爱与分裂
——论《卡拉马佐夫兄弟》中女性的双重爱情

杨滨瑞

摘　要:《卡拉马佐夫兄弟》是陀思妥耶夫斯基创作的长篇小说,被认为是陀思妥耶夫斯基文学创作的巅峰之作。小说以弑父案为主线,重点描写了老卡拉马佐夫与三个儿子之间的尖锐斗争。除此之外,与卡拉马佐夫兄弟有着密切联系的三位女性——卡捷琳娜、格鲁申卡和丽萨也在小说中占据着重要地位,文章将以女性人物形象为主体,分析三位女性在与卡拉马佐夫兄弟的爱情博弈中所呈现出的心理状态和深层意义,探究陀思妥耶夫斯基笔下的爱情中所蕴含的分裂意味。

关键词:《卡拉马佐夫兄弟》;陀思妥耶夫斯基;双重爱情;女性形象;分裂

爱情,是人世间最美好的感情之一,古往今来的文学创作中大多少不了对于爱情的讴歌和礼赞。爱情在陀思妥耶夫斯基创作的文学作品中也占据一席之地,“陀思妥耶夫斯基的所有创作都充满了炽热和激烈的爱,一切都发生在紧张的爱欲氛围之中”①。但与很多作家不同的是,在他的笔下“没有任何迷人的爱情”“爱是人绝对的悲剧,是人的分裂”②。这一点在《卡拉马佐夫兄弟》中体现得淋漓尽致。

别尔嘉耶夫认为,“双重爱情的主题在陀思妥耶夫斯基的小说中占据重要的位

---

① （俄）别尔嘉耶夫.陀思妥耶夫斯基的世界观[M].耿海英,译.桂林:广西师范大学出版社,2008:69.
② （俄）别尔嘉耶夫.陀思妥耶夫斯基的世界观[M].耿海英,译.桂林:广西师范大学出版社,2008:71.

置。"①爱情影响着人悲剧的、自由的命运。他同时又表示这命运只是男人的命运，只是德米特里、伊凡和阿辽沙的命运。但如果以《卡拉马佐夫兄弟》中的女性形象为落脚点对爱情进行解读，可以发现双重爱情在卡捷琳娜、格鲁申卡和丽萨三位女性人物身上也同样存在，并且不同程度地影响着她们的命运，其中蕴含的爱与分裂的思考对于理解陀思妥耶夫斯基关于爱的态度具有重要意义。

一、卡捷琳娜：为爱歇斯底里

卡捷琳娜是一个美貌的贵族小姐，接受过正式的上层教育，有着绝对的高傲，对于德米特里在晚会上的攀谈不屑一顾。但没过多久，她却不得不为了父亲去到德米特里家中，以"出卖自己"为代价向他借钱。后来，卡捷琳娜的一位近亲因为丧失了继承人，改立遗嘱指定卡捷琳娜为继承人，并给了她一大笔资金作为嫁妆。就在此时，她向德米特里写了一封信，提议做他的未婚妻，并称自己疯狂地爱着他。但卡捷琳娜周围的人，霍赫拉柯娃太太、阿辽沙，甚至是德米特里都感觉她爱的是伊凡。弗洛姆认为，男女之间的爱情，具有排他性，是两个特定的人之间的独特吸引，同时它也是一种意志的行为，是一项决定，一种判断，一个允诺。② 那么，卡捷琳娜则不可能真正地同时爱着两个人，至少其中有一种爱是伪装的、不纯粹的。所以，无论是爱的对象的双重性，还是爱本身的不纯粹，都指向不同的意志，而这种不同所带来的矛盾必然会导致卡捷琳娜走向分裂与疯狂。

这种分裂发生在心理层面，外化在卡捷琳娜身上，即表现为一种疾病——歇斯底里。福柯在《疯癫与文明》中把歇斯底里归入"疯癫诸相"一类，他提到，"歇斯底里常常被认为是遍及全身的内热的效果，一种兴奋状态，一种不断地表现为惊厥痉挛的迸发状态。例如，求偶的少女和年轻丧偶的寡妇，她们的歇斯底里常常与炽烈的情欲有关"③。在小说中卡捷琳娜曾有过三次歇斯底里，它们的确都离不开爱情。

首次病发是在卡捷琳娜与格鲁申卡的第一次交锋。卡捷琳娜其实并不爱德米

---

① （俄）别尔嘉耶夫. 陀思妥耶夫斯基的世界观[M]. 耿海英，译. 桂林：广西师范大学出版社，2008：71.

② （德）弗洛姆. 爱的艺术[M]. 孙依依，译. 北京：工人出版社，1986：51.

③ （法）米歇尔·福柯. 疯癫与文明：理性时代的疯癫史[M]. 刘北成，杨远婴，译. 北京：生活·读书·新知三联书店，1995：129.

特里,或者说对于他的爱情并不纯粹。这一点,德米特里自己也明白,"她爱的是自己的贞节,而不是我"①。卡捷琳娜称格鲁申卡为"出卖肉体的畜生",语句中包裹着对她的不屑与轻蔑,但德米特里却是爱着格鲁申卡的,爱着比卡捷琳娜低贱的格鲁申卡。卡捷琳娜的社会地位在爱情中遭遇了错位,所以她以爱情的名义"拯救"德米特里,其实是想要拯救自己的贞节与尊严。当格鲁申卡反驳她其实也同自己一样"出卖色相"时,卡捷琳娜不堪的遭遇被放大,她那高尚爱情的面具被无情地撕下,格鲁申卡的话使卡捷琳娜意识到自己也许与她没有什么区别,她所一直坚持的价值体系瞬间崩溃,从而加剧了分裂。

卡捷琳娜第二次歇斯底里是在众人指出她爱的是伊凡的时候。德米特里的"移情别恋"和格鲁申卡的挑衅激起了卡捷琳娜对德米特里无穷无尽的"爱情"。"我将变成他幸福的手段……变为他幸福的工具、机器,而且终生不渝,终生不渝,让他一辈子看着吧。"②在这里,卡捷琳娜把对德米特里不存在的疯狂的爱强加在自己身上,而周围人却迫使她潜意识里真正的爱回归。阿辽沙指出,"因为您在折磨伊凡,只是因为您爱他。……您所以折磨他,是因为您出于自我折磨而硬要爱德米特里,……并不是真正的爱,……而是您自己硬要自己相信您在爱……"③两种不同的意志发生了冲突,双重爱情并不意味得到双重的幸福,相反,它更加剧了分裂。"陀思妥耶夫斯基的女性之所以是如此的歇斯底里,如此的狂暴,正是因为她由于不能与男性结合而注定毁灭。"④伊凡离开后,卡捷琳娜的歇斯底里发作了,这正暴露了她真实的爱情,她强迫自己不去相信的爱情,也表现出卡捷琳娜的分裂与绝望。

如果说卡捷琳娜的前两次歇斯底里是无力的、分裂的,内心的两种意志仍是相互矛盾、无法调和的。那么她第三次歇斯底里时所表现出来的疯狂,则是一种意志对于另一种意志的胜利。作为证人的卡捷琳娜在作证时所说的一切都是在为德米特里辩护,进而凸显自己高尚的道德和爱。但在伊凡自我指控为凶手之后,事态的发展却急转直下,卡捷琳娜突然歇斯底里,出示了将要置德米特里于万劫不复的证

① (俄)陀思妥耶夫斯基.卡拉马佐夫兄弟[M].耿济之,译.北京:人民文学出版社,1981:111.
② (俄)陀思妥耶夫斯基.卡拉马佐夫兄弟[M].耿济之,译.北京:人民文学出版社,1981:186.
③ (俄)陀思妥耶夫斯基.卡拉马佐夫兄弟[M].耿济之,译.北京:人民文学出版社,1981:189.
④ (俄)别尔嘉耶夫.陀思妥耶夫斯基的世界观[M].耿海英,译.桂林:广西师范大学出版社,2008:72.

据。而此时的所作所为，全是为了伊凡，为挽救他的名誉，为挽救她真正的爱情。卡捷琳娜的双重爱情矛盾的不可调和导致了她的歇斯底里，出现了一种意志压倒另一种意志的局面，这对德米特里来说悲剧性的一幕，于卡捷琳娜而言却无异于新生，使她直面自己最真实的感情，而不是把自己永远束缚在双重爱情的纠葛与挣扎之中。

卡捷琳娜所面对的双重爱情反映出两种自我意志的斗争，一种是以爱情为伪装的复仇，一种是被压抑的爱情，双重爱情之间的矛盾撕裂着人，如果选择其中一种，就意味着背弃另外一种。这样的爱情违背了小说中佐西马长老所倡导的积极的爱，因为它们全指向谎言与虚伪。卡捷琳娜的爱情，一边折磨着自己，一边折磨着爱的人，最后的歇斯底里或许是她唯一的出路，之前一直处于被抑制状态的爱情的释放打破了双重爱情之间的矛盾与平衡，积极的爱的出现，为真正战胜分裂提供了可能。

二、格鲁申卡：在所多玛城皈依圣母玛利亚

不同于卡捷琳娜，格鲁申卡没有高贵的出身，只是一个社会底层的风流女人，生活在陀思妥耶夫斯基所建构的"所多玛城"——爱与信仰到达不了的地方。但她却充满魅力，拥有天使般迷人的外表，老卡拉马佐夫和他的儿子德米特里都被她所吸引，并为之相互争斗，这直接导致了卡拉马佐夫家的混乱。但实际上，格鲁申卡不爱他们中的任何一个，只是两面摇摆，两边逗弄着，甚至一度对阿辽沙打着狡猾的主意，想要毁了他，可以说是一个十足的魔鬼。但格鲁申卡也有过单纯的一面，少女时代她也曾真正爱过一个人，但最后却被他抛弃，从此陷在耻辱和贫困的境遇中。

积极的爱指向结合，代表完整，反面则导致分裂，引向破碎。曾经天真的格鲁申卡因此而堕落。丧失了爱的她一心只想着报复，执着于失去的恋人，或者说执着于自我——十几年来所爱所恨的不过是自己构织的幻梦。沉湎于过去的格鲁申卡，早已丧失了爱人的能力，只是通过玩弄男人的感情来达到复仇的目的，并不惜让自己沉沦为一个处处留情的妖妇。"完整是纯洁，淫荡是破碎。在自身的分裂、破碎、淫荡中，人封闭于自己的'我'，失去了与他人结合的能力，人的'我'开始瓦

解,她不是爱另一个人,而是爱'爱情'本身。真正的爱永远是指向另一个人的爱,淫荡是指向自己的爱。淫荡是自我肯定,自我肯定导致自我毁灭,因为走向另一个人,与另一个人结合,可以使人性健康;而淫荡是人更深刻的孤独,是死一般的冰冷的孤独。"①但格鲁申卡的淫荡还不至于达到毁灭的境界,她在"所多玛城"荒诞而又孤独的五年生活中,目光仍有时在圣母玛利亚身上停留——至少,她曾将阿辽沙看作自己的良心,也曾施舍过"一根葱"。

格鲁申卡的恶不是本性的恶,而是爱的分裂。所以当过去的执念一得到消解,真实的自我也就随之复归。得知初恋情人归来的消息后,格鲁申卡在内心立刻就宽恕了他,而与此同时,阿辽沙广博而又积极的爱再次唤醒了格鲁申卡沉睡的善,"我知道早晚总会有那么一个人走来宽恕我的。我相信就是我这样下贱的人也总会有人爱的,而且不单只为了那种可耻的目的!"②爱的回归意味着善的回归,恶之花深处仍有良善存在。这时格鲁申卡痛苦地意识到自己所爱的不过是过去的泡影,五年来的报复没有任何意义。虚假的爱情破碎,曾经魔鬼的一面由堕落走向回归,格鲁申卡最终幡然醒悟,在精神上皈依上帝,愿意重新开始,和德米特里一起走向救赎。

格鲁申卡的爱指向过去,指向虚无,这样的爱束缚了自由,撕裂了人性,使格鲁申卡从爱中分裂出一个充满仇恨的自我,并进行自我封闭,这导致她一直活在过去,没有真实的未来,过去与未来发生矛盾与分裂。她最终由堕落走向回归,再一次昭示了积极的爱带给人的力量,如果没有德米特里和阿辽沙积极的爱,格鲁申卡在重逢早已改变的恋人、幻想落空后,面临的也许就是真正的毁灭。

三、丽萨:徘徊在天使与魔鬼之间

丽萨,霍赫拉柯娃太太的女儿,与阿辽沙自小相识。年少心生的爱慕之情在第一次出场时便显露出来,热情大胆的她总是惹阿辽沙害羞,情窦初开时竟主动写了一封情书,在阿辽沙手指受伤后心疼地为他包扎,对上尉的遭遇表示同情与深思,种种行为都显现出她的聪慧、勇敢与善良,"像小姑娘那样地笑,却像殉道者那样考

---

① (俄)别尔嘉耶夫.陀思妥耶夫斯基的世界观[M].耿海英,译.桂林:广西师范大学出版社,2008:77.
② (俄)陀思妥耶夫斯基.卡拉马佐夫兄弟[M].耿济之,译.北京:人民文学出版社,1981:355.

虑问题"①。但这并不是丽萨性格的全部。

身为一个人，她有着生理上的残缺，长期的双腿瘫痪或多或少使其内心深处产生自卑，甚至成为造成丽萨心理疾病的一个重要因素。双腿残疾的阴影始终伴随着她，丽萨心灵深处呈现出某种强烈的否定与怀疑。她在欣喜于甜蜜爱情的同时，也忍受着爱所带来的痛苦——她总是怀疑爱，怀疑一切，既享受爱情，又不相信爱情。她常常称自己为傻子、蠢女人，"要靠人家用椅子推来推去"②。言语中种种下意识的自我贬损是丽萨受虐与施虐心理的初期表现。

弗洛姆在《逃避自由》一书中提到，"受虐待冲动和虐待狂冲动都旨在帮助个人摆脱不堪忍受的孤独感和软弱无力感"③。因自卑产生的怀疑被爱情放大，心灵的孤独愈演愈烈，而在"小魔鬼"这一章中，丽萨的这种病态心理甚至进化到了令人发指的程度。她肆无忌惮地表白自己内心畸形的、阴暗的想法。丽萨拒绝做阿辽沙的妻子，并且称"愿意有人折磨我，娶了我去，然后就折磨我，骗我，离开我，抛弃我。我不愿意成为有幸福的人！"④"被剁下手指的小孩是好的，被人瞧不起也是好的。"⑤她甚至向伊凡提出自己愿意献身于他，这是极端的受虐倾向。而与此同时，丽萨又告诉了阿辽沙自己的梦——在梦中，她先是用画十字驱散屋子里的小鬼，随后又在内心对上帝辱骂引得小鬼再次上前，最后又画十字驱散小鬼。为此，她竟感到十分痛快，似乎完成了一次恶作剧，但探究其深层心理，却不止于此。弗洛伊德认为，梦是愿望的达成，"它的内容其实是欲望的满足，愿望就是它之所以产生的动机"⑥。梦中所发生的往往是在白天被压抑或者未满足的欲望。陀思妥耶夫斯基也曾说过："大多数人称之为虚幻的东西，对我来说有时恰恰是现实中最深层的本质。"⑦丽萨在梦中对于小鬼的类似于戏弄的行为，实际上不仅限于恶作剧的层面，它显露出丽萨极端心理的另一面，施虐狂。她盼望混乱、折磨、虐待，甚至通过用门夹自己手指来进行自虐。这所有的一切丽萨全告诉了阿辽沙，在整个对话中，丽萨

---

① （俄）陀思妥耶夫斯基.卡拉马佐夫兄弟[M].耿济之，译.北京：人民文学出版社，1981：217.
② （俄）陀思妥耶夫斯基.卡拉马佐夫兄弟[M].耿济之，译.北京：人民文学出版社，1981：181.
③ （德）弗罗姆.逃避自由[M].陈学明，译.北京：工人出版社，1987：200.
④ （俄）陀思妥耶夫斯基.卡拉马佐夫兄弟[M].耿济之，译.北京：人民文学出版社，1981：582.
⑤ （俄）陀思妥耶夫斯基.卡拉马佐夫兄弟[M].耿济之，译.北京：人民文学出版社，1981：586.
⑥ （奥）弗洛伊德.梦的解析[M].殷世钞，译.南昌：江西人民出版社，2014：68.
⑦ （俄）谢列兹尼奥夫.陀思妥耶夫斯基传[M].刘涛，张宏光，王钦仁，译.郑州：海燕出版社，2005：389.

都"不讲神圣的事情"①,这实际上是对阿辽沙的一种挑衅。这时的丽萨与之前天使的形象大相径庭,仿佛是另一个人格,另一个极端。与阿辽沙的爱情使她感到矛盾,"低贱"的自己与圣洁的阿辽沙之间存在着某种不平衡,她在内心深处怀疑着阿辽沙的感情,曾发狂似的喊叫过"阿辽沙,您为什么一点也不爱我"②。她怀疑爱,不相信别人对她的爱,最后便发展成为不去爱任何人,甚至是自己。爱的无能导致人格的分裂,使丽萨陷入孤独的深渊,并力图用施虐与受虐来摆脱孤独。

在《卡拉马佐夫兄弟》中,爱总是分裂的,爱的对象是分裂的,爱的主体——自我也是分裂的。三位女性中,有的从堕落走向回归,有的却由正常变得病态,善与恶在不断地变换位置。这便是陀思妥耶夫斯基的伟大之处,"他把小说中的男男女女,放在万难忍受的境遇里,来试炼它们,不但剥去了表面的洁白,拷问出藏在底下的罪恶,而且还要拷问出藏在那罪恶之下的真正的洁白来"③。小说中信仰与爱的代言人佐西马长老和阿辽沙所倡导的是积极的爱,这无疑也是作家本人的观点。积极的爱是克己、不疑,"主要的是避免说谎……特别是不对自己说谎。留心提防自己的虚伪……还要避免对别人和自己苛求"④。而卡捷琳娜一边压抑自己真实的爱,一边欺骗自己去爱德米特里——实际是自己的尊严;格鲁申卡则沉浸在对过去的报复中,因为一次痛苦而弃绝爱。卡捷琳娜与格鲁申卡的爱都囚禁了自由,迫使爱转向虚无,而真正的爱应该指向真实的人。丽萨的爱的痛苦在于怀疑,不坚定的爱与信仰永远无法成就完整。这三种不同的爱情经历实际上代表了积极的爱的反面:欺骗、封闭、怀疑,真正导致人分裂的是爱的背后所隐藏的恶习,这也正是陀思妥耶夫斯基想要告诫人们的,只有诚实、宽容、坚定,才能实现真正的爱,他实际上也将男女之爱囊括到了基督教的精神当中,格鲁申卡最终皈依宗教得到爱的复活与丽萨在梦中亵渎上帝也恰好形成了一个反差,这一切都昭示了陀思妥耶夫斯基认为只有信仰与积极的爱才能拯救世界,迎来精神救赎。

---

① (俄)陀思妥耶夫斯基.卡拉马佐夫兄弟[M].耿济之,译.北京:人民文学出版社,1981:583.
② (俄)陀思妥耶夫斯基.卡拉马佐夫兄弟[M].耿济之,译.北京:人民文学出版社,1981:586.
③ 鲁迅.鲁迅全集(第4卷)[M].北京:光明日报出版社,2015:865.
④ (俄)陀思妥耶夫斯基.卡拉马佐夫兄弟[M].耿济之,译.北京:人民文学出版社,1981:52.

参考文献

[1]（俄）陀思妥耶夫斯基.卡拉马佐夫兄弟[M].耿济之,译.北京:人民文学出版社,1981.

[2]（德）弗洛姆.爱的艺术[M].孙依依,译.北京:工人出版社,1986.

[3]（德）弗罗姆.逃避自由[M].陈学明,译.北京:工人出版社,1987.

[4]（法）米歇尔·福柯.疯癫与文明:理性时代的疯癫史[M].刘北成,杨远婴,译.北京:生活·读书·新知三联书店,1995.

[5]（俄）谢列兹尼奥夫.陀思妥耶夫斯基传[M].刘涛,张宏光,王钦仁,译.郑州:海燕出版社,2005.

[6]（俄）别尔嘉耶夫.陀思妥耶夫斯基的世界观[M].耿海英,译.桂林:广西师范大学出版社,2008.

[7]（奥）弗洛伊德.梦的解析[M].殷世钞,译.南昌:江西人民出版社,2014.

[8]鲁迅.鲁迅全集（第4卷）[M].北京:光明日报出版社,2015.

杨滨瑞,女,重庆涪陵人,河南大学文学院2018级明德计划实验班成员,有志于比较文学与世界文学、文艺学。

黄遵宪诗歌的"诗史"特征及其原因

任苗苗

摘　要："诗史"是中国诗歌的一大传统，黄遵宪其诗在那个国家危难、世界局势大变之际，感伤时事与民生，因此有晚清"诗史"之誉。黄遵宪"诗史"的成就不仅是继承我国"诗史"文学传统的结果，亦是客观的时势所致，当然也与黄遵宪本人的文人忧患意识、个人知识才学和丰富的经历见闻密切相关。

关键词：黄遵宪；"诗史"特征；原因探微；晚清时局

从反映早期社会生活各个层面的现实主义杰出作品《诗经》，到曹操著名的描写现实作品《薤露行》《蒿里行》，再到反映安史之乱前后唐朝社会历史变化的杜甫的诸多诗篇，这些"诗史"的早期传统经过历朝历代的发展在黄遵宪的诗歌上更是淋漓尽致地体现出来。梁启超在《饮冰室诗话》中说"公度之诗，诗史也"，这已逐渐成为公众的普遍认知。中国不缺乏"诗史"的传统，但在黄遵宪身上体现的原因值得我们探讨，历史的、辩证的分析可以使我们更好地把握"诗史"这一中国文学特征，更好地研究黄遵宪其人及其诗歌，更好地了解晚清时动荡的历史与人民的心理。

一、历史传统构筑"诗史"精神

"诗史"特征作为我国诗歌的重要传统之一，其源头最早可追溯到《诗经》与《春秋》。《诗经》中的众多作品运用现实主义的笔法生动可感地描绘了早期人民的社会生活与国家的兴衰动荡等，这些诗歌中的史实经考证，有很大的历史真实性。

而《春秋》作为一部史书,却颇含诗的韵味。从这些早期的文学作品中已经可以看出诗与史相渗透、相贯通的传统。"诗史"传统经过不间断地发展,出现了"汉末实录,真诗史也"的《薤露行》《蒿里行》。发展到了唐代,"诗史"的概念终于被正式提出,唐末孟棨在《本事诗》中说:"杜所赠二十韵,备叙其事。读其文,尽得其故迹。杜逢禄山之乱,流离陇蜀,毕陈于诗,推见至隐,殆无遗事,故当时号为'诗史'"。由此可见,"诗史"意识已经趋向成熟并逐渐固定下来。到了清朝,"诗史"意识更是成为文人的自觉。黄遵宪作为清末知识分子的一员,参加过乡试、会试以图求取功名,走上仕途。这些传统的教育使得其深受历代"诗史"创作传统的影响。中国诗歌几千年的发展使黄遵宪自然而然地构筑了强烈的"诗史"意识、"诗史"精神。这精神激励他在目睹清末的种种变化时,本着文人担当与主体意识书写下了那一时代的风云变革。

"诗史"特征不仅在文学创作及其发展上有所体现,而且由此激起了众多对"诗史"的理论阐发、解释。"诗"与"史"本是两个独立概念,"诗"指诗歌创作,"史"指历史记载。虽然历史上"诗史"特征以及概念早已经出现,但历代学者对于这一文学现象一直存在争论。一部分学者认为"诗"与"史"为两种文体,不可掺杂混淆,钱钟书更是直接否定了"诗史说"。这些学者大都从两种文体的不同特性进行阐释,普遍认为"诗"关注作者主体情感,"史"关注历史真实,一旦混淆,便丧失了二者的本质界限。另一部分学者则积极支持肯定"诗史说",认为"诗"与"史"之间有着不可忽略的重要联系。虽然"诗言志,诗缘情"的文学观点与传统使得抒情为诗的最大特征,但不论是从诗的源头还是发展来看,叙事都为重要成分。这些叙事不仅起到激发情感的作用,更是由于其具有一定真实性成了研究历史的重要参考,由此出现了"以诗证史""以诗鉴史"的观点与传统。历代文人中有很多都拥有诗家与史家的双重身份,这更是丰富了"诗"与"史"的内涵与联系。上述这些对"诗"与"史"关系的讨论都离不开对抒情与叙事两大诗歌传统的探讨。实际上,被称为"诗史"的作品大都没有脱离这两大传统。在标志着"诗史"特征成熟的杜甫的众多诗歌中,不仅有"朱门酒肉臭,路有冻死骨"的现实叙事,也有"安得广厦千万间,大庇天下寒士俱欢颜"的直接情感表达。这些明显带有书写现实特征的作品并不是像真正的史书那样极致追求史实,而是以作者主体产生的情感为本,这些情感具有浓烈的个人色彩。情感催生诗歌创作,诗歌中也直接或间接表达情感。黄遵宪作为一个文人,一个看尽世间百态的外交家,非常好地运用了抒情与叙事两大传统,成为清末"诗史"的集大成者。各种组诗、杂诗记载了作者的所见所闻和所感,让读者在其中不仅可以了解到清末社会的一些状况,还可以体味大时代下一个文人内心的情感风暴。

二、时代风云造就"诗史"主题

"诗家不幸史家幸",唐朝激荡的社会历史、安史之乱给百姓带来的战乱与痛苦为"诗圣"杜甫提供了创作源泉。"朱门酒肉臭,路有冻死骨"背后的是悲苦人民与腐朽统治者;"力尽不知热,但惜夏日长"体现的是下层百姓的贫苦与吃苦耐劳;"三吏三别"反映的是哀鸿遍野、民不聊生,这些作者亲身经历的灾难为他的"诗史"提供了现实的内容。

不同的时代,相似的灾难。1840 年鸦片战争爆发,中国被迫打开国门,开始逐渐沦为半殖民地半封建社会。在这之后的第八年,黄遵宪出生在了广东嘉应州一个世代经营典当的大商人家庭。清末的社会动荡、风云变革就此伴随了他的一生。这波澜壮阔的历史为他的"诗史"提供了直接素材。

《人境庐诗草》是黄遵宪的一部自选诗集,共十一卷,收入作者由 1864 年到 1904 年 40 年间创作的六百多首诗,是黄遵宪诗作的精华所在,也最好地体现了他的"诗史"特征。两次鸦片战争、中法战争、甲午战争、八国联军侵华等一系列帝国主义入侵,和在此刺激下产生的太平天国运动、洋务运动、戊戌变法以及义和团运动等时代浪涛,无一不在黄遵宪的诗里风暴般的摇荡。其中,《香港感怀十首》以悲愤的笔调揭露了英国发动侵华战争的罪恶与清政府的软弱屈服;《羊城感赋六首》《由轮舟抵天津作》分别纪写了两次鸦片战争中英法联军的卑劣与部分清廷大臣的昏庸;《乙丑十一月避乱大埔三河虚》是对太平天国运动的书写以及己方立场的表露;著名的《冯将军传》热烈描绘了抗法英雄冯子材的爱国精神;《悲平壤》《哀旅顺》《哭威海》等记录了甲午中日战争;《书愤》描写与感叹帝国主义列强瓜分中国;《感事》《己亥续怀人诗》等概写戊戌变法,表达对仁人志士遇害的伤心、悲愤;《七月二十一日外国联军入犯京师》等控诉八国联军入侵;这些诗作系统地展现了清末中国历史的大变革,清晰地描绘了中国国土与国民的灾难,深刻地揭露了侵华势力的野蛮与清政府的昏庸。黄遵宪的"诗史"是清末一系列重大历史事件共同组成的画卷。

三、个人因素成就"诗史"高度

好的"诗史"不应该是完全客观的现实素描，这是史家追求的。文人的"诗史"更多地汇聚了诸如"安得广厦千万间，大庇天下寒士俱欢颜"的个人情感表达及对社会现实的批判不满。这就需要诗人有忧国忧民的意识、悲天悯人的情怀，同时也需要丰富的历史见闻、开阔的胸襟与卓越超群的才学。

1. 卓越超群的才学

在1876年，黄遵宪28岁时，他见到了洋务派官僚张荫桓、李鸿章等人，并在这些大员面前侃侃而谈，被李鸿章称为"霸才"。梁启超跋《人境庐诗草》中说："古今之诗有两大种：一曰诗人之诗，一曰非诗人之诗。之二种者，其境界有反比例，其人或相非或不相非，而要之未有能相兼者也。人境庐主人者，其诗人耶？彼其恂心营目憔形，以斟酌损益于古今中外之治法，以忧天下，其期不用，而国之存亡，种之主奴，教之绝续，视此焉，吾未见古之诗人能如是也。其非诗人耶？彼其胎冥冥而息渊渊，而神味沈醲，而音节入微，友视骚汉而奴畜唐宋，吾未见古之非诗人能如是也。"从梁启超对黄遵宪诗才的高度评价中我们可以体会到黄遵宪其人卓越超群的才学。

2. 忧国忧民的情怀

黄遵宪自幼接受传统的儒家文化教育，骨子里深深地渗透了传统中国文人所特有的忧患意识与悲悯情怀。十岁时已能吟出"天下尤为小，何论眼底山"的具有远大抱负的诗句。作为一个政治家、外交家，他游历多个国家，充分感受到了祖国的腐朽贫弱、西方的快速发展，还有国家遭受到的屈辱、侵害，百姓生活的苦难。这骨感又血淋淋的现实为他注入了永不停息的忧国忧民的奔腾血液。这种血液与气质也为他的诗提供了高尚的气节与灵魂，直接推动了他用诗的形式记录这时代历史的灾难与大变革。

3. 丰富的历史见闻

梁启超评价《支离》中"穷途竟何世，馀事做诗人"的自白"不屑以诗人自居"，可见诗人身份只是黄遵宪众多身份中的一个部分。"黄遵宪绝不仅仅是一位诗人，他首先是一个维新运动家,一个启蒙主义者,一个爱国的政治人物。他的诗,也主要是政治的诗",这是钟叔河对黄遵宪的定位,实际上也帮助我们从另一个角度更全面准确地了解黄遵宪的多重身份。

黄遵宪是一个政治家,他比常人更加了解政府的腐朽与黑暗,并且对其有更深刻的认识与反思。同时他也是清末一位杰出的外交家,这个身份伴随了他14年,14年的域外生活使他了解到了不一样的风土人情,中国与日本、英国的差距,还有不同体制的利弊。这些丰富的历史见闻不仅促使他的思想转变,使他成为一名维新志士,也让他拥有了更开阔的视野与胸襟。这些又直接影响到了他的诗歌创作,促使他创作了一些海外见闻诗篇,如《日本杂诗》,思想深度上也有所提高。另外,在海外亲身感受到华侨所受的屈辱也使他的民族危机感大幅提升,为他壮丽浓郁的"诗史"提供情感支撑。

黄遵宪诗歌的"诗史"特征,继承了我国"诗史"的传统,也丰富了"诗史"的内涵。他的诗歌所表现出的"诗史"是多元的、全面的、形象的,又是深刻的。从黄遵宪生活的大的时代环境到他个人的个性才学、经历见闻,运用主客观辩证统一的分析方法再结合其具体诗篇解读,有助于我们系统把握黄遵宪诗歌的重要"诗史"特征。

参考文献

[1](清)黄遵宪.人境庐诗草笺注[M].钱仲联注.上海:上海古籍出版社,1981.

[2]孙之梅.从《香港感怀》看黄遵宪诗的"诗史"特征[J].古典文学知识,1997(6).

[3]刘冰冰.不为诗人成诗名[J].东岳论丛,2001(2).

[4]龚喜平.黄遵宪诗歌的"诗史"特征及其意义[J].天水行政学院学报,2005.

[5]李芳.黄遵宪:不求功名的乱世外交家[J].文史博览,2016(10).

[6]周兴泰.中国文学叙事传统中的"诗史"说[J].贵州社会科学,2020(5).

[7]卢琰.本土与异域视野下的黄遵宪文学思想及成因探微[D].延吉:延边大学,2015.

任苗苗,女,河南洛阳人,河南大学文学院2018级明德实验班成员。喜欢中国现当代文学,希望能越来越努力,越来越进步。

探析《高老头》中拉斯蒂涅对女性的功利心理

陈婧靓

摘　要:拉斯蒂涅是《高老头》中一个极其重要的男性角色,他在物欲横流的巴黎的旋涡中一步步"成长",最终沉沦。贯穿他所有行为始终的是社会教育和自身野心教给他的对女性的功利主义。他在母妹与子爵夫人身上初探,而后在这种心理的驱使下,在与其有暧昧关系的两个女人中熟练运用被爱的资本,最终走向名为对社会的挑战、实则共堕落的结局,巴尔扎克对拜金主义盛行的社会现实的深刻批判可见一斑。

关键词:拉斯蒂涅;女性;功利心理;现实批判

《高老头》是巴尔扎克的一部现实主义力作。19世纪初的巴黎,波旁王朝复辟,资本主义横行,从异乡而来的拉斯蒂涅怀着一腔少年志气,在阴冷压抑的伏盖公寓认识了形形色色的人物,更见识了贵族生活光鲜亮丽的外表下说不尽的肮脏与丑陋,数次自我人性的觉醒也被这个社会宣告失败。他终于凭着内心的诉求,走向了社会的深渊。在功利主义的驱使下,在极端利己主义的引诱下,他完美地抓住了女性,将她们变为他通往社会的层层阶梯。

一、对女性功利心理的生成

欧仁·拉斯蒂涅,这个从外省来巴黎求学的年轻人,也曾怀着饱满的热情投入学习,"俨然一位智力超群的少年,或者如同家境艰难而使他拥有了优秀人物的优点一样"。但是,环境总在以它神奇的魔力改造着人,从外貌到性格,从世界观到处世态度。在处处充满着奢华与梦幻的巴黎,他可以领略所有的新奇与滑稽,可以看到无处不在的车水马龙和纸醉金迷,也可以看到应接不暇的富丽堂皇和雍容华贵。年轻人的心是躁动的,眼界的拓宽让他看到了生活的无限可能,对比于自己家里沉重的负担和窘迫的经济状况,贫富差距被无限放大。同时,他所租住的是阴冷潮湿、黑暗压抑的伏盖公寓,住在里面的是来路不明且自私自利的房客们,还有冷血市侩、唯利是图的房东太太,这一切"无疑是在无声地提醒着他贫穷的现状,他唯一能想到的能帮助他逃离这里的就是'钱'"①。囊中羞涩的自卑也许会激发动力,他也曾想过要凭着自己的聪明才智和力量去获取他所想要的生活,但自卑到了极点,野心和欲望就会被唤醒,伎俩和把戏会在年轻的头脑中萌芽并被无限延伸。这个时候的他,在全身冲劲不知往哪儿使的时候,又偏偏注意到了社会关系网在巴黎社会的重要性。身为一个"热烈的、才华横溢的年轻人,风雅的仪表和一种使女人甘愿就范的阳刚美,又使之更上一层楼",他几乎没有迟疑地直接将目光瞄准了对社会生活有影响力的女人。他想要凭着自身的男性魅力,征服对他会有帮助的女子,从而通过她们顺利地进入上层社会,实现他的野心。他没有想过他需不需要付出感情与热情,他只是为他的目标找到了捷径,女性对于他来说只是可以利用的对象而已,不论姓甚名谁,不论美丑善恶。此时的任何对他有利的方式他都会去尝试,何况在他看来,俘获一个女子的真心对于年轻男子来说是件轻而易举的事。拉斯蒂涅的女性功利主义就在外界的诱惑和自己蠢蠢欲动的野心的催引下,在他心里生了根。

二、女性功利心理下的初探

拉斯蒂涅意识到了女性可能具有帮助自己征服社会的重要作用,并有信心征服她们之后,他迅速伸出了自己那双像捕获猎物一样的手,进行了既小心而又大胆的探索。首先,他通过姑妈打听了所有能拉上关系的亲戚,并最终选择了德鲍赛昂子爵夫人,这个在上流社会中具有极高地位的女人,这个几乎可以说是"主宰巴黎时尚的女子之一""贵族社会的一个顶尖人物"。姑妈的信让他有了进入子爵夫人

① 王璇.《高老头》中导致拉斯蒂涅蜕变的因素[J].文学教育,2014(3).

舞会的许可证，也即有了出入贵族世家的证书。这个姓氏的强大干预作用，犹如魔棒一样，"使他看清了至今对他来说还是漆黑一团的巴黎上流社会的气氛"。他抓住了这个宝贵的机会，时常登门拜访以拉近关系，仔细观察她的态度和言语表示的亲疏，倾听子爵夫人的苦恼，他极其聪明地学会了用花言巧语从情感受伤的夫人那里得到信赖，一下子从关系疏远的亲戚成为子爵府的座上宾。子爵夫人的信任和依靠是他了解更多"巴黎法"的基石，子爵夫人的舞会是他认识各方贵族的平台，子爵夫人的权势地位是他游走于上层社会并被接纳的保护伞。

另外，为了迅速获得能够在上层社会活动的资本，他仗着家人尤其是家中的女性——他的母亲和妹妹对他的溺爱，写信回去索要钱财。他利用了母亲与妹妹与世隔绝、高尚纯洁的心灵，利用了亲人对他的爱作为他步入上层社会的钱袋！收到信的时候，他内心的良知也曾被唤醒，亲人为他含辛茹苦、无私奉献的温暖感化着他，刺痛着他，连他自己也觉得他和高老头的女儿没有本质区别。但是当大笔钱财真正握在手中时，他飘飘然像忘记了一切，忘记这是自己在家人身上吸的最后一滴血，他纵情欢乐，在巴黎肆意生长。最初的他或许还想过做个正直的人，靠着自己的本领去获取，但现在的他真正享受到了金钱的滋味，也真正享受到了对身边女性的利用所带来的无限益处。"欧仁感到口袋里装满了，便反抗起来"，这句话不仅仅是对看透了他所有秘密的伏托冷，更是他开始熟练运用被爱的资本征服社会的真正开始。

三、功利心理下的熟练利用

当拉斯蒂涅在初次倾心的美貌的伯爵夫人那里受挫，当他聆听了子爵夫人给他上的第一堂社会教育课——学会利用一切："您越是心地冷酷，精于盘算，越是能往前发展。要把男男女女当作驿马，到每一站便把它们累趴下，这样您就会到达欲望的顶峰"；当伏托冷半诱惑式地给他上了第二堂社会教育课——金钱至上："要发财致富，这里就要大刀阔斧地干""社会历来如此，道德家从来没有改变它"；拉斯蒂涅在功利心理的指引下，开始精准地向着女性出击了。他首先选择了子爵夫人给他推荐的漂亮得可以当作招牌的纽沁根夫人，高老头的二女儿戴菲娜。于是，他跟随子爵夫人在剧院接近了她，利用纽沁根夫人与丈夫的情感嫌隙，熟练地掌握着言论技巧，用谦卑的姿态、真挚的情意以及甜言蜜语吸引了她。接下来他以同样的真诚倾听她的苦恼心事,给她分担忧愁。他增进了与高老头的关系,从而进一步拉近了与纽沁根夫人之间的牵连。也许纽沁根夫人的美丽令拉斯蒂涅有了真正的心动,他以为他真正爱上了她,但他的初衷始终是不单纯的。他一直想拥有的只是一个情妇和一个近乎王侯的地位,这被他看作力量的标志,而不管这情妇是谁。戴菲娜带给了他情感的慰藉和情欲的满足,他可以用子爵夫人的关系带给她上流社会身份的认可,他也可以利用戴菲娜的爱与资本去得到他所想要的。

如果说纽沁根夫人是一个拥有足够调情技巧和巴黎经验的女人,那么泰伊费小姐就是"女性一生中最纯真灿烂的时候,是贵妇人踏入上流社会前的准备时期"①,她纯洁而又真诚,善良且柔弱。凶恶的伏托冷向拉斯蒂涅指出的只要和泰伊费小姐结婚就能发财致富的机会,曾经被拉斯蒂涅嫌恶不齿,却又一天天在他的脑中盘桓。当他因感觉到戴菲娜在玩弄他而失落,野心勃勃却又前路茫茫时,泰伊费小姐在他眼里就像是唾手可得的荣华富贵,他立即对她有了想法和行动,而将偶尔苏醒的良知抛于脑后。泰伊费小姐的单纯和对他的暗中爱慕让他所有惯用的伎俩如鱼得水,而他只需要含情脉脉的一眼和一点点诉苦,暧昧而又不说破的语调,就轻而易举地得到了她的一颗真心。对于泰伊费小姐,他根本无所谓爱与不爱,她只是拉斯蒂涅接近他所想要的生活的阶梯,为了达到自己的目的,他并不在乎手段的卑劣与否。虽然最后由于伏托冷的被捕和高老头的真心相待,他再一次因着良知做了正确的决定,但他已经完全可以迅速熟练地捕获一个女人的真情,只会有更多的下一个女性,在他需要时他就可以把握。

高老头去世了,这个物欲横流的巴黎社会,终于使拉斯蒂涅完成了他的蜕变:从正直热情到自私自利,从渴望知识到渴望金钱和地位。他将个人利益作为行为的道德准则,女性只是他达到目的的工具,一个实现贵族梦的捷径。"金钱像一支巨大的魔掌,指挥着无数木偶,在社会舞台上做出种种丑恶的表演。"②拉斯蒂涅像巴黎城的众多青年一样,终于还是被金钱腐蚀了,金钱使得整个社会人性扭曲,极端利己,丧失良知。"巴尔扎克以真正艺术家的正直和勇气,严肃无情地撕下了资本主义文明的遮羞布,使我们看清了金钱王国充满血腥和虚伪的感情世界。"③

---

① 闫蓉.《高老头》中的女性形象分析[J].牡丹江教育学院学报,2012.

② 成良臣.外国文学教程[M].成都:四川大学出版社,2002.

③ 余燕红.看《高老头》中扭曲的道德观[J].鸡西大学学报,2013(1).

参考文献

[1]（法）巴尔扎克.高老头[M].郑克鲁,译.北京:中央编译出版社,2010.

[2]成良臣.外国文学教程[M].成都:四川大学出版社,2002.

[3]闫蓉.《高老头》中的女性形象分析[J].牡丹江教育学院学报,2012.

[4]余燕红.看《高老头》中扭曲的道德观[J].鸡西大学学报,2013(1).

[5]王璇.《高老头》中导致拉斯蒂涅蜕变的因素[J].文学教育,2014(3).

[6]薛亚婷.巴尔扎克的女性观与"隐含读者"[J].文教资料,2017(27).

陈婧靓,女,湖南省永州市人,2018级明德计划实验班成员,喜爱文学评论,有志于现当代文学,愿以独立之志,做合群之事,以思想与良心去担当。

勘破世间人心真伪——试论《尘埃落定》和《檀香刑》中洞若观火的傻子形象

吴东玥

摘　要：傻子形象在中国当代小说中独树一帜。以《尘埃落定》和《檀香刑》两部作品中的两个傻子人物为例，可以分析出这种特殊人物形象痴傻与通透并存的特点及其在作品中被赋予的去伪存真、直击本质的功用，这是对真伪哲学的又一次注脚。作品中叙事主人公异于常人的思维特色促进了小说第一人称叙事的全知化发展，也使该类作品在特殊人物加持下展现出别样的吸引力。

关键词：人物特点；人物作用；傻子；《尘埃落定》；《檀香刑》

　　"傻子"这个词在生活中很常见，人们习惯于用它来概括迟钝、愚蠢等诸多贬义，有时还具有一定感叹的效果；《汉语大词典》对它这样解释，"智力低下，不明事理的人"[①]，简言之就是与正常人比有所缺陷的特殊人士。然而，在一些小说中，傻子形象的人物却十分活跃，作者有意选择用傻子的特殊视角来记叙故事，因傻子不同于正常人的思维、行为模式使故事具有新颖奇异的特殊色彩，如此剑走偏锋来挑明人物的内涵与故事的本质，比如说阿来的《尘埃落定》以及莫言的《檀香刑》。

[①]　汉语大词典编纂处.汉语大词典(第一卷)[M].上海：上海辞书出版社,2011:1642.

一、大同小异傻子形象

《尘埃落定》是藏族作家阿来的一部长篇小说，作品围绕麦其土司家傻子二少爷从能记事到因父仇而死的跌宕一生，以第一人称的叙事角度，见证了民国末年康巴藏族地区土司家族回光返照式的腐朽没落，土司制度大厦将倾至土崩瓦解的传奇历史。小说的地方色彩浓厚，兼有康巴藏族独特而丰富的宗教文化，流露出与众不同的神秘文化气质，吸引读者的阅读兴趣。与之相对，《檀香刑》则是诺贝尔文学奖得主莫言的一部引发争议的代表作。作者将目光投向一百多年前的山东高密东北乡，赵、钱、孙三家是主角，故事以檀香刑为代表的传统刑法为主线，高亢悲怆的猫腔为背景音，聚焦在德国人大肆侵占中华民族利益的时代背景下当地农村掀起的一场农民起义，以及起义失败后的一系列连锁反应。小说在暴力血腥的色彩下集亲情、爱情、忠君情、家国义于一体，演绎了乱世末年以孙丙为代表的普通百姓的喋血抗争，展示了清王朝江河日下的凄凉无奈。而在这两本书中，主要人物之一麦其土司家的二少爷和屠夫赵小甲，便都是人们口中普遍意义上的傻子。

对于这两个人物来说，"傻"的确是共同的主要特征，二者虽然环境和身份天差地别，可傻子所应得的"待遇"也算是大同小异，伯仲之间。《尘埃落定》里的麦其家二少爷虽是土司的儿子，但却是酒后乱性的汉藏混血儿，迟钝痴傻。年幼时不知哭笑，不通人言，给不了正常人应有的反馈；年渐长后大部分时间保持空白和懵懂，和桑吉卓玛几次发生性关系也做得朦胧又迷糊；成年后命运眷顾似的总有所成，可每天早晨睁眼依然要问问"我是谁""我在哪儿"；美丽的妻子塔娜入门前委委屈屈，入门后和他的哥哥土司长子苟合。因为是傻子，所以他对兄长的土司之位毫无威胁时会得到兄长的爱，与兄长交恶时便会被兄长明目张胆地觊觎妻子；因为是傻子，所以他得不到家奴的敬重，小侍女桑吉卓玛会偷偷拧他，家奴的儿子索郎泽郎敢往他的脖子里扔雪，他也不知生气，缺乏威严。至于《檀香刑》里的屠夫赵小甲同样傻得人尽皆知。哪怕已经是一个壮实的成年人，依然对娘亲讲的民间传说"虎须"的故事坚信不疑；好事者当着他的面嘲笑他的妻子与钱县令暗通曲款，他也听不出来，只会抱着妻子孙眉娘白花花的肉拱来拱去，活脱脱一个心智未开的痴儿；对父亲、妻子、县令等"危险人物"都抱有幼兽般的天然警惕。总而言之，这两位不同故事里的不同傻子，都一定程度上迟钝懵懂、幼稚痴愚，傻得名副其实；都因为是傻子而遭受他人的指摘蔑视,尤其在性生活上遭到了背叛和歧视。

二、痴傻儿勘破人世真伪

在小说里,可笑可怜可悲的"傻子"们却如有神助地拥有对命运的走向或是事物本质的预知或判断——这一点在《尘埃落定》的主人公麦其土司家傻子二少爷身上体现得格外明显,《檀香刑》里的傻子屠夫赵小甲也能说明。

《尘埃落定》中,打小便被认为是傻子的二少爷对于自己和身边人的命运,甚至是麦其土司家族,整个康巴藏区土司制度的未来走向,都具有一种预言式的洞察;而他这种时而懵懂痴傻,时而又干出聪明人也干不出的成就的表现,使得"傻子少爷究竟傻不傻?"成为萦绕在故事内外很多人心头的疑问。例如从成年巡游麦其家族领地时开始,他就显露出对家族统治的一系列不自知的敏锐禀赋。康巴遍地种植罂粟时,他自言只是头脑一热地提出改种粮食,成功让麦其土司家族空前强大;他前往南方边境,先是用粮食挑起拉雪巴土司和茸贡土司之间的战争,坐收渔翁之利;再将坚固封闭的仓库堡垒改造成半开放式的边境市场,以和平贸易的方式解决土司间的纷争并赚取了大量财富;最后还在集市的基础上建立了一座相对先进的小镇,像锥子,戳在土司版图的中央。他的种种举措很明显地具备了长远的超时代眼光,还因为内心的通透平和,收获了民心——无数百姓像大洪水一样卷起他,簇拥着他,他英雄归来时给予他令真正的土司都胆怯的待遇,他被俘虏时,无数农奴发出令解放军困惑的悲哭;正如后来多吉次仁的"杀手"小儿子在边境小镇的评价一样,二少爷虽然还不是土司,但却已经相当于土司的土司。这种事情发生在一个正常人身上,人们会称他为领袖;而发生在一个十三岁才能堪堪记事的傻子身上,大概也只能认为是上天的指示,浓郁的宗教神秘色彩蔓延其间不散。

与之类似,《檀香刑》里的屠夫赵小甲傻得像一把没有思想的刀,可偏偏又通透得像一面照妖镜。故事里他的亲爹刽子手赵甲要给岳丈——起义首领孙丙施檀香刑,他的妻子狗肉西施孙眉娘则与当地县令暗通曲款,借机四处周旋。他对妻子的不忠毫无察觉,也对她的哀求无动于衷,助纣为虐,成为父亲施刑的助手,是一个麻木痴傻、没有自己头脑的工具。而颇具有魔幻现实主义特色的是,与其说赵小甲是一个懵懂痴呆的傻子,是一把不开窍的刀;不如说他是一面能窥破本质的照妖镜。

在傻子屠夫赵小甲的眼中，周围人物都有各自的牲畜本相——父亲赵甲是狡诈的黑豹，妻子媚娘是一条水桶粗的白蛇，钱县令是威风的白虎，抬轿子的轿夫便是气喘吁吁的驴子——赵小甲一面为自己把娘亲口中的故事实现而兴奋以至惶恐，一面也秉持着看破不说破的传统，睁大眼睛观察这个世界，得出自己的结论。毫无疑问，赵小甲眼中的动物本相，与不同人物的形象特征一一贴合，旁人眼中被带了绿帽子还不知的傻子却把人们虚伪皮囊下的真实灵魂看得一清二楚，傻子形象反而冥冥中有了几分大智若愚的神秘色彩。

麦其家的二少爷和赵小甲如同太极鱼符的黑白两极，形状相同又黑白分明。二者都是"聪明的傻子"，但撇开不同作者不同作品导致的客观背景差异，他们对于所属故事的存在意义也不大相同。洞若观火的傻子二少爷是旧时代覆灭的见证者，也是新时代开始的宣告人；他冥冥中预见了未来便带领属下走向未来，这才有了弃罂粟种粮食的壮举，有了边境贸易所的成立，他推动并且引领了故事的走向。相反，赵小甲虽然也具有看破本相的特殊能力，但他只是故事的附庸，他的本身存在只是自我认清了事实而没有主动去改变世事；赵小甲的存在更多具有工具化意义——当然，这种差异必定与不同作者根据不同内容的刻意设置有所关联。

三、"傻子"的文本作用

作者绞尽脑汁地勾勒出这一个个傻得透顶也通透得要命的特殊人物形象，目的之一就是通过这种异于大众的人物视域，从大环境里跳脱出来，一针见血又不乏戏谑地揭露故事背后的本质内涵，达到旁观者清的效果。如果与世人世理不同就被认为是"傻子"，那么当世人皆庸碌，世理俱衰腐，异于常人的傻子反而撕破了伪装，率先登临时代的高处，这大概便是作者的匠心所在。

《尘埃落定》的故事里，麦其土司家的傻子二少爷拥有天赋般的政治敏锐，不动声色地洞察人心，懵懂但不残忍的赤子心，正证明了世人深陷黑暗而不自知的污浊，贪图利欲而不晓未来的愚钝，体现了动乱年代未开化的古老地区的腐朽和愚昧，固守边隅、长久封闭的土司家族与土司制度终归是会被历史发展的浪潮掀翻。而《檀香刑》里痴傻到麻木残忍的赵小甲眼中的动物化世界，则正是人们虚伪面具下的灵魂本相；痴儿和赤子可能只有一线之隔，唯有赵小甲般空白懵懂的"心镜"才能反射出洞察世事的锐利目光。

两部作品不谋而合地选择第一人称叙述角度，更突出了这种特殊身份赋予的特殊视域的优势，这一点在《尘埃落定》中表现得更为突出。有研究者就认为，正是作品中傻子主人公洞若观火的特殊头脑帮助作者突破了第一人称叙事的局限，向全知叙事的方向靠拢。例如在传教者翁波意西被割舌并囚禁后，傻子二少爷关怀并探望他，允许他阅读麦其家的历史，成为翁波意西在这片土地实际上的第一个信徒。傻子二少爷对哑巴智者思维、心理知己般的解读便达到了全知全能视角的效果。"第一人称经验自我的限制视角能够拉近与读者之间的距离，增强文本的可信性；而全知全能的视角便于叙事空间的拓展，使小说具有了社会、历史、文化等多层面的寓含。"双方相辅相成，开拓小说空间格局，也兼具了历史的神秘气质，极富性灵。

除了通过傻子人物的特质来披露故事隐喻的深层内涵，借此突破第一人称叙述视角的束缚，对这种人物的运用还能起到激发读者阅读兴趣的作用。看热闹似乎是人这种群居动物改不了的一种兴趣习惯，某种程度上，主角异于常人的神秘传奇更符合大众猎奇的心理，比如说，关于某个土司家的傻儿子或者是某位刽子手家的傻小子。《檀香刑》里的大小角色见天地冲赵小甲打听、议论、看笑话，挨了县老爷公报私仇的打也不长记性，书外的读者又岂不会被这种傻儿郎配美娇娘的故事抓住眼球？主角与正常人不同的思维、行为搭配上和现今社会有较大时空差异的社会背景，以及颇具有地方特色的文化氛围，分别并共同构成了这两部小说的奇异色彩与神秘气质，令读者的印象更加深刻。

四、结语

总的来说，以"傻"为主要特点的人物因其自身异于常人的视角和行为方式被一些作者青睐，并被赋予了勘破世间人心真伪、洞察真伪哲学的特殊能力；还帮助作者另辟蹊径地展现不同时代背景下的社会大势，帮助读者转换思维，与人物一起作为局外人观察小说中的人、物、事，理解作者希望传递的人生观、世界观、价值观；并巧妙地利用特殊身份，依据文化背景，使作品在某种程度上展现出神秘莫测的别样魅力。

在中国当代小说群里，因"傻子"形象的人物而独树一帜，给广大读者留下深刻印象的优秀作品也不止这两部。像著名作家贾平凹的长篇小说《秦腔》里的疯子引生，也是一个贯穿始终的影子线索，同样担任故事的第一人称叙述者。他与主线人物夏风、白雪若即若离，保持着被整个清风街边缘化的地位，但却从未缺席，于暗处推动了故事情节的发展、转折。还有作家苏童的《我的帝王生涯》，主角少年端白也囿于神鬼魔幻，思维扭曲不似常人，亲手犯下的杀债会变成鬼刺激他使他更加暴虐；文中的配角老宫役孙信也被认为疯疯癫癫，他预言式地不停重复"燮国的灾难快要降临"，重复凶兆，增添了故事诡谲悲怆的色调。

参考文献

［1］阿来.尘埃落定［M］.北京:人民文学出版社,2012.

［2］莫言.檀香刑［M］.北京:当代世界出版社,2003.

［3］贾平凹.秦腔［M］.合肥:安徽文艺出版社,2010.

［4］顾萌萌.虚构与裂变:《尘埃落定》中"傻子"的叙事意义［J］.湖南科技学院学报,2019(3).

吴东玥,女,河南郑州人,河南大学文学院2018级明德计划实验班成员,有志于文艺学,中国传统文论美学方向,认为时时鞭策自己,克制、自律,勤勉努力是人生路上的应有之义。

作为荒诞人的卡利古拉
——论《卡利古拉》中的荒诞哲学

柴雨辰

摘　要:加缪在其随笔集《西西弗神话》中提出"荒诞人"的概念,并在其文学创作中无不体现这一形象。《卡利古拉》作为加缪"荒诞三部曲"中表现其荒诞哲学的代表性剧作,刻画了一个反抗与追求自由的"荒诞人暴君"卡利古拉,演绎了一出试图用荒诞来反抗荒诞的悲剧。

关键词:加缪;荒诞哲学;荒诞人;《西西弗神话》;《卡利古拉》

一、加缪的"荒诞人"

在对"荒诞人"做出解释之前,首先要明确何为加缪口中的"荒诞"。加缪认为荒诞不言自明,每一个现代人都能感知到。他在《西西弗神话》中始终没有为荒诞确切地下过定义,而只是描述。概括而言,荒诞感产生于个体意识与现实世界之间的冲突。在日常生活中,人们用熟知的、被自己建构起来的一系列意义将自己裹挟起来,在日复一日相同的节奏中重复着同样的事,如同舞台上的演员重复着自己的戏码。但当人们有一天"突然萌生'为什么'的疑问,在这种带有惊讶色彩的厌倦中,一切就开始了"①。一切机械生活的最终结果就是厌倦,厌倦代表着意识活动的开始,人们开始反思这种重复的尽头何在,开始思索生活的意义,他们将发现这个曾经无比熟悉的世界现在看起来是多么的陌生。

---

①　(法)加缪.西西弗神话[M].李玉民,译.天津:天津人民出版社,2018:14.

理性的局限带来荒诞。其一是逻辑哲学的理性构建世界的失败。自古一代代哲学家试图用一种统一的、整合的原则归纳整个世界，但层出不穷的各种理念反而混淆了人们的视听。现实世界太过复杂，"最缜密的体系，最广泛的理性主义，最终总要绊倒在人类思想的非理性上"①。其二是科学的理性解释世界的失败。科学家向人们描述这个世界，向人们列举它的法则，还剖析世界的机制。万物最终分解为原子，原子又分为电子，可最后"你们却说，有一个肉眼看不见的星系系统，许多电子围绕着一个核运转。你们用一种形象给我解释这个世界。于是我承认，你们到了诗的境界：那是我完全永远也不能了解的"②。但加缪并不完全否认理性的意义，他承认理性的法则在一定限度里可能有效，一旦超过限度就诞生了荒诞。

人的必死性带来荒诞。人们在时间中确认自己的位置，或许心怀希望地期盼着未来的美好图景，却又因意识到自己不可避免地被推向死亡而本能地反抗，这种矛盾就带来了荒诞感。"这种人与其生活的脱离，演员与其舞台景物的脱离，恰恰就是荒诞感。"③

综上，世界的意义的缺失与人的必死性共同构成了荒诞产生的前提。而人却一直渴求生命的意义和世界的可知性，"其实，所谓荒诞，就是这种非理性同执意弄明白这种渴望的冲突，须知人的内心深处，总回荡着弄清世界的呼吁"④。

荒诞无处不在，面对荒诞，加缪否定了"闪避"荒诞的两种方式：生理上的自杀和哲学上的自杀，即寄托于希望。人只能与荒诞的世界共存，正视荒诞。在荒诞感产生之后，荒诞就随之出现了。荒诞人的三个生活准则就是：反抗、自由与激情。反抗意味着人时时刻刻都质疑世界，与自己的茫然不解做永恒的对抗，"反抗不是憧憬，反抗不抱希望。这种反抗，仅仅是确认一种不可抗拒的命运，但是缺少本应伴随这种确认的听天由命。"⑤在反抗的生活中投入一切的激情，活得越多越好，活得越充实越好，正如尼采所言："重要的不是永恒的生命，而是永恒的活力。"而自由，就是在激情的反抗过程中得到的全新的行为方式和精神状态，从而达到新的人生境界。荒诞人能够清楚地意识到世界的荒诞性。对于荒诞人来说，"人生正因为

---

① （法）加缪.西西弗神话[M].李玉民，译.天津：天津人民出版社，2018：29.
② （法）加缪.西西弗神话[M].李玉民，译.天津：天津人民出版社，2018：22.
③ （法）加缪.西西弗神话[M].李玉民，译.天津：天津人民出版社，2018：6.
④ （法）加缪.西西弗神话[M].李玉民，译.天津：天津人民出版社，2018：6.
⑤ （法）加缪.西西弗神话[M].李玉民，译.天津：天津人民出版社，2018：63.

没有意义,就更值得一过"。他们承认自己的局限,承认生命和自由终有尽头,承认来世的无望以及意识终会消亡。因此荒诞人不为永恒做任何事。他便可以将自己最大的自由、最大的激情寓于对这无意义又荒诞的世界的反抗之中,去探求真实的东西,而非渴望的东西,"以便在他活着的时候继续他的冒险。"①

二、荒诞人卡利古拉

1938 年完成的四幕剧《卡利古拉》是加缪"荒诞三部曲"中最早的一部作品。该剧取材于公元一二世纪之交的拉丁历史学家苏埃托尼乌斯的《十二恺撒传》,讲述罗马皇帝卡利古拉在与他有乱伦关系的妹妹德鲁西亚死后独自出走三天,在认识到世界的荒谬后重返皇宫。为了内心的自由与对荒诞世界的反抗,原本勤政爱民、公正友善的好皇帝转而实践了一系列暴政统治,最终被反抗暴政的皮西翁、舍雷亚等大臣刺杀。

1. 卡利古拉的荒诞推理

卡利古拉迈向荒诞人的最重要一步,就是他通过妹妹德鲁西亚的死而领悟到的,"人必有一死,他们的生活并不幸福"②。他意识到如果人类最终都不免走向死亡,那么我们在现世所做的一切,所追求的一切真理、一切美究竟还有什么意义呢?我们为什么还要苦苦追求? 整个世界又有什么意义呢? 对这个世界来说,他已经成为一个"局外人",深深地陷入了焦虑之中,他找不到可依靠的有形的或无形的事物,找不到哪怕一个不像样的理由来重建他所熟知的一切,使世界恢复原貌。卡利古拉的迷惘,就是加缪所谓的荒谬。

卡利古拉的形象注定是悲剧性的。在失去对世界一切意义的认知后,卡利古拉没有选择自杀,也不寄托希望与神祇或来世。卡索尼娅曾劝告道:"看来应当睡觉,睡很长时间,不要思考了。我守着你睡眠。等醒来你就会发现,这个世界又恢复了它的味道。"③但可想而知,已经觉醒的卡利古拉对这种选择嗤之以鼻,他回答卡索尼娅:"不行,卡索尼娅,如果我对这个世界不采取行动,那么我是睡觉还是醒

---

① (法)加缪.西西弗神话[M].李玉民,译.天津:天津人民出版社,2018:77.
② (法)加缪.卡利古拉[M].李玉民,译.南京:译林出版社,2017:11.
③ (法)加缪.卡利古拉[M].李玉民,译.南京:译林出版社,2017:19.

着,也就毫无差异了。"①身为罗马皇帝的他拥有得天独厚的权力,他选择反抗,用自己的权力进行一场浩浩荡荡、彻彻底底的对生活的的反抗。从此卡利古拉便不再是那个认为世间还有宗教、艺术以及别人对我们的爱的公正的君主了,他试图用一场"伟大的革命"唤醒人们的迷梦,将人们从对上帝的崇拜,对现世理想的追求,对诗歌与美的享受等一系列的"幻想"中解救出来,直面世界的无常和荒诞。"总而言之,我决定要遵循逻辑",卡利古拉演绎自己的荒诞推理,追求的是一种终极自由。他取消帝国内所有子女的财产继承权,将财产收归国家;他随意列出名单,按名单上的人一个个处死;他随意占有大臣的妻子,推行了一系列荒诞的暴政。在第三幕中,卡利古拉扮演了女神维纳斯,卡索尼娅等人的祷词念道:"将你的天赋全赐给我们吧,将你的不偏不倚的残忍、你完全客观的仇恨,都撒在我们的脸上吧。在我们眼睛的上方,张开你满是鲜花和凶杀的双手……赐给我们吧,你那没有对象的激情、你那丧失理智的痛苦和你那毫无前景的欢乐……你,那么空虚,又那么灼热,没有人性,却又那么世俗,用和你质地相同的酒把我们灌醉吧,让我们在你发咸的黑心里永远餍足吧。"②在这之后,卡利古拉要求贵族一个个在他面前下跪,将钱倒在他面前。很显然,在当时,卡利古拉的做法无疑是一种亵渎神灵的行为,但他本人完全不在乎,他早已认识到神不存在,对神的崇拜即是虚无。卡利古拉将神祇虚无化,将自己拉到了与神同等的地位,他告诉西皮翁:"人理解不了命运,因此,我装扮成了命运。我换上神的那副愚蠢又不可理解的面孔。"③他用神的形象作恶,"向虚幻的神灵证明,一个人要想干,用不着求师,就能操起他们可笑的行当"④,他企图唤醒人们,可结果是失败的。

卡利古拉早已料想到自己必然走向死亡的结局。卡利古拉的极端之处在于他从一开始就否定了道德,而仅凭纯粹的推理行事,他在一篇《论处决》的论文中写道:"人应当死,因为他们有罪。他们之所以有罪,是因为他们当了卡利古拉的臣民。既然帝国上下全是卡利古拉的臣民,那么人人有罪。因此得出结论,所有的人都应当处死。"⑤这段推理从逻辑上来讲是合理的,但完全忽略了人的价值。对加缪

① （法）加缪.卡利古拉[M].李玉民,译.南京:译林出版社,2017:19.
② （法）加缪.卡利古拉[M].李玉民,译.南京:译林出版社,2017:45.
③ （法）加缪.卡利古拉[M].李玉民,译.南京:译林出版社,2017:48.
④ （法）加缪.卡利古拉[M].李玉民,译.南京:译林出版社,2017:47.
⑤ （法）加缪.卡利古拉[M].李玉民,译.南京:译林出版社,2017:33.

来说,生活并无意义,就更值得人们在有限的生活中用激情追求自由,去体会生活中片刻却难忘的美好和幸福。而卡利古拉即是这种方法论的对立面,极端的荒诞逻辑在否定了世界的同时,也否定了生命的尊严,他的激情和所追求的自由是非人道的,这也是卡利古拉形象注定悲剧性的重要原因。

2. 对卡利古拉的理解与对立

在《卡利古拉》中,理解卡利古拉行为的有两个人:西皮翁和舍雷亚。但两人对卡利古拉的态度却并不相同。

西皮翁是一位年轻诗人,卡利古拉将他的父亲处死,因此他痛恨卡利古拉,但又对卡利古拉抱有理解和同情。二人的交锋主要体现在二、三两幕戏中。在第二幕中,卡利古拉与西皮翁谈起诗歌创作,西皮翁发现二人对诗歌、对自然有着相近的看法,卡利古拉说"也许,我们喜爱相同的真实事物吧"①。但卡利古拉和西皮翁二人对"真实"的理解仍有差异,如果说西皮翁主要集中于对大自然的美的把握,那么卡利古拉就揭示了大自然美感下的空洞,隐藏在其外表下的虚无。仅凭逻辑行事——这始终是卡利古拉的哲学。面对西皮翁关于人间温情的提问,卡利古拉也仅仅回答道他所能寄托的温情就是"蔑视"。在第三幕卡利古拉亵渎神灵之后,西皮翁斥责他血洗大地,玷污上天。卡利古拉再一次用自己的荒诞推理击败了西皮翁,他声称自己爱护人的生命,将人命看得重于征伐,他之所以施行暴政,随意屠戮,只是在用自己的方式向世人证明世界的虚无和荒谬,他之所以草菅人命,是因为自己视死如归。而西皮翁则认为人因征伐而战死是合理的,因被暴政统治而惨死是不合理的,仅仅因为征伐"起码在情理之中,关键在于人能够理解"。西皮翁的回答恰好落入了卡利古拉的逻辑推理,揭示了世界的荒谬性。同样死亡的结局,一种方式却比另一种方式更被人接受。这两次交锋深深地启示了西皮翁,让他真正理解了卡利古拉,理解了这世界的荒诞。在最后,西皮翁放弃刺杀卡利古拉,去远方寻求那一切的道理。

大臣舍雷亚始终是站在卡利古拉的对立面的。尽管他深刻地理解卡利古拉所追求的自由,知道卡利古拉要"运用手中的权力,为一种更高的、更致命的激情服务,他威胁了咱们更深一层的东西……他毫无节制地使用这个权力,到了否定人和

---

① (法)加缪.卡利古拉[M].李玉民,译.南京:译林出版社,2017:40.

世界的程度……这才是令我恐惧的东西,也正是我要打击的东西……眼睁睁看着人生意义化为乌有,我们生存的理由消失了,这才是无法容忍的。人生在世,不能毫无缘由"①。加缪认为,逃避荒谬的方式可以概括为自杀和希望。舍雷亚所代表的大臣一方看重的就是生活中的希望,他们反对直面荒诞的现实,"如果最荒唐的思想在一刹那间就能进入现实,往往像匕首一般刺入心脏,那么他们就无法活下去。我也如此,不愿在这种世界里生活。我更愿意把自己牢牢掌握在自己手中"②。但这并不代表舍雷亚完全没有对心灵自由的向往,只是在逻辑与安全之间,他选择了后者。他能够抑制住内心偶尔疯狂的想法和逻辑。在第三幕最后二人的对峙中,卡利古拉烧毁了证明舍雷亚谋反的罪证,使得舍雷亚大受震撼。他明白了皇帝所说的"你的皇上等待安息,这是他独有的生活与幸福的方式"这句话的含义,明白卡利古拉将要实行他的荒诞逻辑直至死亡,这是他理解却又不能容忍的。出于为大多数人的幸福考虑,舍雷亚在最后仍联合众大臣刺杀了这位与世界格格不入的"暴君"。

三、卡利古拉与西西弗

加缪在《西西弗神话》的最后高度肯定了西西弗的"无用的努力",西西弗是荒诞的英雄,是荒诞人完美的典型。他一次次推巨石上山,到了山顶巨石又轰然滚落,周而复始,没有穷尽。但西西弗面对这令人无能为力的境况没有放弃,而是坦然地接受它,他意识到这就是他的命运,他不抱希望地面对苦难,将被动地接受苦难变成自愿的选择,以此彰显自身生命的自由和激情,他明白以鄙视的态度,就没有战胜不了的命运,一切根源只在于人。因此加缪说西西弗是幸福的,西西弗这场推石上山的搏斗本身就足以充实一颗人心。世界的无意义与荒诞并不意味着人生不值得活,不意味着一切希望的缺失,西西弗选择继续推动石头,就是加缪对现实世界短暂、有限但值得的善的肯定。

如果将卡利古拉与西西弗做对比,我们不难发现作为荒诞人的卡利古拉在许多方面仍有所缺陷。诚然从逻辑的角度说,卡利古拉做到了像西西弗一样的认清

---

① （法）加缪.卡利古拉[M].李玉民,译.南京:译林出版社,2017:24.
② （法）加缪.卡利古拉[M].李玉民,译.南京:译林出版社,2017:54.

世界的荒谬,并带着汹涌的激情与对自由的追求向世界反抗,值得被称为"荒诞的英雄"。但是他的做法太过于偏激和超前,对抗荒诞,以恶抗恶的方式是行不通的,这一点在《西西弗神话》中得到了修正,没有希望,我们仍可以探寻生活中已有的事物的美好,要知道"大地的火焰完全抵得上天国的芳香"①。此外,卡利古拉的企图过于宏大,试图带着所有人直面世界的荒诞,他的悲剧之处在于世人并未醒悟,自己所掌握的"真理"只能在荒诞的世界和世人的不解中慢慢消磨殆尽。

参考文献

[1](法)加缪.西西弗神话[M].李玉民,译.天津:天津人民出版社,2018.

[2](法)加缪.卡利古拉[M].李玉民,译.南京:译林出版社,2018.

[3]刘军.荒诞的境遇与尴尬的自由——《卡利古拉》与加缪存在哲学的潜隐冲突[J].戏剧文学,2005(1).

[4]买琳燕.一样的"西西弗"异样的"荒诞"——试析加缪的《西西弗神话》[J].通化师范学院学报,2007(6).

[5]刘子铭.加缪的荒诞思想——《西西弗神话》研究[D].海口:海南大学,2015(5).

柴雨辰,男,河南大学文学院2018级明德计划实验班成员,河南省郑州市人。有志于世界文学与比较文学的研究。

---

① (法)加缪.西西弗神话[M].李玉民,译.天津:天津人民出版社,2018:106.

王权主导下的政治悲剧
——以高乃依《贺拉斯》为例

喜 悦

摘 要:在高乃依的《贺拉斯》中,较为明显的冲突是国家大义与个人情感的冲突。在这一冲突中,王权在矛盾的产生、发展以及解决中都占据着一种主导的掌控地位。王权以神意为依托选择这两个家族作为出战代表,最终却是两败俱伤的结局;当冲突达到制高点时,在剧中,作者是以国王的最终登场来调和了这一矛盾;国王在这一冲突中的主导地位也会引发读者对于政治阴谋论的猜测。所以,高乃依的这一戏剧无疑是一场王权操控下的政治悲剧。

关键词:王权;神意;阴谋论;政治悲剧

在《贺拉斯》这部剧中,罗马与阿尔巴的战争不仅牵扯到两个国家的利益关系,也关系到贺拉斯和居里亚斯这两家族的命运。贺拉斯与其父亲坚定地站在为国家而战的立场上,表现得有些无情,甚至贺拉斯为此杀死了自己的妹妹。而卡米尔则是站在情感这边,无论是亲情还是爱情,她都不希望任何一个人受到伤害,甚至咒骂罗马,咒骂自己的兄长。在这看似不可调和的矛盾中,有一种力量无形地操控着这一切,它就是王权。无论是作为大背景的战争,还是战争中出现的各种小插曲,还是最后一场国王登场赦免贺拉斯,种种行为都展现着王权的威严和至高无上,而这一悲剧的产生也正是由国王的决定而引起的。所以,不管是被称为英雄的贺拉斯,还是被打败的居里亚斯,抑或是坚定地用感情看待问题的卡米尔,他们都是这场由王权主导的政治悲剧的承担者。

一、以神意为依托的王权

在古希腊剧本中,王权总是要臣服于神权的,神的指示是主宰万物的。而《贺拉斯》中也不止一次提到了神权。人们会向神灵祈福,祈求心愿顺遂。此外,这个剧作中所表现出来的神权与王权的关系比较特殊。虽然也会提到国王在下达命令时遵照神的指示,但并不像古希腊戏剧中将神放在那样崇高的位置上。

第一次出现王权与神权的联系是在第三幕第二场,在两军各派出代表的勇士对决的时候,军中要求换人的呼声高涨,所有人都认为让沾亲带故的贺拉斯兄弟和居里亚斯兄弟对决太残忍了。这时,"国王也吃惊,无可奈何地说:'既然群情激昂,意见众多,我们就去问一声天神,是不是允许我们换人,神在祭仪中表明了意图,还有哪个叛逆敢不服?'"①这句前面提到"领袖出场也得不到尊重,权力失效,说的话很少人赞同。"②也就是说,王权在这里的暂时妥协是因为群情激愤,在士兵们都以无比的激情来对抗国王所做出的决定时,王权受到冲击,影响力被削弱。这个时候就需要另一种力量来震慑军队,维护作为君主的威严。这种力量就是神威。通过后文也可得知,最终还是这两个家族进行对决,那么这里国王不过是为了安抚军队情绪而做一个缓冲,并且利用这个缓冲搬出神权做掩护:询问天神是否换人,隐含的意思即无论结果是不是换人都没人再敢提反对意见,因为这是神的旨意。所以在这时,无论国王做出什么选择,换人还是不换人,都名正言顺了。

接下来的表述就更加明确:"他的话似乎有一种魔力,六位战士也放下了武器。荣誉的欲望使他们瞎了眼,对神还是不敢有丝毫怠慢。他们的忠勇在塔勒斯的意志前退却;或是对王的尊敬,或是对神的疑惧。"③这段话更加清楚地解释了在神权的外衣下,王权的威严回归了。国王心里很清楚神意对于王权效应有着怎样重大的推动作用。在神的庇护下,即使是前一秒还不肯停手,势必要决出胜负的勇士们也回归了理智,默默放下武器,等待神意的降临——实际上就是王意的决断。

卡米尔在剧中这样评价神与王的关系:"他们很少降临下层,国王才是神的化

---

① (法)高乃依. 高乃依戏剧选[M]. 张秋红,马振聘,译. 上海:上海译文出版社,1990:144.
② (法)高乃依. 高乃依戏剧选[M]. 张秋红,马振聘,译. 上海:上海译文出版社,1990:144.
③ (法)高乃依. 高乃依戏剧选[M]. 张秋红,马振聘,译. 上海:上海译文出版社,1990:145.

身,他们心中独立而不可侵犯的权威,乃是神性的一道光辉。"①这番话出现在上文说的战场上的转机之后。显然卡米尔并不把这当成转机,事实证明她的想法也是正确的。在这段话中,卡米尔说出神权与王权之间真正的关系:神意在王权中体现,王是半神。这也与前文中将"对王的尊敬"和"对神的疑惧"两者放在一起相照应,说明王权借助神威而巩固,变得至高而不可侵犯。像"犹太法典评论中显示,有人怀疑在这个黑暗的世界中,神能发挥多少作用"②这样的看法一样,卡米尔的判断也有基于此的原因。在她看来,若是神真的眷顾人们,就不会下达这样毫无人情的指示,所以说"问神才是多此一举",国王口中所说的询问神意不过是为自己的选择找一个冠冕堂皇的依靠。

在这部剧作的描述中,王权对神权已经不仅仅是一种敬畏的态度了,王权甚至企图与神权匹敌,只是鉴于民众对神的重视,所以只能以神意为依托来进行决断,这样才能使一切行为顺理成章。这种体现着神意的王权无疑是不可反驳的,贺拉斯和居里亚斯家族在这样的王权下自然没有选择的余地,最终两败俱伤的悲剧结局也是王权决策下的必然结果。他们两大家族不可逃脱的命运看起来似乎是神意下的宿命,但其实他们是王权操控下无语的承受者。因为在这样的先决条件下,对王权的反对就是在挑战神的权威。

二、王权效应调和矛盾

前文已经提到了在战场上应对小插曲时,王权的暂时妥协带来的缓冲期,那是王权寻找神威庇护时采取的缓兵之计。而在此之前,提出用三个人的对决代替所有人的厮杀以减弱两国间矛盾的是位独裁官。最后一场中,国王登场解决了贺拉斯与瓦莱尔的争执,调和了贯穿整部剧作的国家大义与个人情感的矛盾,赦免了贺拉斯。整个剧作的发展可以说一直都掌握在王权手里,每一次转机都可以说是王权在为不断激化的矛盾降温。

在战争一触即发的关键时刻,阿尔巴的独裁官来到阵前发话:"这时我们的狄克维多走到阵前,要求你们的国王静听他发言;他说:'罗马人,我们在干吗? 是哪

---

① （法）高乃依.高乃依戏剧选[M].张秋红,马振聘,译.上海:上海译文出版社,1990:146.
② （英）凯伦·阿姆斯特朗.神的历史[M].蔡昌雄,译.海口:海南出版社,2001:95.

个恶魔煽动我们打仗？让理智照亮我们的灵魂吧！……为了共同事业，我们任命几名战士，两国的祸福取决于他们的胜负；命运一旦对他们做出决定，败者向胜者俯首听命……'"①在这里，君主将两国的祸福转移到几个人身上，那么选出的这几名战士要具备这么几个条件：首先，一定是国家中一等一的勇士；其次，必然是有一定地位和声誉的，这样才有资格来代表国家出战；最后，极大可能是贵族，他们与国王关系更为紧密，而且社会地位较高，对个人及国家荣誉极为看重。所以这一方案本身就已经限定了这些肩负国家祸福的勇士们必须要具备的条件。那么贺拉斯家族和居里亚斯家族分别作为罗马和阿尔巴最受器重的贵族，必然会卷入到这场为国家而战的对决中。在这一事件中，王权具有绝对选择权，国王想要化干戈为玉帛，但任何一方都不会直接向对方服软，那就只能采取一种较为温和的方式来对抗：用几个人代替国家来减少更多人的流血。王权的选择在这里就显得至关重要，成为能否化解两国之间冲突的关键点。

而更重要的一场是最后国王登场赦免贺拉斯杀人的罪过。国王让贺拉斯辩解，之后他展开陈词夸赞贺拉斯的功勋，作为赦免他的理由。"若对犯人回首一顾，这重大、骇人听闻、不可饶恕的罪过，却是今天让我当上两国国王的那支剑犯的，那条手臂干的；……只有少数英才受过天的哺育，精通治国平天下的韬略。股肱大臣是君王的力量，也凌驾在法律之上。"②这番话的重点在于国王塔勒斯为贺拉斯找的赦免理由是贺拉斯巩固了自己的王权，由于贺拉斯的英勇让自己合并了罗马与阿尔巴，成为拥有更大土地、权力的国王，这样的功劳当然能够完全盖过贺拉斯杀死妹妹的罪过。也就是说，国王的这番话实际上是对王权的重申，贺拉斯的英雄之处中很重要的一点就是救罗马于危难之中，而对于国王来说，更重要的是贺拉斯的行为扩充了自己的王权。所以这样一位能够辅助巩固王权的"股肱大臣"自然可以被自己，也就是王权，授予被赦免的特权，就类似于赏赐"黄马褂"一样，功劳凌驾于法律之上。总而言之，无论怎样解释，总是无法掩盖贺拉斯行凶杀人的行径，那么如何避免一些人说三道四，就只有搬出王权的威严，用王权来调节这一情理之间的矛盾。

---

① （法）高乃依.高乃依戏剧选[M].张秋红，马振聘，译.上海：上海译文出版社，1990：119.
② （法）高乃依.高乃依戏剧选[M].张秋红，马振聘，译.上海：上海译文出版社，1990：189-190.

其实在剧中几次君主的出面，都是比较生硬的，与前文后语没有什么自然的顺承关系，像是为了化解矛盾而刻意的加入王权的干涉。就像亚里士多德《诗学》里说的："情节的解显然也应是情节本身发展的结果，而不应借'机械'的作用。"①而这里让国王登场来调和冲突就是一种机械地借助外力的作用，让王权主导了这一系列的发展脉络，被抬高到一个关乎整个剧作结局的位置上，并显示出无限的威严，但这符合高乃依时代专制王权的需要。这里显示出的王权一为国家利益，二为个人政治利益。贺拉斯家族和居里亚斯家族不过是在王权的肯定下受到了重用，是这一场战争中获得王权信赖的政治势力。

三、王权的阴谋论

《贺拉斯》是个悲剧，简单来看，是因为剧中好几个重要人物都死了，读者为剧中人物感到难过。亚里士多德在《诗学》中提出如何产生悲剧效果："行动的产生，可以通过如下途径。可以像早先的诗人那样，让人物在知晓和了解情势的情况下做出这种事情。"②该剧作中的贺拉斯和居里亚斯两大家族在知晓他们的沾亲关系后而依旧在战场上为国而战，最终互相杀害，两败俱伤；贺拉斯知晓卡米尔是自己的亲妹妹却依旧因为发生争执，一怒之下杀死了她。这是彻彻底底的悲剧，让读者产生畏惧和怜惜之情。不仅如此，高乃依所创作的这一悲剧还着力于描述人物所处的矛盾处境，他认为："天性与激情的冲动或者与严格的责任的对立形成强烈的激动，是观众乐于接受的。"③在《贺拉斯》中，主要的冲突是国家大义和个人情感之间的冲突，高乃依在剧中描绘了每一个人物对于这一冲突的心理活动以及最终的选择带来的后果。在情理的尖锐冲突中，贺拉斯选择的是罗马与荣誉，舍弃了情感。由此带来的后果有好有坏：他成了罗马的英雄，成了备受国王信赖的股肱之臣；但也因此变得孤独，妹妹卡米尔被自己杀掉，他们兄妹四个就只剩下他自己，妻子萨皮娜也因为弟弟居里亚斯丧生在他手里而处在矛盾的煎熬中，夫妻两人再也不会回到战争之前的关系了。

---

① （古希腊）亚里士多德.诗学［M］.陈中梅,译注.北京:商务印书馆,1996:112.
② （古希腊）亚里士多德.诗学［M］.陈中梅,译注.北京:商务印书馆,1996:106.
③ 马奇.西方美学史资料选编(上卷)［M］.上海:上海人民出版社,1987:376.

这一悲剧的内在原因据高乃依的理论来说,是归于主人公自身的性格和选择,而如果仅仅看剧本的描述,读者也有可能会这样猜测:这样的悲剧是否有王权的阴谋参与其中呢?

前文已经提到剧本中神意在王权中体现,王是半神。那么国王的选择是否有可能是借助神意而故意选择让这两个家族去互相厮杀呢? 阿尔巴的独裁官提出这个解决方案时,是不是已经想好了要派出居里亚斯家族出战,而且已经和罗马国王心照不宣了呢? 出战代表必然是最强的人,那么以这两家族的威望和能力自然是不二人选,由此可以有这样的推测:国王为了防范他们而派他们出战,不管哪一方赢,他们的力量总归是会被削弱的,当他们元气大损的时候,国王就不需要忌惮这两个有可能会威胁到自己的家族了。

在最后一场中,国王塔勒斯来贺拉斯家中解决瓦莱尔对他的指控,这样的举动是值得怀疑的:一个君主为这样一件事驾临臣子的家中,还放话让贺拉斯辩解。这看上去好像是在祖护贺拉斯,但实际上也是国王的试探,他想知道在贺拉斯取得如此大的光荣之后,是否还会继续忠诚,是否还会安分守己。如果说国王真的偏袒贺拉斯,那他完全可以将最后说的那番话直接说给瓦莱尔听,没有必要再亲自跑来一趟,难道就只是为了听贺拉斯自己的辩解吗? 这背后隐藏的用意不得不让人怀疑。所以说可能从一开始,这两大家族都是被君王所防范的,毕竟功高盖主、威望过高会吸引统治者注意。在王权的阴谋下,贺拉斯和居里亚斯两大家族就成为这一政治悲剧的牺牲者。

"悲剧却恰恰相反,一切均为矛盾,人们处于混乱中。"[①]除了情理的尖锐矛盾外,夫妻间的矛盾,国家间的矛盾,性别差异带来的思想选择矛盾等都充斥在《贺拉斯》这一悲剧中。悲剧以冲突矛盾为特色,而且这些悲剧冲突"以其尖锐性、不可退让性而著称。歌德就指出:'悲剧是有冲突而无法解决。'"但在《贺拉斯》中,有一种力量试图在调和这一冲突,它就是王权。矛盾的产生、转机、结果几乎都在王权主导的大背景中发展。高乃依因为《熙德》没有完全遵守"三一律"而被批评,所以在《贺拉斯》中他严格按照"三一律"来进行创作。其中王权在剧中的重大影响力,

---

① (法)让·皮埃尔·韦尔南.神话与政治之间[M].余中先,译.北京:生活·读书·新知三联书店,2001:427.

以及末尾国王"机械降神"来结束一切矛盾，都体现了古典主义时代的特色，对王权的维护是创作适应现实性的一种手段。所以剧中王权的决定实际已经奠定了每个人物的必然命运，也正是因为王权的参与而使得这一悲剧不仅是人物命运的悲剧，还是一场政治悲剧。①

参考文献

[1]（法）高乃依.高乃依戏剧选[M].张秋红，马振聘，译.上海：上海译文出版社，1990.

[2]（古希腊）亚里士多德.诗学[M].陈中梅，译注.北京：商务印书馆，1996.

[3]（英）凯伦·阿姆斯特朗.神的历史[M].蔡昌雄，译.海南：海南出版社，2001.

[4]（法）让·皮埃尔·韦尔南.神话与政治之间[M].余中先，译.北京：生活·读书·新知三联书店，2001.

[5]马奇.西方美学史资料选编（上卷）[M].上海：上海人民出版社，1987.

[6]邱紫华.高乃依的悲剧美学思想[J].华中师范大学学报（人文社会科学版），2002（4）.

喜悦，女，河南省洛阳人，河南大学文学院 2018 级明德计划实验班成员，有志于世界文学与比较文学、金庸作品的研究，虽然是个小白，但是愿意努力去学。

---

① 邱紫华.高乃依的悲剧美学思想[J].华中师范大学学报（人文社会科学版），2002（4）：109.

从二元对立到多元糅合
——对比样板戏与徐克版《智取威虎山》

李尔雅

摘　要： 经过多次改编,1970 版样板戏《智取威虎山》与 2015 年上映的徐克版 3D 电影成为《林海雪原》这部红色革命经典小说的代表性衍生作品。通过艺术形式、人物形象、情节改编等多方面对比,理解样板戏产生的革命因素,以及现代社会"去革命化"浪潮,对于新时代影视创作的发展方向具有指导意义。

关键词： 二元与多元;艺术表现;英雄形象;审美定势

1958 年春,上海京剧院着手排演《智取威虎山》,并于 8 月在南京中华剧场首演。1966 年"文革"开始后,由沈金波饰少剑波,童祥苓饰杨子荣,施正泉饰李勇奇,齐淑芳饰常宝,孙正阳饰栾平,唱做繁重。2014—2015 贺岁档,由香港导演徐克指导的 3D 电影版《智取威虎山》正式上映。45 年内,曲波撰写的《林海雪原》经历了一次又一次的再生重造。在这期间,这部红色经典经历了大大小小的电影、电视剧的改编翻拍,但就目前来看,1970 年版样板戏与 2015 年版 3D 电影具有更为强烈的对比意义。通过对照新旧两版《智取威虎山》,分别剖析两部作品在艺术表现、人物塑造、情节改编上的二元对立与多元杂糅,从而体会"文革"时期对无产阶级文艺的学习与贯彻,理解新时期"去革命化"的艺术浪潮,思考红色经典不断被解构、重组的时代因素,最终为红色经典的现代化传播提供有力借鉴。

一、艺术表现形式的二元与多元

样板戏以京剧为表现形式，电影融入了 3D 创作技巧，两者都是不同时代主流媒体发展的产物。抛开具体的技术、布景等因素，着重考虑影视产品本身的艺术表现特点，两代《智取威虎山》在光影运用、人物形象塑造、音乐与语言的设计上都颇具特色。

光影运用上，样板戏大量使用黑白落差、明暗对比，使得叙事对象得到了二元对立式的呈现。解放军出现的时间基本都在白天，而黑夜则属于土匪；正面形象永远处于场地打光的中心，甚至在杨子荣献宝时，身处土匪洞穴内部的主人公四周也一直保持明亮，而身边的座山雕却从未踏入光圈半步。这种光线上的强烈反差便于当时的群众迅速判断作品中的正反两派，同时，固化的光线模式容易产生叙事过程中的违和感，使剧情超脱现实，更加抽象艺术化。3D 电影的打光不再依据固定的正反两派进行区别化，而是立足每一个人物形象，追求个性与立体，借助光影对不同的人物形象进行渲染与烘托。例如对于座山雕的面部特写，灯光聚焦在他的眼部四周，借助阴影去突出人物的性格。犀利的眼神、鼻梁的线条，都能通过光线进入镜头从而暗示着人物形象的诡谲莫测，而不是简单的土匪恶霸。

音乐搭配上，样板戏与电影的差异更加明显。童祥苓与沈金波两位京剧名家承担了全场百分之八十的唱词，其他的由平民百姓承担，而反面人物却只有念白没有唱词；另外，由于没有唱词，反面人物讲话时的背景配乐也只有单一的快板，缺少整体音乐。更值得关注的是，70 版样板戏第五场《穿林海》明显使用了"交响京剧"的表现形式。弦乐使用颤音上下行音型配合打击乐，展现出风雪的景象，圆号的悠长旋律，朦胧的音色展现林中空旷壮丽的景色，增强了戏剧性。通过音乐的层次性加深空间想象上的层次性，"穿林海，跨雪原，气冲霄汉"被赋予了更强的穿透力。除了丰富音乐的表现形式，"交响京剧"的使用也大大强化了样板戏的主题性：通过在全剧贯彻使用《中国人民解放军进行曲》，来表现杨子荣的大智大勇；在第四场少剑波指导杨子荣开展剿匪工作时，又出现了《东方红》的旋律，与"党中央指引着前进方向"一段唱词相配合，衬托和丰富了唱腔要表达的思想内容。"交响京剧"的使用，不仅仅说明了样板戏制作过程中音乐处理的周密与严谨，更突出了音乐之下所代表的政治力量。

电影里的配乐则不同于样板戏二元对立的音乐形式,它依然依据不同的人物形象进行多元设计:座山雕出场,音乐气势宏大且伴有老鹰鸣叫,土匪恶霸的强大阵势被渲染出来;杨子荣起初作为一名普通的侦察员,他会在军营里与战士们一起哼唱民间小曲,以突出人物形象的平民化;到献宝情节时,杨子荣因胡彪的身份则会在威虎山带领众土匪一起高唱《探清水河》,符合卧底土匪的人物表现。甚至在正反两派主角的声音刻画上,电影版都进行了具体修饰:座山雕声音沙哑,杨子荣声音低沉。二人说话声音都具有沉稳有力的特质,与其他人相区分。声音特质上的相像也能够说明两位主要人物在角色性格上的复杂多元。

二、从革命英雄到"侠""匪"英雄

从《林海雪原》到样板戏再到3D电影,每一次跨越都是一次时代性的改编。小说中的主人公其实是少剑波,而在样板戏里少剑波的形象被弱化至一个稳重的"参谋长",书中所构架的他与白茹的感情线也被样板戏删除。然而,杨子荣成了推动故事进程的中心人物,小说中大量的故事细节被省略,样板戏基本上围绕杨子荣主导的《智取威虎山》一段展开,而这一段也在样板戏的影响下成了日后影视创作最普遍的标题。情节上的删减与人物上的选择体现了时代对于革命英雄的需求,但这种需求并不针对个人英雄主义,而是以集体力量为基础。样板戏里的少剑波虽然被弱化,他承担的却是传达主要革命思想的任务。在第四场《定计》中,少剑波的念白里包含了大量的毛泽东语录:"革命群众是群众的战争,只有动员群众才能进行战争,只有依靠群众才能进行战争""在战略上要蔑视敌人,在战术上要重视敌人",等等。杨子荣按照少剑波传达的战略思想,只身入虎穴进行战斗。在这样的叙事逻辑下,杨子荣的战斗便不是个人英雄主义式的战斗,而是在党的指导下产生的。杨子荣的唱段"党给我智慧给我胆,千难万险只等闲"将壮志与雄心都归于党,将个人的行为纳入党的统一安排之中,杨子荣只身入虎穴的行为就成为集体主义的结果,而杨子荣的英雄形象也就转化为集体主义的一个代表。

相较于样板戏,电影版则在个人主义与集体主义之间进行了调和。电影中的少剑波仍然延续了样板戏的弱化特点,但不同的是,少剑波的弱化不是在与杨子荣英雄形象的对比中进行的。少剑波被放置到了解放军抗击土匪的叙事中,与杨子荣只身入虎穴形成两条相对独立的线索，这两条线索同时展开。一方面，少剑波在不断根据杨子荣传递的情报进行战略活动；另一方面，电影又着重凸显杨子荣兼具"侠"气与"匪"气的英雄形象。"侠"的一面表现为，杨子荣初进小分队，默默无闻，但却在危急关头挺身而出直入匪窝，并最终凯旋。这种潇洒却又深藏不露的武侠形象，在徐克的电影里十分常见，这也是导演本人惯用的处理手段。此外，打虎情节也能够充分体现他"侠"者勇气与武力的一面。有"匪"气的一面表现为，杨子荣深入敌营，凭借着自己高超的"黑话"本领与灵敏的临场反应发挥着强大的个人魅力。在奶头山里，杨子荣确确实实像个土匪，但在小分队中，他又是一个沉着稳重的革命前辈。这种创作方法不仅是徐克用来扩充人物形象的手段，也是现代文艺作品解构革命历史的不二法门。《亮剑》中的李云龙如此，电影《红高粱》中的"我的爷爷"也如此。让革命英雄退回到"草莽英雄"甚至是"土匪英雄"的原点，在一定意义上反而会让作品中的英雄形象更具趣味，更符合现代大众的审美。所以，电影版的改编使得集体主义得到了保留，也给杨子荣偏向个人主义的叙事留下了空间。可以说电影照顾到了现代社会中对于艺术作品的多元需求，每一个观众都可以在少剑波和杨子荣各自代表的线索当中自由选择，并得到属于自己的情感满足。

三、审美定势的传承与发展

样板戏作为"文革"时期的产物，在党中央高度集中的领导下产生，并作为思想意识形态的传播媒介抵达千家万户。因为它们所承载的政治传播功能，使得每一部样板戏的艺术技巧与表现方法都经过了千锤百炼与认真推敲。即使这些艺术技巧并不一定能够真正为广大老百姓所理解，比如京剧里的专业唱腔、音乐与舞蹈，但它们并不妨碍观众通过样板戏中突出的二元形象对立来获得快感：杨子荣的器宇轩昂、座山雕的弓背猫腰寸腿。这些对立鲜明的特点甚至成为样板戏创作者们所关注的表现形态，以此达到样板戏需要的观看效果。审美定势的确定服从于意识灌输的需要，它不仅仅停留于"文革"年代，更在日后的文艺作品中发挥着无穷的威力。

改编的过程中也有失误产生，但是，正是有了这些失误，审美定势的必要性才得以持续凸显。比如 2004 年改编成电视剧的《林海雪原》一经播出便遭到了"管理者、学界、观众"的一致批评。电视连续剧为了将杨子荣"平民化""人性化",甚至为他增加了一个情人,这是最遭非议之处。"英雄人物不能在人性化的过程中被扭曲""故事情节不能为了蓄意迎合时尚趣味而刻意修饰"已经成了社会大众评价红色经典作品的基本原则。而这还引发了国家新闻出版广电总局向下级相关职能部门下发《关于认真对待红色经典改编电视剧有关问题的通知》。作为几代人"情感记忆"的英雄是有其"审美定势"的,而样板戏的意识形态功能也并未完全消减。

相比之下,3D 电影版《智取威虎山》的改编做法便具备了对于传统审美定势的继承与发展。影片中增加的"马青莲"这一人物形象,替代了原著中的"蝴蝶迷",成为旧社会女性悲惨命运的代表。她受座山雕的指使去"色诱"胡彪,但胡彪不仅毅然拒绝了她,更牵出了一条"栓子"与马青莲母子分离的情感线。在这条线中,包含了大量的具有审美价值的社会因素:妇女生存处境艰难、英雄坚守人性道德、血缘亲情难以割舍、旧社会恶势力的凶狠等。徐克版《智取威虎山》没有抛弃对于革命英雄形象的传统要求,反而在此基础上延伸出亲情和女性两个重要的话题,这不仅丰富了片中人物的形象,更使得整部影片的社会价值得到拓展。

需要说明的是,3D 电影版《智取威虎山》本身就是一部商业贺岁片,其中也充斥着许多幽默搞笑的成分。比如座山雕经常说"一个字",但接下来却说的是一串字。幽默不是影片的主体,但也足够表明这部影片所处的立场。当杨澜采访徐克时问道:"有没有人问过你为什么要拍一部带有政治色彩的影片?"徐克的回答是"中国文化影响这么大,许多外国导演也会来中国拍戏,香港导演也是中国导演,这个问题不应该分这么清"。作为这部电影的导演、主要编剧,徐克的拍摄初心仅仅是"想拍","想尝试自己是否能够把这个故事讲得和第一次看戏时那样的震撼"。他甚至拜访了小说中的一些原型人物,以及曲波先生的遗孀刘波女士,刘波告诉他"随便改,只要拍得好看就行"。事实上,3D 电影版《智取威虎山》也确实收获了它想要的票房,在与徐克前几年的侠客电影《龙门飞甲》的评价对比中,《智取威虎山》呈压倒式好评。所以,对于这部影片而言,革命历史已经不能作为评价它的唯一标准。大众的喜好、影视技术的飞速发展、社会节奏的紧张、国际文化的相互糅合……每一个元素都可能成为影响一部影片创作的缘由。在这样复杂的背景之下,我们便不能要求革命文学的改编完全局限于革命小说的创作规律之中,也不能阻止革命小说中的二元对立向多元糅合发展的必然性历程。对于红色经典改编中出现的鱼龙混杂的局面，也就不足为奇了。

所以，消费时代要求红色经典不断"去革命化"，但是"人们对于革命时代的激情，丧失了认同的欲望，却保留了猎奇的幻想。如何让今天的人们了解红色文化所包含的崇高美，已经成为摆在我们面前的难题"①。在此意义上，红色经典的重构，必然要在处理历史与现实、大众文化与主流文化、精英与大众、自我与"他者"的矛盾中前行。

参考文献

［1］曲波.林海雪原［M］.北京：人民文学出版社，1964.

［2］尹鸿.镜像阅读序［M］.北京：海天出版社，1998.

［3］杨睿.分析"样板戏"里交融的中西音乐元素［J］.西安：陕西出版集团，2020（9）.

［4］张法.红色经典改编现象读解［J］.中国艺术研究院，2005（4）.

［5］周春霞.红色经典重构：英雄青年与民族文化认同［J］.陕西日报，2015（3）.

［6］姚丹.无产阶级文艺理论实践及其成效初析［J］.文化艺术出版社，2006（3）.

［7］李杨.《白鹿原》故事——从小说到电影［J］.中国社会科学院文学研究所，2013（2）.

李尔雅，女，河南南阳人，河南大学文学院2018级明德计划实验班成员，有志于语言学与应用语言学（方言学）方向。

---

① 周志强.这些年我们的精神裂变［M］.北京：社会科学文献出版社，2013：189－190.

《西游记》中的明代"流氓"传统

樊忠汉

摘　要:《西游记》虽然是我国古代浪漫主义文学的代表作之一,但该书同时也借神魔鬼怪和奇闻逸事玩笑式地反映当时的社会现实以及作者本人对社会状况的态度,可以说在一定程度上起到了社会学和史学的作用。文章将结合文本从历史和社会的角度对《西游记》中体现出的明代"流氓"传统,进行具体分析。

关键词:《西游记》;流氓;社会历史

前人评价《西游记》,大多都认为本书最重要的特点在于想象奇伟瑰丽,引人入胜,同时能够将幻想和实际有机结合起来,在当时社会现状的基础上放飞想象的翅膀,因此正如鲁迅先生所言"神魔皆有人情,精魅亦通世故"①。李卓吾评点《西游记》也说:"菩萨也大怒,大怒便不是菩萨。"②由此可见,《西游记》本质仍是所谓的人情世故——孙行者追求自由,要当"齐天大圣";天上的神仙深谙人间官场的"潜规则",办事要送礼;地上的妖怪原本就是神仙,却做起了强抢民女、拦路剪径的强盗勾当,还想吃唐僧肉以求长生不老……事实上,这些仙佛妖魔包括唐僧师徒四人的经历都具有一定的共性,反映了明清时期乃至我国古代一种较为普遍的约定俗成的集体无意识。套用萨孟武先生在《水浒传与中国社会》中总结而来的一个术语来说,这种集体无意识就是"流氓传统"③。当然,需要补充的一点是,这一传统并

① 鲁迅.中国小说史略[M].北京:人民文学出版社,1958.
② 吴承恩.李卓吾评本西游记[M].上海:上海古籍出版社,2007.
③ 萨孟武.水浒传与中国社会[M].北京:北京出版社,2005.

非贬义，而仅仅是对于一种社会思潮的概括。

对于"流氓"一词，近现代的词典多作贬义，《现代汉语词典》释"流氓"为"指不务正业、为非作歹的人"。而在古代，按许慎《说文解字》释义，"氓"为中性词，单纯指普通百姓，后来延伸为"无业游民"，也就是汉朝以后常见的"流氓"之义。从狭义上讲，"流氓"大多指背井离乡的农民。而从广义上讲，流寇、土匪、游侠、行商等也属于"流氓"的范畴。鲁迅先生在《流氓与文学》中曾对这个词进行了比较清晰的解释："流氓等于无赖子加上壮士、加三百代言。"由此便可以归纳出所谓"流氓"的三个主要典型：游侠、强盗、走卒。所以所谓的"流氓传统"也可以定义为：一种崇尚自由流动与开放革新，不满足于个人温饱，与小农观念相对的社会心理。这种心理在《西游记》的人物身上有着相当突出的表现，甚至可以说是人物的灵魂所在。

一、孙行者

唐僧师徒四人是《西游记》的中心人物，其中大师兄孙行者更是全书的第一主人公。《韩非子·五蠹》云："侠以武犯禁。"孙行者便身具三分侠气、两分匪气、五分无赖气，敢于挑战既有规则——代表了"流氓传统"中"侠和无赖子"的一面。他出身不凡，乃是一块天生地养的仙石所化，后来更是"落草为寇"，成为花果山上众猴的首领；然后又从四海龙王处以"坑蒙拐骗"的无赖手段强取来了披挂铠甲，以及定海之宝如意金箍棒；后来上天做官心生不满，自封齐天大圣大闹天宫，还要让玉帝下台，自己占天宫为王。

大圣道："他虽年劫修长，也不应久占在此。常言道，皇帝轮流做，明年到我家。只教他搬出去，将天宫让与我，便罢了；若还不让，定要搅攘，永不清平！"佛祖道："你除了长生变化之法，再有何能，敢占天宫胜境？"大圣道："我的手段多哩！我有七十二般变化，万劫不老长生。会驾筋斗云，一纵十万八千里。如何坐不得天位？"佛祖道："我与你打个赌赛：你若有本事，一筋斗打出我这右手掌中，算你赢，再不用动刀兵苦争战，就请玉帝到西方居住，把天宫让你；若不能打出手掌，你还下界为妖，再修几劫，却来争吵。"

在被如来佛祖镇压，被观音点化跟随唐僧西天取经之后，孙行者的"流氓习气"仍然比较明显，一路上经常可以看到他前往神仙菩萨处搬救兵，语气却显得十分市俭而随意,并未见对于天仙上神起码的尊重。按照当时的儒家礼法来看,孙行者和君王官僚们深恶痛绝的无赖、流寇等人颇为相似,尤其是他对玉帝的态度更值得人玩味。推而广之,孙行者这个角色实际上就是盛行于当时社会的"流氓"群体的缩影,更是一种长久积淀而成的"流氓式思维"的投射。需要强调的一点是,这种社会心理并不依赖于"流氓"群体的存在而存在,而是从百家争鸣以来,便根植于中华民族内心深处。历史上自觉或不自觉地反映这种社会心理的著作多如牛毛——《水浒全传》中的英雄好汉大多出身草莽,《三侠五义》里的"五义"本就是江湖侠客,《南柯太守传》的主人公更乃"吴楚游侠之士"……然而在明清时期尤其是明后期和清朝初叶,由于思想、体制的进一步僵化和生产力的发展,这种"流氓传统"的思想不甘长期居于幕后,从而导致日后爆发了大量的"匪祸"和农民变乱。这一方面使得"流氓"思维公然登堂入室,另一方面也让这个内涵复杂的词汇被简化为暴民和土匪,泯灭了其他许多更有意义的部分。

因此《西游记》的开端部分与明朝中后期社会矛盾不断激化的过程有着惊人的相似。由于土地兼并越演越烈,加上天灾多发,大量农民失去土地,不得不背井离乡,沦为令官府颇为头疼的"流民群体"。据《大明会典》记载,"成化二十三年诏,陕西、河南、山西多处军民,先因饥荒逃移……"①。这一现象在后期甚至引发了声势浩大的农民起义运动。当然,许多起义的农民仅仅采取罢工、冲击官署等"软抵抗"的方式进行抗议,真正流窜各地蜂起叛乱的都是所谓的"流民"。而孙行者的行为几乎与其如出一辙——不满弼马温一职愤而离去、搅乱蟠桃会、占领花果山、打上天庭等,这种种行为都表明孙行者不仅仅贪图财富、权力和地位,更是想打破既有的秩序,"皇帝轮流做,明年到我家"。此种"流民"趋向在孙行者本人"大闹天宫"时达到了顶峰,既标志着他与天庭正式大规模对抗的开端,也代表了他"流民"意识的进一步发展壮大。和明代中期大量的流民反抗类似,孙行者大闹天宫也具有反抗旗帜鲜明、规模大、波及面广等特点,但是极富想象力的夸张描述冲淡了"流氓习气"和现实中流民问题的影子。作者用浪漫主义的手法重构了"流民反抗"这一概念,并加入了道教、佛教中常见的神仙方术和大千神通之后,一个问题也因此产生了:从社会潜在心理和民众审美口味的角度而言,一个只知道反抗、享乐和掠

---

① 李东阳等,纂.大明会典[M].扬州:广陵书社,2007.

夺的"流氓"只能使人感到畏惧、厌恶甚至是无聊透顶，所以必须在"流氓传统"的框架下再引入一些对立的群体，也就是"官府和地方豪强"。

二、神仙妖怪

除了第一主人公孙行者外，作者在《西游记》中还生动地刻画了大量个性鲜明的神仙鬼怪，并结合当时的社会现状赋予了他们一定的象征意义，反映了明朝当时官场、江湖场等具体的社会风貌。

从第十三回开始，作者整整花了将近九十回的篇幅讲述唐僧师徒四人在取经路上与各路妖怪斗智斗勇的过程，其空间绵延之广和时间跨度之长在古代话本小说中也是颇为罕见的。因此这一"大跨度"的特点有助于作者比较全面地反映当时"江湖场"上的二三事。纵观唐僧四人路上遇到的各式各类的妖精鬼魅，我们可以发现以下几个耐人寻味之处：

1. 绝大多数妖怪都是天仙下凡，在人间要么占山为王，要么位居高位。比如车迟国三大仙、金角大王、银角大王、黄袍怪等；

2. 下凡的妖怪原本属于天庭或灵山的中下层或是动物成精。比如捣药的玉兔、观音座下的金鼻白毛老鼠等；

3. 除了下凡的妖怪外，其他"民间"妖精绝大部分都隶属于妖界的世家或大集团。如牛魔王一家、狮驼洞三大王、七大圣等；

4. 仙妖一体。极少有妖怪被直接打死，绝大部分都返回或者归附天庭。

如果说孙行者身上"侠"性占了大半，那么大部分妖精身上都具有彻头彻尾的"匪"性，恃力而骄，压迫百姓。但是二者都是从明代"流氓传统"所分化出来的特质，具有本质上的相似性。这种"匪"在明代中后期相当常见。据《明实录》记载，景泰六年"强盗肆行，白昼杀人掠财"；万历年间"劫掠蜂起，始于饥民之啸聚，继以奸民之乘机"。可见占山为王、劫掠旅人钱财的"民间"妖精与明朝"流氓"颇为相似，并且正如明代北方地区臭名昭著的"响马盗"一样，形成了规模较大的"流氓集团"。此外，那些所谓下凡的妖怪中有一部分和"民间"妖怪的境况类似，虽然位列仙班，但是并未真正进入天庭中层（即天仙），其地位类似于明朝的普通文官或者千户、百户等中下层武官。这些"武官"构成了下凡妖精的绝大部分，如为情所困的"黄袍怪"奎木狼(二十八宿之一)、种因还果的青毛狮子(文殊菩萨坐骑)等。他们本质上相当于摇摆于"官""匪"之间的墙头草,当朝纲不振时很容易同民间"流氓集团"沆瀣一气,干起"官匪一家"的勾当。如《明实录·明熹宗实录》载,"京城内外所获盗贼,多各营操备官军";成化四年,"所获强盗,多系各营操军"。

另一方面,《西游记》主线的开端便是由孙行者和天庭众神的矛盾引发的。正如前文所述,孙行者代表了"流氓传统"中"侠"的部分,而与之相对的天庭众神则影射了明代的中央和地方官僚。天庭以玉帝为首,并分出了文武两班臣子,对于地上"土匪"的叛乱也采用和明代非常相似的文武兼施的措施。而西天极乐世界更像是明代地方官僚体系的缩影——唐僧四人历尽艰险终于到达西天灵山胜地,但却因为不送礼只从阿傩、迦叶处取得无字经,后来奉上唐王赠送的紫金钵盂才求得了真经,不禁令人啼笑皆非。

阿傩、伽叶引唐僧看遍经名,对唐僧道:"圣僧东土到此,有些甚么人事送我们?快拿出来,好传经与你去。"三藏闻言道:"弟子玄奘,来路迢遥,不曾备得。"二尊者笑道:"好,好,好! 白手传经继世,后人当饿死矣!"行者见他讲口扭捏,不肯传经,他忍不住叫噪道:"师父,我们去告如来,教他自家来把经与老孙也。"阿傩道:"莫嚷! 此是甚么去处,你还撒野放刁! 到这边来接着经。"八戒、沙僧耐住了性子,劝住了行者,转身来接。

…………

二尊者复领四众,到珍楼宝阁之下,仍问唐僧要些人事。三藏无物奉承,即命沙僧取出紫金钵盂,双手奉上道:"弟子委是穷寒路遥,不曾备得人事。这钵盂乃唐王亲手所赐,教弟子持此,沿路化斋。今特奉上,聊表寸心,万望尊者不鄙轻亵,将此收下,待回朝奏上唐王,定有厚谢。只是以有字真经赐下,庶不孤钦差之意,远涉之劳也。"那阿傩接了,但微微而笑。被那些管珍楼的力士,管香积的庖丁,看阁的尊者,你抹他脸,我扑他背,弹指的,扭唇的,一个个笑道:"不羞,不羞! 需索取经的人事!"须臾,把脸皮都羞皱了,只是拿着钵盂不放。

情节中的阿傩、迦叶收取"人事"便象征着当时中饱私囊、利用手中的相关权力为自己大肆牟利的各级官僚,而把这种明代官场上常见的收受贿赂的行为嫁接在佛祖尊者身上,更是令人感觉异常讽刺。从表面上看,官府即便存在腐败现象也与"流氓"扯不上任何关系,然而自古以来便有"官匪一家"的说法,尤其是在明代时期,社会矛盾空前尖锐。官府有时需要"匪"巩固其对人民的统治,而"匪"需要官府变相承认以延续下去,再加上不少官员本就是招了安的"匪",所以官匪一家、神妖一体并不奇怪。《西游记》中大量的"民间"妖怪被天庭和灵山"降服",成为"编制内人员"——诸如红孩儿做了观音的善财童子,黑风怪做了佛门的守门力士等。官与匪一定程度上的互相转化使得官府中也掺入了一些"流氓传统",形成了所谓的"流官"(鲁迅语)。这些官员集中于政府体制的中下层,不仅仅满足于个人薪俸,而是渴望获得更多好处。鲁迅在《谈金圣叹》中曾说:"百姓固然怕流寇,也很怕'流官'。记得民元革命以后,我在故乡,不知怎地县知事常常掉换了。每一掉换,农民们便愁苦着相告道:'怎么好呢? 又换了一只空肚鸭来了!'"可见流寇与流官是非常相似的,"流官"身上也具有比较鲜明的"流氓传统"。

三、结语

即便《西游记》是一部神魔小说,但上述这些描写从当时的社会观念来看,找不到任何主流思想的影子,其中不少故事情节不啻一种"流氓行径"。全书的思想不仅同"修身齐家治国平天下"的儒家理想相去甚远,而且比之前不少描述奇闻逸事的小说更加"出格"。然而实际上,作者吴承恩本就是儒生,如果依照他所接受的教育,他塑造这样一个"野到了骨子里"的泼猴形象和如此之多带有匪气的神仙妖怪作为神话小说的主要对象无疑是值得人们深思的,尤其是和宋元以来一脉相承的神话相比,更显得有些怪异。

究其原因,我个人认为《西游记》人物身上的特质在中国古代是受到官方正统意识形态的强烈排斥的,即便是在民间,大多数人也绝不敢随便提及这种"流氓传统"。因为"流民"这一群体很大程度上处于社会的底层,为了一贯铜钱或一顿饱饭在各地之间来回流动,构成了历朝历代颇为痛恨的一种社会不稳定因素,自然便同正统儒家思想相抵牾。从"流民"这个基本范畴中又发展出各种进一步的角色——打家劫舍的强盗、土匪,四处流浪的剑客侠士,投机倒把的贩夫走卒等等,所谓的"流氓传统"也得到了延伸与外延。中国的百姓们除了想居庙堂之高平步青云,更想处江湖之远自在逍遥。即便是在今天,现代人也和数千年的祖祖辈辈一样渴望从"家"与"国"中出走,渴望"诗与远方",渴望行侠仗义、四海为家。当然他们的动机早已不像历史上的"流民"们一样是为了生计而奔波，而纯粹是一种精神层面的对自由的渴望。然而这种渴望所体现出的生命美学在主流的儒家学说体系之中完全失去了应有的价值，很少被中国古代典籍提及。不过"流氓传统"这一潜藏在主流思潮之下的暗流从未止息过，最终在《西游记》之中以神话的方式集中而深刻地表现了出来，成就了一段文学上的佳话。

参考文献

[1]鲁迅.南腔北调集[M].北京:人民文学出版社,1980.

[2]黄彰健.明实录[M].北京:中华书局,2016.

[3]黄仁宇.万历十五年[M].北京:生活·读书·新知三联书店,2014.

[4]吴承恩.李卓吾评本西游记[M].上海:上海古籍出版社,2007.

[5]张婉霜.《西游记》饮食书写的市井生活美学内涵及意义[J].江苏海洋大学学报(人文社会科学版),2020,18(05).

[6]周维强.西游记东来意——文化大汇流里的小掌故[J].文化交流,2020(09).

[7]姜歆煜.浅析《西游记》中隐含的童话色彩[J].明日风尚,2020(17).

[8]赵毓龙.《西游记》在清代的文人重写与场上传播——以金兆燕《婴儿幻》传奇为例[J].社会科学战线,2020(08).

樊忠汉,男,江苏省苏州市人,河南大学文学院2018级明德计划实验班成员,有志于世界文学与比较文学、文艺学研究。

从杜牧《阿房宫赋》分析历史循环现象

侯佳鹭

摘　要:历史循环观在中国自古有之,并在古代社会历史研究中广泛应用。杜牧的《阿房宫赋》描述了秦王朝由盛到衰的过程,其末尾的议论部分犹能体现历史循环的观点。同时,在《阿房宫赋》中能看到历史循环现象发生的原因,即生产力与生产关系,经济基础与上层建筑的矛盾,统治者与百姓的关系影响,统治者的心态变化。历史循环观有悲观之处,但其可取的地方仍能为今天的研究提供借鉴。

关键词:《阿房宫赋》;历史循环;杜牧

《圣经·传道书》第一章第九节上说:"已有的事,后必再有。已行的事,后必再行。日光之下并无新事。"意为在日光底下并没有新鲜事,已经有过的事必然再会发生,已经做过的事必然会再次去做,历史是一种不断的循环,不断的重复。

这和历史循环论是类似的,中国的孟子、邹衍、董仲舒等大家也提出过相似的理论。什么是历史循环? 历史循环是一种认为人类社会的发展过程是周而复始、重复轮回的历史理论。中国很早就有"历史循环"的相关论述。孟子曾说:"天下之生久矣,一治一乱。"即天下更迭的规律,是治与乱的循环,他甚至指出了五百年的循环周期。而战国时期的阴阳家邹衍提出"五德终始说","五德"是指五行——木、火、土、金、水所代表的五种德行,他们周而复始地循环运转,邹衍以此解释王朝更迭,朝代变换。董仲舒的"三统三正"同样是一种循环论的历史观,体系较为完备。我们暂且不谈这种观念的局限性,无可否认的是,"历史循环论在马克思主义唯物史观未传入中国之前,一直是史家的重要史观,被广泛认可采用,它包含着人们对中国上下五千年的社会经济形态演变特点的探索。对中国古代社会变迁和王朝更迭的研究,确实具有重要的意义"。

杜牧在《阿房宫赋》的开头就指出了"六王毕,四海一。蜀山兀,阿房出",春秋战国无疑是一个纷乱的年代,即所谓的"乱世",群雄并起,纵横捭阖,最后天下权柄收归于秦王掌中,我国历史上第一个统一的中央集权的多民族国家建立,数百年的狼烟烽火止息。大乱之后有大治,统一货币度量衡,统一文字,北修长城,南修灵渠。秦王朝一时达到了顶峰。

但秦朝的陨落猝不及防。廊腰缦回,檐牙高啄的阿房宫是秦朝最繁华的一个缩影,最后是什么结局呢?——"楚人一炬,可怜焦土"。秦朝结束了乱世,却很快再度陷入分崩离析的局面,"秦失其鹿,天下共逐之",往下楚汉相争,又是一番轮回的宿命。

杜牧其实在文章末尾隐约地点出了这个现象,即"灭六国者,六国也,非秦也。族秦者,秦也,非天下也","秦人不暇自哀,而后人哀之;后人哀之而不鉴之,亦使后人而复哀后人也",杜牧认为,秦与六国的灭亡具有相似性,而后来的人如果不引以为戒,那么这样的灭亡悲剧宿命会一直重演。杜牧在此处是在强调后人应吸取秦与六国的教训,但事实上,纵观中国古代封建社会漫长的历史,确实是处在一个"后人复哀后人"的状态下,如龚自珍《尊隐》所言"日有三时,一曰早时,二曰午时,三曰昏时",封建社会每一个朝代几乎都摆脱不了这样的"三世说",不只朝代,似乎整个封建社会,大体都在经历三个阶段,从万物萌生、生机勃发,到如日中天、华光灼灼,再到日暮西山、归于沉寂。没有什么是永久的繁华,历史是一个循环的轮回。所谓日光之下,并无新事。

但这个现象的出现并非是巧合,因为整个封建社会每一个王朝兴衰跌宕的故事背后,都有它的身影,整个历史好像在沿着既定的轨迹前行。我们有一句话叫"历史总是惊人的相似",但这种惊人的相似背后,应该有某种凌驾于单个朝代的兴衰荣辱之上的,更为抽象的东西。它是历史循环现象出现的原因,是社会运行的一种规律,是骨,而非皮。

在笔者看来,原因有三,在《阿房宫赋》中或多或少都有体现。

其一是生产力与生产关系、经济基础与上层建筑的矛盾。战国七雄,齐、楚、秦、燕、赵、魏、韩，只有秦朝能做到"六王毕，四海一"，其原因很多，但毋庸置疑的是，秦朝的改革必然是顺应了社会的规律。社会的形势是一直在变化的，春秋战国时期尤甚。政治上礼崩乐坏，分封制的弊端显露无遗。而铁犁牛耕的出现大大提高了生产力，旧有的制度已经禁锢了社会的发展，各国都在进行变法改革，而秦国的商鞅变法尤为典型。商鞅"废井田开阡陌封疆"，承认土地私有制，顺应了生产力的发展，同时他提出了政治上的集权，以及实施军功爵制，上层建筑的改革打破了旧有的阶层，贵族的权力大大削减。一系列的改革实际上是顺应了社会的需要，顺应了历史发展的潮流。

事实上，整个中国封建社会的历史循环现象都与这两种矛盾脱不开关系。生产力发展，受到生产关系的阻碍，发生变革，然后经济基础产生革新，而旧有的上层建筑又成了阻碍，由下而上地进行变革，之后再开启新的循环。社会形势是一直在变的，在这个过程中，如果统治者仍故步自封，那么面临的就只有被推翻的结局。在中国封建社会中，并非所有的朝代更迭都是这个原因，但如果跳出朝代的禁锢，站在历史的高度俯瞰整个历程，就会发现这两种矛盾贯穿始终。

其二是统治者与百姓的关系。《阿房宫赋》中说"一人之心，千万人之心也。秦爱纷奢，人亦念其家，奈何取之尽锱铢，用之如泥沙"，秦始皇征调大批徭役修建长城，不顾人民意愿，秦二世更是残暴荒淫。统治阶层与下层百姓的矛盾达到了顶峰，陈胜吴广起义时，"天下云集响应，赢粮而景从。山东豪俊遂并起而亡秦族矣"。杜牧亦说："使六国各爱其人，则足以拒秦；使秦复爱六国之人，则递三世可至万世而为君，谁得而族灭也？"每一个王朝的没落，必然伴随着民心的逸散，而王朝的兴起，背后亦有民心所向的推动。风起于青萍之末，浪成于微澜之间。百姓力量固然弱小，但哪一次的大变革不是从草野间席卷成势，直达庙堂。

荀子提出"君者，舟也；庶人者，水也。水能载舟，亦能覆舟"的观点，阐释了君与百姓之间的关系状态。百姓可以推动国家的正常运转，稳固君主的统治，同时也在国家的覆灭中起到推手的角色。如果秦统治者可以真正地做到爱民如子，那么在最后的乱局中，也不至于"天下云集响应，赢粮而景从"了。在中国封建社会的历史循环现象中，民心的向背是其间的重要因素。

其三是统治者的心态变化，详细来说，是长期在权力中心体系下的僵化思维与贪婪享受的心态。这是一个缓慢却一直在进行的过程，像是在温水里煮青蛙，让人意识不到就陷入了权力与浮华的温柔乡。《周易·系辞下传》中说"君子安而不忘危,存而不忘亡,治而不忘乱,是以身安而国家可保也",当一个统治者长期处于并不安稳的境地时,出于对自身安危和国家兴亡的考虑,他会时刻警惕。为了让国家长治久安,他不会故步自封,生存需要会让人本能地去寻找希望,尝试用一切办法去改变自身,使自身更为强大。但当没有了这种危机感的时候,统治者自然不会太过主动地去寻求改革。他们希望国家机器安稳地运转下去,而不愿意冒一丝一毫的风险去改变。当统治者思维僵化,闭目塞听,国家就失去了一种应有的活力,如同活水失去源头,很快就会滋长出阴暗的污垢,最终侵蚀整个庞大的国家机器。

同时,权力的高度集中让统治者产生一种无与伦比的优越感,并渴求得到更多。"象箸必不加于土铏,必将犀玉之杯;象箸玉杯必不羹菽藿,则必旄、象、豹胎;旄、象、豹胎必不衣短褐而食于茅屋之下,则锦衣九重,广室高台",阿房宫建筑的精妙巍峨,宫人的奢靡生活,以及"鼎铛玉石,金块珠砾,弃掷逦迤,秦人视之,亦不甚惜",均体现了当时秦国的一种浮华风气。人的贪婪是无止境的,想要得到更多也就必然会侵害到他人乃至国家的利益。同时,当一个统治者的注意力放到更加优渥的生活上时,他必然会放松对国家的管理,各种问题也就随之产生。秦始皇后期寻仙问药与李隆基后来的耽于享乐就是典型的例子。

人性使然,人的天性里面都有对安逸生活的追求与贪婪的心态。历史上多的是起初英明神武,最终被朝歌夜弦消磨意气的君主。从英明到昏聩,心态的转变是一个长久的过程,很多人改变而不自知,潜移默化地被影响,跌入温柔乡。某种程度上说,这种心态的循环具有一定的必然性,因而历史循环现象的背后,也隐藏着统治阶层心态的转化的一种轮回。

历史循环论有一定的可取之处,但也容易让人陷入悲观的心态。周作人《历史》一文中写道:"天下最残酷的学问是历史……我读了中国历史,对于中国民族和我自己失去了九成以上的信仰与希望。"在他看来,历史是一种无望的轮回,因为现在是过去的重演,而未来是现在的翻版。但事实上,历史其实并非是完全相似的循环,王朝更迭的模式也许是类似的,但每个王朝却是独立的。而且,"王朝周期性震荡体现了历史进程的动态平衡——它是以王权为中枢的统治机制对内在痼疾自我调节的表现,也是历史中各种力量逐步演进形成合力的结果"。①

　　纵观整个中国封建社会,历史的循环一直都在,但社会的发展也一直都在。总有萌芽在孕育,总有生机在勃发。每一次的轮回都是不同的,它是中国每一步小心翼翼地探索,重来一次,总会有些新经验,所以"日光之下,并无新事"并非是悲观的定论,历史的循环反而一直在提醒我们,我们可以从前人的经验中寻找答案。同时,我们的探索,也为后人留下了宝贵的财富。《阿房宫赋》最后一个"鉴"字,恰恰说明了这一点。

参考文献

[1]余中华.论文化与文学传统中的历史循环观[J].湖北工程学院学报,2013,33(5).

[2]杨肇松.黄炎培的"周期率"与历史循环论[J].经济研究导刊,2013(34).

候佳鹭,女,河南大学文学院2018级明德实验班学生,汉语国际教育专业。

---

①　海云志.枢轴圈层机制与王朝循环:传统国家治理的历史透视[J].北方民族大学学报(哲学社会科学版),2019(6).

人民文艺方针的要旨：现实关怀
——以建党百年来三次重大讲话为例

张祖源

摘　要：二〇二一年是中国共产党成立一百周年的历史时期，近百年来，我党始终坚持人民文艺的方针，坚持"人民性"，坚持文艺为人民服务，为最广大的人民群众服务。这种政策的制定是基于我党"全心全意为人民服务"的宗旨和百年来实践活动积累的宝贵经验。毛泽东、邓小平、习近平同志分别在党和国家处在重大历史转折期和交汇期的时候做出了关于文艺工作的讲话，这三次讲话在我党指导文艺工作的过程中发挥了引领性的作用。"人民性"的核心其实就是"现实性"，回应现实关切，回应人民现实生活需求，就是在坚持"人民性"。

关键词：人民文艺；现实关怀；三次讲话

在我党指导文艺工作的历程中，毛泽东同志《在延安文艺座谈会上的讲话》（1942 年 5 月 2 日，延安）、邓小平同志《在中国文学艺术工作者第四次代表大会上的祝词》（1979 年 10 月 30 日，北京）、习近平同志《在文艺工作座谈会上的讲话》（2014 年 10 月 15 日，北京），这三篇讲话均是由党的领导核心，在党和国家出现重大的历史转折时所发表的，对我国的文艺工作方针具有指导性的意义，这三次讲话重要的原因是他们都回应了现实关切。毛泽东同志回应了在抗日战争艰苦的斗争环境中，人民的文艺要走什么方向，文艺工作者要坚持什么道路，如何让文艺为人民斗争的胜利而服务；邓小平同志回应了"文革"之后，面对改革开放的历史洪流，文艺要怎么守好人民的阵线，如何肃清反动余孽，在新的历史机遇期如何继续坚持我党一贯的文艺方针；习近平同志回应了新时代人民文艺要走向什么方向，要建设什么样的社会主义文艺，党领导文艺工作的重要性等问题。这三次讲话的重要意义不言而喻，它们在很大程度上能代表建党百年来人民文艺方针的核心要义——回应现实关切，对现实工作具有重要意义。

一、何为"人民"

谈论人民文艺，首先要说明白什么是"人民"。从社会意义上来说，"人民"是指作为社会基本成员主体的劳动群众。而从传统意义上来说，"人民"是一个政治概念，是一个阶级概念，是为区分"敌人"这一概念而存在的。随着新中国的成立，党领导的确立，社会经济建设逐渐走向正轨，国家越来越强盛，似乎"敌人"这一概念的意义渐渐被消解，人民民主专政的体制下，阶级的差异不再被强调，所以"人民"这一概念似乎也变得逐渐模糊，导致我们现在越来越不好定义"人民"。其实，如果我们不好说"人民"是什么，我们可以说"人民"不是什么。马克思在青年时期就有为人民服务的志向，"如果我们选择了最能为人类福利而劳动的职业，那么，重担就不能把我们压倒，因为这是为大家而献身……我们的幸福将属于千百万人，我们的事业将默默地、但是永恒发挥作用地存在下去。"①为人民服务就是为最广大的人类而服务，就是让全世界人民都能过上好日子。他在《关于伊壁鸠鲁哲学的笔记之二》中也提道："所以这些哲人和奥林帕斯山上的诸神的塑像一样极少人民性；他们的运动就是自我满足的平静，他们对待人民的态度如同他们对待实体一样地客观。"②马克思主义哲学从最开始就是以"人民性"为根基的，"人民性"这一根本价值是马克思主义区别于其他形形色色的理论最耀眼的底色，始终镌刻在共产党人灵魂的最深处，成为马克思主义永葆生机活力的源泉。

恩格斯在《共产主义者和卡尔·海因岑》一文中指出，在德国"人民"是由无产者、小农和小资产者组成的。正是因为"人民群众"这一概念的广泛代表性，人民群众内部之间肯定存在对利益不同的追求，存在着矛盾和冲突。马克思强调，人民群

① （德）马克思，恩格斯.马克思恩格斯全集（第40卷）［M］.中共中央马克思恩格斯列宁斯大林著作编译局，译.北京：人民出版社，1982：7.

② （德）马克思，恩格斯.马克思恩格斯全集（第40卷）［M］.中共中央马克思恩格斯列宁斯大林著作编译局，译.北京：人民出版社，1982：46.

众只有紧密团结起来,并凝结在代表自己利益的政党领导下,建立自己的政权,才能真正实现解放自己的目标,人民群众要想从社会根本上取得全面胜利,就必须将政权掌握在自己手中,确立共同的、为绝大多数人谋利益的社会价值目标,团结一致,才能使目标实现成为可能。所以,我们从这些论述中可以得知,剥削压迫、少数利益不是"人民",自由平等、绝大多数人的利益才是"人民";各自为战,自私自利不是"人民",团结统一、寻求共同利益才是"人民";自我满足,阶级对立不是"人民",天下大同,谋取共和才是"人民"。

二、三次讲话时社会所面临的严峻问题及提出的解决方案与路线

1. 毛泽东同志的《在延安文艺座谈会上的讲话》(下简称《毛讲话》)

本篇讲话是于 1942 年 5 月 2 日在延安做出的,是延安整风运动一个十分重要的组成部分,它的目的是回应抗日战争时期无产阶级文艺发展道路遇到的理论和实践问题。《毛讲话》尖锐地指出了在人民斗争最为艰苦的时期,文艺工作的诸多问题,如文艺工作者的立场问题、态度问题、为谁而创作的问题、工作问题和学习问题,毛泽东同志主要从当时战争形势事实、文艺服务以及如何服务、文艺战线的构成、主要斗争的方法等逻辑部分来进行分析和解决。他严厉地批判了那些刻意夸大解放区阴暗面的文艺作品和文艺工作者,鼓励文艺要能让广大人民看懂,要能激发人民的斗争意志,文艺不是要向什么方面去靠拢,而是要朝着无产阶级前进的方向去提高。

总的来说,毛泽东同志为我们当时的问题提出来了三种根本的解决方法。

首先,必须站在无产阶级的和人民大众的立场。无论是态度、立场、工作对象还是工作问题又或是学习问题,根本的解决方法就是扎根于人民群众,讲话中很清楚地提到"最广大的人民,占全人口百分之九十以上的人民,是工人、农民、兵士和城市小资产阶级……这四种人,就是中华民族的最大部分,就是最广大的人民大众。"①人民文艺就是要为这四种人服务,要深入这四种人当中去,体会他们的生活,感受他们的哀乐,脱离群众的文艺工作是没有根基的,是无根浮萍。只要这个立场不动摇,那我们就不会走错路。这一问题是根本问题和原则性问题,是不可动摇

① 毛泽东.在延安文艺座谈会上的讲话[M].北京:人民出版社,1953:9.

的，一旦这个路线错误了，我们工作的本身就走错了路，是要亡党亡国的。

其次，要掌握实事求是的工作方法。毛泽东思想活的灵魂是实事求是，毛泽东同志伟大的创举之一就是实践论。他曾在《实践论》中提道："马克思主义的哲学认为十分重要的问题，不在于懂得了客观世界的规律性，因而能够解释世界，而在于拿了这种对于客观规律性的认识去能动地改造世界。"①毛泽东同志始终坚持要把理论融入实践当中去，理论一旦脱离实践独立发展，就会失去活力。《毛讲话》中提到有些同志只注重提高，忽视了普及。这就是不注重工作方法，想当然地将广大人民群众的需求等同于资产阶级、小资产阶级的需求，一味地提高，而不重视工农兵的现实需求，工作方法出现了和实际偏离的情况。文艺工作者应该扎根人民群众，从群众中来，到群众中去，既要注重普及，又要注重提高，在普及的基础上提高，在提高的准备下普及，这样才是符合实践工作方法的。

最后，要坚持动机和效果相统一的原则。"文学为政治服务"这句话对吗？从一个方面上来说，是对的。在当时，要动员一切可以动员的力量来支持斗争，直到战争胜利。但是，这并不意味着要文学成为政治的傀儡，要失去文学本身的意义，只不过是说，在阶级社会中，政治标准要放在第一位，艺术标准要放在第二位，这是不可动摇的。政治标准框定文艺的路线，艺术标准提供文艺的审美，这二者缺一不可。但有些同志混淆了其中的关系，要么动机不纯，无法创作出符合斗争需要的作品，要么效果不佳，不能引起广泛的共鸣，这就是动机和效果未能统一的具体表现。要坚持二者统一，以正确的动机创造出优秀的结果，这样才能更好地服务于人民，服务于社会主义建设。

2. 邓小平同志的《在中国文学艺术工作者第四次代表大会上的祝词》（下简称《邓祝词》）

本篇讲话是1979年10月30日在北京发表的。该讲话是在"文化大革命"结束、林彪"四人帮"彻底垮台之后所做出的。在改革开放的伟大历史转折期，这样的一篇讲话无疑是振奋人心的，是给我国一度割裂和迷茫的文艺工作事业指明方向的。

《邓祝词》主要强调了以下几个方面的内容。

---

① 毛泽东.毛泽东选集(第一卷)[M].北京:人民出版社,1991:292.

首先,《邓祝词》由于时代背景和《毛讲话》不同,其所强调的重点由文艺为工农兵服务,为斗争胜利服务转向为社会主义现代化建设服务。然而,这并不意味着党的人民文艺方针有丝毫的动摇。恰恰相反,这是强化文艺人民性的表现之一。举国上下都在建设四个现代化,文艺工作也应该和四个现代化的建设挂钩,并发挥重要的作用。经济建设前景向好,人民生活逐渐富足,精神生活的需要越来越重要,文艺对人的影响越来越重要,要能激发广大人民群众建设社会主义的热情。

其次,旗帜鲜明地强调文艺作品的艺术性。祝词中说:"我们的社会主义文艺,要通过有血有肉、生动感人的艺术形象,真实地反映丰富的社会生活,反映人们在各种社会关系中的本质,表现时代前进的要求和历史发展的趋势……坚持百花齐放、推陈出新、洋为中用、古为今用的方针。"①它强调在艺术创作上提倡不同形式和风格的自由发展,在艺术理论上提倡不同观点和学派的自由讨论,在艺术上精益求精,力戒粗制滥造,力求把最好的精神食粮贡献给人民。文艺作品要有作为文艺作品本身的艺术追求,要有审美情趣和审美意味,一旦粗制滥造,流于说教,那也就不能称为文艺作品,而只能说是简单地文字堆砌了。文艺为社会服务为人民服务和遵循其本身的艺术性并不是矛盾的,而是相辅相成,互相成就的。

最后,文艺工作者要坚持学习马列主义、毛泽东思想。党的指导思想一直是党指导工作的重要理论武器,所以需要不断地进行学习和应用。文艺作品的力量是强大的,优秀的文艺作品能使人振奋,鼓舞人心,促进社会主义的建设;恶劣的文艺作品腐蚀人的心灵,使人腐化堕落。所以,必须从根源上确保文艺作品的纯洁性,要使腐朽的、封建的、反动的文艺作品没有生存空间。要时刻警惕恶劣的文艺作品,最行之有效的方法就是文艺工作者加强理论学习,思想上摆正了,创作起来才不会走歪路。

3. 习近平同志的《在文艺工作座谈会上的讲话》(下简称《习讲话》)

《习讲话》的发表,是我国文艺事业发展到新时期的表征,它的发表,为党指导文艺工作指明了新的方向。随着改革的逐渐深入,我国社会的经济建设逐渐步入新常态发展,国际国内形式风云变幻,在这样的历史契机下,文艺阵线的作用更显

---

① 邓小平.邓小平论文艺[M].北京:人民文学出版社,1989:7-9.

得格外重要。《习讲话》在继承党一贯以来的指导方针的基础上，结合时代特征进行创新。

首先，中国文艺工作的繁盛离不开对中国优秀传统文化和中国精神的挖掘。近年来，优秀的文艺作品逐渐式微，文艺受市场影响过于严重，沾染上了过分的"铜臭气"。中国传统文化中的精华被忽视，消费主义和一些不符合社会主义核心价值观的作品流传于世，这是需要警惕的。中华优秀传统文化本身就具有十分强大的魅力，文艺工作者甚至只需要将其挖掘出来，加以改造，就能引起广泛的共鸣。中国的文艺作品，要运用中国的文化，要坚持中国的精神，用中国话语来与世界对话。中国古代有庞大且优秀的文论、音乐美术评价体系，它们展现了中国传统的审美意味，审美情趣。然而，我们现在却没有基于现代语境作品的、成体系成规模的审美话语体系，这是需要我们进行反思的。其实，我们需要做的就是将中国优秀传统文化进行提炼整理，并注入时代精神，形成经久不衰的中国话语体系。

其次，坚持党的领导，回应时代需求。习近平新时代中国特色社会主义思想一个伟大的创举就是强化了党对一切的领导。中国共产党是我国唯一的执政党，其合法性和合理性经过了历史和人民的检验与认可。在新时代，文艺工作日益重要，这个阵线如果流落到敌人手中，那么后果是不堪设想的。所以，把握党领导文艺工作这一要义，是十分重要的。坚持党的领导不是说要文艺成为附庸，要一切以被规定的路线来发展，而是说要时刻警惕敌人对我们的渗透，警惕党与人民的敌人对于党和人民的破坏，要顺着时代的风浪，创作出符合时代精神、符合广大人民群众的喜闻乐见的作品。

最后，坚持以人民作为中心的导向。人民文艺的方针是我党建党百年来一直未曾放弃的指导方针，它贯穿在我党所有的历史进程中。"人民性"是我党执政理念和道路选择的灵魂，一切为了人民，为了最广大人民的根本利益，这个方针是永远也不会动摇的。人民和文艺是相辅相成的，文艺工作来自人民群众的生活，人民群众需要文艺的熏陶和滋养，心中怀有人民，坚持以人民为中心，这是我党永远不会变更的思想路线。

总而言之，建党百年以来，我党的文艺方针一直是"人民性"。这个话题似乎过于老生常谈，殊不知，"人民性"的意义就是回应现实关切，"人民"的意义就是现实，现实问题是从人民生活中产生的，所以"人民性"根本就不是一个刻板的说教，而是基于实践论基础上与时俱进的重大思想根基。"人民性"本身就是"现实性",要回应最广大人民群众的现实需求,有人民才有现实,才有一切。

参考文献

[1]毛泽东.在延安文艺座谈会上的讲话[M].北京:人民出版社,1953.

[2]邓小平.邓小平论文艺[M].北京:人民文学出版社,1989.

[3]习近平.在文艺工作座谈会上的讲话(2014年10月15日)[M].北京:人民出版社,2015.

[4]焦国章,等.马克思恩格斯列宁斯大林新闻论著选读[M].石家庄:河北人民出版社,2005.

[5]王文卓.马克思主义人民群众观的理论实质[J].人民论坛,2017(10).

张祖源,男,天津人,中共党员,河南大学文学院2018级明德实验班成员,有志于中国现当代文学研究和马列文论研究。

作为牺牲品的创伤与觉醒——《紫色》和《最蓝的眼睛》中黑人女孩的命与运

孔亚楠

摘　要：托尼·莫里森的《最蓝的眼睛》与艾丽斯·沃克的《紫色》两部小说都聚焦于美国社会底层的黑人女孩。佩科拉和西莉是种族歧视与父权制度的受害者——天生的黑色皮肤让她们在生活中饱受冷眼与不公；作为女性，"第二性"的身份亦使得她们始终处于"被安排"的状态。然而在这二者背后，"孩子"是另一个更加得不到重视的身份。在黑人、女性、孩子三者的交叉地带，存在着一群像佩科拉和西莉这样处于边缘位置的黑人女孩，默默忍受生活丢来的苦难，无力反抗。在被所谓的"父亲"侵犯之后，作为牺牲品的她们拥有着不同的命运——一个永远留在创伤中，而另一个则被拯救而觉醒。通过两个黑人女孩命运的对比，可以感受作者对黑人女孩受到不公正待遇的有力控诉和抵抗。

关键词：乱伦；黑人女孩；歧视；命运

20 世纪 20 年代，"哈莱姆文艺复兴运动"①兴起后，美国黑人文学开始逐渐崛起，出现克劳德·麦凯等多名致力于塑造黑人形象的作家。随着优秀黑人文学作品的产生，越来越多的黑人开始投身于黑人文学创作，尤其是黑人女性作家，不断

---

① 哈莱姆文艺复兴，又称黑人文艺复兴，指的是 20 世纪 20 年代到经济危机爆发这 10 年间美国纽约黑人聚居区一个叫哈莱姆的黑人作家所发动的一种文学运动。哈莱姆文艺复兴运动提高了黑人文学艺术的水平，从中涌现出一批优秀的诗人和小说家，对促进黑人文化事业的发展、提高黑人民族的自尊心产生了深远的影响。

尝试用自己的书写来抵制白人至上的文化霸权主义。《最蓝的眼睛》是著名黑人女作家托尼·莫里森的处女作,描写了一个因相貌丑陋而饱受歧视的黑人小女孩佩科拉,渴望拥有一双蓝眼睛来摆脱自己的一切悲惨遭遇。艾丽斯·沃克的名作《紫色》同样将目光放在一名黑人女孩西莉身上,她怯弱、无知,逆来顺受地生活在种族歧视与性别歧视的社会中。两个黑人女孩都是被父亲强暴的受害者,但不同的是,可怜的佩科拉以精神错乱的悲剧告别了自己的一生,而西莉在女性力量的帮助下自我觉醒,成长为独立坚强的女性。

一、乱伦的牺牲品

在中外文学中,乱伦不是一个新奇的叙事母题。孩子与父母的关系处于一种不平等的权力结构中,作为被创造物的孩子们对父母有一种天生的依赖感。孩子需要在父母那里获得爱与温暖,如果母亲拒绝提供亲情上的温暖,那么孩子很大概率上会转而向父亲索求,而当女孩过于依赖父亲,乱伦的可能性便会增加;当遇到不道德的父亲,情况会更加严重。事后母亲的"失语"是另一个推力,给父亲传递信号——乱伦是被默许的,继而乱伦的行为会一直存在。

这样的情况在黑人家庭里会更加复杂。生活在种族歧视社会里的黑人父亲,很难同坚不可摧的白人至上霸权文化做斗争,因而当遭遇不公,他们在社会上会产生一种弱势感、挫败感,这种感觉伤害到男性的自尊时会产生愤怒感,这种愤怒感使得他们往往会拿同为黑人并处于更为劣势位置的女性开刀。赫斯顿在《她们的眼睛注视着上帝》中这样描述黑人妇女的地位:"那白人把包袱扔下,叫黑人拣了,因为他不得不这样做,但是他并不背着走,他递给他家里的女人。就我理解的来看,那黑女人是这世界的骡子。"①

在同种族内部,黑人女性受到男性的压迫,未成年女孩受到父亲的压迫,佩科拉和西莉便是他们父亲的愤怒发泄桶。佩科拉父亲是种族歧视的受害者。从小丧失父母的乔利敏感脆弱,在自己青春成长的时期受到黑人的侮辱,"作为一个没有任何'后盾'的弃儿,为了避免自取灭亡,他从未尝试便彻底放弃了对白人充满恶意

① 张岩冰.女权主义文论[M].济南:山东教育出版社,1998:176.

的歧视的抵抗"①。所以当总是找不到存在感的乔利喝得酩酊大醉时，女儿佩科拉就化身成了那头"骡子"。在酒精的作用下，乔利看着单脚站立、用另一只脚挠小腿肚的佩科拉，眼神漂浮、精神恍惚，愤怒与怜悯混合，欲望驱使乔利强暴了自己的女儿，佩科拉也因此怀孕。也许是酒精促使乔利神志不清，又或许酒精只是给了他勇气，但必须承认的是，他作为一个父亲，对自己的女儿犯下了不可饶恕的罪过。同样悲惨的事情也发生在少女时期的西莉身上，继父阿尔方索将西莉当作自己泄欲的"玩偶"，声称"你得干你妈妈不肯干的事情"②。西莉怀孕后，阿尔方索夺走她生下的孩子，一眼都不给她看，便卖掉了婴儿。没有接受过教育，没有体验过爱与被爱的黑人女孩不具备反抗意识，已经被驯化的西莉默默地接受继父安排的一切。两个女孩麻木地成为他们父亲乱伦的牺牲品，悲剧的承受者。

二、多重推力下的悲剧

社会性歧视、家庭温暖的缺失以及个体的无意识是造成这两个悲剧的主要原因。黑人群体因其历史上的遭遇至今在美国社会仍然遭受歧视，不平等待遇使得这个种族负重前行；父母之间的"无爱"导致孩子们始终逃离不掉原生家庭带来的伤害；这样环境下成长的孩子又何谈拥有自我意识。

社会性歧视是至今尚未完全解决的一大社会问题，尤其是在以高呼民权、民主并以文明国家自居的西方现代社会，男性对于女性的所谓"尊重"不过是居高临下的身份象征。在一个枪杀黑人事件频频出现的社会，没有人敢声称他们已经完全消除了种族歧视。我们必须承认在二十一世纪的今天，某些特定身份会被认为优先于其他身份——白皮肤优于黑皮肤、男性优于女性等。这类社会结构性的问题的解决，不是短时期内可以做到的，需要各行各业的人站出来发声。作为少数群体的黑人长期在美国社会上处于劣势地位，尤其是在曾经遍布种植园主的美国南方，黑人的地位难以得到保障，正如电影《绿皮书》中呈现的那般，已经拥有极高社会地位的黑人钢琴家要到南方音乐巡演，仍要雇佣一个白人保镖来确保自己的生命安全。所以没有人愿意和丑陋的黑皮肤佩科拉做朋友，同学和老师对她都抱着唯恐

---

① 邓筠筠.托尼·莫里森小说中黑人形象研究[D].桂林：广西师范学院，2015.
② 艾丽斯·沃克.紫色[M].陶洁，译.北京：外国文学出版社，1998：3.

避之不及的态度,就连去商店买东西付钱的时候,把钱放在白人老板的手心都会接收到鄙夷和厌恶的眼神,仅仅因为她是一个丑陋的黑人小女孩。

"不存在"的家庭是悲剧发生的另一大原因。强暴孩子的父亲是被谴责的对象,但家庭里的另一个核心人物——母亲,在佩科拉和西莉的成长过程中是不存在的,"母亲"位置的缺失使得她们丧失安全感,进而在成长过程中自卑、无助,逆来顺受。父亲禽兽不如,母亲熟视无睹,作为监护者的父亲母亲在孩子成长过程中仅仅只扮演了提供面包的人,而且大多数情况下孩子们还要自己动手。西莉母亲体弱多病,早早离她而去,身为小孩子的她需要照顾家里其他孩子。佩科拉的母亲宝琳则将自己对于美好家庭的理想完全建立在自己服务的白人家庭里。在那里她是事无巨细的贤妻良母,悉心照料"家里"的每一个人。但对于自己的家庭,宝琳早已放弃了,那对她来说只是晚上休息的地方。所以她的女儿佩科拉在她眼里只是丑陋的代名词,丝毫比不上白人雇主家庭里的小女孩。在女儿遭遇父亲强暴并怀孕这件事情上,母亲是冷漠的、失语的、不存在的。家庭本应该以"避风港湾"的形象出现在孩子们的成长过程中,而对佩科拉和西莉来说,并不是这样的;相反,她们一切痛苦的起点都来自她们近乎"不存在"的家庭。

内化歧视是佩科拉和西莉的一大悲哀。长期得不到有效改变的种族歧视加上男性中心的社会环境,在潜移默化中影响着生活在其中的人,以及将要在这里出生和生活的人。佩科拉和西莉就是这样的存在,她们出生于这样的环境中,出于适应性,她们内化了这样不平等的对待,在内心深处合理化这种社会性歧视,选择顺从并接受这种评价体系和价值标准。小佩科拉接受"白美黑丑"的白人等级美学观念,认为她遭遇排挤、受到孤立是因为自己相貌丑陋,而丑的原因是"黑",想要摆脱这种不公正待遇,她就必须追求"黑"的对立面,即"白",而白人都拥有一双美丽的蓝眼睛。所以假如她拥有秀兰·邓波儿那样的白皮肤和蓝眼睛,或许大家都会对她更友好一些,冷眼和嘲笑会变成赞美和拥抱。可是没有接受良好教育的她,从来没有认真思考过,"蓝眼睛"比她自己天生的眼睛到底好在哪里?白皮肤又真的美过黑皮肤吗?她只是从自己的生存经验得出,"白色皮肤"和"蓝色眼睛"会得到每个人的喜爱,进而会被善意对待。而她自始至终要求的不过是被善意对待而已,可连这个要求都要寄希望于荒谬可笑的"换上一双最蓝的眼睛",徒劳无功的自我救赎更为她本就可悲的人生增添了几分无奈。而同样身为遭遇种种不公正待遇的黑人女孩西莉,同样深受男权思想毒害,毫无反抗意识,唯一的排解方式不过是把求助的目光投向上帝,用她那错误百出的语法给上帝写一封接着一封寄不出去的流水账。在她们仅有的知识系统里,男权标准和种族等级已经被无意识地内化为自己的行为准则了,就像是被驯服的野生动物,无知而可怜。

三、同命不同运

同样遭受不公正悲惨待遇的两个黑人小女孩,作者为她们安排了不同的命运走向。

佩科拉在经历了丧子之痛后,精神受到了创伤。这是她对不公的命运做出的回应,以一种不被理解的方式,对她来说可能是一种解放。或许只有受到打击后的精神状态,才可以给她勇气表达自己,毕竟考虑到当时的社会环境,"在种族歧视与文化洗脑的背景下,许多得不到社会肯定的黑人患上了'白化病',他们开始无条件地向白人主流文化靠拢,通过消灭自己身上的黑人特征来建立与白人之间的亲密感,乞求获得'高贵种族'的认可,以提升自身存在的价值"①。没有受过教育的佩科拉除了适应生存规则,似乎也没别的出路可以走了。只有对"蓝眼睛"近乎疯狂的执念是她唯一能做的"反抗",她希望换上蓝色的眼睛就可以改变自己不被喜欢的事实,然而可悲的是,这种"反抗"不过是另一种对白人塑造的评价体系的屈服。

然而"反抗"也可以是以自我成长为途径。少女时期的西莉同佩科拉一样,怯弱、孤独、麻木,遵从男性的安排——被强暴,被夺走孩子,被安排嫁人,任劳任怨,从不质疑一切不合理的苦难。她用给上帝写信的方式来抒发、排解自己的情绪,凭借自己对妹妹的爱和思念,坚持日复一日地麻木生活。但当同为女性的莎格出现以后,西莉开始产生变化,她开始觉醒并变得勇敢,有了自我意识,开始向丈夫说"不"。莎格在西莉的变化中扮演了"成长引路人"的角色,教会她重新认识自己、爱自己、依靠自己,是作为一个女性在拯救另一个女性。

著名文学评论家丹尼尔·泰勒说,《最蓝的眼睛》的宝贵之处并不在于情节的曲折离奇或思想的新锐艰深,而在于它把目光聚焦到了长期为人们所忽视的"灰色

---

① 邓筠筠.托尼·莫里森小说中黑人形象研究[D].桂林:广西师范学院,2015.

地带"——"那些在文学中的任何地方,任何人都未曾认真对待过的人物——处于边缘的小女孩"①。也正是由于黑人女性作家的不断努力,这些小女孩正逐渐从边缘地带向中心转移,获得社会更多的注意和帮助。

四、结语

在白人中心主义与男权社会的双重压迫下,作为黑人女性作家,无论从种族上抑或从性别上看,莫里森与沃克都处于"边缘"地带,她们是长大以后的佩科拉和西莉。而也正是双重压力下的"边缘化身份",让她们有一种为本民族女性争取平等的使命感,在控诉白人主流社会对黑人的歧视、反抗种族压迫的同时也抨击性别歧视,为女性发声。"即便是个特例,我依然认为佩科拉的某些脆弱性在所有年轻女孩身上都有所体现。"②也正是出于对本民族女性的生存状态与个人命运的关心,她们觉得有义务且必须去避免更多的佩科拉和西莉出现。

参考文献

[1](美)托妮·莫里森.最蓝的眼睛[M].杨向荣,译.海口:南海出版公司,2013.

[2](美)艾丽斯·沃克.紫色[M].陶洁,译.北京:外国文学出版社,1998.

[3]邓筠筠.托尼·莫里森小说中黑人形象研究[D].桂林:广西师范学院,2015.

[4]张岩冰.女权主义文论[M].济南:山东教育出版社,1998.

[5]丹尼尔·泰勒.与莫里森对话[M].密西西比:密西西比大学出版社,1994.

孔亚楠,女,河南洛阳人,河南大学文学院2018级明德实验班成员,有志于文艺学研究。

---

① 丹尼尔·泰勒.与莫里森对话[M].密西西比:密西西比大学出版社,1994:36.
② (美)托妮·莫里森.最蓝的眼睛[M].杨向荣,译.海口:南海出版公司,2013:219.

论妾的地位认知及其历史变化

张姝涵

摘　要:妾,是存在于中国古代一夫一妻制婚姻关系中的特殊群体。她们伴随着男性社会地位的提高和公共权力的扩大而出现,并一直活跃在中国数千年的历史中。纳妾虽然是符合封建社会习俗并被当时的律法准许的行为,但妾本身并没有独立地位和权力,律法给予的保障也微乎其微。她们没有人身自由和私人财产,更没有独立的人格。她们被视为物品,性命荣辱都系于男性。虽然历朝历代对妾的地位认定有所差别,但总体而言,妾并没有摆脱"物"的范畴。纳妾行为在中国古代长盛不衰,这群特殊的女人也在历史上留有浓墨重彩的一笔。

关键词:妾;地位;中国古代

"妾"这个字,最早见于甲骨文。它是会意字,从辛,从女。"辛"是一种刑具,和"女"字相组合,指代有罪的女人,即女奴,这是"妾"的原始含义。它被创立之初就框定了所指代的女子的地位。而随着奴隶社会的终结,其含义也从"女奴"逐渐变为"妻妾"的"妾",即男子在婚姻中除了正妻以外另纳的女子。进入封建社会后,社会等级划分更加森严,礼仪与法律也日趋完备,妾的地位更有严格的规定。男子迎妾进门不称为"娶",而称"纳",使妾在礼制与法律上有别于妻。她们是男人的私人财产,可以买卖、转让,甚至赠送。她们的地位,并没有随着时代的向前发展而提高,而是随着封建礼教中女性被不断地剥削和压迫愈发低下。直到封建制度和封建习俗彻底土崩瓦解,纳妾这一在历史上风行数千年的行为才最终消弭。现代大多数人对妾的了解都来自影视作品和网络文学作品,出于艺术加工的需要,其对妾的具体地位的描述有所谬断,也使得很多人对妾产生了错误认知。从历史上妾的产生与其地位变化入手,才能真实地了解她们,了解她们的荣辱和悲哀。

一、妾的产生及其社会根源

由于纳妾行为主要发生在贵族士绅阶层,故对妾的产生根源探讨也以此阶层的经济和社会地位为基础。

妾的产生,归根于尊奉男尊女卑的父权社会的现实。在原始社会,随着生产力的不断提高和生产方式的改变,采集经济逐渐被农耕经济取代,男性出于生理上的优势,取得了推动社会发展的主导权,整个社会也由母系社会变为父系社会。男性出于对自身地位的巩固和血脉继承的需要,为了保证妻子对丈夫的忠诚,从法律上规定了一夫一妻的婚姻制度。女性丧失了经济上的优势,地位越发低下,仅承担繁衍子嗣,为男性延续血脉的义务与责任。

影响妾产生的重要因素就是人口繁衍的需要。自西周以来,宗法制长期存在,进入封建社会后,更成为维系社会统治的重要工具。宗族的权力之大,力量之强在民间无法想象。就当时的社会而言,衡量一个宗族实力强弱的一条重要标准就是宗族内血亲子孙的多寡。当正妻的生育能力无法满足宗族内的繁衍需求,纳妾,也就因此而生。正妻所出的嫡子与妾所出的庶子在地位上虽如隔天堑,但族内人口的增长满足了族群壮大的需求。同时,儒家思想作为封建王朝的统治思想,确立了社会伦理秩序和统治秩序。相应地,"不孝有三,无后为大""多子多福"的观念也深入人心。人们受到儒家文化的长期浸润,对生育后代有着超乎想象的追求。加之古代生产力低下,受到生活水平和医疗水平的影响,幼儿夭折率极高。若受到天灾、战争等因素影响,人口死亡率更为可怕。在这样的社会背景下,封建统治者也鼓励生育。所以,古人对人口繁衍的需求极为旺盛,为了血脉和财产有所承继,他们需要更多的女人,生更多的孩子。

妾产生的另一大重要因素就是彰显社会地位与财富。在等级分明的封建社会,妾,并不是人人能纳的,能否纳妾,妾的数量多少都体现了一个男人的社会地位与财富。《旧唐书·职官志》有明确规定:"凡亲王,孺人二人,视正五品,媵十人,视正六品。嗣王、君王及一品,媵十人,视从六品。二品,媵八人,视正七品。三品及国公，滕六人……"①从数量上和地位上直接体现了拥有者的高贵身份。

商品经济的发展促使纳妾成为风尚。随着商品经济的发展，浮华、享乐主义也随之盛行。所谓"食色，性也。"经济的繁荣发展使人们在满足基本生存需要和发展需要的同时，也追求欲望的满足。纳妾，就是人们在经济条件允许的情况下对色欲的追求。美妾在怀，红袖添香，多少文人士子为此写就风流佳话。就如苏轼写的那首调侃张先纳妾的那首诗一样"十八新娘八十郎，苍苍白发对红妆。鸳鸯被里成双夜，一树梨花压海棠。"由此可见，妾的产生伴随着经济的发展引发的社会需求。同样，封建社会商品经济的繁荣也会带来人口买卖的兴盛。女子的买卖极为平常，卖身为妾，买女做妾，都与当时的社会条件息息相关。

二、妾在不同时期的地位

妾的地位在不同的历史时期有所差异，但总体来说并没有摆脱低下的事实。先秦时期，滕妾婚制度在诸侯国上层贵族间通行。尽管滕妾都在地位上都低于正妻，但妾的地位要远低于滕。滕是嫡妻的陪嫁，一般是嫡妻的同族女，与嫡妻有血缘关系。在嫡妻去世后，滕可以继承嫡妻的位置以巩固与夫家的利益联盟。而妾则不同，妾一般是买来的，属于"物品"，身份上属于女奴。"滕与嫡妻以血缘关系为纽带结成一个较为牢固的小团体，而妾作为女奴，只有为主人及其家人做各种服务的义务，而没为主人生育的责任，当然，不排除妾与主人在频繁接触中发生男女关系。"妾地位非常低贱，可以说没有地位可言。而这里的"滕"则接近后世所说的"妾"的基本含义，可以看作是后世"妾"的早期雏形。

汉代以前的妾基本等同于女奴，汉代之后，妾的含义才有了变化。"到了汉代，随着法律对一夫一妻制的规定逐渐被大家接受，这样，为了满足男子的声色之欲与继嗣的需要，便会采取纳妾的方式。"这时的妾又被称为"小妻"，她们并非出于寒门，也有贵族出身的女子。但地位低于嫡妻，所出的庶子与嫡妻所出的嫡子在地位上也有所差别。到了魏晋南北朝，与纳妾制度盛行相伴的是妾急剧下降的地位。随着门阀氏族的兴起，嫡庶的划分极为严格，由于庶子为妾所生，被认为血统不纯，甚至不被家族所承认，地位极其卑下。此时的妾被视为奴婢，地位不及庶子，不被

---

① 刘昫等.旧唐书(卷四十三)[M].北京:中华书局,1975:1821.

认作家庭中的一员,可以买卖甚至赠送,也可以任意驱赶。

唐朝政治开明,受礼教的束缚较前代、后代要轻。此时妾的地位相较于魏晋南北朝有了一定的提升,但与嫡妻仍然是天壤之别。《唐律疏议》中说:"妻者齐也,秦晋为匹。妾通买卖,等数相悬。"[①]从法律上看,嫡妻是丈夫的合法配偶,在婚姻关系中,虽丈夫的事实地位高于妻子,但法律地位两者相当。而妾与货物相同,可以买卖流通。在家庭生活中,妾为妻所役使,甚至妻会因为妾获得丈夫的宠爱对其进行施暴与虐杀。不过据史料记载,唐朝时也有丈夫在妻子死后将妾升为妻的现象,仅从这一点看,可以认为妾的地位有了一定的上升,但事实上,这种以妾为妻的做法为时人所诟病,也可以说明当时即使在风俗上有所开放,但妾在人们心中仍然是卑贱的代表,不能和妻相提并论。

到了宋朝,法律上对妾的规定比较详细,主要在伦理道德上。首先,妾必须出身于良家,和奴婢有明显区分。法律在妾的人身安全和财产权方面给予了一定保障。但封建社会的法律约束力明显不强,现实中的杀妾行为比比皆是。而妾本身就是"财产",财产权也只有寡妾可以享有。何况法律在保障妾的一定权利的同时更保证了嫡妻的权利,虽然有的妾可以因为丈夫的宠爱和孩子增加自身的筹码,但这一切都取决于妻是否能够容忍。否则无论妾多么得宠,都很难有好下场。她们依旧是低下而弱势的存在。

明清时期,妻妾的等级关系并没有发生改变。妾依附于嫡妻生存,妻不可为妾,妾不可为妻。更甚至于受到理学的节烈观影响,妾在礼法上的要求极为严苛。丈夫死后要求妾为其守节,不能离去或改嫁,有的还要担负抚养子女的义务。这时的妾身上除了等级的压迫外,又多了一重道德礼法的枷锁,受到的摧残比起过去有过之而无不及。也侧面反映出妾的地位是有所下降的。

三、现代人对妾的认知谬误

伴随着现代科技和互联网的快速发展,各类影视剧作和网络文学作品层出不穷。在万千题材中,一类以家族内宅女子互相争斗的"宅斗"故事也吸引了很多人的眼球。而这其中,小妾得宠,斗倒嫡妻,成功上位,最后成为人生赢家的故事最为

---

① 长孙无忌,等.唐律疏议(卷十三)[M].北京:中华书局,1983:256.

火热。小妾仿佛开挂一般的人生经历让无数观众和读者大呼过瘾，甚至不知从何时起，网络上居然兴起一阵"穿回古代做小妾""穿到过去当姨太太"的热潮。这不禁使人在感叹戏剧文学艺术加工过于成功的同时，也担忧一些人对妾的错误认知对她们思想观念和价值判断的影响。对这些人来说，似乎做妾是一件有追求、有意义的事情。

现代人对妾的了解如果不是经由查阅史料，那么大都来自此类作品，而作品经过个人创造，已被深深地打上了作者主观情感的烙印，而为了人物形象的丰富与故事情节的完整，此类作品无疑对妾的生存现实进行了美化，造成人们对妾的认知谬误。

纵然现代人可以穿越回到古代为妾，古代的妾也不是那么好做的。

以妾为妻是最常见的谬误。在有些作品里，常常会出现妾因受宠而地位提高，最后运用计策把嫡妻拉下马，使妾为妻，妻为妾的故事。这在古代现实中，显然是不可能的。自春秋至清代，无论是哪个时期，妻妾之间的地位都是悬殊的，法律也明确禁止以妾为妻的行为。即便在风气较为宽松的唐朝，《唐律疏议·户婚律》也有这样的规定："诸以妻为妾，婢为妻者，徒二年。以妾及客女为妻，以婢为妾者，徒一年半。"①宋律对以妾为妻的规定与唐代一致。到了明清时期，对妻妾的界定也大体相同。《大清律例》规定："凡以妻为妾者，杖一百。妻在，以妾为妻者，杖九十，并改正。"②妻妾失序在古代属于违法行为，以妾为妻也只有在妻子死后才有可能发生，而这种行为也会受到人们的鄙薄。如果现实真如作品中描绘得那样，男性在妻子在世时，与妾因为爱情的驱使挑战世俗和法律，贬低自己的嫡妻，那么这个男人的声誉必将一落千丈，仕途也将走到尽头。

贵妾在历史中几乎不存在。文学或影视作品中有时为了讴歌爱情的伟大，会塑造一个贵妾的形象。她们出身高贵，甚至贵于嫡妻。但因为爱上一个已经娶妻的男人而甘愿为妾，最后凭借爱情和强大的家族优势成为男子的嫡妻。这种情况在历史中无迹可寻。封建制度既然规定了一夫一妻制的婚姻关系，那么男女嫁娶必然遵循门当户对的原则。而贵族家庭出于礼法与颜面，决不会允许族中女子为

---

① 长孙无忌，等.唐律疏议(卷十三)[M].北京：中华书局，1983：256.
② 纪昀，等.文渊阁四库全书本(第672册)大清律例·户律婚姻·妻妾失序.[M].上海：上海古籍出版社，1987：533.

妾。古代中为妾的女子一般出身低贱,有的是贫苦百姓,被买卖为妾;有的是出身奴籍,从奴婢变成妾;有的是沦落风尘之人,最后被赎买为妾……最好的出身也不过是商家女子或是家境贫寒的良家女子。上流社会中的女子,即便是庶女,也没有做妾的可能。

另一个谬误是妻妾的称呼问题。小妾称嫡妻为"姐姐",嫡妻称小妾为"妹妹",这在此类题材的影视剧和文学作品中屡见不鲜。但事实上,妾的地位非常卑下,命运把握在妻的手中。两者之间的差距有如天隔,妾要侍奉嫡妻,必须称嫡妻为"女君",甚至妾所出的子女也不能称妾为母,而是要称嫡妻为母。而一旦如某些作品所写,妾以"姐姐"称嫡妻,就是对法律和封建等级的挑衅,那么等待她的只有死路一条。

还有一个谬误就是庶出子女的继承权问题。似乎很多以妾为主角的网络文学作品,都会抬高庶出子女的地位,贬低嫡出子女,最后官爵和财产也会落到庶子的手中。这种情况在历史上也不可能发生。妻妾的地位天然差距悬殊,而古代以嫡长子为核心的宗法继承制更是保证了嫡子的权利。庶子由妾所出,子以母贱,妾的地位低下也造成庶子地位低下,与嫡子无法比拟。有些朝代对庶子较为宽和,允许庶子拥有少部分财产,甚至在无嫡子的情况下庶子可以继承官爵和全部财产。但有的朝代对庶子非常严苛,如魏晋南北朝,庶子地位等同仆役,不被家族承认。男性没有嫡子,会选择过继兄弟嫡子为嗣子继承财产,而不是由庶子继承。所以,庶子压过嫡子获得财产等情况只可能在艺术创作中出现,在历史上属于无稽之谈。

四、结语

妾,是男尊女卑的父权社会对女子的剥削与残害下诞生的产物。她们的存在就昭示着男女的不平等。历史绵亘几千年,妾的地位始终低下,生存现实也非常残酷,她们如无根浮萍,自身的命运都被握在男性和嫡妻的手中。而现代的很多人对妾的生存状况和事实地位没有充分认识,仅凭从被加工美化过的影视剧作和文学作品中得到的片面了解,竟产生了回到古代做妾的念头,这种思想观念极不可取。受到男女平等的教育而要将自己置于男尊女卑的情境中,自贬身份,自卑地位,无疑十分荒谬。

参考文献

[1]王阔.尴尬与矛盾:宋代妾的地位和形象研究[D].保定:河北大学.2011.

[2]王艺.论唐代侍妾地位[D].西宁:青海师范大学.2013.

[3]蒿美玲.宋代妾问题探析[D].上海:上海师范大学.2015.

[4]李芳.明清小说"妾"的形象研究[D].黄石:湖北师范大学.2019.

[5]吴迪.周代"媵"的地位[J].文学理论.2010.

[6]张珣.浅谈我国古代妻妾的法律地位[J].法制与社会.2012.

[7]宋杰.无名有分:从明清徽州家谱看妾的形象[J].合肥工业大学学报(社会科学版),2019.

张姊涵,女,辽宁省朝阳市人,河南大学文学院2018级明德计划实验班成员,尤慕唐宋,有志于古代文学方向。

《周颂·清庙》中"骏"字意义辨析

徐冰倩

摘　要:"四始之一"《清庙》在《周颂》中具有重要的意义,虽只有一章八句,但其中字词自古以来便解读颇多,关于诗句"骏奔走在庙"中的"骏"字的解释也有不少,主要有四种观点,即训为"长""大""疾""敬"。文章在梳理各家见解的基础上,对比《清庙》和《噫嘻》"骏"字的异同,结合文本语境对"骏"作了释义,认为"骏"应训为"敬",一来符合《清庙》深远清净、肃静和美的氛围,二来符合语法规范,三来符合《清庙》的创作背景。

关键词:《诗经》;《周颂·清庙》;骏;字义辨析

《诗经》是我国古代最重要的经典之一。从汉代开始,诗经学就成为一门显学。汉传《诗经》有鲁、齐、韩、毛四家,其中鲁、齐、韩在传世的过程中已经亡佚,只有毛诗流传于世。东汉末年,郑玄为毛传作笺,而毛诗也渐渐成为正统,成为我们研究《诗经》的重要资料,本文讨论"骏"字释义时也以此为基础。《周颂·清庙》(以下皆称《清庙》)为颂首篇,是周公制礼作乐的产物,在《周颂》中有统摄之意,在整个《诗经》中也处于非常重要的地位。《清庙》原文如下:

於穆清庙,肃雝显相。济济多士,秉文之德,对越在天。骏奔走在庙,不显不承,无射于人斯。①

其中"骏奔走在庙"中的"骏"虽一字,但对理解《清庙》中的祭祀过程有着重要的意义,所以对其进行梳理辨析是十分必要的。关于"骏奔走在庙"中"骏"字的解

---

① (汉)毛亨等.毛诗注疏(卷第十九)[M].上海:上海古籍出版社,2013:1883 –1885.

释主要有以下四种：一、训为"长"，以《毛传》为代表。二、训为"大"，以《毛诗笺》为代表。三、训为"疾、敏"，在马瑞辰《毛诗传笺通释》中有较为详细的征引。四、训为"敬"，清代牟庭在《诗切》中做了论证。本文将在下文对这四种释义意义进行辨析。

一、《清庙》创作背景梳理

明晰篇章的创作背景有助于更好地把握文本，在理解文本的基础上，再进行字义的辨析。在辨析《清庙》中"骏"字意义之前，先对这首诗的创作背景进行梳理。关于《清庙》的创作背景也有诸多说法，在此不再一一说明，采用《毛诗序》的解释。《毛诗序》："《清庙》，祀文王也。周公既成洛邑，朝诸侯率以祀文王焉。"①《清庙》是一首描写西周祭祀的礼乐之歌，《毛诗序》对《清庙》的创作背景做了解释。后郑玄笺云："清庙者，祭有清明之德者之宫也，谓祭文王也。天德清明，文王象焉，故祭之而歌此诗也。"②郑玄在《毛诗序》的基础上对"清庙"的意义做了解释，即文王有清明之德，所以谓之清庙，而这首诗就是为歌颂文王之德而作。唐代孔颖达在《正义》中解释道："《清庙》诗者，祀文王之乐歌也。……以其祀之得礼，诗人歌咏其事，而作此清庙之诗。"③由此可知《清庙》的祭祀对象是文王，祭祀时间为都城洛邑建成之时。《清庙》一诗为祭祀所作，诗中不乏对祭祀过程的描写，所以在梳理"骏"字意义时，要符合西周的礼乐制度以及祭祀礼仪。

二、各家关于"骏"的解释

《毛传》及《毛诗笺》关于"骏"的解释如下：

骏，长也。显于天矣，见承于人矣，不见厌于人矣。④（《毛传》）

骏，大也。诸侯与众士，于周公祭文王，俱奔走而来在庙中助祭，是不光明文王之德与？言其光明之也。是不承顺文王志意与？言其承顺之也。此文王之德，人无厌之。⑤（《毛诗笺》）

《正义》曰："'骏，长'，释诂文。言长者，此奔走在庙，非唯一时之事，乃百世长然，

---

① （汉）毛亨等.毛诗注疏（卷第十九）[M].上海：上海古籍出版社，2013：1881.
② （汉）毛亨等.毛诗注疏（卷第十九）[M].上海：上海古籍出版社，2013：1881.
③ （汉）毛亨等.毛诗注疏（卷第十九）[M].上海：上海古籍出版社，2013：1882.
④ （汉）毛亨等.毛诗注疏（卷第十九）[M].上海：上海古籍出版社，2013：1885.
⑤ （汉）毛亨等.毛诗注疏（卷第十九）[M].上海：上海古籍出版社，2013：1885.

故言长也。"①"长"应为长久意,有两种解释,一是表示祭祀过程时间长,诸侯和多士长久奔走在庙,此解释似无不妥,但只是对祭祀过程平面的刻画,所以此非最优的解释;二是表示祭祀活动持续时间长,即该祭祀非一时的活动。据孔颖达的解释,"骏奔走在庙"应表示此祭祀常年进行而非一时的,但上文在梳理背景时提到,毛认为此诗为洛邑建成时祭祀文王而作,既已有了明确的祭祀时间,若训为"长",则有些欠妥。

郑玄在此也提出了不同的看法,把"骏"训为"大"。《左传·成公十三年》中有"国之大事,在祀与戎"的说法,祭祀是周代定国大事。若将"骏"训为"大",则是"大步奔走",虽然祭祀过程中助祭者也需"奔走在庙",但"大奔走"却称不上"肃雝",如此,也不符合清庙穆美的氛围。

《正义》对此也做了解释:

"骏,大",释诂文也。以诗人所歌,据其见事。非是逆探后世,不宜以"骏"为长。此承诸侯,多士之下,总言"奔走",则文兼上事,故云"诸侯与众士,于周公祭文王,俱奔走而来在庙中助祭。"以其俱来,故训"骏为大"。大者,多而疾来之意。《礼记·大传》亦云"骏奔走",注:"骏,疾也。疾奔走,言劝事也。"其意与此相接成也。②

朱熹《诗集传》亦对"骏"做了"大而疾"的解释:骏,大而疾也。③ 持相似观点的还有清朝学者马瑞辰,他在《毛诗传笺通释》中解释:

《尔雅·释诂》:"骏,速也。"速与疾,义同。正义引《礼记·大传》"骏奔走"注"骏,疾也。疾奔走言劝事。"骏、疾以声近为义,庙中奔走以疾为敬,其说较传、笺为善。④

孔颖达的《正义》则结合礼记大传中"骏"为"疾"的说法,对郑玄训为"大"做出了"疾来之意"的解释;马瑞辰又采用因声求义的方法,将"骏"训为"疾",但"奔走"一词便可表"疾"意,若再解释为疾则有意义重复之嫌。上文也已提到"大奔走"不符合清庙的"肃雝"穆美,这样朱熹"大而疾"的说法亦不恰当。此外,马瑞辰认为庙中奔走以疾为敬,既"疾"有语义重复之嫌,不若直接训为"敬",也符合清庙"肃雝"的特点。与此同时,马瑞辰在进行"骏"字辨析时也关联了《周颂·噫嘻》(以下称《噫嘻》)篇"骏发尔私"中的"骏"字以求佐证关于"骏"训为"疾"的观点,虽然论证不太严谨,但也提供了辨析的新思路,即通过对比分析《清庙》与《噫嘻》两篇的"骏"字以完善论述。

---

① (汉)毛亨等.毛诗注疏(卷第十九)[M].上海:上海古籍出版社,2013:1885.
② (汉)毛亨等.毛诗注疏(卷第十九)[M].上海:上海古籍出版社,2013:1886.
③ (宋)朱熹.诗集传(卷第十九)[M].北京:中华书局,2011:298.
④ (清)马瑞辰.毛诗传笺通释(卷二十八)[M].北京:中华书局,1989:1042.

三、《清庙》与《噫嘻》"骏"字对比分析

《噫嘻》与《清庙》属于同题材的诗，其中"骏发尔私"中的"骏"也有不少解读。马瑞辰在《毛诗传笺通释》中解释"骏奔走在庙"时也对比了《噫嘻》：

《周颂·噫嘻》篇"骏发尔私"，传谓"大发其私田"，笺易之曰"骏，疾也"，比疾与大异训之证。骏与浚通，《盐铁论·取下》篇"'浚发尔私'，上让下也；'遂及我私'，先公职也"，正训浚为疾，彼诗亦当从笺训疾。骏又通作逡，礼大传"逡，奔走"，郑注："逡，疾也。"①

上文已经提到，马瑞辰认为"骏奔走在庙"中的骏意为"疾"，后又通过比较《噫嘻》篇"骏"字"疾"与"大"之差异引证"骏"为"疾"意来佐证自己的观点。但马瑞辰只注意到了《清庙》与《噫嘻》中"骏"字的关联性，并论证出了"骏""浚""逡"三字可以假借通用，但却忽视了"骏"字在两诗中语句环境的差异。《清庙》中"骏奔走在庙"，"骏"在"奔走"之前，似有语义重复之嫌；而《噫嘻》却是祭祀农事，"骏发尔私"中"骏"释为"疾"正合语义。因此马瑞辰借《噫嘻》篇将《清庙》中"骏"训为"疾"似不可取，但其论证工作也为"骏"训"敬"提供了帮助。

此外，清代学者牟庭在《诗切》中也有相关论述：

《噫嘻》篇：骏发尔私。《释文》本作浚发。余按：骏逡浚，音同假借字也。《方言》曰："浚，敬也，齐曰浚。"《皋陶谟》："夙夜浚明。"《史记·夏本纪》作翊明，是孔安国真古文浚训翊也。《汉书·礼乐志》师古注曰："翊翊，敬也。"然则骏奔走谓敬奔走也。《毛传》云：骏，长也。《郑笺》云：骏，大也。皆非矣。②

陆德明《经典释文》中记"骏发尔私"为"浚发尔私"，"浚"本作"骏"，那么"骏奔走在庙"中"骏"与"浚"亦同。牟庭采用同音假借的方法，将"骏""逡""浚"联系起来，通过论证"浚"从而探求"骏"的意义，得出"骏"为"敬"的论断，较为严密。

四、结合诗意辨析"骏"恭敬意的合理性

正如不知全貌，不予置评，在把握全文的基础上去辨析字词，在具体的文本语境中才能窥探字词的真正含义。尽管上文已做了诸多分析，但依然不能妄下论断，而应结合诗意，探讨"骏"恭敬意的合理性。《清庙》一章八句意蕴隽永，把祭祀的宏

---

① （清）马瑞辰.毛诗传笺通释（卷二十八）[M].北京：中华书局，1989：1042.
② （清）牟庭.诗切[M].济南：齐鲁书社，1983：2473－2474.

大场景展现得淋漓尽致。"於穆清庙,肃雝显相。济济多士,秉文之德,对越在天"这两句点出了祭祀地点"清庙"、助祭人"显相、多士"以及祭祀目的"歌咏文王之德"。朱熹《诗集传》这样注释:"穆,深远也。清,清静也。肃,敬。雝,和。"①由此,此祭祀应是深远清净、肃静和美的,"骏奔走在庙"一句记录了祭祀的过程,那么"骏"字的释义应符合深远清净、肃静和美的氛围,在此语境下,"骏奔走"训为"敬奔走"是比较合适的。从语法角度讲,"敬奔走在庙","敬"修饰"奔走"属于状中结构,符合语法规范,即奔走的过程中姿态尊敬。结合全诗的背景来看,《清庙》既是歌颂文王之德,那"骏"训为"敬"亦体现了对文王的敬重,是较为恰当的。

《清庙》中"骏奔走在庙"中的四种解释上文已一一做了分析:若训为"长",无论解释为祭祀过程时间长还是祭祀非一时之事,都只是祭祀过程的平面过程性的描述,不能突出祭祀庄重肃穆的氛围。若训为"大",则是"大步奔走",虽然祭祀过程助祭者也需"奔走在庙",但"大奔走"却称不上肃雝。若训为"疾"则"奔走"已表示"疾"意,有语义重复之嫌。上文从语境、语法以及创作背景三个角度解释了"骏"训为"敬"意的合理性,若训为"敬",一来符合《清庙》深远清净、肃静和美的语境,二来符合语法规范,三来符合《清庙》的创作背景。因此,将《清庙》中"骏奔走在庙"的"骏"训为"敬"是合理的。

参考文献

[1](汉)毛亨传.(汉)郑玄笺.(唐)孔颖达疏.毛诗正义[M]//十三经注疏整理委员会.十三经注疏[M].北京:北京大学出版社,2000.

[2](汉)毛亨传.(汉)郑玄笺.(唐)孔颖达疏.(唐)陆德明音释.毛诗注疏[M].上海:上海古籍出版社,2013.

[3](宋)朱熹集传.(清)方玉润评.诗经[M].上海:上海古籍出版社,2009.

[4](宋)朱熹集注.赵长征点校.诗集传[M].北京:中华书局,2011.

[5](清)牟庭.诗切[M].济南:齐鲁书社,1983.

[6](清)马瑞辰撰.陈金生点校.毛诗传笺通释[M].北京:中华书局,1989.

[7]刘晓青.《诗经·周颂·清庙》研究[D].太原:山西大学,2014.

徐冰倩,河南驻马店人,河南大学文学院2018级明德计划实验班成员,兴趣方向为汉语言文字学。

---

① (宋)朱熹.诗集传(卷第十九)[M].北京:中华书局,2011:298.

论《熙德》中的君臣关系

张昀皓

摘　要:高乃依的戏剧主要呈现理性与感情的冲突,同时也宣扬君主专制的合理性。在《熙德》中高乃依呈现了三组君臣关系,映射了17世纪法国君主专制与旧贵族价值观的冲突,体现了高乃依将忠君思想融入贵族荣誉观中以构建和谐的君臣关系的努力。

关键词:高乃依;君主专制;《熙德》

皮埃尔·高乃依是法国古典主义悲剧的奠基人,是法国文学史上第一位重要的戏剧家。① 《熙德》创作于1636年,尽管在当时因不遵守"三一律"而受到责难,但它仍是高乃依最成功的戏剧,"像《熙德》一样美"已成为法语中的成语。

17世纪的法国,贵族阶级与资产阶级势均力敌,专制君主从中充当调停人的角色,王权得到空前的发展。高乃依曾参加"五作家社",秉承权臣黎塞留的旨意进行创作。高乃依本人坚信君主政体是国家统一与团结的保证,他的戏剧中也经常表露出自己的政治思想。

《熙德》把罗德里格、施梅娜和公主放在两种思想意识的尖锐冲突中,即荣誉与个人爱情之间的冲突,最终以国王的调和解决矛盾。该剧体现了古典主义的理论基础——笛卡尔的唯理主义哲学,以理性原则构筑戏剧冲突,展现理性与感情的对立。

---

① 郑克鲁.法国文学史[M].北京:商务印书馆,2018.

　　《熙德》中塑造了三组不同的君臣关系,即国王费尔南与高迈斯、费尔南与狄埃格、费尔南与罗德里格这三组关系。细读剧本可以发现,高乃依推崇的是费尔南与罗德里格间的君臣关系,它完全依靠臣下的忠诚与荣誉感、君王的理智与信任构建起来,这样的君臣关系没有政治的限制,仅靠精神层面的东西维持,过于理想化。

一、《熙德》中的君臣关系

　　唐·高迈斯是剧中女主人公施梅娜的父亲,死前是一人之下万人之上的贵族大臣,有很强的军事才能和政治力量,是"王国最有力的支柱",甚至可以直接挑衅国王的权威。高迈斯的力量之强让人惊诧,许多台词都说明高迈斯对卡斯蒂利亚是不可或缺的,他甚至有能力左右国家的政局。

　　在第一幕第三场中,高迈斯这样形容自己:

　　我的名字对整个卡斯蒂利亚就是一道围墙:没我,你恐怕要不了多久就会在异族铁蹄下偷生,你恐怕要不了多久就会让敌人来做你的国君。

　　在第二幕第一场中,高迈斯直接论述了自己与国王的关系:

　　我只怕权杖没我就会从他的手里落下。我的死活牵涉到他的许多切身利益,我的脑袋掉下来恐怕就会害得他的王冠落地。

　　高迈斯对自己的力量极为自信,他自认为是国家安全的保障,也是国王王权的保障。从后文可以看出,这也不是高迈斯的自吹自擂。

　　在第二幕第六场,国王费尔南意图逮捕高迈斯,但经桑西的提醒,又因为摩尔人入侵,不得不打消这个念头。在第二幕第七场,得知高迈斯已死后,国王说道:

　　一听说他那奇耻大辱,我就料到非报仇不能罢休;从那时候起我就想预防这场祸患;失去他便削弱了我,他的死总使我痛心。

　　国王把高迈斯的死视作"祸患",因为高迈斯一死,击败摩尔人的胜算就降低了,自己的王权也可能被动摇,这印证了高迈斯的话。费尔南已经无法控制高迈斯,高迈斯甚至已经可以凌驾于法律和王权之上,对于高迈斯的死,国王更多的是为"削弱了我"而感到痛心。

另一方面,高迈斯也有听命于自己的政治力量。在第三幕第五场中,狄埃格说道:

我怕的是那死去的伯爵的仆从和朋党;他们人多势众,真叫我提心吊胆,坐立不安。

高迈斯的"仆从和朋党"在他死后还让贵族狄埃格担忧,可见高迈斯有直接听命于自己的部队,并且力量强大。高迈斯已经有夺取王位或左右国家政治的能力。他本人也曾怀疑国王的决定、质疑国王的权威,如第一幕第三场中他的台词:

国王虽然高贵,但其实和我们也差不多:他们像别人一样也会出错。

还有第二幕第一场中,高迈斯向内臣阿里亚斯说的话:

稍有违拗就算不上这么严重的罪行;不管这罪行怎么严重,我已有的功劳都可以绰绰有余地把它抵消。

之后高迈斯还自恃对国家、国王的重要性,不顾阿里亚斯提出的"向王上的旨意低头"的建议,一意孤行。

在这一场中,内臣阿里亚斯提出了有关君臣关系的两个要点,即"义务"和"专制",它们在之后的剧情中被不断呼应,贯穿全剧。他的原话是"替王上尽心竭力不过是尽了自己的义务""君王总喜欢专制"。前一条是在提醒高迈斯等臣下,所立的功劳不值得自满、得意,更不能以此作为与国王讨价还价的筹码,立功是臣下的本分;后一条指国王是凭自己的意志治理国家,操纵一切,不容他人违拗。

在高迈斯这里,个人荣誉是至高的,他为了个人荣誉甚至可以违拗国王的旨意、舍弃生命。他居功自傲,也没有懂得阿里亚斯所说的"替王上尽心竭力不过是尽了自己的义务"。

在高迈斯与费尔南的关系中,高迈斯有夺取王位的条件,并且质疑国王的权威。然而国王却显得无计可施,只能提防、忍让。在摩尔人入侵时国王不得不搁置对高迈斯的惩罚,依靠罗德里格决斗的胜利才偶然地除掉了他。或许,如果没有罗德里格的胜利,国王仍有办法惩罚高迈斯,但从剧中的内容看,国王的力量弱于高迈斯,王权一直处在被动的位置。

第二组君臣关系是狄埃格与国王的关系。唐·狄埃格是立下过赫赫战功的老臣,年事已高,仍有一定的威望但力量不及高迈斯。他在国王面前表现得十分本分,但在他心中至上的是家族荣誉。如果说高迈斯是个人荣誉的捍卫者,那狄埃格就是家族荣誉的捍卫者。

在狄埃格受侮辱后,他找到儿子罗德里格,声称被侮辱的是"我们俩的荣誉",即家族的荣誉。在第三幕第六场,罗德里格胜利后,狄埃格以家族的荣誉表扬罗德里格:

你出色地学了我英勇的榜样,你非凡的大无畏精神让我家族的那些英雄在你的身上再生;你真不愧是他们的后裔,不愧是我的儿子。

狄埃格把家族荣誉看得很重,认为罗德里格的成功是在给家族荣誉添彩。在这一场中,狄埃格也鼓励罗德里格抗击摩尔人,为自己和家族争取荣誉。

在对国王的态度上,狄埃格看似并无二心,实际上却不是完全忠诚。在第三幕第六场,他勉励罗德里格的时候这样说:

你得让你的光荣走得更远,你得凭你的勇敢逼得你的国王宽大为怀。

狄埃格意图让罗德里格取得战功,以此逼迫国王宽恕罗德里格杀害高迈斯的罪过。按照阿里亚斯对君臣关系的解释,"国王对臣下永远也不会感恩戴德""替王上尽心竭力不过是尽了自己的义务",显然,狄埃格也没有认识到这些。

作为国中贵族,狄埃格也有自己的党羽,在第三幕第六场,狄埃格家中聚集了"五百位友人"来为他打抱不平,可以想见,如果不是罗德里格提前击败高迈斯,那高迈斯与狄埃格的两方势力很可能发生冲突,引发动乱,甚至导致国家的分裂。国王也意识到了这一点,第二幕第三场中公主说"王上已经要调停他们的争吵"。在国王看来,两个家族的对抗势必将导致国家的混乱,削弱国力。后来罗德里格率领五百人以及聚集的军队击败了摩尔人,可见这五百人是效忠狄埃格家族的,且有不俗的战斗力。

其实,狄埃格与高迈斯都没有把对国王的忠诚放在首位,只是狄埃格的势力衰弱了,受制于高迈斯,所以狄埃格才没有像高迈斯一样飞扬跋扈。

高乃依的悲剧同荣誉观念紧密联系在一起,剧中人物思想的斗争和彼此的冲突围绕它而展开,构成了剧本的主要矛盾。《熙德》中的人物,如高迈斯、狄埃格、公主都将荣誉置于个人幸福之上,罗德里格也不例外,只是每个人物所理解的荣誉的内涵各不相同。高乃依把忠君思想融进了罗德里格的荣誉观中,以此构建起全剧最完美的君臣关系。

罗德里格赢得对摩尔人的战争后,地位得到了极大的提高,艾尔薇拉说:

从百姓那儿,他们正到处颂扬他的功勋,把他说成他们欢乐的源泉和创造人,

他们的救星,他们的守护神。(第四幕第一场)

公主也称赞罗德里格是"卡斯蒂利亚的支柱",是"摩尔人的恐怖"。国王费尔南也当面给了罗德里格很高的赞誉:

要表彰你的丰功伟绩,我简直无能为力。

我的权杖靠你的帮助又牢牢地掌握在我的手里。(第四幕第三场)

在得到百姓的爱戴、巨大的功绩与威望后,罗德里格仍然以谦逊的态度面对国王,并且向国王表达了自己的忠心:

我实在当不起您恩赐给我的光荣。我深知:只要我的热血还在沸腾,只要我一息尚存,我就得为您王国的利益而献身;为了这崇高的目的纵然洒尽热血,停止呼吸,我也不过是尽了一个臣下的义务而已。(第四幕第三场)

罗德里格对君臣关系的论述与之前阿里亚斯所说的形成呼应。在罗德里格这里,忠君思想与贵族荣誉观很好地融合在一起。

罗德里格立功归来后,国王对他大加赞赏,并说了这样的话:

让这威名向在我的治理下生活的人显示你对我的价值,表明我对你的责任。(第四幕第三场)

从"显示你对我的价值,表明我对你的责任"中可以看出,在国王看来,臣下存在的意义在于对王权的价值,而国王对臣下要负责任,那么这个"责任"是什么? 从后文可以看出,"责任"就是保证臣下在国内的特权。费尔南对罗德里格说过:

施梅娜往后再怎么说也没有用处,我只不过为了安慰她才去听听她的控诉。(第四幕第三场)

费尔南不愿惩罚罗德里格,把应对施梅娜的控诉当作"叫人心烦的义务",也拒绝让罗德里格参加决斗。费尔南想方设法保护罗德里格,尽管罗德里格应该受到指控和惩罚。

君与臣在这个层面上就结成了一个利益共同体,即臣下为国王征战,保护王权;国王保证臣下在国内的安全、特权,也给臣下荣誉。除此之外,荣誉观也是维系君臣关系的重要保障。孟德斯鸠在《论法的精神》里说"在君主政体下,军人的目标就是荣誉,或者荣宠和财富,这是他们最起码的追求"①,"荣誉"需要国王的"荣宠"

---

① (法)孟德斯鸠.论法的精神[M].申林,译.北京:北京出版社,2007.

及百姓的称赞,篡位必然会有损荣誉。高迈斯其实也是为没有得到国王的"荣宠"而愤怒,在《熙德》中,高迈斯、狄埃格等军人的荣誉都制约着他们,不让他们做出十分越轨的行为,就像高迈斯尽管有了篡位的条件也一直没有篡位。

二、《熙德》中君臣关系产生的原因辨析

无论是利益关系还是荣誉观其实都难以保障君权的专制,比如高迈斯虽然没有篡位,但实际上已经妨碍了国王的统治。"卡斯蒂利亚的支柱"一开始是形容高迈斯的,之后这个称谓成了罗德里格的,看似完美的贵族罗德里格是否会成为第二个高迈斯是未知的。

最影响君臣关系的是臣下的力量的不断膨胀,并最终超过国王。靠融合了忠君思想的荣誉观也无法根除君主制的隐患,君弱臣强是《熙德》一直没有解决的问题。就像孟德斯鸠在论述完军人之后所做的补充:"要小心对待这样的人,用文官来制约他们,千万不可让他们兼任文职",国王应该用实际的政治手段限制军人(即掌握军权的臣下)的权力,而《熙德》中的国王则是一味放任。

高乃依不可能不知道《熙德》中的君臣关系是不现实的、文学化的,那么高乃依为什么要构建这样的君臣关系呢? 一方面,《熙德》对膨胀的贵族力量、对君主专制的威胁表示警惕;另一方面,高乃依构建这样的君臣关系,意在映射17世纪初期法国贵族阶层传统价值观与君主专制政权之间潜在的矛盾,并调和两者的矛盾。

17世纪初骑士精神和英雄主义在法国风行,贵族孔代亲王获得了克鲁瓦伊战役的胜利,贵族阶层逐渐聚拢在以孔代亲王为首的大贵族周围,国王与贵族间的君臣关系得以形成。但在路易十四当政前,王权政府就有意限制贵族的崛起与贵族的价值观。

1662年,《熙德》问世的几十年后,路易十四当政,王权政府开始大力压制旧贵族的政治地位。贵族崇拜的决斗行为被废止;投石党运动失败后,王权政府在贵族阶层中开展了"去英雄化"的思想运动,削弱贵族的骑士精神,并限制贵族的政治权利,国王与贵族的君臣关系最终瓦解。《熙德》中就有国王与狄埃格关于决斗的对话,国王认为决斗是陋习,但他听取贵族狄埃格的意见,并没有阻止决斗的发生;高乃依也没有像路易十四政府一样对贵族进行"去英雄化",而是通过罗德里格这一

人物,把君主专制的思想要求与贵族的传统价值观融合起来;高乃依也没有让费尔南限制贵族的权力,而是给了贵族足够多的尊重和信任。

《熙德》给了贵族足够多的尊重,也暗示国王与贵族合作能使国家强盛。高乃依既鼓吹君主专制,又崇尚贵族的荣誉观,所以他在《熙德》中构建理想化的君臣关系(国王与大贵族的关系),试图用戏剧调和现实中君主专制与贵族价值观间难以调和的矛盾。高乃依似乎预见了贵族的传统价值观与君主专制必然的剑拔弩张,在王权彻底清算贵族前就给出了折中的建议。

三、结语

综上所述,《熙德》中的君臣关系及其产生的原因已十分明晰。《熙德》体现了高乃依极强的预见力,它洞见了旧贵族与君主专制的矛盾,在这个层面上,《熙德》的政治性、思想性不应被忽视。

17世纪的法国,传统贵族只能接受沦为君主的奴仆的社会现实,贵族的传统价值观也日益衰落。高乃依仍然喜欢在戏剧中歌颂贵族传统的英雄主义价值观,但随着贵族骑士精神的没落,他的戏剧也被更符合社会心理的拉辛的戏剧所挤压。

参考文献

[1](法)高乃依.高乃依戏剧选[M].张秋红,马振骋,译.长春:吉林出版集团有限责任公司,2011.

[2]郑克鲁.法国文学史[M].北京:商务印书馆,2018.

[3](法)孟德斯鸠.论法的精神[M].申林,译.北京:北京出版社,2007.

[4]王怡静.十七世纪法国统制型文化策略在古典戏剧中的渗透探微——《熙德》和《安德洛玛克》中贵族形象差异辨析[J].文化创新比较研究,2020.

张昀皓,男,江苏南京人,河南大学文学院2018级明德计划实验班成员,有志于世界文学与比较文学和文艺学的研究。

《裘力斯·恺撒》中的人物与政治

相帅英

摘　要:文章主要通过分析恺撒关心国政,体恤百姓但同时也有迷信、个人极端主义苗头等缺陷的形象,加上其最终被刺杀的结局,说明恺撒不是一个合适的王位继承者;另外,也从政治谋略、军事才能、演讲技巧多方面对勃鲁托斯和安东尼两位政治家进行对比分析,揭示了莎翁在此剧本中蕴含的政治思想,即拥有政治军事谋略和雄辩的口才、能独立思考、有主见、真正重视民众的政治家才真正适合执掌国家大权。最后,文章对民众强大力量的分析论证了莎翁对君主专政这个政治体制的倾向性。

关键词:人物形象;政治;民众

《裘力斯·恺撒》不仅仅是一部文学作品,更是一部政治寓言力作,其中蕴含着丰富的政治智慧。剧中人物有其政治家的特殊身份,所凸显的主题也是王位的继承性问题。那么剧本中究竟蕴含着莎翁怎样的政治思想和政治倾向?他又是如何表达的呢?下面笔者将通过对剧本中恺撒、勃鲁托斯、安东尼以及民众这些主要人物和力量进行分析,力求借此能回答这个问题。

一、王位继承者恺撒

恺撒虽然只出现在剧本的前三幕,而且前三幕也没有太多的描述,但却是剧本中一个重要的人物。对于恺撒到底是一个怎样的人,每个人有每个人的看法,但值得注意的一个问题就是要分清历史中的恺撒与文学中的恺撒。在阅读剧本时,我们可以把历史中和文学中的恺撒进行比较,《裘力斯·恺撒》毕竟是一部文学作品,恺撒也化身为一个被作家创造出来的文学形象,我们不能刻板地用历史的眼光去刻意追求剧本中的恺撒形象是否是历史的真实再现。那么,恺撒其人是一个专权暴君还是开明君主?因为剧中对恺撒的描述较少,要对恺撒君主形象进行分析,我们可以从各种细节入手。

从反对者对恺撒的评价来看:凯歇斯认为恺撒是一个卑劣庸碌的暴君,他生病时像一个软弱的女人;反叛者西那也说他是一个暴君;麦泰勒斯说恺撒定了卡厄斯的罪,因为他说了庞贝的好话;勃鲁托斯强调恺撒容易受谄媚话语的蛊惑;而凯斯卡更多只是描述恺撒拒绝王冠、晕倒的事实以及马鲁勒斯和弗莱维斯因为扯去了恺撒像上的彩带,被剥夺了发言的权利这件事,没有太多个人的评论。这些反对者的评价是否证实了恺撒是个暴君的事实呢?

其实不然,剧本中值得注意的一些细节就是作为恺撒反对者的勃鲁托斯在第二幕第一场就说到"讲到恺撒这个人,说一句公平话,我还不曾知道他什么时候曾经一味感情用事,不受理智的支配"。① 第三幕第一场说他在刺杀恺撒那一刹那还没消却对恺撒的敬爱,而且在第三幕第二场演讲时,也说他和安东尼一样爱着恺撒,尊敬恺撒,只是无可奈何罢了。如此看重美德,而且是恺撒的反对者的勃鲁托斯,都对恺撒做出这样正面的描述,可以看出恺撒与"暴"的关联性是十分微弱的,而那些反叛者的评价则带有极大的主观情绪和某些夸大的成分。

另外从恺撒自己的言行来看:他说凯歇斯是个城府极深的危险人物,能对凯歇斯为人做出比较准确的判断,说明恺撒有极强的洞察力,能分辨周围人物的好坏;当诡辩学者阿特米多勒斯极力劝说要他先看关于自己的信时,恺撒却说要把自己的事情放在最后办,可以看出他其实是一个真心关心国政的人。恺撒遗嘱中说到要给每个罗马人钱财,还要把自己的私人财产赠给他们作为世袭的产业,说明恺撒也比较关心民众。从安东尼的演讲中,我们了解到恺撒也是一个十分仁慈的人,他因穷苦人的哀哭而流泪,用俘虏的赎金充实了公家的财库而不是占为己有。

再从民众角度看:恺撒胜利归来的时候,民众准备热烈欢迎他,说明最初民众

---

① （英）莎士比亚.莎士比亚全集[M].朱生豪,译.北京:中国文史出版社,2013:4823.

对恺撒也是认可的。而且诡辩学者阿特米多勒斯在第二幕第三场表明自己肯定恺撒的德行而不忍心他被反叛者杀害,要去送信提示他注意。

结合这三方面可以看出作为一个即将继承王位的政治人物,恺撒具有一定的政治洞察力,而且是一个具有仁心、关心民众和国政的正面人物,因此不能得出"恺撒"是个暴君的论断。那么恺撒就是一个真正开明的君主吗?

不可否认的是恺撒也有缺陷,他迷信地认为不孕的凯尔弗妮娅要是被安东尼碰了,就可以解除乏嗣的诅咒,在去元老院之前还让仆人问祭司吉凶;他向勃鲁托斯讲述自己对去元老院犹豫不决的态度,轻易把自己的缺点暴露在敌方面前;而且在勃鲁托斯一番美言美语的劝说下,又去了元老院,正对应了勃鲁托斯说他容易受谗言的缺点;在自己王位还没有坐实的情况下,他不拉拢贵族而是坚决地反对了他们的请求,这也是他政治才能和时局判断方面的缺陷;"我想怎么做就怎么样做""恺撒是不会错误的,他所决定的事,一定有充分的理由"[1]"我是像北极星一样坚定,它的不可动摇的性质,在天宇中是无与伦比的"。[2] 从这些话也可以看出恺撒其实是有极端个人主义的苗头的,他对自己盲目自信,过于自傲。

因此从整体上来看,莎翁塑造的恺撒形象是一个好坏参半、比较"中庸"式的人物,说不上是暴君也不算特别开明,政治能力还有待提升,个人情绪使他往往会冲淡自己的理性。剧中恺撒被反对者刺杀的结局也暗示恺撒其实不是一个合适的王位继承者。

二、政治家:勃鲁托斯与安东尼

勃鲁托斯与安东尼也是剧中比较重要的人物,同样都是政治家的身份,一个是恺撒的反对者,一个是恺撒的支持者,两人在剧中往往形成对比,而正是这种对比中蕴含着莎翁的政治思想。

先说勃鲁托斯其人,勃鲁托斯关注荣誉和美德,他在第一幕就说自己喜爱光荣甚于恐惧死亡,是一个道德感、正义感十分强烈的人。但是在执行杀恺撒这一决定的始终,他都要一次次找合适的理由强调自己的正当性,在凯歇斯提议宣誓时,在

---

① (英)莎士比亚. 莎士比亚全集[M]. 朱生豪,译. 北京:中国文史出版社,2013:4864.
② (英)莎士比亚. 莎士比亚全集[M]. 朱生豪,译. 北京:中国文史出版社,2013:1865.

演讲时,在死亡前,他都首先强调自己的荣誉,光荣,美德。作为一个政治人物,勃鲁托斯对光荣过于执着追求,做任何事情都首先要考虑是否会对自己的荣誉有所损害,他把自己死死地困在一个道德的框架之下,每做一个决策都受其限制和制约而不能当机立断,而且这种高尚的人设往往给民众一种距离感。在下文分析中,也可以看出对于荣誉的过度关注是勃鲁托斯失败的一个重要原因。

另外,作为一个政治人物,勃鲁托斯政治思维过于简单。他答应杀恺撒只是出于单纯的猜测并没有到现实中去找凭据;他单纯地认为推翻恺撒一切问题就会迎刃而解,但是就连恺撒都能看透凯歇斯虚伪奸诈的本质,勃鲁托斯却没看到凯歇斯只是出于自己的嫉妒而反对恺撒,并不是真心实意为大众着想。实质上,他们所提倡的共和制无外乎是贵族联合专政,这和恺撒的专政在本质上没有太大的区别,因此他们的刺杀行为并不是实质意义上的捍卫共和,究其根本无非是贵族之间的利益争夺罢了。除了勃鲁托斯,民众从来不在这些共和派人员的考虑范围之内。正像安东尼在剧本最后说道:"在他们那一群中间,他是一个最高贵的罗马人;除了他一个人以外,所有的叛徒们都是因为妒忌恺撒而下毒手的;只有他才是激于正义的思想,为了大众的利益,而去参加他们的阵线。"①

再说勃鲁托斯与安东尼的对比。其一,在政治谋略上,勃鲁托斯与安东尼相比缺乏一定的智慧,政治眼光相对狭窄。凯歇斯极力劝诫勃鲁托斯:"你太不加考虑了;不要让安东尼发表他的追悼演说。你不知道人民听了他的话,将要受到多大的感动吗?"②,勃鲁托斯却执意要安东尼到民众中去演讲,而安东尼此行正是要去看看民众的反应,反响。他要用自己的演讲去争取民众的力量以借此为恺撒复仇。从对比中可以看出,勃鲁托斯只想到自己为民众着想,却看不到民众的力量大到可以影响整个国家的政治形势,因为忽略了这一点,他为对方逆风翻盘提供了机会,最终也导致了自己的失败。

两人最精彩最主要的对比具体体现在第三幕第二场的演讲中。安东尼在演讲之前就先假称要和勃鲁托斯一行人成为朋友先稳住对方,为自己在后面演讲中向观众层层反驳他们制造机会,而且安东尼所举的例子都比较生活化,具体化,极力

---

① （英)莎士比亚.莎士比亚全集[M].朱生豪,译.北京:中国文史出版社,2013:4871.
② （英)莎士比亚.莎士比亚全集[M].朱生豪,译.北京:中国文史出版社,2013:4877.

渲染恺撒被刺杀后的惨状又借助自己"哭得火一般红的眼睛"声情并茂,使得这个演讲极具感染力和表现力,不仅为自己争取了报仇的机会,又让听众听懂自己说了什么,拉拢了民众。安东尼依靠自己雄辩的口才,获得了民众的支持从而占据了主动性。再看勃鲁托斯的演讲,一开始就强调自己的荣誉与清白,接着还是一大堆强调自己所行正义性的话语,其中还夹杂着自由与民主等概念的阐述,要知道台下都是一群没有思想的民众,他们未必知道自由,民主真正的含义,相比较与安东尼口语化的演讲,勃鲁托斯的演讲缺乏一点的受众分析,过于理性和抽象而缺少情感感染力。

其二,从军事才能对比上看,勃鲁托斯既没有军事谋略又不擅长管理军队,而安东尼知己知彼又思维清晰。勃鲁托斯一方开战之前还在起内讧:凯歇斯主张养兵蓄锐,勃鲁托斯却执意要马上向腓利比进军,先声夺人,在此时想的还是要凭借此时的兵力赢取功名。而且他主张先礼后兵,良好的言语胜于拙劣的刺击,在此刻他仍然注重的是自己的声誉,已经脱离了军事的分析。在战场上刚略处于优势时,勃鲁托斯就认为胜券在握,发布过早的号令,看到士兵的腐败,却睁一只眼闭一只眼,疏于对军队的管理使得他的军队已经把心思从作战转移到搜掠财物上。当军队处于劣势时,勃鲁托斯却丧失了信心,选择死亡。而安东尼已经熟知对方要先声夺人的想法,作战前与队友明确分工,战场上又密切合作,并且士气一直都处于高涨的状态,没有因为一时的处于劣势而放弃作战。

在第四幕第一场中安东尼说道:"坡勃律斯是一个不足齿数的庸奴,只好替别人供奔走之劳。像他这样的人,也配跟我们鼎足三分,在这世界上称雄道霸吗?""虽然我们把这种荣誉加在这个人的身上,使他替我们分去一部分诽谤,可是他负担他的荣誉将会像驴子负担黄金一样,在重荷之下呻吟流汗,不是被人牵拽,就是受人驱策,走一步路都要听我们的指挥;等他替我们把宝物载运到我们预定的地点以后,我们就可以卸下他的负担,把他赶走,让他像一头闲散的驴子一样,耸耸他的耳朵,在旷地上啃嚼他的草料。"

结合勃鲁托斯与安东尼的对比和安东尼对于坡勃律斯的评价来看,莎翁所要与我们讨论的话题则是到底什么样的政治家有资格去主导国家大权,换言之继承王位。经过上述分析,结论已经很明显了,不是所有想主导国家政权的政治家都能担当起这份重任,一个完美的政治家应该充满智慧,具备政治和军事谋略,还应该具备雄辩的口才,应该拥有敏锐的洞察力,能为自己反败为胜创造机会,而不是懦弱到甘拜下风,更重要的是要有独立精神和主见,真正重视民众的力量而不是过于依赖他人或一意孤行。

三、暴民与政治体制倾向

要解读《裘力斯·恺撒》中的政治,不能忽视的一个群体就是民众,这里的民众不是普通民众,他们是没有自主思想的暴民,是一股能影响国家上层政治体制的强大力量。

剧本第一幕第一场,当街上民众都在为迎接恺撒欢呼时,护民官马鲁勒斯就说这些民众是冥顽不灵的木头石块,这些民众已经忘记了庞贝只看到眼前的恺撒;第一幕第二场又说他们只是一群机械地鼓掌的乌合之众。

对于民众最集中的描写是在剧本的第三幕第二场大市场,当勃鲁托斯做完演讲后,台下民众都觉得恺撒死得好,都欢呼着要护送勃鲁托斯回家,还要他代替恺撒赢得一切荣誉;而当安东尼演讲之后,他们又觉得安东尼说的话十分有道理,觉得恺撒死得冤枉,最终他们转变了自己的立场,认为勃鲁托斯一行人是凶手,叛徒。从民众前后态度的变化可以看出他们没有自己的认知判断,他们不关注事情的真相,只听一面之词就迅速站定了自己的立场,而后又快速地改变了立场。而这些此时对他们来说还不够,在安东尼的鼓动下他们暴力复仇,烧了勃鲁托斯的房子,更让人惊心动魄的是他们不分青红皂白,也不听解释就杀了诗人西那,仅仅因为他和那个叛党西那有着相同的名字。他们就像一群没有经过文明开化和思想教育的"原始人",在他们眼里,只有简单粗暴的烧杀,没有正义仁义,没有理性逻辑,没有事实对错,他们已然成了暴民。

在这场暴民暴动的背后隐藏着的是莎翁对君主制这个政治体制的倾向,这里面也存在着一个逻辑。从民众极其容易受到挑拨煽动,从他们的盲目暴力行为来看,君主制比共和制更适合此时的罗马。如果此时罗马实行的是共和制,那么每个人都有权利和自由表达自己的想法,首先国家会有各种各样的思想迭起,始终没有一个统一的思想去正面引导民众;其次,一些不怀好意的反叛者就会顺势而为,一个接着一个地用言语煽动民众,因此国家的暴乱会一起接着一起,始终处于混乱之中。而专政在这个时期则可以很好地统一国家思想,减少社会动乱。

这也反映了莎翁在这个剧中一直强调的民众的力量。民众也是一股强大的政治力量,大到可以影响整个国家,一定要看到民众的力量并给予足够的重视,恰当利用。虽然在此剧中莎翁更倾向于君主专政,但是也为防止君主过于专制而设置了限制,那就是民众,莎翁也提醒君主不能忽视民生,要永远保持一颗为民众着想的仁爱之心。

参考文献

[1](英)莎士比亚.莎士比亚全集[M].朱生豪,译.北京:中国文史出版社,2013.

[2]蔡师如.戏剧《裘力斯·恺撒》的人物形象塑造分析[J].戏剧之家,2019(21).

[3]田俊武,李芳芳.从《裘力斯·恺撒》中的复调看莎士比亚对民众的态度[J].国外戏剧博览,2009(4).

[4]翁委凡.勃鲁托斯与安东尼的论辩:西方修辞学受众视角[J].绵阳师范学院学报,2016(6).

[5]潘一禾.诗人与君王——从《裘力斯·恺撒》看莎士比亚的政治智慧[J].杭州师范学院学报(社会科学版),2007(1).

[6]孟宪强.是开明的君王形象,还是专制暴君的典型?——重读《裘力斯·恺撒》[J].莎士比亚研究,2019.

相帅英,女,河南省洛阳人,河南大学文学院明德实验班成员,有志于现当代文学研究。

平凡的世界，不平凡的人生
——《人生》的电影改编

金佳圆

摘　要:路遥的中篇小说《人生》自 1982 年问世以来,在社会上引起了强烈而长久的反响。把路遥的《人生》展现给大众,用一种综合艺术的表现形式来代替单纯的文本阅读,是作品再创作的普遍形式。但是从已经被经典化的小说到影视形式的转换过程中,情节内容和思想内涵的薄弱化是不可避免的,更重要的是如何使这种"损失"降低到最小限度,契合原著精神的同时不脱离当下的时代语境是小说跨媒介传播的恒久课题。

关键词:《人生》;路遥;电影;改编

　　《人生》是作家路遥创作的小说,也是其成名作。原载《收获》1982 年第三期,获 1981—1982 全国优秀中篇小说奖。小说以改革时期陕北高原的城乡生活为时空背景,以高加林与农村女孩刘巧珍、都市女孩黄亚萍之间的感情纠葛为主线,描写了高加林回归土地、离开土地、回归土地后生活的变化过程。2018 年 9 月 27 日,《路遥生平》入选中国改革开放 40 周年最具影响力的小说。《人生》自发表以来就获得了许多关注,随后被改编成话剧、连环画、电影以及电视剧等多种艺术形式,本文将以 1984 年上映的由西安电影制片厂出品,吴天明执导,周里京、吴玉芳主演的《人生》为例,探讨小说《人生》的电影化改编。

　　首先,原著塑造了高加林、刘巧珍等典型的人物形象,电影基本遵从了小说原貌,能够把小说中的主要线索和矛盾冲突展示出来。从电影的选角上来看,就可见导演的用心，电影中的主要角色的形象都与小说中描述得极为相符，若看过电影再回想小说，就仿佛这些角色本就是这个样子，加强了读者对于电影的共鸣，体现了导演对还原小说真实样貌所做出的的努力。

其次，电影在忠实原著的基础上，进行了一定的再创作，改编时保留了对高加林、刘巧珍、黄亚萍这三位青年性格上、思想上的复杂性的刻画，但影片则是将侧重点更多地放在刘巧珍的身上，电影中几处较大的改动都是专为刘巧珍量身定做、新加的细节。剧本增加有关刘巧珍的细节有：一句感人的台词——"看把你累成啥了，你明天歇上一天！等咱们结婚，你七天头上就歇上一天！我让你像学校里一样，过星期天"；向妹妹学写心上人的名字；极富陕北民俗风采的刘巧珍的婚礼。这样，在电影中，刘巧珍成了与高加林地位等同的主人公，这与电影暗含的爱情主题的转向有着密切的关系。

其中最大的改动莫过于影片中刘巧珍结婚的热闹场面，用了八分半钟、五十一个镜头来表现它。影片中大量展现了陕北的民俗人情——唢呐震耳，爆竹喧天，贺喜的人群，陪送的嫁妆。但这里不是单纯的民俗展现，是对高加林强烈的道德谴责。这场戏表面上是巧珍的婚礼，实际上是巧珍爱情的葬礼、追求文明命运的葬礼。这是一种典型的以喜写哀的艺术手法。电影的这一变动，极大地强化了刘巧珍爱情的悲剧意义，同时部分地消解和遮蔽了高加林悲剧的社会和历史意义。如，电影《人生》同时表现了刘巧珍的悲剧和高加林的悲剧，是两个主题，改变了小说《人生》的版图。

最后，电影《人生》中还有许多其他较小的改动，比如高加林进城后的变化由快到慢，黄亚萍作为县城干部子弟的性格变得更加自然，黄亚萍的穿着由时髦趋向朴素，等等，这些也是影片对小说的批判性改动。小说《人生》发表后，不但一般读者和评论家讨论热烈，就是路遥自己也对作品的某些地方不太满意。但是奇怪的是，路遥始终没有对这些自己不满意的地方进行修改。电影《人生》的剧本可以看作是路遥对小说《人生》发表后重要的和唯一的一次修订。

电影《人生》整体上给人一种自然而又真实的流动美，这得益于电影《人生》中浓郁的地方色彩、民族风格、风土人情，将黄土高原的自然之美和西部人民的善良质朴表现得淋漓尽致。电影《人生》中对陕北民歌的运用，使黄土气息一下子扑面而来，细腻委婉，意味悠长，令人回味无穷，增加了作品的表现力，同时也延续了作品的生命力。在高加林进城赶集的路上和集市上，盘腿骑驴的农村婆姨，身背长短唢呐的吹手，弹棉花的工匠，摇晃着铜擦的说书人，驮着沙发的毛驴……构成了80年代西部农村极为生动的集市场面，这些人物的风貌举止，传达出乡土风味和时代特征，把一个大变革的时代，在随意之间和看似无关的镜头中自然地折射出来。影片从音乐、风景、语言以及风俗等方面全方位地呈现了一个真实的黄土高原，可谓是八十年代影片民族化的样板，是陕北人民心中共同的原乡记忆。

而黄土高原如此深厚广袤的自然风景与浓厚朴实的民风民俗能够得以展现，也与影片的镜头运用有着密不可分的关系。《人生》中的镜头运用中大量使用长镜头、深焦镜头以及自然光效，通过大远景、大全景等形式刻画黄土高原深处的贫瘠风貌。高加林在山坡上挖地、去集镇卖馍、在县城活动，都有大量的长镜头。同时，影片在镜头上的运用始终采取一种比较客观的方式，着力刻画典型人物和典型性格。全片没有一个闪回镜头，最为典型的是高加林、刘巧珍跟着德顺爷去城里拉粪，两人听德顺爷讲述自己年轻时的爱情故事。小说里这本来是一个小细节，电影却讲述了七八分钟。夜色里，铃声中，两个年轻人坐在马车上听德顺爷讲故事，一同完成了对过去的回忆。同时，从德顺爷的《走西口》开唱，到后来传出的柔情的女声，顿时让人对德顺爷和灵转的交往场景产生联想。这种画外音的形式，既缩短了影片的时间，也拓展了观众想象的空间，发挥了电影的特性。

"这部片子要表现的不仅是陕北的人情、民俗和大自然的风貌，还应揭示出蕴藏于其间的社会的、历史的、审美的甚至哲学的内涵。"[1]所以，在《人生》中还出现了诸多隐喻。最为突出的是两个，一个是"桥梁"，一个是"冰瀑"。大马河桥在小说里出现了4次，在电影里却出现了7次，桥梁作为一种连接，有"过去"与"现在"、"愚昧"与"文明"、"进城"与"出城"、"希望"与"失望"等多重寓意。每一次出现都是影片情节的重要转折点，暗示着桥梁下的鸿沟难以跨越。电影中出现的冰瀑也是一个颇为明显的隐喻。小说里的故事发生在夏秋季节，但电影里的季节是横跨夏秋冬三季，可以说这是刻意为之，一方面是在时间上冲淡叙事的节奏，另一方面也是为了形成视觉张力。从上到下的白色冰瀑，导演借此来隐喻人生寒冬的到来。

但《人生》的影视化过程中，由于政治环境以及改编者自身理解等因素，不可避

---

[1] 路遥.早晨从中午开始[M].北京:十月文艺出版社,2010.

免地无法顾全原著中全部的思想内涵,例如小说中有关卫生革命的情节在影片中只短短出现了两个镜头,是较为遗憾的一点。卫生革命作为小说中最具矛盾冲突的情节,深刻体现了人物与环境的冲突,也是当代小说中重要的基本母题。其实看似平常的"卫生"也是有意识形态的,它包含了高加林全部的精神和道德世界,表现了他与真正乡下人的不同,代表一个民族是否进入现代;当高加林被下了教师之后,最明显的变化就是每天穿得比乡下人还要破烂,不停地耕地;更重要的是,从高加林的身上,我们看到了一个阶级的失落和愤怒,体现高加林"身体"与"身份"的抵牾、抽离,这些有关卫生的描写和对比,在影片中都没有得以体现,这也是影片思想内涵薄弱化的一个体现。

路遥参与《人生》的改编,除了是一种对小说的完善与修改,也体现了路遥对大众的批评和舆论压力的一种回应。小说《人生》发表后,确实对当时的读者和评论家的阅读习惯形成了挑战,小说对高加林的角色处理不太符合大多数读者的阅读期待,他们很快通过各种途径表达了自己的声音,认为高加林身上有很多资产阶级思想和个人主义的痕迹,甚至不顾基本的道德准则抛弃了巧珍。这些评论者大都是在肯定《人生》的大前提下对高加林这一人物进行了持久而激烈的争论。于是就像王富仁说的那样,路遥"把那已经仅仅抓住的社会历史变动的主线渐渐地松开了,悄悄地向纯爱情、纯道德的领域移动自己的脚步。"①剧本的修改应该看作是路遥对评论界的回应。

关于路遥作品的改编,往往以"青年人对爱情的追求以及爱情与婚姻的不和谐"②为主线来结构全剧。爱情作为一种叙事方法,运用于关于路遥作品的话剧改编之中,不仅契合了路遥作品的内涵,体现其合理性和有效性的一面;而且也是适应艺术需要和消费文化语境的有效叙事手段之一,也有其必要性的一面。同时,关于路遥作品的影视化改编在突出了爱情的故事性意义的同时,也或多或少地抽空了爱情所蕴含的社会历史内涵,表现出思想内蕴薄弱化的现象。但影片很好地延续且深化了城乡二元对立中的底层突围和基于个体身上的道德审视,《人生》改编坚守的现实主义传统,也为中国当下的电影创作打下了基础。总

① 王富仁.立体交叉桥上的立体交叉桥[A].路遥研究资料汇编[C].北京:中国文史出版社,2006.
② 路遥.关于《人生》的对话[A].路遥文集[C].西安:陕西人民出版社,1993.

体上来看,小说《人生》是成功的,电影《人生》也是成功的,路遥实现了两个《人生》的双赢。

参考文献

[1]路遥.早晨从中午开始[M].北京:十月文艺出版社,2010.

[2]王富仁."立体交叉桥上的立体交叉桥"——影片《人生》漫笔[M]//中华文学评论百年精华(下).北京:人民文学出版社,2004.

[3]路遥.关于《人生》的对话[M]//路遥.路遥文集.西安:陕西人民出版社,1993.

[4]王仁宝.从爱情透视"人生"和"世界"的可能及其限度——对路遥作品话剧改编的考察[J].百家评论,2020(01).

金佳圆,女,内蒙古自治区呼伦贝尔人,河南大学文学院 2018 级明德计划实验班成员,有志于现当代文学方向。

新松集

明德实验班论文集

上册

武新军 杨 亮 许卫东 编

Wuxinjun
Yangliang
Xuweidong
Bian

XIN
SONG
JI

mingde shiyanban
lunwenji

新华出版社

图书在版编目（CIP）数据

新松集：明德实验班论文集. 上／武新军，杨亮，许卫东编.
—北京：新华出版社，2021.7
　ISBN 978-7-5166-5895-6

　Ⅰ．①新…　Ⅱ．①武…②杨…③许…　Ⅲ．①世界文
学–文学研究–文集　Ⅳ．①I106–53

中国版本图书馆 CIP 数据核字（2021）第 108627 号

新松集：明德实验班论文集（上、下）
作　　者：武新军　杨　亮　许卫东

责任编辑：蒋小云　　　　　　　　封面设计：黄　扬

出版发行：新华出版社
地　　址：北京石景山区京原路 8 号　　邮　　编：100040
网　　址：http://www.xinhuapub.com
经　　销：新华书店
　　　　　新华出版社天猫旗舰店、京东旗舰店及各大网店
购书热线：010-63077122　　　中国新闻书店购书热线：010-63072012

照　　排：天　一
印　　刷：河南省环发印务有限公司
成品尺寸：185mm×260mm　　1/16
印　　张：35　　　　　　　　　　　字　　数：579 千字
版　　次：2021 年 7 月第一版　　　印　　次：2021 年 7 月第一次印刷
书　　号：ISBN 978-7-5166-5895-6
定　　价：105.00 元（全二册）

编 委 会

主　编　　武新军　杨　亮　许卫东

编　委　　李文山　王宏林　王志国

　　　　　　白春超　焦喜峰　白　金

序一

新松恨不高千尺

武新军

将论文集命名为"新松集"，是基于家长与教师们的共同期待。

河南大学文学院入学成绩排名前 20% 的学生是当地生源中的佼佼者。倘若好的苗子未能成长为参天大树，那将会是育人者的失职与耻辱。如何创造良好的条件，充分激活他们的潜力，让他们的创造力发挥到极致，最终成长为能够引领未来文科基础学科的拔尖人才，也就成为我们不得不思考、不得不面对的一个重要问题。

2018 年 9 月，教育部等六部门发布了《关于实施基础学科拔尖学生培养计划 2.0 的意见》，首次把中国语言文学纳入了实施范围。这成为我们把思考变为实践的重要契机，谋划已久的创办实验班的想法在我们心中变得异常强烈：可否从 300 多名学生中遴选出 30 名学生组建拔尖学生实验班？可否在大众化、职业化教育的时代探索精英化、个性化教育的路径？可否把传统书院教育的某些理念、方法与现代教育结合起来？可否通过实验班的建设来带动学院的教学改革，以提升专业整体教学水平？这些初步的不成熟的想法，得到时任学院党委书记葛本成老师的积极回应，他认真参与了每个环节的工作，细心地斟酌着其中的风险与收获，成为实验班建设的核心驱动力，而全体领导班子成员也都深度参与到明德实验班的建设中来。杨亮教授则不避艰辛，主动请缨担任班主任，于是才有了这场持续了三年多并将长期持续下去的"实验"。

万事开头难！实验就意味着革新，而革新就难免会出现困惑与阻力：把优秀的办学资源向少数学生倾斜，是不是违背了教育公平的原则？如何处理实验班与普通班的关系，充分发挥实验班的示范性，带动其他班级向前发展？如何把最优秀的学生遴选出来，在实验班形成"遇强则强"的良好生态，形成 1 + 1 > 2 的优势？如何处理短期目标与长远发展的关系，帮助学生成长为专业领域的拔尖人才，成长为有情怀、有担当、有大视野、能干大事情的人？如何处理教与学的关系，革除重教轻学的弊病？如何促进优秀教师与优秀学生结合，形成师徒情深、师生赛跑与教学相长的态势？如何贯彻知行合一的教育理念，把知识教育、社会实践与能力培养结合起来？而其中关键性的难题，则是新的培养方案与旧的培养方案之间的矛盾，或者说是如何在合理增加实验班学业难度的同时，化解学生评优与推免研究生的难题。

在实验田里，没有好的种子或苗子，无论如何施肥、浇水、通风、日照，都很难有好的收成。因此，在实验班建设中，科学地选才鉴才至关重要。我们遴选学生，是通过学习成绩、综合素质测试等多种方式进行的。学习成绩只是参考，并非入选实验班的首要条件，进入实验班的多数学生，都具有相似的特征：他们不满足于自我的现状，有着强烈的改变自我、超越自我的渴望与冲动；他们对于常识之外的未知领域有着浓厚的热情与兴趣；他们既有独立意识，又有团队精神，能够在个人与团队之间找到平衡点，在张扬个性与团队合作中找到激发自我潜能的最佳途径。而事实证明，多数学生在实验班有了更好更快的发展。

实验班学生具有很强的自主学习、深度学习的能力，他们善于接受新事物，善于提出新问题，从而潜移默化地推动了"学"与"教"的改革：近年来，本专业的本科生参与的大学生创新创业项目越来越多，他们的视野不再局限于专业教材，而更为重视知识体系的完善和各种能力的提升；他们乐于主动地与教师交流，参与导师的课题研究，参与学校组织的"科研机构育人"活动。这使担任实验班课程的教师投入的时间和精力也越来越多：为适应实验班学生的需求，他们有意增加了学业的难度和挑战度，有意地为教而学，积极地把最新研究成果转化为教学资源；他们有意突出学生的主体性，在实验班进行"混合式教学""翻转课堂"和"研究性选修课"的实验，讨论课的整体比重明显上升，课外交流也较为活跃。明德实验班的有些导师还有意借鉴传统书院"会讲"的方式，自愿结合起来，就某些课题在实验班展开对话性的、辩论性的讲座。

由于方方面面的牵制，我们在培养方案和课程设置方面，所做的工作还远远不够；在建设跨学科课程体系、组建跨学科教学团队、设立跨学科研究课题等方面，虽用力甚多却进展缓慢。这些年来，我们有意识地打破了某些学科、专业的壁垒，进行了一些学科交叉融合的探索，根据跨学科人才培养的需要，增加了一些传播学、历史学、哲学名著研读的课程与读书会，增加了研究性选修课的数量，在基础课中嵌入了许多不同学科背景的学术名家的讲座。为实现培养方案的个性化，班主任杨亮、许卫东老师、陈丽丽老师和明德实验班导师都发挥了重要作用，他们以指导研究生的方式指导学生，对学生在课程选修、课题参与、学术研究、人生规划等方面给予了全方位的关注与指导。

在核心素养的培养方面，我们有意突出了基本学术能力与组织能力的培养。譬如，古典文献与外语资料的阅读能力。在古典与外语的经典文献中，有着完全不同于我们所能接触到的思维方式、生活经验与智慧，加大这方面的阅读量，提升这方面的阅读能力，对于学生的自我提升具有重要意义。又如分析与整合能力，有意识地让学生"庖丁解牛"，把整体目标、任务分而析之，对各部分各组件的解析清晰、处置到位；有意识地让学生"鲁班造桥"，整合碎片化的杂乱事物与资料，使各部分各组件合榫合卯。再如时间管理能力：学生每天要面对上课学习、读书写作、社团活动、体育锻炼、日常琐事、休息娱乐等各种事情，因此必须学会合理分配时间，在规定的时间内集中完成相应的事情，并学会增强各种事情之间的关联性，共同指向自我的成长与提升。此外，我们还采用各种方法培养学生的创新思维、记忆力、想象力、语言表达能力、组织策划与执行能力等。拥有了这些最基本的能力，实验班学生成长的步伐将更为稳健。

为了办好明德实验班，参与其中的学院领导和教师们不辞辛劳，先后组织实验班学生到复旦大学、华东师范大学、上海大学、北京大学、中国人民大学、清华大学等高校访学，开阔学生的眼界，培养学生的学术兴趣；先后组织学生参观上海一大会址、北京展览馆"伟大历程辉煌成就"展、兰考最先进的环保型垃圾发电厂；先后组织学生赴愚公移山干部管理学院、三门峡小浪底爱国主义教育基地、嵩县潭头抗战办学遗址考察，培养学生的家国情怀、人文情怀；连续开办"名家讲坛""博雅书会"等品牌活动，邀请国内外不同学科的著名学者为实验班授课，同时还努力创造条件，通过"海外云课程"等方式展开国际合作育人，利用暑假、寒假组织部分学生短期出国访学，开阔学生的国际视野，培养学生的世界胸怀。

　　对人文学科的学生来说，论文写作是检阅其综合能力素养的最好方式。从这本论文集来看，多数学生已经显示出学术研究所必需的文献搜集、整理与阐释的能力，对作品的思想、审美的分析与感悟能力，提出、分析与解决问题的能力；显示出对碎片化的杂乱事物与感受进行建构性想象的能力，以及缜密的思维能力与准确到位的语言表达能力。当然，这些论文也不乏稚嫩之处，逻辑不够严谨，或思考不够深入。但从同学们的这些处女作中，我们不难感受到他们探索未知事物的热情，不难感受到他们走向学术之路的潜力，不难看出他们已经能够区别常识与创新的界限——他们是一个思想开放、活跃而具有创新活力的群体。随着知识储备、生活阅历的增长与完善，他们无疑会成长为知识创新的主体和推动学术发展的有生力量。

　　实验班没有半途而废，这要感谢所有学院领导、班主任、明德导师的悉心付出，感谢所有给实验班开设过读书会和专题讲座的老师，也要感谢几届实验班学生与我们一起进行了这场旨在探索的"实验"，你们创造了不少有益于自我成长的具有创新性的、高效率的学习、生活与实践方式，你们优秀的自我管理能力也让人感动。由于实验班经费有限，如果没有所有参与者的培养优秀人才的共同理想，没有"新松恨不高千尺"的心有灵犀，明德实验班是很难取得现有的成绩并保持蒸蒸日上的势头的。首届明德实验班在短期目标上还是令人满意的，90%以上的学生进入国内知名高校深造，也算成功地迈出了走向学术的第一步。

　　能否培养出基础学科的拔尖人才，则有待时间的检验，而实验的结果也许要十年、二十年乃至更长的时间，才能得到验证。因此，我们将会持续不断地关注明德实验班每位毕业生的发展。期待在各位老师和同学们的努力下，明德实验班能够越办越好，"实验"能够进入一个新的更高的境界！也期待明德实验班的同学们能够百尺竿头，更进一步，毕业后能有更好更快的发展！

2021 年 4 月 30 日

序二

潮平两岸阔　风正一帆悬

杨　亮

"正入万山圈子里，一山放过一山拦"，从组织、指导实验班学生们开始写作学术论文，到这批学术论文最终成型、出版，对学生们的写作训练正是在"放"和"拦"中逐渐深入、拉开的。"拦"是要对实验班学生的学术论文严加规范、提高标准，"放"是要正视本科生现有阶段的客观水平，更多地采用鼓励的心态宽容待之。他们正像"初生的牛犊"，尽管在诸多方面还存在欠缺，但是却富有学术激情与探索志向。从班主任的角度来说，这是一件令人十分欣慰的事情。

缘起：大抵有基方筑室

每当我走过河南大学南大门，看着那典雅的大门与背后的"明德、新民、止于至善"的校训，都会为河南大学悠久而曲折的历史而感慨，也感受到了传承的力量，每位河大学子都会承接历史的责任与未来的使命。如今，我作为一名老师，也是日日从南门的校训下穿过，引发我深入思考的是，我们该如何培养自己的学生？对学生有一个什么样的定位？作为老师，我们能为学生做些什么？这些不知不觉都会涌现心头。河南大学是一所拥有百年历史的名校，河南大学文学院也即将迎来百年院庆，她的厚重积淀需要我们去继承和发扬。过去的一个世纪，河南大学及文学院始终与国家共命运，与时代同呼吸，无论是在硝烟弥漫的烽火抗战期间，还是在中华人民共和国成立后的院系大调整中，抑或是在改革开放后的新时期建设中，这里都涌现出了一大批德才兼备、成就卓著的学人，流风余韵，至今不绝。传承学术使命与接续学人风骨是我们义不容辞的责任，也是我们对后生热切的盼望与期待。

为全面提升学院本科生教育质量，文学院抓住改革契机，于 2018 年底设立了"明德计划"实验班。 实验班的设立旨在探索基础学科技尖学生的培养方式，开展因材施教的个性化教学，努力培养具有国际视野、创新思维和实践能力的高端学术人才，以带动和全面提升文学院本科生的教育水平。 经过重重选拔，共有 30 名学生进入实验班学习。 为培养好这些学生，学院为实验班单设小班教学，单独配备导师，单设项目资金，也为实验班单独配备了班主任，重视程度可见一斑。

实验班的建设离不开文学院领导和各位老师的大力支持，是他们的合力推动让这个美好的设想变成了现实。 出于他们的信任，我接手了 2017 级实验班的管理工作，成为 2017 级"明德计划"实验班的班主任。 一方面，我深感责任重大；另一方面，我又充满感激。 "得天下英才而育之"是师者最大的快乐。 求学治学之路就如同行走在"群山"之间，需要不断地攀登、翻越，路上也少不了荆棘与沟壑。 教师指导必不可少，学生志向必不可少，学术训练更是必不可少。 还有一点，我们应该秉承教育的优良传统，孔子和苏格拉底都强调，教师和学生处于一个平等地位。 教师激发学生对探索、求知的责任感，这也就是唤醒学生的潜力，促使学生从内部产生一种自动的力量，而不是从外部施加压力。 师生之间只存在善意的论战关系，而没有屈从依赖关系。 这一点，我和诸位老师有共鸣，因为我们都秉持着这样一颗素朴的初心，那就是培养以学术为旨趣的人才。

初心：人才的培养不以功利为目的

每个时代都有自己需要面临和解决的问题。 就教育而言，我们能看到各个时代的人对自己时代的教育的批评。 我想洞察者或许洞悉了时代的问题，他领先于他所处的时代。 德国哲学家雅斯贝尔斯在《大学之理念》中说："当社会发生根本变革时，教育也要随之而变，而变革的尝试首先是对教育本质问题的追问。"我脑海中总会涌现出钱学森之问:为什么中国出不了大师？ 当我们面对这个问题的时候，批评者多，开药方者少，要么是不切实际的想象，要么是不愿意做。 雅斯贝尔斯的方法是："真正的教育应先获得自身的本质。 教育须有信仰，没有信仰就不成其为教育，而只是教学的技术而已。 教育的目的在于让自己清楚当下的教育本质和自己的意志。 教育是极其严肃的伟大事业，通过培养不断将新的一代带入人类优秀文化精神中生活、工作和交往。 教育，不能没有虔敬之心，否则最多只是一种劝学的态度，对终极价值和绝对真理的虔敬是一切教育的本质。缺少对绝对的热情，人就不能生存，或者人就活得不像人，一切就变得没有意义。"我们不应该仅仅停留于这个追问，而是应该思考如何给学生们培养一片宽容的土壤、一种合理而有弹性的制度与环境，让有不同要求的学生在这个环境中自由地成长。文学院每年都会招收数百名本科生，有数量的同时，还应该关注质量，满足不同层次、不同需求的学生。如何由数量多转变成质量高，在保证大多数学生的多样化诉求的同时，满足另外一批以学术为志向的学生的要求，是实验班成立前存在的重要问题。

我们的初心是培养一批能够献身于学术事业的学生。可能我们的学生在人生的懵懂时期，还没有这样的选择，他们都是在高考压力下通过大量地刷题闯过来的。如何转变他们的思路和观念？我觉得这是我们在实验班探索过程中一个很大的障碍。我们也做了一些尝试，比如说读书会这样一种交流方式，学生们的热情很高。我曾经和学生多次讨论过读书会的目的，我的意思是要读经典，经过多次推敲，他们自己写的"明德论坛"中说："明德论坛是实验班自主开设的品牌活动之一，是以学生主讲、导师评讲、双向互动为主要模式的，强调回归原典、深入研读的学术沙龙。旨在为拔尖学生提供一个充分展示自我的平台，鼓励学生走出舒适区，在阅读与表达中不断发现自我、挑战自我、重塑自我。"当时，作为班主任的我，坚持做了第一期"从张之洞《书目答问》谈读书"的主题汇报。因为时间久远，资料没有留存，但每位同学都了解了"读书不知要领，劳而无功。知某书宜读，而不得精校、精注本，事倍功半"的真实含义。

班上同学的读书会是我们坚持的活动，这里要特别感谢班里的每位同学，通过汇报读书情况，交流自己的心得，虽说未必成熟，但是在这个过程中，正如马克斯·韦伯所说的"以学术为志业"的目标就会渐渐清晰起来。我们围绕读书会开阔了自己的视野。其中我印象最深的是围绕科举文献进行的读书会。河南大学明伦校区是中国的科举终结地，具有重要的价值和意义。学生一提起和科举密切相关的八股文往往局限于《范进中举》这样的小说，八股文具体是什么并不清楚。我们尝试从八股文入手研究，并且试着去写。我没想到的是，这个活动能做下来。学生不仅学会了初步写，而且对平仄、句法有了基本概念，思维认识也得到了提高，这大概就是一种突破。在疫情期间，我们坚持做了苏轼专题的汇报，虽然大家只是通过网络并没有谋面，但是这并没有消解我们对学术的执着与热情。通过这些我们都得到了成长，而我也对教学相长有了更深的体会。我经常对学生们说，不要以读研究生作为你们的终极目的，你们距离真正的学术还有很长的距离，不要有太多的功利心，多读书，以学术为目的才应该是你们的初心。

教育本身并不是简单生硬的管理，更多在于启发。启发就是在与学生的讨论中，使学生思想得以凝练、得以成熟。我们很多大四的学生慢慢都有了自己的方向，进入了专业读书的阶段。不可否认，每个人都有功利心，但是我认为这不是我们人生的根本目的，我们的根本目的在于什么？应该是对问题的探索，对真理的追问。人文社科本身就是积累性的一类学科，如果一个学生以大量的经典作品来熏陶，来渲染，那么他的读书经历一定是不一样的，他的人生体会一定是更丰富的。

实验班为我们的学生提供了更多的求学机会，传递了一种信念，就像一颗种子，在日后的成长过程中得以生根发芽。以后不管他们在什么样的岗位上，回想起来，这都是人生最好的纪念：因为有母校的培养，因为有老师的教诲，因为有自己的参与。在多年之后，学生如果能够回想起在某个时间段，有这样一个安静读书、潜心治学的机会，也算是我们不忘初心的一种经历。

尝试：练得身形似鹤形

"凡学不考其源流，莫能通古今之变；不别其得失，无以获从入之途。" 2017级明德计划实验班是文学院培养的第一届实验班学生，实现了从无到有的转变。经过了一次又一次的小班制读书会的浸润；开展了有关苏轼、科举等的专题活动。一般而言，文学院学生的读书活动是一个很常规的活动，既然是实验班，又要有哪些不同？这是一个值得探索的话题。"夫思，亦学者之事也；而别思于学，若谓思不可以言学者，盖谓必习于事，而后可以言学，此则夫子诲人知行合一之道也。"这是章学诚关于知行合一的最好的解释。忘不了实验班的学生第一次在大创项目上有了重要突破、在全省讲课大赛中取得了一等奖。实验班还获得了河南省文明班级的荣誉，大一大二学年，毛琳琳、吕钰琪2位同学获得国家奖学金。陈婷婷、夏杨、王宇浩、雷相儒、李思捷、王琰、范琳琳、王顺航、马保英、疏盛楠、张凡叶、赵嘉怡12位同学获得国家励志奖学金。张雨婷、秦朗、汤梦瑶、王荟、王向阳、罗方圆、张英姿、罗雨萱、梁新悦、刘雪宁、赵鹏、董永铃、谭文文、宋旭兰14位同学获得河南大学奖学金。这都是"行"的检验。 记得当时院里克服种种困难专门安排实验班的学生前往中共一大会址、上海复旦大学、华东师范大学、河南嵩县潭头抗战办学遗址、二程故里、济源王屋山等地学习。 我确实因为当时院里的气魄而感动。 学生得到了视野的扩大与人生境界的提高，通过最直观的感受，他们明白了自身的差距；通过这些活动，学生受到的锤炼是一生的财富。 我们可以明显看到学生们的进步。

在武新军老师的提议下，实验班的学生还处于大二大三的时候，就开始按照本科生毕业论文的要求尝试学术写作。 第一次写正式的学术论文，学生们的文笔与思想还都比较稚嫩，可是从字里行间读得出学生们真诚的感悟、有志趣的探索以及多元的思考。 在老师看来，学生的最初尝试最为珍贵，这是一个原点，一个通向未来无限可能的原点。 当然现在的他们已经读大四了，思想更为成熟，阅历也更丰富了些，但是我们觉得，应该把它保存下来，这是教育的总结，也是文学院实验班的一个很重要的回忆。

人文社科的一个特殊性在于"创新难"，仅仅靠大量的阅读是不够的，还需要教师的引导。 正所谓"泛滥无归，终身无得。 得门而入，事半功倍"。 每一个孩子在刚开始写作的时候，都是从模仿与讨论开始的。 我始终忘不了一次次和学生们讨论的画面，有时趁夜色正美，于明伦校区的林荫路上"学术散步"，月光挥洒，清风舒卷，古砖青瓦，历历犹新。 "珍重友朋相切琢，须知至乐在于今"，描述的莫过于此。

尊重学生主体地位，正视学生实际需求，引导学生人生方向，这是我们每一位指导老师的教育理念。 因此，每一位实验班的同学都在老师的指导下沿着自己的兴趣方向从事着学术研究，《新松集》的汇编也体现出了这种丰富多彩的特点。 "世路风霜，是炼心之境。 世情冷暖，是忍性之境。"将来的你们可能要面临更多的问题，遇见各种人生困境，这都需要你们不断去克服。 我衷心地祝愿我们的学生能够不断前行、不忘初心，将来在各个学科领域发光发彩、有所建树，成长为对国家、对社会有益的人才。

"夜静海涛三万里，月明飞锡下天风。"对于学生们而言，未来的学术道路还很漫长，"拦"的山可能越来越多，"放"的山可能越来越少，但只要我们秉持着这样豁达与自信的心境，我想我们最终一定都会到达理想的彼岸。

2021 年 4 月 30 日

序三

如月之恒，如日之升

许卫东

接手 2018 级明德实验班班主任工作至今有将近两年的时间了。 尽管 20 多年前曾经在乡村中学有过近十年做初中班主任工作的经历，但是再度担此大任，仍不胜惶恐：唯恐自身能力不足，管理不善，徒留笑柄，有辱斯文！

还好！ 有文学院领导、老师们的过人胆识和独特的人格魅力的加持，又有 2017 级明德实验班的引领，我们 2018 级明德实验班沿着既定的方向一路跌跌撞撞地走来，带着羞涩和拘谨，用这本结集的书册向大家做阶段性的汇报。

应该说，我们 2018 级明德实验班这部论文集是在"拖"的节奏里完成的。 原本 2020 年春节后的 3 月份我们要进行论文评比，借此尽早结集出版以促动大家的学习积极性。 突来的疫情打乱了先前制订的计划，论文的评比只能拖到了 2020 年的 9 月份，论文结集也随之拖到了 2021 年的 4 月份。 "拖"的节奏带给同学们无奈的等待，当然也留给大家足够的时间去打磨自己略显滞涩的论文。 其中的滋味怕是悲欣交集！

论文集值得品评之处在于：

一是选题已显多元化态势，且部分论文颇具新意。 比如，从选题跨度上来看，文学、语言领域的选题皆有涉猎。 文学领域，横向来看，既有中国文学方面的，也有外国文学方面的；纵向来看，中国文学既有古代文学方面的，也有近现代和当代文学方面的。 语言领域虽然只有三篇，但涉及了现代汉语、古代汉语和少数民族语言的研究。

二是论证比较合理，具有一定的深度。这主要体现在选题切入视角已初具独特潜质，即大都能从小处入手，并在此基础上，结合所占有的材料，或进行材料的耙梳归纳比较，或进行理论的阐释深究。尤其在理论阐释时，所体现出的一定的文史哲功底，确给人初露峥嵘之感。

三是论文符合规范，语言的表述比较到位。论文结集时，论文格式从最初的异态纷呈发展成了现在的规范有序，论文语言也从最初的青涩甚至是表述随意变成了现在的成熟的学术表述。数易其稿的打磨，其中的烦琐可想而知，同学们的耐力与韧劲可见一斑！

这本由我们学生写的论文结集出版的书册带给我们"欲辨已忘言"的欢喜！一路春光，一路荆棘，好在我们一起走出了这艰难却弥足珍贵的一步！

从责任担当的角度来看，大家都知道，明德实验班是我们意在检验组建实验班的合理性和可行性而进行的教育改革，探索如何把学生培养成一批既精通传统治学方法又熟悉现代学科规范，既能适应新时代要求，又能够引领未来的应用型、复合型的文科基础学科拔尖人才。从这个意义上讲，我们是值得自豪的，我们的每一位同学都肩负着"示范引领"这个特殊的历史使命。在这个大前提下，我们每个同学体现出了强烈的集体和个人责任担当意识：视明德班为家，爱护这个班级的一切，与班级荣辱共进。如此，我们所倡导的家国情怀、人文情怀与世界胸怀的培养才能进一步实现，那么我们抱有"为天地立心，为生民立命，为往圣继绝学，为万世开太平""先天下之忧而忧，后天下之乐而乐""风声雨声读书声，声声入耳；家事国事天下事，事事关心"的理想与担当，绝非高调！责任担当是一种态度，态度决定一切！

从学术能力的角度来看，同学们以务实、严谨、积极的求学态度，加强基本功，以此拓宽专业知识结构广度，提升创新能力。这表现在大家注重文献阅读尤其是经典研读，注重资料搜集与整理等方面能力的培养。虽然这在一定程度上客观地增加了学业难度，但于夯实基本功确实大有裨益。我们每个同学在这方面展现出了很大的提升空间和发展潜力。从论文集可以看出，大家文献阅读积累已经初具规模，问题意识已逐渐形成。学术能力，从小处来讲，很大程度上决定着论文质量的优劣；从大处来讲，则决定了我们学问的高下。

从合作与个性的角度来看，明德班注重探索如何建立促进师生之间与同学之间的交流、互动与协作机制。 师生之间的合作交流方面，同学们能积极在课上课下和老师通过多种渠道进行沟通，向老师请教，甚至有部分同学还旁听了一些老师的研究生课程；同学之间注重团队合作，配合默契，不抛弃，不放弃，彼此关爱，自觉抵制精致的利己主义，学会了合作共赢，由此谋求自我发展。 大家的个性在我们明德班良好的、有序的竞争与相互促进的氛围里得到了合理张扬与展现。

从眼界视野的角度来看，明德班课程设置注重通过"语言文学＋传播＋历史"的路径来拓展大家的知识视野，开阔大家的眼界。 这样的课程设置，带有跨学科的性质，这对我们每位同学都是一个不小的挑战。 但大家经受住了考验。大家注重文史哲兼治，关注学术前沿，积极参加文学院举办的"名家讲坛""博雅书会"等活动，零缺席参与 Wolfgang Kubin、Michael Gibbs Hill、Paulos Huang、王德威、吴福辉、黄霖、党圣元等著名学者专门对实验班的授课。 在文学院不遗余力的支持下，大家积极走出去：2019 年 11 月初我们先后到北京大学、中国人民大学、清华大学等高校访学，参观北京展览馆"伟大历程辉煌成就"展；2020 年9 月赴焦裕禄干部管理学院考察。 除此之外，我们还举办了学习经验交流会，虚心向 2017 级明德班的同学请教有关学业、保研等方面的问题。 毫无疑问，大家在文学院这种大格局的架构中抓住了机缘，感悟到了不同凡响的冲击和震撼，拓展了眼界视野，看到了自身差距和不足，更明确了自己前行的方向。

从执行力角度来看，执行力的本质在于效率。 具体到我们的读书交流会来说，尽管受到疫情的影响，但我们通过线上线下，利用在校时间和假期已经成功地举办了十多次读书交流活动，同学们的自发参与度是很高的：大家积极交流自己的读书心得，毫无保留地分享自己的读书资料，激情洋溢地畅谈自己的观点。经典翻译导读是我们班经典研读的一个特色，值得称道的是，我们每个组组织得力，分工明确，克服懈怠，出色地翻译完了三部英文书稿。 我们在大局意识、时间管理、自我管控力、团队组织活动等方面找到了自信，对于其中存在的问题与困难，我们不回避，我们敢于挑战。 大家的执行力毋庸置疑！ 若非如此，我们的论文集能有现在的样子？

我们有了长足的进步，但我们也有不足。 明德班有"一制三化"即导师制、小班化、个性化、国际化的优势，拥有这样的优势，我们还有哪些没有做到和需要完善的？ 欣喜之余，必须承认，我们还有很多设想，比如学生与导师之间的纵深合作，比如学生跨学科深度学习能力的培养，比如班级贫困生的助学机制建立等，都是值得付诸实施的。 至于我们前行中的得与失，褒与贬，这一切交由未来定夺吧！

论文结集不是终点，唯愿我们在保证健康的体魄、拥有健全的心理的前提下，不断地丰富、修正和完善自我！

夫大块载我以形，劳我以生，佚我以老，息我以死。 愿我们珍爱心中之"大块"所赐予我们的过去、现在和未来！

憔悴难对满面羞，絮絮叨叨，果真极有板着脸大放厥词，有辱斯文之嫌！

是为盼！

权为序！

共勉前行！

2021 年 4 月 28 日

目　录

解读《柳毅传》的思想内涵
——于细节之处见精神

罗方圆

摘　要：儒家文化是中国传统文化的主题，温柔敦厚的诗教传统是自古至今传承的目标，儒家的精神思想对后世有很大的影响，中唐小说的繁荣发展或多或少都有对传统文化精神的继承和弘扬。《柳毅传》中具有的丰富的思想内涵，基本是对儒家文化的传承，从"温柔敦厚"的诗教传统到"仁义礼智信"的五常之道，在其中都有体现。通过各类不同形象的塑造，可以看出部分落第文人的心态，作者在细微之处的描写是最不能忽视的，细读文本可以看出，一方面是对社会的批判，希望达到劝世教化的目的，另一方面蕴含作者自己的理想和期待，希望实现儒家文化的勃兴。

关键词：《柳毅传》；细节；儒家精神；人生理想

细读文学作品的过程其实是读者与作者心灵相互交流碰撞的过程，阅读文学，是一种以自己的心灵为触角去探索另一个或熟悉或陌生的心灵世界。[①] 细读文本，读者不仅可以看到一个以作家为主体塑造的世界，还可以收获自己的世界，满足自我的期待。因此，本篇文章准备从细读文本的角度来解读《柳毅传》的思想内涵。

惟自大历以至大中中，作者云蒸，郁术文苑。中唐小说的发展甚是繁荣，白居易在《与元九书》中说道："文章合为时而著，歌诗合为事而作。"故中唐小说的繁荣，与朝代特征和社会背景有着深刻的联系。唐玄宗后期，乱臣贼子反叛，安史之乱爆

[①] 陈思和. 文本细读在当代的意义及其方法[J]. 河北学刊，2004(2)：109 – 116.

发，严重违反了传统道德，信奉儒家"仁义礼智信"的文人士大夫，必然要褒贬时政，讥讽现实，以维护儒家传统思想文化。作者借传奇小说，意在促进儒家文化的勃兴，实现对"温柔敦厚"诗教传统的继承。"沈既济、许尧佐擢秀于前，蒋防、元稹振采于后，而李公佐、白行简、陈鸿、沈亚之辈，则其卓异也。"中唐小说可谓是达到了唐传奇的巅峰，可见与这些文人士大夫积极促进儒家文化的勃兴有着密切关系。《柳毅传》是表现唐传奇"有意为小说"的典范之作。一是它继承和化用了仙凡之际的模式，并将其整合于文人对理想生活的想象中。"仙"和"凡"的历史传统，很早就有。比如《诗经·郑风·有女同车》中"有女同车，颜如舜华。将翱将翔，佩玉琼琚"。宋玉《神女赋》中的巫山神女是"上古既无，世所未见，诸好备矣"。仙往往居于山，山不经常能够上，山中常有不死之药。"人间四月芳菲尽，山寺桃花始盛开"，仙凡有隔，显而易见。文人士大夫在现实生活中往往难以实现理想，因此寄托于"仙"，有意无意地用界限来传达自我的人生理想。二是它对龙的形象的人格化，一方面贴近现实，显示人神之同，另一方面弱化神性，强化人性人情。曹植《洛神赋》："其形也，翩若惊鸿，婉若游龙。荣曜秋菊，华茂春松。"其实，在曹植这里已经不仅仅是只写"仙"之神奇了，侧重点转移到"仙"是自然、真实之美，如同春梅绽雪、秋蕙披霜，从内而外都散发出生命自然而然的光辉。仙子固然难求，因此士大夫寄理想于仙之想象，在实践自己人生理想的过程中，必然会赋予其儒家的精神文化，由此可见，"仙"的形象逐渐人格化、自然化是必然趋势。

《礼记·经解》："入其国，其教可知也。其为人也，温柔敦厚，诗教也。"温柔敦厚乃是儒家传统文化的核心，亦是士大夫所遵守的人格修养的标准。"此一经以《诗》化民，虽用敦厚，能以义节之。欲使民虽敦厚不至于愚，则是在上深达于《诗》之义理，能以《诗》教民也。"①中国传统文学往往注重儒道的传承性和弘扬性，《文心雕龙·原道》篇讲："文之为德也，大矣。心生而言立，言立而文明……研神理而设教……故知道沿圣以垂文，圣因文而明道。"由此观之，文章是道的表现，圣人创作文章来表现道，用以治理国家，进行教化。《柳毅传》亦不例外，作者通过对洞庭小龙女一段神奇姻缘的描写，进而实现对儒家传统文化的弘扬，达到教化、劝世的目的，间接反映对社会的认识和期望，实现自己的人生理想。

---

① 毛泽东.毛泽东选集：第四卷[M].北京：人民出版社，1967：26.

一、影射社会现实

唐朝中期的安史之乱,已经使盛世大唐开始走下坡路了。地方藩镇割据,中央和地方藩镇之间冲突不断,各藩镇之间攻伐也不断,无辜生灵受到伤害,农业生产遭到严重破坏,社会矛盾尖锐,礼义传统同样遭到破坏。作者借文章来讥讽现实,在许多细节处皆有体现。《柳毅传》之"龙",原型是龙,也即自然之神,变形角色是"体被衣冠,坐谈礼义"之人。其中一处细节专门描写洞庭王宫的富丽堂皇,暗示王公贵族生活之奢靡。小说关于中晚唐社会秩序遭到破坏的描写,在泾河龙一家身上体现最为明显。小龙女的丈夫也即泾川次子,"夫婿乐逸,为婢仆所惑,日以厌薄"。妻子严守规矩,恪守本分,没什么过错,却招致丈夫的讨厌。泾川次子怎样,"乐逸"这个细节完全表现出来,因为乐而荒废家庭,这严重违反了儒家传统教化。《诗经·蟋蟀》所讲,"好乐无荒,良士瞿瞿",正业不废而又娱乐,这才是贤良之士应当做的。《毛诗序》说:"《蟋蟀》,刺晋僖公也。俭不中礼,故作是诗以闵(悯)之,欲其及时以礼自虞(娱)乐也。此晋也,而谓之唐,本其风俗,忧深思远,俭而用礼,乃有尧之遗风焉。"[1]方玉润先生在《诗经原始》中也谈道:"素本勤俭,强作旷达,而又不敢过放其怀。恐忧怡乐,致荒本业。故方以日月之舍我而逝不复回者,为乐不可缓。有更易职业,当修勿忘其本业者,为志不可荒。"[2]由此可见,"好乐无荒"自然是劝人勤勉,莫因娱乐而荒废正业,要思虑深远,相乐相警。然而泾川次子刚好违背儒家传统教化,游手好闲是好乐而荒。看似一句轻描淡写,其实是作者借泾川次子来讽刺王公贵族贪图享乐,荒废朝政,政治上日趋腐败。

接着描写泾川龙君夫妇的表现,"舅姑爱其子,不能御。(子妇)诉频切,又得罪舅姑,遂毁黜至郊野牧羊","不能御"三个字表现出泾川龙君夫妇教子无方。中国传统非常注重家教,子不教,父之过。儒家强调家的重要性,孔颖达《毛诗正义》认为《关雎》所讲的是"后妃之德","言后妃性行合谐,贞专化下,寤寐求贤,供奉职事,是后妃之德也"。文王与其妻子琴瑟和鸣,当为齐家之典范,可见儒家对"家教"的重视,这也是《关雎》放在第一篇的原因。《关雎》,风之始也。同时《大学》也讲道:"古之欲明明德于天下者,先治其国。欲治其国者,先齐其家。欲齐其家者,先

---

[1] 马国翰.玉函山房辑佚书[M].长沙娜嬛馆刊本(复印本),2017:30.
[2] (清)方玉润.诗经原始[M].北京:中华书局,2009:108.

修其身……心正而后身修，身修而后家齐，家齐而后国治，国治而后天下平。""修身、齐家、治国、平天下"，乃文人士大夫的终极理想。以"家道"为核心向四周辐射，与社会生活的方方面面联系起来，从齐家开始，是儒家所讲的一切事业的起点。泾川龙君夫妇，养而不教，又与禽兽有何异？作者借此来表达自己对当时现实的不满和失望，进而弘扬儒家传统道德信义，以寄托自己的期待和愿望。

二、礼仪之道——表达自身理想

洞庭君和钱塘君深谙儒家文化礼仪之道。"毅恐，蹶仆地，君亲起持之"，"起持之"三个字极富深意，此处细节就让读者看到一个温文尔雅、具有儒家长者风范的洞庭龙君。"夫跃曰：'此吾君也。'"仅一句就可看出洞庭君为下人爱戴。龙君一举一动，皆遵循礼仪。礼仪乃儒家之传统，"克己复礼为仁，一日克己复礼，天下归仁焉！"当时孔子提出的背景是春秋时期礼崩乐坏，希望各国能够按照西周时的做法，遵循礼法、礼俗。儒家经典的礼是西周时的"周礼"。关于"礼"，《礼记·曲礼》中也说道："道德仁义，非礼不成；教训正俗，非礼不备；分争辨讼，非礼不决；君臣、上下、父子、兄弟，非礼不定；宦学事师，非礼不亲；班朝治军，莅官行法，非礼威严不行；祷祠祭祀，供给鬼神，非礼不诚不庄。是以君子恭敬、撙节、退让以明礼。"① 可见，礼仪之道在儒家文化中有举足轻重的地位。唐朝中后期面临着政治上日益腐败的趋势，不守法道，不遵礼仪，文人士大夫借文章来宣扬儒家礼法，不仅仅是文化传承上的优越感，更是自己理想的寄托。

《柳毅传》接着又写了洞庭君和钱塘君的兄弟关系。"君惊，谓左右曰：'疾告宫中，无使有声，恐钱塘所知。'"可见知弟莫若兄。这显然和儒家所讲的孝悌之义不谋而合。"悌"指兄弟姐妹的友爱。子曰："弟子入则孝，出则悌，谨而信，泛爱众，而亲仁。""孝悌也者，其为仁之本与？君子务本，本立而道生。"② 孝悌是道德之"本"，先有"孝悌"才能建立其他的社会道德关系。孔子这句话中表达了儒家传统对人的道德从家庭伦理到社会伦理的一个发展过程。"孝悌"虽然是一个家庭观念，但正是有了家庭的安定和睦，才能有社会的和谐发展，国家的长治久安。作者正是借此

---

① （西汉）戴圣.礼记[M].北京:中华书局,2005:128.
② 杨伯峻.论语译注[M].北京:中华书局,2012:56.

表达对当时藩镇割据现实状况的不满,对社会伦理秩序遭到破坏的失望和痛苦,因此塑造了一个理想中的世界,在这些江海异类身上寄予着儒家伦理理想。柳毅给龙王看了小龙女的家书后,龙王的反应是:"以袖掩面而泣曰:'老父之罪。'"遵守儒家之道的老龙王听到自己女儿受苦时,首先是反省自己"不能鉴听,坐贻聋瞽",而并非先苛责小龙女夫家。《论语》中有"见不贤而内自省也""躬自厚而薄责于人"等,都是强调为君子者,遇事应当反求诸己。钱塘君虽然冲动暴戾,但也不乏儒雅,言谈举止有礼有度,尽显君子风度。"毅起,趋拜之。钱塘亦尽礼相接","钱塘乃逡巡致谢曰:'寡人生长宫房,不闻正论。向者词述疏狂,妄突高明,退自循顾,咎不容责。幸君子不为此乖问可也。'"这是钱塘君逼婚柳毅后知错就改时讲的一番话,"逡巡致谢"四个字极显钱塘君之礼。作者对钱塘龙的描写先借了洞庭君之口,"昔尧遭洪水九年者,乃此子一怒也……故钱塘之人日日候焉"突出钱塘龙爱憎分明的性格以及勤政爱民的品德。作者唯独对钱塘龙的颜色进行描写——赤龙,赤色就是红色,红色是古老的颜色,从古至今乃是正义真诚的象征。《红楼梦》中的怡红院、红香绿玉都有"红",可见红色是汉民族崇尚和偏爱的一种颜色。红色本就是一种既动又静的代表,这恰好与钱塘君的个性相契合,个性鲜明,敢爱敢恨,刚肠激发但又有儒家彬彬有礼的君子风度。作者对钱塘君性格的塑造,正是把水的特征和人的特征合而为一的表现。子曰:"智者乐水,仁者乐山。"《韩诗外传》中解释:"夫水者缘理而行,不遗小间,似有智者;动而下之,似有礼者;蹈深不疑,似有勇者;障防而清,似知命者;历险致远,卒成不毁,似有德者。天地以成,群物以生,国家以宁,万事以平,品物以正。此智者所以乐于水也。"①

　　水是流动的,儒家用水象征着君子所拥有的德行。水之德与人之刚完美结合,恰似《论语·雍也》中讲的"质胜文则野,文胜质则史",正是"文质彬彬,然后君子"的君子。《柳毅传》中的洞庭君、钱塘君,系属鳞虫,其言行符合儒家礼法而不逾矩,可谓彬彬有礼的君子,和泾河龙君一家大有不同。作者看似言神仙鬼怪,实多言人事,一方面是对儒家文化式微的担忧,对社会现实的影射和批判,另一方面寄予着儒家伦理理想,期待实现儒家文化的勃兴。

---

① 于淑娟.韩诗外传研究[M].上海:上海古籍出版社,2011:11.

三、儒士精神在柳毅身上的体现

儒家文化是中国传统文化的主体，儒家理想人格是古代士人自我人格修习的准则，也是中国古代正面文学典型的人格形态。唐传奇《柳毅传》中以柳毅为代表的艺术形象，即是儒家"仁、义、礼、智、信"五常之道人格理想的人生实践。

首先，明确柳毅的身份"应举下第之儒生"，是儒生而不是普通的书生，这正是柳毅不同寻常之所在。从士阶层的兴起，到秦始皇对士人的打压，再到汉武帝"罢黜百家，独尊儒术"，儒生精神似乎一直都在发展延续。其实，儒生所肩负的社会职能，要从乐师说起，儒生和乐师有着密不可分的关系。周代的政治文化，一个是乐师系统，一个是史官系统。《礼记》有云："乐正崇四术，立四教。"意思就是春夏秋冬分别教诗书礼乐。可见乐师的职责就是掌管礼乐和教育。春秋末年至战国之时，礼崩乐坏，以孔子为代表的儒生就担负着文化传承和社会教育的责任，这和之前的乐师是一样的。秦始皇之时，选拔官吏的标准是只取文吏，而以焚书坑儒待士。但是这种政治形态并没有长久存在并发展下去，很快秦国就灭亡了。汉代尊儒之后，选官标准是儒生文吏兼收并用，士阶层又重新登上了历史舞台，受到了国家重视。王充《论衡》有云："取儒生者，必轨德立化者也。"可见儒生对国家的治理起着重要作用，儒家思想对国家政治的统治起着不可忽视的作用。儒生精神自此代代相传，古代士人们往往都具有这种精神。《论语·泰伯》中："士不可以不弘毅，任重而道远。"《孟子》中："如欲平治天下，当今之世，舍我其谁也？"这些是文人士大夫的理想追求，他们身上有着强烈的社会责任感。这些士大夫们，入世为官则清正廉洁、造福百姓；贬谪之时，仍不忘心忧天下苍生；别人有难，当义不容辞，挺身而出……范仲淹先生的"先天下之忧而忧，后天下之乐而乐"就是对一代儒士精神品质的最好概括。《柳毅传》中的柳毅身上就具有完美的儒者风范，侠义心肠。

故事情节中有一处描写柳毅"将还湘滨，念乡人有客于泾阳者，遂往告别"。前面已经明确提到柳毅是落第儒生，但他并没有过分纠结于落第的窘迫，可见其胸襟洒落，不汲汲于名利。从《论语·述而》中"不义而富且贵，于我如浮云"到陶渊明《五柳先生传》中"不戚戚于贫贱，不汲汲于富贵"，名利于他们而言乃身外之物。柳毅如传统的儒生一样有着豁达乐观的胸襟，不以物喜，不以己悲。柳毅名落孙山，于泾河之滨遇见遭受夫家虐待，正在荒野牧羊的小龙女。见人有难，勇于相救，替小龙女打抱不平。"吾，义夫也。闻子之说，气血俱动，恨无毛羽，不能奋飞。"寥寥数语突出了他疾恶如仇、见义勇为的品质。"义夫"二字，一个典型的儒者形象已跃然纸上。柳毅见到小龙女如此处境，见义勇为、大义凛然的精神正是儒生所具有的品德，儒家文化在柳毅身上进行了最好的实践。

儒家一直强调"忠信"二字，忠信是儒家核心思想的内涵之一，《论语》中孔子曾说："主忠信，无友不如己者，过则勿惮改……与朋友交，言而有信。"忠信可以说贯穿《论语》始终。在孔子看来，"忠信"就是要以己之心推及人心，概括来说就是"己所不欲，勿施于人"。曾子也说过："为人谋而不忠乎？与朋友交而不信乎？"在他看来，为君子者，当正心诚意，不自欺更不欺人。司马光把儒家所倡导的"忠信"发扬光大，在《四言铭系述》中提到"尽心于人曰忠，不欺于己曰信"，强调君子应当以中正的本心竭尽全力来履行忠信。这就是儒家所倡导的"忠信观"，正如曾国藩所提倡的"君子之道，莫大乎以忠诚为天下倡"。儒生柳毅可谓是把"信"落到了实处，为君子当然应该一诺千金，既然答应了小龙女帮她送信，就一定会履行诺言。待龙女解书"再拜以进，东望愁泣，若不自胜"，毅"深为之戚"。他完全是出于内心的不平之气和同情来帮助小龙女的，而非为了求名逐利，没有任何别的企图。这不仅仅是文人士大夫身上强烈的社会责任感的体现，更是儒家"忠信"的体现。"毅不告其实，曰：'走谒大王耳。'"受人之托，忠人之事，作者在这里其实用了很生活化的描写。"不告其实"四个字就和现实中一模一样，很显然他怕信被调包，所以一定要把信亲自交到龙王手中，才肯放心。这就是柳毅身上蕴含的儒生精神，践诺守信、一诺千金。

"富贵不能淫，贫贱不能移，威武不能屈，此之谓大丈夫"，此大丈夫的气格在柳毅身上也有完美的诠释。首先是他光明磊落，不贪富贵。龙女获救，龙宫上下对他感激涕零，酬报丰厚。这可有违柳毅救人的初衷。他当时救小龙女完全是出于内心的同情，并没有什么企图，无奈盛情难却，他只得"辞谢而受"。把救人当作自己分内之事，路见不平，拔刀相助，此乃真儒生，乃真君子。在践约龙庭一幕，柳毅是被一武夫引导过去的，作者专门描写了武夫的外貌，"一看武夫，相貌可怖"，然而柳毅面对如此情状，依然泰然自若、无所畏惧，跟着武夫一往无前，这就是儒生。"威武不能屈"的原因是"仁者，勇也"。心中有仁爱大爱之人面对权势气焰才会有如此至刚至强之气,才会镇定自若。孔子说,"仁者必有勇",这个"仁"源于德,德源于道,有道德的仁人,做道德之事,他的一举一动都是为大家,必然有勇气,又惧怕什么呢? 因为心存仁道的人,当看到别人有困难,就会勇敢地去救。清光阁严词拒绝钱塘君逼婚一幕,柳毅身上的儒生气节展现得淋漓尽致。钱塘君威逼柳毅娶自己的侄女,甚至用死来威胁,"如可,则俱在云霄;如不可,则皆夷粪壤"。然而柳毅并未屈服,临危不乱,一番言语令人佩服:先夸钱塘君乃明君,紧接着义正词严指责钱塘君此行为不当,不是明君所为,然后为自己辩护,说自己此番行为是"真丈夫之志",言辞精当,刚肠激发,地地道道的一个儒生形象便跃然纸上。"仁以为己任,不亦重乎? 死而后已,不亦远乎",有大仁者方有大勇。作者未能实现的人格理想,都寄托在了柳毅身上。面对中唐时期统治者潜心佛道,儒家文化衰弱,世风日下,作者希望能够通过唤醒世人来拯救社会,期盼仁人志士的出现,期待儒家文化的勃兴。

孔子虽然曾说"吾未见好德如好色也",但其实是对好德之人的夸赞。色乃人之本性,但对儒家来说他们好德胜于好色。"无重色之心,有感余之意"是对柳毅的最高评价,尤其是在纵情声色的中晚唐时期,实乃不易。"好色"在唐传奇中是较多出现的,从《莺莺传》中的张生到《霍小玉传》中的李益都说自己重色。但《柳毅传》中一反常态,作者夸赞的是身为儒生的柳毅丝毫不为色所动,一切行为皆源于"吾,义夫也"。《柳毅传》中对小龙女的外貌几乎是轻描淡写,虽一笔带过"乃殊色也",但仅四个字就突出小龙女之貌美。柳毅关注更多的还是她心里的悲戚,更多的是对小龙女的同情而不是因其外貌殊色。他后来也与龙女(卢氏)提起此事,解释了当初拒婚的原因:"夫始以义行为之志,宁有杀其婿而纳其妻者邪? ……某素以操真为志尚,宁有屈于己而伏于心者乎?"这说明他举止稳重,有儒者气节。柳毅非好色之人,救了小龙女却不求回报,说明他不是乘人之危的轻薄之徒。娶卢氏后,柳毅不以卢氏嫁过人为念,且"益重之",他不重色,不看过往,看重的是夫妻之间心灵的契合,知道卢氏是当初的洞庭龙女时并安慰她:"从此以往,永奉欢好,心无纤虑也。"儒家好德之风在《柳毅传》细枝末节中显露出来。

儒家还强调"中庸之道",指的是应以道制欲、以礼节情,它常常以伦理道德观念来约束情感活动。儒士们也把"中庸之道"作为立身处世的准则。柳毅历经曲折后与小龙女结为幸福夫妇,一开始救小龙女不是为了贪图回报,能有这样的结果是柳毅从未想过的,因为他完全是出于自身的"义"而非让别人"知恩图报",这是对儒家君子的嘉许。还需要明确一个细节,柳毅娶的是卢氏,卢氏乃唐代五门七望族之一,在当时娶五大高门之女,是很多文人士大夫所梦寐以求的。因为这些高门女子深受儒家文化的影响,有着良好的道德修养,她们所接受的教育正是这些士大夫所推崇的。作者借用五门七望族之一的卢氏就是想展示儒家礼法和儒家文化传承的优越感,这是基于当时儒家文化式微的社会现实。通过对柳毅形象的塑造,寄托了儒家"仁、义、礼、智、信"的人格理想与仁君仁政的社会理想。

其实文本细读对读者而言是一种双重收获,既收获文本深层的意蕴内涵,也收获细读言语的体验、感受。文本细读是对文本进行解读的重要方法,从细节之处往往能发现别人发现不了的东西。细读《柳毅传》不难看出,文章处处有伏笔,线索前后有联系,通过细节作者无时无刻不在宣扬士子们所推崇的儒家精神,宣扬自己的人生理想。好的文学作品应贴近现实生活,因为生活处处是文学,文学即是人学。作者熟练地运用浪漫主义手法和丰富的艺术想象,把现实性和超现实性完美地结合在一起。虽有丰富的想象,但细节处理方面又特别贴近现实生活。作者一方面根植于社会现实生活,较深刻地反映了社会问题,批判了当时的社会现实;一方面又进行艺术虚构,以一封家书,人神之际,赋予江海异类以人的思想情感,寄托了自己的理想和愿望。沈既济在《任氏传》文末说:"著文章之美,传要妙之情。"《柳毅传》中,塑造了柳毅这么一个完美的士子形象,立体而真实,其一言一行无不体现着儒家为人处世的最高标准。同时在这些江海异类身上也传达出儒家的精神内涵,作者正是借助这些形象,通过他们行动的小细节,表达对中晚唐社会现实的不满,想借此教化社会,振兴儒学,来挽救盛世不再的唐王朝。这正是当时文人士大夫三不朽(立德、立言、立功)的人生追求。仅靠传奇来改变社会风貌似乎是不太可能的,这只是当时文人士大夫理想在自己塑造的世界里的满足罢了,是自身寄托理想的所在地。但柳毅作为道德理想的楷模,一直活跃在文学的舞台上。后世根据此传奇改编的杂剧小说很多,如元代《洞庭湖柳毅传书》,这说明柳毅已是文人士子心中的一面旗帜,他的侠义风范、理想人格在唐传奇乃至整个文学长廊中闪耀着灿烂的光辉。

参考文献

[1]程俊英.诗经译注[M].上海:上海古籍出版社,2014.

[2]陆侃如,牟世金.文心雕龙译注[M].济南:齐鲁书社,1981.

[3]杨伯峻.论语译注[M].北京:中华书局,2006.

[4]冯友兰.中国哲学简史[M].北京:北京大学出版社,2013.

[5]钱穆.中国历代政治得失[M].北京:九州出版社,2013.

[6]张友鹤.唐宋传奇选[M].北京:人民文学出版社,2007.

《岳阳楼记》"传奇体"探究

张凡叶

摘 要:与范仲淹同时期的尹师鲁评价《岳阳楼记》为"传奇体尔"。尹师鲁没有明确指出"传奇体"所指为何,明清时期各家对《岳阳楼记》的评价也不尽相同,但对其精神境界都是一致的称赞。《岳阳楼记》对后世具有深远影响,并得到广泛的流传。《岳阳楼记》不仅在文章的构思方面影响着后来散文的创作,更在崇高的家国情怀方面影响着一代又一代人。

关键词:《岳阳楼记》;传奇体;精神追求

《岳阳楼记》一文是范仲淹应同年好友滕子京之请而作。滕子京曾在西北前线与范仲淹协力抵抗西夏,后来范仲淹被调任京城,又推荐了滕子京任职庆州。滕子京因公务擅自动用公钱而遭到弹劾,获罪被贬至岳州。在整修了岳阳楼后,便想要求记一篇。于是就给范仲淹寄去了《求记书》,附带一幅《洞庭秋晚图》。在书信中,滕子京认为"楼观非有文字称记者不为久,文字非出于雄才钜卿者不成著",同时称赞范仲淹"文章器业,凛凛然为天下之时望,又雅意在山水之好,每观送行还远之什,未尝不神游物外,而心与景接",希望范仲淹为其作记。根据史料记载,滕子京在岳阳楼落成后的心情并不好,朋友去庆贺时,他回答道:"落甚成? 只待凭栏大恸数场。"他对自己之前遭受的弹劾冤屈仍念念不忘,可见其胸襟并不开阔。范仲淹对此应是了解的,也恰逢作记这个机会对他加以规劝,遂写下了传诵至今的《岳阳楼记》,旨在勉励好友"不以物喜,不以己悲",抒发"先天下之忧而忧,后天下之乐而乐"的理想抱负。

一、"传奇体"来源

与范仲淹同时期的尹师鲁评价《岳阳楼记》是"传奇体尔"，北宋陈师道认为尹师鲁所说的"传奇"与唐代裴铏的小说是相同的。但是尹师鲁并没有明确说出"传奇"所指为何，陈师道的说法是否符合尹师鲁的原意我们并不能确切地知道。关于"传奇"的名称，除了唐代裴铏的文言小说集《传奇》外，唐代元稹所著《莺莺传》原题亦为《传奇》，两者都是唐代小说的典型著作，但也存在一些不同之处。裴铏的小说集《传奇》所涵盖的题材怪异相交，人神杂糅；《莺莺传》是单篇小说，主要叙述人物之间的故事，贴近日常生活。

唐代虽有意为小说，但是相关的文学理论并不清晰，将唐代小说称为"传奇"的说法也不是在唐代，而是南宋。谢采伯在《密斋笔记》自序中将"传奇"与"志怪"并举，作为两种不同的小说体式名称。"经史本朝文艺杂说几五万余言，固未足追媲古作，要之无牴牾于圣人，不犹愈于稗官小说、传奇志怪之流乎？"①元朝的夏庭芝在《青楼集志》中说："唐时有传奇，皆文人所编，犹野史也；但资谐笑耳。"②明人胡应麟在《少室山房笔丛·九流绪论》中论及小说分类时说："一曰志怪……一曰传奇。飞燕、太真、崔莺莺、霍玉之类是也。"③由以上三人的说法，我们可以清楚地看出"传奇"具有虚构的特点。清代学者章学诚论述"传奇"云："唐人乃有单篇，别为传奇一类（专书一事始末，不复比类为书），大抵情钟男女，不外离合悲欢，红拂辞杨，绣襦报郑，韩李缘通落叶，崔张情导琴心，以及明珠生还，小玉死报，凡如此类，或附会疑似，或竟托子虚，虽情态万殊，而大致略似。其始不过淫思古意，辞客寄怀，犹诗家之乐府古艳诸篇也。"结合章学诚的论述和相关篇目的内容不难看出，唐代小说在内容方面侧重于表述人物之间的故事。鲁迅在《中国小说史略》中指出："小说亦如诗，至唐代而一变，虽尚不离于搜奇记逸，然叙述宛转，文辞华艳，与六朝之粗陈梗概者较，演进之迹甚明，而尤显者乃在是时则始有意为小说。"鲁迅先生在对唐代小说的评价中谈到了其"叙述宛转，文辞华艳"的特点，对比《岳阳楼记》一文，就能明显地断定尹师鲁的"传奇体"说法指的是《岳阳楼记》的语言方面，而非文体层

---

① 谢采伯.密斋笔记 续记[M].北京：中华书局，1985：自序.
② （元）夏庭芝.青楼集笺注[M].孙崇涛，徐宏图，等注.北京：中国戏剧出版社，1990：43.
③ （明）胡应麟.少室山房笔丛[M].北京：中华书局，1959：374.

面。结合各时代一些典型的评价,笔者对其点评内容进行分析,梳理关于《岳阳楼记》的一些评点,领会范仲淹构思创作的特点和他在精神层面的高尚追求。

二、宋明时期点评分析

《岳阳楼记》在写成之后获得了较高的赞誉,但围绕其文体类别则出现了不同的看法和评价。最初对其进行评价的是与他同时代的尹师鲁,北宋陈师道《后山诗话》中记载:"范文正公为《岳阳楼记》,用对语说时景,世以为奇。尹师鲁读之曰:传奇体尔。传奇,唐裴铏所著小说也。"①"对语"指的是语言的对偶,如"浩浩汤汤,横无际涯;朝晖夕阴,气象万千",将湖水浩大的气势、湖面的宽阔无边和早晚多变的气象描绘得壮丽恢宏。"淫雨霏霏"之时,"阴风怒号,浊浪排空;日星隐曜,山岳潜行;商旅不行,樯倾楫摧;薄暮冥冥,虎啸猿啼",其中既有对偶的运用,也有作者奇特的想象。此种想象之景的描绘与唐传奇有相似之处,唐传奇在叙事中善用虚实相生的手法,"幻中有真,真中有幻",此处对于洞庭湖阴雨时景象的描写则是如此,在虚实结合中营造出一种奇特而紧张的氛围。而"春和景明"之时,则是"上下天光,一碧万顷;沙鸥翔集,锦鳞游泳;岸芷汀兰,郁郁青青。而或长烟一空,皓月千里,浮光跃金,静影沉璧,渔歌互答,此乐何极!"这是对优美春景的描写,较之前文,则把人忽而带入了一种和谐美好的氛围中,也与前文形成鲜明的对比,如同唐传奇中跌宕起伏的故事情节般引人入胜,虽和唐传奇的叙事不同,但却创造出了同样的效果。这里的"世以为奇"应是当时人认为范仲淹对景物的描写是奇特的,对文章的态度是称赞的。尹师鲁所说的"传奇体尔"应是认为范仲淹的语言特色与唐传奇华丽的语言铺排是相近的,这里并不能明晰地看出尹师鲁是持称赞还是讥讽的态度。而陈振孙在《直斋书录解题》中说:"文体随时,要之理胜为贵,文正岂可与传奇同日语哉!盖一时戏笑之谈耳。"陈振孙认为《岳阳楼记》所表现的义理要远远胜过唐传奇,两者不能相提并论,他认为尹师鲁只是一时的笑谈。这里可看出陈振孙关注的是文章的义理层面。其实尹师鲁的评价不能看作是笑谈,他针对的是《岳阳楼记》的语言层面,是对客观事实的表述。方苞曾说:"范文正公《岳阳楼记》,欧公病其词气近小说家,与尹师鲁所议不约而同。"欧阳修"病其词气近小说家",明确"词

---

① （宋）尤袤.历代诗话[M].沈阳:万卷出版公司,2009:288-289.

气"即语言层面，尹师鲁所指也为语言。唐传奇在语言运用方面注重骈散结合、藻绘华丽，《岳阳楼记》中对景物的描写亦是如此。在散文方面，欧阳修推崇韩愈而有新变，主张平易自然和含蕴丰富，他批评《岳阳楼记》"词气近小说家"与其文章主张是密切相关的。宋代的柳开、穆修等人倡导韩愈、柳宗元的古文，对抗当时风行一时的西昆派的骈体；尹师鲁是穆修的弟子，他对穆修的文学主张固然会有所承继。由此看来，尹师鲁与欧阳修的看法是相近的。

明代孙绪在《无用闲谈》中提道："范文正公《岳阳楼记》，或谓其用赋体，殆未深考耳。此是学吕温《三堂记》，体制如出一辙。但楼记闳远超越，青出于蓝矣。夫文正千载人物，而乃肯学吕温，亦见君子不以人废言之盛心也。"①《三堂记》是唐代吕温创作的一篇散文，吕温从春、夏、秋、冬四个季节描写了虢州三堂。如："春之日众木花折，岸铺岛织，沉浮照耀，其水五色。于是乎袭馨撷奇，方舟透迤，乐鱼时翻，飘蕊雪飞，溯沿回环，隐映差池，咫尺迷路，不知所归。""秋之日金飙扫林，翁郁洞开，太华爽气，出关而来。于是乎弦琴端居，景物廓如，月委皓素，水涵空虚，鸟惊寒沙，露滴高梧，境随夜深，疑与世殊。"《三堂记》中对景物进行描写的语言也是对仗工整的，《岳阳楼记》与其确实较为相似，而且两篇文章都在写景状物之后有议论与抒怀。《三堂记》中的"不离轩冕，而践夷旷之域，不出户庭，而获江海之心"与《岳阳楼记》中的"居庙堂之高则忧其民，处江湖之远则忧其君"较为相似，《岳阳楼记》中的"先天下之忧而忧，后天下之乐而乐"则与《三堂记》中的"若知其身既安，而思所以安人，其性既适，而思所以适物，不以自乐而忽鳏寡之苦，不以自逸而忘稼穑之勤，能推是心，以惠境内"有异曲同工之妙。两文体制如出一辙，且《岳阳楼记》所表现的胸襟气度更胜一筹，可谓青出于蓝而胜于蓝。孙绪还提到"或谓其用赋体"，有的人认为《岳阳楼记》用了赋体的写法，其中对景物的描写确可认为是运用了赋体中铺陈叙述的手法，而且形成了辽远阔大的气势，与其宽广的胸襟抱负相得益彰，赋体手法可以说运用得很成功。

从范仲淹整体的创作情况来看，他在律赋方面有着自己的探索和实践。文学主张方面，范仲淹提倡"质文互救"。在《上时相议制举书》中范仲淹说："夫善国者，莫先育才；育才之方，莫先劝学；劝学之要，莫尚宗经。宗经则道大，道大则才

---

① （明）孙绪.沙溪集二十三卷[M].清文渊阁四库全书本:125.

大,才大则功大。盖圣人法度存乎《书》,安危之机存乎《易》,得失之鉴存乎《诗》,是非之辨存乎《春秋》,天下之制存乎《礼》,万物之情存乎《乐》。故俊哲之人,入乎六经,则能服法度之言,察安危之机,陈得失之鉴,析是非之辨,明天下之制,尽万物之情,使斯人之徒辅成王道,复何求哉。"范仲淹对六经评价很高,并大力倡导对六经的学习,认为由此培养出的人才可以辅助帝王成就王道。宗经的思想也体现在他的文学创作中,与此同时,他也很注重文章的形式美。范仲淹在《奏上时务书》中指出:"故圣人之理天下也,文弊则救之以质,质弊则救之以文。质弊而不救,则晦而不彰;文弊而不救,则华而将落。"这里可看出范仲淹既关注文章的内容层面,也关注文章华茂的辞采,兼顾"质"与"文"。孔子曾说过:"质胜文则野,文胜质则史。文质彬彬,然后君子。"范仲淹的主张可看作是对孔子主张的一个继承和发展。

范仲淹的文学观与其所处的时代环境紧密相关。宋王朝实行崇文抑武的国策,文人士大夫的地位得到提高,文臣成为当时官僚阶层的主要成员,这也使文人士大夫的社会责任感和参政热情空前高涨。理学思想也深刻地影响着文人士大夫,他们十分重视诗文的政治教化功能。"文以载道"的思想在宋代文坛上占据主导地位,宋代的文学家也普遍关注国家和社会。范仲淹即如此,在强调"道"的同时,并不放弃对"文"的追求。由于宋王朝具有严重的外患,因此宋代士大夫的忧患意识非常强烈,关注国家天下,关注国计民生。他们的创作也因此更趋严谨和沉稳。《岳阳楼记》也可看作是此类创作的一个代表,"不以物喜,不以己悲""先天下之忧而忧,后天下之乐而乐"是士大夫的精神追求和人生理想。范仲淹在写《岳阳楼记》时出知邓州,也是"迁客"。而滕子京因为受到弹劾被贬至岳州,在修整好岳阳楼后心情不佳,仍是郁郁不得志。范仲淹借作记的机会对他进行劝勉。有人认为范仲淹以洞庭湖春秋两个季节不同的景象暗喻风云变幻的官场和宦海沉浮的境遇,这也有一定的道理。宋代的思想控制比较严,党争不断,士大夫因作诗而获罪的情况并不少见,因此他们在作诗文时就会有很大的顾虑,尽力避免发生误解。若从这个角度看,范仲淹在《岳阳楼记》中对景物的描写可谓是一语双关,在描写景物的同时暗示官场的动荡变化,最后引出他的议论和劝勉之词,也是他作记的真正意旨,意境高远,起到了一举两得的作用。

三、清代点评分析

关于《岳阳楼记》，清代金圣叹在《天下才子必读书》中谈道："中间悲喜二大段，只是借来翻出后文忧乐耳，不然，便是赋体矣。一肚皮圣贤心地，圣贤学问，发而为才子文章。"①金圣叹认为文章中因不同之景而产生悲喜之情的两部分叙述是为了引出最后的忧乐情怀的抒发，如果没有后文的情怀抒发，整个文章就可称为赋体文，可见范仲淹对景物的铺排描写是为了后文的情感抒发和议论，这与他的文学观是一致的。清代过珙评价道："首尾布置与中间状物之妙不可及矣。尤妙在入后忧乐一段，见得惟贤者而后有真忧，亦惟贤者而后有真乐。乐不以忧而废，忧不以乐而忘。"②他肯定了范仲淹作文的精妙构思与崇高境界。《岳阳楼记》开头先交代了写作的缘由，简短的叙述后便引出为重修岳阳楼作记一事；中间主要描绘了洞庭湖在明暗两种状态下的景象以及览物之人随物变化的悲喜之变，然后笔锋一转道出"不以物喜，不以己悲"的情怀境界；最后抒发"先天下之忧而忧，后天下之乐而乐"的理想追求，由此足以看出范文正公胸怀天下、忧国忧民的高尚情怀，这胸怀就像宽广的洞庭湖一般。同时也可看出作者为文的精巧构思，摹景状物的深层目的，情中有景，景中有情，最后议论与抒情并发，此也可谓是传奇之作了。清代蔡世远在《古文雅正》中谈到《岳阳楼记》时说："前半设局造句，犹是文人手笔。末段直达胸臆，非文正公不足以当之。"③这仍是对其巧妙构思的称赞，"设局造句"一词犹可显出其传奇之写法。林云铭在《古文析义》中说："妙在借他方之迁客骚人，闲闲点缀，不即不离。谓之为子京说法可也，谓之自述其怀抱可也，即谓之遍告天下后世君子俱宜如此存心亦无不可也。"④范仲淹在文中借迁客骚人览物而悲或览物而喜的情状引出"不以物喜，不以己悲"的精神追求以及忧国忧民的抱负，这既可看作作者对处于贬谪之中的滕子京的勉励，也可看作作者自我情怀的抒发，亦可看作作者对后世君子的寄言，实为妙哉。文末情感的抒发和议论，赋予了文章永恒的精神底色。

清代吴楚材、吴调侯《古文观止》："岳阳楼大观，已被前人写尽，先生更不赘述，

---

① （清）金圣叹.天下才子必读书[M].北京：中国国际广播出版社，1997：361.
② （清）吴楚材，吴调侯.汇评详注古文观止[M].韩欣，整理.天津：天津古籍出版社，2010：594.
③ （清）蔡世远.古文雅正十四卷[M].清文渊阁四库全书本：145.
④ （清）吴楚材，吴调侯.汇评详注古文观止[M].韩欣，整理.天津：天津古籍出版社，2010：594.

止将登楼者览物之情,写出悲、喜二意。只是翻出后文忧、乐一段正论。以圣贤忧国忧民心地,发而为文章,非先生其孰能之!"①这里也认为范仲淹写岳阳楼时不落窠臼,另辟蹊径,突破前人写法,独树一帜,由此可看出他在文体上的创新。唐介轩在《古文翼》中的看法也是如此:"撇过岳阳之景,专写览物之情,引起'忧''乐'二意,又从'忧''乐'写出绝大本领。从来名公作记,未有若此篇之正大堂皇者,可想见文公一生节概。"②他也认为写览物之状是为后文抒发忧乐情怀做铺垫的,从中足可见范文正公豪迈的气概。历来为亭台楼阁作记大都关注对景物的描写,而范仲淹别具特色,在描绘景物的同时既投入自身真挚的抱负和追求,也对友人进行了劝勉。清代浦起龙《古文眉诠》:"先忧后乐两言,先生平生所持诵也。缘情设景,借题引合,想见万物一体胸襟。"③他道出了范仲淹因情而设景的写作手法及其宽广的胸襟。

《古文笔法百篇》中评价《岳阳楼记》说:"入手即将题点过,而'谪守'二字,已伏一篇之意。盖谪者多悲而少喜,故将景物随写一笔,即便昂开,提出主意,隐对子京。切定洞庭畅发两段,得宽题走窄境法。末段提出仁人之用心以规勉之,何其正大,不知此即文正公自己写照也。"④这里认为作者写景是为了引出对悲喜的论述,进而引出忧乐之说,景物描写不是重点而是陪衬,"宽题走窄境"是也。余诚《重订古文释义新编》:"通体俱在'谪守'上着笔,确是子京重修岳阳楼记,一字不肯苟下。圣贤经济,才子文章,于此可兼得之矣。"⑤他则认为范仲淹既为岳阳楼作了记,也将圣贤之人的家国情怀抒发得淋漓尽致,实为两全其美之作。

四、结语

宋、明时期,对于《岳阳楼记》的评价多关注它的文体类别,而清代的评价侧重于文章的整体构思和精神气概的抒发,并称赞范仲淹宽广的胸襟和崇高的精神境界。而清代与宋、明的评价差异主要与散文的发展状况有关,也与各自的时代环境

① (清)吴楚材,吴调侯.国学典藏古文观止[M].施适,点校.上海:上海古籍出版社,2016:386.
② (清)吴楚材,吴调侯.汇评详注古文观止[M].韩欣,整理.天津:天津古籍出版社,2010:594.
③ (清)吴楚材,吴调侯.汇评详注古文观止[M].韩欣,整理.天津:天津古籍出版社,2010:594.
④ (清)李扶九,黄仁甫.古文笔法百篇[M].长沙:岳麓书社,1984:182.
⑤ (清)吴楚材,吴调侯.汇评详注古文观止[M].韩欣,整理.天津:天津古籍出版社,2010:594.

密切相关。总体上看,历代对《岳阳楼记》的评价都很高,既有对其写作构思手法的称赞,也有对范仲淹广博胸怀的赞叹。《岳阳楼记》所寄托的强烈的社会责任感和崇高的精神追求也影响了一代又一代文人的创作。时至今日,这种源于儒家的淑世情怀仍是人们积极追求并努力践行的。

参考文献

[1](元)夏庭芝.青楼集笺注[M].孙崇涛,徐宏图,笺注.北京:中国戏剧出版社,1990.

[2](明)胡应麟.少室山房笔丛[M].北京:中华书局,1959.

[3]谢采伯.密斋笔记 续记[M].北京:中华书局,1985.

[4](清)章学诚.文史通义校注下[M].北京:中华书局,1985.

[5]张春晓."传奇体"与"穷塞主之词"——试论范仲淹作品中的两个问题[J].古籍研究,2000(4):8-11.

[6]孙逊,赵维国."传奇"体小说衍变之辨析[J].上海师范大学学报(哲学社会科学版),2001,30(1):84-94.

[7]欧阳健."传奇体"辨正——兼论裴铏《传奇》在神怪小说史上的地位[J].复旦学报(社会科学版),1999(1):18.

[8]赵维国.传奇体的确立与宋人古体小说的类型意识[J].宁夏大学学报(哲学社会科学版),1999(3):94-97.

[9]侯晓晨.论裴铏小说集《传奇》的文体特色[J].西华大学学报(哲学社会科学版),2015,34(2):31-36.

[10]郭帅帅.《岳阳楼记》"破体为文"发微[J].中学语文教学,2019(8):53-56.

[11]李伟国.范仲淹《岳阳楼记》事考[C]//上海社会科学院历史研究所会议论文集.上海:上海社会科学院历史研究所,2007:18.

[12]岳俊丽.论《岳阳楼记》的文体学意义[J].长沙大学学报,2016,30(1):96-98.

论清代词学批评中的援庄论词

雷相儒

摘　要:清代以降,词学达到了所谓的"中兴"阶段。随着词学的繁荣,词学的理论观念与研究方法也在不断地更新发展,援庄论词在词学领域熠熠生辉。词学家用庄子的理论观念评论具体的词人词作,并逐渐形成一定的艺术标准,最终上升到理论的高度,其中"常州词派"在此方面格外突出。援庄论词有其内在的原因,而借鉴庄子创作的艺术风格移作词论,将词学领域的一些观念借助庄子加以阐释,能获得曲径通幽之妙。援庄论词在古代词学批评领域有其独特的作用,深化了词学理论的内涵,对词学理论框架的建构起到了重要作用。

关键词:庄子;词论;常州词派;原因

　　清代词学在理论观念和研究方法上不断地更新发展,使词学的理论方法呈现出多元化的局面。《庄子》一书反映了作者对哲学等各方面的见解,但是凭借其独特的寓言化表述方式,在艺术审美层面也成果斐然。孙克强在《清代词学》中提及清代词论中援庄论词的现象,并提出魏晋以后援庄论艺者开始涌现,清代援庄论词者增多。他从词论家借庄子作品的内蕴来论作家词作的内涵、借庄子的文风来论词作家的文风等方面,概括分析了词论家援庄论词的表现,但是并未做深入探讨。此外,较少有学者涉及援庄论词这一领域。因此,援庄论词这一现象在清代大量出现的原因、论词的具体表现、援庄论词的作用等方面还需要进一步探讨。

一、援庄论词兴起的原因

一种学术热潮的出现，必定有相关因子的不断发酵，援庄论词兴起也有其产生的原因。

首先是清廷文化政策的影响和清代学术的集大成性使词学繁荣。

清代统治者在入主中原后，为了推进政治统治，提倡尊崇儒家思想，并大力推行文化活动。其中，最能笼络知识分子心意的是编修大型的工具书，如康熙年间编纂的大型典籍《佩文韵府》《全唐诗》，乾隆年间编成的《古今图书集成》《四库全书》等。

但是统治者执行的文化政策是较严的。龚自珍曾有诗句："避席畏闻文字狱，著书都为稻粱谋。"清代文字狱的大肆盛行，使得文人士子只能借助于填词来抒写苦闷，排遣忧愁。这种情况在促进词体发展的同时，也为词学理论的发展提供了温床。

梁启超在《清代学术概论》中论及清代学术的特点时指出："有清二百余年之学术，实取前此二千余年之学术，倒卷而缲演之，如剥春笋，愈剥而愈近里；如啖甘蔗，愈啖而愈有味；不可谓非一奇异之现象也。"①此种"奇异现象"，实指清代学术的集前人之大成。顾易生先生曾指出清代文学批评的特点："在这个阶段中，古代曾经出现过的各种文体和不同风格流派，几乎都有人在重振旗鼓，总结传统经验，从事理论与资料建设，做出不少成绩。"②

清代学术的集大成性表现在具体的文艺批评领域，多是对前人理论的继承、总结、发展和完善。同样的，在词学批评领域，清代各家各派抱着极大的创作热情，纷纷著书立说，潜心钻研前人观点，并不断提出自己独到的见解。词学家们相互切磋，同台竞技，为词学批评领域做出自己的贡献。

在这个前提下，人们对《庄子》本身的认识也在不断成熟，此时词学理论的"庄化"即是词学家们在对《庄子》有了相当了解之后顺势而为的结果，也是词学家词学理论进步的结果。

其次是《庄子》本身的魅力和词论对画论、文论、诗论等文艺理论的借鉴。中国

① 梁启超.清代学术概论:自序[M].上海:上海古籍出版社,2000:2.
② 王运熙,顾易生.中国文学批评史新编:下册[M].上海:复旦大学出版社,2001:192.

古代文学思想源远流长,基本上可以分为三大派系:一个是以孔子为代表的儒家思想,一个是以庄子为代表的道家思想,另一个是以释氏为代表的佛教思想。儒道佛互相补充,又分庭抗礼,在中国学术思想上产生了深远的影响。其中,庄子的"虚静""逍遥""齐物"等观念更是深刻地影响着人们的文艺思想。

以"言意之辩"为例,庄子在《知北游》中提出"道""不可言传","道不可闻,闻而非也;道不可见,见而非也;道不可言,言而非也"①。同时,庄子亦在《外物》中提出:"言者所以在意,得意而忘言。吾安得夫忘言之人而与之言哉!"②这与"得鱼忘筌""得兔忘蹄"如出一辙,都在强调"言"达意后即可"忘言"。司空图在《二十四诗品·含蓄》中所提的"不著一字,尽得风流""象外之象、景外之景"③等精彩论述与庄子之言一脉相承,他辩证地看待"言"与"意"的关系,使语言生发出无限的想象。而与此相关,常州词派代表人物张惠言在其《词选序》中提出了"意内言外"这个命题。"意内言外"最初是西汉经学家孟喜解说《周易》时的用语,许慎的《说文解字》引来用于语言学范畴对"词"进行解释。段玉裁注曰:"意者,文字之义也;言者,文字之声也;词者,文字形声之合也。"④而张惠言则将其生发为用"意内言外"表现词体的艺术特性,即词是通过语言表达的形式来表现词作的内容。这一观点与庄子之语血脉相通。

除此之外,援庄论词还因为中国古代文艺作品的内在精神气质的相通性,在文艺批评领域内部相互借鉴来阐述相关的理论观点,起到了事半功倍的效用。这不仅有利于评论者观点的表达,而且能增加文艺批评家语言的内在韵味。

援庄论艺即是词学家从其他文艺理论范畴借鉴过来的,历代援引庄子之语论进行的文学创作并不少见,如《文心雕龙·神思篇》:"是以陶钧文思,贵在虚静,疏瀹五藏,澡雪精神。"语出《庄子·知北游》:"疏瀹而心,澡雪而精神。"引庄子"虚静"说,来阐释文章写作意志要摒弃障碍的道理。援庄论画的有苏轼评吴道子云"出新意于法度之中,寄妙理于豪放之外,所谓游刃余地,运斤成风,盖古今一人而已",以《庄子》庖丁解牛、运斤成风的典故来阐释画作技巧兼需法度与豪放;援庄论

---

① (清)郭庆藩.庄子集释:卷七下[M].北京:中华书局,1985:757.
② (清)郭庆藩.庄子集释:卷九上[M].北京:中华书局,1985:944.
③ (唐)司空图.二十四诗品[M]//何文焕.历代诗话:第一册.北京:中华书局,1982:40.
④ (汉)许慎.说文解字注[M].(清)段玉裁,注.上海:上海古籍出版社,1981:769.

文的有《赌棋山庄词话》"今读枚如之文，峭厉廉悍似韩非，连忭恢谲似蒙叟"，以枚如的文风比庄子。传统文学艺术的内在相通性，让词学作为相对晚出的文学样式，从文论、诗论以及画论、书论中汲取了不少营养，而援庄论词也在清代词学批评领域画下了浓墨重彩的一笔。

最后是词学理论观念与研究方法的更新发展。文学批评是一种理论思维活动，必须站在一定思想观念的基础上才能更好地展开，没有一定的思想观念来作为地基，所谓的文学理论批评也只是无本之木，无源之水。而研究方法是文学批评理论落于实地的方法论，因此词学理论的发展必须抓住思想观念与研究方法两根绳，才能更快地迈过独木桥。清代的词学理论，其思想观念以儒家为主导，以庄子为辅助，间杂其他各种思想，一道为词学理论注入了新鲜血液。

二、援庄论词的具体表现

清以前援庄论词者较为少见，而在清代，随着词体达到了所谓的"中兴"阶段，人们对词体艺术特征的理论认识也在不断发展，援庄论词者逐渐增多。

1. 以庄子分析词人词作

首先是论词者以庄子分析词人词作总体风格，如李肇增在《采香词序》中论杜文澜词："大不遗细，音不害情，庄生言：鸣而当律，孟坚谓：有恻隐古诗之义，其公之词乎？"①这里的"鸣而当律"于孙星衍《孔子集语》中曾经被提及，然此处借《庄子·寓言篇》引用的"鸣而当律，言而当法"②之句，赞扬杜文澜所填词的字字有力、意蕴近似古诗的浑厚。援引庄子来评论词人词作的，分析辛弃疾词作的较多。如清初邹祗谟《远志斋词衷》云："稼轩雄深雅健，自是本色，俱从南华冲虚得来。"③用庄子的雄浑深沉来论辛词的典雅有力，在传统的"激昂排宕"之外，又为辛词增添了一层内蕴。又如张德瀛于《词征》中道："稼轩词，趣昭事博，深得漆园遗意，故篇首以秋水观冠之……其词凌高厉空，殆夸而有节者也。"④用辛词比庄子之文的语言、风格与故事，寥寥数语阐释出辛词的艺术特点。

① （清）李肇增.采香词：序[M]//冯乾.清词序跋汇编：第三册.南京：凤凰出版社,2013:1400.
② （清）郭庆藩.庄子集释：卷九上[M].北京：中华书局,1985:953.
③ （清）邹祗谟.远志斋词衷[M]//唐圭璋.词话丛编.北京：中华书局,1986:652.
④ （清）张德瀛.词征：卷五[M]//唐圭璋.词话丛编.北京：中华书局,1986:4160.

以庄子分析词人词作总体风格的还有清初的王焯,其在评曹贞吉的词时言:"就词想其胸次,甚有似于庄周,庄周识高学广,思密才雄,故其言洸洋纵态,不可端倪。先生(曹贞吉)无境不超,有途必入,引之以孤绪,而运之以浩瀚流连,故观者如温峤之照牛渚,韩愈之登华山,伯牙之移情海岛,非斯世所常闻见。"①对于此处评论,孙克强先生有言:"以庄周的文风比曹贞吉的词风,以庄周的处世态度称赞曹氏的豁达放旷,这种评论在词论中还是第一次见到。"②以庄子的文风、胸怀、远见卓识来评论具体的词人词作,可视性更强,语言概括性更高。

其次是引庄子评论具体词作的,如王士禛在《倚声初集》中评邹祗谟《苏武慢》(九点齐州):"《离骚》耶?《天问》耶?《南华》耶?《楞严》耶?"③邹祗谟一词可比诸骚、庄、佛三家,想见其词之高妙。又如刘熙载《词概》言:"太白《菩萨蛮》《忆秦娥》,张志和《渔歌子》两家,一忧一乐,归趣难名,或灵均《思美人》《哀郢》,庄叟濠上近之耳。"④以屈、庄两家作品之忧乐比李张两家词之归趣,含有不尽言而意自明之韵味。

2. 引庄子说明具体的填词标准

在先秦诸子的作品中,《庄子》一书在艺术性与哲理性的兼顾方面,可称为个中高手。庄子的精神最得艺术本色,其寓言之巧妙,阐发观点之深刻不言而喻。论词者援庄论词似顺水行舟,顺理成章,这也标志着词学家对词体艺术特点的认识在不断深化。但是援庄论词想要进一步发展,就不能再局限于仅用庄子评论具体的词人词作,应将其作为一项艺术标准提出来。

如沈祥龙在《论词随笔》中就进一步扩大了援庄论词的外延,其云:"词得屈子之缠绵悱恻,又须得庄子之超旷空灵。盖庄子之文,纯是寄言,词能寄言,则如镜中花,如水中月,有神无迹,色相俱空,此惟在妙悟而已。"⑤此一语,以屈原之赋的浪漫传奇与庄子之文的"超旷空灵"、比兴寄托为词的创作制定了"规章制度"。

另有陈锐在《裒碧斋词话》中为小令正名:"词有天籁,小令是已。"⑥"天籁"一

---

① (清)王焯.珂雪词序[M]//冯乾.清词序跋汇编:第一册.南京:凤凰出版社,2013:160.
② 孙克强.清代词学[M].北京:中国社会科学出版社,2004:50.
③ (清)邹祗谟,王士禛.倚声初集:卷三[M].顺治十七年大冶堂刊本.
④ (清)刘熙载.词概[M]//唐圭璋.词话丛编.北京:中华书局,1986:3688.
⑤ (清)沈祥龙.论词随笔[M]//唐圭璋.词话丛编.北京:中华书局,1986:4048.
⑥ (清)陈锐.裒碧斋词话[M]//唐圭璋.词话丛编.北京:中华书局,1986:4201.

词出自《庄子·齐物论》，是与"人籁""地籁"相对而言的概念，指自然天成之意。填词崇尚"天籁"，以自然为上，这是清代词学家对词体风格特征的又一深入认识。

除上述沈祥龙与陈锐援庄所论词风的标准之外，李渔在《窥词管见》中又以庄子之作为依据，为词作的创新建言献策："文字莫不贵新，而词为尤甚。不新可以不作，意新为上，语新次之，字句之新又次之。所谓意新者，非于寻常闻见之外，别有所闻所见，而后谓之新也……习见习闻，考诸诗词，实为罕听罕观，以此为新，方是词内之新，非齐谐志怪、南华志诞之所谓新也。"①意即填词需从寻常中咂摸新意，不能依赖各种奇言怪谈来翻新词意。

又，李渔在《窥词管见》中还梳理了词作为一种文体的立身之本。词论者云："作词之难，难于上不似诗，下不类曲，不淄不磷，立于二者之中。大约空疏者作词，无意肖曲，而不觉仿佛乎曲。有学问人作词，尽力避诗，而究竟不离于诗。一则苦于习久难变，一则迫于舍此实无也。欲为天下词人去此二弊，当令浅者深之，高者下之，一俯一仰，而处于才不才之间，词之三昧得矣。"②其中"处于才不才之间"一句，典出《庄子·山木》："弟子问于庄子曰：'昨日山中之木，以不材得终其天年；今主人之雁，以不材死；先生将何处？'庄子笑曰：'周将处乎材与不材之间。'"③所以，词作为一种独立的文体，应该不偏不倚，于诗的庄雅与曲的通俗之间找准自己的位置。

另外，姚之骃在《镂空集题辞》中从僧人秀师批评黄庭坚作艳词入手，以海市蜃楼居于天空、云霞弥散天半、庄子之文的延伸变化等来说明填词亦需有"空中语"："今夫蜃楼海市，璀璨苑郁，一气所结耳。云霞之在天半也，虚无缥缈，然蔚蔚离离，倬然为章，是知大块之文，多在太虚冥冥中耳矣。蒙庄曼衍，屈平离忧，极之举步效颦，托之姚娥侄女，鸟使鸠媒，彼孰非空中结撰者哉？夫填词亦犹是也。"④

不管是援庄子语来评价具体的词人词作，还是说明词学创作的标准，词论家的这种艺术阐释使浅近的语言表现出了深邃的意蕴，既清楚地表明了论词者的意图，又极大程度上彰显了庄子思想的深刻，更是将语言的内在张力发挥到了极致。

---

① （清）李渔.窥词管见[M]//唐圭璋.词话丛编.北京：中华书局，1986：551.
② （清）李渔.窥词管见[M]//唐圭璋.词话丛编.北京：中华书局，1986：549.
③ （清）郭庆藩.庄子集释：卷七上[M].北京：中华书局，1985：668.
④ （清）姚之骃.镂空集题辞[M]//冯乾.清词序跋汇编：第一册.南京：凤凰出版社，2013：360.

3.以庄子语论词理

随着论词者理论观念的发展与研究方法的不断更新,援庄论词也在不断前进,逐渐走上了以庄子语论词理的道路。其中最值得注意的是常州词派所提的"无厚入有间"和"有厚入无间"之说。这是常州词派的著名论断,如谭献在《复堂词话》中评周邦彦《浪淘沙》(昼阴重)"翠尊未竭。凭断云、留取西楼残月"①时曾说,"翠尊"三句"所谓以无厚入有间也。断字残字皆不轻下"②。"以无厚入有间"出自《庄子·养生主》:"彼节者有间,而刀刃者无厚;以无厚入有间,恢恢乎其于游刃必有余地矣。"③庄子通过庖丁解牛的娴熟技艺,对所使之刀的得心应手,揭示了为人处世要顺应自然的道理。

金圣叹最早将"以无厚入有间"引入文学批评领域,他在《与徐子能增》中说:"彼唐律诗者有间也,而弟之分之者无厚也。以弟之无厚,入唐律诗之有间,犹牛之然其已解也。"④但是把"无厚入有间"应用到词学上的是常州词派的重要代表人物董晋卿。蒋敦复《芬陀利室词话》卷二有言:"壬子秋,雨翁与余论词,至'有厚入无间',辄敛手推服曰:'昔者吾友董晋卿每云:词以无厚入有间,此南宋及金元人妙处。'"⑤此话意指南宋金元词人填词,因为熟悉音律,加之构思巧妙,所以对填词游刃有余。但是蒋敦复却认为:"吾子所言,乃唐、五代、北宋人不传之秘。惜晋卿久亡,不克挥座一堂,互证所得也。"⑥与董晋卿不同,蒋敦复将"以无厚入有间"看作唐、五代、北宋人的独有之秘。再之后,同一词话中,蒋敦复别出机杼,将"以无厚入有间"发展为"以有厚入无间",如《芬陀利室词话》卷三云:"今余论词之旨,较前又异……余所云'有厚入无间'者,南宋自稼轩、梦窗外,石帚间能之,碧山时有此境,其他即无能为役矣。"⑦此时蒋敦复所提出的"有厚入无间"更是只有寥寥几人能达到标准。此处的"'厚'指词的意格充实,气势宏大,'有厚入无间'即主张'小题大做','如狮子搏兔用全力'"⑧。董、蒋二人援庄说词论,显示了论词者可借鉴的理

① (宋)周邦彦.清真集[M].北京:中华书局,1981:11.
② (清)谭献.复堂词话[M]//唐圭璋.词话丛编.北京:中华书局,1986:3991.
③ (清)郭庆藩.庄子集释:卷二上[M].北京:中华书局,1985:119.
④ (清)金圣叹.与徐子能增[M]//金圣叹选批唐诗:附录.杭州:浙江古籍出版社,1985:498.
⑤ (清)蒋敦复.芬陀利室词话:卷二[M]//唐圭璋.词话丛编.北京:中华书局,1986:3652.
⑥ (清)蒋敦复.芬陀利室词话:卷二[M]//唐圭璋.词话丛编.北京:中华书局,1986:3652.
⑦ (清)蒋敦复.芬陀利室词话:卷三[M]//唐圭璋.词话丛编.北京:中华书局,1986:3671.
⑧ 孙克强.清代词学[M].北京:中国社会科学出版社,2004:51.

论范围更加广阔了。

除了董晋卿、蒋敦复援庄论词之"以无厚入有间""以有厚入无间"外，周济亦借助庄子之语来阐释自己的词学理论。周济在《词辨·序》中称自己"受法"于董晋卿，而董晋卿曾师其舅张惠言、张琦。潘曾玮在《词辨·序》中言：周济"辨说多主张氏之言"①，这说明周、张词学理论是一脉相承的。另外，周济虽然"意仍张氏"，又"言不苟同"②，形成了自己独特的词学理论。他在尊词体、词的比兴寄托、建词统诸方面，对张惠言的词学理论有所补充完善，这进一步增强了常州词派词学的理论色彩，对近代词学批评产生了很大影响。

周济援庄子语引出他的最重要的词学观点即比兴寄托。周济强调比兴寄托的"入"与"出"。在《宋四家词选目录序论》中，周济提出："夫词非寄托不入，专寄托不出。一物一事，引而伸之，触类多通。驱心若游丝之罥飞英，含毫如郢斤之斫蝇翼，以无厚入有间。"③此句除"以无厚入有间"出自《庄子》外，"郢斤之斫蝇翼"亦出自《庄子》。《庄子·徐无鬼》言道："郢人垩慢其鼻端若蝇翼，使匠石斫之。匠石运斤成风，听而斫之，尽垩而鼻不伤，郢人立不失容。"④周济将这两个典故，即庖丁解牛与运斤成风用于此处，可以看出他想要强调的是作词的技艺纯熟之后，词的比兴寄托、词作者的填词之思可以随意出入于物而不伤词体。因此，周济引"以无厚入有间"之说，在董、蒋的论词基础上进一步说明了词为什么可以寄托。

金圣叹论诗也强调寄托。周济所提出的以"出入"论寄托，其实始于金圣叹。金圣叹解说郑谷的《鹧鸪》诗云："咏物诗纯用兴最好，纯用比亦最好，独有纯用赋却不好。何则？诗之为言思也。其出也，必于人之思；其入也，必于人之诗。以其出入于人之思，夫是故谓之诗焉。"⑤于此大概可知，金圣叹认为咏物诗全都用比或全都用兴好，是因为诗出入于人之思，这与周济强调寄托，作词之思可以出入于物，恰好是相反的。

① （清）潘曾玮.词辨·序[M]//黄苏,周济,谭献.清人选评词集三种.济南：齐鲁书社,1988：141.
② （清）周济.宋四家词选·序[M].北京：中华书局,1985：1.
③ （清）周济.宋四家词选目录序论[M]//唐圭璋.词话丛编.北京：中华书局,1986：1643.
④ （清）郭庆藩.庄子集释：卷七下[M].北京：中华书局,1985：843.
⑤ （清）金圣叹.金圣叹全集[M].南京：江苏古籍出版社,1985：452.

三、援庄论词的作用

首先,通过对词人词作的评价,在传统的婉约绮丽的词境中另辟蹊径,表明对词体的看法。如赞扬辛弃疾词"雄深雅健"、杜文澜词"鸣而当律",都表现出与传统词学审美的不同。

其次,援庄论词这一研究方法,不仅深化了词学理论的内涵,而且对词学理论框架的建构起到了重要作用。清代儒、禅、庄论词的现象,拓展了词学理论的术语,让词学批评有焕然一新之感。

中国古代的文艺家大多知识积淀丰厚,同时兼备多种艺术才能。他们在某一具体的艺术批评实践中往往浸润着多种思想观念,渗透着不同种类艺术形式的基因,因此他们对各种文艺样式之间的关联有深刻的认识。援庄论词有其多方面的原因,而借鉴庄子创作的艺术风格移作词论,将词学领域的一些观念借助庄子之语加以阐释,能使人获得曲径通幽之妙。现代词学研究应当深入探析援庄论词这一命题,因为它是中国古代词学理论极为突出的部分,也是研究者较少探究的问题。

参考文献

[1]梁启超.清代学术概论[M].上海:上海古籍出版社,1998.

[2]孙克强.清代词学[M].北京:中国社会科学出版社,2004.

[3]严迪昌.清词史[M].南京:江苏古籍出版社,1999.

[4]钟锡南.金圣叹文学批评理论研究[M].上海:上海古籍出版社,2006.

[5]缪钺.常州派词论家"以无厚入有间"说诠释[J].四川大学学报(哲学社会科学版),1988(2):63-66.

[6]孙克强.词论与画论——援画论词在词学批评中的作用和意义[J].中国社会科学,2008(1):191-200.

由千古情痴到遁入空门
——论贾宝玉由痴迷到觉悟的历程

梁新悦

摘　要:《红楼梦》的主人公贾宝玉性情乖张,似傻如狂,对男女之情有着异于常人的痴迷态度,在历经变故后却顿悟红尘。贾宝玉由痴迷到觉悟的历程受多种因素的影响,有耐人寻味的美学价值蕴含其中,同时也有深刻的文化史意义,寄托了作者求而不得的洒脱与自由。

关键词:因情痴迷;美学价值;自在逍遥

贾宝玉作为《红楼梦》中的关键人物,性格难以捉摸,虽判词中写道:"无故寻愁觅恨,有时似傻如狂;纵然生得好皮囊,腹内原来草莽。潦倒不通世务,愚顽怕读文章;行为偏僻性乖张,那管世人诽谤! 富贵不知乐业,贫穷难耐凄凉;可怜辜负好韶光,于国于家无望。天下无能第一,古今不肖无双;寄言纨绔与膏粱:莫效此儿形状!"但其性格仍不能就此单一而论。这里的判词仅是对贾宝玉幼时不经苦难的写照,而后来发生的种种更显其痴迷中的品格,磨难更将其推入觉悟的空门。贾宝玉的痴迷不是痴呆,而是真诚的痴心一片,如太虚幻境一般似真似假不可捉摸,他的痴迷让他无心于功业,但却造就了宝黛的纯真感情。觉悟后的雪中残影令人唏嘘,又让人不禁好奇:这终是宝玉还是顽石! 由痴迷到觉悟的历程反映了贾府由盛转衰的巨变,体现了矛盾复杂的人物形象,这样的人物形象与曹雪芹的真实经历不无关系,寄托了他身世凋零向往自由的理想。

一、"痴"乃天性，"迷"存分寸

若说宝玉的性格特点，最突出的便是"痴"，亦可称作"痴迷"，《红楼梦》全书多次用"痴"来描写宝玉，也处处可见其痴迷。但他的痴迷不是单纯的为情所困，嗜情如命，而是对感情的美好向往和真挚追求，对女子纯洁的喜爱与尊敬，这种痴迷看似有对象，实则是一种痴情于梦境的空幻的深远缠绵的情感。这样的痴迷背后，并不是完全的失去控制，而是仍旧保持着分寸，当众人以为他癫狂至极时，他偏偏又走出困境，可见痴迷是宝玉的天性所致，但他的痴迷留有余地，更有境界。

说到贾宝玉的痴迷，最为人感叹的便是他和黛玉的纯洁爱情。初见黛玉时，宝玉便说："这个妹妹我曾见过的。"看似玩笑话，实则是伏笔，揭示了宝玉后来对黛玉的痴情一片，后则为黛玉起表字为"颦颦"，杜撰了本没有的典故，笑声一片，却又因林黛玉没有玉而瞬间痴狂病发作，认为连黛玉这样神仙般的妹妹都没有玉，那他不要也罢。这不仅体现了宝玉对黛玉的痴心，更体现出其对美好事物的尊敬和打心底里的自卑。后来紫娟打趣宝玉，林黛玉要回苏州老家，还说林黛玉要将小时候玩耍互送的东西归还时，宝玉"便如头上响了一个焦雷一般"，接着便满脸紫胀，双目失神。后来王熙风与王夫人用调包计，骗宝玉说迎娶的是林妹妹，宝玉说道："我有一个心，前儿已交给林妹妹了。他要过来，横竖给我带过来，还放在我肚子里头。"在贾宝玉还在期盼着与林黛玉相聚时，黛玉早已悄然逝去。得知新娘子是宝钗时，宝玉以为自己在梦中。真正的痛苦是让人难以相信的，宝玉不敢相信，后来虽慢慢好转，但也只是表面无事，心中却一直惦记，直至顿悟红尘，消失雪中。因身世处境和男女性格本身的差异，宝玉对黛玉的痴心大抵不及黛玉对宝玉，但宝玉对黛玉的痴迷更有一种突破的美感，不畏世俗的眼光，痴狂病为了林妹妹两次发作，敢于真实表达自己的情感，突破封建男尊女卑的思想，大胆对黛玉表现怜爱与不舍，这种种对黛玉的痴迷，爱而不得，都为最后宝玉的顿悟出家埋下伏笔，正是红尘的繁杂对宝玉的折磨，才能让他最后如此洒脱。

宝玉的痴迷还体现在其对可爱美好之物的爱惜上，宝玉爱红，爱吃女子口上的胭脂，这种独特的癖好也是其痴迷的表现。见到可爱美好之物便不能自持。黛玉看见宝玉的腮上有纽扣大小的血渍，便欠身细看以为是指甲刮破所致，谁曾想宝玉边躲边解释说是胭脂膏子蹭上的；宝玉在镜台前看见妆奁等物，拿来赏玩时不觉又往嘴里送，史湘云恰巧碰见，便说："这不长进的毛病儿，多早晚才改过！"[①]宝玉还曾想吃鸳鸯嘴上的胭脂，与金钏因胭脂说笑要讨她回去，使金钏最终遭受折磨；还有袭人也曾多次劝诫宝玉改掉爱吃胭脂这毛病，但宝玉也是嘴上答应而实则照旧。这爱红的天性无法改变，这爱红背后的痴迷体现得淋漓尽致，对女子物件的痴迷与好奇，侧面刻画出宝玉对女子的独特感情，对可爱美好之物的爱惜。这是与《红楼梦》中的其他男性角色大大不同的，薛蟠、贾珍、贾蓉等人都是好色淫乱之徒，没有宝玉对待女子之物的纯真与美好，而是企图破坏与占有；宝玉更多的是一种爱惜与尊敬，并且保留着极大的分寸。这样的痴迷仿佛将女子的胭脂化为一种纯洁美好的象征，爱吃胭脂像极了小孩子对零食的贪嘴，痴痴傻傻，平添一份可爱。

这样的痴迷更多地表现在宝玉对贾府中上上下下、由小姐到丫鬟的痴情里。从对黛玉的维护，到对受到不平待遇的丫鬟的同情，体现了贾宝玉男女等级观念的进步，不一味地尊崇男尊女卑，推崇"凡山川日月之精秀，只钟于女儿"的想法。认为男子是浑浊不净之物，便暗示着其对于美好的女子心中所产生的自卑之情。这种对女子的痴情更多的是一种爱护和好奇，并不是大多数男子的淫乱之心，这是宝玉的爱情体验的一种觉醒。在警幻仙境中与秦可卿的初试云雨；对袭人的依赖与特殊情感；帮平儿理妆后的喜出望外，感叹"因自来从未在平儿前尽过心，且平儿又是个极聪明极清俊的上等女孩儿，比不得那起俗蠢拙物，深为怨恨"；感叹香菱命苦，落入薛蟠手中；站在蔷薇花旁，提醒龄官快跑去躲雨，却丝毫未注意到自己被淋湿；晴雯死后的久久不能释怀，睹物思人。凡此种种，皆是其痴情的表现，这种痴情，带着极大的怜悯之心。宝玉看似不通世俗，不懂人事，实则心内如明镜一般，这样的悲悯之心在那个时代难能可贵。众人都觉得贾宝玉偏爱女子，不爱功业，感叹其不争气，没有做到一个男子应尽的本分，这一片痴情虽看起来有些嘲讽，却让《红楼梦》中的女性角色都各具魅力与风味。

贾宝玉的痴迷是天性所致，却又有着纯真的分寸，没有不堪入目的男女之情，皆是美好纯洁的爱慕与保护。衔玉出生，宝玉仿佛是一个带着光环的浑噩少年，不读诗书，唯为情困，是大家眼里的无用之人，这样的痴迷与似傻如狂，究其原因，首先是自然而然的天性，这是小说塑造人物形象、表达思想的手法，所以亦

---

① 曹雪芹.红楼梦：第二十一回[M].北京：人民文学出版社，2008：306.

可称为内在因素。贾宝玉自身不畏世俗的品格,必要有独特的性格以加深其非凡的形象。贾宝玉的痴迷也是与作者曹雪芹的对应,由书中开头的"满纸荒唐言,一把辛酸泪。都云作者痴,谁解其中味"便可知道,作者将自己的一片痴情化于宝玉的痴迷流连,寄托其本身不慕功名、重性情的品格。贾府的大环境也造就了宝玉这般痴迷的性格。贾府女子众多,且因贾宝玉从小备受贾母喜爱,故和姐姐妹妹们玩耍自然少些分寸,在元妃省亲后,贾宝玉和贾府一众女子住进了大观园,整日吟诗作对,踏雪寻梅,成立海棠社,真真富贵闲人一个。不用像别的贾府男子一样在外做事,而是在家吟诗玩乐,这便使其痴迷的性格愈演愈烈。身边女子众多,且大多都是从小陪伴其长大的,宝玉早已习惯这种生活环境。在大观园中,贾宝玉仿佛一个纯洁无瑕的孩子,可贪恋自己喜欢的东西,又可尽心保护,这便是其痴迷的外部原因。

贾宝玉的这种种痴迷,皆为其后来的觉悟埋下了伏笔,正是其痴迷的态度,令其纯洁无瑕的天真得以保存,这也是作者所要寄托的。宝玉的多情与痴情往往为人诟病,但这种痴迷并不愚蠢,不为世间功利痴迷,追求的是最美好、最单纯的感情,可见其天性痴迷,饶有分寸。

二、"痴迷"至极便"觉悟"

贾宝玉从痴迷到觉悟的转变是在黛玉死后,与宝钗完婚开始的,婚后种种回忆的侵蚀,家族的兴衰变化,引导着宝玉走向觉悟,割舍红尘,剃发出家。仔细去想,宝玉的出家并不是毫无诱因,前面的痴迷与经历越是美好,在毁坏的时候,觉悟和放手便能更加彻底。宝玉的觉悟也不是一瞬间的,而是早有准备,他觉悟的表现也不只是剃发出家,而是先改变了众人对其的印象,认真读书考取功名,虽无多日准备,但和同去的贾兰相比,便可知贾宝玉天资聪颖,超乎常人。考取功名却不见人回,如同悬崖撒手,从此斩断红尘,可见其不是没有建功立业的能力,只是不愿意罢了。同样,贾宝玉不是不能从痴迷中走出,只是不愿走出而已。

若说由痴迷转向觉悟的历程,其中的伏笔早已埋下。《红楼梦》曾多次写贾宝玉会出家:在与林妹妹互诉衷肠时,说"你死了,我做和尚"以及在后来玉石丢失算字给的"赏"字,顶部便是"和尚"的"尚"。可他真正地开始领悟是何时呢? 便是在

"识分定情悟梨香院"那一回，当宝玉四处游玩有些腻烦之时，想到《牡丹亭》一曲，心中来了兴致，找到唱小旦的龄官，使尽纠缠撒娇之法央求但被残忍拒绝，偶然看见贾蔷对龄官用情至深，便悟到了原来并不是所有人的眼泪独葬他一个，只是"各人各得眼泪罢了"。这样的领悟，只是他觉悟中的开端，从这里他意识到，只有黛玉才是他这一生的那唯一一人，明白了黛玉的重要性，他的痴迷愈加痴狂了，这也为后来偷梁换柱引来的爱情悲剧所造成的伤害埋下伏笔，一生唯一人的那个人不在了，宝玉的痴迷自然也被带走了，被带走的不仅仅是这个人，更是宝玉对男女之情的美好追求与幻想，幻想破灭，执念不再，疯傻哭闹过后便是领悟。

贾宝玉由痴迷到觉悟的历程与贾府的兴盛衰微紧密相连。贾府昌盛时，贾宝玉的姐姐元春被封为贵妃，元妃省亲热闹非凡，繁荣流转，贾府也得势而盛，那时的贾宝玉身上没有养家的责任，也没有经历过人世沉浮和家道中落，他是全家的宠儿，做一个富贵闲人痴迷心爱之物，无伤大雅。但后来的贾府随着元妃的病逝，贾珍、贾琏的罪行披露，遭遇抄家之灾，那时的宝玉刚刚完婚，神志尚未恢复，眼看家族受到重创，内心遭受的打击可想而知。从玉石丢失的疯癫，到"岂知宝玉一日呆似一日，也不发烧，也不疼痛，只是吃不像吃，睡不像睡，甚至说话都无头绪"的状态，以至于后来在以为自己娶到的是黛玉时的期待，得知黛玉死后的表面释怀，书中的描写仿佛宝玉已经放下，但他放下的不是黛玉，而是他一直以来的痴迷。在宝玉去赴考时，说："走了走了！不用胡闹了，完了事了！"[1]虽很随意，但透露着就此别过的意味，为后来的出家埋下了伏笔。外部原因的催化加速了宝玉由痴迷到觉悟的历程，若没有玉石的丢失，宝玉的醒悟可能还要再慢一些，但发生的所有事情都在预示着宝黛的爱情到头来终是悲剧一场，即使玉石不丢失，宝玉不疯癫，贾母最终也可能不会让他们在一起，在《红楼梦》开头便说过"金玉良缘"，宝钗的金锁须和带玉的男子结合，这冥冥之中的结局注定了最后的悲剧。贾府的大环境和宝玉的遭遇促使他觉悟，由悠闲的贵公子变成遭遇抄家之灾的受难者，他渴望自由，厌恶功名利禄，觉悟不过是最后的防线被击溃的必然结果。

走向觉悟更多来自贾宝玉人格本身。贾宝玉对"四书"非常尊崇，虽然他是一个对读书厌恶的人，但他仍然对"四书"有着一定的敬畏之心，对"四书"的精神十分

---

① 曹雪芹.红楼梦：第一百一十九回[M].北京：人民文学出版社，2008：1230.

推崇。并且他是一个对科举极其反感的人。王阳明心学将"天理"内化于心,也就是我们常说的"良知",很多人凭借着良知的指引走上了自由自在的道路,宝玉也是这样的人,遵从内心的感受,喜爱女子,爱惜美好之物,发自心底地去保护、尊敬。厌恶世俗,同情身边一切可怜可悲的事情,美好消失,大彻大悟之后,斩断红尘,选择出家,这样随性而为的人生大概也是作者曹雪芹所追求的自由自在自得的境界,后来写贾政说宝玉不过是一块顽石,更可见宝玉的随性与自由。

贾宝玉的自省精神也是他由痴迷到觉悟的一大因素,他在贾府的大环境和当时男尊女卑的社会环境里,仍然保留着忏悔和自省的精神。宝玉常常觉得女子是清纯美好之物,而男子是"蠢物""浊物",他对女子的感情更多的不是同情,而是尊重。在身边的女子遭遇不幸时,他更加感到自责,他认为这些不幸都是男人造成的,秦可卿正值青春年华却与世长辞,金钏不堪受辱而死,尤三姐自杀,尤二姐受尽委屈吞金而死,晴雯因为自己被王夫人赶出家门含憾去世,这些都让他感到自责,他能做的也只有怀念和祭奠,并不能阻止这些事情的发生,这样看,贾宝玉是懦弱的,正是他的懦弱加重了他的忏悔与自责,也让他最终走向了觉悟。

贾宝玉由痴迷到觉悟的转变也蕴含在其个人的纯洁品格与精神里。贾宝玉倾慕女儿之美、女儿的纯洁,而他本身也是纯洁的。世人皆沉迷于仕途做官,只有宝玉执着于内心纯洁的品格,这样一个纯洁的灵魂在浑浊的世界无可依靠,十分孤独。世人皆认为宝玉纨绔不堪,性格软弱,但实际上宝玉是一个内心有着执着追求与理想的人,他的精神与思想是常人难以到达的境界,这也是他最终走向觉悟解脱的根本原因。

贾宝玉由痴迷到觉悟的历程实际也是他从梦境到苏醒的过程,他因情而迷惑,困在其中,直至疯癫呆滞,却最终也是因用情到极致而觉悟。他的心思天生细腻,当大观园成为永远的过去,和姐妹们的关系渐行渐远时,他便感到痛苦,这就是"痴迷"至极便"觉悟"。

三、"痴"到"悟"的美学价值

贾宝玉从"痴迷"到"觉悟"的历程充满了美的体验,作者曹雪芹和续写程、高用精湛的笔法将这一历程赋予深刻的文学色彩,寄托了写作者自身的情感。由"痴迷"到"觉悟"的过程看似是突然的，实则处处埋有伏笔。宝玉在最后的雪地离开，剃发出家，是一出悲剧，却充斥着浪漫色彩，他如同涉世未深的孩童，追逐着尘世间的种种快乐，在不得意之时，幡然醒悟，可以洒脱并且勇敢放弃，过程虽然曲折但最终走向了逍遥自在的境界。这之中的美学价值，可以从结局的悲剧性、贾宝玉矛盾的人物形象以及其精神所代表的崇高境界来体现。

觉醒的历程充斥着悲剧色彩。宝玉天生是多情之人，喜爱与女子相处，并不爱物质钱财，和女子的相处是他精神的寄托。他很幸运，出生在衣食无忧的家庭，不求功名利禄遭到训斥也并不影响他随性的作风。他可以和姐姐妹妹还有丫鬟们游园作诗，互相关心，成立海棠社；在遇见黛玉后，他明白了唯一的意义，但仍旧贪恋儿女之情；听到黛玉的《葬花吟》后，料想到世事无常，大家终究会散去，眼前的一切美好都是虚无。贾宝玉对于美的消逝和离去是无可奈何的，却又有着敏锐的认知，预感到了消逝的来临但无法做些什么，这无疑是一种悲剧。悲剧的结局必然有着悲剧的主人公，悲剧主人公的形象往往是饱满的、复杂的，他所承受的苦难在读者面前呈现出一种别样的美，最开始的痴迷仿佛是梦幻的，后来的疯癫让我们看到了宝玉的赤子之心，多次进入太虚幻境渴望见到仙子黛玉体现了一片痴情，求而不得最终顿悟，留在雪中的背影引起人们无限的遐想。由"痴迷"到"觉悟"的历程令人感伤，但更多的是悲伤过后重获逍遥与自由的美好想象。

同时，贾宝玉的性格也是矛盾的，在他由"痴迷"到"觉悟"的历程中可以看出。贾宝玉衔玉出生，具有神秘色彩，这块玉五颜六色，莹润剔透，府中众人皆认为这是有福气的兆头，"大如雀卵，灿若明霞，莹润如酥，五色花纹缠护"①，以至于后来的宝玉出场，曹雪芹也费尽笔墨描写贾府上下尤其是贾母对宝玉疼爱备至，但宝玉偏偏不爱诗书，痴迷女色，最后情缘斩断以致出家。曹雪芹智慧地运用了谐音的方法，贾宝玉乃"假宝玉"，不是美玉而是一块顽石罢了，是女娲补天时丢弃的一块通灵顽石。这也就不难解释为何宝玉从小性格顽劣，不读诗书，不爱功名。这样的宝玉是美玉和顽石的结合体，存有赤子之心的纯洁却又顽劣度日，可谓十分矛盾。同样，他的性格也是如此，即厌恶男尊女卑，对身边的姐姐妹妹受到欺凌的遭遇感到愤懑不平，却无力反抗，不敢发声，只是默默祭奠，暗自叹息。他天真无邪，却又早

---

① 曹雪芹.红楼梦：第八回［M］.北京：人民文学出版社，2008：162.

早看透这一切,若是平常人,痴迷后疯癫,便不能走出,唯有宝玉这样的性格与气度,在追求无果之后,上升到了一个新的境界,觉悟过来后获得新生。

其精神思想也达到十分崇高的境界,从"痴迷"到"觉悟"的历程可看出宝玉的思想境界非常人可比,也让我们体会到了那种痴情绝对转而洒脱逍遥的美感。他重视的是封建家庭最不屑的"情",尽管众人不解但他仍然坚守,无人如他一般痴迷至深,当晴雯、金钏、迎春等人都逝去后,他才明白了自己的坚守应该结束,红尘一梦终究变成了一片茫茫荒野,这样的精神境界无人可及,具有极高的美学价值,敢于沉沦也敢于及时脱手,追求另一种自由与逍遥。

贾宝玉由"痴迷"到"觉悟",历程尽管坎坷,但是整个过程充满着悲剧感与美感,将我们带入一个至真至幻的境界。宝玉痴情的形象往往为人诟病,但他最后的选择却令人感叹,可谓"人生自是有情痴,此恨不关风与月"。这一历程具有很高的美学价值,使我们在悲伤中获得领悟,悲剧具有净化效果,宝玉的觉悟过程让我们的心灵得到净化,让我们体会到天真烂漫的赤子之心与封建家庭的格格不入,敢于在这样的环境下做一个"顽劣"之人有多么的勇敢与不易,最后的所有都幻化为茫茫荒野,留下无限遐想。

四、贾宝玉觉悟历程的文化意义

作为《红楼梦》中的主要人物,也是中国文学史上的传奇人物形象,贾宝玉由"痴迷"到"觉悟"的历程具有深刻的文化内涵。这一形象的本身已寄托着作者的深意,与贾府的兴衰变化紧密相关的便是宝玉的心理变化,其中的文化内涵与意义代表着作者的思想,更对中国文学产生重要影响。贾宝玉的形象之所以特殊,转变之所以突然和巨大,正是因为宝玉是《红楼梦》全书主旨精神的重要体现,也是所有感情的交织点。分析贾宝玉转变历程的文化意义可以从三个方面入手,即其形象所代表的精神在文学史上的意义、贾宝玉的转变历程所体现的道家思想、作者内心志向的寄托。

贾宝玉的形象并不是纯粹的男子形象,而是混杂着女性化的特征,长相娇贵又不失英气,可谓"面若中秋之月……目若秋波。虽怒时而若笑,即瞋视而有情"[1],

---

① 曹雪芹.红楼梦:第三回[M].北京:人民文学出版社,2008:48.

喜爱女子的胭脂妆奁之物，又如黛玉一般爱哭，虽是男儿身，但夹杂着女性的纯美与洁净。作者将宝玉化为纯洁与美的代表，这也是《红楼梦》中作者最想要塑造的审美理想。多情又痴情也是他形象最重要的特点，他对贾府上下以及世间的所有女子都有着爱惜与喜爱之情，刘姥姥信口开河说的少女故事，宝玉也要一直追问，想知道结果；对袭人家两个姨表妹也怜爱呵护；对待黛玉更是痴情到底，无法割舍。对世间的女子都十分怜惜，想要去保护，看到她们遭遇不幸和苦难也希望自己可以将她们解救，这样的宝玉与传统礼教下的男子大有不同，他对女子的爱不是肉体上的欲望之情，而是纯洁美好的。贾府上下所有的人都想要去改变他，唯有黛玉不会，这也是他为何钟情于黛玉的原因。仔细分析贾宝玉这一形象和其转变历程不难发现，这在文学史上是特殊的，对当时的社会和当时的主流思想来说都是崭新的，具有特殊的文化意义，留下了可供研究的宝贵资料。

贾宝玉的觉悟历程贯穿着深刻的道家思想和自身高尚的精神品格。首先，贾宝玉对待女子的痴情以及痴迷，并不是普通的痴傻。这种痴迷透露着灵气，是一种褒义的天真，他的行为与人世间的行为准则相违背，尽管遭受着世人的辱骂和异样眼光，但他敢于做自己，遵从内心，顺从自然，符合道家思想。宝玉的痴迷与痴心使他成为大家眼中的无用之人，所谓的"富贵闲人"，但他的行为却处处符合自然天道。他爱好美好之物，摒弃世俗功名，在一定程度上可以超越等级观念去看待身边的人和事，不因是丫鬟就看轻嫌弃，反倒更加怜爱与保护。并且宝玉不重物质而重情义，相比爱财如命的王熙凤，宝玉更加自在超然，虽爱胭脂，但心怀敬重，对待美好的事物便加倍爱惜，对待钱财却是一点没放在心上，真真一个自由洒脱之人。最后宝玉觉悟，选择出家，找到了真正属于他的归宿，天生的顽石在人世间游走一番，用情至深，最终走向了属于他的逍遥之境。

宝玉转变历程同样寄托着作者的心志与向往。曹雪芹的经历并非一帆风顺，生长于富贵人家，但在雍正年间家族受到政治斗争的迫害，遭遇抄家之灾，少年时期一贫如洗，这也让曹雪芹看透了尘世间的种种虚无，他对封建官僚制度极其痛恨，渴望有一天可以改变这种局面，但在当时显然是不现实的，他贫困潦倒，只得通过塑造宝玉这一形象来寄托感情，表达内心的不满与向往自由之情。宝玉的形象以及最后的转变也代表着作者曹雪芹在一次次迷茫与追寻中，最终找到了寄托，明白了真正的向往。宝玉的赤子之心也是作者内心的净土所在，现实中无法改变的，最终在宝玉经历了红尘一梦和大起大落后,变为了茫茫荒野,一切就像从没发生过一样,但终有了归宿。

贾宝玉由"痴迷"到"觉悟"的历程所展现的不仅是一个人物的心路历程,更是引发读者体验与思考的美好幻境,同样,更是作者心之向往的寄托。贾宝玉在红尘和痴迷中做了一场大梦,梦醒后独留一片茫茫荒野,风雪中的残影是他最后的道别,他带着对自由纯洁的向往永远存在着,也让我们被这片赤子之心打动,在这片净土永远怀念这个至真至美的心灵。

参考文献

[1]高小慧,李扬洁.贾宝玉"畸人"形象探究[J].河南教育学院学报(哲学社会科学版),2019,38(5):8-13.

[2]王宁.贾宝玉的文化性格蠡测[J].文化学刊,2019(1):115-116.

[3]梁归智.贾宝玉结局之谜(上)[J].名作欣赏,2018(1):36-40.

[4]柳芸.贾宝玉的智慧[J].月读,2017(6):91-94.

[5]崔嘉琪.贾宝玉的文化史意义[J].北方文学,2019(3):59-61.

《补江总白猿传》中"白猿"形象的历史源流初探

王向阳

　　摘　要:《补江总白猿传》是唐传奇小说初期的代表作之一,其中"白猿"形象的塑造非常成功。这个独特的艺术形象继承了前代作品的许多特质,经过作者的奇妙构思、融合创新,形成了一个生动传神而又多元复杂的全新形象;其又对后世文学产生了深刻的影响,成为唐之后众多文学作品中"猿猴"形象的重要来源之一,直至当代仍有余韵。这一"白猿"形象,是我国"猿猴文学传统",尤其是"白猿文学传统",在建构完善过程中的一个重要节点。因此,其历史来源与流变,以及与"白猿文学传统"的关系,都值得从一个新的历史视角深入探究。

　　关键词:《补江总白猿传》;白猿;唐传奇;历史源流;文学传统

　　《补江总白猿传》,别名《白猿传》,是唐代传奇小说初期阶段的重要作品,在题材的选择、情节的安排、形象的刻画、环境的营造、谋篇布局等各个方面,都体现出鲁迅先生在《中国小说史略》中所说的唐传奇"始有意为小说"的特点,在艺术水准上可以说较六朝小说有了很大的提升,历来受到学界重视。作品在形象刻画方面有着较为突出的成就,成功塑造了欧阳纥、白猿、欧阳妻、众妇女等典型的艺术形象。其中尤属白猿的艺术形象突出、意蕴丰富,将之前的几类猿猴形象熔铸一身,以新颖多元的面貌和生动传神的形象留墨文学史。

　　对于《白猿传》中的"白猿"形象,历来不乏学者分析研究,因此有各个角度的研究成果。有直接探究分析"白猿"整体形象的,如《浅析〈补江总白猿传〉之白猿形象》(载《传奇·传记文学选刊(教学研究)》2013年第8期)、《浅析〈补江总白猿传〉中白猿的艺术形象》（载《湖北经济学院学报（人文社会科学版）》2017年第3期）、《〈补江总白猿传〉白猿形象探微》（载《内江师范学院学报》2019年第1期）；有从母题视角研究这一形象的，如《佛教对中国古代小说的影响——以"猿猴盗妇"母题为个案的研究》（载《晋阳学刊》2012年第2期）、《论"猿猴盗妇"故事的文人想象与宗教叙事》（载《民族文学研究》2013年第2期）；有探究"人猿关系"与"人猿恋"的，如《人猿之缘在古小说中的嬗变》（载《南阳师范学院学报（社会科学版）》2004年第2期）；有探究"白猿"以及《白猿传》的文化意蕴和道德意蕴的，如《借"人"跨越文化差异——以〈白猿传〉为例》（载《安徽文学（下半月）》2018年第5期）、《重估唐初小说〈补江总白猿传〉的思想价值》（载《合肥师范学院学报》2013年第5期）；有与其他作品对比分析"猿猴"形象的，如《浅析〈补江总白猿传〉〈申阳洞记〉之异》（载《文学界（理论版）》2010年第4期）、《花开两朵，各有异香——〈补江总白猿传〉和〈陈巡检梅岭失妻记〉的比较》（载《兰州教育学院学报》2014年第4期）；有以整体的文学传统视角探究猿猴形象而涉及本文的，如《中国古代通俗小说中"白猿传书"模式初探》（载《齐齐哈尔大学学报（哲学社会科学版）》2012年第2期）、《明前文学作品中猿猴故事的演变》（载《文艺评论》2013年第12期）。

在以前的研究中，对于《白猿传》中"白猿"形象的文学来源，以及其对后世文学发展的影响，虽然很多文章有所涉及，但是仍然缺乏系统性的论述和研究，也缺乏以"白猿"这一形象作为立足点的整体研究。至于从整体上讨论"白猿文学传统"和"白猿"形象历史演变的文章，也没有具体深入挖掘《白猿传》这一作品的独特"白猿"形象。这样也就难以将这一独特形象放入整个的历史文学传统的视域中深入分析讨论，也难以发现其重要地位。

因此，从《白猿传》"白猿"本身形象的探究、"白猿"形象的历史来源、"白猿"形象的发展流变三个方面，来梳理《补江总白猿传》中"白猿"形象的历史源流，并尝试探讨《白猿传》中"白猿"形象在我国"白猿文学传统"的位置和作用，有助于从"白猿文学传统"这一视角重新看待《补江总白猿传》中的"白猿"形象，对其有更深入的认识。

一、《白猿传》中"白猿"形象的辨析探究

对于《补江总白猿传》中"白猿"形象的分析，很多学者都有相关论述，但专门论述这一形象的文章都仅止于"白猿"（非集合概念）这一实体在文本中的形象（也就是这个"人物"形象），而忽视了其作为"白猿"（集合概念）这一文学传统的有机组成部分的性质（也就是其"概念形象""文学符号"意义）。换言之，以前的研究更关注的是《白猿传》中"白猿"这一具体形象的整体形象特征，而本文更多关注的是《白猿传》中"白猿"这一形象所体现所包含的符合"白猿"文学传统的整体特质的"白猿"意象，是一个相对抽象的文化形象，这个文化形象是《白猿传》中"白猿"形象的一个重要部分。这两者是有较大区别的。因此，在讨论这个问题时，区分"白猿"的实体文本形象和"白猿"的文化概念形象是很有必要的。当然，探究"白猿"的文化形象不能脱离《白猿传》中"白猿"的具体形象，更不能脱离文本进行。

文中的具体白猿形象，融合了唐以前众多作品中的猿类形象的特点和故事原型，又有作者自己的独特创新，所以具有多元复杂的特质。甚至由于不同方面的性质差异过大，阅读者在不进行深入分析把握的前提下，还容易产生困惑和误解，误以为这个形象是分裂的、塑造不成功的。但如果细细品读体会，再按照对白猿的描写将具体特质分类分析，就能发现这个形象看似矛盾的方面其实并不矛盾，作者赋予其极具个性的品格和灵魂，各个特质浑融一体，呈现给读者一个集兽性、人性、神性于一体的奇妖形象。

白猿的这兽、人、神三种特性，又都可以分成两个方面来分析。首先，白猿作为一种动物，自然拥有兽性。当以人类视角来定义兽性，则其既包含动物特有的自然天性，也包含以人文为中心的视角下动物落后于人类的特性，这主要体现为智慧上的愚昧和道德上的野蛮，当人类个体自身表现出愚昧和野蛮时，就也会被定义为禽兽之行。白猿居于深山绝巅，与虎狼怪兽为邻，"饮食无常，喜啖果栗"[①]，午出晚归，"遍身白毛，长数寸"，这是自然赋予的正常猿性，表现出一只普通白猿的生活习性。其又"尤嗜犬，咀而饮其血""见犬惊视，腾身执之，披裂吮咀，食之致饱"，"夜

---

① 本文所引《补江总白猿传》原文皆出自鲁迅：《唐宋传奇集》，《鲁迅辑录古籍丛编》第 2 卷，人民文学出版社 1999 年版，第 18－21 页。之后只标注引号，不再一一说明。

就诸床嬲戏,一夕皆周,未尝寐",这是野蛮嗜血、不能自控、纵欲无度的野蛮兽性。

其次,在这篇作品中,白猿被作者赋予了浓郁的人性,人性的复杂性和情感的矛盾性在白猿的形象上表现得淋漓尽致,使这个形象真实饱满,动人异常。从哲学、心理学、宗教学等各个角度,人性都可以大致分为正反两面,白猿也表现出这样两面。在白猿最初出场时,形貌衣着便相当不凡,"有美髯丈夫,长六尺余,白衣曳杖",在补叙中则是"且盥洗,著帽,加白袷,被素罗衣",都已经是人类的衣着行为;其求生畏死、期望长生、预知到自己将死之后"怅然自失",并且渴望子嗣,在临死时面对欧阳纥力图保全血脉,完全是一个人类的心理和情感;而其居所"清迥岑寂,杳然殊境",仿佛道家清修之地;又"言语淹详,华旨会利",俨然饱学之士。这都是白猿的正常人性,传神且复杂,并含有浓郁文人、道士气息。"他"又好色窃女,色衰者必弃置;"好酒,往往致醉,醉必骋力";喜藏珍宝,"凡人世所珍,靡不充备",这些都是白猿偏负面的人性。

最后,作为传奇小说中被神化的形象,作者发挥了充分的想象,因而白猿有着凡人无法拥有的奇异能力和超然性,体现出超然的神性,这是不同于六朝志怪小说中大多数动物展现的奇异性的,是唐传奇特有的传奇神异性,为唐之后的话本小说和神魔小说中的种种神异描写提供了灵感来源。白猿有"力能杀人,虽百夫操兵,不能制也""如匹练自他山下,透至若飞""遍体皆如铁""不知寒暑"的超人力量和神性。也更有"常读木简,字若符篆,了不可识""或舞双剑,环身电飞,光圆若月""所须无不立得"、寿长千岁、可知天命的超然奇异神性。

这是文本中的整体白猿形象,集兽性、人性、神性于一体,而这三种特性也各有两面,这多个方面通过不同的视角、不同的场景,以不同的层次体现出来,因而是有序组合乃至有机融合的,看似矛盾,实则合理统一,整个白猿形象饱满复杂、生动传神。而这个"白猿"形象与"白猿文学传统"相合的,能展现出"白猿"这个文学意象特征的,并不是全部的具体"白猿"形象,而是正常猿性、正常人性和全部神性组合的那一部分。当然,"白猿文学传统"这一系统本身就具有相当的复杂性,表现在文学作品中是相对含混的,形象边界也不够清晰,尤其是经《白猿传》这一小说之后更是时常和"猳玃文学传统"相混杂。但是这里讨论的主要是"白猿意象"本身的特性,因此本文以白猿传统形象的中心意象作为探究分析的基点。

具体的"白猿"形象是复杂的多面的，有正面与负面的糅合：一方面其超然若仙，仿佛神猿；一方面又纵欲残忍，如同魔猴。这两者仿佛天然对立矛盾，但这正是《白猿传》形象塑造的高超之处和创新之点。而导致"白猿"这个形象如此复杂有味的原因，就是其两个主要的文学来源。

二、《白猿传》中"白猿"形象的历史来源

《白猿传》中"白猿"的具体形象有两个主要的历史来源：一是"猳玃"，是《白猿传》的故事模式和白猿好色淫乱等负面形象特征的来源，来自传统故事中"猳玃盗妇"（也就是"猿猴盗妇"）的母题；二是"白猿"，白猿气质格调和超然神异等正面形象特征的来源，来自此前形成的"白猿文学传统"。这两种不同的文学形象在《白猿传》中有机地融合在一起，使这个"白猿"形象因复杂而真实，因矛盾而生动，独特鲜明，也形成了与以往不同的"白猿"类猿猴形象传统。

"猳玃盗妇"的故事汉代以前就已经开始在巴蜀地区流传，"'猳玃盗妇'题材在汉代蜀地画像石中频繁出现"①。"猳玃"的文学形象起源于西汉焦延寿《焦氏易林·坤之剥》："南山大玃，盗我媚妾，怯不敢逐，退然独宿。"②之后晋代张华《博物志》详细记载了"猳玃""马化"盗妇的故事，《搜神记》中也记载了"猳国""马化""玃"的故事，与《博物志》记述几无不同，都是蜀地猳玃盗取妇女奸淫生子的故事。梁任昉《述异记》等书中也有此类传说，已经形成了"猳玃盗妇"的故事范式，"猳玃"这一意象已经成为一个文学传统。而《白猿传》则继承了这个故事模式，"白猿"负面的形象特征也差不多按照猳玃来塑造，结局描述其状一句"即猳玃类也"更是直指来源。

但是对于白猿的"猳玃"特征，作者其实只是将历史形象以个体面貌详细展开，并无过多着意刻画，若说创新则是大约添加了"尤嗜犬"这一点。虽然写其盗取少女、好色淫乱、"披裂吮咀"的可厌可怖，但相比起描写其正面的特征，仍然着力不多，而"白猿"怅然若失、超然神异的特性则在文中展现得淋漓尽致，颇能展现出唐初士人的生命意识和浪漫幻想。且"白猿"及相关形象在文中多次出现，小说也以

① 陈志勇.论"猿猴盗妇"故事的文人想象与宗教叙事[J].民族文学研究,2013(2):117-127.
② 焦延寿.焦氏易林新注[M].北京:中国书店,2010:47.

"白猿"命题,而"猳玃"只此一处,应当是意指其形象来源,这已经能够反映出作者的部分倾向。

"白猿"现今可见最早文学记载应当是《山海经·南山经》的两处记述:"又东三百里,曰堂庭之山,多棪木,多白猿,多水玉,多黄金。"①"又东五百里,曰发爽之山,无草木,多水,多白猿。"②"白猿"作为珍奇异兽与诸多宝物矿材一起出现,其形象与藏宝已经关联在一起。其实,在这里白猿也隐约与长寿长生相关联:水玉即水精、水晶,《山海经》郭璞注和《列仙传》都记载赤松子服水玉而成仙,而黄金也是道教外丹派炼药的重要原料,都与长生成仙有关。后世的文学作品继承这种关联,于是白猿与长生紧密联系起来。

当然,白猿与长寿长生相关不只是这个原因,更与长久以来的文化心理有关。猿本身即与导引行气之术有关。《说文》中有"蝯"无"猿","蝯"为正字:"蝯,善援,禺属。"还有"爰,引也"。蝯从爰得声,根据声训,其义也与爰相关,因此猿与导引有关,这从其他文献中也可以得到例证,如董仲舒《春秋繁露·循天之道》:"猿之所以寿者,好引其末,是故气四越。"③而在中国古代,白色也意味着长寿和年老,葛洪《抱朴子·内篇》载:"虎及鹿兔,皆寿千岁,寿满五百岁者,其毛色白……鼠寿三百岁,满百岁则色白。"④因此猿本身就多寿,白猿更是长寿的象征。

《吕氏春秋·博志》和《淮南子·说山训》则记载了白猿和养由基的故事,白猿虽作为配角,但已经体现出特异之处。《吕代春秋》:"荆廷尝有神白猿,荆之善射者莫之能中,荆王请养由基射之。养由基矫弓操矢而往,未之射而括中之矣,发之则猿应矢而下,则养由基有先中中之者矣。"⑤其中已经有了"神白猿"的称呼。

东汉赵晔《吴越春秋》卷下《勾践阴谋外传第九》中:

"处女将北见于王,道逢一翁,自称曰袁公。问于处女:'吾闻子善剑,愿一见之。'女曰:'妾不敢有所隐,惟公试之。'于是袁公即杖箖箊竹,竹枝上颉桥,末堕地,女即捷末。袁公操其本而刺处女,女应,即入之。三入,处女因举杖击之。袁公则

① 袁珂.山海经校注[M].上海:上海古籍出版社,1980:2.
② 袁珂.山海经校注[M].上海:上海古籍出版社,1980:17.
③ (清)苏舆.春秋繁露义证[M].钟哲,点校.北京:中华书局,1992:449.
④ 王明.抱朴子内篇校释·卷三:对俗[M]//新编诸子集成:第一辑.北京:中华书局,1985:47-48.
⑤ 吕不韦等.吕氏春秋[M]//诸子集成:第六册.北京:中华书局,1986:314-315.

飞上树，变为白猿。遂别去。"①

"白猿""袁公"与越女试剑的故事塑造了一个剑术高超、能够化人的白猿形象，从此"白猿"作为能够变化成老人的剑侠的文学传统开始形成，在文学作品中屡屡现身。庾信《周柱国大将军纥干弘神道碑》有："受书黄石，意在王者之图；挥剑白猿，心存霸国之用。"②从此之后"白猿传剑"成为文学作品中常用的典故。

"白猿"意象成型的另一个重大来源是《拾遗记》卷八《蜀》记载的周群得"白猿授书"的故事：

"周群妙闲算术谶说。游岷山采药，见一白猿，从绝峰而下，对群而立。群抽所佩书刀投猿，猿化为一老翁，握中有玉版长八寸，以授群。群问曰：'公是何年生？'答曰：'已衰迈也，忘其年月，犹忆轩辕之时，始学历数，风后、容成，皆黄帝之史，就余授历数。至颛顼时，考定日月星辰之运，尤多差异。及春秋时，有子韦、子野、禅灶之徒，权略虽验，未得其门。迨来世代兴亡，不复可记，因以相袭。至大汉时，有洛下闳，颇得其旨。'群服其言，更精勤算术。乃考校年历之运，验于图纬，知蜀应灭。及明年，归命奔吴。皆云：'周群详阴阳之精妙也。'蜀人谓之'后圣'。白猿之异，有似越人所记，而事皆迂诞，似是而非。"③

这个"白猿"是一个隐居深山、长寿博学、执掌历数天书的神猿，而《白猿传》中的白猿"所居常读木简，字若符篆，了不可识"，"言语淹详，华旨会利"，又寿长千岁、能知天命，显然受到了这一故事的影响。自此之后，中国"白猿文学传统"的基础和中心意象已经奠定，"白猿"成了隐居深山、采气长寿、可以化人、剑术超群、执掌天书、道法神奇、收藏许多奇珍异宝的神猿意象，并与道家、道教文化联系紧密，超然神异。其后白猿意象在发展过程中，也与猿猴偷桃、猿声哀鸣、猴性急躁桀骜、猳玃盗妇等文化意象关联、混杂、融合在一起，并逐渐受到佛教文化的影响，这些在《白猿传》中也有一定程度上的体现。

《白猿传》中具体的"白猿"形象，继承融合了"猳玃盗妇"传统和"白猿传剑""白猿授书"的"白猿"高士传统，并加以作者自己的创新构思和独特发挥，终于在文

① 周生春.吴越春秋辑校汇考[M].上海：上海古籍出版社，1997：151-152.
② 庾信.庾子山集：卷一四[M].许逸民，校点.北京：中华书局，1980：534.
③ 王嘉.拾遗记[M].北京：中华书局，1981：195-196.

学史上形成了这一个既符合文学传统又绝不同于前人的独特"白猿"形象,而"白猿"这一文学传统也因为这个文学形象而发生了巨大的变化。

通过前文的论述,可以看到,《白猿传》中的"白猿"形象的突出地位有五点:一是首次将"猳玃"和"白猿"两个传统形象融合起来,使其形象复杂多面,独特创新;二是使"猳玃"的形象从六朝志怪小说中的群像到个体形象,从纪实到传奇;三是塑造了中国文学史第一个清晰完整、具体生动的猿猴精变形象,之前的猿猴成精类形象都过于简单,也没有完整的故事情节使之充分展现,而《白猿传》中白猿成精的故事成为后世文学的原型;四是首次将"白猿传统"中的"白猿传剑"和"白猿授书"两个分支进行一定的融合,"白猿文学传统"的主体面貌第一次正式确立,也使这个具体形象的"白猿"特征超然生动;五是在原本"白猿"意象富有神性的基础上,加入了浓郁的人性色彩和生命意识的元素,使其富有人味,独特且动人,文中对"白猿"的补叙描写生动、刻画入骨,使得这一形象在这个方面熠熠生辉,让读者不自觉中忽略了其恶的一面。

三、《白猿传》中"白猿"形象的发展流变

《白猿传》中"白猿"以其独特生动的形象、高超的艺术水准、在文学传统中的重要地位,在文学史中留下了浓墨重彩的一笔,对后代文学的影响极深。这体现为自唐至清历朝历代的话本小说、公案小说、神魔小说、武侠小说甚至诗词韵文都对这一形象有所借鉴,以至于在近现代的武侠小说、玄幻小说中都能分析出其影响痕迹。

北宋李昉撰《太平广记》卷467引唐小说《戎幕闲谈》中,记载了淮涡水神"无支祁"的形象。据唐李肇《唐国史补》所载,无支祁的形象流传已久,其故事模型也与《白猿传》差异较大。但《戎幕闲谈》中无支祁的形象与《唐国史补》中记述的"青狝猴"并不相同,可见《戎幕闲谈》中的无支祁形象有所发展,其形象和描述应当对《白猿传》多有借鉴:"见一兽,状有如猿,白首长鬐,雪牙金爪。"从青狝猴变为白首形如猿猴的形象,应当是对《白猿传》中的美髯白猿的借鉴。无支祁"颈伸百尺,力逾九象,搏击腾踔疾奔,轻利倏忽",与白猿"力能杀人,虽百夫操兵,不能制也""如匹练自他山下,透至若飞"的特点非常相似;无支祁"引颈伸欠,双目忽开,光彩若电,顾视人焉,欲发狂怒"基本上借鉴了对白猿被缚后"顾人蹙缩,求脱不得,目光如电"的

描述；无支祁"善应对言语"，在之前是没有这个特点的，应当是继承自白猿"言语淹详，华旨会利"的能力。①

更明显的影响则体现在载于《清平山堂话本》卷三的宋话本《陈巡检梅岭失妻记》，其故事模式和"白猿"精的形象都无疑继承自《白猿传》。《失妻记》中对白猿精的刻画："兴妖作法，摄偷可意佳人，啸月吟风，醉饮非凡美酒，与天地齐休，日月同长。"②借红莲寺老僧口道出："此怪是白猿精，千年成器，变化难测。"这些都明显继承自《白猿传》。《失妻记》也结合民间传说，对白猿形象有了较大发展：白猿精，号申阳公、白巾公，号称齐天大圣，住在梅岭申阳洞，有弟兄三人，"一个是通天大圣，一个是弥天大圣，一个是齐天大圣。小妹便是泗洲圣母"。并且经常"到寺中听说禅机，讲其佛法"。这都说明这个白猿精广泛吸收了其他文学作品和民间传说中的元素，且受到佛教文化的影响，对其后的《申阳洞记》《西游记》《封神演义》都有一定影响。

谈到猿猴类形象，就不得不提到《西游记》，孙悟空是中国文学史中最经典的猿猴类形象。据李安纲《孙悟空形象文化论》（陕西师范大学 2000 年博士学位论文）分析，《白猿传》中的白猿形象、《戏幕闲谈》中的无支祁形象、《失妻记》中的齐天大圣"白猿"精，都对《西游记》中孙悟空初始形象有一定影响，而后两者都受到了《白猿传》的影响，所以这也意味着《补江总白猿传》中的白猿形象对孙悟空形象的形成有较大的影响。西游故事在唐代即有雏形，宋代有了较大发展，当时最有影响的文本就是《大唐三藏取经诗话》，其中出现了"猴行者"的形象，是孙悟空最早的源头之一，是一个"铜头铁额猕猴王"③，有两万七千八百岁，以"白衣秀才"的面貌出现，循规蹈矩，言辞有理，出口就是诗词，这都与《白猿传》中刀枪不入、寿长千岁、"加白袷，被素罗衣""言语淹详，华旨会利"形象无比相似。元杂剧《二郎神锁齐天大圣》也与《西游记》有着明显的继承关系，其中齐天大圣"与天地同生，日月并长，神通广大，变化多般"，"姊妹五个：大哥哥通天大圣，吾神乃齐天大圣，姐姐是龟山水母，妹子铁色猕猴，兄弟是耍耍三郎"④直接继承了《失妻记》；其"闲游洞府，赏异卉奇花；闷绕清溪，玩青松桧柏"，"腾云驾雾飞霞"，喜爱喝酒，则与《白猿传》有相当的关

① （宋）李昉.太平广记：卷467[M].北京：中华书局，1961：3845－3846.
② （明）洪楩.清平山堂话本[M].上海：上海古籍出版社，1992：74.
③ 无名氏.大唐三藏取经诗话[M].上海：中国古典文学出版社，1954：2.
④ 无名氏.二郎神锁齐天大圣[M]//孤本元明杂剧：卷四.北京：中国戏剧出版社，1958.

系,而这都影响了《西游记》,比如花果山洞天福地的秀美景色、筋斗云和孙悟空偷喝仙酒。元末明初杨讷的《西游记》杂剧对《西游记》小说影响最为重要,杂剧中的孙悟空号称"通天大圣",抢占金鼎国公主为妻,"小圣弟兄、姊妹五人,大姊骊山老母,二妹巫支祇圣母,大兄齐天大圣,小圣通天大圣,三弟耍耍三郎"①继承自《失妻记》;"火眼金睛"则继承自无支祁"金目雪牙",并且还提及了"巫支祇";而"铜头铁额"、寿命悠久、抢占金鼎国公主、好色、十万八千里的筋斗云都有《白猿传》的痕迹。综上所述,《白猿传》的白猿形象对《西游记》的孙悟空形象有重要的影响。

值得注意的是,《白猿传》将"猳玃"传统与"白猿"传统融合后,后世两类文学传统有了一定的混合,边界混杂起来,也产生了一批盗妇的"淫猿"形象,明显受到《白猿传》的影响,但与"白猿"文学传统距离较远,而离"猳玃"文学传统较近。由于本文论述中心为"白猿"形象,不再赘述。这类作品形象有南宋曾慥《类说》卷十二《老猿窃妇人》的老猿、明末《型世言》第四十回中的猴精、《初刻拍案惊奇》卷二十四《会骸山大士诛邪》中的猴精、清《百家公案·包公智捉白猴精》中的白猴精等。明代瞿佑小说集《剪灯新话》卷三《申阳洞记》也明显受到《白猿传》和《失妻记》的影响,《申阳洞记》的猿精也状"猳玃"类,而且洞中藏有宝剑,这很明显受到《白猿传》的直接影响。

由罗贯中编次、冯梦龙增补的四十回本《三遂平妖传》,可以算是白猿传说的集大成者,剑术高超、神通广大的通臂白猿"袁公"的形象源头之一就是《白猿传》,当然在这里"白猿传统"已经定型,脱离了《白猿传》中"猳玃"传统的影响,是比较纯粹的"白猿"形象,这个白猿形象也与《西游记》中的孙悟空和《封神演义》中的袁洪形象有一定关系。《白猿传》还影响到了诸多明代志异小说的白猿形象:明万历年间小说《云合奇踪》中看守兵书的白猿,被刘伯温放走后又去诱惑少女;明沈会极《皇明通俗演义七曜平妖全传》第六十六回中的白猿精、明晚期小说《归莲梦》中的白猿都是"白猿授书"的典型例子,都无疑受到了《白猿传》的影响。

到清代,这一白猿形象的影响依然不绝。清神魔小说《封神演义》中的白猿精梅山大圣"袁洪"、清李百川《绿野仙踪》中的袁不邪、清钮琇《觚賸续编》中被徐生

---

① 隋树森.元曲选外编[M].北京:中华书局,1959:654.

从大铁钟下救出的会法术的白猿、清董潮《东皋杂抄》中会剑术的白猿，都或多或少地受到了《白猿传》中白猿形象的影响。尤其是《绿野仙踪》中的袁不邪，精通一十二路青龙双剑法，有一段描写："初时若两条白练，一起一落；次后犹如百道银蛇，攀折远近；再次镶一轮明月，与天上月色争圆。至后，止觉得寒辉冷气逼人眉宇，令人生怵惕之心。看到眼花缭乱处，通无人影，又像一片雪山来回摇动。真仙传也。"①舞剑的情形与《白猿传》的描写"晴昼或舞双剑，环身电飞，光圆若月"有明显的继承关系。以至于《白猿传》对近现代诸多武侠小说，如金庸小说，甚至当代网络文学中的仙侠小说、玄幻小说都有很大的影响。

因此，《补江总白猿传》中的"白猿"形象上承先秦汉晋的文学渊源，下启宋元明清直至今天的文学传统，是我国"白猿文化传统"的重要一环。既吸收前代白猿传统，又有自身独特创新，不与之前类同；既给后世新的白猿传统提供借鉴，又不失其独特魅力，不会被替代。其可谓影响深远，独特的艺术形象在"白猿文学传统"中的历史源流与历史地位不容忽视。这一形象作为我国文学史上第一个清晰完整的猿猴精变形象，又是我国"白猿文学传统"第一次集中的生动展现，其开创和源头意义都相当重要。

参考文献

[1]（宋）李昉.太平广记：卷444[M].北京：中华书局，1961.

[2]（明）洪楩.清平山堂话本[M].北京：文学古籍刊行社，1987.

[3]鲁迅.唐宋传奇集[M]//鲁迅辑录古籍丛编：第2卷.北京：人民文学出版社，1999.

[4]李安纲.孙悟空形象文化论[D].陕西师范大学博士学位论文，2000.

[5]陈珏.初唐传奇文钩沉[M].上海：上海古籍出版社，2005.

[6]（美）巫鸿，郑岩，王睿.礼仪中的美术：巫鸿中国古代美术史文编：上卷[M].郑岩，等译.北京：生活·读书·新知三联书店，2005.

[7]鲁迅.中国小说史略[M].上海：上海古籍出版社，2006.

---

① （清）李百川.绿野仙踪[M].北京：中国戏剧出版社，2001：945.

[8](荷)高罗佩.长臂猿考[M].施晔,译.上海:中西书局,2015.

[9]伏漫戈,高晓娜.明前文学作品中猿猴故事的演变[J].文艺评论,2013 (12):19-23.

[10]王立.明清猿猴叙事的中外文化史渊源[J].河北学刊,2016,36 (3):93-98.

[11]赵小兵.浅析《补江总白猿传》中白猿的艺术形象[J].湖北经济学院学报 (人文社会科学版),2017,14(3):64-66.

[12]徐紫云,刘梦.《补江总白猿传》白猿形象探微[J].内江师范学院学报, 2019,34(1):10-14.

陆德明、朱熹《诗经》注解之差异比较
——以《关雎》为例

赵 鹏

摘 要:《诗经》是儒家的经典之一,历来受到学者的重视,而《关雎》作为《诗经》第一篇,其重要性更是不言而喻。唐宋时期著名学者陆德明和朱熹都曾为《诗经》作注解。陆德明与朱熹所处时代不同,注释内容、方法和思想也大为不同。从二人对于《关雎》注解的差异来看,陆德明《经典释文》对《毛诗》进行注释,注释的重点在于字词的音义问题。注释过程中,注音为主,训义兼辨,多方引证,谨慎考辨。朱熹《诗集传》在疑古思想和追求义理的引领下,根据诗的原本的内容采用传的形式为其作注,自传内容较多,注文通顺易懂,具有一定文学色彩;对待文字音义问题与前人不同,随文释义、名物解释较多;串讲诗句寓意多灌输自己的思想,不拘泥于古注,以便教化。

关键词:《关雎》;《经典释文·毛诗音义》;《诗集传》;音义;义理

对古籍的注释历来是文献学和训诂学的重要内容。古籍年代越久远,文字越简略,所载内容往往不容易理解,因此,才会有注释。随着时间的推移,后人对注释的内容也不甚理解,就出现了补注、疏等新的注解形式。由于我国古籍卷帙浩繁,学者不可能为所有古书作注,因此,越是有价值的书,为其注释的学者也越多。由于历史悠久以及汉以后思想上的独尊地位,儒家经典无疑是学者注解的重中之重。《诗》作为儒家经典,汉代立于学官,与《书》《礼》《易》《春秋》合称五经。《诗经》是我国最早的诗歌总集,其文学价值、历史价值、思想价值都是不言而喻的。孔子如此评价《诗经》:"《诗》三百,一言以蔽之,曰'思无邪'。"①科举制度形成以来,儒家经典也成为科举考试必考内容,因此《诗经》一直受到众多学者的追捧。有许多学者为《诗经》作注,如东汉经学家郑玄曾为《毛传》作"笺";至唐,陆德明作《经典释文》,其中有《毛诗音义》三卷,孔颖达作《毛诗正义》;及宋,苏辙作《诗集传》,朱熹作《诗集传》;清代,马瑞辰撰《毛诗传笺通释》;等等。不同的时代有不同的理解,不同的作者注释的内容、方法和思想也会不同。

《经典释文》是陆德明最具代表性的著作,共三十卷,给除《孟子》以外的十二经做了释文。列举了经典中某些文字的音义以及不同传本文字的异同,是研究经学的重要文献。

《诗集传》是朱熹训释《诗经》的作品。《诗集传》一改前人训释风格与传统,通顺易懂,训释明了,具有一定文学特色,同时还提出了许多新的观点与说法,是研究《诗经》十分重要的文献。

本文将以《关雎》为例,从以下几个方面比较《经典释文·毛诗音义》和《诗集传》的注释差异。

一、注释的主要内容、方法及侧重点

《经典释文》是解释经典中文字音义的作品,它以考证古音为主,兼辨训义,同时含有对异文的校勘和辨析。它对原文和注文的音读,广泛吸纳各家的成果,全书所采汉魏六朝230余家的古音。它保存了唐以前诸经典及其注解中文字的古音和句读,为我们今天研究唐以前的语音演变提供了重要的参考资料。在语义方面,陆德明兼收各家注解来解释文义。这些注解,有的本来已经亡佚,由于《经典释文》的引用而流传下来,使后人得以了解考释古义。这里摘录了《毛诗音义》中《关雎》一篇正文中所训释的字词:

雎:七胥反。鸠:九尤反。雎鸠,王雎也,鸟之有至别者。之洲:音州,水中可居者曰洲。淑女:常六反,善也。好:毛如字,郑呼报反。逑:音求,毛云:匹也。本亦作仇,音同。郑云:怨耦曰仇。参:初金反。差:初宜反,又初佳反。荇:衡猛反,本亦作莕,接余也。沈有泣反。寤:五路反,觉也。寐:莫利反,寝也。悠哉:音由,思

---

① 刘宝楠.论语正义:上[M].北京:中华书局,1990:39.

也。芼之：毛报反，择也。乐之：音洛，又音岳，或云协韵，宜五教反。①

《毛诗音义》对于文字的字音、字义解释十分详细，《经典释文》注音明显多于注义，这是因为汉字形音义一体，而古代多以音寄义，注音同时也极大程度地说明了意义。关于注音，陆德明在《毛传》的基础上，又对一些词做了注音工作，例如对于"鸠""淑""芼"等字的注音；"荇""乐"分别引用了沈重的说法和当时流行的叶韵，丰富了训释内容。

陆德明博学广识，不仅通晓前人古注，更深通儒释道三家学说，所以才能在撰写经典释文时，采各家之说，同时对经典进行正音、正字、正义。陆德明在《经典释文》序中，阐明了《经典释文》的撰述宗旨：古今并录，括其枢要，经注毕详，训义兼辩，质而不野，繁而非芜，示传一家之学，用贻后嗣。② 从一定意义上来说，《经典释文》并非仅仅是解释文字音义的作品，它有着厘清学术脉络的重要的目录学作用。《经典释文序录》中对《毛诗》如下几个方面做了简要的叙述：《诗经》的意义、流传，其中对后汉情况记载尤为详细，因"后汉郑众、贾逵传《毛诗》，马融作《毛诗注》，郑玄作《毛诗笺》，申明毛义，难三家，于是三家遂废矣"③。尽管《毛诗郑笺》被大家广泛认可，但陆德明也介绍了有关诗的争论情况，并列举了有关毛诗的著作。

到了宋代，由于距离《诗经》产生年代较久远，许多名物的含义不甚明晰。而汉代学者的注解中对于名物的解释也不完全适用。所以《诗集传》对于内容的训释更注重对名物的解释上。对于名物的解释，朱熹并没有完全否定汉儒的训诂成果，他认为虽然汉儒过于注重文字之义而荒废义理，但他同样肯定了汉儒正读音、通训诂、考制度、辨名物的功劳。作传时，他认同《毛传》释义的地方比较多，大量引用《毛传》进行注解。例如：

关关，雌雄相应之和声也。睢鸠，水鸟，一名王睢。状类凫鹥。今江淮间有之。河：北方流水之通名。洲：水中可居之地也。窈窕：幽闲之意。女者，未嫁之称……④

同时，对于名物的解释往往融会了三家之说。另外，《诗集传》中还引用了孔

---

① 陆德明.经典释文：卷五[M].北京：中华书局，1983：53.
② 陆德明.经典释文：卷一[M].北京：中华书局，1983：1.
③ 曾贻芬，崔文印.中国历史文献学史述要[M].北京：商务印书馆，2010：192.
④ 朱熹.诗集传：卷一[M].北京：中华书局，1958：1.

子、子思、孟子、苏轼、刘向、司马迁、郑玄、陆德明、孔颖达等知名学者的观点,使名物更加通俗易懂,例如,解释"雎鸠"的时候,不仅对《毛传》的"挚而有别"进行了解释,更采用了《列女传》的相关内容:

生有定偶,而不相乱,偶常并游而不相狎。故《毛传》以为挚而有别。《列女传》以为人未尝见其乘居而匹处者,盖其性然也。毛传之"挚"字与至通,言其情意深至也。①

朱熹对于名物的解释还经常进行详细的摹状:

荇,上青下白,叶紫赤,圆径寸余,浮在水面。琴,五弦或七弦。瑟,二十五弦。皆丝属,乐之小者也。钟,金属。鼓,革属。乐之大者也。兴也。乐则和平之极也。②

对于那些在先秦截然不同的,而后世语义发展中易混同近义词也进行了详细的辨析:

辗者,转之半;转者,辗之周;反者,辗之过;侧者,转之留,皆卧不安席之意。采,取而择之也;芼,熟而荐之也。③

对有些所指内容基本相同的近义词,朱熹则往往采用同一个词来解释,这样就使得《诗集传》更加易懂通俗,例如:"淑:善也。好,亦善也。"

当然,这并不意味着朱熹不解释文字音义的问题。下面是《诗集传·关雎》一篇正文中,朱熹所注释的文字音义的相关内容:

雎,七余反;窈,乌了反;窕,徒了反;逑,音求,匹也。参,初金反;差,初宜反;荇,行孟反;服,叶蒲北反;辗,哲善反。参差,长短不齐之貌;服,犹怀也;悠,长也。采,叶此履反;友,叶羽已反;芼,莫报反,叶音邈;乐,音洛。④

我们不难发现:一方面,朱熹采用了前人较为合理的关于文字音义的训释;另一方面,朱熹对于文字音义问题有自己独特的看法,尤其是有关文字的音的问题。朱熹在自己的著作中,多次运用了叶韵。《诗经》作为先秦时代的韵文,极大程度地体现了上古汉语的音韵面貌。而随着语言的不断发展,语音也在不断演变。南北

---

① 朱熹.诗集传:卷一[M].北京:中华书局,1958:1.
② 朱熹.诗集传:卷一[M].北京:中华书局,1958:1-2.
③ 朱熹.诗集传:卷一[M].北京:中华书局,1958:1-2.
④ 朱熹.诗集传:卷一[M].北京:中华书局,1958:1-2.

朝以后的人读周秦两汉韵文感到不押韵,就临时改变其中一个或几个押韵字的读音,使韵脚和谐。到南宋时,《诗经》中的许多篇目已经不再押韵。朱熹采用并发展了上述方法,称之为"叶韵"。他认为古诗文歌谣按古音都是押韵的,按后人的语音去读不再押韵,也就失去了古诗原有的意蕴,因此要用叶音读。例如上文中的"服""采""友"三个字。朱熹采用了叶音的方法进行注释。关于"服:叶薄北反;友:叶羽已反"这两条叶韵:叶反切与被切字的上古音的声钮、韵部完全相同,是没有问题的。关于"采:叶此履反"这一条:"采"与"此"上古音均为清母,而"采"与"履"上古音分别属于之部和脂部,这一例叶反切与被切字读音相近,反切上字与被切字声钮相同,反切下字与被切字韵部不同,但之部和脂部可旁对转,故而韵部相近。

明代著名的古音学家陈第著有《毛诗古音考》。书中提出了"盖时有古今,地有南北,字有更革,音有转移"的著名科学观点。他还在《屈宋古音义·跋》中批评叶音说:

夫古今声音必有异也。故以今音读今,以古音读古,句读不龃于唇吻,精义自绎于天衷,确乎不可易之道也。自唐以来,皆以今音读古之辞赋,一有不谐则一曰叶,百有不谐则百曰叶,借叶一字尽赅于百字之变,岂不至易而至简,然古音亡矣。①

自陈第以来,朱熹的古音学说成了众矢之的。对他的批评有以下几方面:一是乱改《诗经》叶音,这是不懂古韵;二是不会作反切,"往往被切字是洪音,而反切上字用了细音",很多反切都注错。于是,很多人批评他不通今音。站在古音和切韵音的立场看,这些批评是符合事实的。后来有学者指明朱熹标注叶音的目的是说明押韵,不是改音,其所注"叶某音"本意是从多字之多音中选定一音以使韵谐。陈广忠先生对《诗集传》全书1360条叶音用当代的古音学理论逐一进行分析,其中的叶音正确者共837条,占62%;叶音与本字音近者276条,占20%;叶音失误者为263条,占18%。证明了朱熹不光是一代理学大家,也是我国古音学理论的第一个实践者,《诗集传》中的叶音也为古音学的发展留下了一份可贵的史料。② 对于诗集传中的叶音,我们应该采取客观的态度,并非叶音就是完全错误的,当然也不可以完全相信叶反切,需要仔细考证,加以利用。

---

① （明）陈第.屈宋古音义[M].上海:上海古籍出版社,2019:137.
② 陈广忠.朱熹《诗集传》叶音考辨[J].安徽大学学报(哲学社会科学版),1999(2):71-79.

朱熹还十分重视对于《诗》中比兴内容的解释,言辞优美,具有故事的内容,这就大大增强了《诗经》的文学色彩。例如《关雎》中的注释:

> 兴也。盖指文王之妃大姒为处子时而言也。君子,则指文王也。兴者,先言他物,以引起所咏之词也。周之文王生有圣德,又得圣女姒氏以为之配。宫中之人,于其始至,见其有幽闲贞静之德,故作是诗。言彼关关然之雎鸠,则相与和鸣于河洲之上矣。此窈窕之淑女,则岂非君子之善匹乎。言其相与和乐而恭敬,亦若雎鸠之情挚而有别也。或左或右,言无方也。流,顺水之流而取之也。或寤或寐,言无时也。①

朱熹用简单通俗的语言、合理的想象和美好的故事仅寥寥几笔就串讲了《诗》中隐含的中心思想,这也是《诗集传》的一个重要的内容和特点。

二、训释形式及注释体例

关于《经典释文》的撰述形式,陆德明在《经典释文·条例》中指出:"旧音皆录经文全句,徒烦翰墨。今则各标篇章于上,摘字为音,虑有相乱,唯《孝经》童蒙始学,《老子》众本多乖,是以二书特记全句。"②说明"摘字为音"是《经典释文》的主要撰述形式。"摘字为音"是经注兼顾。陆德明在收集古音材料时,首先广泛收集大量引用材料。其在序中这样说道:"若典籍常用,会理合时,便即遵承,标之于首。……或字有多音,众家别读,苟有所取,靡不毕书。"③然后标明正音,在一字多音的情况下,把"会理合时"的音放在最前面,以示"遵承"。例如上面引用到的"乐"。乐有两个音,分别是音"洛"(庐各切)和音"岳"(五角切)。"乐"音"洛"时,义项主要有以下几个方面:①欢乐、快乐;②使其欢乐;③喜爱、喜欢;④乐于、乐意;⑤安乐;⑥指声色;⑦丰登;⑧笑;⑨姓氏。"乐"音"岳"时,义项主要有以下几个方面:①音乐;②泛指音乐舞蹈;③奏乐;④乐工;⑤乐器;⑥乐经;⑦姓氏。"钟鼓乐之",此处"乐"的词性根据语法应当为动词,与上文的"琴瑟友之"形成对文。笔者认为此处语义应当为"使其欢乐",陆德明认为"乐"音"宜五教反"。陆德明不仅仅

---

① 朱熹.诗集传:卷一[M].北京:中华书局,1958:2.
② 陆德明.经典释文:卷一[M].北京:中华书局,1983:1.
③ 陆德明.经典释文:卷一[M].北京:中华书局,1983:1-2.

指出了音"洛"，还指出了叶韵的说法，并表明了自己赞同叶韵，可见在隋唐之际，叶韵是具有一定影响力的。同时也说明陆德明的分析也并非完全正确。

另外，《经典释文》注经解注，但其目的不限于解经义，它更注意经典中某字词的普遍含义。尽管《经典释文》以经典中的字词为解释对象，所收词汇数量受到限制，仍在客观上起到一部字书的作用，不仅仅是诸书注释的汇集，它已具有"辞书"的某些因素。"摘字为音"的体例也与我们观念中的辞书体例基本上一致，并且罗列了一个词的不同读音和义项。例如上文引到的"辗"一词，在《诗经》中多次出现，例如《泽陂》中的"寤寐无为，辗转伏枕"。陆德明在解释的时候也对这个词进行了详细的解释："辗：本亦作展，哲善反。吕忱，从车展。郑云：'不周曰展，注本或作卧而不周者，剩二字也。'"①同时还介绍了不同版本之间的差异，以及不同人的说法，对于了解一个词在一段时期的语音语义面貌有着重要意义。

关于《诗集传》的撰述形式，朱熹所注《诗经》冠以集传之名，这是前人不多见的。其传，首先注音，次指出创作手法，然后释词，再串讲诗词的寓意，并于此处兼采他人学说。《诗经》是一部诗集，诗以赋、比、兴为创作方式，文字简捷，富于想象，含蓄深沉，只解释词语、名物典故显然是达不到"传示来世"的目的，而探讨诗作的用意、时间、诗中比喻所指，则更是解诗的重要环节。朱熹《诗集传》中，根据诗的特点采用传的形式为其作注，自传内容较多，串讲诗句简洁明了。讲述寓意时多灌输自己的思想，不拘泥于古注。朱熹作为宋代疑古的代表学者，主张大胆创新，同时贴近生活。虽然吸纳古注，但是凡是认为前人注解不妥的地方，就大胆批驳，并引入自己的观点，语言通俗晓畅，强调义理，以便教化。例如《关雎》中对于第二、三章的讲解：

此章本其未得而言。彼参差之荇菜，则当左右无方以流之矣。此窈窕之淑女，则当寤寐不忘以求之矣。盖此人此德，世不常有，求之不得，则无以配君子而成其内治之美，故其忧思之深，不能自已，至于如此也。

此章据今始得而言。彼参差之荇菜，既得之，则当采择而享芼之矣。此窈窕之淑女，既得之，则当亲爱而娱乐之矣。盖此人此德，世不常有，幸而得之，则有以配

---

① 陆德明.经典释文：卷五［M］.北京：中华书局，1983：53.

君子而成其内治之美,故其喜乐尊奉之意,不能自已,又如此云。①

朱熹以自己的语言解释了两种截然不同的情况,进行了对比,使文意更加通俗易懂,将自己对美德的追求描绘得十分清楚。

三、注释思想的差异

注释思想的差异源于所处时代的差异,不同时代的学术思想潮流和学术风气是不同的。作者在注释经典的时候难免受到时代的影响,甚至在一些情况下,时代的影响更加重要。陆德明和朱熹处于不同的时代,作注的时候自然会有不同的思想倾向。

陆德明生活在陈、隋、唐三朝,主要是陈、隋时期。关于《经典释文》的创作时间问题,学者们多有争议。钱大昕《潜研堂文集》中云:"细检此书,所述近代儒家,惟及梁陈而止,若周隋人撰音疏,绝不一及,又可证其撰述,必在陈时也。"②汉魏以来,国家处于社会动荡时期,政权分立,据《文献通考·经籍考》中所载,兰台、石室等国家藏书机构的图书绝大多数被毁,文献大量流失,导致儒学衰微。之后战乱不断,地区封闭性大大提高,导致儒学的思想交流越来越困难。西晋以来,和平没有维持太久,很快又进入割据状态,儒学更显衰微,受到了玄学和佛学的影响,玄学思辨色彩越来越重。后来,梁武帝重视经学,儒学才微微走向复兴,但发展有限。隋朝统一后,这种儒学衰微的情况才大大好转。但由于南北儒学长期的封闭,形成了南北经学的格局。《隋书》中对这一时期儒学的状况做了介绍:南北所治章句,好尚互有不同。江左《周易》则王辅嗣,《尚书》则孔安国,《左传》则杜元凯;河洛《左传》则服子慎,《尚书》《周易》则郑康成,《诗》则并主于毛公,《礼》则同遵于郑氏。大抵南人约简,得其英华;北学深芜,穷其枝叶,考其终始,要其会归,其立身成名,殊方同致矣。③ 在经历了政治上的分裂统一,经学上也经历了南北经学由分裂走向统一,南北经学的字音、字词必有不同。且南学讲究义理,强调思辨;北学重视训诂章句,强调考据,在这样的情况下,学术的统一势在必行。陆德明学问渊博,承担了这一重

---

① 朱熹.诗集传:卷一[M].北京:中华书局,1958:2.

② 钱大昕.潜研堂文集:卷二十七[M].光绪本,12.

③ 魏徵.隋书:卷七十五[M].北京:中华书局,1973:1705-1706.

任，因此《经典释文》就承担了正音、正字、正义的任务。这也就能理解《经典释文》撰述的宗旨、内容和体例的特点了。

朱熹是南宋时期的理学大家，同时又是宋代疑古派的代表。他的思想深受时代的影响。从唐代后期开始，疑古之风就有所展现。到了北宋，疑古之风愈演愈烈，欧阳修撰写《易童子问》《诗本义》，苏轼、苏辙质疑《周易》，程颐批判《礼记》。在这样的思想风气引导下，朱熹也对儒家经典产生了质疑，尤其是对《毛序》的批判。同时，他所生活的时代统治阶级物质生活奢靡腐败，人们的精神素质日益低下，因此《诗集传》更侧重于宣扬礼教，抵制淫诗，规劝人民发扬真、善、美。朱熹将《诗经》作为理学的教材，认为读《诗经》应该"章句以纲之，训诂以纪之，讽咏以昌之，涵濡以体之，察之情性隐微之间，审之言行枢机之始，则修身及家、平均天下之道，其亦不待他求而得之于此矣"①。对于其注释思想，从他对于《关雎》的评价就可见一斑：

汉匡衡曰：窈窕淑女，君子好逑。言能致其贞淑，不贰其操，情欲之感无介乎容仪；宴私之意不形乎动静。夫然后可以配至尊而为宗庙主。此纲纪之首、王化之端也。可谓善说诗矣。

关雎三章，一章四句，二章章八句。孔子曰：关雎乐而不淫，哀而不伤。愚谓此言为此诗者，得其性情之正，声气之和也。盖德如雎鸠，挚而有别，则后妃性情之正，固可以见其一端矣。至于寤寐反侧，琴瑟钟鼓，极其哀乐而皆不过其则焉。则诗人性情之正，又可以见其全体也。独其声气之和，有不可得而闻者，虽若可恨。然学者姑即其词而玩其理以养心焉，则亦可以得学诗之本矣。匡衡曰：妃匹之际，生民之始，万福之原。婚姻之礼正，然后品物遂而天命全。孔子论诗，以关雎为始，言太上者民之父母。后夫人之行，不侔乎天地，则无以奉神灵之统而理万物之宜。自上世以来，三代兴废，未有不由此者也。②

从他的注解中可以看到他希望摆脱汉以来僵化的诗教，以简洁明了的语言，使儒者、学者明白诗中有美丑善恶，从而警诫自己从善弃恶；明白诗中有三纲五常的"天理"，告诫儒生学者养正气，端正行为，从而达到存天理，灭人欲。

---

① 朱熹.诗集传[M].北京：中华书局，1958：序.
② 朱熹.诗集传：卷一[M].北京：中华书局，1958：2.

《经典释文》和《诗集传》是不同时代学术思想的结晶,他们适应了各自时代的要求,在儒学的发展过程中做出了重大贡献。《经典释文》代表着汉学的学术理念与研究方法:注重考证字词意义,解释名物制度,注重史料与证据。《诗集传》代表着宋学的学术理念与研究方法:注重阐述义理,强调个人的思考研究,有些时候其结论会上升到儒学思考。汉学、宋学各有利弊,在清代就产生过大量的争执,汉学家批判宋学家不讲证据,内容空疏;宋学家批判汉学家不重思考,内容琐碎。儒学的发展不应该走向片面,通晓义理、训诂章句都是儒家经典的重要内容,不应该偏废。今人研究儒学应当对前人成果善加利用,同时加以自己的思考。陆德明和朱熹所具有的学术精神值得我们学习。这样,儒学才能在当今发挥它的重要作用。

参考文献

[1]（唐）陆德明.经典释文[M].北京:中华书局,1983.

[2]（南宋）朱熹.诗集传[M].北京:中华书局,1958.

[3]曾贻芬,崔文印.中国历史文献学史述要[M].北京:商务印书馆,2010.

[4]陈广忠.朱熹《诗集传》叶音考辨[J].安徽大学学报,1999(2):71-79.

[5]陈鸿儒.《诗集传》叶音辨[J].古汉语研究,2001(2):20-25.

[6]陈磊.试析隋及唐初的儒学统一[J].孔子研究,2001(6):65-74.

[7]郝永.朱熹《诗经》解释学研究[D].浙江大学博士学位论文,2008.

[8]贾璐.朱熹训诂研究[D].复旦大学博士学位论文,2011.

[9]雷昌蛟,杨军.试析《经典释文》为常用异读字注常见音的原因[J].安徽大学学报(哲学社会科学版),2014,38(3):75-81.

[10]杨军,曹小云.《经典释文》文献研究述论[J].合肥师范学院学报,2015,33(4):1-8.

[11]刘育.浅析《诗集传》的儒教思想[J].西安石油大学学报(社会科学版),2019,28(1):80-85.

论梁启超的古籍辨伪思想

刘雪宁

摘　要：梁启超作为近代学术大家，处于传统社会向近代社会转变的关键期，思想上贯通中西，在辨伪学方面成就非常突出，他的颇多著作如《中国历史研究法》《古书真伪及其年代》等都提到了古籍辨伪的相关问题。他在古籍辨伪的必要性、态度、方法、伪书价值等方面都结合了前人的成就，创造性地提出了自己的观点，但是也存在不能忽视的局限性。因此，既要在了解近代辨伪学产生原因的基础上，肯定梁启超古籍辨伪方面的研究成果，也要结合近年来的古籍辨伪成就，辩证地对他辨伪方面的不足之处给出适当的评价，从而在古籍辨伪中避免受到一些错误思想和方法的引导。

关键词：梁启超；古籍辨伪；成就；不足

梁启超在辨伪学史上是一个连接传统与近代的人物，他使辨伪学逐渐成为一门独立的学科，他的辨伪学思想和成就自然也备受推崇。梁启超在整理自己的辨伪学著述的同时，也在大学进行讲学，将系统的古籍辨伪方法传授给学生，对后世产生了广泛的影响。然而随着文物的出土、古籍辨伪研究的进一步拓展，学者们也发现了一些梁启超在古籍辨伪方面存在的问题。但是由于梁启超的成就突出，学习者容易先入为主，可能会对梁启超在古籍辨伪中的态度与方法的不足缺乏警惕性，进而在辨伪实践中受到误导。况且梁启超在《中国历史研究法》当中有这样的观点："吾又以为学者而诚欲以学饷人，则宜勿徒饷以自己研究所得之结果，而当兼饷以自己何以能研究得此结果之途径及其进行次第；夫然后所饷者乃为有源之水而挹之不竭也。"①以源头活水来比喻研究方法,从中能够认识到他对研究方法的重视。那么"研究之途径及其进行次第"对于古籍辨伪的重要性自是不必多说了,所以在古籍辨伪中,一定要客观对待前人的态度与方法。为了对梁启超的古籍辨伪思想有更加全面的认识,需要了解与其密切相关的近代辨伪学产生的原因,并全面掌握他在古籍辨伪的必要性、态度、方法、伪书价值等方面的叙述,从而在此基础上辩证地看待他的观点,不能全盘接受,也不能完全否定。

一、了解近代辨伪学产生的原因

辨伪学是一门源远流长的学问。顾颉刚在《中国辨伪史略》中写道:"辨伪工作,萌芽于战国、秦、汉,而勃发于唐宋元明,到了清代濒近于成熟阶段。"②先秦时期已有辨伪实践,这是毋庸置疑的。两汉时期,辨伪学形成,司马迁、刘向、郑玄等人进行了大量的辨伪工作。魏晋南北朝时期,刘勰、颜之推等人在辨伪方法上有所创新,但是辨伪学总体上发展缓慢。唐朝辨伪学进一步发展,出现了一批辨伪大家,如刘知几、柳宗元,后者不仅开了群书辨伪的先河,对宋代辨伪学的影响也极大。到了两宋,理学逐渐占主导地位,辨伪学走向繁荣。这一时期,欧阳修、朱熹等人的辨伪实践影响较大。元明时期,辨伪学得到进一步发展,宋濂、杨慎、胡应麟等人是杰出的代表,尤其是胡应麟,他的《四部正讹》第一次系统总结了辨伪的原理、方法,为后世学者提供了很好的借鉴。清代辨伪学趋于成熟,且辨伪更加注重实证,辨伪的客观性及成果大大超过前代。但是20世纪之前的古籍辨伪基本上侧重于辨伪实践而非辨伪理论的总结,直到梁启超,才对过去的辨伪实践与方法进行了全面而系统的总结,为辨伪学提供了学术转型的机会。梁启超能成为近代辨伪学第一人,与他所处的时代密切相关。

梁启超处于清末中西思想剧烈碰撞的时代,这一时代正是辨伪学继往开来的关键期。清代是辨伪学集大成的时期,清前期诸儒对明代的空疏学风之弊感受颇深,所以在古籍辨伪方面也重实学,以六经为根底,旁征博引,实事求是。清中期朴学大兴,辨伪学得以大成。清后期内忧外患加重,经世致用成为这一时期辨伪的鲜

---

① 梁启超.中国历史研究法[M].成都:四川人民出版社,2018:98.
② 顾颉刚.中国辨伪史略[M].上海:上海古籍出版社,1998:248.

明特色。虽然辨伪学不断发展，以适应社会的需求，但是清末处于百年未有之大变局，社会动荡不已，整个社会死气沉沉，而西方却在不断进步，传统辨伪学在中西碰撞中也亟待转变。梁启超有着深厚的学术积淀，加上受康有为等人的影响，有感于中西各方面的巨大差距，所以大胆地吸取西方先进的思想。梁启超在辨伪学方面的认识，既继承了传统辨伪学的成果，又将西方的学术思维运用到辨伪学当中，重视辨伪学的理论性与系统性，成功地为近代辨伪学的发展开辟了一条新路。

二、认识古籍辨伪的必要性

古籍造伪现象由来已久。关于古籍造伪始于何时的问题，从先秦时期关于真伪论辩的著述中就能看出春秋战国时期已有辨伪实践，后来司马迁在《史记》中也提供了大量的辨伪实例。后世辨伪学不断发展，直到明清时期趋于成熟。辨伪学是与古籍造伪密切相关的，辨伪学的实证表明古籍造伪基本上一直存在，但有一定的消长，这个消长是与造伪原因密切相关的。梁启超在《古书真伪及其年代》中比较系统全面地总结了古籍造伪的原因：一是好古。儒家好古思想使世人也好古书，所以造伪的人往往会将书籍年代往前推或假托前人之名以争胜、炫名。不过也有不好古的时期，例如宋代崇尚理学，解经往往务出己见，对古书依赖性不强，造伪也没那么严重。二是书籍的传播具有秘密性。中国古代地域辽阔，在印刷术不发达之前，书籍流传多靠抄本，加上交通不便，且拥有书籍的人也不愿与人分享，古籍真面目也就不得而知，造伪就方便许多。三是书籍散乱和重金购求。很多古籍藏书地点都在皇家场所，而历代战乱往往对这些地方影响很大，极易造成书籍的散乱，如中国图书"十厄"。战乱之后朝廷重金购求亡逸书籍，这时候古籍造伪往往最为泛滥，一些人在利益的驱使下便会伪造古书以邀赏。四是因秘本偶然发现而附会。古冢最易出土古代典籍，所以后世就有人假造附会，传言某地发现某古书，以此牟利。除以上有意作伪的原因之外，还有无意作伪的，如全书误题或妄题者、部分误编或附入。不管是有意作伪还是无意作伪，伪书存于世已是事实。

伪书的存在危害甚大。一般对天下读书人影响较大的书籍大多数出自天府藏书，其次是书商，这两者在书籍传播上发挥着极其重要的作用，但是这两者往往极易出现问题。前者在经历战乱或自然灾害之后，会出现散佚的情况，这时从民间购求的书籍中极易夹杂伪书,假如官府没能辨别真伪,那么再流传到民间的书就可能以假乱真,对读书人产生干扰,甚至影响社会。书商也是如此,他们以盈利为目的,所以很多时候并不在意书籍的真伪,故而在书籍刊刻流传过程中最易造成伪误,《麻沙本》就是典型的例子。所以伪书一旦流传开来,造成的影响是多方面的。梁启超在阐释辨伪必要性时多次对伪书的不良影响进行了详细的议论。首先,梁启超在《中国历史研究法》中表示,史学研究需要求真,这个"真"要依托史料的真。然而史料众多,时代愈远,古籍中的伪书与伪事就愈多。伪书各个学科都有,而大量的伪书会让研究的人迷惑不已,尤其是好古的人,往往为伪书所误。如果研究基础不稳固,那么后来的研究推论就会漏洞百出。其次,梁启超在《古书真伪及其年代》中从三个方面阐述了伪书的不良影响。在史迹方面,伪书会扰乱进化系统,混淆社会系统,倒置事实是非,并对社会道德及政治产生不良影响;在文学与思想方面的不良影响有相似之处,基本上都涉及时代、思想、源流、学者的付出等问题,只是角度不同。总而言之,梁启超关于伪书不良影响的论述较为充分,但是也有可补充的空间。

三、端正古籍辨伪的态度

伪书泛滥成灾,所以从事古籍研究的人一定要秉承着"尽信书不如无书"的理念,对古籍提出合理的怀疑,同时也要增强知识积累,做到贵证又贵识。

古籍辨伪,须有怀疑精神。在中国古代,造伪不仅仅是个人行为,一些书商有意或无意作伪的事例也颇多,所以传世古籍或多或少都会有一些错误。因此,以怀疑精神看待真伪存疑的古籍,对于基于古籍的其他工作的开展极为重要。梁启超在这方面做得比一般人要出色许多,对于古籍辨伪,他最开始的方法就是"怀疑的方法",这与他的学术思想密切相关。由于受前代辨伪大家和西方学术思想的影响,梁启超具有极强的怀疑精神。在《古书真伪及其年代·辨伪学的发达》这一章中,梁启超对辨伪学的发展状况进行概述时,对于前代辨伪学大家的怀疑精神大加肯定。在对班固、王充、欧阳修、朱熹、胡应麟等人辨伪成果的论述中,多次提到他们疑古的一面,认为敢于怀疑且实事求是的精神有发人神智的效用。梁启超认为,史料之鉴别,应能够对常人不怀疑的点进行怀疑,并且对于平素不成问题的事项提出问题。做学问，就必须先有怀疑然后才能提出新问题，才能有研究，古籍辨伪更是如此。他也是这样做的，对一些争论不休的说法提出怀疑，设立假说，并根据史料进行论证，还断言这类怀疑、研究在学问上是有用的。这种怀疑精神对梁启超的辨伪学研究起到了很大的推动作用，所以在古籍真伪的问题上，他的态度一向很严谨，绝不含糊。对于古籍，没有确凿的证据证明是史实的，他必然会以怀疑的态度看待，不会人云亦云。这种勇于怀疑的精神的确值得学习，但不能否认的是，他的怀疑也有过激的一面，有些怀疑甚至没有合理的理由。

怀疑要合情合理，不能过犹不及。从先秦时期的学者进行辨伪实践，到20世纪后期出土文物被发现，在这期间，许多古书都被认定为伪书。例如《孙子兵法》，宋代叶适、清代姚际恒等人并没有对该书进行过严密的考证，而是依据自己的怀疑便认定这是一部后人伪托的著作。但是这些辨伪学家对春秋战国时代的历史现实缺乏真实全面的了解，所以他们疑古的出发点很难站得住脚，加上辨伪方法并不科学，就出现了许多令人啼笑皆非的论断。梁启超所提倡的怀疑精神对于古籍辨伪的确能发人神智，而且他不似其他人怀疑一切，相对来说比较客观，但是也要警惕他不合理的一面。例如《文子》，现已确认是先秦古籍。但是在河北定县汉墓古简出土之前，梁启超认为其是不折不扣的"伪书"，并在《古书真伪及其年代》中表示："尹文子思想很好而绝对不是尹文子做的……我们相信天下篇的，便不能相信今本尹文子是尹文子的作品。因为书上的思想显然和天下篇说的不同。"①对《文子》大加鞭挞。这是他基于主观怀疑的决断，因为他掌握的资料不足，所以对此类没有实证的古籍都不信任，可以说是怀疑过了头。加上梁启超在进行辨伪学研究时，很大程度上吸收了西方现代科学求真求实思想的影响，包括经验主义与唯物主义精神，他的怀疑精神也与此关系密切。他所秉承的是一种与理性主义相对立的思想，认为人的知识都是从实际经验中来的，但他却过于重视经验而不是理性思考，逻辑性不强，也缺乏辩证思维。并且他提倡进化论，所以认为越古可能越落后，对古人过于低估，所以对于古籍，他的主张一贯是轻信不如多疑。但是这种不经的怀疑，并且妄下论断的态度应该是我们极力避免的。

勇于怀疑，小心辨伪。张舜徽先生对古籍辨伪有这样的建议："世之鉴定伪书

---

① 梁启超.古书真伪及其年代[M]//饮冰室合集·专集之一百四.北京:中华书局,1989:54.

者,固贵有证,尤贵有识,否则必以不伪为伪,则天下宁复有可保信之书!"①张先生强调的是"识",倘若一味追求所谓实证,却因为学识不足而以"不伪为伪",那就是滑天下之大稽了。因此,对于梁启超的怀疑精神我们应该学习,但是也要像张舜徽先生一样存疑但不可妄议书之真伪。要做到这一点,就要丰富自己的知识储备,把贵识置于首要位置。关于贵识,应该注意的一点是,可以凭借已有的知识去提出怀疑,但是在真正论断书的真伪时,要真正参透辨伪的实质,尽可能掌握大量的相关资料,辨伪须谨慎。虽然梁启超的思想有时会使他在辨伪工作中出现错误,但是他知识的广博性是值得借鉴的。

有意识地增强关于古籍的知识积累。在这个方面,梁启超树立了很好的榜样。梁启超能够在学术领域有如此大的成就,与他对古籍知识的博闻强识密切相关。他本是广州学海堂的高才,因受当时"朴学"风气的影响,对"朴学"的研究对象——诗文、经史、典章制度等国学知识有着非常深入的了解,而且学海堂对考据、疏解、补正、辑佚、辨伪等精研古籍的技能十分重视,梁启超必然受其影响。加之梁启超本人聪明非常,求知若渴,在学习上毫不马虎,又乐于研究与训诂、辞章相关的学问,所以在古籍辨伪方面打下了坚实的基础。虽然后来梁启超拜到康有为门下,更加重视经世致用之学,但是这并不妨碍他对古籍的热爱与研究。正是由于梁启超自幼受到的训导,加上学海堂相关古籍知识的积累,使得他对古籍的真伪有着高于常人的理解。他认为,明明不是史实但举世误以为史实者不在少数,即使明明有详备的史料可以做反证,但是一般人就持这种错误的看法,可能会导致史料的错误。因为凡流传下来的史料,必定要经过各个时代人的记述,而各时代人心理的不同也会使观察点发生变化,这些史籍可能每经历一个时代就要变一次质。所以我们在研究过程中很难保证自己拥有的史料是准确无误的,那么就要辨别真伪,对古籍真伪有敏锐的感知。但是仅仅有这些并不够,还要了解伪书所涉及的知识领域,对其有确切的把握,免得因为学识方面的不足而导致辨伪失误。

四、掌握系统的古籍辨伪方法

梁启超对古籍辨伪方法的重视在他的著述中有所体现。他关于古籍辨伪的著

---

① 张舜徽.广校雠略[M].武汉:华中师范大学出版社,2004:81.

述主要有三部：《中国历史研究法》《中国近三百年学术史》《古书真伪及其年代》。在这三部著作当中，梁启超关于辨伪方法的认识在不断进步，且辨伪方法也在不断完善。他曾不厌其烦地强调对辨伪方法的重视，在《中国近三百年学术史》中说："清儒辨伪工作之可贵者，不在其所辨出之成绩，而在其能发明辨伪方法而善于运用。"①梁启超作为近代辨伪学的奠基人，他的辨伪学研究既然能在中国辨伪学从传统向近代的转变中起承上启下的作用，说明他的辨伪方法必然有其可取之处。他吸收了古代辨伪学尤其是清儒的辨伪成果，也接受了西方近代科学方法的影响，同时结合了以康有为为代表的近代今文经学的成果，加上自己深厚的古籍知识的积累，致使他能在辨伪方法方面有所成就。而且，同前代辨伪大家相比，他的辨伪方法更加系统，辨伪步骤更加清晰，更注重实证。自辨伪学发达以来，辨伪大家并没有关于古籍辨伪的理论专著，只是在著作中提过一些经验之谈，这也与中国人的固定思维有关。直到后来胡应麟《四部正讹》问世，才对辨伪的必要性与方法等进行了理论上的总结。但是《四部正讹》侧重于讲述辨伪实践，理论阐释较为简单化，还不够成熟。相比胡应麟，梁启超在辨伪方法的提出上更加合理，辨伪方法也更加全面，理论性增强，但是梁启超的古籍辨伪方法也存在不能忽略的缺陷。

　　重伪书与伪事的辨别。在《中国历史研究法·说史料》中梁启超提出，古籍辨伪要辨明伪书与伪事。第一，关于伪书。梁启超认为时代越古，伪书就越多，但并非每个时代伪书都多，所以要明确在哪个时代伪书较多，为何较多；要继承前代经过精密考证的结果，对于已是伪书者便不必再证；要掌握鉴别伪书的标准，包括具体的标准、抽象的标准，也可结合天文学、地理学、版本学等知识进行鉴别。第二，关于伪事。首先要明确伪事的界定及其与伪书的关系，并非所有伪书当中的事皆为伪事，并非所有真书当中皆无伪事；再结合史料了解伪事的七大种类，伪事的由来于其中可见一斑；最后梁启超对治学者考证伪事的态度提出了七点要求，谆谆教诲，令后世受益良多。第三，梁启超对伪书的态度值得借鉴。伪书并非全无用处，成书于某一时代的伪书，必然反映了当时的风气、思想文化、社会生活，在学术研究当中也有不可替代的价值。梁启超在这本书提到的多是关于伪书与伪事的态度与方法，内容上比较侧重伪书的分类，让我们认识到了解伪书伪事的分类情况也是古

　　① 梁启超.中国近三百年学术史[M].北京：东方出版社，1996：308.

籍辨伪不可或缺的一个步骤。在这个方面《古书真伪及其年代》做得比《中国历史研究法》好很多。具体表现在以下三个方面:提供了"以伪书的性质分"与"以伪书的动机分"两种分类方法;分类更加科学,自成体系;对胡应麟《四部正讹》的继承仍然占主导,但是创造性增强。通过比较分析,对伪书与伪事有清晰的认知之后,就要以科学的方法指导辨伪实践。

重视辨伪方法论体系的构建。战国时期就有学者进行书籍的辨伪工作,后来辨伪慢慢发展,形成了一门专门的学问。辨伪学发端于司马迁,后来随着辨伪实践在宋代的兴盛,朱熹认识到了辨伪方法的重要作用,并对辨伪方法进行了列举。朱熹在《朱文公全集》中阐释了辨伪应当遵循的两条原则:一是以义理是否得当辨伪。但是义理乃是一朝一代思想之产物,用于辨别所有古籍真伪容易陷于主观臆断之中。二是以书籍的异同来辨伪,为后世辨伪提供了一个思路。明代胡应麟根据古籍的基本情况提出了辨伪八法,其后胡适在《中国哲学史大纲》中提出了五种辨伪方法,基本沿袭胡应麟的方法,但是对其有总结,也有细分。梁启超的辨伪思想与胡适有相同之处,他在提出自己的辨伪方法之前,对胡适的《中国哲学史大纲》进行过评论。总的来说,梁启超受胡应麟的影响较大。在《古书真伪及其年代》中,梁启超对胡应麟的辨伪方法推崇有加,认为:"专著一书去辨别一切伪书,有原理、有方法的,胡应麟著《四部正讹》是第一次……那书的末尾几段讲辨伪的方法、应用的工具、经过的历程。全书发明了许多原理原则,首尾完备,条理整齐,真是有辨伪学以来的第一部著作,我们也可以说,辨伪学到了此时,才成为一种学问。"①那么,梁启超承袭胡应麟的辨伪方法,并有所创造,也是情理之中的事情了。

《古书真伪及其年代》是梁启超古籍辨伪的集大成之作。他的著书体例受到了西学的影响,科学性、系统性大大增强,后来张心澂等人对梁启超的理念及分类体系都多有继承。梁启超将古书辨伪方法分为两类:一类是按传统统绪辨伪,一类是按文义内容辨伪。按传统统绪辨伪只有一级分类,包括八点,前三点可定其伪或者可疑,后五点可定其伪。其一,旧志不著录;其二,前志著录而后志已佚;其三,今本和旧志的卷数、篇数不同;其四,旧志无著者姓名而后人随便附上去姓名;其五,旧

① 梁启超.古书真伪及其年代[M]//饮冰室合集·专集之一百四.北京:中华书局,1989:35 - 36.

志或注家已明言是伪书而信其说；其六，后人说某书出现于某时，而后人并没有看到此书；其七，书初出现，已经发现许多问题或有人证明是伪造；其八，书的来历暧昧不明。按文义内容辨伪有四级分类，一级分类中包括五点内容：其一，从字句缺漏处辨别；其二，从抄袭旧文处辨别；其三，从佚文上辨别；其四，从文章上辨别；其五，从思想上辨别。其中第一点分类最详细，可分为三种辨别方法：一是从人的称谓上辨别；二是用后代的人名、地名、朝代名辨别；三是用后代的事实或法则辨别。用后代的事实辨别又分为三类，包括事实显然在后面、预言将来的事显示伪迹、伪造事实三种。梁启超对古籍辨伪方法的分类科学细致，层级性比较明显，并且不同于前代辨伪著述的繁杂，梁启超更加精于辨伪理论的论述，易于学习者掌握，对于古籍辨伪能起到很好的方法论指导作用。

但是他的辨伪方法也存在一些不足之处，以《古书真伪及其年代》为例。有学者评价："梁启超的辨伪方法则是源自汉魏以来的图书流传和体例的成果，若拿这样的方法考辨秦汉古书必然导致误判。"①除此之外，在梁启超的辨伪方法中，从思想上辨别这一方法也存在一些缺陷。梁启超把从思想上辨别分为四种方式：一是从思想系统和传授家法辨别；二是从思想和时代的关系辨别；三是从专门术语和思想关系辨别；四是从袭用后代学说辨别。梁启超认为"柳宗元辨《晏子春秋》是最好的从思想上辨别的例"②。按他们二人的论断，《晏子春秋》并非先秦古籍，也非晏子所作，而是一部伪书，但是银雀山汉简的出土却是对他的观点的有力反驳，说明梁启超的方法确实存在漏洞。对于柳宗元这个例子，梁启超说："虽不很精，但已定《晏子春秋》是齐人治墨学者所假托。"接着又阐释了理由："因书中有许多是墨者之言，而晏子是孔子前辈，如何能闻墨子之教，那自然不是晏子所做的。"③然而在百家争鸣的时代大环境下，有些思想不一定出自著书人，只不过可能某种思想在某人书中趋于成熟。况且诸子在复杂的社会中，各家思想存在相互影响的可能，以这样的方式断定一部书为"伪书"，在辨伪中容易出错。不过梁启超也表示，这个方法"前人较少用"。说明他的这个方法虽然吸收了前人的成果，但还不够成熟，也给后世

① 李伟.略论梁启超的《古书真伪及其年代》——文献辨伪学史上一部里程碑式著作[J].图书馆工作与研究,2017(3):113.
② 梁启超.古书真伪及其年代[M]//饮冰室合集·专集之一百四.北京:中华书局,1989:53.
③ 梁启超.古书真伪及其年代[M]//饮冰室合集·专集之一百四.北京:中华书局,1989:53-54.

留下了很多可以完善的空间。梁启超的辨伪方法大部分是在吸收前人研究成果的基础上提出的,但并不是绝对的,都可以查漏补缺。

五、正视伪书的价值

关于古籍辨伪的意义,很多大家都极为重视。但是大多数人认为辨出伪书,其意义就在于能在使用古籍时不被伪书的思想内容影响,而这恰恰是对伪书价值的误读。实际上,古籍辨伪的意义应该从善本与伪书出发来进行阐释,不过在胡应麟与梁启超之前,很少有人能有这样的见识,多数学者对伪书都比较排斥。如对于兵书《尉缭子》,在有确凿的证据证明它是先秦古籍之前,学者都断定它是伪书,并且对它的态度也不友好。姚际恒就是其中典型的代表,他认为:"汉志杂家有二十九篇,兵家有三十一篇,今二十四篇。其首天官篇与梁惠王问对,全仿孟子天时不如地利章为说……其伪昭然……教人以杀,垂之于书,尤堪痛恨,必焚其书然后可也。"①姚际恒在处理伪书方面的极端态度,基本上是出于个人的思想感情,没有真正对伪书的价值进行理性的思考。而梁启超对于伪书价值的评价也有矛盾之处,对待误判为"伪书"的《文子》与姚际恒等人态度相近,不过对不同时代的伪书认识却不同。从《古书真伪及其年代》这本书中可以窥得他对于伪书比较完整的看法,他说伪书不一定要全部烧完,但是仅限于唐宋以前的人所伪造的书,因为"书断不能凭空造出,必须参考无数书籍,假中常有真宝贝"②。虽然唐宋之后伪书增多,但是未必就没有价值。比如《画山水赋》,还有《笔法记》,其实并非唐荆浩所作,《四库提要》已经判定其为伪书,但也表示其内容可观可采,具有一定的艺术价值。因此,应该采纳梁启超积极的观点,并学习张舜徽先生的态度:"学者如遇伪书而能降低其时代,平心静气以察其得失利弊,虽晚出赝品犹有可观,又不容一概鄙弃。"③而对于类似"焚毁唐宋以后的伪书"的观点,引以为戒即可。

梁启超对伪书价值的认识继承了胡应麟关于伪书的价值取向,不过胡应麟的阐释渗透在辨伪实践当中,而梁启超才是真正对伪书的价值进行理论总结的学者。

① 姚际恒.古今伪书考[M].北京:景山书社,1929:40-41.
② 梁启超.古书真伪及其年代[M]//饮冰室合集·专集之一百四.北京:中华书局,1989:58.
③ 张舜徽.中国古代史籍校读法[M].昆明:云南人民出版社,2004:256-257.

胡应麟通过大量的书籍评述阐释了伪书的史料、文学与思想文化价值，这对梁启超有很大的启发作用。梁启超在《古书真伪及其年代》总论中以一个章节的篇幅专门论述了伪书的四种价值：第一种是把伪书当成类书使用。因为成于某一朝代的伪书一定保存了此朝代之前的资料。第二种是保存了古代的神话。梁启超在此强调了一些伪书对于研究古代神话以及古代民众心理的作用。第三种是保存了古代的制度。伪书中的制度难免受到时代的影响，可以通过书籍探知当时的政制。第四种是保存了古代的思想。作伪的人虽是假托别人，但是找出他的真面目之后，就能对他隐晦的思想有一个了解。虽然梁启超的认识与胡应麟相比已经有很大进步，但是对于伪书价值的认识还是不够全面。因为伪书不是零星几部，伪书的数量是很庞大的，梁启超对于伪书价值的评价仅仅停留在它的思想内容等方面，而伪书的价值远不止于此。

通过深入分析，发现《中国历史研究法》《中国近三百年学术史》《古书真伪及其年代》在辨伪必要性上，在怀疑精神上，在知识积累上，在辨伪方法上，在伪书价值上或多或少都有可借鉴的优点。但是由于个人与时代的局限，反映梁启超思想的著作也难免有不成熟的地方。所以在研究过程中，除了关注以上几个方面外，还应该从梁启超身上学到的是他为什么能够提出这些观点以及他为什么有此局限，这样就能对辨伪学在梁启超之前与之后的发展有更全面的认识。总而言之，梁启超的身份与所处的时代决定了他在思想上能够有所创新，而且他在辨伪学方面的成就是"中西贯通"极好的体现，足以证明他能够担得起"近代辨伪学的奠基人"这个称誉。

参考文献

[1]（清）姚际恒.古今伪书考[M].北京：景山书社，1929.

[2]梁启超.古书真伪及其年代[M]//饮冰室合集·专集之一百四.北京：中华书局，1989.

[3]梁启超.中国近三百年学术史[M].北京：东方出版社，1996.

[4]梁启超.中国历史研究法[M].成都：四川人民出版社，2018.

[5]顾颉刚.中国辨伪史略[M].上海：上海古籍出版社，1998.

[6]张舜徽.广校雠略[M].武汉：华中师范大学出版社，2004.

［7］张舜徽.中国古代史籍校读法［M］.昆明:云南人民出版社,2004.

［8］彭树欣.梁启超文献学思想研究［M］.北京:光明日报出版社,2010.

［9］佟大群.清代文献辨伪学研究［M］.北京:人民出版社,2012.

［10］艾力农.试论先秦诸子书的辨伪［J］.齐鲁学刊,1984(3):33-37.

［11］李伟.略论梁启超的《古书真伪及其年代》——文献辨伪学史上一部里程碑式著作［J］.图书馆工作与研究,2017(3):110-114.

［12］孙英杰.古籍文献中伪书的成因及其价值探究［J］.九江学院学报(社会科学版),2017,36(1):51-53,68.

"李白《九日龙山饮》之'龙山'在当涂"说新证

夏 杨

摘 要:《李太白全集》卷二十有李白五言绝句《九日龙山饮》一首,诗中出现了"龙山"这一地名。此诗所提"龙山"究竟在何处,历来众说纷纭,尚无定论。根据《李太白全集》中所载李白的其余三首诗:《九日登山》《九月十日即事》《金陵江上遇蓬池隐者》以及一些唐宋诗词作品可以直接或间接证明《九日龙山饮》中所提及的"龙山"为安徽当涂之龙山。

关键词:李白;龙山;当涂

《九日龙山饮》为李白的五言绝句,《李太白全集》卷二十载录:"九日龙山饮,黄花笑逐臣。醉看风落帽,舞爱月留人。"王琦为此诗注解:"《九域志》:'太平州有龙山。晋大司马桓温,尝于九月九日登此山、孟嘉为风飘落帽,即此山也。'《太平府志》:'龙山,在当涂县南十里,蜿蜒如龙,蟠溪而卧,故名。'旧志载桓温以重九日与僚佐登山,孟嘉落帽事。或云孟嘉落帽之龙山,当在江陵,而《元和志》《寰宇记》皆云是此山,疑必温移镇姑孰时事也。"

从王琦的这段注解中能够看出,此诗所提及的"龙山",当时已经有人认为并非安徽当涂之龙山而应该是湖北江陵之龙山。王琦的观点是:孟嘉落帽之事应当发生在姑孰(今安徽当涂),此诗所言"龙山"亦为姑孰之龙山。但这仅仅是王琦的一种猜测,他并没有深入考证并且得出足以让众人信服的明确结论,因此学界关于《九日龙山饮》之"龙山"究竟在何处这一问题,至今仍有争议,占主流的有"安徽当涂说"和"湖北江陵说"两种。

主张安徽当涂说的学者有:张才良《九日何处龙山饮》《桓温游龙山与李白龙山饮》;杭宏秋《李白(饮)诗中"龙山"属地考》;李子龙《〈当代李白研究文选〉题记》;郁贤皓《〈李白诗文遗迹释考〉序》。主张湖北江陵说的学者有:王辉斌《李白诗中"龙山"考》《再谈李白〈九日龙山饮〉》《三谈李白〈九日龙山饮〉》。王辉斌先生三次发文与张才良、杭宏秋等学者论辩,一人捐起了湖北江陵说之旗帜,自王辉斌《三谈李白〈九日龙山饮〉》一文发表之后,主张安徽当涂说的学者们至今没有提出新的见解予以回应,关于《九日龙山饮》一诗中"龙山"在何处的这场论辩,似乎以"湖北江陵"为结局就此收场。

细看两派学者的论证,无论是主张安徽当涂说还是主张湖北江陵说,主要都是从"醉看风落帽"这一句中所引"孟嘉落帽"之典故入手,通过证明"孟嘉落帽"之事在安徽当涂或是湖北江陵,进而得出李白诗中所提"龙山"应在安徽当涂或是湖北江陵。其中主张湖北江陵说的王辉斌先生除了证明"孟嘉落帽"之事发生在江陵之外,还以重阳习俗、《九日龙山饮》的写作时间作为佐证,条分缕析,似乎同时证实了"孟嘉落帽"之事在湖北江陵,《九日龙山饮》之"龙山"亦在湖北江陵这两个问题。这两派学者皆从原诗所引典故入手,却忽视了李白其他诗作与这首诗的照应关系,因而所得结论都不能让对方完全信服。

本文首先从《九日龙山饮》中引用的"孟嘉落帽"这一典故着手,通过考证《晋书·孟嘉传》《晋书·桓温传》《晋书·哀帝纪》《世说新语·言语第二》等材料,证明李白所引用的"孟嘉落帽"之典故发生在安徽当涂之龙山,进而得出《九日龙山饮》中"龙山"亦为安徽当涂之龙山。在此基础上,又利用李白《金陵江上遇蓬池隐者》《九日登山》《九月十日即事》等诗作中提到的"龙山"与《九日龙山饮》中的"龙山"互证,再次得出"龙山"在当涂的结论。最后利用唐宋诗词作品中关于"龙山"的记述,进一步佐证李白《九日龙山饮》中的"龙山"应为安徽当涂之龙山。

一、从"孟嘉落帽"之事看"龙山"所在

李白《九日龙山饮》中"醉看风落帽,舞爱月留人"一句,引用了"孟嘉落帽"这一典故。孟嘉落帽之事见于《晋书·孟嘉传》:"(孟嘉)后为征西桓温参军,温甚重

之。九月九日,温燕龙山,僚佐毕集。时佐吏并著戎服,有风至,吹嘉帽堕落,嘉不之觉。温使左右勿言,以观其举止。嘉良久如厕,温令取还之,命孙盛作文嘲嘉,著嘉坐处。嘉还见,即答之。其文甚美,四座嗟叹。"从《晋书·孟嘉传》只能看出,"孟嘉落帽"一事发生时,孟嘉正担任征西大将军桓温的参军,但并不能看出落帽之龙山究竟在何处。王琦推测"孟嘉落帽"之龙山当为桓温镇守姑孰（安徽当涂）之龙山,王琦的推测是否正确呢? 桓温镇守姑孰一事见于《晋书·桓温传》:"鲜卑攻洛阳,陈祐出奔,简文帝时辅政,会温于洌洲,议征讨事,温移镇姑孰,会哀帝崩,事遂寝。"王辉斌先生认为王琦之所以认为"孟嘉落帽"之事发生在桓温镇守姑孰时,是因为他在《晋书·桓温传》中只看到了"温移镇姑孰"五字,便断定"孟嘉落帽"发生在桓温移镇姑孰之时,而这五字之后更为重要的"会哀帝崩,事遂寝"一句却被王琦忽略了。事实上,桓温移镇姑孰的时候,恰好哀帝驾崩,因此镇守姑孰之事只好作罢。王辉斌先生又指出,镇守姑孰之事最后不了了之,而桓温之后虽多次上书请求镇守姑孰,但一直没有得到皇帝的同意,直到将死之时,才"病归姑孰"。桓温从未镇守过姑孰,因此龙山落帽之事不可能发生在姑孰,《九日龙山饮》中的"龙山"也就不可能是安徽当涂之龙山。张才良先生在《九日何处龙山饮》一文中指出,此处"事遂寝"指的是与简文帝所商讨的北伐一事,并非移镇姑孰之事。"事遂寝"是指何事? 桓温究竟有没有镇守姑孰呢? 考《晋书·哀帝纪》可知,哀帝卒于兴宁三年(365年)。《晋书·桓温传》有记载:"太和四年(369年),(桓温)又上疏悉众北伐……百官皆于南州祖道,都邑尽倾。"如果"事遂寝"指的不是北伐之事而是镇守姑孰之事,北伐并没有因为哀帝驾崩而被搁置,那么桓温为何又于太和四年再次上疏请求北伐呢?

桓温此次请求北伐得到了皇帝的同意,出征之前,"百官皆于南州祖道,都邑尽倾",官员们都在南州为他送行,城中的百姓也全部出来为之送行。根据晋人殷仲文《南州桓公九井作》一文以及《舆地纪胜》可考:南州就是姑孰,也就是今天的安徽当涂,东晋时在都城建康之南,故称南州。哀帝死后的第四年,桓温再次上疏请求北征,皇帝应允之后,百官为何偏偏在南州（安徽当涂）为桓温送行? 为何不在别处为桓温送行? 这恰恰证实了哀帝驾崩时,北伐虽被搁置,但桓温镇守姑孰一事却如期实行,因此四年之后北伐时,百官皆来桓温驻扎之地,也就是姑孰,为之送行。《世说新语·言语第二》中关于此事也有记述:"宣武(桓温)移镇南州。"《舆地纪胜》卷十八关于太平州(今安徽当涂)古迹桓公井有这样的记载:"桓公井,在白纻山。《九域志》云:'晋桓温所凿。'"因此,兴宁三年到太和四年的这段时间内,桓温确实镇守姑孰,"事遂寝"应当是指北伐之事被搁置。

《晋书·哀帝纪》记载:"(兴宁元年)五月,加征西大将军桓温侍中、大司马、都督中外诸军事、录尚书事、假黄钺。"从这一段话可以看出,兴宁元年(363年),桓温除担任征西大将军外,又被加封数项头衔。此次加封之后,直到咸安元年(371年)简文帝"欲加授桓温为丞相"时,《晋书》中都没有提及桓温的官职变动情况,也就是说,兴宁三年镇守姑孰之时,桓温必定是带着"征西大将军"之衔赴任的。《晋书·孟嘉传》记载孟嘉落帽之时担任征西大将军桓温的参军一职,而兴宁三年至太和四年桓温又确是以"征西大将军"的身份移镇姑孰,据此基本可以断定,"孟嘉落帽"之事发生在桓温以征西大将军的身份奉命镇守姑孰期间,"落帽"之龙山也必定就是姑孰境内的"龙山",也就是今天的安徽当涂之龙山。

二、从李白《金陵江上遇蓬池隐者》看"龙山"所在

《李太白全集》卷二十三载录了《金陵江上遇蓬池隐者》一诗:"心爱名山游,身随名山远。罗浮麻姑台,此去或未返。遇君蓬池隐,就我石上饭。空言不成欢,强笑惜日晚。绿水向雁门,黄云蔽龙山。叹息两客鸟,徘徊吴越间。共语一执手,留恋夜将久。解我紫绮裘,且换金陵酒。酒来笑复歌,兴酣乐事多。水影弄月色,清光奈愁何?明晨挂帆席,离恨满沧波。"观诗之大意,可知李白在金陵江上偶遇曾经隐居在蓬池的故人,相谈甚欢,李白于兴酣之际以紫绮裘换酒,二人且笑且饮,不忍离去。李白在此诗下自注曰:"时于落星石上,以紫绮裘换酒为欢。"这首诗以及李白对这首诗的注解中出现了"罗浮""麻姑台""蓬池""雁门""龙山""金陵""落星冈"共7个地名。"蓬池"在河南开封,"蓬池隐者"是李白遇到的这位好友的身份,李白在开封时与他结识。"金陵"为南京。此诗提到的其他几个地方又在何处呢?"罗浮"见于《舆地纪胜》卷十八《仙释篇》:"罗浮尊者,尝同杯渡禅师至姑孰。卓锡山中有龙泉,并在福原寺中,以竹代绳取水则清冷可饮用,绳汲之则草滓浑浊。"此处"罗浮"即指罗浮尊者所到卓锡山。"麻姑台"是麻姑山上所筑石台。《舆地纪胜》记载:"麻姑山,在(宣城)县东三十五里。高袤与敬亭山等。麻姑修道于此飘

举。有仙坛丹灶存焉。九域志云亦名花姑山。"《大清一统志》记载："麻姑山，在宣城县东三十里。"此处的麻姑台即为麻姑山上的石台，在宣城县（今安徽省）境内。《景定建康志》记载："落星冈，一名落星墩，在城西北九里，周回二十六里，高一十二丈。又江宁县西五十里临江，亦有落星冈。李白尝于落星石以紫绮裘换酒为欢，此地也。"据此可知，诗中所写的"于落星冈以紫绮裘换酒"之事应当发生在江宁县（今南京市江宁区）。再看诗中另外两句："绿水向雁门，黄云蔽龙山。"《景定建康志》记载："雁门山，在城东南六十里，周回二十里，高一百二十五丈。西连彭城山，南连大城山，北连陵山。山势连绵，类北地雁门，故以为名。"《江南通志》记载："雁门山，在江宁府上元县东南六十里。"根据以上记述可知，此句所提"雁门"，当为雁门山，在上元县（761 年，改江宁县为上元县，今为南京市江宁区）。"绿水向雁门，黄云蔽龙山"很明显是对仗的，两句分别提到了"雁门"和"龙山"两个地名，既然为对仗，那么"雁门"和"龙山"必有某种对应关系，既然雁门在上元县，那么与它对仗的"龙山"在何处呢？在《景定建康志》中亦有关于"龙山"的记载："龙山在城西南九十五里，周回二十四里，高一百二十丈，入太平州当涂县，北有水。以其山似龙形，因以为名。"从这句话可以看出，龙山隶属于当涂县，在建康（今南京市）西南九十五里处。当涂自古便与南京相邻，东晋时，因为地处建康南侧，还被称为南州，即使是在今天，两地相距亦不过 70 千米。此诗题名《金陵江上遇蓬池隐者》，既为金陵江上，写作地点必定与金陵距离不远，诗中出现的"罗浮""麻姑台""雁门""落星冈"也都在金陵附近，那么诗中对仗的两句，前一句中"雁门"既在江宁县东南部，后一句中的"龙山"无论是从这首诗的写作地点，还是诗句的对仗关系上来看，都应当在金陵也就是南京附近。而当涂与南京相距不远，且根据《景定建康志》记载，当涂之龙山位于南京西南 95 里处，将诗中"龙山"解作当涂之龙山，既符合创作情境，又能够与"雁门"形成对仗关系。如果李白诗中的龙山在湖北江陵，岂不是既不符合这首诗的创作情境，又不符合诗中的对仗关系？

三、从《九日登山》看"龙山"所在

《李太白全集》卷二十有李白古体诗《九日登山》："渊明归去来，不与世相逐。为无杯中物，遂偶本州牧。因招白衣人，笑酌黄花菊。我来不得意，虚过重阳时。

题舆何俊发,遂结城南期。筑土按响山,俯临宛水湄……齐歌送清扬,起舞乱参差。宾随落叶散,帽逐秋风吹。别后登此台,愿言长相思。"从诗中"我来不得意,虚过重阳时"一句,基本可以断定此诗应为李白于重阳登高所作。诗中有"宾随落叶散,帽逐秋风吹"两句,所引用的典故与《九日龙山饮》中"醉看风落帽,舞爱月留人"一句中所用的典故相同,讲的都是"孟嘉落帽"一事。通过比较可以发现:两诗都写于重阳佳节,并且都提到了登山一事,又引用了相同的典故,无论是时间、事件还是具体的写作内容,两诗都高度吻合,因此基本可以断定,《九日登山》与《九日龙山饮》记述的是同一件事,所登之山应当也是同一座山,那么只要弄清楚了《九日登山》所登之山在何处,《九日龙山饮》中"龙山"的位置也就不言自明了。《九日登山》中所登之山在何处呢? 王琦解题曰:"玩诗义,当是偕一宗室为宣州别驾者,于九日登其所新筑之台而作,诗题应有阙文。"通过王琦的注解可以知道,王琦认为此诗当为李白与宣州一别驾登高而作,此山当在宣州境内。李白所登之山是不是真的如王琦所说为宣州境内的某一座山呢? 如果是宣州境内之山,那是不是当涂的龙山呢? 想要弄清楚这个问题,还需回到原诗中去。《九日登山》中有这样一句诗:"筑土按响山,俯临宛水湄。"这一句中提到了"响山"和"宛水"两个地方。《方舆胜览》记载:"响山在宣城县南五里。"《大清一统志》记载,"响山,在宁国府城南五里,下俯宛溪。"《舆地纪胜》卷十九记载:响山:在宣城县南五里。以上这些方志都表明响山在宣州境内。"宛水"在何处呢? 宋代杨万里《晓过花桥入宣州界四首(其二)》开头便有"敬亭宛水故依然"一句,敬亭指的是敬亭山,在宣州境内,宛水既与敬亭并举,必然也在宣州境内。又《舆地纪胜》卷十九记载:"宛溪,在宣城县东一百步,李白诗云:'吾怜宛溪水,百尺照心明。'孙锡诗云:'句溪需可鉴,未若宛溪清。'"通过杨万里"敬亭宛水故依然"以及《舆地纪胜》的记载,可以知道,宛水又叫宛溪,在宣州境内。响山与宛水皆在宣州境内。这说明王琦的推测没有错误,此诗确实是作于宣州境内。既然诗作于宣州,那诗中所提到的登山一事发生在何处? 此诗中有"题舆何俊发,遂结城南期"一句,通过这一句可以知道李白与友人约定在城南处登山。又《太平府志》中记载:"龙山,在当涂县南十里。"当涂旧时名为姑孰,唐初隶属于宣州,龙山位于当涂城南十里处,而李白《九日登山》所登之山在宣州境内,恰巧又在某一城的城南处,再加上当涂龙山历来就有"孟嘉落帽"的典故,此诗中亦有相同典故,那么基本可以断定《九日登山》所登之山即为龙山。《九日登山》与《九日龙山饮》记述的都是一件事，既然《九日登山》发生在安徽当涂，那《九日龙山饮》之"龙山"必为安徽当涂之龙山。

四、从《九月十日即事》看"龙山"所在

《九月十日即事》见于《李太白全集》卷二十："昨日登高罢，今朝更举觞。菊花何太苦，遭此两重阳。"李白重阳佳节登高作《九日登山》《九日龙山饮》二诗，于次日写下这首《九月十日即事》。王琦注解此诗时引《岁时杂记》："都城重九日后一日宴赏，号'小重阳'。"王辉斌先生认为当涂乃宣州一属县，不可能以都城称之，而春秋时楚国曾在荆州建都达 400 年之久，因此这里的都城指的是荆州，"小重阳"应当是荆州的习俗，所以此诗应当写于荆州境内，也就是湖北江陵。《岁时杂记》是北宋吕希哲创作的一部记录北宋节日风俗的著作，学界普遍认为此书已经亡逸，但南宋陈元靓在创作《岁时广记》时大量引用《岁时杂记》的内容，因此从《岁时广记》中仍能窥得《岁时杂记》的部分面貌。《岁时广记》卷三十五"再宴集"条目下引《岁时杂记》曰："都城士庶多于重九后一日再集宴赏，号'小重阳'。李太白诗云：'昨日登高罢，今朝更举觞。菊花何太苦，遭此两重阳。'山谷词云：'茱萸黄菊年年事，十日还将九日看。'前辈诗云：'九日黄花十日看。'又云：'十日重看九日花。'"《宋大诏令集》载：绍圣四年（1097 年）吕希哲被降为朝奉郎、尚书虞部员外郎，分司南京，在和州（今安徽和县）居住。吕希哲分司南京、和州居住的这段时间内，虽有官职，但并没有职事，闭门不出，十分清闲，《岁时杂记》极有可能成书于这段时间。吕希哲居住在和州，任职在南京，《岁时杂记》又很有可能创作于分司南京的这段时间，因此相较于"荆州"，"都城"更有可能指的是"南京"。南京与安徽当涂相邻，自古便同风同俗，盛行于南京的"十日小重阳"传播到当涂亦不足为奇。"小重阳"流行于南京附近，《九月十日即事》提到了"小重阳"，那么《九月十日即事》记述的也应当是南京周边之事。《九日龙山饮》与《九月十日即事》创作时间仅有一日之隔，《九月十日即事》写于南京附近，《九日龙山饮》也必写于南京周边，因此诗中所提"龙山"也应当为安徽当涂之龙山。

五、从唐宋诗词作品看"龙山"所在

唐代诗人朱湾是大历年间著名的隐士，《唐才子传》记载朱湾："逍遥云山琴酒

之间,放浪形骸绳检之外。"朱湾一生纵情山水,四处游玩,写下了很多游历之作,其中有一首《九日登青山》:"水将空合色,云与我无心。想见龙山会,良辰亦似今。"从诗的题目来看,朱湾重阳时明明登的是青山,为何又在诗中说"想见龙山会"呢? 王琦注李白《谢公宅》一诗时引《太平寰宇记》:"青山,在太平州当涂县东三十五里。"李白在《游敬亭寄崔侍御》《登敬亭北二小山余时送客逢崔侍御并登此地》等诗中也多次提到安徽当涂之青山。结合《江南通志》《舆地纪胜》等方志可知:当涂青山位于县城南部。青山与龙山相对而出,朱湾登上青山,极目远眺,目之所及便是龙山之景,再加上又是重阳佳节,不禁联想到桓温于重阳龙山宴请众人一事,于是触景生情、心有感慨,写下"想见龙山会"一句。除了此诗之外,朱湾还有一首《重阳日陪伟卿宴》:"何必龙山好,南亭赏不暌。清规陈侯事,雅兴谢公题。"诗中提到的"南亭",曾经担任过当涂县令的许浑在《南亭夜坐,贻开元禅定二道者》《姑孰官舍》等诗中多次提及,可考姑孰有南亭,而诗中所言"谢公"乃是谢朓,谢朓担任过宣州太守,曾在当涂筑城。"南亭"与"谢公"皆与当涂有关,此诗应当写于当涂,既然诗写于当涂,那么诗中所说的"龙山"应当也是安徽当涂之龙山。

唐代诗人杜牧有诗《往年随故府吴兴公夜泊芜湖口今赴官西去再宿芜湖感旧伤怀因成十六韵》一首,其中有:"极浦沉碑会,秋花落帽筵"两句。此处"秋花落帽筵"就是指"龙山落帽"一事。观诗题可知,杜牧西行前去赴职时路过安徽芜湖,想起曾经与吴兴公夜泊芜湖的事,不禁深有感慨,挥笔即成此诗。芜湖市隶属于安徽,唐代芜湖为宣州所辖,当涂也是宣州的一个属县,且与芜湖相距不到 20 千米。杜牧曾经担任过宣州团练判官,任职期间曾到过当涂,此事《赠朱道灵》一诗可以作证,因此多年之后杜牧再路过芜湖时,才会想起发生在当涂龙山之上的"秋花落帽筵"。

刘辰翁是南宋时有名的词人,咸淳五年(1269 年)秋,江万里担任太平州江东转运使,刘辰翁以江万里幕僚的身份来到了太平州。他在《沁园春·九日黄花》一词中写道:"九日黄花,渊明之后,谁当汝俦。记龙山昨夜,寒泉九井,帽轻似叶,须戟如虬。庾扇西风,孔林照落,银海横波十二楼。"从这首词中的"龙山昨夜"可以看出刘辰翁曾于重阳佳节之时登临龙山,而"帽轻似叶"更是直接引用了"孟嘉落帽"的典故。诗中出现的"九井",《舆地纪胜》卷十八有相关记载:"九井,在当涂县,殷仲文有桓公南州九井诗、荆公九井诗。"既然刘辰翁重阳节曾经到访的"九井"地处安徽当涂,那么他所到的"龙山"必定也在当涂。

从"孟嘉落帽"这一典故的发生之处。李白与"龙山"有关的其他诗文,唐宋诗词作品中关于"龙山"的记述,可以得出:《九日龙山饮》中的"龙山"应在安徽当涂。

参考文献

[1](南朝宋)刘义庆.世说新语[M].朱碧莲,沈海波,译注.北京:中华书局,2011.

[2](南朝陈)顾野王.舆地志辑注[M].顾恒一,顾德明,顾久雄,辑注.上海:上海古籍出版社,2011.

[3](唐)李白.李太白全集[M].王琦,注.北京:中华书局,1999.

[4](唐)李白.李白集校注[M].瞿蜕园,朱金城,校注.上海:上海古籍出版社,2018.

[5](唐)李白.李白全集编年笺注[M].安旗,等笺注.北京:中华书局,2015.

[6](唐)李白.李白全集校注汇释集评[M].詹锳,编.天津:百花文艺出版社,1996.

[7](唐)李白.李太白全集校注[M].郁贤浩,校注.江苏:凤凰出版社,2016.

[8](唐)李吉甫.元和郡县图志[M].贺次君,点校.北京:中华书局,1983.

[9](宋)乐史.太平寰宇记[M].王文楚,等点校.北京:中华书局,2007.

[10](宋)王象之.舆地纪胜[M].北京:中华书局,2012.

[11](宋)周应和.景定建康志[M].南京:南京出版社,2009.

[12](宋)祝穆.方舆胜览[M].祝洙,增订.施和金,点校.北京:中华书局,2016.

[13](宋)陈元靓.岁时广记[M].刘芮方,张杨激蓁,等点校.浙江:浙江大学出版社,2020.

[14](元)辛文房.钦定四库全书:唐才子传[M].北京:中国书店,2018.

[15](清)赵宏恩等.江南通志[M]//影印文渊阁四库全书.台北:商务印书馆,2008.

[16](清)黄桂修,宋骧.太平府志[M]//影印清康熙十二年刻本.台北:成文出版社有限公司,1966.

[17](清)穆彰阿.大清一统志[M].潘锡恩,等修纂.上海:上海古籍出版社,2008.

[18]宋大诏令集[M].北京:中华书局,1962.

[19]全唐诗[M].北京:中华书局,1999.

[20]全宋词[M].北京:中华书局,1999.

[21]二十四史全译[M].上海:上海世纪出版集团,汉语大词典出版社,2004.

[22]李子龙.李白与马鞍山:第4册[M].合肥:安徽文艺出版社,1999.

[23]王辉斌.三谈李白《九日龙山饮》——与郁贤皓、李子龙二文商榷[A].中国李白研究(2000年集).2000:4.

[24]王辉斌.李白诗中之"龙山"考[J].天府新论,1986(1):62-63,56.

[25]张才良.九日何处龙山饮?——与王辉斌商榷[J].天府新论,1988(2):90-91,78.

[26]徐文武."孟嘉落帽之龙山在江陵"说新证[J].长江大学学报(社会科学版),2009,32(5):26-29,34.

[27]董德英.吕希哲生平辑考[J].鲁东大学学报(哲学社会科学版),2018,35(5):41-44.

从"中国古典美学"到"中国美学"
——试论西方美学影响下中国美学的转变

汤梦瑶

　　摘　要:提到中国美学,我们常认为它包含着传统的"中国古典美学"和西方美学影响下的"中国(现代)美学"两个阶段。其中,"中国古典美学"是以中国古典哲学为基础的一种未成系统的美学初形态,"中国(现代)美学"则是中国古典美学经过自身嬗变,并在对西方美学的接受过程中发展而来的一套系统的美学体系。本文将从"中国美学的本源探究""中西美学的本体对比""中国古典美学的自身嬗变"及"近代化背景下的西方美学接受"来浅谈西方美学影响下"中国古典美学"向"中国美学"的过渡。

　　关键词:中国古典美学;古典哲学;西方美学;现代美学

一、"中国古典美学"的本源探究

　　中国美学的早期形态是以中国古典哲学为基础的、主要表现在中国古代具体艺术创作中的"中国古典美学",它仍是一种尚不成系统的美学初形态,是"中国美学"思想的构成本源。

　　汤拥华在《美学感受力何以可能?——考察中国古典美学之现代价值的一种视角》中说:"我们可以坚持认为中国古代有自己独具特色的美学或者美学思想(如'孔子的美学思想'),却很难说中国古代有所谓美学家(如'美学家孔子')。今人所谓中国古典美学,毕竟是中国古典文艺思想资源(包括种种范畴、概念与命题)在现代美学体系加持下重新出场。现代美学也可以名正言顺地是中国的,但若没有西方美学的引入,也不会有中国美学或者中国古典美学。"

这里他指出了早期形态中的中国古典美学存在的形态与特征:有"思想"而无"家"。纵观中国古代文学与艺术的创作、批评历程,我们可以在其中发现很多极具价值的美学思想。回溯先秦,从"诗言志,歌永言",到"大音希声,大象无形",美学思想在儒家与道家的哲学基础上已初见雏形。在第一部系统文学理论巨著《文心雕龙》中,南朝刘勰以孔子美学思想为基础,兼采道家哲学,细致地探讨了文的审美本质及美学规律。司空图的《二十四诗品》里,用四言韵语阐述了雄浑、冲淡、纤秾、沉着、高古等二十四种诗歌美学风格。《沧浪诗话》中,宋人严羽提出"夫诗有别材(才),非关书也;诗有别趣,非关理也"的诗歌理论,强调了诗歌有别于其他艺术的独特美学特征,倡导以"不涉理路,不落言筌"为宗旨的诗歌美学思想……从殷璠的"兴象论"到王昌龄的"诗境论",从欧阳修的"穷而后工"到梅尧臣的"平淡论",从李贽的"童心说"到公安三袁的"性灵说",从王士禛的"神韵说"到沈德潜的"格调说"……在浩如烟海的古典卷帙中,一个又一个独到的美学思想孕育而生并蓬勃发展,它们更多地与文学创作交于一体而产生,在诗词的意境、韵律中,在文赋的气象、章法里,以其特有的形式存在并发展着。

此外,"无家"之说亦是值得肯定的,这里的"无家"我认为当指纯理论和逻辑性的缺乏。

1. 缺乏纯理论。中国古代的美学思想与文人的创作密不可分,而文人创作一方面受封建社会中占统治地位的思想影响很大;另一方面,中国古代文人的创作又大多脱离不了修身、齐家、治国、平天下的政治抱负与入仕思想,这便使得古代的美学思想都或多或少与社会和政治相联系,而脱离世俗与政治抱负的纯文学、纯美学的理论则较为缺乏。

2. 缺乏逻辑性。中国古典美学不同于西方美学理论的逻辑缜密、条分缕析,相反,它是一种感性化的认识与体悟,而在理性上有所不足。这种"感受"大于"逻辑"的判断习惯正是中国古典美学的特点之一,构成了中国美学独特的审美特征。可以说,中国古典美学是一种言有尽而意无穷的审美境界,亦是一种只可意会不可言传的美学体悟。

总之,中国的古典美学孕育并生发于中国传统社会和古典哲学的基础上,带有中国传统哲学思想和审美习惯的烙印，是一种存在于字里行间的含蓄蕴藉的审美体悟，这在本质上与西方美学思想有着很大差别。

此外，汤拥华的上述观点还较为准确地揭示了"中国美学""中国古典美学"与"西方美学"之间的关系，肯定了西方美学对于中国美学体系建立的重要意义。但将西方美学的引入作为中国美学和中国古典美学产生和发展的必要条件却仍有待商榷。不可否认的是，中国美学自身也有着完整的发展体系，只不过与西方美学的严密、理性、逻辑化的体系相比，中国古典美学较为松散，感性体悟大于理性思考，但不能因此而否定中国古典美学存在的独立性。只能说是西方美学观点的引入使得中国美学更具系统化和理论化。值得注意的是，中国古典美学在中国古代几千年的文化发展中，一直以一种潜在、伴随的方式存在着，并且已经成为深入中华民族骨髓的、参与并反映了中国历史社会发展的一门重要学科。

为了更好地探究中国古典美学的本源问题，我们先对"美学"的概念做一个探讨。彭吉象在《艺术学概论》的开篇中指出："如果说，哲学代表着人类理性认识的最高形式，艺术代表着人类感性认识的最高形式，它们共同构成了人类精神王国的两座高峰，那么架在哲学与艺术之间的桥梁便是美学。"此外，黑格尔更是直接将"美学"称为"艺术哲学"。这两种观点较为准确地揭示了美学、哲学、艺术三者之间的关系，对于探讨中国古典美学的精神本源有着重要的意义。在中国古代社会，美学还没有成体系的理论研究，但中国古典哲学和中国古代艺术学却有着辉煌的历史和显著的成就，有着自身系统化的理论体系和创作实践。因此，我们可以从中国古典哲学和中国古代艺术学入手来分析中国古典美学的精神源头。

我们认为，中国古典哲学是以"道"为核心的，古代中国艺术创作的核心问题是如何通过"象""境"接近"道"，体现"道"。可以说，"体道"铸成了中国古代艺术精神和古典美学思想的特征。叶朗在《中国美学史大纲》的绪论中明确提出："中国古典美学认为，艺术家只有取'境'，创造出来的艺术作品才能'妙'，才能通向作为宇宙本体和生命的'道'（'气'）。所以中国古典美学不像美学那样重视'美'这个范畴，而是特别重视'道''气''妙'等范畴。"叶朗将老子思想作为中国美学史的起点，由此展开对中国美学思想发展脉络的描绘。沃尔夫冈·顾彬在《审美意识在中国的兴起》一文中也指出："'美'，无论它是什么意思，或许也完全不是古代中国艺术生产的目的。古代中国生产艺术的目的更可能是'意境''象'的生成：通过为接受者提供一种关于宇宙秩序的永无止境的过程的观念,'意境'和'象'就生出了'意'。"由此可见,"道"是中国古典美学的本体与核心。

"道"的思想源自老子,老子把"道"看作宇宙的本源和普遍规律,他认为,天地万物都由道而生。"有物混成,先天地生,寂兮寥兮,独立而不改,周行而不殆,可以为天下母,吾不知其名,字之曰道,强为之名曰大,大曰逝,逝曰远,远曰反。"老子是道家的创始人,但作为中国古典美学精神源头的"道"并不仅限于道家,而是整个中国古典美学活动的全过程。

儒家、禅宗等各家学说在根源上都离不开"道",只不过由于对"道"的规定不同,各家的美学观念也不同。纵观中国古代哲学思想和其文学作品,不同学派虽有所差别,但归根结底都是以"道"为本体的。杨春时认为:"从总体上来说,中国古典美学主要形成了符合主流意识形态的伦理美学(儒家)和疏离主流意识形态的自然美学(道家、禅宗等)。"该观点概括了中国古典美学的内部差异性,并对其进行了分类,下面我将根据以上分类,从儒家伦理美学和道家自然美学两种不同的体道方式来探讨"道"作为中国古典美学精神源头的体现。

首先来说儒家的"体道"。儒家的"道"与"人"的联系较为密切,它强调人伦,主张"人道合一",归根结底是为维护统治、促进教化而服务的。在艺术实践上,其主要表现在礼乐教化方面,正如《论语》中的"兴于诗,立于礼,成于乐"。礼乐既是仪式性的表现,也是一种宗法符号,它承担着中国古代道统的教化任务,通过诗、乐、舞等艺术活动来规范伦理,教化社会。与之相对应,儒家美学在"道"上体现为强调人伦、教化的伦理美学,强调"尽善尽美"(《论语·八佾》),并且将人伦之"善"作为美的最终目的,将伦理之"道"作为道的最高归宿。正如杨春时在《中国古典美学本体论》中所说:"中国古代艺术不是纯艺术,文学不是纯文学,而是与意识形态融合未分离的杂艺术、杂文学。在这个实践基础上,美学就带有鲜明的伦理色彩,甚至成为伦理学的附庸。"

再说道家美学中的"体道"。与儒家的伦理之道不同,道家所体的是"自然之道",是一种抛却了人伦的无为与自在,它主张审美的适性、无为、美在自然。在艺术上,这种自然美学指导下的艺术创作一度独具风韵。宗白华曾把中国艺术中的美划分为"错采镂金"和"芙蓉出水","芙蓉出水"便是自然之道中的美,他认为两种美的理想在中国历史上一直贯串下来。但是"芙蓉出水"是一种更高的美的境界,"错采镂金"

的意象繁多,容易遮蔽"道",而"芙蓉出水"洗尽铅华,使得"道"得以彰显。此外,司空图在《二十四诗品》中提出的"五色令人目盲,五音令人耳聋"亦表现出追求自然的"体道"思想。道家创始人老子讲清净自然,主张大丈夫"处其实,不居其华",讲求"无为",但这种"无为"并不是消极的,它是一种境界,是一种自发和自如的状态,是人、天、道的超自然的和谐。道家的另一代表人物庄子亦继承了老子的思想:"大象无形""大音希声",他否定声色之美,提倡自然之道下的美学:"天地有大美而不言,四时有明法而不议,万物有成理而不说。"(《庄子·知北游》)

儒家思想与道家思想是中国古典美学中的"道"在伦理和自然两个不同倾向上的阐发,但其归根结底都是以无形的"道"为本源的。儒家讲"人道",道家讲"天道";儒家将"道"作为社会伦理规范的无形法则,美风俗重教化,道家则将"道"作为自然天理的无形承载物,孕育出一种超脱的哲学。可以说,中国古典美学是以"道"为核心的,在儒家伦理与道家天理交融发展的过程中孕育出来的美学精神。"道之为物,唯恍唯惚",它是无形、无限的,是无法用语言概念和逻辑体系建构的一种中国古代核心精神。在美学观念尚不明确的情况下,中国古典美学正是在"道"的哲学的指引下,以艺术的形式体现着中国古典美学精神。可以说,就是在中国古人以艺术的手法接近哲学的过程中,美学精神孕育而生。

二、西方美学影响下的中国美学

在中国美学的发展历程中,西方美学的影响是不可忽视的,也是至关重要的,"对西方美学的接受"是"中国古典美学"变为"中国美学"极其重要的因素。对西方美学的接受不是一蹴而就的,它应当是以中国古典美学的自身嬗变为基础,在西方美学的传播与中国近代化演进等多种因素影响下的选择。

1. 中西方美学的本体对比

在探讨中国美学对西方美学的接受之前,我们先对两者进行一下对比和分析。受文化背景、民族特点、地理环境等各个方面的影响,中国古典美学与西方美学在本质上有着很大差别。

首先体现在美学与人的关系上。中国古典美学的"道"本体具有很强的人文性,"体道""悟道"都与人相关。而西方哲学基础上的西方美学,是人之外的绝对存在,偏向于实体性,较为绝对、客观,其将本体归为在"人"之外的客观之物、绝对精神。"实体是现象的根据,它存在于现象后面,支配着世界。它是客观规律,我们只能认识它、服从它,而不能进入它、参与它。"

在西方美学中,关于美学的本体,柏拉图提出了"理式"概念,他认为"理式"是客观存在的最高级的世界,并将"理式"作为"美"最根本的来源。他主张:"理念世界是第一性的,感性世界是第二性的,艺术世界是第三性的。"他认为只有理念世界才是真实的,现实世界只是理念世界的摹本,而艺术是"摹本的摹本""影子的影子""和真实隔着三层"。以客观、绝对的理式为本体的柏拉图的美学思想是西方美学实体性的开端。亚里士多德与柏拉图稍有不同,他主张"艺术是现实的模仿""艺术是生活的再现",他将艺术的源头从"理式世界"拉到了"现实世界",并且肯定了现实世界的真实性与客观性。同时他还认为艺术的这种"模仿功能"甚至比现实世界的真实更具真实性,因为它不只是对现实世界的简单反映,而是对现实世界内在本质和规律的揭示。亚里士多德的"现实模仿说"仍是以作为实体的现实世界为来源的、具有实体性的美学思想。此外,俄国唯物主义哲学家车尔尼雪夫斯基曾提出"美是生活"说,他认为:"任何事物,我们在那里看得见依照我们的理解应当如此的生活,那就是美的;任何东西,凡是显示出生活,或使我们想起生活,那就是美的。"他同样把"美"归于实体的生活,体现出西方美学本体观的"实体性"特点。

而中国古典美学中的"道",看似也是独立存在的客观实体,但实质却与西方美学中独立于人的意志之外的客观本体大不相同。中国古典美学中的"道"与人的关系较为密切,这种关联性使得它的客观性削弱,人文性增强。正如中国哲学的"道"既是天道,也是人道,讲求"天人合一",所以其"既存在于天地自然,也存在于社会历史,更存在于人心人性"。中国美学中的道不论是主张伦理教化还是天理自然,其最终目的都归于人,它体现着天人关系,用"道"的方式来沟通和支配着人与世界,是极具人文性的。

其次,中西方美学在理论属性上也存在着差别。西方美学一定程度上通向认识论,而中国古典美学则是一种"非认识论的情感美学"。

西方哲学本身就具有认识论的性质,因此哲学本体论指导下的西方美学就表现出认识论的倾向。西方哲学旨在把握客观世界的本质,主张对客观规律的揭示,其美学则意在求"真",西方的艺术创作常常以"美"体"真",以"真"为"美",并因此诞生了许多求真的艺术学说。如绘画艺术上的"透视学""色彩学"讲求空间的变化和色彩的搭配；文学艺术上，自然主义着重客观事物细节的再现；此外还出现了"移情说""内模仿""距离说"等理论学说。同时，西方很多卓越的艺术家在生物、物理等自然科学领域也有着显著的成就，比如达·芬奇，一方面他是一位杰出的画家，创作了《蒙娜丽莎》等经典名作，另一方面他又精通于"解剖学""心理学"等自然基础科学。从某种程度上来说，也正是这些认识论上的客观规律和自然知识促进了达·芬奇的艺术创作。他在描绘人物的过程中，善于通过心理学的相关理论来表现人的细微的面部表情，通过对色彩学的深入运用描绘出独特传神的艺术画面。可以说，这些科学领域的客观认识为达·芬奇的艺术创作提供了宝贵的理论基础与艺术灵感。再如马克思所提出的"艺术生产理论"，他认为艺术以客观世界为基础，以劳动实践为本源，力图通过更好地认识世界和把握世界来更好地进行艺术创作，丰富美学理论。

相较于认识论倾向的西方美学，中国古典美学更注重写意，主张"意境""神韵"等，对于细节的把握及规律的认识并没有刻意的追求。可以说，它是一种"非认识的情感美学"，它的本体是"道"，在人和世界的关系上强调道德感悟，而非理性认识。如儒家"知之为知之"中的"知"并非掌握知识，而是领会道德；程朱理学中的"理"也不是理性认识，而是德性之知、道德感悟；王阳明的"致良知"，亦把求知的历程归结为一种道德上的修炼。

总之，中国古典美学与西方美学有着本质的不同，如果以真善美的关系来解构二者的区别，那么中国古典美学更侧重于体善，即化"善"为"美"，是一种体悟性较强的情感美学，而西方美学则更强调体真，即化"真"为"美"，是一种通向认识论的客观美学。

2. 中国古典美学的自身嬗变

中国古典美学自身的嬗变是接受西方美学影响的前提和基础。正如马大康在《中国古典美学的思维特征及其现代转变》中说："如果没有本土文学艺术实践的发展，没有社会审美意识的变化，西方美学思想在中国就没有存活的土壤。"随着中国古代统治者的更迭和商业化的发展，人们的审美需求逐渐改变，哲学和艺术创作的重点也有所转移，为了适应渐趋世俗化的审美趣味，中国古典美学也在进行着自身的嬗变，而这种嬗变在一定程度上也为近现代以来西方美学的传播奠定了基础，为对西方美学的接受提供了前提。

关于中国古典美学的自身嬗变,我们可以从经济、哲学、政治等因素来分析。在经济上,随着经济的发展和市民文化的日渐兴起,都市通俗文化迅速崛起,说唱、话本、杂剧等艺术成为人们日常娱乐和消遣的方式。这种文艺上呈现出的商业化、娱乐化特征对当时的文人及其文化生态造成了很大影响:一方面,在其熏染之下,部分文人的审美方式发生了很大转变,由道统规范转向了娱乐消遣;另一方面,这种商业化的文化背景也推动他们直接或间接地为市民通俗文化服务,进行了大量的通俗文学文艺创作,这便对中国古代的传统美学思想有着很大冲击。在哲学上,随着以王阳明为代表的"心学"的兴起,一直以来的传统道学体系受到了冲击,"道"和"人"的关系有了颠覆性的改变。它让"道"从规范人变为了解放人,将"道"从伦理规范的外在束缚变为了关注内心、张扬人性的内在抒发。"可以说,阳明心学促成了中国古典哲学在自我意识上的觉醒,由此,美学开始摆脱意识形态控制,审美成为一种解放天性和反抗礼教压迫的自由活动。"此外,在政治上,随着主流意识形态的禁锢日益严酷,在封建礼教的压迫下,人性的反叛精神开始涌现,出现了以李贽为代表的异端思潮。思想上,李贽张扬自我、天性,提出了"童心"说,他认为童心与见闻道理是冲突的,见闻道理会泯灭童心,他将人性与道德相对立,肯定人性的纯粹、自由,否定道德等外部束缚的强加。同时他认为:"穿衣吃饭即是人伦物理,除却穿衣吃饭,无伦物矣。"

可以看出,中国古代社会正呈现出逆于传统"道"核心的发展趋势,人们愈发关注人性、强调个体,这是对中国传统哲学思想的颠覆,与之对应,中国古典美学也在进行着自身的嬗变。

3. 近代背景下的西方美学接受

随着鸦片战争打开了中国大门,我国由封建社会进入近代社会,在列强的入侵下,整个中国社会都处在被动状态,而在思想上,近代文人正试图在艰难的被动中寻求主动,他们研究西方文化,并试图以积极的方式有选择地引进西方文化,使得西方先进思想为挽救中国而服务,西方美学的接受就是在这个时候发展起来的。

正如文章开篇所说,中国对于西方美学的接受产生了中国的"现代美学"。有学者认为:"中国美学的现代转化是由王国维融会中西美学的伟大尝试开创的。""王国维接受了叔本华的意志本体论哲学,突破了中国传统的道本体论哲学和美学，走向了主体性现代哲学。在中国美学现代化的进程中，传统本体论被扬弃，新的本体论在建构。"梁启超亦对西方美学的初步引入做出了巨大贡献。在清末维新改良运动中，梁启超探讨了美的快感特征，主张"三界革命"和以"新民"改造社会，提出"改良群治从小说始"，通过文学革命的方式，让其为政治改良服务。这为近代中国社会对西方美学的接受做了重要铺垫，也为20世纪前期西方美学正式在中国落地生根打下了基础。随着西方美学的引入和近代学界对西方美学的接受，20世纪初的中国出现了许多关于美学概论的书籍和文章：据记载，1917年，萧公弼在《寸心》杂志上连载《美学·概论》，篇幅达两万多字，关于美学的论述全面详尽，价值极高。1926年，范寿康、陈望道也出版了《美学概论》。这些美学概论著作的出现是在西方影响下的"现代美学"在中国确立的重要标志，为中国现代美学的学科发展奠定了理论基础。

随着近代化进程的推进，我国对西方美学的接受逐渐深入化和系统化，初步形成了多种美学思潮，有识之士在中国社会与西方美学的交融中推动着社会的革新。梁启超、蔡元培、陈望道等人受康德、席勒的美学思想的影响，强调"人性"的抒发和创造。主张"以美育代宗教"的蔡元培，注重发挥审美的教化作用，根据其在欧洲留学期间专攻美学的经验，回国后译介"美学"学科，开设"美学"课程，大力倡导"美育"。他们追求审美的启蒙理性精神，让美学为启蒙服务、为教化服务，形成了早期启蒙主义美学。王国维、朱光潜等人主要接受了叔本华、尼采的唯意志论美学思想和本格森、克罗齐的直觉主义美学思想，他们反思启蒙理性，主张审美的超越性和自由性，形成了早期现代主义美学。此外，以邓以蛰、宗白华等为代表的新古典主义美学，则主张以中国美学传统为主体，将西方美学思想与中国古典美学融合，以此来实现由传统美学向现代美学的转化。

可以说，"中国现代美学"是在西方美学思潮的影响下建立并发展起来的，而近代化的时代背景中，中国对于西方美学的接受和运用是中国美学发展中不可忽视的一个部分。纵观中国的美学发展历程，根植于"道"之本源的"中国古典美学"在几千年的发展过程中与政治、经济、文化等社会背景呼应，并随着时代的变迁进行着自我更迭与嬗变。而在近代化大门被迫打开之时，国人仍以积极探索的姿态接受着西方美学，在被动的近代化进程中，依靠艰难的探索寻求革新社会的契机，实现着"中国古典美学"向"中国美学"的过渡。

参考文献

[1]叶朗.中国美学史大纲[M].上海:上海人民出版社,1985.

[2]宗白华.艺境[M].北京:北京大学出版社,1987.

[3]黑格尔.美学[M].北京:商务印书馆,1979.

[4]宗白华.美学散步[M].上海:上海人民出版社,1997.

[5]丹纳.艺术哲学[M].桂林:广西师范大学出版社,2000.

[6]叶朗.现代美学体系[M].北京:北京大学出版社,2000.

[7]彭吉象.艺术学概论[M].北京:北京大学出版社,1994.

[8]杨春时.中国早期现代美学思潮概说[J].首都师范大学学报(社会科学版),2019(1):91-98.

[9]马大康.中国古典美学的思维特征及其现代转变[J].文艺理论研究,2007(6):102-106.

[10]杨春时.中国古典美学本体论[J].广东社会科学,2012(5):151-158.

《欧也妮·葛朗台》的叙事视角

陈婷婷

摘　要:叙事视角是叙事学领域的一个新方向,受到广大学者的关注和青睐。作为"现代法国小说之父",巴尔扎克的《欧也妮·葛朗台》以其鲜明深刻的主题、细腻逼真的人物形象、反讽幽默的语言赢得举世赞赏,但是其叙事视角却得到较少关注。巴尔扎克在这部小说中除了运用传统公认的全知视角外,还巧妙运用了内视角和外视角。多重视角进行切换,对其在人物形象的描绘、情节的发展和主题的表达方面起到了不小的作用,表达了他对当时法国尤其是巴黎"上流社会"金钱统治的不满与厌恶。

关键词:巴尔扎克;《欧也妮·葛朗台》;叙事视角

叙事视角是指叙述者与故事文本之间的关系。通俗地讲,就是叙述者是谁,他会如何给读者讲故事。它既是小说的突出特征,也是作家的文学创作技巧,对小说家的创作来讲极为重要。珀西·卢伯克在他的代表作《小说技巧》中就曾一语道破叙事视角在小说叙事中的地位:"在整个复杂的小说写作技巧中,视点起着决定性的作用。"①因此,一个优秀的作家必须重视叙事视角的选择,选择合理即能大大提升作品的艺术感染力。同时,读者对小说人物及其行为的反应也会受到叙事视角的直接影响,无论这反应表现在情感方面还是道德方面。对一部小说优劣的评价

---

① （英）珀西·卢伯克.小说技巧[M].上海:上海文艺出版社,1990:82.

不仅要从主题、情节、人物形象、语言艺术方面进行考虑,还应将叙事视角这门艺术纳入评价体系。

《欧也妮·葛朗台》讲述了法国第一代资产阶级中的葛朗台一家的家庭悲剧以及女儿欧也妮的爱情悲剧。该部小说成为世界文学史上的一个经典,问世一百多年仍然长盛不衰,这与它鲜明深刻的主题、细腻逼真的人物形象、反讽幽默的语言密不可分。很多专家、学者在这些方面也进行了深入细致的研究,取得了不小的成果。但叙事视角的艺术也是它不可忽视的一个原因,而在这方面的研究却非常少。本文从零视角、内视角、外视角三个方面对其在人物形象的描绘、情节的发展和主题的表达方面的作用进行分析,希望对研究《欧也妮·葛朗台》提供一个新的方向,贡献绵薄之力。

一、全知全能的零视角

零视角是全知视角,基本特征就在于"全知",叙述人就像上帝般知道故事的全部,掌握所有人的隐私,包括其丰富玄妙的心路历程。这种叙事的长处是灵活自由,叙述人不受时间、空间等任何限制,纵横捭阖,运用自如,使人物和事件得到最广泛、最自由的表现,使读者对人物和事件能有最全面、最具体的了解,而且还能最大限度地展示社会生活的广度和深度。用公式表示:叙述者 > 人物。

纵观巴尔扎克的作品,可以看到它们大多属于全知视角,故事中的人物并不是叙述者,叙述者是站在事件之外俯瞰众生的"上帝"。他无处不在、无所不知,了解过去、预知未来,并且能够随意打入人物内心。在作品《欧也妮·葛朗台》中,全知视角得到了充分的应用。在小说一开篇,自称"社会科学博士"的巴尔扎克没有按照艺术家的方式,而是按照科学家的方式描写偏僻落后的索漠城。他极其耐心地为我们一一解释房屋的构造,石墙的窟窿,柱子的基座,苔藓的颜色等,将索漠城的地域风貌和风土人情全方位地展示给了读者,增加了故事的可读性和真实性,也方便读者快速、轻松地投入小说故事情节中。之后他在塑造人物形象时,运用全知视角对人物进行了刻画。不像莎士比亚或圣西蒙一下子便猛力闯进人物的灵魂,巴尔扎克像解剖学家那样指出手的结构,脊骨的曲折,鼻梁的高低,骨头有多厚,下巴有多长,他要介绍清楚人物的家世、生平、教育、社交、田产和存款。"冷静的眼睛好像要吃人,是一般所谓的蛇眼;脑门上布满皱褶,一块块隆起的肉颇有些奥妙。"①葛朗台贪婪丑陋的嘴脸直接呈现在我们脑海中,这为后文他不择手段置办田产、投机公债做了铺垫。"贞洁的生活使她灰色的眼睛光芒四射。""满是镂纹的嘴唇,显出无限的深情与善意。"②欧也妮善良纯洁,像一朵出淤泥而不染的莲花,与金钱至上的葛朗台形成鲜明对照,这在对比中加强了批判现实的力度。"这便是欧也妮的故事,她在世等于出家,天生的贤妻良母,却既无丈夫,又无儿女,又无家庭。"③小说结尾处,作者表达了对欧也妮一生悲惨命运的怜悯与痛惜。实际上,无论是开篇还是结尾,作者都在提醒我们书中始终存在着一位全知全能的叙述者。《欧也妮·葛朗台》便是以这个叙述者的视角作为主要叙事视角来营造一种"虚拟的说书情境",使读者不直接与书中人物交流,与小说保持一定的距离。这种视角便是典型的零视角。

主观型的全知视角叙事,叙述者用第一人称或介绍者身份,往往通过发表感想和议论干涉叙述的进程,向读者传递信息,制造悬念。"你进门吧,一个年轻漂亮的姑娘,干干净净的,戴着白围巾,手臂通红,立刻放下编织物,叫唤她的父亲或母亲来招呼你,也许是两个铜子,也许是两万法郎的买卖,对你或者冷淡,或者殷勤,或者傲慢,那得看店主的性格了。"④在这里,叙述人直接出场与读者对话交流,吸引读者跟随他的目光进入文本。"早先本地的士绅全住在这条街上,街的高头都是古城里的老宅子,世道人心都还朴实的时代——这种古风现在是一天天地消失了——的遗物。我们这个故事中的那所凄凉的屋子,就是其中之一。"⑤叙述者鲜明地表达了对先前世风的赞扬以及对当下风气的批判,并且自然地引出了下文故事的发生地,推动了情节的发展,也带动了读者的兴趣。

然而,正如一枚硬币有正反两面,全知叙事有上述优点也有下述缺点。一方

---

① （法）巴尔扎克.欧也妮·葛朗台[M].傅雷,译.北京:人民文学出版社,1954:10 – 11.
② （法）巴尔扎克.欧也妮·葛朗台[M].傅雷,译.北京:人民文学出版社,1954:55.
③ （法）巴尔扎克.欧也妮·葛朗台[M].傅雷,译.北京:人民文学出版社,1954:191.
④ （法）巴尔扎克.欧也妮·葛朗台[M].傅雷,译.北京:人民文学出版社,1954:3.
⑤ （法）巴尔扎克.欧也妮·葛朗台[M].傅雷,译.北京:人民文学出版社,1954:4.

面,它会让现代读者对"无所不知"的真实性产生怀疑;另一方面,叙述人详尽地告诉读者一切,限制了读者积极创造的乐趣。在《欧也妮·葛朗台》中,巴尔扎克运用全知视角对某一件事物或某一个特点大量描写,冗长的描写会使一部分读者感到乏味。正如法国的泰纳在《巴尔扎克论》中所述:"最后的失败是:冗长的描写打破了印象的完整。""如果你描写某一个特点或某一种颜色,长到十二三行,想象便会失去作用。"①

值得注意的是,巴尔扎克反讽幽默的语言风格在一定程度上减少了全知叙事的缺陷。"屋子其余的部分,等故事发展下去的时候再来描写;但全家精华所在的堂屋的景象,已可令人想见楼上的寒碜了。"②无疑,叙述者在把控着情节进展的节奏,传达着作家的态度和心声,难免让读者感到失真,一下子从文本中跳出来,怀疑文本的可信度。但是一想起作为家庭的门面,葛朗台家的堂屋竟然舍不得多点一根蜡烛,读者就不难窥探到楼上房间的节省,这也着实符合葛朗台吝啬贪婪的性格。幽默又带有讽刺意味的语言容易将读者重新拉回故事情节中,让读者不自觉地认同作为作者传声筒的叙述者的观点。葛朗台执掌经济大权,是家庭中"独裁的君主"。他的侄子查理投奔他家,欧也妮对其一见钟情,将积蓄多年的6000法郎送给落难的查理作本钱,母亲想到三天后的元旦葛朗台必定按惯例查看这些钱物,不禁心惊胆战。文中写道:"三天之内就要发生大事,要演出没有毒药、没有尖刀、没有流血的平凡的悲剧,但对于剧中人的后果,只有比阿特里得斯家族里所有的惨剧还要残酷。"③叙述者站在旁观者的角度进行预叙,采用夸张的手法把即将发生的悲剧与阿特里得斯家族的惨剧进行对比。尽管预叙会让读者感觉有些失真,提前告知的大致结局也会令读者丧失部分兴趣,但读者通过反讽辛辣的语言依然会对三天内葛朗台的具体表现充满好奇和想象。之后的家庭冲突中,欧也妮吃尽苦头,被"软禁","罚吃冷水面包",她母亲也被葛朗台的发怒吓得中了恶寒而死。这里对母女俩被迫害作了夸张渲染,表现了她们的善良软弱,从侧面鞭挞了葛朗台的专横残

---

① 易漱泉,曹让庭,王远泽,等.外国文学评论选上册[M].长沙:湖南人民出版社,1982:407.
② (法)巴尔扎克.欧也妮·葛朗台[M].傅雷,译.北京:人民文学出版社,1954:20.
③ (法)巴尔扎克.欧也妮·葛朗台[M].傅雷,译.北京:人民文学出版社,1954:135.

暴,冷酷无情,暴露了资本主义社会中"人与人之间除了赤裸裸的利害关系,除了冷酷无情的现金交易,就再也没有任何别的联系了"①。

二、人物限知的内视角

戴维·洛奇在《小说的艺术》中说:"即使采用那种'无所不知'的叙述方法,从全知全能的上帝般的高度来报道一件事,通常的做法也只是授权给一到两个人物,使之从自己的视点叙述故事的发生发展,而且主要讲述事件跟他们的关联。"②不同于零视角的无所不知,内视角把叙事视角限制在一定的范围之内,依托故事中人物的视角来展示人或事,用公式表示:叙述者 = 人物。一般来看,内视角可以分为人物有限视角和多重式人物视角两种。在《欧也妮·葛朗台》中,巴尔扎克适当调整作品的构思,巧妙进行视角的转换,有效减少了全知视角带来的不足。

1.人物有限视角

人物有限视角是指选定一个特定人物作为叙述人,外在世界的一切都通过他的眼光、视角反映出来。形式上,读者觉得他也是一个平等的人而选择接近相信他,增加了作品的真实感。这个叙述人受自身局限必然有许多不知道的地方,因此留给读者很多空白进行思考。有限叙事可以从不同人的眼光观察世界,因此读者可以了解到不同人物的性格,感受到不同的生命力。

在《欧也妮·葛朗台》中,巴尔扎克也多次运用到了人物有限叙事。他通过主要人物和次要人物的眼光来叙事,为我们奉献上了不同的经典人物形象。在《中产阶级的面目》一章中,拿侬作为女仆不敢闯入主人过节的地方,便在厨房点起蜡烛,坐在灶旁预备绩麻。葛朗台从门道瞥见,嚷道:"拿侬,你能不能灭了灶火,熄了蜡烛,上我们这儿来? 嘿! 这里地方大得很,怕挤不下吗?"③叙述者从葛朗台本人的视角出发,透过他,我们看到了一位社会身份卑微,早起晚睡,终日勤劳为主人工作

---

① 赵燕,尚光存.谈《欧也妮·葛朗台》中的讽刺与幽默艺术[J].郑州工学院学报(哲学社会科学版),1996(1):81 - 83.

② (英)戴维·洛奇.小说的艺术[M].王峻岩,等译.北京:作家出版社,1997:28.

③ (法)巴尔扎克.欧也妮·葛朗台[M].傅雷,译.北京:人民文学出版社,1954:25.

的女仆形象。葛朗台的一瞥,一嚷,更让我们对这个处于社会底层毫无生存话语权的老拿侬心生怜悯与同情。这也暗示了当时巴黎贫富差距悬殊,社会缺乏公平。同时,我们也认识了一个吝啬到连一根蜡烛都不让多点的资产阶级吝啬鬼。正如上文的例子表现的那样,葛朗台的吝啬形象刻画是在家庭内部日常生活中展开的,全书没有耸人听闻的事件,也没有丝毫传奇色彩,但正如作者本人所说,这是一出"没有毒药,没有尖刀,没有流血的平凡悲剧"。

除了通过主要人物进行叙事,巴尔扎克还通过次要人物进行叙事。在《巴黎的堂兄弟》一章中,作者以从巴黎来的夏尔为叙事视角,通过他的所看、所感、所知展示葛朗台家中形形色色的人物。自巴黎来的夏尔风流典雅,带着花花公子的所有玩意儿,他先是透过手眼镜看到了当时正在葛朗台家中做客的克罗旭一家和德·格拉桑一家的模样:吸鼻烟,淌鼻水,黄里带红、衣领打皱、褶裥发黄的衬衫胸饰沾满了小黑点,面貌憔悴硬化,衣冠七零八落,邋遢与衰老在他们身上合二为一。两家人甚是有钱,却不注重外表打扮,衬衫一年只洗两次,不难看出两家人精于盘算,在外貌衣饰上吝啬抠门。接着他与两家人装腔作势谈起了天,晚上上楼睡觉时他看到伯父葛朗台家的楼梯上的墙壁发黄,到处是烟熏的痕迹,扶手已经全给虫蛀了,他觉得自己的美梦被吹得无影无踪,疑心自己走进了一座鸡棚,他在心里生气地想,父亲送他到这儿见什么鬼? 当他回头看到伯母和堂姊竟习以为常没什么表情时更加生气郁闷。好不容易走到顶楼的卧房,他看到满是蛀洞的帐幔摇摇欲坠,他一本正经地问长脚拿侬这当真是当过索漠市长的葛朗台先生的府邸吗? 拿侬开心地回答"是",并赞扬葛朗台是一位很可爱、很和气、很好的老爷。最后夏尔郁闷地带着为什么要来这儿的疑虑入睡了。作者通过第三个人物——夏尔的所见所想,利用侧面描写揭示了索漠城日益败坏的社会风气,人们"不再信仰上帝,只崇拜金犊",金钱已经成为整个社会的机制与杠杆。除此,读者跟随夏尔的视角深入走进了一个一辈子都在琢磨"钱怎么生怎么死"的吝啬鬼形象,也看到了当时女性社会地位低下,看到了葛朗台太太、欧也妮、长脚拿侬对葛朗台的恭敬服从,她们身上的奴性让人扼腕叹息。作者采用夏尔这一次要人物作为视角,不仅让读者感到新奇,而且呈现的人物形象让读者更加震撼。后来夏尔从巴黎贵公子变成了背叛爱情、贪婪纵欲、狡诈吝啬的人，与之前形成了鲜明的对比，更让人感受到当时法国社会金钱拜物教的荒谬。

2. 多重式人物视角

在多重式人物视角中，叙述人仍然是小说中的人物，但是却将小说中的同一件事由不同的人物站在自己的角度上去观察。运用这一视角，读者能够了解不同的人物对同一件事的不同反应与态度。与人物有限视角相比，它突出了鲜明的对比性，更能帮助读者了解小说人物的性格特点，进而窥探作者的写作意图，也利于读者全面了解故事内容，在此基础上形成自己独到的见解。

巴尔扎克在表达金钱与亲情、爱情孰重孰轻的看法上就采用了多重式人物视角。19 世纪的法国，贵族阶级没落，资产阶级上升发展，巴黎更是一个决斗场，在这里，人们为了钱暗中较量，争分夺秒。而被金钱淬硬了的葛朗台发现一向温顺乖巧的女儿竟将 6000 法郎私赠给情人时，不禁怒从中来。他像一匹听见身边有大炮在轰的马一样，大叫大嚷，两腿一挺。他严厉斥责女儿，把女儿关起来，只给冷水、冷面包。而欧也妮被爱情训练出来的狡猾不亚于父亲被吝啬训练出来的狡猾，她不动声色地含讥带讽地瞪着父亲。她的母亲看到女儿承受家庭的苦难，不惜性命劝着这个平日她一向很听从的丈夫。三人的对话叙事将故事推向了高潮，抢金匣子的冲突更好地表现了三个人对金钱、亲情、爱情的不同态度。"法力无边的财神"葛朗台无情地忽视女儿的跪求，像一头老虎扑向婴儿般抢过梳妆匣，用刀子准备撬金子。"洁白的羔羊"欧也妮以死相逼企图挽回代表爱情信誉的匣子。"只有受苦与死亡"的母亲看到两人激烈的对峙，苦苦哀求葛朗台放过女儿。巴尔扎克正是在"善与恶的有益对立"①中刻画人物，通过作品中体现善与恶的人物的对立和冲突，批判资本主义社会的罪恶，使作品获得惩恶扬善的效果。

如果仅仅停留在精确地刻画守财奴的聚敛癖和偏执狂上，作者的天才就没有展现得淋漓尽致。文章虽然用大量笔墨描绘金钱的威力，画龙点睛的一笔却是指

---

① （法）巴尔扎克.致"星期报"编辑意保利特·卡斯狄叶先生书[J].文艺理论译丛,1957(2):35.

出了金钱拜物教的荒谬,金钱固然给人带来权势,却不能给人带来幸福。至少,在人类的感情领域,金钱是无能为力的。巴尔扎克通过多重式人物叙事,让读者更加鲜明地看到了在对待金钱、亲情、爱情上,葛朗台是一位舍弃父女情,满足金钱欲的守财奴。欧也妮淡漠金钱,对爱情忠贞无比,从恶的"凹坑中间"发扬她善的品性。① 葛朗台太太尽管软弱无力,却对女儿用情至深。由此,读者可以感受作者对当时社会善恶的认识,做出自己的判断。

三、纯粹客观的外视角

外视角与"全知全能"视角相反,叙述者对其所叙述的一切不仅不全知,反而比所有人物知道的还要少,他像是一个对内情毫无所知的人,仅仅在人物的后面向读者叙述人物的行为和语言,②而不告诉人物的动机、目的、思维和情感。用公式表示:叙述者<人物。这种视角排除了提供人物内心活动信息的可能,也限制了叙述者对事件的实质和真相的把握,它像一台摄影机,拍摄人的各种情景,却没有对这些画面进行解释和说明,从而使情节带有谜的色彩。③ 外视角可以用于整部作品,也可以仅用于作品的某些部分。19 世纪现实主义作品或一些侦探故事在处理一些人物、事件时都曾采用过这种视角,造成扑朔迷离、高深莫测的效果,但真相在最后都被揭露。在《欧也妮·葛朗台》中,外视角主要体现在滑稽的动作行为描写和聚谈对话场面上,叙事者不介入、不进行评论,留给读者丰富的想象空间。

1.动作行为描写

《欧也妮·葛朗台》这部作品对吝啬鬼葛朗台有很多夸张的动作行为描写,虽然作者没有直接表露出主观看法,但讽刺意味溢于言表。例如,在《家庭的苦难》一章中有对临死前的葛朗台动作的白描:他把身上的被子一齐拉紧,裹紧;在还能睁

---

① 张玲霞.略论欧也妮·葛朗台形象塑造中的善恶对照[J].扬州大学学报(社会科学版),1982(2):125 – 127.

② 申丹.叙述学与小说文体学研究[M].北京:北京大学出版社,1998:211.

③ 胡亚敏.叙事学[M].武汉:华中师范大学出版社,2004:33.

开眼睛的时候,他几个小时都在用眼睛盯着满屋财宝的密室门,露出一点吃力的笑意;在神父把镀金的十字架送到他唇边让他亲吻基督的圣像时,他做了一个骇人的姿势,他去抓十字架想把它握在手里,但这最后的动作不幸葬送了他的性命。葛朗台为什么要裹紧身上的被子? 他真的冷吗? 他只是不想让别人偷了他的东西罢了。最后他又为什么要去抓十字架呢? 他信仰基督吗? 由前文葛朗台自己说的话可以知道他不信仰上帝,不信仰基督,他的信仰只有钱。十字架是镀了金的,由此我们可以猜测:葛朗台想要把十字架占为己有,对他来说十字架绝对是一笔不小的财富,以至于他忘了自己还在垂死的边缘挣扎。在这里,叙事者就像站在冰冷的摄像机后面,平静地注视着在死亡边缘挣扎的葛朗台,看他做出夸张让人不屑的一系列动作,偶尔发出嘲讽的笑声。葛朗台称雄一世,纵有万贯家财,却一文也带不进坟墓。即使这样,他不惜冒着性命危险想抓住镀金的十字架。叙事者利用白描,冷静地将他死前的动作刻画出来,讽刺意味更浓。他是金钱的主人,但实际上他何尝不是金钱的奴隶?

葛朗台临死前抓十字架的动作不难让我们想到中国《儒林外史》中的严监生。

《儒林外史》不仅是我国讽刺文学的代表作,而且在叙事艺术上也有进步和创新,特别是在叙事视角的应用上。在第五回写严监生因疾将死时,作者就成功运用了外视角。临死之际,严监生喉咙里痰响得一进一出,一声不倒一声的,总不得断气,还把手从被单里拿出来,伸着两个指头。[①] 为什么病重得已经三天不能说话的严监生还要吃力地伸出两个指头? 他想要表达什么意思? 叙事者并没有将他的内心活动展示出来,而是和读者一样静静地观看。当大侄子问他是否有两个亲人没见时他把头摇了两三摇;当二侄子问他是否还有两笔银子没有吩咐明白时他把两眼睁得圆溜,狠狠摇了摇头,越发指得紧了;当奶妈问他是否惦记着两位舅爷时他闭眼摇头,手只是指着不动。随着严监生动作由松到紧,由紧到僵硬,读者的好奇心愈发强盛,但叙事者依然没有跳出来告诉读者主人公的所

---

① 吴敬梓.儒林外史[M].张慧剑,校注.北京:人民文学出版社,1958:59.

思所想,从而使"两只手指"带有谜的色彩。终于,最熟悉严监生的赵氏挑掉了两茎灯草中的一茎,严监生才把手垂下没了气。读者在谜底揭晓心中石头落地的同时,又不禁心生悲凉。同样是主人公死前的动作描写,两部作品都采用了外视角,收到了意想不到的讽刺效果。

2.聚谈对话场面

《欧也妮·葛朗台》的外视角叙事还体现在文中大篇的聚谈对话场景中,看似纯粹单义的对话实际隐含着丰富的话外之意,读者可以自己去解读,体会文本的意义生成可能性。例如,同样在《家庭的苦难》一章中,葛朗台太太病重,葛朗台和贝日冷医生的简短对话就让人怒从心生。当奄奄一息的妻子不能从床上坐起来时,葛朗台为她请来了索漠城最有名的医生。贝日冷先生如实说明了葛朗台太太病得很严重,只有悉心照料才有可能坚持到秋末。"要不要花很多的钱?要不要吃药呢?"①面对妻子的病情,葛朗台问出来了这两个在常人眼里匪夷所思的问题。按照常理,最亲爱的人生命快走到尽头,就算是砸锅卖铁也应竭尽所能地用最好的药帮助妻子延长寿命,更何况是家财万贯的葛朗台呢?这不禁让人唏嘘他的悭吝。"不用多少药,调养要紧。"医生微笑回答。"求你救救我的女人;我多么爱她,虽然表面上看不出,因为我家里什么都藏在骨子里的,那些事把我心都搅乱了。我有我的伤心事。兄弟一死,伤心事就进了我的门,我为他在巴黎花钱……花了数不清的钱!而且还没得完。再会吧,先生。要是我女人还有救,请你救救她,即使要我一百两百法郎也行。"②这段话看起来像是葛朗台对前面所说的话的补救,然而读者已经不能相信他冠冕堂皇的说辞了。在对话中,叙事者从未出现,而是以纯粹的对话场面来展示人物形象。以彼之矛攻彼之盾,作者虽没有直接进行主观评论,但让人物的对话前后矛盾,讽刺意味溢于言表,读者有更多的空间去体会话外之意。

巴尔扎克在他的作品《欧也妮·葛朗台》中,主要运用了传统公认的叙事视角——零视角,并辅以外视角以及内视角中的人物有限视角和多重式人物视角。这样,既向我们展示了索漠城较为宏大的社会图景,又深刻地塑造了葛朗台、欧也

---

① 巴尔扎克.欧也妮·葛朗台[M].傅雷,译.北京:人民文学出版社,1954:158.
② 巴尔扎克.欧也妮·葛朗台[M].傅雷,译.北京:人民文学出版社,1954:158.

妮、查理等人物形象,增加了作品的可信度。多种视角的巧妙切换,为读者构造了一个立体的想象空间,增加了读者的阅读兴趣。同时也为表达资产阶级罪恶发家史和资本主义社会赤裸裸的金钱关系的主题起到了添砖加瓦的作用,这也是《欧也妮·葛朗台》成为经典的一个原因。

参考文献

[1](美)约翰·盖利肖.小说写作技巧二十讲[M].梁淼,译.北京:北京十月文艺出版社,1987.

[2](法)热拉尔·热奈特.新叙事话语[M].王文融,译.北京:中国社会科学出版社,1990.

[3](美)戴卫·赫尔曼.新叙事学[M].马海良,译.北京:北京大学出版社,2002.

[4](法)瓦莱特.小说——文学分析的现代方法与技巧[M].陈艳,译.天津:天津人民出版社,2002.

[5](美)勒内·韦勒克,奥斯汀·沃伦.文学理论[M].刘象愚,邢培明,陈圣生,等译.南京:江苏教育出版社,2005.

[6]王艳凤.巴尔扎克研究:第1版[M].呼和浩特:内蒙古大学出版社,1997.

从象征手法看弗吉尼亚·伍尔夫的小说艺术

范琳琳

摘　要:弗吉尼亚·伍尔夫是20世纪英国重要的现代主义文学先锋,意识流代表人物之一。她有意打破反映物质世界的传统叙事模式,转向对心灵真实的探索,通过象征、隐喻等艺术手法来追求印象式的传达效果。通过象征,客观对应物与作家主观思想互相映照,以物化思。这种写作方法既不同于逻各斯二元对立的理论,又非纯意识的表露,它与中国的"物化说""神思说"以及日本的"物哀"思想有一定共通之处,展现了伍尔夫笔下独特的艺术世界。

关键词:弗吉尼亚·伍尔夫;象征;文学真实;古典美学

一、象征主义理论及其具体呈现

象征主义流行于19世纪中叶的法国文学,查尔斯·查德维克在《象征主义》中解释道:"它是一种表达思想情感的艺术,它既不直接描述这些思想情感,也不通过具体形象的公开比较来说它们,而是通过暗示它们是什么、通过未知解释的象征,在读者头脑中把它们再度创造出来。"[1]作者将这种象征概括为人性象征主义,下文中又阐释了超验象征主义的特点:在这种形式下,具体的意象被用作象征,但不是象征某种特定的思想感情,而是象征更广阔、更普遍的理想世界,对这个世界来说,现实的世界只不过是一种不完满的代表而已。[2]　总体而言,无论象征是存在于经验

---

①　查尔斯·查德维克.象征主义[M].肖聿,译.太原:北岳文艺出版社,1989:4.
②　查尔斯·查德维克.象征主义[M].肖聿,译.太原:北岳文艺出版社,1989:5.

内还是经验外,它的指向都超出了具体形象,并且带有很强的主观性与感性色彩。法国象征主义诗人马拉美曾经就举过一个例子,假如诗人想把理念的花传达给读者,那么,他绝不能把一朵玫瑰或是一朵百合描绘得过于清晰,而必须把这两种花的意象混合起来,这样才有可能窥见这两种花的本质。因此,象征也具有朦胧、混杂的特点,给读者留下很大的想象空间。象征主义影响了后来的很多作家,例如法国的普鲁斯特、英国的艾略特等人。艾略特欣赏并效法波德莱尔,对法国象征主义十分崇尚,他和伍尔夫同属于布鲁姆斯伯里文化圈,并且这个团体曾有成员翻译过马拉美的诗集,这都对伍尔夫产生了很大的启发,将象征手法融入自己的创作实践,拓宽了作品的空间。

《到灯塔去》是弗吉尼亚·伍尔夫一部带有自传性质的小说,小说结构为窗——岁月流逝——灯塔,"到灯塔去"是全书的中心事件,"灯塔"亦成了一个意蕴多元的象征物。关于灯塔的执念从小说开头人物的对白中就已显现,它涵盖了拉姆齐夫人和孩子们心中凝聚的光束,是朦胧温暖的彼岸。然而这个彼岸却总是被一股理性而专制的力量阻隔——"明天晴不了"①,父权的阴影始终笼罩在孩子心中,由此引起的反叛思想在幼子詹姆斯身上表现得最为激烈,"要是手边有一把斧头,或是一根拨火棍,任何一种可以捅穿他父亲心窝的致命凶器,詹姆斯在当时就会把它抓到手中"②。这正是"弑父"思想的体现。由灯塔产生的对立象征着不可调和的两性冲突,冷淡的专制父权与柔和的母性光辉相抗衡,理想的归宿是形成双性同体,小说中的女画家莉丽以及她最后完成的画正是这一观念的重要象征。莉丽不同于英国的传统女性,她把自己排除在世界的普遍规律之外,正如文中说:"她喜欢独身,她喜欢保持自己的本色,她生来就是要作老处女的。"③她能在拉姆齐夫人神灵般的感化之外窥视到权力情结与虚荣,亦抗拒听从拉姆齐先生为其施予无私抚慰,在两性中努力寻找一种平衡,渴望和谐一致。这种观念也体现在了莉丽的画里,"她同时感觉到两种相反的因素在剧烈地斗争"反映了一种不和谐的状态,书中多次提及她想把树移到画面的中央,却一直未动笔,直到拉姆齐夫人去世后,拉

① 弗吉尼亚·伍尔夫.到灯塔去[M].瞿世镜,译.上海:上海译文出版社,2008:2.
② 弗吉尼亚·伍尔夫.到灯塔去[M].瞿世镜,译.上海:上海译文出版社,2008:2.
③ 弗吉尼亚·伍尔夫.到灯塔去[M].瞿世镜,译.上海:上海译文出版社,2008:60.

姆齐先生带领孩子抵达灯塔后，释然与和解充溢在整个画面中。结尾写道："她在画布的中央添了一笔。画好啦；大功告成啦。是的，她极度疲劳地放下手中的画笔想道：我终于画出了在我心头萦回多年的幻景。"①那个使詹姆斯与父亲对立多年的灯塔去掉了闪光滤镜后只不过是光秃秃的岩礁上的一座荒凉的孤塔，然而它证实了詹姆斯对于自己性格的某种模糊的感觉，所以他依旧感到满足。这更多是得到父亲表扬后的心理补偿效应，体现了"弑父"观念的逐渐消解，思想达到平衡。画布中间添的一笔暗示对立的两性逐渐统一协调，由此使读者激荡的心灵趋于平和。

除了"灯塔"和"画"之外，《到灯塔去》中还有"窗""中国眼睛"等蕴含象征意义的符号。"窗"象征着书中人物的自我世界——心灵之窗。窗户就像一个介体，主体心灵经过它过滤后呈现出个人化的纯粹的真实，显露出似真似幻的图景。拉姆齐夫人经常看向窗外的灯塔："她的目光向窗外望去，遇见了灯塔的光柱，那长长的稳定的光柱，那三次闪光中的最后一次，那就是她的闪光。"②灯塔通过窗户与拉姆齐夫人相联系，她把自己与灯塔之光融合在一起，象征着母性普照的光辉，亦是对自我归属的探寻。拉姆齐夫人的心灵之窗由感性铸造，容纳着日常琐事和幻想。而拉姆齐先生的理性之窗过滤掉了一切平凡的琐事，因此他在窗外看窗内的妻子和孩子时也会觉得非常遥远，将其看作特快火车外的图景，大脑在"Q——R——Z"的哲学思考中不停运转。不同人物的眼睛穿过同一扇窗户捕捉到的思绪千差万别，"窗"这一意象将主体差异放大，指向永恒的孤独，结果就是："她永远不会理解他。他也永远不会理解她。人和人之间的关系都是如此，她想，尤其是男女之间（也许班克斯先生是例外）隔阂最深。"③莉丽则是透过窗去触及色彩世界以及其中人物的意识，她那双"中国眼睛"视角也更独特。书中多次提到莉丽的"中国眼睛"，这已经超过了单纯外貌描写的层面，带有更深的文化内涵和符号意义。书中拉姆齐夫人评价莉丽有着中国式的小眼睛，是一个有独立精神的小人物，还说中国眼睛的秀气需要一个聪明的男人才能发现。她通过色彩去感知世界，始终保持独身和自己的本色，莉丽的身上承载了东方文化元素，这体现了作者对"新女性"的思考，

---

① 弗吉尼亚·伍尔夫.到灯塔去[M].瞿世镜，译.上海：上海译文出版社,2008:256.
② 弗吉尼亚·伍尔夫.到灯塔去[M].瞿世镜，译.上海：上海译文出版社,2008:76.
③ 弗吉尼亚·伍尔夫.到灯塔去[M].瞿世镜，译.上海：上海译文出版社,2008:112.

亦是对以拉姆齐夫人为代表的英国传统女性的反思。《到灯塔去》中丰富的象征物扩大了小说的阐释空间，读者在以灯塔为中心的象征中跟随意识的流动、物象的变化，把握人物的内在世界，在时光流逝中抵达灯塔，而在这个过程中自然吸收到的，就是如水流般灵动的主题。

《海浪》是弗吉尼亚·伍尔夫在1931年创作的一部带有实验性质的意识流小说，九个抒情引子和六个平行的意识流动连贯地伸缩衔接，作品也同样使用了大量的象征，从自然象征到人物象征，赋予了作品朦胧而深沉的思想意义。瞿世镜整理的《伍尔夫研究》中有一篇提到《海浪》，书中指出：它并不是简单的轮廓加上复杂的组织结构，其复杂性几乎全在轮廓本身（人物按照其象征性的面具而有所发展）。[①]作者以同一种声音诉说六个人物的意识流动，画面在抽象的言语中展开，人物没有面孔，象征的思想从而得到最大程度的表露。六个人物都是孤独而零散的，他们通过珀西瓦尔这一从未露面的理想形象得以连接。与路易斯相联系的象征物是带着锁链的野兽，狂躁而专制，自卑与自负相互交缠，对社会的恐惧却极端地使他成为一名企业领导，以此来与之对抗，这显示出一种带有分裂倾向的心理特征。罗达与路易斯同样惧怕社会，极度脆弱使她走向了另一极端——虚幻，梦境是她的象征，因此她只有在虚幻中才能保全自身。在现实中罗达的生存方式是伪装，她说："我们全是冷漠的，没有友情。我要想方设法扮演出一副面孔来，一副镇静自然的、非同凡响的面孔，我还要赋予它无所不知的神气，并且贴身戴着它，就像贴身戴着护身符一样。"[②]极度敏感自卑使她无法在社会中生存，在生活的折磨中寻求"心中某个隐蔽的神仙"。书中的珍妮则是与罗达相反的姑娘，她热衷完整连贯的现实形体，抛弃幻想，从不做梦。珍妮的想象力是肉体的想象力，以现实为边界，她象征着本能的欲望，这与弗洛伊德性学说有一定关联。苏珊的生命力则在自然中才得以显现，因此她象征着大自然。后来她选择隐没在母性的光辉中，锐利而纯粹的爱恨使苏珊这个人物落笔更加鲜明。奈维尔象征着秩序，哲学与知识为他塑造了复杂而精细的头脑，作者对他的叙述是平和而深沉的。小说里着墨最多的人物是伯纳

---

① 瞿世镜.伍尔夫研究[M].上海:上海文艺出版社,1988:45.
② 弗吉尼亚·伍尔夫.海浪[M].曹元勇,译.上海:上海译文出版社,2009:29.

德,他的符号是语言,人群激发他的活力,通过不断编织故事来生存,他像蛛网一样连接着其他人物。然而在伯纳德认识到言语和故事的片面后,领略到了人生的孤寂与不可抵挡的死亡。小说中从未露面的珀西瓦尔是这六个人物的向心力,他向四周辐射出光芒,象征一种独立的理想人格,然而这六个人物之间不可抗拒的离心力寓示着现代文明的阻绝与永恒的孤寂。除此之外,抒情引子里的时序变化与人物的成长体验也存在着对应关系,抒情引子从最开始"太阳尚未升起"到最后"太阳已经沉落",伯纳德在最后对死亡发出了攻击,"海浪拍岸声声碎"①。"海浪"本身就象征着时间的流逝,生命在海浪拍岸声中循环往复。

《达洛卫夫人》中的"大本钟"是"时间流逝"最直接的象征物,钟每敲响一次,读者心中就留下一个顿点,小说中人物的意识随着声音标记流动、更迭,因此叙述的视角也在不断变化。由于故事的讲述时间限定在一天之中,小说的心理时间在钟声的间歇中自由延展,钟声像音符一样穿插其中配合故事的讲述。不过"大本钟"更多是一种辅助性的符号,像主题曲的和声,它的象征意义相较于《到灯塔去》中的"灯塔"更为单一。同样,这部小说中的人物也可以挖掘到一些象征意义,赛普蒂默斯,在战争后走向疯狂,最终自杀。他属于"迷惘的一代",精神与现代社会已经隔绝,以牺牲自我来保全自我。而达洛卫夫人最终生存下来了,她能感受到生命在萎缩,"余下的时光不能再像青春时期那样延伸,去吸取生存的色彩、风味和音调"②。她也会对社会产生隔膜孤立之感,然而物质与心灵之间平衡的保持使她走向与赛普蒂默斯不同的道路,这体现了在文明更迭时期主体间不同的价值观念。除此之外,伍尔夫小说中也有一些表达抽象观念的象征,她的另一部带有浪漫主义色彩的传记小说《奥兰多》通过对"雌雄同体奥兰多"故事的讲述消解性别的对立,象征了一种和谐统一、超越性别的观念,具有现代意义。象征在伍尔夫的小说中有着形形色色的呈现,在具体呈现的人或物下读者去感知作者的感觉、情绪和思想,取得印象化的象征义,以此感知文学真实。

---

① 弗吉尼亚·伍尔夫.海浪[M].曹元勇,译.上海:上海译文出版社,2009:310.
② 弗吉尼亚·伍尔夫.达洛卫夫人[M].孙梁,素美,译.上海:上海译文出版社,2007:27.

二、象征与形象化的文学真实

弗吉尼亚·伍尔夫试图打破19世纪以来现实主义作家们所描绘的物质世界，她认为那些生活中琐屑的、暂时的东西是无法变成真实而持久的东西的。她在《论现代小说》中把贝内特、高尔斯华绥等人称作物质主义者，认为乔伊斯是与他们相反的精神主义者，他的作品超越了所谓"生活的本来面目"，能够容纳更广阔的文学真实。伍尔夫多次谈论"真实"，她在《一间自己的房间》里写道："真实就是把一天的日子剥去外皮之后剩下的东西，就是往昔的岁月和我们的爱憎所留下的东西。"①她把生活看作半透明的封套，作家要努力表达其中蕴含的"变化多端、不可名状、难以界说的内在精神"②，并且按照心灵的顺序去叙述。这种真实观体现在伍尔夫大量的创作实践中，象征手法则促进了对文学真实的表达。通过象征，文学脱下了那层单薄的物质外衣，披上层叠的精神长袍，自然而深沉地探寻永恒而普遍的真实。

象征把客观对应物与个人的情感或普遍的真理联系起来，而不同于逻各斯中心主义把其中一方绝对夸大的观点。因此伍尔夫的意识流小说并不意味着纯粹意识的思辨表达，而是一种形象化的文学真实。"她只限于给读者提供一个关于生活的比较新鲜和奇异的视野，使读者开阔眼界，通过表面的事件，让读者发现思想和感情勉强可以感觉到的内在运动。"③伍尔夫的作品没有说教的意味，读者发挥自由联想感知形象，捕捉作品中每一个存在的瞬间，心灵由此受到抚慰或冲击，来面对这个不同于现实生活的"文学真实"。安德烈·莫洛亚把她和普鲁斯特当作完美小说家的典范，认为艺术向我们展现远距离的生活，而小说则应同生活保持着近距离。"只有那些善于均衡这两种功能，使得一种功能烘托另一种功能的人，才是最全面的小说家。"④例如《到灯塔去》中的"灯塔"，它作为一个实体兼观念的意象存在于拉姆齐夫人和孩子们心中，作为一个永恒的信仰般的存在与生活保持着"远距离"，同时它作为一个线索串联起人物"近距离"的日常生活和思想观念，丰富了文本的内涵，加强了小说的结构。在《奥兰多》中，伍尔夫把奥兰多放置在自然中思考

---

① 弗吉尼亚·伍尔夫.论小说与小说家[M].瞿世镜,译.上海:上海译文出版社,2009:167.
② 弗吉尼亚·伍尔夫.论小说与小说家[M].瞿世镜,译.上海:上海译文出版社,2009:8.
③ 瞿世镜.伍尔夫研究[M].上海:上海文艺出版社,1988:116 – 117.
④ 瞿世镜.伍尔夫研究[M].上海:上海文艺出版社,1988:105.

性别与婚姻,"我找到了碧绿的桂冠,碧绿甚于海湾,我的前额将永远清凉。这些野禽的翎毛——猫头鹰的、欧夜莺的。我的梦将是荒蛮之梦。我的手将不戴结婚戒指"①。这些形象化的表达将奥兰多与自然紧密联系起来,作为"大自然的新娘",超越了世俗的性别与传统的婚姻,在细腻而美化的形象中我们对奥兰多的本质有了更加深入的认识,以此来把握虚构中的真实。

弗吉尼亚·伍尔夫把象征物融合在由意识流动所展示的世界中,将碎片式的人或物勾连起来形成连贯的整体,读者通过可感知的"声、形、色"印象式地联想其中的"情、思、理",由此传达形象化的文学真实。

三、象征与东方古典美学

20世纪二三十年代,中国典籍和文艺作品在英国大量出版,弗吉尼亚·伍尔夫通过与东方朋友的通信交流和文学作品的译介对中国以及东方其他国家的文化有了一定的了解。委婉含蓄、心物交融的东方式表达与她的文学思想不谋而合,因此在她的作品中也出现了诸如"中国眼睛"这种属于东方元素的象征符号。具体来看,中国的"物化说""天人合一""神思说"以及日本的"物哀"思想都与伍尔夫笔下的象征世界有一定的相通之处。

"物化说"发端于道家思想,是中国古典美学中有关文学创造的独特审美概念,体现了物我交融的精神境界。例如"鱼乐之辩"和"庄周梦蝶"这两个寓言故事,主体与客体化为一体,达到和谐交融的状态,能够彼此共情。"物化说"与西方的移情说有很大的相似之处,物我相化的过程亦是"宇宙生命化"的过程,这种物我合一的思想在伍尔夫的文学作品中也得到了体现。《到灯塔去》中有一段描绘拉姆齐夫人凝视灯塔时的心理活动,灯塔的光柱似乎成了她的光柱,她将自己所具有的品质与灯塔相互投射,感受到灯光与自己化为一体。后文中又提到这种"物我合一"的状态,"如果一个人孑然独处,这个人多么倾向于无生命的事物:树木、溪流、花朵;感受到它们表达了这个人的心意;感受到它们变成了这个人;感受到它们了解这个

---

① 弗吉尼亚·伍尔夫.奥兰多[M].林燕,译.北京:人民文学出版社,2003:144.

人，在某种意义上说，和这个人化为一体"①。主体心灵赋予无生命的事物一定的意义，达到物我两忘的一体状态。伍尔夫提到的孑然独处就如同庄子所说的"心斋""坐忘"，在心境虚静纯一的状态下实现"心与物游"，主体与客体融为一体，在心物交感中感受自然天性。"天人合一"也是物化思想的体现，人和自然在本质上是相通的，回归自然意味着回归本性。《奥兰多》中的大橡树是奥兰多的精神依托，她将自己生命中的灵感记录在命名为《大橡树》的诗集中。自然是她的归属："'我找到我的终身伴侣了，'她喃喃自语，'那就是沼泽。我是大自然的新娘。'"②奥兰多在自然中找到归属，确定了个体不同于传统性别观的身份定位，"自然"相较于具体的"物"更为概括化，表达上更类似于"天"，因此奥兰多与大自然的融合意味着达到了"天人合一"的境界。

"神思说"是关于文学创作论的内容，刘勰在《文心雕龙·神思篇》里论述了艺术构思以及想象、灵感等因素。"文之思也，其神远矣。故寂然凝虑，思接千载；悄焉动容，视通万里；吟咏之间，吐纳珠玉之声；眉睫之前，卷舒风云之色；其思理之致乎？故思理为妙，神与物游。"③指出构思是一个有声有色的形象思维自由运动的过程，取材也应当是宽泛而不受限制的。正如伍尔夫在《论现代小说》中写道："所谓恰当的小说题材，是不存在的。一切都是恰当的小说题材；我们可以取材于每一种感情、每一种思想、每一种头脑和心灵的特征；没有任何一种知觉和观念是不适用的。"④它们都体现了不受拘束的自由取象观念。"神思篇"最后以"神用象通，情变所孕。物以貌求，心以理应"⑤总结了神与象、心与物之间的关系，精神靠物象来贯通。因此"神思说"与象征也存在一定的关联，神与物游、神用象通都是对心物交融的表达，反映了注重直觉感知的形象思维。

伍尔夫对于日本文化也有深入主动的了解，她的好友密瓦·迪金森曾经跟她通信描述日本的异域风情，她也阅读了相关的文学作品，例如通过阅读英译本的日

① 弗吉尼亚·伍尔夫.到灯塔去[M].瞿世镜，译.上海:上海译文出版社,2008:77.
② 弗吉尼亚·伍尔夫.奥兰多[M].林燕，译.北京:人民文学出版社,2003:144.
③ 周振甫.文心雕龙今译[M].北京:中华书局,2013:248.
④ 弗吉尼亚·伍尔夫.论小说与小说家[M].瞿世镜，译.上海:上海译文出版社,2009:13.
⑤ 周振甫.文心雕龙今译[M].北京:中华书局,2013:253.

本古典名作《源氏物语》,可以体会到含蓄典雅的"物哀"美学,同时书中的自然意象极具象征意义。在《源氏物语》中,花与女性命运有着密切的关联,这属于象征的范畴,例如夕颜——开在墙根的"薄命花",代表着一位住在陋巷中的短命女子。物象与主体和谐地融合,于凋零之中慨叹死亡无常。书中的紫姬是源氏最爱的女子,紫色的象征意义得到了充分的彰显,紫色被视为高贵的颜色,同时也常用来表达爱恋之意。日本人崇尚素白,因为白色象征着纯洁,《源氏物语》出现了带有"雪"的和歌,"明知浮世如春雪,怎奈蹉跎岁月迁"①说世事变化无常,"雪花漂泊春风里,转瞬消融碧宇中"②形容美好易逝。书中还有大量消亡性的自然意象,如残花、落日、薄云、蜉蝣等,将物的消亡与人的消逝相结合,物我合一,在凄美之景中寄伤感之意,从而转化为人们对待死亡独特的审美体验,带有感伤主义的"物哀"美感。《源氏物语》中对物象的敏锐把握与自然典雅的风格都符合伍尔夫的审美观念。在《海浪》中,作者把自然界中的海浪与时间流逝、生命与死亡等意义联系起来,在岁月流逝中人物从少年成长至老年,海浪在四时变化中不断拍岸,"当它们抵达岸边时,每道波纹都高高涌起,进碎,在海滩上撒开一层薄纱似的白色水花。浪波平息一会儿,接着就重新掀起,发出叹息般的声响,宛似沉睡的人在不自觉地呼吸"③。海浪到最后成为一种永恒的生命象征物,"而且浪潮也正在我的胸中涌起。它昂着头,拱着背,翻腾而起。我又感觉到一种簇新的欲望,犹如某种东西从我心中升了起来,就像一匹骄傲的骏马……死亡啊,我要朝着你猛扑过去,绝不屈服,决不投降!"④自然意象带着经过美化的抒情的悲剧感,于文本中彰显更为丰富的象征意义。

无论是"物化""神思"还是"物哀",都体现了物与心的交融契合,以人的自然本性打通心灵世界与物象世界的阻隔。伍尔夫也正是在千千万万的生活印象里把握那些反映生活本质的"存在的瞬间",现实中的"象"跟随主体意识自由流动。象征使意义的表达更为含蓄深刻,给读者更大的联想、阐释空间。不同于西方现实主

---

① 紫式部.源氏物语[M].丰子恺,译.北京:中华书局,2015:658.
② 紫式部.源氏物语[M].丰子恺,译.北京:中华书局,2015:508.
③ 弗吉尼亚·伍尔夫.海浪[M].曹元勇,译.上海:上海译文出版社,2009:1.
④ 弗吉尼亚·伍尔夫.海浪[M].曹元勇,译.上海:上海译文出版社,2009:310.

义、自然主义者重模仿、重情节的理性创作观,伍尔夫的文学理念更偏重于感性与主观化,这与东方的审美思维有很大的契合之处。

四、总结

弗吉尼亚·伍尔夫的作品呈现了象征主义和意识流小说家的创作观念,她致力于创作具有真正意义的"纯艺术"的文学来与模仿现实的传统叙事相抗衡,打破常规的束缚。象征手法的使用是使她的作品呈现现代性的因素之一,读者通过客观对应物自由联想更深层的内涵,打破了单一的表层叙述,扩大了作品的阐释空间。同时带有象征意义的物象有利于形象地传达文本蕴含的"文学真实",把握背后的思想情感。象征中彼此交融的主客体达到"物我合一"的状态,这与东方古典美学中的"物化""神思"等思想有一定的共通之处,反映了弗吉尼亚·伍尔夫东西交融的审美思维。

参考文献

[1]瞿世镜.伍尔夫研究[M].上海,上海文艺出版社,1988.

[2](英)查尔斯·查德维克.象征主义[M].肖聿,译.太原:北岳文艺出版社,1989.

[3]易晓明.优美与疯癫:弗吉尼亚·伍尔夫传[M].北京:中国文联出版社,2002.

[4](英)弗吉尼亚·伍尔夫.奥兰多[M].林燕,译.北京:人民文学出版社,2003.

[5](英)弗吉尼亚·伍尔夫.达洛卫夫人[M].孙梁,素美,译.上海:上海译文出版社,2007.

[6](英)弗吉尼亚·伍尔夫.到灯塔去[M].瞿世镜,译.上海:上海译文出版社,2008.

[7](英)弗吉尼亚·伍尔夫.海浪[M].曹元勇,译.上海:上海译文出版社,2009.

[8](英)弗吉尼亚·伍尔夫.论小说与小说家[M].瞿世镜,译.上海:上海译文出版社,2009.

[9]周振甫.文心雕龙今译[M].北京:中华书局,2013.

[10](日)紫式部.源氏物语[M].丰子恺,译.北京:中华书局,2015.

[11]张薇.论伍尔夫小说的诗化[J].上海师范大学学报(哲学社会科学版),2003(2):77-81.

[12]石毅仁.伍尔芙与意识流[J].贵州民族学院学报(哲学社会科学版),2003(4):49-52.

[13]袁静好.论伍尔夫创作的诗化特质[J].四川师范大学学报(社会科学版),2008(1):87-91.

[14]李嵩岳.塔之惑:也谈弗吉尼亚·伍尔夫《到灯塔去》中的象征主义[J].贵州民族学院学报(哲学社会科学版),2008(3):82-88.

[15]高奋.中西诗学观照下的伍尔夫的"现实观"[J].外国文学,2009(5):37-44.

[16]高奋.弗吉尼亚·伍尔夫的"中国眼睛"[J].广东社会科学,2016(1):163-172.

回忆空间·浮谎空间·空间迷宫
——《远山淡影》叙事空间的多重意蕴

摘　要:《远山淡影》通过悦子的回忆勾连起与佐知子交往的往事,两人分属的家庭空间和共属的社会大环境是回忆空间的组成内容,也为其性格行动的产生提供了空间背景阐释。悦子对佐知子及其女儿万里子"殷勤般的友好"仿佛自开始就背负了某种道德使命,进而消解了两者私人空间的界限,融筑的新空间是忏悔和补偿的场所,强烈地意图化流露出谎言的痕迹。模糊的叙事手法将众多的空间场景拼接成"阅读的迷宫",读者在误闯与窥视的过程中最终寻找到迷宫的出口——两人身份的同一,获得了"惊颤"的阅读效果。本文将从回忆空间、浮谎空间、空间迷宫三个方面挖掘《远山淡影》中叙事空间的多重意蕴,从空间视角下对《远山淡影》进行积极有益的解读。

关键词:《远山淡影》;石黑一雄;叙事空间;家园感;国际化小说

"时间不再是客观、因果的进程,变成了消除现在和过去区别的连续统一体,过去和现在更多的是在空间上的感知"[①],弗兰克所说恰似对《远山淡影》行文风格最贴切的把握。地理坐标成为时间的代名词,正如日本空间代表着主人公的过去,英国空间代表着主人公的现在,美国空间则是过去畅想下的未来。没有细致和具体的时间词引导,缺乏必要的时间过渡,时间由作者的心灵随心所欲的翻覆,因为失

---

① Frank J. *The Idea of Spatial form*[M]. New Brunswick:Rutgers University Press,1991:168.

去了静穆,也就不再具有神圣性。作者把对时间的信仰转向空间,把空间视为本质的、稳定的存在,时间仅仅是空间转换的投射,不再具有意义生产的功能。石黑一雄无视时间的线性和话题的逻辑性,进而突出了文学创作的空间导向。在他的笔下,时间不再是丰盈的、有生命的、流动的及辩证的,空间占据了时间的叙事地位,获得了一种万能的叙事力量。小说主人公悦子借回忆空间诉说过往,借浮谎空间掩藏内心,借空间迷宫暴露真相,空间以一种沉浸式的体验向读者开放,一步一步将读者引向"与世界虚幻联系之下的深渊"。

《远山淡影》中的"回忆空间"是第一空间,侧重于物质维度;"浮谎空间"是第二空间,侧重于精神维度;"空间迷宫"是第三空间,把主体与客体、真实与想象、可知与不可知、近似与差异、意识与无意识都汇聚在一起,涵括前两个空间而又超越前两个空间,凭借极大的开放性向一切新的空间思考模式敞开了大门。三个空间覆盖叠加,隐喻交织,意蕴丰厚。石黑一雄对空间的敏感与聚焦、有意识的空间书写及多维度的空间建构,无一不显示出他高超的空间叙事技巧,故而造就了《远山淡影》独特的艺术价值与魅力。

一、回忆空间:服从、反叛、归宿

悦子过去是典型的日本家庭主妇形象,她唯一的职责就是负责照顾好丈夫和家庭来宾,恪守传统礼仪,维护好家庭颜面。除了外出拜访他人或是陪同他人出游,她的生活空间被牢牢框限在了家中。空间移动的方式和能力,是社会关系和社会结构的表征,不同的人进入或离开某一空间具有的不同权力,也体现着特定社会政治文化对其的空间想象。"我们的社会是由特定的空间意识决定的,空间是我们存在和文化的根基"①,詹姆逊为我们指出了空间的社会属性,也为我们打开了了解悦子内心的一扇窗户。"印象中我好像没有得到回答,虽然我久久地仰望着漆黑的房间,等着。辛苦工作了一天之后,二郎总是很累,不想说话","我正想遵照他(客人)的意思,突然看见二郎生气地看了我一眼",丈夫的冷漠与无视时常让悦子受到

---

① Jameson Fredric. *Postmodernism, or, the Cultural Logic of Late Capitalism* [M]. Durham: Duke University Press, 1991:100.

内心的折磨，缺乏丈夫关怀的悦子如工具般存在。悦子被驯服于夫权至上的权力机制中，不敢逾越一步。家里没有温情的牢笼，而家外是冰冷阴晦的废墟上的重建："湿透了的砖头和水泥""狭窄陡峭的街道""我们的公寓楼，像四根水泥柱子立在那里""一片好几亩废弃不用的空地，公寓楼和小河之间尽是污泥和臭水沟"①……压迫感与低沉的气息弥漫在这带着战争创伤、未完成而又不充分的城市化进程中，工业文明的入侵激起了人们对精致生活的向往而又在当前的本土局势中破灭幻想。面对长崎周遭所带来的深深的失落感，悦子说道："虽然我不会想来就来，但总也无法长久地远离这里。"从小到大接收到的来自家庭、学校和社会教育提供的空间观念和空间信息，最终内化为了一种较为稳定的空间价值观和带有地方特征的人格。这对悦子造成的禁锢只能使她在逼仄狭窄的空间内萎缩为一个失去自我的寄生符号，被动地延续日本本土的传统文化。

佐知子和悦子，两人有许多相似之处，却在精神上恰好相反。当悦子还在家中缱居的时候，佐知子却在逃离家庭的束缚。战后佐知子母女成了孤孀，佐知子的伯父在得知佐知子母女处境后十分愿意接济她们并提出希望在她们的陪伴下安度晚年。尽管佐知子的伯父具有一定的社会地位，家境很富裕，但佐知子经历几重困境、反复犹豫之后仍然选择跟随一个不太靠谱的外国人远离日本，离开家乡。这之间她也十分抵触向伯父家寻求经济援助，她在极力摆脱男权中心的控制。这在她堂姐安子看来是不符合常理的，"毕竟一个女人不能没有一个男人来引导她。否则只会带来不良的后果，家父（即佐知子伯父）虽然重病在身，但没有生命危险，她现在该回来了，不为别的也该为了她自己"②。然而佐知子在餐馆打工，在旅馆当女佣，甚至出入酒吧，身处与她身份不相符的空间，将极度鄙视而又甘心接受的畸形心理折射于空间之内，倒映出她决绝的反叛姿态。工作是个体连接社会最直接的方式，也是女性实现自我价值和社会价值最有效的途径。意识到工作的重要性是女性觉醒的重要标志。佐知子在竭力争取属于自己的空间权力，实现空间突围，这种欲望和自由是等价的。"我不介意吃一点苦，可是对有些东西，我还是很讲究的"，与破旧的屋子和走廊下方泥泞的土地形成强烈的对比的是她所使用的精美的

---

① 石黑一雄.远山淡影[M].张晓意，译.上海：上海译文出版社，2011：6 - 8.
② 石黑一雄.远山淡影[M].张晓意，译.上海：上海译文出版社，2011：208.

茶具。佐知子同样追求精致生活,甚至更为渴望,这种追求在空间关系中被突出放大。与悦子不同的是,佐知子要把命运掌握在自己手中,她要远离日本,飞往美国——在那里什么事情都有可能,她可能成为女商人、女演员,成为真正独立自由的新女性。她执着的移民激情预示着战后西方民主自由观念冲击下本土传统文化观念的解体。

社会的现代化进程将个体置入一个别无选择的必须快速去应对的不断出现新现象的境地:公寓楼、榻榻米的地板、西式的浴室和厨房;电车、电器、头顶上横七竖八的黑色电线;铁锤的叮当声、机器的轰鸣声、船的汽笛声……现代社会所极力推崇的新奇、进步、速率与革命,背后彰显的是时间之维,而空间所代表的坚固、实在和根基则造成了现代与传统的冲突对立。发展相对落后的国家、地区在受到外来入侵破坏后,急求发展导致时间上的提速往往造成两种人群的形成:一部分人在现代精神主导下试图紧跟或超越时间,他们空间上的表现为挣脱;另一部分人则在传统观念主导下被时间淘汰,他们空间上的表现为固守。“独立工作、走出家庭”的妇女解放运动是现代性的小范围空间体现,“背井离乡、远赴他国”的移民运动是现代性的大范围空间体现。在“空气中处处感觉到变化”的现代性体验中,个人存在的空间失去了稳定性。能否承受变化、消化变化以及如何在变化中寻找稳定,关涉到一个人的空间归属问题。悦子与佐知子在长崎战后重建这一时期生活图景上的差异表现,实质上是以东西方为代表的文化空间差异。

二、浮谎空间:异我、忏悔、救赎

石黑一雄说:“世界并不尽如人意,但是你可以通过创造自己的世界或者对世界的观念来重组世界或者适应这个世界。”①《远山淡影》用“飘浮的谎言”形成“飘浮的世界”,作者借助文学的虚构撒谎,也借欺骗性的文字将读者引向另一个空间维度——悦子和佐知子的交往空间。两主体空间内频繁的互动是“观念驱使下的重组”,两人的私生活空间都向对方无条件开放,空间融合过程中个人身份的空间距离消磨殆尽,同一的端倪初露。个人身份在差异性统一过程中被识别:个人身份

---

① 张芬.石黑一雄的记忆书写:犹疑于轻重之间[N].文艺报,2017－10－16.

不是我与他人之间的二元划分，而是自我之内的另一个存在。面对时间线性叙事对于主体的分裂状态表现的苍白无力，作者把"自我之内的另一个存在"以"他者"的身份共存，把历时情感变化共时地集中呈现于同一空间内，增强了情感表达的密度与渗透力。

佐知子是悦子的镜像，万里子是景子的镜像，悦子在回忆中讲述的佐知子的经历其实就是自己的亲身经历。"回忆中的佐知子"是悦子的"本我"，"回忆中的悦子"是悦子的"异我"。一个是家庭的，一个是非家庭的；一个是顺从的，一个是反叛的；一个是东方化的，一个是非东方化的。悦子的"异我"是"本我"反面的人格，"本我"的人格缺陷是造成女儿自杀的悲剧的根源，"本我"试图颠倒自我，改变过去，以目的性观念再塑了"异我"，所以回忆中悦子把自己伪装成为一名温顺贤淑、善解人意、守礼克己的家庭妇女，而把曾经的"恶劣的行迹"附加于佐知子身上，以局外人的身份洗脱罪名、掩饰过去，也保留了一个母亲最后的尊严。时间上的前因后果早已剥夺了"异我"存在的合法地位，空间的并置却为其提供了庇护所。"本我"与"异我"和谐地相处于同一空间，用谎言为原本因痛苦伤怀而始终无法面对的深处记忆允诺以栖息的住处。

对女儿的愧疚使悦子永远无法摆脱内心的谴责，小说空间描写中散布的黑暗与阴影是她忏悔的色调：

"房前大部分拉门都拉开了，好让阳光从走廊照进来。尽管如此，房子里大部分地方还是照不到太阳。"①

"刚才佐知子点亮的一盏吊着的旧灯笼是屋子里唯一的亮光，屋子里大部分地方都还是漆黑一片。"②

"我听见万里子跑进黑暗的脚步声。"③

黑色与祭奠息息相关，预示着死亡。没有阳光或光亮也寓指没有希望与转机。幼小的孩子在父母强力的移民愿景下没有选择的权利，只得接受离开家乡的安排。一点也不考虑孩子内心感受的做法必然会对孩子造成无法弥补的伤害。景子的自

---

① 石黑一雄.远山淡影[M].张晓意,译.上海:上海译文出版社,2011:14.
② 石黑一雄.远山淡影[M].张晓意,译.上海:上海译文出版社,2011:47.
③ 石黑一雄.远山淡影[M].张晓意,译.上海:上海译文出版社,2011:106.

杀让悦子意识到自己的罪过,充满自责。

悦子包容忍让万里子各种无礼举动与古怪脾气,她乐意陪伴照顾一人在家的万里子,万里子走失时她甚至对万里子的寻找有比佐知子更急切的心情。她的"在场"弥补了佐知子的"不在场",她的"负责"弥补了佐知子的"失职"。在与万里子的交往中,她时时刻刻显示出慈母的形象,去呵护、治愈万里子受伤的心灵。"回忆中的悦子"是带着原罪的,她带着母亲般的使命去接近万里子,这是悦子实现自我救赎的唯一途径。悦子和佐知子合称为"我","我"在自己的缺席中指认自身,看护脆弱的自己,过去的创伤变为现在的执念,被反复咀嚼。

浮谎空间是观念的空间,空间建构由阴郁趋向美好,空间最温馨的画面定格在从缆车上俯视的长崎港口周围的风景,而悦子和万里子一起坐在缆车上,万里子很高兴。尽管此时的场景为下文揭示残酷的真相埋下了伏笔,但在整个浮谎空间内部,观念实现了完满,悦子成功地救赎了自己。当悦子寻找过往时光,沉浸于其中不能自拔时,她希望时光能够暂时停止,"淡视时间,聚焦空间"是本能的也是最符合心理认知的叙事角度,越是突出空间的叙事力量,就越是削弱了人们对时间的感知。浮谎空间把美好的时光压缩于一个真空包装内,保存下了悦子最珍视的回忆。这种幸福的场景掩藏的恰恰是她现在生活的悲伤与空虚,起到了一种欲盖弥彰的阅读效果。

三、空间迷宫：窥视、误闯、惊颤

经验异化了人本来具有的主创性,将人的行为变成了一种单纯的反射,而体验用富于创造性的思辨和建设性的批判去考察那些现实中处于屈从的事物,并使他们认识到自己本身。记忆的本源是经验,回忆则是在追溯一种体验。体验总是出人意料地解构掉经验的"想当然",带来最充沛的情感冲击。柏格森曾定义经验的本质为时间的绵延,笔者引申认为体验的本质在于空间的定位。记忆的错乱、时间的断裂、视角的转换、主体间的近似与差异,让悦子与佐知子的分属空间界限模糊并笼起了重重迷雾,两者边界演化为一片"朦胧地带",定位点的消散形成对读者的召唤结构。"空间迷宫"在文本动力与读者动力共同作用下形成,这是作者特意设置的文本与读者互动的游戏环节,读者将在窥视、误闯、惊颤中解码空间导向下文本传达出的现代性体验,寻找小说主人公身份的空间坐标,也对照确定自己的位置。

"我从窗户就能看见木屋独自伫立在那片空地的尽头,就在河岸上,是乡下常见的那种木屋子,斜斜的瓦屋顶都快碰到地面了"①,极具封闭性的木屋将佐知子所居空间与外界隔离开来,正是悦子对这片空间场域的介入,才让我们了解到空间内部更多的人和事,满足了读者对佐知子私生活窥视的欲望。除了旁观者视角,佐知子常常主动展露,似乎是她更希望人们迫切地了解她的处境,"你想问什么都可以""快点,悦子,我要你问""你肯定有很多问题想问,为什么不问呢?"②她希望借悦子之口不断地问下去,挖掘出自己更多的故事。这是作者非常巧妙的叙事策略,既美化了读者的窥视,也不断在读者心中强化了这样的一个意识:这是佐知子的生活,而非悦子。读者在窥视冲动克制与反克制的内在张力下被作者小心翼翼地由"回忆空间"引入"浮谎空间",两个空间的重合与出入诱发了读者对小说中人物的身份的怀疑。

读者在"空间迷宫"中捕捉到某些蛛丝马迹,虽没有直接证据,却在直觉感受中形成了某种预知性前见,面对模糊化叙事的戏耍,前见始终处于潜意识之中,而又暗暗激起读者想要验证的阅读兴趣。"看的乐趣得到了尽情的满足,可以专心致志于观看——其结果便是业余侦探"③,读者需要经过一连串的推理才能最终确定悦子和佐知子身份的同一,像侦探一样阅读才能走出"空间迷宫"。小说中各种空间意象的联系处于交互之中,读者的注意力需时常游移才能在呼应中领悟到场景的全部意味。正如东京的一个亲手溺死自己孩子的女人,溺死万里子心爱的小猫的佐知子与失去自己女儿的悦子之间的相互关联,贯穿"施虐/受虐"的提示性线索,从死亡结果的同一暗示着人物身份的同一。读者怀着"窥视"的歉疚被作者引诱进入佐知子的私生活空间,其实却误闯进了悦子的本真空间。

"那天景子很高兴,我们坐了缆车"④,正是因为悦子回忆时最深层的自我在突然一击中现身,所有令人怀疑的地方才有了合理的解释:原来佐知子即是悦子。彼

---

① 石黑一雄.远山淡影[M].张晓意,译.上海:上海译文出版社,2011:7.
② 石黑一雄.远山淡影[M].张晓意,译.上海:上海译文出版社,2011:87-88.
③ 本雅明.发达资本主义抒情时代的诗人[M].王才勇,译.南京:江苏人民出版社,2005:68.
④ 石黑一雄.远山淡影[M].张晓意,译.上海:上海译文出版社,2011:237.

时意义的晦涩、不确定、费解,在此时恍然大悟,读者跳出幻觉,而以清醒的理性反思剧情,不是一开始而是到最后才理解作品的意义,心灵受到强烈震撼而产生"惊颤"。本雅明以漫步于拱廊街的"闲逛者"来阐释"惊颤"这种现代人特有的生理机制作用方式:个体遭际的是互不相识而簇拥着匆匆向前的人流,为了能在这样的人流中向前行走,个体就必须对行走中很快出现而又很快消失的各种意料不到的现象做出快速反应。唯有这样,才能在势不可挡的人流中找到自己的位置,或是不断更换自己的位置,以便能继续向前。读者被悦子和佐知子簇拥(惊颤)着前行,在这种不断克服惊颤的体验中,也体验到了自己身处其中快速反应的生存能力,体验到了自己身处的空间位置。"空间迷宫"在制造"惊颤"的同时也为读者消化"惊颤"提供了代入式情境与反思的巨大空间,这使小说的意蕴更加绵长与醇厚,回味之中心情久久难以平抑。

四、结语:"家园感"痛失下的空间导向

《远山淡影》的语言充满淡淡的忧伤与无奈,石黑一雄在对灾难与悲剧的轻描淡写中潜伏着宿命的不可抗力。委居日本是生命的腐朽、活力的衰减,旅居他乡带来的是生命的不适应、隔阂、摧残。身上东西交融的元素与国际化潮流似乎可以产生一种四海为家的阔大胸怀,然而求新激情的退潮,熟悉过后的陌生,最终导致的是家园感的痛失。悦子对过去的错乱回忆以及她女儿的自杀、佐知子言行的矛盾以及她女儿的挣扎,都表明了在世界文化交流碰撞与移民话语下个体对生存境遇现状的强烈反应。日本、美国、英国物化为纯粹的地理概念,无法承载起他们的精神皈依,也永远无法成为他们的空间归属。

地方不只是地点,它是一整套的文化体系,为人的生活附加了意义和秩序。它不仅表明你在哪里,你来自哪里,而且说明你是谁。"地理自我"是人与空间方位紧密联系的情结,每个具体的人都在寻求与周围空间环境具体的联结方式,形成一套以个人为核心的地理价值体系。空间是我们的家,人对空间感兴趣,其根源在于存在。空间位移带来的是身份焦虑,移民文学对现代人空间流动性的关注,所表达的正是自己无根、惆怅迷惘以及无所适从的空虚感。作者通过回忆激活了某种沉睡的地方意识,然而由于日本生活经历的缺乏,故乡趋

于概念化，丧失了原有的文化活力：

"我们回到空地边，太阳已经落到河的下面去了，只能看见河边柳树的轮廓。"①

"晴朗一些的日子里，我能看见河对岸的树后面淡淡的山的轮廓，映着白云。"②

正如《远山淡影》中常见的关于日本"轮廓"式的景色描写，石黑一雄对日本的印象也仅仅是一个"轮廓"。他在心中依旧不想承认自己是故乡的叛逃者，可又无法证明自己是故乡的依恋者。小说中悦子一直称日本丈夫二郎的父亲为"绪方先生"，并坦言不习惯叫他"爸爸"。绪方先生作为老一辈，是日本传统文化的顽固势力代表，他认为美国人从来不理解日本的处世之道，美国化粉碎了整个日本的教育体系，造成学生对自己国家历史一无所知，破坏了正确的民族观、国家观的形成，使国民失掉了忠诚。对二郎父亲称呼的亲昵度作为一个隐喻向我们表明，悦子，也暗含作者并不是十分认同日本的传统文化。日本对作者而言，只是故乡的象征，沉浮于想象当中。

约翰·沃顿认为："我们可以把成年之后移居他国者称为第一代移民，他们在移民之前对于母国的语言和文化已经完全地掌握和认同，所以进入一个全新的环境后会感到非常不适和失落，对于出生国的留恋会非常强烈；而在年纪较小时随家人一起移居他国者可以算作第二代移民，他们往往能够通过接受移居国的教育，较好地掌握当地语言，适应当地的文化。"事实上，第二代移民和第一代移民相比并不会削减身份认同上的困惑，甚至更为复杂。石黑一雄六岁时随父母移居英国，在英国的学校学习，并使用英文进行创作，他完全属于第二代移民，但是这并不足以洗去他生而携带的日本"胎记"。作为一个"西方化的东方人"，他既不能被英国完全接纳，也不能在日本找到家的感觉。1989 年，石黑一雄访问日本时对大江健三郎说："我既不是一个非常英国化的英国人，也不是一个非常日本化的日本人。没有人的历史看起来是我的历史。"③第二代移民的身份确认是一个复杂的问题，或许我们可以在《远山淡影》中揣摩出其中的一点缘由：

"我想爸爸应该多关心她一点，不是吗？大多数时候爸爸都不管她。这样真是

---

① 石黑一雄.远山淡影[M].张晓意,译.上海:上海译文出版社,2011:42.

② 石黑一雄.远山淡影[M].张晓意,译.上海:上海译文出版社,2011:125.

③ Kazuo Ishiguro, Kenzaburo Oe. *The Novelist in Today's World：A Conversations with Kazuo Ishiguro*[M]. oxford：University Press of Mississippi, 2008:58.

不公平。"(妮基说)

"我等着她是不是还要说些什么。然后我说:'咳,可以理解,他毕竟不是她亲爸爸。'"(悦子说)①

悦子移民到英国后,又跟英国人结婚生下了第二个女儿妮基。妮基和悦子的对话告诉我们民族身份和血缘关系有近似的性质,出生地的地理空间尽管不能作为环境因素影响第二代移民的思维意识与文化习惯,但却永远可以作为一个"不同源"鉴定的证据。"继父"(迁入国)很难把"养子"(移民)当作自己亲儿子对待,反向来说"亲父"也会因为"婚姻的背叛"对"亲子"疏远。"养子"的"父亲依恋"(家园感)被"亲父"(迁出国)和"继父"(迁入国)分割,这种分割的比例移民者本人也很难清楚地计算,而这一计算过程本身就是痛苦的身份遗失。

徘徊于作家脑海中的家园感,不断地被不同边界交叉穿越,在多重身份、民族忠诚和非自我化过程中荒芜、坍塌。在后续小说《我辈孤雏》中,石黑一雄又将自己的双重身份拆分开来,分别放在日本的秋良和英国的班克斯身上,这和《远山淡影》中悦子与佐知子的设置有异曲同工之妙,"对峙—交融"的身份或空间的"一分二"叙述模式正是移民作家本人现实生活中认知困惑的艺术体现,源于作家本身独特的空间体验。

石黑一雄曾说:"我是一位希望写作国际化小说的作家。什么是国际化小说?简而言之,我相信国际化小说是这样一种作品,它包含了对于世界上各种不同文化背景的人们都具有重要意义的生活景象。它可以涉及乘坐喷气飞机穿梭往来于世界各大洲之间的人物,然而他们又可以同样从容自如地稳固立足于一个小小的地区。"②国际化创作的宏大志向背后潜藏的其实是移民作家因身份问题而产生的"骨子里的忧郁与自卑"。他们生存于两种文化空间的夹缝地带,行走于两个世界的过道,试图以实现种族和解与文化和解的方式来填补这个空白空间。现实却让糅合的热情被差异的冷淡浇灭,成为一种乌托邦式的幻想。由于边界地带缺乏标识、认可、安全感,身处其中的人逐渐失去了理解自身的能力。模糊的叙述源于方向的迷失,暂时性的不知道自己是谁,自己将何去何从。这种感受将一直在石黑一

①　石黑一雄.远山淡影[M].张晓意,译.上海:上海译文出版社,2011:288.
②　瞿世镜,任一鸣.当代英国小说史[M].上海:上海译文出版社,2008:463.

雄小说中绘制的"世界版图"上回荡、漂浮，也将作为一种空间导向不断诉说着"家园感"的痛失。

参考文献

［1］瞿世镜，任一鸣. 当代英国小说史［M］. 上海：上海译文出版社，2008.

［2］（德）本雅明. 发达资本主义抒情时代的诗人［M］. 王才勇，译. 南京：江苏人民出版社，2005.

［3］（英）石黑一雄. 远山淡影［M］. 张晓意，译. 上海：上海译文出版社，2011.

［4］汪筱玲，梁虹. 论石黑一雄小说的双重叙事［J］. 江西社会科学，2015，35（6）：175 – 180.

［5］朱舒然. 离散文学《远山淡影》的后殖民解读［J］. 郑州大学学报（哲学社会科学版），2018，51（5）：116 – 119.

［6］王桃花，程彤歆. 论石黑一雄《远山淡影》中的后现代性［J］. 太原师范学院学报（社会科学版），2019，18（3）：49 – 54.

村上春树小说的音乐性研究

秦　朗

摘　要：村上春树在世界范围内拥有庞大的读者群，形成"村上春树热"的一个重要的因素即其小说中一个跨越国界的艺术形式——音乐。在村上春树的重要长篇小说中，音乐作为一种外在的、浅层的符号有利于人物塑造、渲染氛围、推动情节和揭示主题，但过多的音乐元素，也对小说本体的自律性造成不同程度的伤害；同时，音乐内在的、深层的质地：节奏和旋律，对小说的叙事结构有密切影响，村上春树对音乐极强的感知力也帮助他实现小说对音乐的借鉴式融合。在音乐美学的层面上，村上春树小说中的音乐元素加强了读者与文本的共鸣。同时，村上春树独特的文体风格也促进了关于文学与音乐融合的小说体式的思考。

关键词：村上春树；音乐性；小说叙事；音乐美学

1979 年，村上春树以《且听风吟》获得"群像新人奖"登上日本文坛，作为该奖项的评委、文学评论家丸谷才一对村上春树的处女作给予了很高的评价并预言："如果发挥得好，这种以日本式抒情涂布的美国风味小说不久很可能成为这位作家的独创。"的确，村上春树在接下来的 30 多年中创作了大量作品，且每部作品的销量均突破百万册。不仅如此，他的许多作品被翻译发行到英、美、德、法、韩以及中国等国家和地区，在各地掀起了一股"村上春树热"。村上春树作为日本当代最受瞩目的畅销书作家之一，他的作品为何能在多个国家和地区受欢迎呢？分析其小说和相关随笔、访谈后，可以发现一个始终贯穿其中的成分——音乐。

黑格尔在《美学》中论述音乐，"它的材料是声音，它是媒介，使得所有特殊的情感能够互相传播表达出来，所有高兴和平静、情感迸发、心情以及灵魂的欢呼的细微差别，以及忧虑、痛苦、悲恸、哀伤、悲痛、不幸、渴望等等的程度，以及最后，敬畏、崇拜、爱等等，成为音乐表现的特殊领域"①。音乐对于黑格尔来说，在情感方面与绝对相联系，音乐能够表现某种主观的情感，它还能表现情感自身。在小说叙事中，情感是引发读者对文本认同的关键因素。因此，音乐成为唤醒读者内心对于文本的情感认同和创造共鸣的纽带。在《倾听"村上春树"——村上世界的旋律》中，小西庆太对村上春树自 1979 年发表处女座《且听风吟》始到 2006 年的《东京奇谭集》为止的小说作品中出现的音乐曲名、音乐家名进行统计，结果发现其数量竟达到了 800 次之多。以下，将主要对村上春树处女作《且听风吟》和另外两部畅销长篇小说《挪威的森林》与《没有色彩的多崎作和他的巡礼之年》中所体现的音乐性进行由表及里的分析。

一、外在的音乐符号

符号论美学家苏珊·朗格曾经定义艺术为"表现符号体系"。"符号的最基本功能，恰恰在于将经验客观地呈现出来供人观照、认识和理解。艺术这种表现性符号的出现，为人类情感的种种特征赋予了形式，从而使人类实现了对其内在生命的表达与交流。"②此处，苏珊·朗格所定义的是广义的艺术，音乐作为艺术的一种重要形式，也有"表现符号体系"的特征。在此处，出现于村上春树小说中的音乐符号，既包含了小说中对音乐作品的直接指涉，也包括具有音乐性的人物，这类外在的、浅层的音乐元素成为小说叙事的一部分，开辟了文本之外的一个审美空间。

音乐元素成为人物形象塑造的一部分。在《挪威的森林》中，玲子是一个具有较高音乐素养的钢琴老师，从青年时期因为备受内在的精神压迫而无法成为职业钢琴演奏家，这也是造成她精神创伤的一个重要原因。然而，她没有放弃音乐，音乐也没有放弃她，她借用音乐实现对自己的救赎，摆渡伤痛。并感言："但在过了一定的年纪之后，人就不能不为自己演奏，所谓音乐就是这么一种东西。"即使到了为了远离社会的疗养院"阿美寮"，也因为音乐，她从患者成为教患者或医生钢琴的音

---

① （美）恩里科·福比尼.西方音乐美学史［M］.修子建，译.长沙:湖南文艺出版社,2004:216.
② （美）苏珊·朗格.情感与形式［M］.刘大基，等译.中国社会科学出版社,1986:8.

乐老师,后来也成为陪伴直子、抚慰渡边的中间人物。文中有一处写玲子在阿美寮附近的咖啡馆边用吉他弹唱《太阳从这里升起》,体现了村上春树塑造人物时别有用心的安排,这首歌曲里面的歌词:

Litter darling,it's been a long cold lonely winter(亲爱的,这个冬天漫长、冰冷又寂寞)

Litter darling,it feels like years since it's been here(亲爱的,我感觉已经过了好几年)

Here comes the sun[太阳从这里升起(重复一遍)]

And I say ,it's all right(我说没问题,请放心)

…………

Litter daring,I feel that ice is slowly melting(亲爱的,我能感觉到寒冰正在消融)

Litter darling,it seems like years since it's been clear(亲爱的,我已经好久没看到这么洁净的世界)

Here comes the sun(太阳从这里升起)

And I say,it's all right(我说没问题,请放心)

正如歌词中写的那样,直子病情的反复让玲子和渡边仿佛处于漫长、冰冷又寂寞的冬天当中,但是玲子,无疑是撕开寒冷冬日的阳光,她一直陪伴在直子身边用音乐和关心抚慰直子脆弱的神经,也同时写信给渡边,给予其希望。这首歌曲的穿插使玲子由救赎自己扩展到救赎和摆渡他人,也见证了玲子的内心不断强大,到后来离开阿美寮,重新步入社会。德国19世纪浪漫主义文学作家瓦肯罗德曾谈到过音乐的治愈性,认为音乐是一种能够用它的神圣性让人们和谐,能够通过其内在和谐缓解和解决心灵的每一次冲突的艺术,他坦言:"通过它温柔的接触,在一个闪光里,音乐从我们心灵中去掉了所有苦恼的痕迹。"[①]因此,当这种治愈性通过音乐元素展现在玲子身上时,它不仅丰富了玲子这个人物形象的内涵,更具有感染读者心灵的力量。

音乐作品为小说创造"意境",音乐内容所渲染的气氛将读者带入小说的情境中去。在《且听风吟》中,故事发生在1970年那个炎热的夏天,随着N.E.B广播电

---

① (美)恩里科·福比尼.西方音乐美学史[M].修子建,译.长沙:湖南文艺出版社,2004:209.

台播放那首《佐治亚的夜雨》。夏日里的燥热伴随着广播里的声音衬托出人心中的躁动，《佐治亚的夜雨》这首曲子在歌词层面是哀婉的，这就有一种"消热"的作用，精神在乐曲的暗示中得到沉静，主人公所讲述的故事在这首忧伤的乐曲中逐渐铺展开。在《挪威的森林》里，主人公渡边和绿子在晾衣台上有一幕令人印象深刻的画面：附近着火，而他俩在晾衣台上静观火势。绿子边弹吉他边唱民歌，此处是被周遭的喧杂裹挟着的浪漫氛围。瓦肯罗德曾言，音乐是情感最初的语言，情感最本质的优越性也存在于音乐当中。他还宣称："任何不能被普通的语言所表达的事物都能够被音乐语言所直接表达，这种语言完全避免了概念，因而是至高无上的。"①在村上春树小说中，歌声充当了情感的催化剂，它是另外一种绿子向渡边表达喜欢的语言，寄托着少女内心的情愫，也使渡边和绿子在音乐氤氲的氛围中贴近对方的心，促进后来在阳台上两人的接吻，使两人对对方的信任和亲密得到进一步发展。

音乐作品提示情节，成为构建情节的桥梁。在《且听风吟》的第 12 小节，有一个女孩送"我"一首点播歌曲《加利福尼亚少女》，这个小插曲如同冰山露出海面的一角，勾起了"我"对少年时期的青春回忆：她是五年前借"我"同样歌曲名《加利福尼亚少女》唱片的女孩。但这个情节没有铺展开来，"我"试图找到那个点播歌曲的女孩但无果。在结尾时，N.E.B 广播电台的主持人读的一封信揭示了那个女孩的行踪，她三年前患病入院，并讲述了病痛对她的折磨。这也解释了为什么"我"之前花了三天时间也没有寻找到她的踪迹。回归到现实中，结尾她又点播了一曲《好运的符咒》，歌词中反复出现的"Come on and be my little good luck charm（期待你的到来，成为我的幸运符咒）"表达一种对于爱与希望的渴求，但现实中那个患病女孩的希望却是一种无望，反衬出一份凄凉。从之前洋溢海浪气息和青春荷尔蒙的《加利福尼亚少女》到结尾女孩对于不可及的幸福渴求的《好运的符咒》，完成了前后情节的呼应，也暗示盛夏的热气在逐渐消散，人生的轨迹捉摸不定，每个人在走向自己的结局。

《挪威的森林》成为串联小说情节的线索。它原是甲壳虫乐队收录于 1965 年的专辑《橡胶灵魂》中的歌。村上春树以歌曲的名字为小说命名，一开始就成功地为小说营造了一个 20 世纪 60 年代的时间氛围，引起读者的共鸣。歌曲《挪威的森

---

① （美）恩里科·福比尼.西方音乐美学史[M].修子建,译.长沙:湖南文艺出版社,2004:210.

林》在文中共出现六次,在第一章开头"我"听到这首歌,"那旋律一如往日地使我难以自已,不,比往日还要强烈地摇撼我的身心"。这首歌将过往我的回忆牵拉出,熟悉的旋律更是以往画面的背景音,由此,渡边和直子的故事以这首歌为线索展开来。第六章直子提起这首她最喜爱但又惧怕的歌,她坦言听到这首歌感觉似乎自己在茂密的森林中迷了路,"一个人孤单单的,里面又冷,又黑,没一个人来救我"。此处的直子在阿美寮中接受治疗,她处在自我挣扎的漩涡当中,渡边是她精神支柱的一部分。最终的结局是,直子上吊于一片树林里。联系这首歌的歌词:

I once had a girl(我曾经拥有过一个女孩)

Or shoud I say(或者我应该说)

She once had me(是她曾拥有我)

She showed me her room(她带我去看她的房间)

Isn't it good? (这很好,不是吗?)

Norwegian wood(挪威的森林)

She asked me to stay and she told me to sit anywhere(她叫我留下,让我随便坐坐)

So I looked around and I noticed there wasn't a chair(我四下观望,没看到一张椅子)

I sat on a rug(我只能在地摊上席地而坐)

Biding my time(等待着时机的来临)

Drinking her wine(喝着她给的酒)

We talked until two(我们聊到深夜两点钟)

And then she said(然后她说)

Is time for bed? (该上床睡觉了吧?)

She told me she worked in the morning and started to laugh(她说她一早要去上班,之后笑了起来)

I told her I did't(我告诉他我不用)

And crawled off to sleep in the bath(然后就只好跑到浴室里睡觉了)

And when I awoke(当我醒来的时候)

I was alone(我只是孤身一人)

The bird has flown(小鸟都飞走了)

So I lit a fire(所以我放了一把火)

Isn't it good?（这不是很好吗？）

Norwegian wood(挪威的森林)

这首歌也是一个五脏俱全的故事,小说《挪威的森林》里渡边和直子的感情脉络也跟歌曲里的两人走向相同。"She once had me(她曾拥有我)",渡边一直将直子装在心里,但是直子则不然:第一章最后在我的回忆中,"想到这里,我悲伤得竟难以自禁。因为,直子连爱都没爱过我"。渡边短暂地陪伴过直子,但最后的结局直子也同歌曲里那个消失的女子一样,将渡边抛下,除了回忆什么也没留下。通过深入了解歌曲内涵,挖掘到整本书情节的发展与歌曲内容和节奏发展具有同一性。村上春树自己在谈到小说与音乐的关系时,曾说:"写作时,我会在脑海里自动将文章转化为声音,用这声音架构出节奏。以爵士乐的方式即兴演奏一个主题乐段,便能自然地产生下一个主题乐段。"①村上春树将写作与音乐交融起来,因此,通过音乐来暗示文章的情节也是村上春树小说的一大特色。

音乐作品意蕴表现小说的主题。《没有色彩的多崎作和他的巡礼之年》体现得较突出。这部小说的题目里的"巡礼之年"是弗朗茨·李斯特的钢琴曲 *Le Mal du Pays*,收在钢琴曲集《巡礼之年》的《第一年:瑞士》里。这首曲子代表乡愁、忧思,抒发"由田园风光唤起的莫名的哀愁"。小说中原本处于五人团体(赤、青、白、黑、多崎作)中的白非常喜欢弹奏这首曲子,这也成为名字中没有颜色的多崎作回忆曾经高中小团体的纽带。同时,这首曲子也揭示出文章的一个主题:巡礼。它代表了多崎作进行的一场有特定目的的旅行,去找寻16年前他毫无预告地被驱逐出五人团体的真相。去重新揭开伤疤无疑是带有隐痛的,但这是对无法释怀的青春的再次追寻,巡礼的过程也是多崎作与自己和解,与世界中的矛盾和解,重新定位自己身份的过程。

音乐作品在村上春树小说中的指涉成为其小说的一个特色,音乐所凝聚的时代记忆和审美内涵为小说增色。但由于村上春树本人对音乐的过度热衷,其作品

① （日)村上春树,小泽征尔.与小泽征尔共度的午后音乐时光[M].刘名扬,译.海口:南海出版公司,2020:88.

也存在不少对音乐元素的滥用现象,破坏了小说艺术的独立性。就人物设定而言,大部分跟音乐有联系:《且听风吟》里那个缺了一个手指的女子在唱片店做工;《挪威的森林》里主人公渡边的兼职也是在唱片店做工。另外,在小说中登场的人物几乎都是音乐爱好者,如《挪威的森林》中"我"在餐馆打零工时认识的读美术油画专业的朋友伊东的爱好之一就是古典音乐;同样,在《没有色彩的多崎作和他的巡礼之年》中,"我"在大学认识的挚友灰田是一个古典音乐爱好者并且具有很高的鉴赏能力。另外,村上春树在叙事中见缝插针地展示自己的音乐阅历和对音乐的鉴赏,与小说文脉之间存在缝隙。

罗兰·巴特在《叙事作品结构分析导论》一文中,将叙事"功能"按照重要性不同分为"核心"和"催化"两类,核心是叙事作品的真正铰链,它需要逻辑上的连贯;而催化则是用来填充这些铰链之间的叙述空隙的,并不对情节发生实质性的导向作用。将罗兰·巴特这种分类与村上春树小说中对音乐元素的指涉联系起来的话,对小说叙事存在积极推动作用的音乐元素在小说中发挥着"核心"的功能,而此外对小说影响较小的指涉应该归入到"催化"的范围中。尽管如此,村上春树在人物设置中,对于人物设置的单一化和叙事中穿插大篇幅的音乐评论存在过度催化的倾向,造成了小说叙事链条发生断裂,这不仅影响了读者阅读的连贯性,也一定程度上破坏了小说本体的自律性和纯洁性。

二、内在的音乐质地

在黑格尔的艺术等级当中,或者更普遍的浪漫主义时代,表面艺术存在于持续的相互之间的张力当中,所有倾向都朝向一个点,而这个点通常由音乐表现出来——这也就是每一种艺术所渴望的理想。沃尔特·佩特在《文艺复兴(*The Renaissance*)》中提道:"All arts in common aspiring towards the principle."译者将其翻译为:"所有艺术都坚持不懈地追求音乐的状态。[①]"并且,沃尔特·佩特这句话也多次被学者引用:苏珊·朗格在《艺术的问题》中,其被译为"极力地趋向于音乐状

---

① (英)沃尔特·佩特.文艺复兴[M].李丽,译.北京:外语教学与研究出版社,2010:171.

态"①；在朱光潜《诗论》中将其译为"一切艺术都以逼近音乐为指归"②。这种"追求""趋向"或"逼近"音乐的说法，为叙事的"音乐性"提供了一个很好的借鉴模式——以音乐为趋向的叙事艺术。这种借鉴是将富有音乐色彩的元素融入小说的内在结构中去，最具有代表性的是小说对音乐中节奏和旋律的借鉴。

在小说与音乐之间关于节奏的趋同，苏珊·朗格提出了节奏的本质："是紧随着前一时间完成的新事件的准备……是在旧紧张解除之际新紧张的建立。"③小说中叙事的基本幻想是"虚幻事件"，那么在叙事中，事件与事件间的节奏变化，自然让小说叙事有了借鉴音乐节奏的可能性，这几种体现在节奏的速度和力度上。米兰·昆德拉曾经就明确指出他的小说的音乐性主要表现为他在把握小说每一节长短和速度时都按音乐术语来处理，认为小说的"一章就是一个旋律。而一节就是节拍段"。比如他的小说《生活在别处》体现得最典型：

第一章	11 节,71 页;中速
第二章	14 节,31 页;小快板
第三章	28 节,82 页;快板
第四章	25 节,30 页;极快
第五章	11 节,96 页;中速
第六章	17 节,26 页;柔板
第七章	23 节,28 页;急板

村上春树在《与小泽征尔共度的午后音乐时光》中谈及音乐与文学的关系时也说道："如果问我是从哪儿学会写作的，答案就是音乐。音乐最重要的要素就是节奏。文章如果少了节奏，就没有人想读。""我热爱爵士乐，因此写作时习惯先制定一套规范，再以这套规范为基础即兴发挥、自由挥洒。在写作上，我用的是和创作音乐一样的要领。"④毫无疑问，村上春树小说在创作时有意识地融合了音乐节奏。

村上春树的处女作《且听风吟》就体现了叙事的节奏感。这是一部中篇小说，但村上春树将其分为 42 个章节，每一章的内容基本维持在 2～4 页之间，有一些章

---

① （美）苏珊·朗格.艺术问题[M].滕守尧,朱疆源,译.北京:中国社会科学出版社,1983:85.
② 朱光潜.诗论[M].北京:人民出版社,2010:95.
③ （美）苏珊·朗格.情感与形式[M].刘大基,等译.北京:中国社会科学出版社,1986:146.
④ （日）村上春树,小泽征尔.与小泽征尔共度的午后音乐时光[M].刘名扬,译.海口:南海出版公司,2020:87-88.

节甚至只有短短一小段文字。在章节的内部,又以星号分化小节,以间隔划分片段,因此,小说整体上呈现一种碎片化的效果,这种切分使小说节奏清晰明快且富有跳跃性。在叙事结构上,有两条主线:一条是"我"与鼠的交往,及与之在杰氏酒吧的往来;另外一条是"我"与"没有小指的女孩"的来往。但是这两条线又被切成片段,散落在章节当中。在主要故事线条的间隔中,填充的是"我"的不同年龄段的生活故事和情感经历。这样的叙事结构让读者在阅读时,对故事逻辑的理解始终处于好奇和期待中,碎片化的段落也使读者感受到故事层面焕发出的生机。

除了节奏外,小说具有的另外一个内在音乐质地就是将叙事线索与音乐旋律相比拟,将叙事声音与音乐声部相对应。最典型的"复调式"叙事理论,代表理论家是巴赫金。复调是音乐中的概念,指两段或两段以上同时进行,相关又有区别的声部所组成的多声部音乐,这些声部各自独立,又和谐地统一为一个整体,彼此形成和声关系。"复调小说"最先是巴赫金在分析陀思妥耶夫斯基的作品时提出来的概念,区别于过去传统的"独白小说",其中,"对话性"是复调小说的关键。这种"对话性"是音乐上所谓的"对位法"(Counterpoint),简称对位,意为"点对点,音对音",它是"研究两个或两个以上声部同时进行,各声部既有一定独立性,声部在纵向关系上又按一定规则互相结合的一门学科,是复调音乐写作的基本技术"。随后,米兰·昆德拉发展了复调理论,在《小说的艺术》中指出复调小说必须具备两个条件:"首先,诸线索均衡;其次,整体上密不可分。"他的复调理论的焦点在于文体结构。

村上春树的多篇长篇小说都不同程度体现复调叙事的特点,《挪威的森林》是一个代表。在主人公渡边的情感脉络中,有两条平行发展的线索:一条是渡边和绿子,其中,绿子体现出对爱情的主动。另一条是渡边和直子,这里更多的是渡边对直子的爱和守护。"我"与绿子和直子的交往呈现出不同的风格特点,前者活泼,后者沉郁,一动一静,交替出现在"我"的生活中。两条线索各自独立,中间的交会点即渡边。虽然小说写的是"三角恋爱",但就三人的关系而言,丝毫没有通常小说中描绘的争风吃醋、互相纠缠的行为模式。渡边曾告知绿子自己有喜欢的人,而绿子只是说"我等你,因为我相信你";直子虽然不清楚渡边和绿子的关系进展,但在一封给渡边的回信中写道:"绿子那个人看来很有趣。读罢那封信,我觉得她可能喜欢上了你。"其中,心理纠葛就只发生在渡边身上。这样的恋爱模式和发展脉络与复调叙事中的音乐对位有着异曲同工之妙。由日本洋泉社编的《村上春树的文学迷宫》也认为："《挪威的森林》以直子和绿子的双重中心描绘出了完全不同的世界，这种两条主线并行的手法与《世界尽头与冷酷仙境》非常相似。"①可见，村上春树经常性地在小说中使用复调叙事技巧。

通过以上的从浅层到深层对村上春树小说的音乐性分析，我们可以发现小说中蕴含着丰富的音乐元素，这种量的程度在历来的小说家中少有，它成为村上春树小说的一个符号，促使这种特质形成的离不开村上春树本人的音乐素养和其具有主观色彩的"音乐观"。

三、"音乐观"之于村上春树式小说创作

村上春树是一个资深的乐迷，他对爵士乐、古典乐、摇滚乐、流行乐都相当热衷，尤其钟情于爵士乐。在他正式出道进行小说创作之前以及出道初期，他还曾运营着一家名为"Peter Cat"的爵士酒吧，在七年的经营过程中，他一共收藏了6000多张唱片。

村上春树后来写作的音乐随笔《没有意义就没有摇摆》，是探析他音乐观的一个重要入口。他在该书后记中写道："将过去的人生中以种种形式刻骨铭心（面带微笑）地持续听下去的音乐重新系统性听一遍，而后就好像跟踪自己心迹一样加以整理、分析，再次作为自己的东西确立起来"，以及"书和音乐在我的人生中是两个关键物"。② 可见，音乐是构建村上春树价值观的重要部分，也是他的精神寄托。联系弗洛伊德的精神分析学说，他从"动力论"的角度把人的整个机体看作一个能量系统。认为存在着在心理过程中起作用的心理能，他把这种能叫作"力比多"（libido）。"性力"是弗洛伊德本能学说的核心概念，强调"力比多"给人的全部活动、本能、欲望提供动机的力量。"性"的含义是泛指生理快感和与之相联的心理快感，包括许多追求快乐的行为和情感活动。荣格更是直接解释："力比多，较粗略地说，就是生命力，类似于柏格森的活力。"同时，艺术创造力是力比多的释放和转移。联系村上春树"即使少吃一顿空着肚子也要听音乐"可以得知，对音乐的热爱成为

---

① 日本洋泉社.村上春树的文学迷宫[M].武岳,译.北京:北京联合出版公司,2013:47.
② （日）村上春树.没有意义就没有摇摆[M].林少华,译.上海:上海译文出版社,2012.

他之后艺术创作里的一个重要活力来源。因此,独属于村上春树的音乐观便直接影响整体上小说创作的价值取向。

翻译村上春树小说的著名译者林少华在《没有意义就没有摇摆》一书的译序中将村上春树"音乐观"概括为两点:第一是村上春树重视音乐作用于灵魂的力量,第二是对于音乐"文体"的看重。对于前者,他对"沙滩男孩"领军人物布莱恩·威尔逊给予了很高的评价,对于威尔逊后期的名曲《爱与怜悯》(*Love and Mercy*),他坦言:"看上去,他仿佛通过唱这首歌安抚死者的魂灵,静静哀悼自身已逝的岁月,仿佛宽恕背叛者,无条件接受所有的命运。"另外认为一首乐曲、一支歌只要具有"安魂"元素,纵使技巧有所不足甚至演奏出错也是好的音乐,认为迈尔斯·戴维斯便是以其"精神性即灵魂的律动来弥补技巧的不足"。重视对灵魂的安抚和对精神的治愈也投射到村上春树的小说创造中,通常学者在分析村上春树的小说时,认为村上春树的小说中充斥着难以排解的后现代孤独并称之为"村式孤独",然而他对于"孤独"的解读并不仅仅停留在作品人物中,而是能够将纯粹个人的孤独升华为对全人类普遍孤独的关注,呈现出一种"疗治心灵"的情怀。《没有色彩的多崎作和他的巡礼之年》更是对这种人文关怀的一种升华,通过主人公多崎作勇敢地触碰伤痛,通过一场"巡礼"进行自我救赎,也由"不介入"他者式的、带有疏离感的自我形象的塑造转向"介入"他者的姿态,通过"失去,寻找"的模式,以勇敢积极的姿态去打破孤独的境地,寻求自我存在的意义,回应了当代人普遍存在的心灵困境的问题。

另外,对于音乐"文体"的看重,"文体"是位于灵魂和技巧之间的对于音乐家、演奏家特有风格的体现。该书的第一章就记录的是"塞达·沃尔顿——具有强韧文体的 minorpoet",认为"他创作的乃是极为个人性质的音乐——需要亲眼确认每一个声音的动向和感受其呼吸的节奏才能晓得其真正的价值""此人是在几乎同时尚无缘的地方以自己的方式静静摸索自己的风格"。村上春树也提到日本当代知名作家吉行淳之介经常评价村上春树在本质上是个 minorpoet(小诗人),这种"小"的落脚点是个人风格的确立,村上春树认为"能够抵达人心的音乐和语言,是无法以物理性大小来计量的"。联系到村上春树的小说创作,他在创作处女作《且听风吟》时就开篇写道:"每当我提笔写东西的时候,还是会经常陷入绝望的情绪之中。因为我所能够写的范围实在过于狭小。"但是村上春树从写作开始,一直在探寻属于自己的独特风格，《且听风吟》最开始用英文写成，后翻译成日文，致力于将语言洗净后加以组合；在情感基调上，距离感连同虚无感、孤独感、幽默感成为其文章主调，最终形成了"村上式"的小说文体。

四、音乐美学之于读者接受

通过以上的分析得知，音乐性在作品和作者层面产生了很大影响。艺术活动中另外一个重要因素——受众，是艺术作品能否被广泛接受的最后环节。

村上春树作品中指涉的音乐大致可以分为两类：一类是没有歌词的乐曲，另一类是有歌词的歌曲。对于前者，村上春树引用较多的作曲家和音乐来自 18～19 世纪的古典音乐时期，伴随着这个时期兴起的有以黑格尔和叔本华为代表的浪漫主义音乐美学。叔本华将音乐作为世界的一个直接映像，认为"音乐本身就是整个意志的一个直接客观化和复制，不仅如此，甚至还有由复杂的表现构成了的个人世界的理念"。这是音乐具有影响力和渗透力的一个原因，具有较高音乐素养的读者对于这类古典音乐元素的出现，可以在乐曲中解读出时代意志和具有永恒性的情感。作为书写贝多芬传奇的第一个创作者 E. T. A. 霍夫曼曾言："与无限的关系总是只在音乐中得到暗示，因为最经常被伟大的音乐所唤起的情感是非常'无限、难以形容的向往'。"《没有色彩的多崎作和他的巡礼之年》中始终萦绕小说的李斯特的钢琴曲 *Le Mal du Pays*，就成为文本之外的另一个包含无限情感的审美空间，它在读者接受的过程中从文本转化为脑海中的背景音。读者在乐曲中被唤醒的情感与文本所要传递的情感结合，形成对心灵更深刻的影响。

另一类有歌词的歌曲则更加吸引读者的注意力，村上春树选取的歌大部分源于具有时代影响力的摇滚乐队或歌手，如猫王埃尔维斯·普雷斯利、The Beach Boys（海滩男孩）、The Beatles（甲壳虫乐队）。这类本身带有时代印记的歌曲能吸引大部分爱好它的读者。另外，这类音乐的歌词，成为填补小说空白的潜在文本。伊瑟尔曾经在接受美学中提出"空白"理论，他认为任何文本都有不确定性，它的存在本身就是一个"召唤结构"，具有很多"空白"，只有当读者把自己独特的体验和想象注入文本，将作品中这些"空白"填充，文本才真正成为读者的作品。法国评论家德·斯塔尔夫人认为"音乐不确定的吸引力适用于每一种情绪，并且每一个人相信在某种特殊的旋律中他已经发现了在世界中最想要的形象"为读者提供启示,村上春树借相关名曲创作小说中的"空白",当读者联系歌曲所代表的时代精神和歌词的内涵时,他们不仅可以通过回温旧曲来创造阅读快感,还可以获取填补"空白"即构想人物形象特征、理解小说情感脉络的审美快感。

综上,音乐元素不仅在小说创作层面带来积极影响,作为一种跨越国界的艺术形式,它也极大地促进了读者接受。村上春树作品所具有的"世界性"与他积极将小说与音乐两种艺术形态相融合,从而形成自身独特文体的努力有关。在《音乐与文学》一书中,罗小平以米兰·昆德拉为例阐明音乐思维对文学构思的影响时,就曾指出:"以音乐的思维方式结构文学作品,参照音乐的曲式逻辑进行创作构思,不仅开阔了作家的思路,丰富了文本的表现方式,甚至带来了小说创作从宏观到微观的革命。"20世纪以来,小说界在不断突破以往小说的定义,现在是一个要不断为小说重新下定义、重新为小说立法的时代,同时也为新型小说的创作提供了空前的可能性。小说家要留下自己的作品,必须找到自己的小说规范和美学,找到自己的形式。不论是村上春树还是米兰·昆德拉,都尝试了打破小说与其他艺术形式的界限来创造自己的独特文体,同时,他们也为小说文体的革新提供了有效的思路。

参考文献

[1](日)村上春树.且听风吟[M].林少华,译.上海:上海译文出版社,2007.

[2](日)村上春树.挪威的森林[M].林少华,译.上海:上海译文出版社,2014.

[3](日)村上春树.没有色彩的多崎作和他的巡礼之年[M].施小炜,译.海口:南海出版公司,2013.

[4](日)村上春树,小泽征尔.与小泽征尔共度的午后音乐时光[M].刘名扬,译.海口:南海出版公司,2020.

[5](日)村上春树.没有意义就没有摇摆[M].林少华,译.上海:上海译文出版社,2012.

[6](美)恩里科·福比尼.西方音乐美学史[M].修子建,译.长沙:湖南文艺出版社,2004.

[7]吴晓东.从卡夫卡到昆德拉[M].北京:生活·读书·新知三联书店,2017.

[8]（美）苏珊·朗格.情感与形式[M].刘大基,等译.北京:中国社会科学出版社,1986.

[9]黄晶晶.试论村上春树作品中的音乐作用[D].中国海洋大学,2015.

[10]曾晓霞.浅谈村上春树的世界性[J].民营科技,2009(5):57.

[11]赵卫行.小说叙事的音乐性研究[D].山东大学,2016.

[12]常宏,朱珂苇.图解美学(全彩图解典藏版)[M].北京:中国华侨出版社,2017.

[13]陈建男,田冬云,汤旭坤.艺术概论[M].北京:中国电影出版社,2015.

[14]谢宇恒.米兰·昆德拉小说创作的美学思想探赜[J].出版广角,2019(10):87-89.

[15]刘玲."疗愈"主题的回归——浅析《没有色彩的多崎作和他的巡礼之年》[J].大众文艺,2017(10):38.

[16]庄幼红.探析村上春树小说中的后现代主义"孤独"情结——以《没有色彩的多崎作和他的巡礼之年》为例[J].广州广播电视大学学报,2014,14(4):69-72.

以"水"为核心的意象群分析
——《万叶集》意象探究

谭文文

摘　要:作为日本史上第一部诗歌总集,《万叶集》中充满了大量与"水"有关的意象,诸如"河、海、雨、雪、霜、露、雾、泪"等,这些意象所涉及的篇目占了《万叶集》总篇目的三分之一,可见"水"在《万叶集》中扮演了重要角色。"水"之意象在《万叶集》中的泛滥与日本丰沛的降水有关。以"水"为核心衍生出来的各种意象表现出群体特征,一些意象往往共同出现,如"霜"与"露""河、海"与"舟楫",它们的身影常常相伴出现。从总体来看,群体性主要是以意象的空间分布表现出来的。按水、陆、空三个空间层次可以把众多"水"之意象划分为四大类:"云霄"意象群,"水域"意象群,"雨雪霜露"意象群,以及由人体产生的"眼泪"意象。每一个意象群既有群内意象的组合又有意象群之间的组合,每一种组合都能带来独特的审美感受。

关键词:万叶集;水;意象;意象群

《万叶集》作为日本最古老的和歌总集,早在日本文字诞生之前便已在民间口耳相传。汉字的传入直接催生了日本独有的假名和"和汉混合"的文字体系。据日本出土文物上的文字记载,早在战国后期汉字便已传到日本,此后历经演变,到《万叶集》的创作形成时期,"万叶假名"得到了大量运用,这直接促进了以后平假名、片假名的产生。① "所谓的万叶假名主要是指奈良时代借用汉字的音和训表记日语的字母。因为日本现存最早的和歌集《万叶集》中集中使用了这一字母，所以称为万叶假名，亦称'真假名'等。"②

《万叶集》和歌共计 4516 首，创作时间亘及 450 多年，最初只是分散的个人创作，后来形成了个别集子，到 8 世纪末，大伴家持（718—785）才集成了《万叶集》20 卷。和歌的作者上至天皇，下至平民，遍及各个阶层、各个地域。因成书时间长，编撰又经多人之手，故各卷编次也不尽相同。

尽管《万叶集》的编次不同、作者各异，但每一卷中都大量地涉及了"水"及由水引申而来的诸如"河、海、雨、雪、霜、露"等意象。这些意象又因其本身的特征而突出地表现为四个意象群，意象的群内组合和群外组合共同构成了《万叶集》以"水"为核心的世界。前人未注意到《万叶集》中"水"之意象的层次性，这里笔者创新性地把其中的"水"之意象进行了分层，将散乱的各种"水"意象纳入一个框架之中。笔者才疏学浅，或有不当之处，敬请指正。

一、《万叶集》多"水"之原因

《万叶集》中与"水"有关的意象之所以丰富，与其多水的自然环境有关。日本四面环海，从海面吹来的季风携带了大量水汽。而日本地形又以山地为主，地势中部高四周低，有利于海风深入内地，风面受阻抬升形成地形雨，这进一步增加了降水量。"所谓降水，指地面从大气中获得的水汽凝结物的总称。主要包括两部分：一是大气中水汽直接在地面或地物表面及低空的凝结物，如霜、雾、露和雾凇等，又称为水平降水；另一部分是指由空中降落到地面上的水汽凝结物，如雨、雪、雨凇等，又称为垂直降水。"③

由于冬季受亚洲高压的影响，日本海沿岸地区盛行西北风，自西伯利亚吹来的寒风从日本海面卷裹了大量水汽，再加上沿岸暖流的增温增湿和中部山地的抬升，造成

---

① 陆晓光.汉字传入日本与日本文字之起源与形成[J].华东师范大学学报（哲学社会科学版）,2002(4):88-97.
② 蔡风林.汉字与日本文化[M].北京：中央民族大学出版社,2016:92.
③ 张妙弟.中国国家地理百科全书 1·总论、北京、天津[M].北京：北京联合出版公司,2016:52—53.

了冬季日本海沿岸的大量降雪,这反映在《万叶集》中就是大量的"霜、雪"意象。

夏季受副热带高压影响,来自广袤太平洋的东南季风和台风天气为日本太平洋沿岸地区带来了丰富的降雨。千岛寒流和日本暖流的交汇,使冷、暖空气分别同冷、暖两种水面碰撞。暖空气遇到冷水面,空气下沉,过饱和的水汽形成了雾;冷空气遇到暖水面,空气上升,形成了云。现实的生活环境反映到《万叶集》中就是大量的"云、雾、雨"意象。

作为四面环海的岛国,海洋产出是日本民众维系生活的重要来源,再加上大量的降水导致的河流遍布、河谷交错,人们的生产生活离不开渔业和航运。这也是"海、河、船"等意象在《万叶集》中屡见不鲜的原因。正是生活中无处不在的"水",使得"水"及其衍生出来的各种意象在《万叶集》中有大量的体现。

二、《万叶集》中的"水"

1."水"的含义

《现代汉语词典》将"水"解释为:"最简单的氢氧化合物,化学式 H_2O。无色、无味、无臭的液体,在标准大气压(101.325 千帕)下,冰点 0℃,沸点 100℃,4℃时密度最大,为 1 克/毫升。"[①] 在词典里,"水"以常规的液态形式出现,表现为狭义的"水"。但从化学层面来说,无论是液态、固态,还是气态,化学式都是 H_2O,即从化学层面来说都是同一种物质。

云生雨雪,雪化为水,水又蒸腾为云,这正是一个生生不息的自然循环系统。人们也普遍认为"冰、霜、云、雪"等是"水"的特殊表现形式。因此从广义上来说,"水"涵括了液态、固态、气态三种存在形式,包括但不限于"雨、雪、霜、露、云、雾、河、海、眼泪"等具体形态。在此笔者就广义的"水"进行讨论。

2.与"水"相关的意象

事实上,万叶假名并不完全脱离汉文的原意,译文(杨烈本)中的重要意象如"雪、霜、露、烟、河、海、船"等,在《万叶集》原文中均有体现。据统计,《万叶集》中所有与"水"相关的篇章,90%以上在原文中出现了相关的汉字意象。因笔者才疏

---

① 中国社会科学院语言研究所词典编辑室.现代汉语词典:第7版[M].北京:商务印书馆,2016:1224.

学浅,于日语并不精通,这里就以杨烈的译本和《万叶集》原文进行对照,归纳二者共同出现的意象(《万叶集》原文中未出现,但和歌内容中明显有此意象的也予以收录),以此作为数据支持。

《万叶集》共收录和歌4516首,其中有1491首涉及与"水"相关的意象,约占总篇目的33%,其数量蔚然可观。在20卷中,每一卷具有"水"之意象的篇目占该卷总篇目的比例不同,以下为笔者整理的《万叶集》各卷中有"水"之意象的篇目的占比情况。

篇卷	总篇目	相关篇目	相关篇目占比
第一卷	84	32	38%
第二卷	150	51	34%
第三卷	249	93	37%
第四卷	309	70	23%
第五卷	113	32	28%
第六卷	161	70	43%
第七卷	350	161	46%
第八卷	246	82	33%
第九卷	148	62	42%
第十卷	539	221	41%
第十一卷	489	120	25%
第十二卷	379	77	20%
第十三卷	126	54	43%
第十四卷	230	60	26%
第十五卷	208	72	35%
第十六卷	104	25	24%
第十七卷	142	53	37%
第十八卷	107	34	32%
第十九卷	154	63	41%
第二十卷	224	59	26%

其中第七卷相关篇目数占比最高,达46%,将近一半的篇目都与"水"有关。占比最低的为第十二卷,占比为20%。从总体来看,"水"及由"水"衍生而来的各种意象在各卷中均有大量分布,可见"水"在整个《万叶集》中的重要地位。因

此分析"水"及由"水"衍生而来的各种意象无疑对我们深入研究《万叶集》有莫大帮助。

"水"衍生出来的形态多种多样,具体表现为"河""海""潮""浪""湖""泉""雨""雪""霜""雾""冰""云""泪""波""瀑布"等意象。这些意象或单独出现,或各自组合出现,共同构成了《万叶集》中的"水"世界,谱写出了柔婉缠绵的情调。

三、意象群的划分

"在中国文论话语体系中,意象是一个本体论范畴,它既是在民族文化积淀和心理继承下形成的普遍审美图式,亦是不同时代、不同境遇的文人心物交感互渗而构建的独特审美产物。"①"意象"作为文学作品中出现的单个形象,有其特定的审美内涵,当一个作品中有关联的几个意象汇集到一起,以团体的面目展现在世人面前时,意象群就诞生了。

由"水"这一宏观概念衍生出来的具体意象表现出突出的群体特征。自然界中的"水"从液态到固态再到气态的变化过程创生了"河""海""霜""雪""云""雾"等具体表达,加入人的因素后,又有了另一种人化的表现形式:眼泪。《万叶集》中的"水"之意象正是从空间上的水陆空和人化的"眼泪"四个层面表现出了群体特征。据此笔者将《万叶集》中的"水"之意象分为以下四个意象群。

1."云霄"意象群

经统计,各卷中"云"或"银河"意象出现的频率是15%。

这一意象群在空间上表现为"上",主要包括"云"和"银河"两个意象。"水"蒸发上升,在天空形成云,云遇冷又复而为水,因此"云"与水是息息相关的。"水"清冷、缠绵、多情的特质也转化到了"云"身上,如《万叶集》第244首:"吉野三船山,山云常漫漫。愿如常白云,永远不飘散。"②"银河"虽不是"水",但在《万叶集》中"银河"却突出地表现为实体的"河流"形象,而不是太空中缥缈虚幻的星体。尤其是第十卷的《七夕·九十八首》,牛郎织女的相会不再是中国人所熟知的鹊桥相会,而是

---

① 李建中,李小兰.中国文论话语导引[M].武汉:武汉大学出版社,2018:38.
② 杨烈.万叶集:卷三[M].长沙:湖南人民出版社,1984:64.

撑着小船渡过漫漫银河彼此相见,如第 2000 首:"银河安渡口,水上有船浮,告我妹儿去,我待立船头。"①

2."水域"意象群

经统计,各卷中"水域"意象群中各意象出现频率是 57%,其中尤以第七卷出现频次最高。

这一意象群在空间上表现为"下",主要包括具有一定面积的"水"的意象,例如"河""海""潮""浪""江""湖""泉""池""溪""瀑布"等,这些意象存在于陆地或者海洋,与天空的"上"相对。"水域"意象群所涉及的篇目,在所有与"水"相关的篇目中占了 50%,是出现频次最多的"水"之意象群。而常常伴随"水域"意象群出现的是"舟楫"意象。"舟楫"因"水"而存在,且这"水"必须具有一定面积和体积,即必须是空间上处于"下"的江湖河海,没有"水"便也不存在"舟楫",因此我们可以把"舟楫"看作"水"的附庸,在此也将其归入"水域"意象群。但诗歌中无明显的水流而只涉及舟楫的,不纳入统计范围。

3."雨雪霜露"意象群

经统计,"雨雪霜露"意象群内各意象在各卷中出现的频率是 34%,其中第十卷出现的频次远高于其他卷。

这一意象群在空间上表现为"上"与"下"之间,存在于陆地之上、长空之下,主要包括"雨""雪""霜""露""雾""烟"等意象。它们都是"水"的特殊形态,且这些意象与上述本身即是一个整体的意象不同,它们既是宏观的整体,又是细小的个体,如"雨"既可以指一片,又可以指一滴,其范围可小至一方庭院,又可充塞整个天地。其中尤以"雨""雪""霜""露"出现的频率最高,因此以这四个意象为代表进行统一概括。

4."眼泪"意象

经统计,"眼泪"意象在各卷中出现的频率是 4%。

"眼泪"是经由人而产生的"水"。不同于自然界中的"水",这是人化的"水",带着人体的温度和人性的深度。相对于其他意象而言,"眼泪"的出现频率并不高,但因其具有的特殊审美意味,仍将其单独归为一类。

---

① 杨烈.万叶集:卷十[M].长沙:湖南人民出版社,1984:402.

人类具有共情的能力,这种能力使得个人能对他人的喜怒哀乐产生共鸣。即使不曾经历过相关事件,他人的欢笑泪水仍能触动内心。"眼泪"就是这样一个强大的触发开关。如《万叶集》第 1697 首:"家人来使者,春雨似家人,避雨衣仍湿,思家泪满襟。"[1]漂泊在外的孤寂与寥落通过泪水传达给了他人,虽然未必能使人感同身受,但面对别人悲伤的眼泪没有人能纯粹地快乐着。经人体血肉温暖过的泪水带上了奇异的情绪感染力,从根本上就不同于自然界的"水"了,这也是"眼泪"意象与众不同的原因。

四、意象的组合

在各相关篇目中,除去部分通篇只涉及一种意象的之外,其余篇章中都有多个"水"之意象的组合。既有各意象群内部的组合,也有意象群之间的组合。这些意象的组合并非杂乱无章,而有内在的模式,常见的模式有以下几种。

1. 意象群内部的组合

(1)"河/海 + 舟楫"模式

"舟楫"作为"水域"意象群的附属意象,常同各"江、湖、河、海"等水域搭配出现。这种"河/海 + 舟楫"的搭配在"水域"意象群中最为常见。艺术源于生活,日本四面环海,人民靠海吃饭,河流与海洋是他们赖以为生的资源,而舟楫则是日常的交通工具与生产资料,因此《万叶集》中"河""海""舟楫"出现的频率很高。

"舟楫"与"河、海"看似分离,实为一体。舟游于河海之上,或风平浪静,或波涛汹涌,但"舟"与"河""海"始终联结为一个整体,构成了一个独特的美学视域。在这个视域里,人造的"舟楫"与自然的"河、海"共在,人与自然达到了统一。神秘的大自然给予"河、海"以风浪的不确定性,这使得观众的审美体验有了极大的延展性:或是沉浸于风平浪静带来的优美愉悦,或是战栗于波涛汹涌带来的恐惧不安,抑或是感受二者相互转化过渡时那种天气将晴未晴、风雨将至未至的状态。如第1199 首"泛舟割海藻,驶向海中来,妹岛坚贞浦,鹤飞见回"[2],展现的即是泛舟大

---

① 杨烈. 万叶集:卷三[M]. 长沙:湖南人民出版社,1984:344.
② 杨烈. 万叶集:卷十[M]. 长沙:湖南人民出版社,1984:257.

海、风平浪静的景象；第1390首"淡海波涛险，高风守候坚，常年经过去，来往竟无船"①，展现的是对波涛汹涌的海面的恐惧；第1366首"明日香川上，洲汀住鸟多，鸟心如有信，切莫起风波"②，表现的正是风雨将来未来时的担忧。

与海子的"麦地"和"村庄"意象带来的丰收又荒凉的矛盾感一样，"舟楫"与"河、海"构成的意境也有类似的矛盾感。"麦地"既可以是未收割的，也可以是已收割的，这就造成丰收与荒凉两种对立感觉的并存。"舟楫"意象与"麦地"意象异曲同工，"舟楫"既可以是远航归来的，也可以是即将离岸的，回归的喜悦与离别的伤感并存于这一意象之中。如第1402首"海上欲离去，海中即可离，港湾登岸日，岂是别离时"③即道出了两种对立感觉在"舟楫"意象上的并存。

这种矛盾感在现代日本人的民族性格中也有所体现——既有"菊花"般的柔美，又有"刀剑"般的凌厉，对立着的"柔"与"刚"神奇地糅合进了这个民族的血脉，并时常表现出看似矛盾的行为。

（2）"霜+露"模式

"雨、雪、霜、露、雾、烟"等意象常在杂歌中单独出现，如第十卷的《咏雪十一首》《咏露九首》等。但在多个意象并存的篇章中，"雨、雪、霜、露、雾、烟"等意象常两两搭配出现，其中尤以"霜+露"模式出现频率最高。

《万叶集》中的"霜、露"意象明显有中国六朝文学的影子④。中国的六朝是一个充满动荡与失意的时代，生命如草芥，渺小得不堪一击，恰如易逝的霜露。个体生命的脆弱与只能短时存在于早晨的霜、露天然地联系了起来。"置酒高堂，悲歌临觞。人寿几何，逝如朝霜。"⑤（陆机的《短歌行》）"青青园中葵，朝露待日晞……少壮不努力，老大徒伤悲。"⑥（《长歌行》）"霜、露"与人生易逝、光阴短暂的联系也影响到了《万叶集》，如第1375首"人命如朝露，常怀千岁忧，吾心非自念，谁为祝千秋"⑦与中国《古诗十九首》中的《生年不满百》如出一辙："生年不满百，常怀千岁

① 杨烈.万叶集：卷七[M].长沙：湖南人民出版社,1984:283.
② 杨烈.万叶集：卷七[M].长沙：湖南人民出版社,1984:280.
③ 杨烈.万叶集：卷七[M].长沙：湖南人民出版社,1984:285.
④ 孙静舟.试析《万叶集》中的咏"霜"歌对中国文学的受容[J].牡丹江大学学报,2013(4):77-80.
⑤ 郭茂倩.乐府诗集上、下[M].上海：上海古籍出版社,2016:409.
⑥ 郭茂倩.乐府诗集上、下[M].上海：上海古籍出版社,2016:406.
⑦ 杨烈.万叶集：卷七[M].长沙：湖南人民出版社,1984:281.

忧。昼短苦夜长,何不秉烛游。"①再如第 2243 首:"秋山霜露遍,树叶落纵横,岁月行将去,难忘是我情。"②第 651 首:"天已来霜露,秋风渐渐寒,家人相待恋,汝意竟何安。"③这些诗均表现出了与中国诗歌中的"霜、露"意象相似的意蕴。

"霜"与"露"看似不同,实为一体。它们都是空中水汽直接凝结于物表,散发着丝丝寒意,都于夜晚凝结,日出消散,"朝生暮死"、不易久存的特性是共通的。这种种的相似使得二者在一定程度上可以互换角色,彼此替代。"霜、露"之美是短暂而易逝的,这美丽背后潜藏着"死亡"的悲剧命运,这让人不禁联想到李商隐的"夕阳无限好,只是近黄昏"④。如果美的背后潜藏的是痛苦,那么这份美将变得让人不忍直视。中国人渴望团圆的普遍社会心理使其不能忍受美丽消逝的痛苦,于是熬过苦涩瘦硬的六朝,迎来了雍容华贵的盛唐。欢声笑语才是我们普遍的追求。但日本却将对这种将死之美的审视发挥到了极致,形成了后世日本民族的"物哀"美学,而此时在《万叶集》中对"霜、露"这种短暂而略带凄凉的美的欣赏中已经可见端倪。

2. 意象群之间的组合

意象群内有多个意象,但并不是每一个都频繁地与其他意象群里的意象进行组合,比较常见的意象群之间的组合模式有以下三种。

(1)"云 + 雨/雪"模式

"雨""雪"的诞生从云的交汇开始,下雨飘雪的时候总离不开天上的阴云,因此"云"和"雨、雪"的组合仿佛天生一对。"云""雨"意象与缠绵的爱情相关联其实也可追溯到中国古代文学。宋玉在《高唐赋》中写巫山神女自荐枕席时道:"妾在巫山之阳,高丘之阻,旦为朝云,暮为行雨。朝朝暮暮,阳台之下。"⑤此后"云、雨"便同男女爱情建立了紧密联系。在《万叶集》中,"云 + 雨/雪"模式也受此影响而和男女之情联系起来,如第 3310 首:"我来泊濑国,意在结姻缘,云多雪亦降,多云雨绵绵。"⑥第 370 首:"不雨阴沉夜,微云湿气多,恋君情不禁,无奈待君何。"⑦二首都借

① 杨效知.古诗十九首鉴赏[M].兰州:兰州大学出版社,1992:70.
② 杨烈.万叶集:卷十[M].长沙:湖南人民出版社,1984:433.
③ 杨烈.万叶集:卷四[M].长沙:湖南人民出版社,1984:147.
④ 陈贻焮等.增订注释全唐诗:第 3 册[M].北京:文化艺术出版社,2001:1414.
⑤ 姚鼐.古文辞类纂[M].上海:上海古籍出版社,2016:701.
⑥ 杨烈.万叶集:卷十三[M].长沙:湖南人民出版社,1984:584.
⑦ 杨烈.万叶集:卷三[M].长沙:湖南人民出版社,1984:88.

"云""雨"表达了对爱情的向往。

（2）"云＋河/海"模式

"云"和"河、海"作为"上"和"下"的代表，在空间上属于对立的两极。上、下对立的二者共处于一幅画面中，使整个意境具有了空间上的巨大张力。如第 1005 首："山高云漫漫，河急湍声流"①勾勒出了广阔的空间。由"上"而"下"，空间的巨大落差造成了读者内心的跌宕起伏。

世间一切无不在变化中，唯一不变的正是"变"本身。但相对而言，肉眼能见的"云"的变化是缓慢的，而"河、海"却无时无刻不在流动着，因此它们相对地构成了一动一静两副生相。空间上的"上""下"构成的张力和状态上的"动""静"构成的张力使得这一模式下的图景极具吸引力。比如第 942 首："但见白云来，千重何日还，摇船回各浦，到处欲隐藏，岛岬与岛隈，欲停也无方，回忆吾来日，旅途久且长。"②白云的悠然与摇船的辛劳，白云的高远不可及与船舶的触手可及，两种反差造成了画面的张力。

（3）"河/海＋雨/雪"模式

"雨、雪"诞生于天空，而最终归宿却是人间。"河、海"如前所述，与民众的生产生活息息相关。"河、海"与"雨、雪"构成的空间正是"人"生活的场所，这是一个"人"的世界。这一模式体现在《万叶集》中就是大量关于人的日常生活的描写。比如第 1696 首"名木河边立，雨来已入春，雨中衣袖湿，吾正念家人"③表现的是伫立河边的游子思乡怀人的闲愁心绪。再如第 4011 首的《思放逸鹰，梦见感悦作歌一首并短歌》和第 4111 的《橘歌一首并短歌》，都蕴含了对人的赞美。

以上三种组合在空间上的互补性使得在视觉上产生了一种浑然一体的效果。"云"高悬于天穹，"河、海"束缚于地表，"雨、雪"则是二者之间的纽带，起到了连接天地、沟通循环的重要作用。"雨、雪"由天入地，将三者由"三"合而为"一"，表现为一个整体的大世界。"上、中、下"三个空间由此贯通，这也是大自然"水循环"的内在要求。

---

① 杨烈. 万叶集：卷六[M]. 长沙：湖南人民出版社，1984：223.
② 杨烈. 万叶集：卷六[M]. 长沙：湖南人民出版社，1984：209.
③ 杨烈. 万叶集：卷八[M]. 长沙：湖南人民出版社，1984：344.

五、结论

王国维说:"一切景语皆情语。"①《万叶集》以"水"为核心衍生出来的各种意象扩散到了"上""中""下"三个空间,也即整个世界。这些意象展现出了不同的情态,"云"的温和柔驯,"雨、雾"的缠绵多情,"河、海"的奔腾跳跃,同一种物质以其循环变化的形态展现出了迥异的风格。倘若一切景语皆情语,那千变万化的"水"该是蕴含了人们的百种情愫了吧。所谓"一方水土养一方人",日本独特的地理环境造就了《万叶集》庞大的"水世界",通过对其以"水"为核心的意象群的分析,我们或多或少可以窥探到其后所展现的大和民族的民族性,也能进一步了解他们的民族审美心理。

参考文献

[1]杨烈.万叶集[M].长沙:湖南人民出版社,1984.

[2]小岛宪之等.万叶集[M]//日本古典文学全集.东京:小学馆,1998.

[3]钱稻孙.万叶集精选[M].上海:上海书店出版社,2012.

[4]上海水产学院.海洋学[M].北京:农业出版社,1983.

[5]吕元明.日本文学史[M].长春:吉林人民出版社,1987.

[6]日本地图册修订版[M].北京:中国地图出版社,2008.

[7]冈田英弘.日本史的诞生[M].海口:海南出版社,2018.

[8]孙静舟.试析《万叶集》中的咏"霜"歌对中国文学的受容[J].牡丹江大学学报,2013(4):25.

---

① 王国维.人间词话(插图珍藏本)[M].长沙:岳麓书社,2015:103.

《约伯记》苦难与信仰关系浅论

王　琰

摘　要：本文主要根据《约伯记》的叙事顺序展开论述，从信仰下的苦难试探与因利而信，苦难中的信仰迷惘与约伯之问，苦难后的信仰重构与撒旦之问三部分解读《约伯记》。约伯在短暂的时间内看似经受住了神的考验，其实是因利而信，自欺欺神。思考后的约伯在与三好友的辩论中，虽然还没有直接否定神的存在，但却不断质疑神意的公正性，从心底里渴望与神展开平等辩论与对话。最终，约伯与神的行为都已经间接回答了撒旦之问，即因利而信，信在其中，而神也没有回答约伯的终极天问——德福匹配这一人性呼唤与神意难测之间的矛盾。由此，约伯在相信——质疑——相信的过程中完成了自我救赎与升华，但并非确立了信仰的超功利与纯粹性，而是证实了信仰的现实性、功利性与复杂性。他的经历也暴露了人类自身对于苦难的补偿性心理。不得不承认，苦难在人的自我完善与成长中有着巨大的作用。有时，苦难造就伟大，也彰显崇高。

关键词：因利而信；苦难试探；信仰挣扎；约伯之问；撒旦之问

作为圣经智慧文学中的经典名篇，《约伯记》讲述了义人约伯在神的苦难考验面前由前期的持守坚定到动摇怀疑再到最后重归信仰的故事。该文深度透析个体可能面临的深重苦难，将信仰逼到死角进行追问。有不少学者认为《约伯记》通过苦难对约伯进行雕削与重塑，进而重新确立了信仰的纯粹性、超越性、直接性与非功利性。苦难重申了犹太民族的一神论信仰，将约伯为义与神赐福恩的双向互动加深加固，由此侧面回答了撒旦之问：人非无故而信，信仰需要恩德来维持、来加深,信仰并非纯粹与超功利的,而是复杂与现实的。

一、信仰下的苦难试探与因利而信

《约伯记》开篇即提到约伯"完全正直,敬畏神,远离恶事"。这是约伯本人的独特性所在,也是整个故事发生的前提。正是因此,他被作为天选之人接受神的考验。撒旦与耶和华对赌,撒旦认为约伯对神的敬畏不是无故的,不是绝对纯粹和高尚的,而是因为神的物质恩赐:"你岂不是四面圈上篱笆,围护他和他的家,并他一切所有的吗? 他手所做的都蒙你赐福。他的家产也在地上增多。"在撒旦看来,约伯因为恩赐所以信仰,因为信仰恩赐愈多,即恩赐——信仰——恩赐(增多)——信仰(加深),如此良性循环,他才能成为"义人",而一旦这个循环的源头——神的恩赐终止,信仰也就不复存在。本文暂且用一个不太恰当的名词"因利而信"来作为这种行为的代称。

在撒旦的挑衅下,聪明智慧如耶和华也动摇了。在耶和华的授意下,撒旦由此开始了对约伯的第一次试探,但这个试探是有限度的。耶和华警告撒旦"凡他所有的都在你手中。只是不可伸手加害于他"之后,撒旦对约伯展开了连环打击:强盗来袭,牲畜被掳,仆人被杀——天火无情,群羊、仆人被烧死——骆驼被掳,仆人被杀——狂风突起,房屋倒塌,子女身亡。噩耗接连传来,几乎容不得喘半口气的时间。如果说,前三件事主要关乎他人的生命安危和约伯外在的物质财产,那么第四件事则直接击中约伯的内心,白发人送黑发人的痛苦,全人类都有深刻的体会。在牲畜被掳与仆人被杀的打击面前,原文对于约伯的表现没有任何叙述,只能靠读者去想象,但是到第四件事时我们看到了一个活生生的约伯,一个有血有肉的人:"约伯便起来,撕裂外袍,伏在地上拜。"子女遭遇飞来横祸无疑是撒旦的第一次试探中压垮约伯的最后一根稻草,对于任何一个个体来说这都是生命无法承受之重,接连的打击将人逼到痛苦的深渊。但是,我们可以看到此时的约伯仍然保持着坚定的信仰:"我赤身出于母胎也必将赤身归回。赏赐的是耶和华,收取的也是耶和华,耶和华的名是应当称颂的。"并且他没有也不敢"妄议神"。

第一回合约伯经受住了考验,神见证了约伯对信仰的坚定与对神的忠诚。耶和华认为即使遭受撒旦的攻击和毁灭,约伯仍然能坚守纯正之心。撒旦则不以为然,他相信一旦触及自身性命,约伯必抛弃信仰。在耶和华默许后,撒旦二探约伯,让他身上长满毒疮,必须用瓦片不断刮身体才能减轻痛苦。连他的妻子也厌恶他:"你仍然坚守你的纯正吗?你弃掉神,死了吧。"约伯的妻子在文中仅仅出场一次,可以算得上是"因利而信"思想的一个代表。约伯失去一切后,她即决绝地让他弃掉神,而约伯则反诘:"难道我们从神手里得福,不也受祸吗?"妻子的利己与动摇正反衬了约伯的纯粹与坚定。但是,由其妻子来说这番话固然是因为夫妻在家庭中的亲密关系,是不是也包含有对于女性的歧视呢?女性并非作为智慧和正面的角色出现,既无指点迷津的思想,又无解决问题的能力,甚至不是被作为一个平等的对话客体。众所周知,最精彩的辩论是约伯与三个男性好友展开的,女性在这里仅仅作为一个无知愚昧的反面角色以凸显主人公的信仰坚定。这样,在短暂的时间里,约伯算是经受住了两次考验。

在苦难试探的两个回合中,约伯看似交上了一份令神满意的答卷。但正如撒旦所说,约伯敬畏神不是无故的,他始终是那种敬畏的受益者。他已经习惯于用丰厚的供奉证明自己对神的虔诚,又用虔诚带来的物质利益丰富自己的供奉。这样,神的许诺和有效的供奉,便构起了一个信仰的天平。而其在常态下的平衡,不仅使神轻而易举地得到了一个民间榜样——义人,也使约伯认为自己真的是"完全正直"了。因此,当约伯所依赖的外在社会关系和物质成分突然消失时,他仍然有足够的信心去面对;但当这种毁灭达到一定限度时,即遭遇某种极端情况,信仰的天平必将顷刻瓦解。在撒旦的两次试探中,面对接踵而至的深重苦难,在短暂的时间内,约伯表面上是经受住了考验,证明了信仰的坚定与纯粹,但其实质却是"因利而信"的行为动机和模式,稍一推敲便土崩瓦解。

二、苦难中的信仰迷惘与约伯之问

前期的约伯遭受了深重的苦难,仍保持信仰,但这种信仰是功利性的,是非纯粹的,是经不起深入拷问的,后来的迷茫与追问也的确证明了这一点。经过七天七夜的苦思冥想后,约伯动摇了。他与朋友展开关于神的激烈争辩,并企图与神对话,质问神的正义性。

三友人之一以利法反问他:"你的倚靠,不是在你敬畏神吗?你的盼望,不是在你行事纯正吗？请你追想，无辜的人，有谁灭亡？正直的人，在何处剪除？按我所见：耕罪孽、种毒害的人，都照样收割。"他认为善恶有报，约伯遭难必是由于他自己的无知，犯错却不知有错，因此受罚属于罪有应得。人本身就是龌龊不堪、无知愚昧且充满了罪孽的："主不信靠他的臣仆，并且指他的使者为愚昧。何况那住在土房、根基在尘土里、被蠹虫所毁坏的人呢？"并且他坚信审判的权力在神的手里，神全知全能，是芸芸众生绝对的公义法官："必死的人岂能比神公义吗？人岂能比造他的主洁净吗？"之后，以利法劝导约伯笑对苦难，坚信神义终有一天会降临，义人终会得到恩赐，恶人则会受到惩罚，人唯一能做的就是相信并且等待："至于我，我必仰望神，把我的事情托付他。你六次遭难，他必救你。就是七次，灾祸也无法害你。在饥荒中，他必救你脱离死亡。在争战中，他必救你脱离刀剑的权力。""神所惩治的人是有福的，所以你不可轻看全能者的管教。"在他的心中，神是绝对正确的，神意不可擅自揣测，人在神面前只能逆来顺受。要坚信无论苦难、幸福一切皆为恩赐。约伯首先反对善恶有报，他坚称自己是无错的义人，受到了不公的待遇："唯愿我的烦恼称一称，我一切的灾害放在天平里。""现在请你们看看我，我决不当面说谎。请你们转意，不要不公。请再转意，我的事有理。我的舌上，岂有不义吗？我的口里，岂不辩奸恶吗？"在为自己辩白之后，约伯开始自怨自艾："甚至我宁肯噎死，宁肯死亡，胜似留我这一身的骨头。我厌弃性命，不愿永活。你任凭我吧，因我的日子都是虚空。人算什么，你竟看他为大，将他放在心上。"约伯不明白为何偏偏自己成了接受考验的义人，忍受人世无尽的苦难。他渴望神能尽早抛弃自己，让他一死了结。人生不如意事十有八九，人面对绝望时难免会有轻生的想法，厌世厌己。约伯也不例外。这是真实的人生，是鲜活的约伯。

第二位友人比勒达再次老生常谈，认为约伯自以为的无辜受难与义人之论不过是虚妄之言："神岂能偏离公平？全能者岂能偏离公义？或者你的儿女得罪了他，他使他们受报应。你若殷勤地寻求神，向全能者恳求。你若清洁正直，他必定为你起来，使你公义的居所兴旺。""神必不丢弃完全人，也不扶助邪恶人。"比勒达与以利法的观点殊无二致。这次约伯显然已经败下阵来，对于神的全知全能深感无奈，对人自身的渺小软弱愈觉无力。神是宇宙的绝对权威，是不容置疑的独裁者："他心里有智慧，且大有能力。谁向神刚硬而得亨通呢"，"我若呼吁，他应允我，我仍不信他真听我的声音"，"若论力量，他真有能力。若论审判，他说谁能将我传来呢？善恶无分，都是一样。所以我说，完全人和恶人，他都灭绝。若忽然遭杀害之祸，他必戏笑无辜的人遇难。世界交在恶人手中。蒙蔽世界审判官的脸，若不是他，是谁呢？"约伯质疑神的公义，但又不得不承认神的绝对权威与不容置疑。同时再次辩白："你知道我没有罪恶，并没有能救我脱离你手的。"

最后一位友人琐法先是偷换概念指责他："多嘴多舌的人，岂可称为义吗？你夸大的话，岂能使人不作声吗？"并再次申明："他有诸般的智识。所以当知道，神追讨你，比你罪孽该得的还少"，"人的罪孽，他虽不留意，还是无所不见"，受难的人绝不是无辜的，而是犯了错却无知，自以为是义人。琐法也再次告诫约伯不要妄图与神对话，查悉神意："你考察，就能测透神吗？你岂能尽情测透全能者吗"，"他的智慧高于天，你还能做什么？深于阴间，你还能知道什么？"约伯此时显然比上一场对话自信了许多："这一切我眼都见过，我耳都听过，而且明白。你们所知道的，我也知道，并非不及你们"，"你们要为神说不义的话吗？为他说诡诈的言语吗"，"他查出你们来，这岂是好吗？人欺哄人，你们也要照样欺哄他吗？"约伯自始至终都渴求能有一个与神平等对话与辩论的机会："愿人得与神辩白，如同人与朋友辩白一样。"在为自己辩白之后，约伯又将自身的苦难问题引向了一个更广大的视域，那就是全人类共同的天问："恶人为何存活，享大寿数，势力强盛呢？他们眼见儿孙，和他们一同坚立。他们的家宅平安无惧，神的杖也不加在他们身上。"除了家财万贯、儿孙满堂之外，恶人在精神层面也不敬畏神或者信仰神："他们对神说，离开我们吧，我们不愿晓得你的道。全能者是谁？我们何必侍奉他？求告他有什么益处呢？"这样，恶人的成功与约伯的不幸就形成了鲜明的对比，敬神的义人遭逢厄运，弃神的恶人财运亨通。人将如何自处，人又因何为义？正是在苦难中，在挫折、逆境面前，在生活的消极场域中，我们才能更加看清一个人的内心景观。约伯和常人一样，他会怨天尤人："我为何不出母胎而死，为何不出母腹绝气。""受患难的人，为何有光赐给他呢？心中愁苦的人，为何有生命赐给他呢？""他们切望死，却不得死，求死胜于求隐藏的珍宝。"亲人的离去与病痛的折磨使他再也无法感知生命的价值，但求一死，一了百了。他也会左右摇摆，甚至自暴自弃。约伯又和常人不一样，他的质问一面是抱怨不满，另一面也在表达人类的共同天问。

总之，尽管三位友人轮番上场，但观点却大体一致：约伯必是无意中犯错才招致如此灾难。他们还认为："凡人岂可对上帝称义，在造物主面前，自以为洁"，"难道你能探明上帝的幽玄,丈量全能者的极限","人算什么,敢自以为洁,生于女人,却还想称义"。在三人心中,神意是绝对正确的,神之伟大深刻,人是不能擅自揣度的,神之公义,人也就无权诘问。在无限神秘的神意面前,人只能放弃追问。而约伯则坚持认为,自己是受冤蒙屈的一方,是无罪的。三位友人的好人好报并没有现实体现,个体无故受难,他不能沉默不语:"必须吐露灵中的积怨和生命中的苦楚。"约伯与友人的辩论中充满了表面的恭顺与内心的不满之间的尖锐矛盾。因此,约伯一会儿赞扬上帝的万能,一会儿又抱怨上帝不能及时惩恶扬善;一会儿表白自己的虔诚,一会儿又气急败坏"我若有罪,于你何妨";一会儿声称"智慧来自上帝",一会儿又扬言"要和上帝理论"。他滔滔不绝,舌战群友,为自己辩解,称自己为义。然而无论是在他的"证明"或者"证伪"中,只有一个因素是稳定的,那就是利益。

由此,我们再一次回到了上一部分所谈到的,在信徒与神之间,维系信仰的究竟是隐形的精神信念还是可见的物质利益,人到底因何而信?证明自身信仰上帝的方式是否仅仅包括平庸日常中的按时燔祭,当一切外在物质资料被剥夺,当人类仅剩残破的肉身,是否还能保持最初的信仰?辩论时的约伯内心充满了冲突与矛盾。表面的理直气壮、侃侃而谈背后是深层次的迷惘与纠结,德福不配的约伯之问归根结底是在探究利益的正当性。这样,天问本来想要追问的是公义的显现,反而凸显出了信仰的非纯粹性与功利性。但也正是因此,将信仰逼到最后的死角进行拷问,因利而信还是因信而信?

三、苦难后的信仰重构与撒旦之问

我们当然可以说在"信仰——怀疑——信仰"的过程中约伯达到了生命认识上的升华。从苦难中走出来的约伯见证了人的伟大与尊严,他向我们展示了人在极端苦难面前是多么的弱小无助,人生是何等的悲惨与荒凉,同时也让我们见证了人与苦难抗争的力量是何等的巨大。可见,信仰在一个人的生活中发挥着多么奇特的作用。约伯仍然是约伯,约伯不再是约伯。他完成了信仰的重构与升华。否极泰来的约伯从此会更加坚信神,并献上更多的燔祭。

但是还有一点,需要注意的是文章并没有正面回答撒旦之问。在结局里,神在旋风中出现回答约伯:"谁用无知的言语,使我的旨意暗昧不明,你要如勇士束腰。

我问你，你可以指示我？我立大地根基的时候，你在哪里呢？你若有聪明只管说吧。"耶和华也没有回答"恶人不死，好人受苦"的道德诘问，而是从大地奠基开始，谈上帝创造的整个世界，向约伯展示了自己的一番神力："光亮从何路分开？东风从何路分散遍地？谁为雨水分道？谁为雷电开路？使雨降在无人之地、无人居住的旷野？使荒废凄凉之地得以丰足？青草得以发生？"上帝创造了一切。对此，约伯只能缄口不言，开始在心中忏悔。"换言之，正是这创造过程构成了耶和华统治全世界的合法性，他享有对所创造物的绝对主权。因为这绝对主权的存在，约伯所诉诸的给予人身信约关系和公义道德的正当性就显得微不足道了。个体的冤屈不过是整个宇宙的一个例外，那么，因为这小小的例外而遭受道德危机的人神关系裂缝对神而言似乎也就不过如此了。"约伯没有错，他只不过是微不足道，这算不算是强权法则呢？受难的约伯不过是耶和华与撒旦对赌的一个可怜的牺牲品而已，这一点与臭名昭著的"钓鱼执法"现象颇有相似之处，对人类的考验这一点本身就存在着缺陷，而且常常是令人失望的结果，也就是说人性本身就经不起考验。另外，在结局中，耶和华赐给约伯的"比他此前所有的加倍"，让他寿终正寝，儿孙满堂，家财万贯，这算不算是对撒旦之问的一个默认，所谓的"义人"，其实不堪一击。人类根本没有足够的道德力量与精神高度去迎接考验，看似坚定的信仰一旦遭受物质上的巨大变故就会迅速坍塌，直至物质的重新复归，而后信仰得以重建。

约伯与三好友辩论时振振有词，在看见耶和华现身时却以手捂口，缄默无言。约伯从来没有质疑神的存在，只是期盼德福一致的人间呼唤能与神意相符。他自己内心也充满了冲突与矛盾：一方面渴望与神展开平等的对话与辩论，为自己申诉辩白。另一方面一旦看见神的出现，就立刻自认卑贱，低头不语，聆听神的教诲，并依旧将神作为高高在上的全知全能者，坚信神会进行公义的审判，进而对自己从前不敬神的行为进行忏悔："我从前风闻有你，现在亲眼看见你。因此我厌恶自己，在尘土和炉灰中懊悔。"而神也没有平视约伯，他指责约伯："你岂可废弃我所拟定的。岂可定我有罪，好显自己为义吗？你有神那样的膀臂吗？你能像他发雷声吗？"神直接否定了约伯的自以为是。约伯本来已经向前迈了一大步，却在看到神后先自行忏悔，同时上帝也无视德福匹配这个问题。撒旦之问答案已然，约伯之问却不了了之。只看到神重新赐福给约伯："约伯为他的朋友祈祷，耶和华就使约伯从苦境转回。并且耶和华赐给他的，比他从前所有的加倍。"在众人的皆大欢喜中约伯之问被回避;在神的威权与神圣面前,在物质的温情面纱中,约伯之问就此搁浅。

综上所述,在《约伯记》中,信仰并不是一成不变、坚定不移的,在撒旦的两次试探中,约伯只保持了短暂的坚定,这种坚定实际上是"因利而信"的思维模式,不仅使神对拥有如此"义人"自鸣得意,也让约伯自以为真是如此纯粹地敬神。但是,这样的信仰实则不堪一击,经过思考之后,约伯开始质疑神的公义的存在,并坚称自己是完全的义人。三位好友无法直面约伯义人蒙难、恶人享福的诘问,只能以天意难测、人实无知的话语来搪塞,这样的辩论显然是无力的,谁也说服不了谁。耶和华以自身的出现重新使约伯坚定信仰,却以物质恩赐间接回答了撒旦之问,回避了约伯之问。这样,在"给予——剥夺——给予"的循环中,信仰虽然得以加深加固,但却是非纯粹性与功利的。

抛开对神的信仰这个核心词汇,《约伯记》的结局更像是全人类的一种补偿性心理。中国也有多难兴邦等类似的古语。在历史长河中,苦难从来没有离开过人类,战争、瘟疫、洪水、地震,各种各样的天灾人祸总是令人猝不及防。《约伯记》有关信仰,在《圣经》的语境里,约伯在苦难中对信仰质疑、重建与加固。但在现实社会里,《约伯记》则更像是一则启迪人类直面苦难的寓言,而它的结局就是全人类补偿心理的反映。正是带着这种"黎明终将抵达"的信念,人类才有了坚持下去的信心和勇气,才能与苦难和解,才能拥有战胜苦难的强大精神力量。这样,苦难与人的自我完善之间就产生了密不可分的关系,他让人深刻领悟自身价值的实现,也彰显对抗主体人格精神的力量,彰显人之为人的伟大与崇高。

参考文献

[1](俄)列夫·舍斯托夫.旷野呼告[M].方珊,李勤,译.北京:华夏出版社,1998.

[2](丹麦)克尔凯郭尔.重复[M].王柏华,译.天津:百花文艺出版社,1999.

[3](法)格雷马斯.结构语义学[M].吴泓缈,译.北京:生活·读书·新知三联书店,1999.

[4](美)乔纳森·爱德华兹.信仰的深情:上帝面前的基督徒禀性[M].北京:中国致公出版社,2001.

[5]刘小枫.拯救与逍遥[M].上海:上海三联书店,2001.

[6](法)米歇尔·福柯.规训与惩罚[M].刘北成,杨远婴,译.北京:生活·读书·新知三联书店,2003.

[7](俄)列夫·舍斯托夫.在约伯的天平上[M].董友,徐庆荣,刘继岳,译.上海:上海人民出版社,2004.

[8]王向远.东方文学史通论[M].上海:上海文艺出版社,2005.

[9](阿)罗伯特·阿尔特.圣经的叙事艺术[M].章智源,译.北京:商务印书馆,2010.

[10]赵敦华.圣经历史哲学:上卷[M].南京:江苏人民出版社,2011.

[11]陈远忠.傲骨:《乔布记》新释[M].香港:明风出版社,2012.

[12](美)安·兰德.源泉:二十五周年再版序言[M].高晓晴,赵雅蒨,杨玉,译.重庆:重庆出版社,2013.

[13](德)阿克塞尔·霍耐特.自由的权利:导论[M].王旭,译.北京:社会科学文献出版社,2013.

[14]杨慧林.对《圣经·约伯记》的再读解[J].名作欣赏,1995(1):49-52.

[15]梁工.《约伯记》刍议[J].世界宗教文化,1997(3):28-31.

[16]王立新,王丽.文本结构与《圣经》的文学阐释——以《约伯记》的复调式文本结构分析为例[J].东方丛刊,2007(3):92-105.

[17]张静.苦难中的生命言说——《约伯记》初读[J].华南师范大学学报(社会科学版),2007(3):148-150.

[18]张清江.信仰的迷情与深情——从《约伯记》看义人受难中的上帝意图[J].中山大学研究生学刊(社会科学版),2009(3):30-36.

[19]陈家琪.我们距离有尊严的存在还有多远?——参读《约伯记》再议[J].社会科学论坛,2015(7):4-29.

[20]马英莲.复调理论视角下的《圣经·约伯记》中约伯信仰构建[J].河北联合大学学报(社会科学版),2015,15(4):132-136.

[21]王敏.苦难、信仰、审美关系研究——以《约伯记》为例[J].基督宗教研究,2018(2):124-138.

神话重述与英雄重塑
——鲁迅《奔月》与加缪《西西弗神话》之比较

张英姿

摘　要:《奔月》和《西西弗神话》分别是鲁迅和加缪的神话重述创作之一。作者处于不同国度、不同文化背景,但他们不约而同地选择了重述神话的创作方式,基于现实需要对传统神话进行再解读、再创作和再想象,塑造出命运困境中永不放弃的中西荒诞英雄形象。鲁迅和加缪的重述实践从隐喻走向现实,借助传统文化中的神话资源探寻人类存在的重要命题,对英雄重塑和人类生存普遍困境的探讨具有启发性和现实性。

关键词:鲁迅;《奔月》;加缪;《西西弗神话》;神话重述;英雄重塑

神话是对人类童年时期原始记忆的表述,是一个民族各类知识乃至精神和思想的源泉。现代汉语中的"神话"系外来词,对应英文的"Myth",词源是希腊语的"Mythos",原指"关于神祇和英雄的故事和传说"。列维施特劳斯在《结构人类学》中指出:"同一个神话从一种变体到另一种变体,从一个神话到另一个神话,相同的或不同的神话从一个社会到另一个社会。"①在人类社会历史进程中,神话的衍生和流变屡见不鲜,人们对神话的认识也经历了曲折反复的过程,关于神话的定义长期处于争论之中。但作为一种综合性的艺术宝库和文化遗产,神话对文学的孕育和

---

① （法）克劳德·列维—施特劳斯.结构人类学[M].陆晓禾,黄锡光,等译.北京:文化艺术出版社,1989:259.

对文学发展的催化作用是毋庸置疑的。在中外文学史中，"神话重述"作为一种创作现象普遍存在。

20 世纪是西方神话学发展的重要时期，也是中国近现代神话学的发轫时期。

鲁迅（1881—1936）和阿尔伯特·加缪（Albert Camus，1913—1960），同为 20 世纪著名的作家和思想家。尽管两人处于不同的国度，有着不同的文化背景，但他们的创作却有不谋而合之处。两人不约而同地对民族神话传统中特定题材投以关注，进行神话重述的创作实践，将历史和幻想相糅合，赋予神话人物现代意义和内涵。《奔月》作于 1926 年，是鲁迅取"夷羿射日"和"嫦娥奔月"两则中国古代神话传说"点染"而成的短篇小说，与《补天》《理水》并称神话重述的典范之作。鲁迅将神性的射日英雄还原至庸碌的人，塑造了陷入"无物之阵"的英雄形象。《西西弗神话》完成于 1943 年，是加缪"荒诞三部曲"中唯一一部哲理性随笔集。加缪对古希腊神话人物西西弗进行重塑，赋予其特定的思想内涵，塑造出在无用且无望的劳动中坚决抗争的荒诞英雄形象，使之成为西方现代文学史中深入人心的经典人物之一。

从目前的研究现状来看，对《奔月》的比较研究主要集中在同《铸剑》《伤逝》的横向比较和同国内"射日 – 奔月"重写型作品的纵向比较上，把《奔月》和《西西弗神话》两部作品联系起来进行比较研究的并不多见，而从神话重述角度挖掘两部作品的发展轨迹和价值意义的论文目前尚没有看到。有鉴于此，本文采用文本细读和比较的方法，希望借形式分析进入意义，通过对鲁迅和加缪各自神话重述的表述策略的透析，进而探究鲁迅与加缪笔下荒诞英雄形象的内涵，为理解两人的创作诉求与精神趋向提供新的视角。

一、神话重述下的表述策略

表述指向形式，而形式意味着内容的本质或者本体存在方式。正如黑格尔所说："内容非他，即形式之回转到内容；形式非他，即内容之回转到形式。"①重述作为对古老神话的一种表述，不仅发生在神话的叙事言语和象征语言层面，而且发生在故事的结构层面和意象层面。它推动了神话的叙事形式乃至理论形式的转变，

---

① （德）黑格尔.小逻辑[M].贺麟，译.北京：商务印书馆，2013：286 – 287.

并且从深层次上规约着内容书写和思想体系。

1. 鲁迅《奔月》的表述策略

关于神话故事的书写方式，鲁迅在《故事新编》的序跋中写得很清楚。他的历史小说创作不以"博考文献，言必有据"的"教授小说"为标准，而是"只取一点因由，随意点染，铺成一篇"。①《故事新编》的题目本身就是一种提示，所谓"故事"，是中国古代神话、传说等的记载，是古人通过想象对自然、人与自然和社会关系的不自觉的艺术加工；所谓"新编"，是今人立足当下的重新编写，是在历史材料的基础上进行的加工、提炼、改造和发展。《奔月》作为其中的一篇，充分体现了这种重述神话的构思。

羿与嫦娥的故事，最早可以追溯到战国初年的《归藏》，迄今为止最早且较为完整、成熟地记录该神话的是西汉刘安编撰的《淮南子》。在相关典籍的叙述中，羿的身份多有变化，帝喾、尧时和夏代太康时都有事迹流传。但不论是哪个朝代，羿都是东夷族的神性英雄，且因善射而执掌与之相关的神性，如发明弓箭、主管田猎、除害救灾、镇妖辟邪等。至于嫦娥，流传最广的是她窃药奔月成仙的故事。关于嫦娥的身份，一说为月神常仪，见《世本·帝系篇》；一说为羿的妻子，《淮南子·览冥训》写道："羿请不死之药于西王母，姮娥窃以奔月，怅然有丧，无以续之。"②总之，神话传说中的羿与嫦娥都是超脱世俗的神性人物，与之相关的口诵文学和记载文献都具有突出的神秘性和崇高感。

在《奔月》中，鲁迅将碎片化的、语焉不详的神话片段相连缀，在射日奔月的神话原型上添加了"逢蒙学射"的传说。以自称"油滑"和"庸俗"③的文体风格生成了具有戏仿策略和反讽叙事的重述之作。"戏"即滑稽义，"仿"即模仿义，作为"滑稽"的一种手法和变体，其目的在于通过对特定文本、作者或文体的仿拟达到嘲弄和讽刺的效果。反讽即"言在此而意在彼"，指一种用来传达与文字表面意义迥然不同（而且通常相反）的内在含义的说话方式。具体到文本，首先是体裁上对神话进行消解性仿拟，具有反讽意味的语言和结构有意消解了神话的神圣叙事和人物的神性色彩，将神秘且崇高的神话故事降格为对羿与嫦娥、逢蒙等人平庸琐碎的生

---

① 鲁迅.野草·故事新编[M].北京:人民文学出版社,2014:96.
② (汉)刘安.淮南子[M].高诱,注.上海:上海书店,1986:98.
③ 鲁迅.野草·故事新编[M].北京:人民文学出版社,2014:96.

存状态的摹写。神话神圣性的消解和颠覆催化出叙事话语上的反讽和戏仿。两者既有区别又相互关联,形成了反讽话语中极具特色的戏仿叙述,即通过对特定话语的借用和改观使之不协调地应用于新语境中,进而显示出戏谑嘲讽的意趣。在《奔月》中,既有对现实话语的转述,又有对古汉语和现代词汇的移植。最典型的是现代词汇在小说中的大量涌现,现代日常生活语言在古人对话中频繁出现,如"乌鸦炸酱面""甜辣酱""饭馆""辣子鸡""丧钟""太太"等。对古汉语的化用,是将《世说新语·容止》中"眼烂烂如岩下电"①用于对后羿射月风采的描写。现实话语的转述,是鲁迅将狂飙作家高长虹在《1925 年北京出版界形势指掌图》中对他的多处诽谤稍加改动,转化为小说中逢蒙、嫦娥、老妇和女乙等角色对羿做出的负面评判,带有滑稽意味和反讽意象。古今语言和现实话语的交融,创造出了滑稽荒诞、戏谑调侃的效果。与戏仿叙述一致的是小说叙事的现在时态,把古人古事当作正在发生的事件进行叙述,削弱历史厚重感的同时为之注入了现代色彩。

此外,对人物的戏仿打破了传统思维定式,引发了独特的反讽效果。鲁迅关注的不是羿所完成的英雄业绩,而是对他射日之后生活遭际的追问。基于这样的出发点,小说对神话中定格化的神性偶像进行世俗化的处理,将射日英雄推入庸碌的人世,使他每日为填饱肚子四处奔忙,连满足妻子不想每天吃"乌鸦炸酱面"的愿望都做不到。往昔峥嵘岁月与当下困窘处境以及射月未果的行动与昔日射日壮举之间形成极具张力的反讽表述,由此演变为一出英雄无路、陷于平庸的现实悲剧。

总而言之,鲁迅以古今杂糅、寓庄于谐的历史叙述,以反讽、戏仿、虚构荒诞情节等表述策略完成了对传统历史小说的解构和再造。唐弢指出"这是一个革命作家对于传统观念的伟大嘲弄","任何属于传统形式的凝固概念,都不能约束它、绊住它。因为这代表着一种新的创造"。②

2.加缪《西西弗神话》的表述策略

在整部随笔集的"卷首语"中,加缪简要说明了他的写作思路:以"散见于本世纪的那种荒诞感"为主题展开论说,将荒诞视为散论的出发点而非结论,生成具有临时性的述评;以"只对一种精神病态做纯粹的描述"的主张,不预设立场,拒斥"任

---

① （南朝宋）刘义庆.世说新语译注［M］.张万起,刘尚慈,译注.北京:中华书局,1998:589.
② 唐弢.燕雏集［M］.北京:作家出版社,1962:128.

何形而上、任何信仰混杂其间"。①《西西弗神话》作为篇幅最短但分量最重的一篇,集中反映了加缪对荒诞与反抗、幸福与悲剧、存在与救赎等一系列人生根本性重大问题的追问与探索。加缪的神话重述,在服务于论说荒诞的基础上,对古希腊神话人物西西弗进行重新阐释,将"现代人惨遭流放的悲凉与奋力反抗的顽强意志"②融入西西弗的具体处境和精神世界。

古希腊神话中的西西弗,是风神埃尔罗斯之子,科林斯城的建造者和国王。尽管拥有神的血统,西西弗的凡人身份及其贪婪、狡黠、机警的性格特征更为突出。为了谋求私利,他把埃葵娜被劫持的内情作为交换条件泄露给河神阿索波斯,公然忤逆众神之王宙斯。狡黠多谋的西西弗预料到了违背神意将要受到的惩罚。先是用智谋囚禁了死神塔纳托斯,使人界没有了死亡。在被摄取灵魂投入冥界之后,西西弗凭借过去对妻子的叮嘱(既不埋葬尸体也不举行祭奠)成功蒙骗了冥王哈德斯和冥后波尔塞弗捏,得以从地狱中逃脱重返人间享乐。凭借人的狡诈和计谋,西西弗对宙斯及众神所代表的神权意志和秩序发起挑战,最终被震怒的诸神投入冥界并以周而复始、永不停歇的推举巨石上山的苦役作为对其肆意妄为的惩罚。荷马史诗《伊利亚特》和《奥德赛》中对西西弗的故事进行了具体描述。此外,平达、西塞罗等人也对这则神话进行了补充。关于西西弗的形象存在两种对立的观点:一种称他为最明智、最谨慎的凡人,一种斥责他是贪婪自大、阴险狡诈的忤逆者。不论是哪种说法,在西西弗的神话中人神分立的基本秩序和禁忌、违犯和惩罚的故事情节是一致的。正如约翰·霍华德·劳逊所言:"禁忌、违犯和惩罚构成了希腊悲剧基础的道德法规。"③

在《西西弗神话》中,加缪继承了古希腊神话的题材,以简洁的语言从荷马史诗和其他传说引述西西弗的故事,基本保留了神话的情节结构。加缪拒绝对人物众说纷纭的身世进行考辨,他所关注的是被众神流放至冥界、承担着自身命运悲剧的西西弗的生存状态。提及神话与思想,加缪认为栩栩如生的思想"活跃在神话中",因为"神话的深刻"源于"人类痛苦的深刻",所以神话如同思想一样生生不息。④

---

① (法)阿尔贝·加缪.西西弗神话[M].丁世忠,沈志明,吕永真,译.南京:译林出版社,2017:79.

② 曹晓娥.从《西绪福斯》到《西绪福斯神话》[D].西北大学硕士论文,2012.

③ (美)约翰·霍华德·劳逊.戏剧与电影的创作理论与技巧[M].北京:中国电影出版社,1978:18.

④ (法)阿尔贝·加缪.西西弗神话[M].丁世忠,沈志明,吕永真,译.南京:译林出版社,2017:162.

至于神话与虚构，加缪说道："神话编出来是让我们发挥想象力的，这才有声有色。"①神话本身是虚构和想象力的产物，其存在又催发人们的想象。基于这样的认识，加缪的神话重述不乏对人类存在本质的洞见和天马行空的想象。他将对荒诞激情、荒诞英雄和荒诞反抗的构想化作西西弗推举巨石的形象，创造性地发现了"回程时稍事休息的西西弗"和其"沉默的喜悦与幸福"。②

在加缪对古希腊神话人物西西弗的重构中，哲学随笔恰如其分地为传达和寄托作者的思考提供了"有意味的形式"。随笔，在法语中是"essai"，原义为试验、尝试和分析。其作为文体的滥觞，起源于16世纪法国作家蒙田将他的随笔集命名为"essais"，专指按照一定意旨而作的短篇文章，是一种可叙事、可议论、可抒情的文体。在《西西弗神话》中，加缪以随笔特有的探索性、试验性的笔法，从新的角度出发，将自身的生命体验和人格色彩融入创作实践中，通过挖掘神话原型的深层内涵对西西弗神话进行现代性阐释。加缪把希腊神话中狡黠多谋的国王形象转化为充满荒诞意味的悲剧英雄形象，将西西弗对自身命运的觉察和积极行动作为解读在荒诞世界中取得幸福的范本。

总体而言，相较于鲁迅侧重于现实性的表述，加缪借助希腊神话对人性的洞察，以探索性的、试验性的论说方式，通过对荒诞的人生景观的刻画改造而增值了神话的内涵。在《西西弗神话》中，我们看到的是与"德意志思想的历史崇拜相对立的希腊思想的自然崇拜，是与未来希望相对立的现世享受，是与各种形式的神相对立的血肉之躯的人"③。

鲁迅和加缪的表述策略的异同实为中西神话的差异。作为一个过早被历史化和伦理化的神话体系，中国上古神话混杂在真伪难辨的历史中，未形成完整的神话体系，因此神话意识的传递是隐而不显的。古希腊神话则不然，它不仅有着汪洋恣肆的建构方式，而且形成了相对完整的神话谱系和立体的人物特征，深刻影响着西语世界的认识观念和文化品格。④

二人的表述策略体现了对各自所属文化中神话意识的扬弃。鲁迅所采取的表

---

① （法）阿尔贝·加缪.西西弗神话[M].丁世忠,沈志明,吕永真,译.南京:译林出版社,2017:163.

② （法）阿尔贝·加缪.西西弗神话[M].丁世忠,沈志明,吕永真,译.南京:译林出版社,2017:163－165.

③ 郭宏安.从蒙田到加缪[M].北京:生活·读书·新知三联书店,2007:299.

④ 尚丹.加缪的神话意识研究[M].广州:中山大学出版社,2018:131.

述策略，正是对历史化的神话的反拨，其力图挣脱固有的浓重道德伦理约束，以浪漫主义精神和现实主义的关怀飞跃文明自设的桎梏。加缪的表述策略，是对散见于古希腊神话中人与世界密不可分又矛盾的关系——"荒诞"的拾取，他以简明、清晰的荒诞哲思继承着古希腊的文化遗产。

二、荒诞英雄的生成

不论是《奔月》，还是《西西弗神话》，鲁迅和加缪不约而同地围绕"以后怎么样"这一话题进行追问，完成英雄业绩以后的羿和被众神惩罚以后的西西弗，他们是怎么样的？他们的遭遇会是什么？前者将神话改编得更为生活化，将英雄降格至世俗化的场景中，嘲弄落入荒诞中羿的困苦和庸碌；后者有意把荒诞人拔高一等，赋予西西弗觉醒者和反抗者的双重身份，赞赏他的自我觉知、他的激情和他的反抗。鲁迅和加缪二人以迥异的表述策略对神话进行重述，塑造出了两位同中有异、异中有同的荒诞英雄。荒诞与悖论、隔绝与孤独、反抗与激情是解析人物形象的三个方向。

1. 荒诞与悖论

中国上古神话中的羿和古希腊神话中的西西弗，都是神性和人性的集合者。前者具有弯弓可射九日的超自然力量，后者具有风神埃尔罗斯的血统和戏弄众神的超凡计谋。拥有神性力量、心智或血统的他们，处于人神或神人的状态，寓无限性于有限性之中，其存在本身就是一种荒诞的悖论。谢斯托夫将悖论视为荒谬的同义词，而加缪将荒诞界定为清醒的理性对其局限的确认。在《奔月》和《西西弗神话》中，对羿与西西弗的身份确认在愈加理性的笔触间放大了指向荒诞的"非理性与非弄清楚不可的愿望之间的冲突"[①]。因此，神话人物的原型及其重述本身就具有荒诞的意味。

尽管处于不同的时空，但是羿与西西弗在一定程度上都陷入了周而复始、徒劳无望的行动，并由此连接具有荒诞特征的情景。羿所陷入的荒诞，是在人与人、人与工具、人与世界的多重关系中体现的。在《奔月》中，曾经遍地的凶禽猛兽已被射得精光，这个只有乌鸦和麻雀的自然世界不再有神射手发挥的空间，羿每日骑马配

---

① （法）阿尔贝·加缪. 西西弗神话[M]. 丁世忠，沈志明，吕永真，译. 南京：译林出版社，2017：92.

弓箭的寻觅注定是失望而归。同主人一起垂头的马、脱毛的旧豹皮、墙上闲置的武器、妻子的埋怨和家仆的嘲弄，凡此种种昭示着英雄射日除害之后落入"无物之阵"的荒诞境地。对鲁迅笔下的羿来说，荒诞正是最强有力的人被置于无力可施、拒斥英雄的世界。在《西西弗神话》中，西西弗的荒诞，更纯粹地体现为作为个体的人与世界无理性之间的对峙。诸神惩罚西西弗让他把一块巨石推上山顶。他费尽力气将巨石快要推至山顶时，石头会脱离西西弗的掌控，滚落到山下。无用又无望的劳作注定持续到西西弗死亡，而对这种荒诞命运的自我判定和积极承担使得西西弗在荒诞人中脱颖而出，被加缪誉为荒诞英雄。

2. 隔绝与孤独

在两个重述文本中，羿与西西弗都是不折不扣的孤独者。《西西弗神话》中人物的孤独似乎更容易理解，西西弗所处的外部环境是与阳世隔绝的冥界，没有人能够到达这里，而诸神在判决之后也不再出现。这意味着西西弗作为独自存在的个体，其心灵的空间不再有机会对他人打开，他或许会自言自语但注定找不到交流的伙伴，因此西西弗的主观体验必然是孤独的。

而《奔月》中羿所感受到的是身处人群之中的孤独。羿作为小说的中心人物，他与多个角色都有对话，但交谈并不意味着孤独感的消除。如小说的第一部分，对话发生在羿与嫦娥这对夫妻之间，内容主要是羿为自己今日捕猎的开解和对往昔的追忆。他的态度随着嫦娥的语气和神态而变化，这是一个无力为爱人提供理想生活的丈夫的告罪，他是惶恐且愧疚的。而嫦娥呢，她只说了十句话，其中六句只有一个字——哼。亲密的伴侣并没有对羿的心灵进行抚慰，从某种意义上来说反倒成了羿心理压力和焦虑的主要来源。接下来与侍女、老妇、逢蒙的对话皆是如此，有效的、正向的情感互动交流并没有发生，只是为解决一个又一个事件而发出的言语。随着情节的发展，羿经历了被嘲弄、被背叛和被抛弃的外在命运悲剧。较之西西弗因外在隔绝而感到孤独，羿所面临的是人与人心灵的内在隔绝而生发的孤独感，后者或许更令人感到失望。

3. 反抗与激情

对荒诞人物和荒诞世界的刻画，体现了鲁迅和加缪对绝望与死亡、黑暗与虚无的清醒认识。羿与西西弗之所以被称为荒诞英雄，是因为他们面对荒诞时"以悲观作不悲观"的态度和"以无可为作可为"的行动。所谓荒诞激情，是指在认清生活本质后,仍对生活保持热爱,而这种无用的激情唤起了强力的意志和行动。

在加缪看来,西西弗对诸神的蔑视、对死亡的挑战、对生命的热爱使他吃尽苦头,即使使尽浑身解数,也一事无成。他为热恋此岸风土付出了代价,既不伟大也不崇高。在《奔月》中,长生梦碎的痛苦、至亲背叛的愤怒使得羿将弓箭对准了月亮。他的射月壮举虽然以失败告终,但行动本身就是对命运的回敬和反抗。在"背景崩塌"的荒诞境遇里毅然反抗的羿与以否认诸神和推举岩石来诲人醒世"判定一切皆善"的西西弗,有着相同的精神趋向:他们不知来路、无谓方向,明知终点是死亡,仍要继续前行。

激情、困苦和对自身命运的坦然承受,正是加缪面对荒诞人世所提倡的"形而上学反抗"。加缪引用古希腊诗人品达的两句诗作为《西西弗神话》的题记:"吾魂兮无求乎永生,竭尽兮人事之所能。"①不求永生,竭尽人事,这是对西西弗和羿所代表的悲剧英雄精神的最好诠释。《西西弗神话》最后写道:"应当想象西西弗是幸福的。"②这或许是加缪对诉诸反抗的"荒诞英雄"的祝福。

三、结语

20 世纪是神话复兴的世纪,神话在不同的国度、不同的文化领域被重新解读、改编和增值。鲁迅和加缪作为重述神话的经典作家,他们以神话为蓝本的创作,将当下时空与远古神话相连接,在古代与现代、崇高与庸常、神性与人性的碰撞中拓宽了神话和文学的阐释空间。

基于不同的文化语境和创作诉求,鲁迅和加缪采取了各具特色的表述策略。鲁迅的表述更多侧重于"借题发挥"。他以新历史小说的浪漫笔触和故作"油滑"的文体风格,通过对戏仿策略和反讽叙事的巧妙应用,形成了直指现实生活、极具讽喻性的重述之作。而加缪的表述旨在推进对"荒诞"的论说。他以非叙述性的、探索性的哲学随笔为载体,用具有想象力和洞察力的文字,将思想注入西西弗的故事,使得文本中的神话重述具有内在的完整性和思想的系统性。

在对"以后怎么样"的追问中,鲁迅和加缪以自身对神话的认知和深入生活的

---

① (法)阿尔贝·加缪.西西弗神话[M].丁世忠,沈志明,吕永真,译.南京:译林出版社,2017:77.
② (法)阿尔贝·加缪.西西弗神话[M].丁世忠,沈志明,吕永真,译.南京:译林出版社,2017:165.

体验,将两位神话人物重塑成在命运逆境中竭尽人事、永不屈服的荒诞英雄。荒诞与悖论、隔绝与孤独、反抗与激情三对关系,是人物形象"互文性"的彰显。

无论以何种方式重述神话,以何种内涵塑造英雄,鲁迅和加缪都"以明察而热切的眼光"洞察并思考着"我们这时代人类良心的种种问题"。这代表着两位思想者对理性解体、偶像消亡的有限世界的回应——以无限的生命力量忍受痛苦,在奋斗中寻求人生的意义。

鲁迅和加缪的神话重述的当代意义在于对生命是否值得经历的拷问,对荒诞、反抗和幸福的思索,对现代人生存困境所面临的基本问题的关注和思索,对生活执着、激情的肯定。他们以"知其不可为而为之"的精神、以直面惨淡人生的勇气,为世人指出了一条自由人道主义道路,或许能使处于情感荒漠和焦虑旋涡的现代人感到些许激励和慰藉。

参考文献

[1](汉)刘安.淮南子[M].高诱,注.上海:上海书店,1986.

[2](南朝宋)刘义庆.世说新语译注[M].张万起,刘尚慈,译注.北京:中华书局,1998.

[3](法)克劳德·列维—施特劳斯.结构人类学[M].陆晓禾,黄锡光,等译.北京:文化艺术出版社,1989.

[4](法)阿尔贝·加缪.西西弗神话[M].丁世忠,沈志明,吕永真,译.南京:译林出版社,2017.

[5]鲁迅.野草·故事新编[M].北京:人民文学出版社,2014.

[6](德)黑格尔.小逻辑[M].北京:商务印书馆,2013.

[7]唐弢.燕雏集[M].北京:作家出版社,1962.

[8](美)约翰·霍华德·劳逊.戏剧与电影的创作理论与技巧[M].北京:中国电影出版社,1978.

[9]郭宏安.从蒙田到加缪[M].北京:生活·读书·新知三联书店,2007.

[10]高旭东.跨文化视野中的鲁迅[M].合肥:安徽大学出版社,2013.

[11]尚丹.加缪的神话意识研究[M].广州:中山大学出版社,2018.

[12]叶舒宪.神话—原型批评[M].西安:陕西师范大学出版总社有限公司,2011.

[13]赵宪章.形式的诱惑[M].济南:山东友谊出版社,2007.

[14]柳鸣九.论加缪的创作[J].学术月刊,2003(1):57－66.

[15]谷海慧.现代随笔的文体命名及内涵刍议[J].四川大学学报(哲学社会科学版),2004(6):55－59.

[16]王洪琛,论加缪的悲剧美学[J].学术论坛,2009,32(9):136－140.

[17]沈蕾青.神话复兴的创作机制及价值重建——"重述神话"项目中国卷研究[D].苏州大学,2007.

[18]曹晓娥.从《西绪福斯》到《西绪福斯神话》[D].西北大学,2012.

从春秋初年盟誓行为看"神"地位的式微

疏盛楠

摘　要:《左传》记载春秋时期"盟"的行为二百多次,其中在鲁庄公十五年齐桓公始霸前的四十四年间,仅《左传》记载各诸侯国大小盟就有近三十次。春秋时期虽然依旧保留盟誓的仪式,但是盟誓行为目的的多样化以及不正当盟誓行为的出现反映出当时盟誓中神地位的衰弱,其中天子式微、诸侯失信、神灵信仰多元化以及人主体意识加强是神地位下降的主要原因。关注盟誓活动中神的地位益于进一步研究先民的精神信仰,因而分析鲁庄公十五年以前黄河中下游地区盟誓行为以窥得神地位下降的大致端倪及原因。

关键词:盟誓;人神关系;春秋初年

先秦盟誓研究情况,早已有学者对其进行研究分析①,从研究的一些成果可以看出先秦盟誓研究涉及社会学、历史学、人类学、法学等众多学科,对于先秦盟誓行为进行研究也是探讨先秦社会、政治、思想等方面的重要路径。但以上研究多是从盟誓行为外部进行,而深入盟誓活动主体的内涵却少有探究。关于春秋之前人神关系的问题,也受到学者关注②,这些文章类型主要有以下几种:(1)某一时段人神关系状况;(2)某一时段人神关系的演变;(3)某一时段信仰神的类型分析;(4)神与政治统治之间的关系问题。以上研究中可以看出,人神关系在先周时期就有非稳定性,但神地位总体是呈下降趋势的,而这种趋势在春秋时期也有一定反映,其中盟誓行为即是重要表现之一。春秋时期所具有的盟誓③行为应是原始部落遗留的古老习俗,"人在神前祷告、订约并且发誓遵守,这种习俗起源很早,可能在原始时代即已常见"④。各部落之间在长期生活过程中会有各种利益纠纷,乃至战争,一些部落为了抵御强大外族或其他部落侵犯,需要采取部落联合的方式共同抵御,或者商订协议调和部落矛盾,通过盟和誓的行为使双方达到和平共处,"为了避免更

---

① 有关盟誓的研究情况具体如下。清顾栋高《春秋大事表》中分列有春秋齐楚争盟表、春秋宋楚争盟表等,从历史发展眼光对文献进行梳理、分析;中华人民共和国成立以后的研究更加深入,据研究成果有大致分为两个时期,20世纪70年代之前研究相对较少,主要论著有徐连城《春秋初期"盟"的探讨》(1957),刘伯骥《春秋会盟政治》(1962),陈梦家《东周盟誓与出土载书》(1966),郭沫若《侯马盟书初探》(1966);20世纪70年代之后,随着一些出土材料整理著作的面世,研究文章比之前更加丰富,可分为专题性研究和综合性研究,第一是专题性研究:出土盟书研究主要有山西省文物工作委员会编订的《侯马盟书》(1976)、冯时《侯马盟书与温县盟书》(1987)、郭政凯《侯马盟书参盟人员身份》、郝本性《从温县盟书谈这个古代盟誓制度》等,盟誓礼制研究的主要有徐杰令《春秋会盟礼考》(2004)、吴柱《春秋盟誓"读书"考》(2014)、吴柱《关于春秋盟誓礼仪若干问题之研究》(2015),盟誓文体语言研究有陈开梅《试探盟誓文体的起源和特点》(2000)、张越《先秦盟誓文体的源起及其特征》(2014),盟誓类型研究主要有李模《先秦盟誓的种类及仪程》(2000),盟誓性质特点研究主要有张全明《试论春秋会盟特点》(1995),盟誓功能及作用研究主要有张全民《试论春秋会盟的历史作用》(1994)、李模《试论先秦盟誓制度的历史功用》、罗银川《论东周时期盟会的社会功能》(2004),关于盟誓文化及发展演变研究主要有莫金山《春秋列国盟会之演变》、李模《试论先秦盟誓之制的演化》(1997)、王兆才《春秋时期盟誓的文化内涵与政治功能》(2016),从民俗角度入手研究的主要有田兆元《盟誓史》(2000)、晁福林《先秦民俗史》(2001),吕静的《春秋时期盟誓研究——神灵崇拜下的社会秩序再构建》以盟誓中的神灵崇拜对先秦盟誓有全面的梳理。第二是相对综合性的研究,如李建新《周代盟誓研究》(2005)、翟淑君《春秋时期的会盟问题研究》(2005)。

② 关于春秋之前人神关系讨论,代表性文章主要有:晁福林《试论殷代的王权与神权》(1984),王晖《论周代天神性质与山岳崇拜》(1999),叶林生《殷周人神关系之演进及思考》(2001),李小光《商代人神关系略论》(2005),李双芬《晚商时期人神关系出现新变化》(2016),牛杰群《先秦盟誓制度中的人神关系变化》(2018),黄诚《论〈尚书〉的"人神观"及其思想史意义》(2019),郭若愚《殷商之上帝或非在天——三代鬼神世界观范式转化新探》(2020)。

③ 盟与誓是两种不同的活动,但二者有时联系也非常紧密,誓有誓词,盟也有盟约,重要区别是盟需要杀牲而誓不需要,二者形式上均能体现出鬼神的重要性,因此本文探讨盟或者誓的活动不做过多区分。

④ 晁福林.先秦民俗史[M].上海:上海人民出版社,2001:449.

大伤亡，达到共存共荣的目的，当事人之间通过举行盟誓仪式，在共同崇拜的神面前宣誓，坚守盟约，达到永久友好"①。盟誓者需要有同一神灵崇拜才能有共同的行为限制力。以上可以看出，想要深入盟誓主体的研究需关切到先民的精神信仰，在这之中，关切神灵在先民精神信仰中占据重要地位，因此本文将探讨神的地位在春秋初年盟誓活动中的变化。春秋时期是盟誓活动频繁发生的时期，而鲁庄公十五年齐桓公始霸前的四十多年间，霸主威胁因素影响较小，各盟誓国间地位相对平等，因此本文选择春秋初年作为讨论的时间段。本文基于以上两点将从盟誓过程、春秋初年盟誓目的出发，推断在这一时期人神关系中神地位的下降，并尝试对这一现象的原因进行推测。

一、盟誓过程体现出的敬神性

敬神性主要通过盟誓礼仪体现，盟誓礼仪是整个盟誓体系中极为重要的内容，贯穿整个盟誓行为。盟誓礼仪的完整性在一定意义上也对盟誓者的行为具有约束，盟誓行为礼仪越完整，体现盟誓人员对盟誓内容越重视。

有关"盟"和"誓"的界定：

《礼记·曲礼下》："约信曰誓，莅牲曰盟。"

孔疏："约信为誓者亦诸侯事也。约信，以其不能自和好，故用言辞共相约束以为信也。若用言相约束以相见，则用誓礼。莅牲曰盟者亦诸侯事也。莅，临也。临牲者，盟所用也。盟者杀牲、歃血、誓于神也。"②这里解释盟和誓使用条件，并指出盟誓需要经历杀牲、歃血、向神起誓等主要过程。

《说文》对盟的解释："《周礼》：国有疑则盟，诸侯再相与会，十二岁一盟。北面诏天之司慎、司命。盟，杀牲、歃血，朱盘玉敦，以立牛耳。从囧从血。"③这里"盟"被分为两部分，一部分是盟的制度，一部分是盟礼。有关"制度之盟"孔疏有一段说明："天下太平之时则诸侯不得擅相与盟，唯天子巡守至方岳之下，会毕，然后乃与诸侯相盟，同好恶，奖王室，以昭事神，训民事君，凡国有疑，则盟诅其不信者。"④有

① 吕静.春秋时期盟誓研究:神灵崇拜下的社会秩序再构建[M].上海:上海古籍出版社,2007:1.
② 阮元.礼记注疏[M].北京:北京大学出版社,2000:165.
③ 许慎.说文解字[M].北京:中华书局,1963:142.
④ 阮元.礼记注疏[M].北京:北京大学出版社,2000:165.

关盟礼,则需要追溯"盟"的更早用法。在甲骨文中,"盟"多与祭祀现象联系在一起,或是一种盟祭,或是祭祀中的行为,例如:"百牢……盟三牢。"(《甲骨文合集》二一二四七)"□子卜饲贞盟子岁牡。"(《甲骨文合集》二五一六八)体现出祭祀中的用牲行为。在西周金文中,也有此类用法,如:"鲁侯作爵,邕□尊缩盟。"(《殷周金文集成》09096)这种用牲行为保留在当时社会许多具有神性意义的活动中,春秋盟誓活动中的用牲行为也是继承前代的普遍做法,是整个活动过程的一部分,其礼仪孔疏亦有说明:"先凿地为方坎,杀牲于坎上,割牲左耳,盛以珠盘,又取血,盛以玉敦,用血为盟,书成,乃歃血而读书。"①

西周应有盟的制度,《周礼》中有设置专门执掌盟誓的官职,足见盟的重要性。这种制度上的盟,一般是定制,不可随意更改时间,即所说十二年一次盟,主持者也应是天子,诸侯只是参盟者。但到幽王被犬戎所杀,平王东迁后,天子威仪和权势下降,诸侯国间纷争不断,脱离太平之时即进入乱世,定制的盟成了因疑而起之盟。乱世情况下盟因疑而起,定制被破坏,神灵的威慑性自然也就下降了。

有关盟的礼仪,《说文》中记载:"诏北面之司慎、司命。"这种行为具有一定宗教性,需要在盟的双方具有相同的神灵崇拜前提下进行,这样才会对全体参盟者都有约束力,若双方没有统一的神灵信仰,则维持双方共同遵守盟约的纽带就会被轻易扯断,神对于全体参盟者不再有普世意义上的约束。"天子不信诸侯,诸侯自不相信,则盟以要之。"②盟誓是加强天子与诸侯、诸侯与诸侯间合作关系的纽带,通过盟誓行为使诸侯遵守约定,以维持平衡的局面。

上述所说,盟的礼仪需经历杀牲、割耳、取血、用血为盟、歃血、读书步骤③,陈梦家先生《东周盟誓与出土载书》参《周礼》及汉、晋、唐注家所著将盟礼定位:一是"为载书";二是凿地为"坎";三是"用牲";四是盟主"执牛耳",取其血;五是"歃血";六是"昭大神";七是"读书";八是"加书";九是"坎用牲埋书";十是载书之副"藏于盟府"。④ 有些学者考证出应是先"读书",后"歃血"。仪式的每个环节都很

---

① 阮元.礼记注疏[M].北京:北京大学出版社,2000:165.
② 阮元.春秋左传正义[M].北京:北京大学出版社,2000:47.
③ 对盟誓礼仪顺序的探讨,学者向来说法不一,吴柱《关于春秋盟誓礼仪若干问题之研究》一文中对文献中不同说法进行梳理考证,认为应该先"读书",后"歃血",笔者赞同这个观点,可参看,这里不对顺序问题进行讨论.
④ 陈梦家.东周盟誓与出土载书[J].考古,1996(5):271-281.

重要,其中盟誓最重要的程序应是:杀牲、歃血、誓神。

关于杀牲,这富有浓厚的宗教性。中国古代有很多关于杀牲的场合,比较重要的如国家举行祭祀活动时,常杀牲,甲骨文中有不少与祭祀杀牲相关的字。祭祀的动物一般是豕、羊、牛,其中牛的等级最高,一般不轻易在祭祀中使用。盟誓活动中的杀牲,通常有两个作用:一是供牲,二是取血。① 供牲在盟誓活动中主要起到威慑参盟者的作用,但这是否真正能够对参盟者起到约束作用,已不得而知。还有一种作用是用牲来供奉神灵,以祈祷神灵保佑参盟人员的目的达成。取血应是杀牲最主要的目的,这与其后重要的过程"歃血"息息相关。

"歃血"历来有两类解释:一是饮血,二是涂血于唇。② 笔者认为二者说法均有一定道理,在此基础上猜测,在盟誓形式刚刚兴起的时候应是饮血,而后随着诸侯间盟誓活动的增加,致使盟誓起到的约束作用大大降低,盟誓活动的重要度也在下降,因而饮血逐渐简化为涂唇或饮血和涂唇两种形式并存。早期人类有血液崇拜,认为人失去血液也就失去生命,因此血液在社会活动中被看得很重要,盟誓双方共同约定并饮下同一种血,即代表各自体内有相同的物质将参盟者联系起来用以共同完成或遵守约定。这种原始血液崇拜下反映出人对于自身生命的重视,但这还不足以保证参盟者服从,所以这一套仪式的过程需要在神灵的见证下进行,也就是请神,对盟誓不尊重或是不遵守盟誓的参盟者将会受到惩罚,当然这个惩罚可能并不会在现实中真正发生,但是按照当时人的观念,谁做了有违天命的事情,就会受到上天降下的祸患,而在盟誓中不仅仅违背盟约誓言会被神灵惩罚,就算是轻怠礼仪也会被降祸,如《左传》阴公七年:陈及郑平。十二月,陈五父如郑莅盟。壬申,及郑伯盟,歃如忘。洩伯曰:史官"五父必不免,不赖盟矣"。杨伯峻先生谓"歃如忘"可能是临歃前而意不在盟,或以为忘其盟词。③ 可见五父与郑伯相盟态度不端正才会引来洩伯之语。洩伯所说的"五父必不免,不赖盟矣"虽是预言,据王和《左传探源》所说是史官追记④,即也代表当时人的看法。

从文献中记载的仪式可以看出,誓神在盟誓活动中具有很重要的地位,神相当

---

① 吕静.春秋时期盟誓研究[M].上海:上海古籍出版社,2007:8.
② 吴柱在《关于春秋盟誓礼仪若干问题之研究》中对"歃血"两种说法也做了相关考证,认为传统"饮血"说可信,而"血涂于唇"疑是后人误解为许慎《说文》所载。
③ 杨伯峻.春秋左传注[M].北京:中华书局,2016:59.
④ 王和.左传探源[M].北京:社会科学文献出版社,2019:189.

于盟誓者践行盟约的见证者,如果违背盟约或礼仪有怠慢,就会遭受神(上天)降下的惩罚,因此从盟的礼仪看,神依然占据重要地位,因此从理论上看,神依然被人们信奉、尊崇,但不排除礼仪程序化逐渐替代神圣化的可能。

二、春秋初年人神关系窥探

1. 大国"盟"的多种目的

春秋初年各国间"盟"的目的随着各国间紧张局势而具有多样性,鲁庄公十五年以前的诸侯盟约有三十次,盟誓目的不尽相同,主要分为以下几类:

一是求好之盟。如《左传》鲁隐公元年,鲁、邾蔑之盟,鲁、宋宿之盟;隐公二年,鲁、戎唐之盟;隐公六年,鲁、齐艾之盟,都是此类盟。这类盟的目的是平和自己国家所处的国际关系,加强盟国间政治、经济、军事联系,使自己的国家得以暂时稳定。

二是战争联盟。如隐公元年,公子豫与邾人、郑人盟于翼。

三是讲和之盟。如隐公二年,纪、莒密之盟;隐公七年,宋、郑宿之盟,陈、郑之盟;隐公八年,宋、齐、卫间的瓦屋之盟;桓公十二年,为平杞、莒的曲池之盟,为平宋、郑的鲁宋盟于句渎之丘;庄公十三年,齐鲁柯之盟,都是此类盟。

四是寻、拜盟。如隐公三年,齐、郑盟于石门,为寻卢之盟;桓公元年,郑伯拜盟;桓公十四年,郑来鲁寻盟;桓公十七年,与邾仪父盟于趚,为寻蔑之盟。

五是辱盟。如桓公十二年,楚伐绞,楚、绞城下之盟。

以上五类是一个大致分法,若再进行细分,应还会有目的细微的差别。频繁的盟誓背后显示着当时复杂的国际关系,现存《春秋》主要以鲁国视角展开,所记事情主要以鲁、宋、齐、卫、郑等黄河中下游地区国家为主,而春秋初年发生的各类盟誓行为也主要集中在这些国家与其附属小国之间。

各国以自身利益作为遵守盟约的重要依据。这时的各国之"盟"因有多种目的,因此盟誓会时常随多国局势变化而发生改变,即使春秋时期盟誓礼仪依然被看得很重,但其内容也极易因为礼仪纠纷被毁坏,正如《论语·八佾》篇中"人而不仁,如礼何?人而不仁,如乐何?"所说,礼乐正是一种规范制度。上面所说,神灵在整个盟誓过程中起见证作用,若参盟者违背盟约便会降下祸端,春秋时期促进参盟者遵守条约的可能也就是盟书(也称"载书")中的自诅成分,而非真正对神的敬畏,因此盟誓礼仪的隆重与事后参盟者的违约行为形成强烈的精神反差,可以猜测这些礼仪是盟誓行为者对以前盟誓礼仪的继承,用隆重的礼仪来表示参盟者的决心和重视程度,其目的是求得参盟其他国家的信任,至于是否必须遵守盟约,取决于各国自身利益考量。

2. 神地位式微的端倪

(1)尊盟前提由对神的敬畏演变为各国的政治利益

盟在春秋时期成为国与国交往的政治性工具,各国诸侯因有不同目的而进行盟誓,促使各国遵守盟誓的是各国统治者基于各国利益的考虑,因而在国际局势紧张的春秋时期,盟誓是否遵守,政治利益是第一位,而相对来说神灵的威慑被排在后。先看第一类求好之盟,最具有代表性的就是鲁隐公与周边国家进行的盟,具体记载如下:

"三月,公及邾仪父盟于蔑。"(经,隐元年)传①称"公摄位欲求好于邾,故为蔑之盟"。

"九月,及宋盟于宿。"(经,隐元年)传称"惠公之季年,败宋师于黄,公立而求成。九月,及宋师盟于宿,始通也"。

"秋八月庚辰,公及戎盟与唐。"(经,隐二年)传称"戎请盟。秋,盟于唐,复修旧好也"。

从上面的记载可以看出鲁国在隐公前一代君主去世后,隐公摄政,国内政局不稳,若隐公不主动向周边有过纷争的国家示好,那么鲁国很可能就会被周边国家趁机攻打而元气大伤,隐公必须通过盟的手段与周边国家暂时协定友好,稳固国内政局,与周边国家形成相互制衡的局面,因此鲁与宋,乃至六年与齐的艾之盟具是"始通"。可以看出这类为求好而进行盟誓的国家一般是在国内政局不稳定时期所进行的暂时性缓和活动,而非因为盟誓中神的威慑。

战争联盟与讲和之盟在春秋时期更常见,基于战争而进行的盟誓应具有两个方面:一是联盟借天子名义讨伐其敌对国或对抗联盟中一国的敌对国,二是诸侯国联合抵抗外族势力入侵。春秋伊始,周王室的地位便逐渐下降,隐公三年的周郑交

---

① 指《左传》,下引称传皆是《左传》。

质便是王室逐渐衰微的表现,实力稍强的诸侯国可以因为自己本国利益而反抗王室,但在春秋初年,毕竟还没有大规模出现这类与王公开对抗的情况,至齐桓仍有尊王指令,可见春秋初年王室在大部分诸侯国间还是具有崇高地位的,因此会有国家以天子名义征伐他国。但征战更多的是因为国家之间利益的损益,与天子并无多大关系,见《左传》所记隐公、桓公、庄公在位所发生的战争,鲁、宋、卫、齐、郑等国关系没有长时间的稳定时期,因此这时期的盟只是暂时达成军事联盟,对盟誓的内容常有违背。这类盟的数量不断增加就会大大降低盟中对神的敬畏,神灵威慑被排在政治利益之后。

讲和之盟如上述内容,其目的也很简单,长时间战乱致使"民不堪命",国家发展不利,很有可能就会在长时间的征战中导致一国混乱,甚至是国家的败亡,如宋殇公的十年十一战,战争频繁且败多胜少,宋殇公的这种行为引起国人不满,而这也有可能是宋华督弑君而另立新君的原因,并且两国的战争往往致使周边国家发展受到影响。而两国之战往往又寻求盟友壮大己方军事实力,更加导致地区不稳定性增加。因此这种情况下战争双方进行讲和之盟即暂时停止双方的战争行为,有利于双方国家的休养生息以及日后的交往,如宋、郑二国在鲁人调停下平和,但这种盟往往持续时间极其短,宋最终出尔反尔,继续军事行为。

寻盟、拜盟在春秋初年也时有发生,寻盟即使每隔一段时间,原初参盟者便要在此约定地点回顾上一次盟约内容,其目的是加强双方的军事联合,暂时保持双方的友好关系。拜盟即是拜谢结盟,一方向另一方表示感谢结盟,在双方的地位上产生了不平等性,若强势一方退出盟或是违背盟,弱小国家也无可奈何。辱盟类似屈辱条约,这种行为更加凸显"盟"作为国家纷争的政治手段作用,参盟者的不平等性更加凸显,例如桓公十二年传,楚伐绞,败绞而为城下之盟。因不正当手段打败对方获得军事胜利,在武力胁迫下逼迫对方订下盟约,春秋前期诸侯国虽多秉持正义之师,以不正当手段取得军事胜利的行为为耻,但依然会有这类不正当盟的出现,"辱盟"是军事活动的一种结果,使得盟誓活动的神灵敬畏名存实亡,这种盟是一种单纯性政治活动。

(2)私人盟誓与渎盟行为

盟誓完备的礼仪,体现出各国对神灵的敬重、畏惧,从理论上不应当有不正当盟誓行为的出现,但在春秋初年就已经有各类不正当盟誓行为出现,这是神地位下降的表现,根据《左传》事例,将不正当盟誓行为主要分为私人盟誓和渎盟行为。

笔者认为,私人盟誓是没有得到国君认可或小范围个体间的私下盟誓活动,例如隐公元年公子豫没有听从隐公命令而私会邾人、郑人,并与之盟,这场盟誓公子豫与他国的私人盟约,没有得到国君的同意,但公子豫在鲁国身居大夫之职,其与邾、郑盟而违背国君命令,是对国君不敬的行为,是对集体的破坏,也是对原有制度盟的破坏,即是私下盟不想让国君知道,自然也就不必大张旗鼓,因此盟誓的礼仪也可能会因此遭到减损,可见私人盟誓对神并无多少敬畏心。

吴柱将主要的渎盟行为归纳为"逼盟、屡盟、寻盟、贿盟、质盟、改盟、背盟"等类型,这些不正当的盟誓行为均由政治利益变化引起。春秋初期就已有各类不正当的盟誓关系发生。

逼盟是一种强迫行为,力量强大的一方为使自身某种利益达成而逼迫力量弱小的一方进行盟誓,弱方限于自身力量而不得已参盟,因此在这类情况下进行的盟誓,违背盟誓的情况会大大增加,而对于盟誓中极具重要地位的神,也就不那么看重了。桓公十一年宋人执祭仲,强迫他立公子突而废当时的郑国君主,祭仲在不得已情况下与宋人盟,以厉公归而立之。宋人也要求厉公立为君后承诺给宋国礼品作为回报。宋、郑本有矛盾,宋抓了郑国重臣祭仲,强迫他进行盟,这种盟的双方力量不对等,参与盟的双方也并非有共同目的,因此双方进行盟誓的效度无法保障,自然也就谈不上对神应有怎样的态度了。逼盟多半是为了利益而进行的,不论盟誓礼仪多么庄重盛大,对神灵的敬畏感也会随利益纷争而淡化。

屡盟就是已为盟国的双方反复结盟,寻盟在上文已有例证,即是重温先前盟誓内容,二者都是在原有盟的基础上,再次或反复进行盟誓行为,其目的是巩固双方的军事集团,但也从侧面反映出神灵的地位下降,盟誓行为的神圣性在屡次盟誓中被淡化,传统意义上的制度盟也在这种反复无常的盟中瓦解,从而演变成为后期以利益为核心的诸侯盟、霸主盟等。屡盟的出现与乱世相互联系,《诗经·小雅·节南山之什·巧言》:"君子屡盟,乱用是长。"毛传:"凡国有疑,会同则用盟而相要也。"郑笺:"屡,数也。盟之所以数者,由世衰乱,多相背违。时见曰会,殷见曰同。非此时而盟曰之数。"①郑玄指出诸侯屡盟在乱世之中,会加剧背盟现象出现,那是

---

① 阮元.毛诗正义[M].北京:北京大学出版社,2000:885.

什么致使屡盟现象频发呢？春秋初年,大小诸侯国仅《左传》记载便有几十次,已是原来十二年一盟的好几倍,并且春秋时期的盟多是无定时之盟,诸侯可以随时商讨、会盟,盟誓活动以大国政治活动为中心。

各类不正当盟誓行为频发,却依旧有相对完整的礼仪,由此看来盟誓活动中完整的礼仪目的有二:一是表示重视程度,二是祈求在神灵注视下盟约得到履行,但屡盟、背盟等不正当盟誓现象频发昭示出春秋时人对于神的信仰已渐渐走向下坡,取代神灵崇拜的是各国纷争的政治利益。

三、盟誓中"神"地位衰弱的原因分析

春秋之前的盟或誓活动皆在王(首领)的召集下进行,以王之身份要求誓者遵守所誓内容,无论是盟还是誓,只要有违誓、违盟行为出现,便会受天之罚,是一种绝对的信服。因此在此时段,人对天的信仰也是信服、敬畏的。例如:

《尚书·甘誓》:大战于甘,乃召六卿。王曰:"嗟! 六事之人,予誓告汝:有扈氏威侮五行,怠弃三正。天用剿绝其命。今予惟恭行天之罚。左不攻于左,汝不恭命;右不攻于右,汝不恭命;御非其马之正,汝不恭命。用命,赏于祖;弗用命,戮于社。予则孥戮汝。"①

这是夏王启与有扈氏在甘地作战举行的誓词。此词中帮助有扈氏需被征讨的罪行,"天用剿绝其命。今予惟恭行天之罚"是启借天之名宣称他们承天之命来对其进行惩处。随后告诫将士需奉行命令,奉行命令便在祖庙有奖赏,不奉行命令,便在社坛里杀掉。这是说明战争奖惩,同时以天的名义作为自己征伐的明由来信服众方,也体现出那时大部分人对于天或神灵的信服、畏敬心理。

《尚书·汤誓》中汤伐桀也有"有夏多罪,天命殛之"之语,这里的"天"在殷人语里被称为"帝",是上帝之意,周人语称"天"②。这是欲明自己伐夏之行是上天旨意,具有征伐合理性。《牧誓》中也有"今予发惟恭行天之罚"③,也是表明自己是代天进行惩处。《逸周书·商誓解》有"予言非敢顾天命,予来致上帝之威命明罚"④,

---

① 顾颉刚,刘起釪.尚书校释译论[M].北京:中华书局,2005:854.
② 此说转引《尚书校释译论》中《高宗肜日》校释.
③ 顾颉刚,刘起釪.尚书校释译论[M].北京:中华书局,2005:1098.
④ 黄怀信,张懋镕,田旭东.逸周书汇校集注[M].上海:上海古籍出版社,2007:452.

也具有以上所说之意。

从以上言语中可以看出，战争进行誓词的主持人均有自誉为天之使者的情况，征讨即是代天实行惩罚，增强己方征伐合法性，同时这是有意抬高自己地位，将比于天，人出于对神灵的畏惧而听命于统治者，达到征伐胜利的目的。可以说天降罚的言语在商、西周初期对人是有绝对威慑力的。

西周时期还出现了为让别人遵守约定，起誓而订立契约于青铜器上的现象。①特地为一次起誓而制作青铜器，是什么动力使然呢？青铜器包括铭文都是周王政治和宗教意志的一种反应，笔者猜测制作这些青铜器的原因有二，一是记录起誓缘由、内容，二是提醒誓者子孙后代需要时时谨记先祖的承诺。由以上内容结合文献记载，笔者认为春秋初期盟誓中敬神观念淡化主要有以下原因。

1. 天子式微，"信"的缺失

周厉王时期，国人暴动，王出奔彘，《史记·周本纪》："召公、周公二相行政，号曰共和。共和十四年，厉王死于彘。"《索引》引《汲冢纪年》："共伯和干王位。"②这是诸侯代天子行王政之例。此后虽有宣王中兴，但至幽王，申、缯联合犬戎杀幽王于骊山之下，西周覆灭。

以上可看到西周时期分封制下诸侯与天子的关系，诸侯既可服从天子，也可据天子政行攻击天子，西周时期的天子已经不像西周初年及夏商时期，天子德行有失，不再是代天而罚，而是通过战争武力直接将矛头指向天子，可见天子在春秋之前的地位便不稳固，制度不能确保天子权力的至高无上，天子地位与天子个人才能的高低相互联系。天子地位逐渐式微，周王控制范围内的各个诸侯国失去统一的号令，便自行谋求自身国家发展前途，因此各诸侯将本国利益作为遵守盟誓的第一前提，在此基础上诸侯之间"信"的因素就会相对减少，使得各类不正当盟誓行为出现。《尚书·吕刑》："罔中于信，以覆诅盟。"伪孔传云："皆无中于信义，以反背诅盟之约。"③其中关键之处在于，失去信义便会背盟，进入春秋，各国诸侯在利益驱动下进行各类活动，失信既是不正当盟誓出现的原因之一，同时也是其表现，而诸侯间的盟誓行为目的核心围绕政治利益，因利益而起的战争就会增多，诸侯会盟次数

---

① 吕静在《春秋时期盟誓研究》中整理了西周中晚期青铜器有关"起誓"的事例。

② 司马迁.史记[M].北京:中华书局,1963:144.

③ 顾颉刚,刘起釪.尚书校释译论[M].北京:中华书局,2005:1946.

也会增加,原本作为监督和约束人们行为的神的信力便会下降。

2. 神灵信仰不统一

春秋时期盟誓中神地位的明显下降与诸侯屡屡渎盟的行为有关,而致使诸侯屡屡渎盟的原因除政治利益因素外,还与三代神灵信仰的多元化有关,不同诸侯国祖先的神灵信仰可能不一,因而对待不同神灵的态度也就不一。

祖先神信仰因为宗教沦为一种礼仪。① 商代信仰的神灵众多,晁福林将神划为包括帝、社、风雨、山川等自然神以及先公、先王、先妣、旧臣等先神。同时认为王权在商汤时期已十分强大,神权是王权的附庸,神权在政治中的作用因为卜人集团与王室利益争斗而逐渐下降。但殷人对于祖先神灵却十分看重,周人实行宗法制,这种由血缘关系组成的庞大统治体系更加重视祖先的作用,但祖先神的威慑力也仅是对于同姓国之间,因此祖先神的信仰也就不具有广泛性,而在春秋时期,各诸侯国因为利益因素的驱使,祖先神信仰显然下降,但春秋时期国君仍有"告朔"之礼,《左传》中也有"国之大事,在祀与戎"说法,帮助祭祀、告祖仍受重视,但已逐渐成为一种附着于国家发展的礼仪行为。

神灵信仰多元化致使信仰不统一。盟誓得以遵守的其中一个条件,便是需要盟誓双方信仰一致,这样神灵威慑力对于双方的行为才具有共同约束力。但观先秦典籍可发现,万物皆可为神,山川、日月、星辰、稷等,神灵众多,但盟誓双方在神的具体指代上并无界定,《左传》中记载的盟词上多有"有渝此盟,明神殛之"这类语言,神的概念没有清晰,对于双方来说神的惩罚没有实质性的约束力,因而即使双方有渎盟行为也不会有具体神灵惩罚降下。

3. 人的主体性意识加强

童书业先生认为重人轻天(殷称上帝)的思想在周初已有萌芽②,《尚书·君奭》中有"天不可信"之说。这种轻天思想至春秋越发严重,这反映出人类自我主体意识加强。

《左传》桓公六年楚侵随有这么一段话:

少师归,请追楚师,随侯将许之。季梁止之曰:"天方授楚,楚之赢,其诱我也,

---

① 童书业.春秋左传研究[M].上海:上海人民出版社,1983:213.
② 童书业.春秋左传研究[M].上海:上海人民出版社,1983:213.

君何急焉？臣闻小之能敌大也，小道大淫。所谓道，忠于民而信于神也。上思利民，忠也；祝史正辞，信也。今民馁而君逞欲，祝史矫举以祭，臣不知其可也。"

公曰："吾牲牷肥腯，粢盛丰备，何则不信？"对曰："夫民，神之主也。是以圣王先成民而后致力于神。故奉牲以告曰'博硕肥腯'，谓民力之普存也，谓其畜之硕大蕃滋也，谓其不疾瘯蠡也，谓其备腯咸有也。奉盛以告曰'洁粢丰盛'，谓其三时不害而民和年丰也。奉酒醴以告曰'嘉栗旨酒'，谓其上下皆有嘉德而无违心也。所谓馨香，无谗慝也。故务其三时，修其五教，亲其九族，以致其禋祀。于是乎民和而神降之福，故动则有成。今民各有心，而鬼神乏主，君虽独丰，其何福之有！君姑修政而亲兄弟之国，庶免于难。"随侯惧而修政，楚不敢伐。

这段话中，随侯认为只要自己"牲牷肥腯，粢盛丰备"供养神，自己便会得到神的眷顾，胜过楚国，而隋国大臣季梁提到"所谓道，忠于民而信于神也""夫民，神之主也"是驳斥随侯"粢盛丰备"于神，神就应会保佑本国之语。

《左传》所记季梁的话可能有后人演绎成分，但也说明当事人确有国家发展在民不在神的想法。与此相似的有庄公十年，曹刿请见鲁公所说的"小信未孚，神弗福也"均是要求国君从国家发展的基本处开始，减少神在国家发展的不实作用。

《左传》桓公十一年，莫敖曰："卜之？"对曰："卜以决疑，不疑，何卜？"也体现出与殷商、西周初期凡遇事卜问神灵的常规做法，这也是神地位下降的一个体现。

人的主体意识加强与当时社会的政治经济分不开，生产力的发展增进人们对于自身行为的认识，也为国家发展提供了保障，各国君主和大臣也逐渐认识到人的重要性。重人思想逐渐兴起，与此相对，神的作用得不到凸显，神地位的下降也就成为趋势。

四、小结

盟誓活动中完备的礼仪有一定的敬神性，但其主要是表示各国对于盟誓活动的重视，以表决心，请神应是沿袭古老传统，是仪式的一个过程，神地位衰弱，从反复的不正当盟誓行为就可以看出。不同地区原始人类对于神灵崇拜的方式不同，但同因认知能力较低，对神灵崇拜具有广泛性，因此在进行战争或是其他行为时，为防止对方背叛或不尽力，往往在盟誓中增入神灵惩罚之语，以保证誓言盟约的完成,达到约束人们的作用。到西周时期,从一些文献记载中可以看到西周统治对于统治者德行好坏更为看中,神在统治中不再起主导作用,进入春秋时期,天子地位大大不如从前,天下失去统一号令,各国均在谋求本国利益的发展,诸侯失信严重,盟誓的目的核心是各国的政治利益,因利益而产生的纷争频繁,战争不断,伴随战争进行的盟誓行为也大幅度增加,频繁的盟誓活动,使得神在盟誓中的信度降低,同时随着社会生产力的发展逐渐重视人的主体作用,国君或大臣认识到发展国家要依靠民而非神,春秋初期盟誓活动中神地位的渐弱是一个起始,发展到春秋中后期乃至战国,神的地位一直延续前期的衰弱,直到后世成为皇权统治的工具。

参考文献

[1]晁福林.先秦民俗史[M].上海:上海人民出版社,2001.

[2]吕静.春秋时期盟誓研究[M].上海:上海古籍出版社,2007.

[3]徐连成.春秋初年"盟"的探讨[J].文史哲,1957(11):37–41.

[4]陈梦家.东周盟誓与出土载书[J].考古,1996(5):287–297.

[5]叶林生.殷周人神关系之演进及思考[J].苏州大学学报,2001(1):101–107.

[6]李晓光.商代人神关系论略[J].宗教学研究,2005(4):112–117.

[7]吴柱.关于春秋盟誓礼仪若干问题之研究[J].中国史研究,2015(4):5–24.

[8]王兆才.春秋时期盟誓的文化内涵与政治功能[J].学术交流,2016(2):206–212.

[9]牛杰群.先秦盟誓制度中的人神关系变化[J].牡丹江大学学报,2018,27(1):132–135.

[10]吴柱.春秋诸侯的"渎盟"行为与诸侯联盟的信任危机[J].孔学堂,2018,5(2):66–76.

[11]翟淑君.春秋时期的会盟问题研究[D].西北大学硕士论文,2005.

[12]李建新.周代盟誓研究[D].河南大学硕士论文,2008.

声得盐梅，响滑榆槿
——浅析《文心雕龙·声律》篇中的和畅观

王宇浩

摘　要:《文心雕龙·声律》篇是刘勰声律论的集中体现,在声律史上具有重大意义。受齐梁时期声论探讨风气的影响,刘勰在《文心雕龙》中设专篇对声律问题进行论述,并提出了自己独到的见解。在这些声律观与方法论中,特别值得注意的是他的和畅观。"和"即"和谐","畅"即"流畅"。刘勰以"盐梅"与"榆槿"作喻,强调进行文学创作时要讲究声律的和谐,以此才能达到意义的流畅。在声律指导创作的问题上,刘勰既有合乎法度的规则意识,又有结合实际的变通精神,以求在二者的平衡中实现最终的审美目标和审美效果。这些无疑对文学创作产生了深远的影响。

关键词:刘勰;《文心雕龙》;声律;"声得盐梅";"响滑榆槿";和畅

一、刘勰声律和畅观提出的背景

汉语声、韵、调的适当搭配能够形成和谐流畅的绝佳效果,将这种效果加以运用并成为文学创作的规则,经历了一个从自发到自觉的过程。对于声律的认识,早在汉魏时期就已显露端倪,司马相如、曹植、王粲等作家已经认识到了声律对创作的作用。如释慧皎《高僧传·经师》中言:"始有魏陈思王曹植,深爱声律,属意经音。"①便指出曹植对声律的认识更进了一步。晋代的部分文论著作也有对声律问

---

① 释慧皎.高僧传[M].北京:中华书局,1992:507.

题的提及,陆机在《文赋》中就有相关表述。如"暨音声之迭代,若五色之相宣"①,体现出陆机对声律在文学创作中作用的重视。不过,这些只是一种不自觉的感性认识,并没有形成系统的理论。到了南北朝时期,以沈约的《宋书·谢灵运传论》和范晔的《狱中与诸甥侄书以自序》为代表,已经触及了声律对于创作影响的诸多方面。尤以沈约的论述最为详备。如"欲使宫羽相变,低昂互节,若前有浮声,则后须切响。一简以内,音韵尽殊;两句之中,轻重悉异"②。沈约强调为文必须注意音韵的搭配,只有按照得当的配适原则,才能创作出上乘的作品。至南齐时期,由周颙和沈约所提倡的四声理论影响深远,直接促成了人们对汉语语音的深刻认识,推进了文学创作的格律化进程。

但是,沈约等人由于过分推崇声律论,导致的流弊也是不容忽视的。特别是"平头""上尾""蜂腰""鹤膝""大韵""小韵""旁纽""正纽"八病说的提出,严苛的声律要求直接限制了创作自由和意义表达,因而遭到了部分人的反对。钟嵘便是其中的代表,他认为这样做便使"文多拘忌,伤其真美",并在《诗品序》中提出自己的看法:"余谓文制,本须讽读,不可蹇碍,但令清浊通流,口吻调利,斯为足矣。"③由此看来,钟嵘强调的是文章读起来通畅即可,并不认同沈约的声律论。

可以说,刘勰的《文心雕龙·声律》篇正是对上述两种倾向——对声律的狂热与淡漠——进行了巧妙的中和。其于声律对创作的方法与目的,在赞语中提出了"声得盐梅,响滑榆槿"的说法。"声得盐梅"侧重作品声律的和谐,"响滑榆槿"侧重作品最终的流畅。和谐是流畅的基本前提,流畅是和谐的预期效果。刘勰既不全盘否定声律的价值,也不把声律的教条奉为圭臬,而是从自我对文学发展和文学创作的观照与体认出发,着力探求调和二者矛盾并使之为创作服务的平衡点。"声得盐梅""响滑榆槿"和畅观的提出,便是其理论的概括与实践的要求。

二、"声得盐梅"——声律与作品的和谐性

"声",《说文》解释为:"声,音也。"④《说文解字注》进一步解释"声""音"二字

---

① 陆机.文赋集释[M].张少康,集释.北京:人民文学出版社,2002:133.
② 沈约.宋书卷六十七·列传第二十七·谢灵运[M].北京:中华书局,1974:1779.
③ 钟嵘.诗品集注[M].曹旭,集注.上海:上海古籍出版社,1994:340.
④ 许慎.说文解字[M].北京:中华书局,2015:250.

为转注。"此浑言之也，析言之则曰：生于心有节于外谓之音。宫、商、角、徵、羽，声也。丝、竹、金、石、匏、土、革、木，音也。"[①] "盐梅"一词，见于《尚书·商书·说命下》："若作和羹，尔惟盐梅。"[②] 盐咸梅酸，二者调和作羹，才能达到追求的味道。此处借盐梅调羹来比喻傅说尽心辅佐殷高宗武丁。

通过对字义、词义源头的探究，再联系刘勰的声律论，可以认为，刘勰所主张的是声律的调和，使之为创作服务。"声得盐梅"体现出一种宽泛的设定，并不拘泥于特有的程式，而是讲究声律的恰切搭配以及在此基础上形成的和谐的美感。声有高低、大小、长短等区别，这与味道的不同相似。运用声律创作的过程，也相当于调和诸味制作食物的过程。受制于个人偏好，声律的具体应用存在多种方式。因而品评作品抑或创作文章时，都要把这些情况纳入考虑范围。不过，"声得盐梅"的要求看起来不甚严格，实际上却是一种运用声律进行创作的最终目标。声律的搭配要如同盐梅相得，最终形成平和的意味。在实际创作中，如何寻找适合自己的"盐梅"，如何加工"盐梅"，如何协调"盐梅"，都需要学识的协助和练习的巩固。

声律要实现各个组成部分的相互配合，这样才能发挥其功用，使得文章具有和谐的音乐美。但真正实现"声得盐梅"是有难度的，具体表现为以下几个方面。

首先，刘勰认为文学创作的求和难于音乐的求和。"今操琴不调，必知改张；摛文乖张，而不识所调。响在彼弦，乃得克谐，声萌我心，更失和律，其何故哉？良由外听易为察，而内听难为聪也。故外听之易，弦以手定；内听之难，声与心纷；可以数求，难以辞逐。"[③] 音乐的求和相对容易，是因为其有可捉摸的外在形式。通过手、耳、心的相互配合，能够洞悉音乐的中和与否。如若遇到差错，调弦正音便可有效解决。文学创作却没有如此简单，作为作者的一种内发活动，文学创作受身体内在机能的制约，难以物化为外在可控的形式。而其形成的作品，往往易受干扰，表现出不尽如人意的情形。为文作诗更多源于内心的情志，甚至灵感迸发时脱口而出、挥手而就，并不能保证合乎声律。如果后期修改遇到不合之处，便没有可以循迹的依凭。基于此，如果追求直接心声合一、下笔合律，也是不太现实的。

其次，刘勰认为"异音相从"的"和"要难于"同声相应"的"韵"。"异音"指的是

---

① 段玉裁.说文解字注[M].南京：凤凰出版社，2015：1028.

② 孔安国，孔颖达.尚书正义[M].上海：上海古籍出版社，2007：374.

③ 杨明照.增订文心雕龙校注[M].北京：中华书局，2012：435.

不同的声调,"同声"指的是相同的声调。追求"异音"和谐的难度大于"同声"一致。刘勰把声调分为"飞"和"沉"两大类。大体上可以分别对应于"平"与"仄"。"异音相从"的"和"可以理解为平仄的搭配,"同声相应"的"韵"可以理解为押韵的应用。换言之,讲究句中平仄相间而浑融一体,要比句尾押韵难。这一点很好理解:其一,平仄是对句中各字声律的要求,规定了字与字之间的声律搭配,而押韵聚焦于句末各字声律的要求,其范围比平仄小很多;其二,因为平仄对用字有严格的限制,其与意义的表达往往会出现相矛盾的地方,常常有为追求声律的合范而改变某种说法的情形出现,而韵脚都有具体的韵部作为依托,确定押韵的范围,寻找合韵的字即可,其难度显然较低。刘勰的"和"侧重于声调的搭配,只有平上去入相得益彰,这样的文章才是符合"声得盐梅"标准的。由此可见,要做到"声得盐梅",基本条件中仍要注意平仄规矩的限制,不能随心所欲、随性而为。

最后,刘勰认为"宫商大和"比"翻回取均"难。在此,他以"吹籥"和"调瑟"分别比喻上述两种。籥有定准,所以"宫商大和"表现的是一种自然的音律,不需人为干预,就能"无往不壹";而瑟无定准,所以"翻回取均"表现的是一种人为的音律,需要人力介入,但仍"有时乖贰"。在论证自己这一说法时,刘勰认为:"陈思、潘岳,吹籥之调也;陆机、左思,瑟柱之和也。"①虽然都是"和",曹植、潘岳的作品达到了"宫商大和"的境界,体现出一种脱胎于人力、神,似乎天工的悠然状态。而陆机、左思的"和"是"翻回取均"的"和",仍有滞塞的地方,没有达到天然的追求。在这里,刘勰显然更倾心于前者,这种"大和"能够显示出永恒的力量,是声律追求的极致。但也要清楚刘勰"大和"评判的标准,即所说语言的雅俗。曹植、潘岳生长于京城,使用的是当时的雅言,用正声进行创作,于声律自然是如鱼得水。陆机生于吴地,左思生于齐地,各自有各自的方言,创作时难免掺杂其中,产生不合律的情形。刘勰推崇正声,认为这样才能符合声律的规范,进而达到"声得盐梅"的最终目标。

可以看出,正是有这种种困难,要想实现"声得盐梅",总得想一些办法。刘勰指出了几种声律运用方法,不无借鉴意义。

首先是双声的运用。刘勰强调既为双声,二字之间就不能隔字,隔字则舛。这与沈约"八病说"中的"旁纽"一致。遍照金刚《文镜秘府论》中有载:"旁纽者,一韵

---

① 杨明照.增订文心雕龙校注[M].北京:中华书局,2012:436.

之内,有隔字双声也。……此病更轻于小韵,文人无以为意者。"①可见,刘勰与沈约的主张是相同的。双声本指声母相同的两个字。声母相同的两个字连用,能够在发音部位来回穿梭,形成一种音同呼应的音乐美感。如果中间隔有其他字,则会显得别扭,破坏整体的和谐性。

其次是叠韵的运用。刘勰认为既是叠韵,二字就应紧密相连,而不能离散,离散必暌。这与沈约"八病说"中的"小韵"相似。遍照金刚《文镜秘府论》中有载:"小韵诗,除韵以外,而又迭相犯者,名为犯小韵病也。……此病轻于大韵,近代咸不以为累文。"②刘勰与沈约表述的意思基本一致。和双声相似,叠韵也讲究一种连绵往复的音乐感。叠韵,即韵相同或相近的两个字。但如果在叠韵中夹杂他句,就会让原本协调的句子相乖离,破坏原有的统一性。

再次是平仄的运用。上面谈到过,平仄的和谐往往比较困难,如果处理不当,则会出现刘勰所说的"响发而断""声飏不还"的情况。前者为仄的弊病,后者为平的弊病。平仄本应相间,这样才能使句子抑扬顿挫,具有一种跌宕起伏的美感。否则,单是仄声,会让人觉得局促不安;单是平声,又会使人有飘忽之感。可以说,刘勰是十分重视平仄的。从其提到的"飞""沉""和"中就能看出,其强调平仄相间。当然,刘勰并没有制定严格的规范进行干涉,而是提出"声得盐梅",主张平仄相间如同盐梅相得一样,在互异的动态的交流中形成和谐的稳定的样态。

最后是押韵的运用。上面提及"韵"比"和"易,当然是相对而言,具体到文学创作中,押韵仍不能被忽视。韵部的规定是严格的,需要作者去遵守,用合适的韵脚展现出作品内在的情思,并在唇齿间留下余韵。正确运用押韵,能够使作品呈现出直观的和谐样式。

以上这些内容,便是刘勰在"声得盐梅"方法论层面的具体探索,其深刻的内涵一直受用至今。"声得盐梅"一说体现出刘勰声律和畅观中的"和",其核心便是寻求声律的和谐。而要达到"声得盐梅"的目标,需灵活运用规则,才能收获天然平和的效果。

---

① 遍照金刚.文镜秘府论[M].北京:人民文学出版社,1975:194.
② 遍照金刚.文镜秘府论[M].北京:人民文学出版社,1975:191-192.

三、"响滑榆槿"——声律与作品的流畅性

"响"，《说文》解释为："响，声也。"①《说文解字注》解释为："浑言之也。《天文志》曰：'乡之应声。'析言之也。乡者，假借字。按，《玉篇》曰：'响，应声也。'"②"响"的本义是回声。由回声引申为发出声音。"榆槿"指榆与堇，皮有滑汁，所以用来作使菜肴滑润的调味品。《礼记·内则》有言："枣、栗、饴、蜜以甘之，堇、荁、枌、榆、免、薧、滫、瀡以滑之，脂、膏以膏之。"③意为调和饮食，其中的"堇""榆"因皮具有滑汁，所以起润滑畅通的作用。调和饮食的过程可以视为"和"，需要有"榆槿"进行润滑，以此达到"畅"。从一定意义上理解，可以认为是"和"与"畅"的良性互动，是"和畅观"的一种生理体现。

刘勰在这里说的"响滑榆槿"，显然是从生理体现抽象出的适用于文学体现的理论。其通过生活中的直观感受，将之巧妙化用，提出了自己对声律在文学创作中最终效果的主张。"响滑榆槿"可以有多种理解。最明显的意义是要求在声律和谐的基础上达到整体的流畅。意即声律本身的流畅。这种流畅是对和谐的反馈，具有互为因果的关系。当然，如果把"响"理解为回声，进一步发挥，形象性地理解为效果，则可以认为是要在声律流畅的基础上实现作品的流畅，使其具有润滑通畅的审美效果。这便使流畅从狭窄的声律范围中剥离出来，指向更加宽广的作品范围。此时的流畅，更多地表现为作品的整体风貌以及审美效果。总的来说，无论是声律的流畅，还是作品的流畅，二者都是紧密联系在一起的，都应当在文学创作中引起重视。声律和作品的流畅，都是基于和谐的要求，这样才能呈现出理想的状态。达到声律和作品的流畅，才能使文章形式与内容相统一，才能有成为佳作的可能。

在声律与作品和谐性的问题上，刘勰谈到了双声、叠韵、平仄、押韵等需要注意的地方。当这些方法被恰当运用并且达到预期目标时，文章便有了流畅性。流畅性更多指向最终的效果，这种效果，是"并辖辂交往，逆鳞相比"④的配合精妙与井然有序，是"声转于吻，玲玲如振玉；辞靡于耳，累累如贯珠"⑤的声音和谐和词句畅

---

① 许慎.说文解字[M].北京:中华书局,2015:52.
② 段玉裁.说文解字注[M].南京:凤凰出版社,2015:183.
③ 李学勤.十三经注疏·礼记正义(上、中、下)[M].北京:北京大学出版社,1999:832.
④ 杨明照.增订文心雕龙校注[M].北京:中华书局,2012:435.
⑤ 杨明照.增订文心雕龙校注[M].北京:中华书局,2012:435.

通。流畅性不仅是为文的要求，同时也是为人的体现。声律本来就是摹写于人声，刘勰在一开始便有过这样的论述："夫音律所始，本于人声者也，声含宫商，肇自血气，先王因之，以制乐歌。故知器写人声，声非学器也。"①这里谈及乐器模仿人声，而不是人声模仿乐器。刘勰认为，声律是因人声而存在的。正因声律与人声的关系，在运用声律进行文学创作时，一定要把声律作为人声的表现来对待。人声之所以能够发出，是因其有血气，有内在的生理基础。而人声的表现形式中，最为重要的便是流畅性。如若人声不流畅，也就意味着作为思维工具和交流工具的人声缺乏逻辑性和沟通性，那么就会影响说话者意义的表达和交际的需要。声律既然脱胎于人声，就必然要和人声保持内在的一致性。因此，声律也要体现流畅性，实现意义清晰和互动便捷。声律并不是机械的规则，而是一种自然的约定。所以，刘勰格外强调"响滑榆槿"，要达到声律的流畅和作品的流畅。文学作品声律流畅才能体现出更为真实的意义表达，才能带来更深层次的审美感受。

当然，要想做到"响滑榆槿"同样也有难度。刘勰认为"是以声画妍蚩，寄在吟咏"②。这就提出了一个很重要的方法，即通过吟咏来发现或品评文学作品的优劣之处，以期在吟咏的过程中完善字句，实现流畅性。

吟咏的作用历来为人所重视。《周礼·春官·宗伯》中有载："以乐语教国子：兴、道、讽、诵、言、语。"③其中提到了"讽""诵"两种学习方法。"讽"是单纯的背文，"诵"则是要用声音把文章划分为不同的节奏进行记忆，也就相当于吟咏。从这里可以看出，古人很早便注意到了吟咏的重要性。到了魏晋之后，作家在进行创作时有意识地通过吟咏的方式来指导自身，则使吟咏具备了完善作品的实用性。吟咏的不断进行，能够让作家在唇齿间修改完善字句，使作品既有内容的充实，也有形式的流畅。通过吟咏，作家能够长时间沉浸于口耳的互动中，更加深刻地体会字句蕴含的感情，更加注重对字句的锤炼。由这种方法出发，作家在吟咏的同时格外留意字句的流畅性。声音使静默的文字转变为灵动的音乐，从而更容易发现滞塞之处。经过吟咏到完善，再由完善到吟咏的不断进行，最终实现声律和作品的流畅性。此外，吟咏还具备审美性。吟咏不同于直接背诵的地方，便是其需要有特定的

---

① 杨明照. 增订文心雕龙校注[M]. 北京：中华书局，2012：435.

② 杨明照. 增订文心雕龙校注[M]. 北京：中华书局，2012：435.

③ 李学勤. 十三经注疏·周礼注疏（上、下）[M]. 北京：北京大学出版社，1999：575.

语言节奏和充沛的情感投入。作家在进行吟咏的过程中,不仅是创作的输出过程,同时也是美感的输入过程。这种双向互动的同时出现,能让作家将内在的情思渗入口、耳、心共同作用的各方面。吟咏时间的延长性,能够让作家沉浸在创作过程中,更好地思考与处理字句的关系,从而赋予作品整体上美的流畅性。

以上这些内容,便是刘勰在"响滑榆槿"方法论层面的探索,对之后的文学创作产生了深远的影响。"响滑榆槿"体现了刘勰声律和畅观中的"畅",其核心便是要求达到声律与作品的流畅。若想做到"响滑榆槿",一定要对流畅的内涵有所了解。刘勰既不是要求文学创作按照声律严格进行,受制于规定不能有丝毫的差错,也不是提倡明白如话的浅显生发,忽视声律要求的措辞美,导致作品缺乏可读性。刘勰主张的流畅,是要找好限制与自由的中间点,在创作中重视声律,通过吟咏的方法改正存在的问题,以此实现作品思想性与艺术性相统一。

四、刘勰声律和畅观的影响

刘勰在《文心雕龙·声律》篇中着重探讨了声律与创作的基本问题。由这些基本问题进行延伸,则体现出刘勰的声律和畅观。和畅是一种中和之道,通过对前人各显极端的方式进行调和,建构起自己的一套声律体系,体现出刘勰敏锐的眼光和独到的见解。这种变通精神对后世产生深远影响。

"声得盐梅"中的"和",引起后人的重视,并成为品评作品的一大标准。如唐代司空图在《与李生论诗书》中有言:"江岭之南,凡足资于适口者,若醯,非不酸也,止于酸而已;若鹾,非不咸也,止于咸而已。华之人以充饥而遽辍者,知其咸酸之外,醇美者有所乏耳。"①这一说法便是对刘勰"声得盐梅"的继承与发展。司空图的"咸酸说",仍将"咸"与"酸"两种味道视为"美",可以认为其依旧推崇这种相异之味调和而成的中和之感。不过,司空图这里并不仅仅就文学作品本身而言,而是将关注的重心转移到了文学作品之外的意味上来,拓展了"盐梅"的作用路径,将"和"的目标引申为"和"的效果,使"声得盐梅"所统摄的内容得以增加,审美感受性得以增强。宋代苏轼对司空图的主张表示赞同,其在《书黄子思诗集后》中有言:"唐末司空图崎岖兵乱之间,而诗文高雅,犹有承平之遗风,其论诗曰:'梅止于酸,盐止于

---

① 郭绍虞,王文生.中国历代文论选(第二册)[M].上海:上海古籍出版社,2001:196.

咸,饮食不可无盐梅,而其美常在咸酸之外。'盖自列其诗之有得于文字之表者二十四韵,恨当时不识其妙,予三复其言而悲之。……予尝闻前辈诵其诗,每得佳句妙语,反复数四,乃识其所谓。信乎表圣之言,美在咸酸之外,可以一唱而三叹也。"①苏轼也认可"盐梅"的搭配效果,但其强调的并不是"盐"和"梅"单独的味道,而是二者调和融通所形成的统一体,最终落脚点是这种统一体所表现出的美感。从这里可以看出,司空图与苏轼都或多或少地受到了刘勰"声得盐梅"的影响。

"响滑榆槿"中的"畅",也成为后人进行文学创作要达到的效果。不过,在刘勰这一理论的基础上,后人更多探讨的是达到"响滑榆槿"的方法,也就是吟咏。元代杨载《诗法家数·五言古诗》中提道:"观汉、魏古诗,蔼然有动人之处,如《古诗十九首》,皆当熟读玩味,自见其趣。"②这里指出了学习古诗的方法,也就是"熟读",相当于吟咏。通过这样的方式,学习者能够发现作品之"趣",也就是作品的深层美。只有吟咏众多的作品,形成对作品美的感受,结合自身实际,才能创作出优秀的作品。可见,吟咏在理论积累与实践运用中都是重要的方法。而只有通过吟咏,才能达到"响滑榆槿",实现声律与作品的流畅,这与刘勰的观点相一致。

五、结语

刘勰以"声得盐梅"和"响滑榆槿"建立起自己的声律论,以生活中不同功用的调味品来比喻声律的审美目标和审美效果。这种直白而深刻的表述,使得理论由抽象变得具体,在不流于浅显的前提下包含着丰富的意蕴。

特别是当刘勰提出文学创作的种种原则后,他并没有拘泥其中,而是以一种和畅的观念去发展。无论声律方法多么复杂,"声得盐梅"和"响滑榆槿"才是声律运用的最终目标和最终效果。二者相互配合,才能使作品呈现出理想状态。

刘勰声律和畅观体现了其对声律在文学创作中所起作用的深刻认识,这种和畅观以当时的研究状况为依托,并加入其自身的见解,形成一种为人所认可取法的理论,对后世的文学创作有重要的启迪作用。而后人的不断翻新出奇,也让这一理论获得了超越时空的力量,促使文学作品步入更高的境界。

---

① 郭绍虞,王文生.中国历代文论选(第二册)[M].上海:上海古籍出版社,2001:300.
② 何文焕.历代诗话[M].北京:中华书局,1981:731.

参考文献

[1]释慧皎.高僧传[M].北京:中华书局,1992.

[2]陆机.文赋集释[M].张少康,集释.北京:人民文学出版社,2002.

[3]沈约.宋书卷六十七·列传第二十七·谢灵运[M].北京:中华书局,1974.

[4]钟嵘.诗品集注[M].曹旭,集注.上海:上海古籍出版社,1994.

[5]许慎.说文解字[M].北京:中华书局,2015.

[6]段玉裁.说文解字注[M].南京:凤凰出版社,2015.

[7]孔安国,孔颖达.尚书正义[M].上海:上海古籍出版社,2007.

[8]杨明照.增订文心雕龙校注[M].北京:中华书局,2012.

[9]遍照金刚.文镜秘府论[M].北京:人民文学出版社,1975.

[10]李学勤.十三经注疏·礼记正义(上、中、下)[M].北京:北京大学出版社,1999.

[11]李学勤.十三经注疏·周礼注疏(上、下)[M].北京:北京大学出版社,1999.

[12]郭绍虞,王文生.中国历代文论选(第二册)[M].上海:上海古籍出版社,2001.

[13]何文焕.历代诗话[M].北京:中华书局,1981.

[14]梁成龙.《文心雕龙》声律理论探析[J].传奇·传记文学选刊(理论研究),2011(2):28.

[15]童庆炳.《文心雕龙》"声得盐梅"说[J].社会科学战线,2011(3):213-219.

[16]梁祖萍.《文心雕龙》的声律论[J].西部学刊,2014(7):52-57.

[17]万奇.声得盐梅,寄在吟咏:《文心雕龙·声律》篇探析[J].关东学刊,2017(10):86-94.

[18]文爽."环情草调"与"声得盐梅"——《文心雕龙》"声味"观刍议[J].北京社会科学,2018(8):25-35.

"美"字六书诸说概述
——兼论"美"字本义

董晶卉

摘　要：目前学界对美的字义解说众说纷纭，本文采取流传较广的几种观点，将其归纳为"会意说、象形说、形声说"三大类，并深入分析评论各种观点的长短得失。最后分析"美"的构形，结合羊部字与"大"字形分布特点并对相似字形进行对比论证，认为若"美"为会意字，"从羊从大"，较认可"人头戴羊形装饰物为美"的观点。若"美"为象形字，较认可"象古人长发之形"的观点。

关键词：美；六书；字义

古往今来，人们对"美"字似乎格外关注，不仅体现在"美"字在殷商甲骨文时代就已产生，而且近年来随着古文字学的兴起，众多学者开始对单独甲骨文字进行研究，"美"字也成为众多学者的前选。目前学界关于"美"字本义的解说大致有十余种，从六书归类上可分为会意说、形声说、象形说以及其他解释；字义阐释大体分为味觉感受之美、官能女色之美、道德精神之美、氏族称谓、头发之美等。本文尝试分析各种学说，在此基础上得出较为认可的解说。

一、"美"之本义争议产生的原因

"美"字六书类型以及字义研究不仅在文字学界多有争议，美学界也广为关注，关于"美"字字义的解说在美学界是一个终极原理问题，关系其研究根本。目前学术界对"美"本义的探讨,主要集中在对"美"字形结构"从羊从大"含义的不同理解上展开,而关于"美"之本义种种解说,大致上源于以下两个原因:第一,对美字"从羊从大"构形的"六书"造字法归类不同,会意、象形、形声均有,以及其他不从六书角度解释字义的学说;第二,若将"美"释为"从羊从大",对"从羊从大"字形部件含义的阐释角度、视野上的理解差异均形成不同解说。这两个方面联系紧密,同时也是研究"美"字字义的立足点、出发点。

二、学术界关于"美"学说论述

1."美"字传统解释

首次在辞书上对"美"进行的解释是《尔雅》。《尔雅》记载:"晊晊、皇皇、藐藐、穆穆、休、嘉、珍、祎、懿、铄,美也。"这种诠释方法是我国传统的"定义方式",并未给出"美"的明确含义,只是对美进行描述式的概括,具体含义需要读者体会。而首先对美进行明确阐释的是许慎。《说文解字·羊部》里对"美"字做了这样的解释:"美,甘也,从羊从大,羊在六畜主给膳也。"这里许慎指出美的三层意思:一是从本质上是味美(甘),由味美到一般的美;二是从起源上与羊和大相关;三是在意义上与善相连。宋代徐铉校《说文解字》增加说明道:"羊大则美,故从大。"以上二人都说羊大为美,但比较一下,还是有差异的,徐铉从视觉的角度着眼于羊之大,大即是美,指羊的肥壮姿态。而许慎从味觉的角度说美的本义是"甘"。到了清代,段玉裁作《说文解字注》,他在"美"字的注释中对许慎的解释做了进一步的疏解,认为许慎这里所说的"甘"是指称可人之口的所有滋味,而并非五味之一的甘,"甘者五味之一,而五味之美皆曰甘。引申之凡好皆谓之美"。在对"羊在六畜主给膳也"的解释时又说"羊者,祥也"。许慎首先把"美"作为一个会意字的性质定义下来,而徐铉的解释为许慎"美,甘也"提供支撑,段玉裁对"羊"做了两种解释:一方面,"羊大则肥美"的"羊",是一个名词的动物之"羊";另一方面,他在对"羊者,祥也"的解释中,又把"羊"解释成一个形容词的"羊(吉祥、吉羊)"①。那么,"美"这个字,究竟是作为动物的名词的形符的"羊",还是作为形容词性质的声符的"羊(祥)"? 如果是后者,"羊大则肥美"就变成"吉祥大则肥美",这显然是无法解释的。而"吉祥"本身

就有美,并非要从大小之"大",这两种解释好像都不能成立。

许慎等人看法由来已久,既有较多学者继承论证,同时也遭到很多学者的批判质疑。下面列举学界流传较广的几种观点,以供辨析。

2. 作为"会意字"理解的"美"

许慎的观点影响已久,一直到近现代仍有持此种观点的学者。代表学者有日本的高田忠周、笠原仲二,他们把"美"解释为"会意"字,把"美"的本义理解为味觉感受,即美味。

20 世纪 20 年代中期,日本高田忠周认为:"《易》:'甘节',虞注:'坎为美。《管子·五行篇》:'然后天地之美生。'《注》:'此谓甘露醴泉之类也。'然则美元系于肉味之义。转谓凡食味之美。又为佳膳之称。"①所以,日本学者笠原仲二说:"'美'字从'羊''大',就是说,它是由'羊'和'大'二字组合而成的,它的本义是'甘'。……所谓'羊大'是指'肥胖的羊'的羊肉是'甘'的,在这样的意义上,由'羊大'两字组合成了'美',这是美的本义。……按段氏的解释,并不是指对那些羊的姿态性的感受性,而是肥大的羊的肉对于人们来说是'甘'的。"②我国美学界的李泽厚、刘纲纪也同意这种观点:"初所谓'美',在不与善混淆的情况下,专指味、声、色而言的。……在中国,'美'这个字也是同味觉的快感联系在一起的。"③

李壮鹰又结合音韵学知识为这一解说提供论据:"'肥'与'美'在古音中同属旨部字,而凡同一韵之字,其义皆不甚相远。古音中,与'美'同韵的还有一个字,那就是'旨'。'旨'字从甘,它在古代指美味,历来是没有争议的。'美''味'二字在上古皆为重唇音的明母字,发音都近似于今天的'美'或'眛'。"所以,他认为"'美''味'在古时声韵皆一,亦即为同音字,这是证明它们的本义是相同的"④。

上述观点的共同点在于将"美"看成会意字。会意字造字原理为字符本身的意义并不是这个字真正的意义,它最终的意思只能从字符的意思上推论、猜测、联想,进而得到字的本义。"美"字中的"羊"就是"六畜"之一的作为动物的主给膳的牛羊之"羊",因此,"羊大"就是"大羊""肥羊",所以这样一来,"美"字中的"羊大"的

---

① 高田忠周.古籀篇[M].吉川:吉川弘文馆,1925;李圃.古文字诂林:第四册[M].上海:上海教育出版社,2001:184.

② 笠原仲二.古代中国人的美意识[M].北京:北京大学出版社,1987:79 – 80.

③ 李泽厚,刘纲纪.中国美学史:第一卷[M].北京:中国社会科学出版社,1984:79 – 80.

④ 李壮鹰.滋味说探源[J].北京师范大学学报(社会科学版),1997(2):68 – 74.

意思并不是"美"的真正字义,它的字义应该是由"羊大"产生的功能——"肥""甘"推论出来的。这里首先把"羊大"转换为"羊肥大",进而由肥大产生"甘美"之意。这已经是一个双重会意过程,是把"美"和"善"强行联系起来。

3. 作为"象形字"理解的"美"

(1)美——视听装饰之美

近代以来殷墟甲骨文字的大量发现,对许慎等人的"会意说"观点,古文字学界产生诸多疑问,不断涌现出新学说、新视野冲击传统观点。

早在 20 世纪 20 年代初,著名文字学家商承祚先生就认为"美"是一个象形字。因为"美角作 ,与此略同。 象角觡之形"①。如果" 象角觡之形","大"就应该是指"人"了,上部强调像羊角弯曲的样子。商承祚先生认为"人头戴像羊角的角觡之物为美"。可以说,商承祚先生既结合许慎"羊"形说又加以发展,由会意转为象形。

20 世纪 60 年代初,于省吾并不同意商承祚先生" 象角觡之形"的观点。他说:"《说文》:'美,甘也。从羊从大。'……又《说文》:'媄,色好也。从女美声。'许氏以美为甘美,以媄为色好。按:媄为美的后期孳乳字,今则美行而媄废。"而"美"是一个象形字。因为"卜辞早期美字作 (甲 1269 合 28088)、(明藏 351)、(后 2.14.9 合 14381)等形,以后逐渐演变为 (前 2.18.2 合 35346)、(前 5.18.5 合 35354)等形,也间作 (前 1.29.2 合 3101)、(林 2.13.9 合 36816),繁简无定。商代金文《美爵》作 (美爵 9087)。从卜辞美字的演化规律来看,早期美字象'大'上戴四个羊角形,'大'象人之正立。'美'字本系独体象形字,早期美字的上部没有一个从羊者。后来美字上面由四角形讹变为从羊,仍有从两个六角而不从羊形者。"他进一步指出:"现在世界个别少数民族仍然保持着戴两角或四角的风尚。因此,可以考索出古代文字中美字的起源系取象于为美观外族戴角形,是没有疑问

① 商承祚. 殷墟文字类编:卷四[M]. 木刻 1923;李圃. 古文字诂林:第四册[M]. 上海:上海教育出版社,2001:183.

的。"总之，"美为西方商人的少数民族而时常被俘虏者，美字构形的趋向同于羌，系根据少数民族的装饰特征而创造出来的。"①

张婷婷在其《殷墟甲骨文"美"字释义》中认同于省吾的观点，将美与羌进行类比，并从四个方面进行论证：第一，从字形上看，"美"的下部是正立的人形，"羌"的下部是侧立的人形，二者用作偏旁时可以相通。第二，从甲骨文辞例上看，将"美"释为"美族人"也是通顺的。如：惠祖美用？（合 30695）。"惠祖美用"的意思是使用美族俘虏祭祀祖先。第三，从传世文献典籍上看，《六艺之一录》："芈、羊与《说文》同。从芈象形变作羊，经典相承用此字（即羊字），字在上省作"羊"，美、姜、羌等字皆从之。所以"美"与"羌"具有同源关系，美族是打扮、习俗与羌族类似的外族人。第四，从社会历史角度看，美族与羌族的关系是非常近的。传世文献中有"美姜""美姜嫄"之说，《诗补传》："有姜嫄斯有后稷，有后稷斯有周家，有周家斯有鲁国，上美姜嫄德不回邪？"②从历史渊源来看，实际应为"羌姜"，但由于"羌"带有贬义色彩，所以改为"美姜"，这也说明美族应该是与羌族十分接近的一个民族，或者是羌族的分支。张婷婷还在文中列举甲骨卜辞中"美"示例，得出"美"作为名词有"美族人"、地名、人名、乐器意思，作为动词有奏乐意思。

这里，于省吾先生认为早期美字的上部没有一个从羊者，后来美字上面由四角形讹变为从羊，这种看法或为真，但引申"美"解释为氏族人、美族人则存在漏洞。若"美"为美族人称谓，为何在后代美的几个意义中完全看不到关联，于省吾先生将"羌""姜"与"美"进行类比，姜与羌在今天仍保留其原始氏族义，姜姓在典籍中常出现，羌族在今天众所周知为游牧民族，但"美族"这一称谓却是闻所未闻。此说无法令人信服。

后来，王献唐先生提出"人头上装饰羽毛为美"。在王献唐先生看来，长期以来，人们把"美"字的本义理解为"羊大为美"，是因为人们不知道"美"字的上边本来应该是从"毛羽"而不是从"羊"。"美"字从"羊"那是后来的事。因为，在甲骨文中，"以毛羽饰加于女首为'每'，加于男首则为'美'。卜辞'美'作 ⚡（前 7.82.2 合3100）、⚡（前 1.29.2 合 3101）、⚡（甲 1269 合 28088），金文美爵作 ⚡（美爵 9087），下

---

① 于省吾.释羌、苟、敬、美[J].吉林大学社会科学学报,1963(1).
② (宋)范处义.诗补传:卷二十七[M].文渊阁四库全书本.上海:上海古籍出版社,1987:13.

从大为人,上亦毛羽饰也。女饰为单,故从 🌿 🌿 ,诸形像一个偃仰。男饰为双,故

从 🌿 ,诸形象两首分披,判然有别。卜辞字亦省作 🌿 (林2.13.9合36816),与每

字省加者,同条共贯,其毛羽多少偃仰亦都相合。"①王献唐提出"美"上非"羊"打破
传统思维,人上戴羽毛等装饰物为美,那么这里"美"就不是象形字而是会意字,与
其"六书"归类产生分歧,从根本上动摇了此学说。

（2）美——视听乐舞之美

在王献唐等人的影响下,20世纪70年代末,文字学家康殷先生认为"美"字就
像头上戴羽毛装饰或雉尾之类的舞人之形。② 这就是说,"美"是一个象形字,而美
的本质在于乐舞声色感官之美。这一时期,人类学家萧兵先生也认为:"'美'的原
来含义是冠戴羊形或羊头装饰的'大人',初是'羊、人为美',后来演变为'羊、大为
美'。"③后来,美学家韩玉涛、李泽厚等在此说基础上进行阐释:"（美）像一个'大
人'头上戴着羊头或羊角,这个'大'在原始社会往往是有权利有地位的巫师或酋
长,把羊头或羊角戴在头上以显示其神秘和权威。这是原始的'狩猎舞'、狩猎巫
术,往往与图腾跳舞、图腾巫术结合起来。'美'字就是这种动物扮演或图腾巫术在
文字上的表现。……可见'美'本义是'羊人为美',它不但是个会意字,而且还是个
象形字。'美'由羊、人到羊、大,由巫术歌舞到感官满足,这个词为后世美学范畴
（诉诸感性又不止于感性）奠定了字源学的基础。"④

康殷和萧兵虽同将"美"释为人头戴装饰物,但观点也有不同。康殷将美字上
部释为"羽毛、雉尾";萧兵将上部释为"羊形装饰物"。康殷完全否定美上为"羊"
等传统解释,在王献唐等人基础上认为美字上部为羽毛;而萧兵在根本上仍然认同
"美"上部为羊形,在解说时亦从"羊"义出发进行解说。笔者较为认同萧兵"人头
带羊形装饰物为美",后文进行论证。

（3）美——孕妇顺产之美

持此说法的主要有赵国华与王政先生。赵国华先生认为"上古人类的审美观

---

① 王献唐.释每、美[M]//李圃.古文字诂林:第四册.上海:上海教育出版社,2001:184.
② 康殷.文字源流浅说[M].北京:北京荣宝斋,1979.
③ 萧兵.从"羊人为美"到"羊大为美"[J].北方论丛,1980(2).
④ 李泽厚,刘纲纪.中国美学史:第一卷[M].北京:中国社会科学出版社,1984:81.

念不能脱离生殖崇拜"，而"美"字中的"大"是女性的"羊人"（头戴冠羊角或羊骨的孕妇），因此，美的本义应该理解为这个孕妇的"生殖之美""孕妇之美"或生殖形象之美。① 王政认为"美"这个字是对孕妇头戴羊头或羊骨这种生殖崇拜形象的描绘，"美"字还是象形字。因为，美的本义出于对"羊"的生殖崇拜，是羊的生殖特性带给人们感官想象中的一种美的感觉祈求。"因为羊的生殖顺达畅美。羊生小羊，胞衣不破，胞胎出母羊体后，母羊咬破胞衣，小羊羔才从里面挣脱而出。这种胞胎的产育，滑溜顺利，母羊没有太大的痛苦。中国人最初的'美'的观念是感觉中的美，是羊生殖崇拜的折光，是宗教祈求中的祥美，是分娩安顺没有肉体痛苦的畅美。"②

这种学说更有问题，文字创造时已经是父系社会，"美"字中的"大"应该是指大男人、大丈夫（夫，从大从一），若表示女性显然用"母"更贴切，这与"美"的基本构形矛盾。

上述几种观点都把"美"理解为一个象形字，除于省吾先生释为"美族人"，其他学说的解释都不符合"六书"象形字特征规律。许慎说："仓颉之初作书，依类象形谓之文，形声相益谓之字。"又说："象形者，画成其物，随体诘诎，日月是也。"③"画成其物，随体诘诎"表明，作为独体的"字"是对某一类事物形象形状的抽象刻画，例如，金、木、水、火、土等。象形字具有几个特点：第一，象形是对一类事物（人物、事物）的形象轮廓的抽象描绘。第二，所有象形字都是独体字。第三，这些初文，后在"转注"阶段主要转化为"形符"（意符），少部分转化为"声符"。第四，象形字包括两大类：一类是表示实体对象的字，比如山、水、日、月之类；一类是表示动作行为的字，比如手、走、看、奔之类，前者是名词，后者是动词。有一部分名词象形字后来在"转注"过程提升为声符，变成了后来所谓的形容词，比如高、大、小、长之类。商承祚的"人戴着不整齐的羊角为美"，王献唐的"人头装饰羽毛为美"，赵国华、王政的"孕妇头戴羊形装饰表生殖崇拜"几种学说，均将"美"作为一个合体字而非独体字。在进行具体的阐释时，均有基于造字原形进一步进行推论阐释方得字义，实为"会意字"造字规律。所以，若将"美"解释为

① 赵国华.生殖崇拜文化论[M].北京:中国社会科学出版社,1990:252.
② 王政.美的本义:羊生殖崇拜[J].文史哲,1996(2):38.
③ 段玉裁.说文解字注[M].杭州:浙江古籍出版社,1998:755.

"从羊从大","美"一定不是象形字。

4.作为"形声字"理解的"美"

50多年前著名文字学家马叙伦先生就创造性地认为"美"字本来就是一个"形声"字。他说:"《说文》:'美,甘也。'伦按:甘为含之初文。'甘'古字当从甜,然美训为含为甜,义自何出? 徐铉谓'羊大则美',亦附会耳。伦谓'美'字盖从大、从芈。芈声。芈音微纽,故'美'音无鄙切。《周礼》美恶字皆作嬍,本书(按:《说文解字》:'媄,色好也。')是媄为美之转注异体,媄转注为嬍。从女、敳声,亦可证美从芈得声也。芈、羊形近,故讹为羊;或羊古音本如芈,故美之得声,当从人、大部。盖媄之切文,从大,犹从女也。"①

这里,马叙伦认为"美"为"媄"初文,而"美"字本来是"从大、芈声",由于"芈"与"羊"形体相近而讹变为"羊",而"芈"的古音与嬍、媄同属古音微部。因此,"芈"应该读为微、媄的音。这里提出质疑:第一,从甲骨文、金文无法提供"芈"讹变"羊"的证据,一直为猜想。第二,"嬍"是"媄"后来的文字,"美"比"嬍"和"媄"都要早。而"美"字已经是在"羊"和"大"两个字符结合的基础之上"孳乳"出来的合体"字",而非"独体"的"象形"之"文"。因此,寻求"美"本义我们应该追问"美"的初文,而不是寻找"美"字新组合的合体字,这是无助于理解"美"之本义的。

三、"美"字义阐释

对于"美"中"羊""大"二字,美的上部是否为"羊"存在较大争议,"羊"或许为后代衍生出的,在造字之初或完全与"羊"无关,而美的下部"大"字是目前学术界广为认可的,我们可从"大"分析入手探索"美"的字义。

"𡗗"与今字"大"同,象形字,象正面站立的人形。甲骨文、金文形是一个两手伸开、两腿分立的正面人形,本义指大人。《说文》:"天大,地大,人亦大,故大象人形。"取象"成年人"的正视形,引发人们与"未成年"的幼儿的对比,并通过这种对比,去领会"大"所涵盖的体积、面积或力量等超过一般的意义,引申出大小之"大"。例如"⼯⽇⼘⽁⽊⽊⼤𡘙"[壬寅卜,癸雨,大𡘙"骤"鹏"风"(《甲骨文合集》一

---

① 马叙伦.说文解字六书疏证:卷七[M].北京:科学出版社,1957:119.

三三五九版）〕。通过查证《汉语大字典》《说文解字》等辞书，"大"字符放在下面常是作为"大人""成人"的"物类"来理解。例如，夫、天、夭、央、契、奕、奘、奊、爽、燊、奭、奰、夷等。具体如"夫"从大，上面一横指示男子束发之簪，古代男子成年后需束发加冠，本义指成年男子。"天"，甲骨文字形为正立人形，突出人的头部，以示人之顶巅。在这些字的形体分析中，"大"均释为人形。凡是把"大"放在上面的显要部分时，"大"字常常是作为形容词——大小之"大"来理解。例如夯、奤、夸、套、奈、奇、奋、奔、乔、查、奂……具体如"夯"从大从力，会大力扛东西之意。"夸"甲骨文从大从于（表示乐声婉转），会乐声张大高扬之意。可见，大在表示"大小之大"意义时，通常位于字形的上部，而"美"中之"大"在下部，为正立人形之意，与"肥大"无关。所以，许慎等人将"美"释为"羊肥大为美"不妥。

通过以上分析并结合学者各种学说可知，若将"美"理解为"从羊从大"，那么上部与"羊"有关，下部为正立人形，这里较为认同"美"为会意字，由先民对羊的喜爱生发出人头戴羊形装饰物为美。"羊"性情温顺，在人们生活中占有重要位置，羊毛可制成衣物，羊肉新鲜可口，羊生殖繁茂，羊主祭祀，等等，表明古代常以"羊"传达美善之意，与我国传统饮食文化、道德文化、祭祀文化息息相关，而"人"头戴羊形装饰物则是对羊喜爱观念付诸人类日常生活，所以，"美"义应为人头戴羊形装饰物为美。而味觉感受之美、道德精神之美应是后来生活水平不断提高后引申之美；而视觉女色之美、羊角装饰羽毛之美、乐舞视觉形象之美在本质上是一致的，关注的是外表的美丽，给人带来一种审美愉悦，这一含义的出现应更靠后了，这种审美理念更偏向于封建社会以及今天我们常用的"外表美丽"之意。

"美"字的确切含义一直以来众说纷纭，不断有新学说出现，除以上观点外，还有将"[图]"（甲1269 合28088）释为"古人长发为美"，认为古代或以绿鬓如云为美。

上海博物馆所藏亢鼎铭文中"[图]"字，章水根在《亢鼎中的"郁"》将其释为"郁"字。

分析"[图] = [图] + [图]（集成13.06229）"，这里"[图]"下部"[图]"从"林"，从"勹"，即"苞"字。上部"[图]"象人头发茂盛披散之形，应该是"髦"字，甲骨文中"髦"字常作

（合集3105）、（集成03.944 作册般甗"敉"之所从）。旧多释为"美"，认为即"矛"。两字只有人形正立、侧立区别，当是一字。李学勤谓皆像人披发之形，即"髮（髦）"之本字①，可从。与字形相似，可知也是"髦（髦）"字。② 由此可知，髦与、有密切关系，两字相似之处在于上部，两字上部在出土的"美"甲骨文中均可见，与（合集3105）、（甲1269 合28088）类似。此外，李学勤先生（1991）曾指出："按金文'敉'字左半，下皆从'人'作，像人披发之形，当即髦（髦）之本字。甲骨文另有与'敉'左半相似而下从'大'的字，系方国名，也应释为'髦'。至于'矛'，在甲骨文和早期金文中均像矛形，且有系缨的环，同'敉'无关，所以后者并不是从'矛'得声的字。"金文"敉"作（集成03.944）③，"夭"就是"髦"的表意初文，"敉"所从的"矛"实为"夭"的讹体。此外在《古文字谱系疏证》中"美"字的邻近字"奠"，甲骨文（合集33008B3）、（合集03100）等字形与"美"甲骨文非常相近，（合集27985）与（合集36481）与（髦）形近。由此可知，"美"与"髦"有密切联系，甚至旧时曾一度将二字混淆，奠与"美"读音相近，所以，"美"即（甲1269 合28088）为象形字，整个字体为正立人性，突出人的头发，以长发飘飘为美。

此外，结合古代社会发展来看，古人历来重视头发和发式，《说文解字》释"发"为"根"。《康熙字典》对"发"的意义，有更明确的阐释，认为"肾之华在发，血之荣以发"。这些都可以说明古人认为这缕缕青丝乃是精气之本，受之父母，延续在身。《孝经·开宗明义章》有一句话："身体发肤，受之父母，不敢毁伤。孝之始也。"也就是说，一个人必须要保护好自己的身体以至头发，这是孝的首要条件。古人不剃

---

① 李学勤.《古韵通晓》简评［M］.中国社会科学,1991(3):150.
② 马承源.宂鼎铭文——西周早期用贝币交易玉器的记录［J］.上海博物馆集刊,2000(0):120-123.
③ 容庚.金文编［M］.北京:中华书局,1985:212.

发，无论男女都要束发，原因就在于此。此外，头发还有一个更实用的作用便是"美观"。中国人认为人首是全身最高的位置，而头发高居人首。在人身上，可作为装饰的部位，当以头顶为最重要，远较其他部位来得庄重，特别是头发，高高在上，成为人们精心装饰的重点。而史料记载的春秋战国已有较为丰富的发型与发饰，比如垂云鬓、九鬟仙髻、坠马髻等发型，又有笄、华胜、擿、梳篦、步摇发饰，丰富的发型与发饰呈现出当时社会人的审美倾向和文化现象，体现出古人对"头发和发饰"的喜爱。而在新石器时代以及殷商时期便已有各种发饰，新石器时代晚期考古资料显示，大型墓葬中出土有较多精美装饰品。这些饰品质地优良，做工精细，纹饰繁缛，无疑是当时最高手工艺水平的代表。夏至西周时期，社会经济的发展，对服饰有极大的影响，使服饰的质料、色彩及佩饰、头饰等从质量到数量上都丰富起来。所以，"美"为象形字，在造字时便强调的是古人对头发的重视，以长发飘飘为美。

可以说学界一直以来也没有关于"美"字含义确切的说法，这里只是对比各家学说进行简单归类，并发表自己较为认可的看法，由于水平有限，论证或存在不足。今天，我们关于"美"字字义的探索仍然在路上，在进行论证时须尽可能搜集一手资料，切不可把已知的字从具体文句中割裂出来，单凭字形讨论其造字本义，若将文句与具体汉字割裂往往可以有无限想象的余地而得出诸种非常不一致的结论，上述部分观点便犯了此种错误，得出不可靠的结论。所以，在论证中需要结合具体文句进行细致分析，可与形近字进行"音近义通"论证作为支撑材料。关于具体字形的讨论层出不穷也说明古文字学作为一个较为年轻的学科仍然在路上，今天学习研究古文字，面对纷纭的异说需要有自己判定是非的标准，脚踏实地进行研究分析。

参考文献

[1]（汉）许慎.说文解字注[M].段玉裁,注.上海:上海古籍出版社,1988.

[2]李圃.甲骨文文字学[M].上海:学林出版社,1995.

[3]林沄.古文字学简论[M].北京:中华书局,2012.

[4]戴争.中国古代服装简史[M].北京:轻工业出版社,1988.

[5]钮萌.中国人的发之情结及其蕴含的文化信息[J].大众文艺,2013(2):264-265.

[6]马正平."美"字"六书"与"本义"研究述评[C]//中华美学学会、鲁迅美术学院.中华美学学会第七届全国美学大会会议论文集.2009:14.

[7]张婷婷.殷墟甲骨文"美"字释义[J].交响(西安音乐学院学报),2019,38(3):90-94.

[8]吴爱琴.先秦服饰制度形成研究[D].河南大学,2013.

淡·哀·梦
——冯文炳《竹林的故事》反刍意味探析

马保英

摘　要:冯文炳小说集《竹林的故事》收录有《浣衣母》《竹林的故事》《河上柳》,此三文的叙述空间因聚焦于田园而明显区别于同集余作,作者点燃西窗之烛,流水般蜿蜒出萦绕于额上的"故乡"与"梦",平淡朴讷中深埋着作者对古今的评判。剖析冯文炳开垦出的"自己的园地",吹开漂浮在文本上的"乌托邦",发现被冲淡的梦与哀愁并剥出现实的种子,明晰作者真实的创作意图,无论是对沈从文、汪曾祺等人的研究,还是对深入认识这位"逆流"作家,都会有帮助。

关键词:冯文炳;《竹林的故事》;平淡朴讷;哀愁;梦

　　1922 年,冯文炳考入北京大学,同年以笔名"蕴是"发表处女作书信体短篇小说《一封信》,并受教于周作人,开始了"孤独"的文学创作之路。《竹林的故事》小说集 1925 年 10 月由北京新潮出版社初版,周作人作序评冯文炳的文风"平淡朴讷"①,并被后续多数研究者引用来分析这一作家。作者为其第一部出版的小说集做宣传时说道:"这是我悲哀的玩具,而他又给了我不可名状的欢喜。"②自序中也寄托了"我愿读者从他们当中理出我的哀愁"③之愿。"反刍"是其创作的基础方法,至艰涩的《桥》《莫须有先生传》更是炉火纯青,这缘于其小说创作的根是故乡黄

---

① 　周作人.竹林的故事序[M]//周作人自编集·谈龙集.北京:北京十月文艺出版社,2011:36.
② 　冯文炳.竹林的故事[J].语丝,1925 - 11 - 23.
③ 　冯文炳.竹林的故事.序[M]//废名集第一卷.北京:北京大学出版社,2009:12.

梅,故乡印象再经过作者反复地打磨雕琢、泼墨晕染,与当初的生活生"隔",成为一个"梦"。在作者营造的"梦"里,时间的空间都被压缩而产生"距离感",正如朱光潜先生所说:"除艺术家的剪裁以外,空间和时间也是'距离'的两个要素。愈远的东西愈易引起美感。"①此种魅力弥足珍贵,因此本文将以《浣衣母》《竹林的故事》《河上柳》为例,感受"废名风"。

一、故乡情结·自己的园地

冯文炳是爱故乡的,应是因为"我最爱王维的'春草明年绿,王孙归不归'。因为这两句诗,我常爱故乡,或者因为爱故乡乃爱好这春草诗句亦未可知,却是没有第二个人能写得者也,未免惆怅而可喜"②吧?

冯文炳在《黄梅初级中学同学录序三篇》的结尾说到自己十岁以前"怀良辰以孤往"的经历,成就了以后二十年的文学事业。冯文炳幼时住在黄梅县城,常常到城外外家的乡村。在此文中,作者回忆于北平求学时有一次受新婚友人之邀,写下"小桥城外走沙滩,至今尤当画稿看。最喜高低河过堰,一里半路岳家湾"。在李家花屋写下此文的作者已经年过不惑,因时局影响,他在壮年经历了一生中最颠簸的岁月,时局稳定以后,又北上至东北,最终经癌的折磨撒手人寰,余生再难回岳家湾。黄梅城外岳家湾是作者一生割舍不掉的情结,第一次真正离开故乡在北大西斋执笔的青年,倾己之力写下当时自己认为一生再也写不出的"杰作",可见故乡对其羁绊之深。他没有追随潮流"为艺术而艺术"抑或"为人生而艺术",而在"自己的园地"精耕细作,主要是其剔不掉的"故乡情结"与遗世独立的个性所致:

依了自己的心的倾向,去种蔷薇地丁,这是尊重个性的正当办法,即使如别人所说各人果真应报社会的恩,我也相信已经报答了,因为社会不但需要果蔬药材,却也一样迫切地需要蔷薇与地丁,——如有蔑视这些的社会,那便是白痴的,只有形体而没有精神生活的社会,我们没有去顾视他的必要。③

他自己也在《竹林的故事·序》中表示认同老师周作人"自己的园地"的观点。

---

① 朱光潜."美感经验的分析(二)心理的距离[M]//文艺心理学.安徽:安徽教育出版社,1997:36.
② 废名.随笔[M]//废名集第三卷.北京:北京大学出版社,2009:1397.
③ 仲密.文艺谈:自己的园地[N].晨报副刊,1922-2-5(3).

然而，沈从文先生认为冯文炳由于受周作人嗜好的影响，因此在创作的趣味上形影相随，未免失之偏颇。冯文炳扎根于黄梅的"小桥流水人家"，他用纤细的笔调雕刻出精巧绝伦的个人空间。周作人先生则可以说是他进行文学空间建构的启蒙导师，师徒二人趣味相投，为他创造个人理想的文学世界提供了不可或缺的条件，而不是陈陈相因。例如，周作人对冯文炳由儒入佛、渐入空门的趋向就曾不赞一词，而冯先生依然依着骨子里的孤傲我行我素。

《浣衣母》《竹林的故事》《河上柳》等作品都从故乡汲取营养，成就了他"横吹出我国中部农村远离尘嚣的田园牧歌"。①《浣衣母》和《河上柳》都是以作者的婶母为原型。因为除了岳家湾，故乡最使作者印象深刻的便是婶母家。婶母是一个神一样的人物，以为富裕人家洗衣谋生，虽贫，却从不吝啬，她的门前有"关关雎鸠，在河之洲"，也有"窈窕淑女"。可婶母家早就成为城外的沙砾。《浣衣母》中的这份记忆就弥足珍贵了。婶母家门外的柳树由她的大儿子所植，这位大儿子英年早逝，所以才有了《河上柳》"终古垂杨有暮鸦"的主要意境。

在故乡情结的催化下，冯文炳自然而然地走上了抒情文学的道路。学者杨义如此评价："我们新文学的乡土抒情诗化的小说是发端于废名，大成于沈从文的。"②作者在《说梦》里提到《竹林的故事》最初想以"黄昏"为名，并且想用由周作人翻译的古希腊抒情女诗人萨福作品《暮色》作卷首语："黄昏呵，你招回一切，光明的早晨所驱散的一切，你招回绵羊，招回山羊，招回小孩到母亲的旁边。"③黄昏召唤倦鸟归巢，恰如故乡的图画源源不断地涌向笔尖，构建出个人的精神家园。作者曾有此想，大概一是缘于译者是老师周作人先生，另一就是缘于抒情追求。与声嘶力竭的浪漫派不同，冯先生抒的情是天真宁静、明朗豁亮之情。以其作品中的"童心"为例——冯先生虽被人称面貌奇古，声音苍哑，文如其貌，可若细细琢磨，他的文章不乏活泼的"童心"，"具有天真之美"，造成他那容那声的与童年时患有瘰疬有关，初心却是百毒不侵的。李贽《童心说》道："童心者，心之初也。"④冯先生顺着初心创作，回忆儿时所见所闻故乡翁媪的经历，就为相关文章染上了若隐若现的孩子

① 杨义.中国现代小说史：第一卷[M].北京：人民文学出版社，1986：450.
② 杨义.杨义文存：第四卷[M].北京：人民文学出版社，1998：189.
③ 废名.说梦[M]//废名集第三卷.北京：北京大学出版社，2009：1154.
④ 汤克勤.古文鉴赏辞典[M].武汉：长江出版传媒崇文书局，2015：407.

气。驼背姑娘"鸭子似"地摆着脚捡起妈妈的衣篮,三姑娘和父亲打鱼归来乖巧地说"爸爸喝酒,我吃豆腐干",以及《桃园》中"阿毛睁大的眼睛叫月亮装满了"……各个姑娘都惹得读者怜爱之情顿生,因为她们无一不是从冯先生的"童心"里蹦跳着走出来的。

冯先生以"童心"等方式遵循儒家"思无邪"的原则来抒情,加之以童年时期故乡黄梅佛禅气息熏染诸事,在沈从文之前就在文坛引发了"小说""散文""诗"的文体之争,废名在文坛的价值也因此不容忽视。

冯先生的侄子冯健男是早期废名研究的中坚力量,屡次谈到冯先生小说创作的主要特征是"诗化"和"散文化"。对于本文主要研究的三篇文章而言,主要是"诗化",其作品明显的散文化倾向应是自《桥》起。竹林、浣衣女、杨柳……悠悠吟唱着故乡田园,深有王孟之风。

《竹林的故事》出版之后,在文坛上收获到了不少好评,尤其是沈从文和汪曾祺二人。沈从文先生 1929 年就曾公开承认"说来是受了废名先生的影响"。① "《竹林的故事》清新跳脱,《河上柳》古朴疏野,《浣衣母》于质朴中渗出淡淡的悲凉",这三篇文章看似是采用写实的笔调在塑造乡间平凡朴实的翁媪,实际却是在醒与梦之间奏出"一种非写实、非浪漫,似写实、似浪漫的田园牧歌"。② 汪曾祺先生在 1996 年时预言废名在文学史上价值的被发现与地位的被肯定"恐怕还得再过二十年"③,至今,24 年已经过去,曾经被艾芜用来指责沙汀处女作的"废名风"没有消弭,而是缓缓地吹了起来,豆瓣小组中就有不少"90 后"的成员表示将废名的《竹林的故事》等书当作枕边书。这位在相当长的一段时间内被文坛当作"海岛一样孤绝"④的"文体型"作家重新被重视,是学者,也是读者们的幸运。

二、平淡朴讷·冲淡

鲁迅先生对冯文炳的评价是当时的主流评价,王瑶、唐弢等知名学者纷纷采纳鲁迅先生的观点,不得不说也是他被时代的快车遗落的原因之一。因为鲁迅先生

---

① 沈从文.夫妇[M].附记,小说月报,1929–11–10(20).
② 杨义.废名小说的田园风味[J].中国现代研究文学丛刊,1982(1):16–19.
③ 汪曾祺.万寿宫丁丁响[J].芙蓉,1997(2):41–62.
④ 李健吾.《画梦录》——何其芳先生作[M]//咀华集.上海:文化生活出版社,1936:144.

的评价而轻视冯文炳的价值，笔者认为此种态度未免失之偏颇。鲁迅先生的原话如下：

后来以"废名"出名的冯文炳，也是在《浅草》中略见一斑的作者，但并未显出他的特长来。在一九二五年出版的《竹林的故事》里，才见以冲淡为衣，而如著者所说，仍能"从他们当中理出我的哀愁"的作品。可惜的是大约作者过于珍惜他有限的"哀愁"，不久就更加不欲像先前一般的闪露，于是从率直的读者看来，就只见其有意低徊，顾影自怜之态了。①

这段话里有两个评价性的信息：一是肯定了《竹林的故事》"以冲淡为衣"；二是认为后期的作品过于"珍惜""有限的哀愁"，不能迎合率直读者之意。鲁迅先生"有意低徊"的评价是针对率直读者的感受而发，不包括含蓄的读者。

周作人评"平淡朴讷"，鲁迅评"以冲淡为衣"，除了显示出兄弟二人文学观念的交合点之外，也突出了冯文炳《竹林的故事》的"淡"。闻一多在《唐诗杂论》中评价孟浩然的诗："淡到看不见诗了，才是真正孟浩然的诗。"②孟浩然与冯文炳都获得"淡"的评价不是偶然，二人都是湖北人，呼吸着同样的鄂地空气，冯文炳也在文章中不止一次地赞赏孟之"疏雨滴梧桐"等佳句，至于后来愈发崇尚温李，大概是复杂的时势所致。此外，唐代司空图《二十四诗品》中专有"冲淡"一品："素处以默，妙机其微。"③用在《竹林的故事》这三篇文章上，大概可以解释为"平淡静默中蕴有深刻"。具体体现在以下两个方面。

首先，情节"淡"。

"在现代诗化小说中，由于诗歌因素的大量存在，极大地改变了叙事成分在作品中的地位和比重，小说的抒情性成为主导功能，极大地淡化了小说的戏剧性和情节性，使小说中的事件丧失或部分丧失了其'情节意义'。"④陈平原将这类叙述模式定义为主观抒情，冯文炳的小说明显具有这一特征，没有成节成章的大量独白与直接抒情，而是突出故事情节以外的"情调""风韵"或"意境"。

《浣衣母》中，驼背姑娘最爱低声温柔地歌唱，作者却没有交代任何征兆就使李

---

① 鲁迅.小说二集导言[M]//1917—1927 中国新文学大系导言集.天津：天津人民出版社,2009:84.
② 闻一多.孟浩然[M]//唐诗杂论.南宁：广西人民出版社,2017:41.
③ 杜黎均.二十四诗品译注评析[M].北京：北京出版社,1988:68.
④ 刘中树,吴景明.废名与中国现代诗化小说传统[J].社会科学战线,2009(8):165.

妈失去女儿。其实作者不是没有安排伏笔，而是把伏笔淡化了——王妈的老板从城里回来发现李妈家茅屋上出现了裂缝，李妈并没有请求帮忙修葺而是说"睡得晚些"，驼背姑娘常常在半夜指着王妈家的方向说"鬼火"。驼背姑娘死后，王妈忙前忙后，并且拒绝李妈要把她埋在自己家附近坟地上的请求，最后是王妈传出李妈的闲话。将这些碎片拼凑起来之后，经过一阵恍惚，才会发现原来王妈才是害死驼背姑娘的真凶，原因可能是王妈的老板通过茅屋的缝隙对驼背姑娘进行了"精神猥亵"，王妈心中生妒而进行缓慢的谋杀，驼背姑娘死后就成了王妈的"禁忌"，当然不可埋在自家附近。《竹林的故事》也采用了相似的安排——一处是老程的死："堆前竖着三四根只有杪梢还没有斩去的枝枒吊着被雨黏住的纸幡残片的竹竿，就可以知道是什么意义"；一处是正二月间城里赛龙灯时，堂嫂顺路邀请三姑娘时喊了一声"三姐"，后来"今年""我"回来过清明时，听到有人对着三姑娘喊："我的三姐，就有这样忙，端午中秋接不来，为得先人来了饭也不吃"，"三姐"二字是暗示三姑娘妈妈已过世，三姑娘已出嫁，清明归家扫墓的情节。其中有多少值得拿出来大书特书一番的生离死别，却都被作者一一隐去，成为一处又一处的留白，看似空疏的情节背后是充盈饱满的真情实感。《河上柳》中陈老爹与驼子妈妈的爱情也是如此，挂在柳树上的灯笼是二人爱情的开端，简单的一次对话之后，陈老爹折下的柳枝就放在了驼子妈妈的灵屋。

其次，叙事语言"淡"。

虽为乡土小说，作者却并未走写实之路，诸如《浣衣母》《竹林的故事》《河上柳》《桃园》《菱荡》《桥》等大部分文章都是写意的，他的语言是汪汪流淌的小溪，轻轻地擦拭河岸的花叶枝茎，低低地在卵石的耳边诉说自己空灵疏淡的审美向往。"色调是明朗豁亮的而非前者的阴晦苍凉。作者为自己的乡村风俗画涂抹的底色往往是青翠嫩绿的，青山翠竹、小桥流水、菱荡碧波、林荫垂柳……构成了废名小说景物象征的原色，同时也显露出了作者鲜明的美学追求。"①葱绿、淡蓝、浅灰、嫩黄是冯文炳磋磨语言时所蘸取的颜料，他的语言颜色是月光下的颜色，似经过时间淘洗的泼彩画一般。

《竹林的故事》这样写三姑娘生存的竹林——"出城一条河，过河西走，坝脚下

---

① 丁帆.论废名"田园诗风"的乡土抒写[J].湖南社会科学,2007(1):138.

有一簇竹林,竹林里露出一重茅屋,茅屋两边都是菜园:十二年前,它们的主人是一个很和气的汉子,大家呼他老程。"①丛林翠竹、种豆南山、"绕屋树扶疏"的风景画经作者寥寥几笔就晕染得尽善尽美。最能体现作者功力的还要数《浣衣母》对李妈生存空间的描摹——"这茅房建筑在沙滩上一个土坡,背后是城墙,左是沙滩,右是通到城门的一条大路,前面流着包围县城的小河,河的两岸连着一座石桥。"②真真是再现了"小桥流水人家"之景,看不出丝毫语言雕刻的痕迹。"清早起来,太阳仿佛是一盏红灯,射到桥这边一棵围抱不住的杨柳,同时惹你看见的,是'东方朔日暖''柳下惠和风'褪了色的红纸上的十个大字——这就是陈老爹的茅棚。"③"坐看霞色晓"的图画就这样在作者淡淡的文字中再现了。他们的故事就在作者用纤细之笔勾勒的淡淡的水墨画中静静地流淌着,读者沉浸在作者淡淡的语言中,品味作品绵长的韵味,也许像茶,也许像酒,但绝不是八宝粥。

情节淡化,语言淡化,可平静的溪流也可以冲刷出不浅的河道,冯文炳的文章不是无味的淡,这是一种"隐逸",不是逃避,作者关于古今的评判都隐在这"淡"里,语言"淡到看不见了",思想没有。

三、哀愁·梦

笔者在文章开头就提到,冯文炳先生在《竹林的故事》出版之前表示这是他"悲哀的玩具",希望读者从中"理出我的哀愁"。《竹林的故事》中收录的有冯文炳的译作《窗》,他的译本被不少学者认同,其中有这样一段:

一个人穿过开着的窗而看,决不如那对着闭着的窗的看出来的东西那么多。世间上更无物为深邃,为神秘,为丰富,为阴暗,为眩动,较之一枝烛光所照的窗了。我们在日光下所能见到的一切,永不及那窗玻璃后见到的有趣。在那幽或明的洞隙之中,生命活着,梦着,折难着。④

冯文炳在北大就读外语专业,冯健男在文章里曾引用到一段叔父的手稿,冯文

---

①　废名.竹林的故事[M]//废名集:第一卷.北京:北京大学出版社,2009:117.
②　废名.浣衣母[M]//废名集:第一卷.北京:北京大学出版社,2009:50.
③　废名.河上柳[M]//废名集:第一卷.北京:北京大学出版社,2009:125.
④　(法)波德莱尔.窗[M]//废名集:第一卷.废名,译.北京:北京大学出版社,2009:15.

炳很明确地说是"受了外国文学的影响",并且认为"外国文学是起了好作用的"①。不过,冯文炳并没有把西方的文学写作技巧当作自己创作的中心,他认为西方的"焦点""透视",不像中国小说戏剧中"风景画"一样,从"四面八方"写,更为真实、自然。冯文炳的小说愈往后愈自由,愈是打破文体而"有唐人绝句的特点",这与他理性地融通中西,将中西文体的优势化为自己的创作方法有关。

在本文关注的三篇文章里,冯文炳的创作受到了波德莱尔、莎士比亚等外国作家的一些影响,以"窗"的视角去关照人物,编织"梦"之片段。王妈、三姑娘、陈老爹都被安排在封闭的空间里,作者则手持"西窗之烛"去发现人物命运的起起伏伏,他呈现给读者的是明处,其实还有更深邃、更神秘、更丰富的世界被安排在了余光或者是暗处。以王瑶、唐弢为代表的学者都认为冯文炳的作品是"避世的",笔者认为不然,随着自媒体的崛起,民间评论家也拥有了文学话语权,在今日头条上一个名气不小的作家就《浣衣母》中的"现实性"进行了较为深刻的分析。当然,有关学者已进行过相关研究,但这一现象却预示着从 2018 年兴起的"废名热"将产生更多的可能。

从《浣衣母》中,我们不能尝到李妈人生中淡淡的苦就作罢,还要看到作者的"哀愁"。李妈是一个古道热肠、辛勤善良的人,她的茅屋为城里的小孩和姑娘提供了自由的乐园,连士兵都尊敬李妈,她这时是传统道德的楷模。当李妈改嫁给帮她卖茶的汉子以后,立马门庭冷落。李妈和儿女阴阳两隔,驼背女儿的死更使她失去了精神的依靠,外来的汉子让她看到了希望,传统的农村宗法制思想却扼杀着这个曾经伟大的"公共的母亲"。冯文炳先生说此篇文章是以自己的婶母为原型,他认为这位"婶母"是"神一样"的人,李妈却被"闲话"紧紧地勒着。这是他对"古"的哀愁。

《河上柳》是他对"今"的哀愁。陈老爹本是过着自足自乐生活的民间艺人,每月进城做两次生意就衣食无忧了,并且是个追求"东方朔日暖""柳下惠风和",把郭令公和姜太公看成"一副脑壳"的"贤人",政府禁演木头戏打破了陈老爹安稳的生活,一场大水之后因生活困窘,请人伐了那棵挂着灯笼给夜里归家的他照亮儿的柳树——驼子妈妈种的。说这映射了和废名一样的知识分子,在当时不得不对现实

---

① 冯健男. 谈废名的小说创作[J]. 中国现代文学研究丛刊,1985(4):146.

妥协的处境,有些牵强附会;说这反映了传统文化在新文化风潮之下的困境,应是不置可否的。

三姑娘这一形象与以上二者不同。《竹林的故事》这一篇短文作者采用的"悲""喜"重叠交织的叙述方式,和父亲相处的快乐时光转瞬即逝,三姑娘便挑着篮子卖菜去了,那个"低着头"含羞的三姑娘,收获了不少主顾,包括如"我"这样的一群知识分子,接着她又失去了母亲,成为"孤儿"。结尾堂嫂短短的一句话里,隐藏着三姑娘对命运的妥协。"最是那一低头的温柔/像一朵水莲花不胜凉风的娇羞/道一声珍重/道一声珍重"①,冯先生即使不认可徐志摩的诗风,在"我"送别三姑娘的目光里却是隐藏着深深的情。三姑娘低着头从我眼前匆匆而过,"我"的心里泛起"风乍起,吹皱一池春水"的温柔,微澜下隐藏着"我"对"命运"的哀愁。

冯文炳这三篇文章有对"古""今""命运"的哀愁,同时笼罩着死亡的焦虑,可能在"树荫下"读着入梦后会成为"梦魇"。"小说家须得把眼睛朝外看,而废名的眼睛却老是朝里看;小说家须得把自我沉没到人物性格里面去,让作者过人物的生活,而废名的人物却都沉浸在作者的自我里面,处处都是过作者的生活。"②冯先生自幼多病,"死亡"给幼时的他造成了难以磨灭的焦虑,所以他是"内向"的,关上窗子让人物在"自我"里面生活,作者则借着窗后跳跃浮动的烛光观察着人物,在"写实"和"写虚"之间来来往往,情节的走向因"烛光"之故而闪闪烁烁、明明暗暗。李妈因为与外来的汉子结合而"晚节不保",陈老爹经历大水后而请外人砍掉杨柳,三姑娘离开了竹林也告别了"竹林",王老大外出买桃,"桃"碎了,阿毛没有桃吃……这些人物只能在作者关上的"窗后"才能过上理想的生活,一旦逃离,过往的生活就成了回不去的"梦",正如回不去的故乡。醒生活与梦生活之间界限模糊,那茂林修竹的世界到底是"乌托邦"还是"现实",成了一个"谜",就像博尔赫斯《小径分岔的花园》,时间与空间一起建构了一座"迷宫",现实与回忆在文本中跳跃着循环,形成小溪般的"意识流"。对于冯文炳而言,他的骨子里的孤傲不会允许他与外界合流,他孤直着挖掘自我,让自我的"梦"去关照现实中的"哀愁"。

后来冯文炳不知什么缘由,在1926年"废"掉了自己的名字,成了连老师周作

① 徐志摩.沙扬娜拉十八首[M]//戴逸如插画徐志摩诗文全集上.沈阳:春风文艺出版社,2010:15.
② 朱光潜.桥[M]//冯文炳研究资料.北京:知识产权出版社,2010:177－178.

人、"中国最后一个士大夫"汪曾祺也捉摸不透的"废名",如《浣衣母》《竹林的故事》《河上柳》《枣》《菱荡》《桃园》这样的"天真"也一去不复返了。

综上所述,冯文炳早期作品集《竹林的故事》收录的《浣衣母》《竹林的故事》《河上柳》,是他在"自己的园地"——"田园牧歌"里的第一次收获,情节和语言"冲淡",思想内容"哀愁",造成"梦"的氛围。香港学者司马长风评价道:"冯的小说近乎散文和诗,朴素得如淡墨画,没有绚烂动人的描写,也没有悬疑和冲突的情节,但是却有无法拒绝的美。"①随着越来越多的学者和读者将关注的目光放在"废名"身上,他的文章美获得了越来越多人的认可,也许是缘于当代快节奏的生活而出现了"孤岛"群体,这个群体在"海岛一样孤绝"的冯文炳先生身上找到了共鸣。关于他的文体讨论,以格非、何其芳为代表,愈来愈深入。冯文炳除此之外还有更多的可能性,比如禅宗与冯文炳的创作的关系、冯文炳的文学创作与理论、冯文炳与唐诗(王孟、温李)、冯文炳与《论语》、冯文炳与京派小说(沈汪为代表)等,总之,冯文炳先生不属于任何流派,他是现代文学发展史中出现的一个独立的个体,对冯文炳的研究只有根植于他个人才能得到答案。

参考文献

[1]王瑶.新文学史稿[M].上海:开明书店,1951.

[2]唐弢.中国国现代文学史(一)[M].北京:人民文学出版社,1979.

[3]陈振国.冯文炳研究资料[M].福州:海峡文艺出版社,1981.

[4]冯健男.我的叔父废名[M].南宁:接力出版社,1995.

[5]陈建军.废名年谱[M].武汉:华中师范大学出版社,2003.

[6]沈从文.论冯文炳[M]//沫沫集.北京:学苑音像出版社,2005.

[7]陈建军.废名作品精选[M].武汉:华中科技大学出版社,2019.

[8]凌宇.从《桃园》看废名艺术风格的得失[J].十月,1981(1).

[9]卞之琳.冯文炳(废名)选集序[J].新文学史料,1984(2).

[10]刘秉仁.近十年废名研究述评[J].中国现代文学研究丛刊,1992(4):237-245.

---

① 司马长风.中国新文学史:上卷[M].香港:香港昭明出版社,1980:164-165.

[11]格非.废名的意义[J].文艺理论研究,2001(1).

[12]李春雨.废名小说的文学空间与文化空间[J].中国现代文学研究丛刊,2014(9):93-97.

[13]李晓禺.结构、视角与文学意义的生产——废名《竹林的故事》文本分析[J].名作欣赏,2015(11):70-72.

[14]甘林全.《竹林的故事》中的"美"与"哀"[J].濮阳职业技术学院学报,2017,30(4):114-116.

接住灵魂的山谷——以《深深的山谷》中男女主人公为例浅析郭小川内心的"表里世界"

摘　要:《深深的山谷》是诗人郭小川于 20 世纪 50 年代后期创作的一首长篇叙事诗,诗中男女主人公的形象分别投射了作者郭小川心理性格中的"里世界"与"表世界",反映了以其自身为代表的知识分子在面对个体性格与时代洪流冲突时内心的复杂矛盾与灵魂的焦虑痛苦。

关键词:深深的山谷;郭小川;人物形象

　　基于"十七年文学"的政治文化语境来看,诗人郭小川于 20 世纪 50 年代后期所创作的长篇叙事诗无疑是这一特殊时期的"特殊标志"。诗人以复杂独特而又耐人寻味的内在灵魂同时兼具"激进战士"和"保守诗人"这两种截然不同的特质,创作出像《一个和八个》《白雪的赞歌》《深深的山谷》等极具矛盾气质的"偏主流"诗作,而这些独到的作品也成为其在经历后世人们对"十七年文学"重新品评后依然能够继续屹立于当代诗坛而未被时间的洪流无情冲垮的最后一道堤坝。

　　相较于郭小川写于 20 世纪 50 年代中期"楼梯式"的政治抒情的太平颂歌和写于 20 世纪 60 年代前期不知所云的"新辞赋体",创作于 20 世纪 50 年代后期昙花一现的长篇叙事诗才是真正还原了郭小川作为一位诗人的真实身份,展现了其游离于主流意识形态桎梏之外复杂矛盾却无限真诚的灵魂。而在这些不自觉流露出诗人本真和灵性的作品中,《深深的山谷》并不是郭小川影响最大的代表作。从结构上看,《将军三部曲》的丰富内容无疑在表现长篇叙事诗层次特点的正统意义上更胜一筹；从内容上看，《一个和八个》的奇崛经历无疑使故事本身更加耐人寻味，在吸引读者注意方面也更加引人注目；从主题上看，《白雪的赞歌》视角独特，以小见大，从女主人公个人的一念之差入手引发有关人性和党性的深刻讨论，促使人们更进一步地思考。

但是，《深深的山谷》也有着自己独一无二的魅力，后世学者聚焦在其上的目光其实自始至终未曾远离，而当今的人们更是正在尝试从不同角度对其进行多元的研究与解读。因此，先对各位研究者的研究成果做一个简单的文献综述，以便更为明晰地体现《深深的山谷》在文学研究中所具有的独特价值与意义。从诗人当时的创作背景入手，福建师范大学的巫洪亮教授认为这首诗以"爱情"故事为依托，反观与思索了知识分子与革命之间"融合—冲突—缝合"的动态过程，叙说了诗人"自我"的历史记忆及现实体验中的欢乐与痛苦。而结合马斯洛的人的需要层次理论来谈，潍坊学院的王恒升先生则认为本诗问题的根源在于崇高的个性尊严要求遭遇到了集体主义的无意识扼杀，诗人在个性尊严和集体主义中摇摆不定，从而写出这首充满矛盾感和分裂感的作品。而通过对比阅读的方法，南京大学的王静教授则从叙事诗的人物设定、女性心理、叙事声音三个角度，对《白雪的赞歌》和《深深的山谷》进行对比分析，得出诗歌中蕴含着集体主义的价值伦理与诗人个体主义的价值伦理之间的抵牾，浓缩着那个年代追求革命的左翼知识分子的苦涩记忆。如果结合诗人的人生经历来看，学者郭晓惠和范肖丹则聚焦诗中关于爱情的描写和诗作受批判的厄运，认为诗中体现了知识分子的动摇性和软弱性问题，个人主义的问题以及背叛的问题，是一场关于诗人的冒险和"文学的革命"。要是从文学表现的视角来解读，作家叶橹则更多关注诗中"知识分子"这一充满复杂矛盾性格和灵魂的形象，从文本内容本身出发认为诗人对于人与历史之间的复杂关系具有具体而深刻的认识和把握。从不同的视角出发可以得出不同方向的研究与解读，而本文则选择从人物角色与作者心理的投射联系入手，将《深深的山谷》中主要人物角色与作者内心性格中"表层与深层"联系起来，即将诗中女主人公看作诗人表层内心"表世界"的投影，而将男主人公看作诗人本质内心"里世界"的印象，从而体悟感知诗人在创作时面对个体性格与时代洪流冲突时内心的复杂矛盾与灵魂的焦虑痛苦。

而在具体分析之前则必须要开宗明义，即明确表里世界的含义并达成共识。

从起源看,表世界与里世界最初的定义是指具象化的与真实现实世界相对应的两个互相连接的平行世界,然而随着这种概念的广泛接受和传播,越来越多的使用者也把其所蕴含的意义丰富了不少,表里世界便慢慢地与人的精神或者内心世界有了密不可分的牵扯和联系,去掉了具象化的表述,回归到最初创立的本根。因此,这里强调的表里世界便是指在认同其代表的是与现实物质世界相对应的个体精神世界上的进一步阐发。在这里,精神或内心世界中的表世界代表的是作者个人理想中的表层意愿,而与之相对应的里世界则代表了作者个人实际上未完整意识到的或有意识压抑的真实想法,即本质思考。简单来讲,表世界的含义与意动心理学之父布伦塔诺创造的"表层意识"相似,即强调表达方式趋向外露化的自我表层感受和希望。一般来讲,表世界的向外表达大多数都经过了意识产生者个人的心理加工,这种加工过后的心理情感表述就像是笼罩了一层"外壳"一样的薄雾,模模糊糊却又能让人看清个大概。然而,里世界却与"深层意识"没有多大关系,与弗洛伊德的"潜意识"也只是有部分交集却又有很大不同,里世界仍然指个人的内心想法,但强调的是藏在加工过后的表世界背后的真实想法,它去除了"薄雾",是意识产生者本人没有明确表述的本真意图。

一、女主人公与表世界:"她"——她是铿锵红玫瑰

色彩往往是表达人第一感受的最佳选择。诗中的女主人公"大刘"就像是一束热烈绽放的铿锵红玫瑰,有着炽烈的感情。她对男主人公的爱情是热烈的,有一见钟情的怦然心动:"这双眼睛呵/格外叫我沉迷。"①有初涉爱情的忐忑甜蜜:"他那表白爱情的火一般的语言/他那强有力的拥抱和热烈的吻/啊,我的心真是又幸福、又狂乱!"②也有对失落恋人的包容鼓励:"那么,你也积极争取吧/在这条道路上我们不妨来个比赛。"③但无论爱情如何让人沉迷,她对于革命信仰的爱却无疑更为热烈和纯粹:"我越来越不喜欢缅怀自己的过去/倒热衷于跟战士们一起议论战争。"④所以当一切尘埃落定,原本的甜蜜幸福也变成了:"爱情也曾把我的生活蒙

---

① 郭小川. 郭小川诗选[M]. 北京:人民文学出版社,2001:194.
② 郭小川. 郭小川诗选[M]. 北京:人民文学出版社,2001:196.
③ 郭小川. 郭小川诗选[M]. 北京:人民文学出版社,2001:201.
④ 郭小川. 郭小川诗选[M]. 北京:人民文学出版社,2001:199.

上迷雾/我战斗过，我有过光荣/可是我也沉迷过，也有过耻辱。"①

纵观女主人公的经历，承担了阅读主视角和主要叙述人的大刘无疑是一个坚定的无产阶级革命战士的光辉形象，她对于革命的无私献身和执着追求，对于党的坚定信念和不假思索的服从都与男主人公的表现形成了极大的对比。而这样一个坚定不移、热烈虔诚的共产党战士形象其实正是郭小川内心愿望的一种反应，是他内心世界中想要成为的一副面孔——一名革命信仰坚定的"圣徒般的战士"。他用自己的言语高声疾呼："党的一根毫发/也不能任人损伤！"赤诚地将自己的一腔热血和所有希望都寄托到了共产党和其领导的伟大革命事业身上，甚至在作为文化官员时在某种程度上表现得有点激进和"左"倾，也因此，曾经作为八路军战士和诗中总是"战士"形象的郭小川也被称为"战士诗人"。

但是，像女主人公"大刘"这种表面上似乎投射了诗人本身形象和自我内心世界的热烈鲜明的战士形象，而究其根本却只是诗人"表世界"的投射，反映的是作者郭小川内心世界中的"我想，我希望"，而不是"我是，我本身"，是作者对自己内心真实自我的一种愿望和希冀，而不是自我本真的如实反映。从对爱情中女性心理刻画的角度来看，郭小川是成功的，大刘的形象也是十分立体的，纠结、细腻、隐秘的女性心理被完整展现，但一旦谈到革命带给女性的变化和升华时，郭小川的转折却十分突兀和僵硬："我的勇气重又上升/我的神志又完全恢复清醒。"②只是指导员几句简单的训斥便使大刘恢复了勇气和信心，这种冷冰冰的生硬不得不说是诗中令人费解的一点，但要深究下去便不难察觉到这种几乎算得上粗暴的"光明转变"无论怎么看都显得有点急切，而这种急切其实正是作者内心世界想要"愿望"快点达成的心理，也暴露出自己其实还没有达到这种崇高的"战士"境地，即表明女主人公"大刘"的形象投射的不是作者当时真实的状态，而只是一种内心表世界传达出的"希冀"。再结合个人经历来看，作者如此急切地想要得到"光明的转变"还与其被王实味的遭遇所震以及自身在延安整风运动中被稀里糊涂带上"特务"帽子写检讨 11 次，妻子也被迫入狱的经历有关。从那时开始，郭小川便深切认知到"政治斗争真可怕！"并屡屡表示从延安整风运动中得出至死不忘的教训，就是相信群众，相信党绝对正确。所以，在此时还未完全消泯

---

① 郭小川.郭小川诗选[M].北京:人民文学出版社,2001:193.
② 郭小川.郭小川诗选[M].北京:人民文学出版社,2001:206.

自我本真"里世界",且想要尽快追随上时代的诗人郭小川便不自觉地将自己这种成为"合格战士"的愿望注入自己笔下的战士角色中,在女主人公大刘的性格塑造上投射了自己内心世界中表世界的"愿望"。

然而,此时的郭小川终究没有做到"表世界向里世界转化的彻底胜利",在"双百方针"的诱惑下,承载着诗人本质的"里世界"放手一搏,竭尽全力地散发着自身最后一点星光,为作品镀上独特的灵动风采,而这种弥足珍贵的灵性在《深深的山谷》这首诗中大多集中体现在对于男主人公"知识分子"的描绘上。

二、男主人公与里世界:"他"——他是惨淡白月光

"天上的月亮正在徐徐下落/远处,传来了阵阵的鸡鸣。"①如果认为女主人公大刘是热烈的红玫瑰,那么作为连构全诗意象的惨淡白月光则是对男主人公最好的诠释。白色的月光诞生于沉闷的黑夜之中,最终也赶在光明照耀大地之前重新沉入黑暗,一如男主人公自身的命运。起初,他是高大英俊的延安新人,与钟情的女孩沉醉爱河:"我决不戏弄这只有一次的人生/而爱情是人生的最重要的依据。"②然而革命的力量却将这原本稳定美好的一切都慢慢改变,觉悟甚高的女孩坚决要到前线,但身为知识分子的他却并不赞同:"这里自由而平静,至少不会受到嘲弄/而前方呢,那里没有知识分子的荣耀。"③但是为了追随爱情,妥协来到根据地的他还是努力融入时代的潮流,但是他与恋人的差距还是不可避免地越拉越大:"我本来是一匹沙漠上的马/偏偏想到海洋的波浪上驰驱。"④最终,随后爆发的战争彻底毁灭了这个与时代脱节的知识分子,一切都终结于此:"这是时代对我这样的知识分子的嘲笑/我呀,也许是一个治世的良才/在这动乱的日子里却只能扮演悲剧的主角。"⑤他的肉身与灵魂毫不犹豫地一起坠入了深深的山谷:"呵,这是多么深、多么深的一道山谷/上面,蒙了一层灰色的轻纱似的烟雾/下面,在惨淡而清冷的月光中/露出了团团黑云般的高树。"⑥

---

① 郭小川. 郭小川诗选[M]. 北京:人民文学出版社,2001:214.
② 郭小川. 郭小川诗选[M]. 北京:人民文学出版社,2001:196.
③ 郭小川. 郭小川诗选[M]. 北京:人民文学出版社,2001:198.
④ 郭小川. 郭小川诗选[M]. 北京:人民文学出版社,2001:201.
⑤ 郭小川. 郭小川诗选[M]. 北京:人民文学出版社,2001:211.
⑥ 郭小川. 郭小川诗选[M]. 北京:人民文学出版社,2001:212.

　　无法跟上时代潮流的男主人公，最终选择了惨淡月光下深深的山谷作为自己最终的安眠地。纵观作为诗中主线的爱情悲剧，男主人公可以说是这场悲剧的主要负责人，然而，男主人公自身的悲剧除了怪罪自己外还需要与当时的整个时代革命形势联系起来，而这种个人与时代的结合便能感悟到整首诗真正传达出来的主题——知识分子在面对个体性格与时代洪流冲突时内心的复杂矛盾与灵魂的焦虑痛苦。也就是说，男主人公作为作者郭小川内心本真"里世界"的化身，是读者读懂整首诗被隐藏起来的核心信息的关键。郭小川在其 1957 年 3 月 24 日的日记中曾提到这首诗"写出了我对某种知识分子的憎恶，也许以后会有人骂我，但我还是善意的，为知识分子放出一支警号"①。但是，这种对知识分子的批评或是意见更像是对自己的一种提醒，所以"厌恶"是有，但更多的是面对自己与自己所批判的知识分子一样的本质特性时的焦虑与无奈。表面上批评的东西，实际上却是自己的内心真实写照。作为作者性格中核心诗人气质的放大抽离，男主人公更像是诗人的"侧面投影"，是诗中最立体也最真实的形象，是诗人从自身里世界投射出来的最本质的一部分——浸满人性光辉的五四精神遗留下来的人格独立和自由，这是他想要彻底丢弃的，却也是真真实实存在的诗人的本质，他基于当时自身情况身份的焦虑和价值反思，导致创作动机与实际效果相悖。

　　"这首诗，只是为了对知识分子的鞭打，我当然是爱护知识分子，但他们身上的动摇不定的对革命的游离，却实在是一种讨厌的东西。"郭小川的这句评价，隐隐透露出的不安也表明他对自己内心"里世界"压抑着的清醒认知。而与此同时，他也把造成自己内心的矛盾与困苦的"个人主义"借着男主人公的口抒发了出来，他不想到前线冲锋陷阵，恐惧自己被流弹打死，也感受不到任何知识分子的荣耀："我的这种利己主义的根性/怎么能跟你们的战斗的集体协调？"②他不知道为什么要服从党，也不想为了一个集体而牺牲掉自己："要我用服从和自我牺牲去换取光荣吗？/在我看来，那不过是一场太严肃的胡闹。"③"我怕那无尽的革命和斗争的日子/因为，那对于我是一段没有目的地的旅途。"④他"落后"的表现与女主人公崇高的思

---

①　方维保.红色意义的生成——20 世纪中国左翼文学研究[M].合肥:安徽教育出版社,2004:134.
②　郭小川.郭小川诗选[M].北京:人民文学出版社,2001:210.
③　郭小川.郭小川诗选[M].北京:人民文学出版社,2001:211.
④　郭小川.郭小川诗选[M].北京:人民文学出版社,2001:212.

想在对比衬托的作用下更加鲜明,但这种真实的困顿想法却又成为本诗最大的闪光点,尊重、看重自己却脱离时代的知识分子目睹了集体主义的革命伦理和个人主义之间的抵牾,选择用"自绝于革命"的方式,表达知识分子在时代革命洪流面前力求保持思想和精神独立,以及不得不失败的失望与无奈。主人公复杂的内心冲突被表现得淋漓尽致,折射出作者最真实的心境,即内心的"里世界"。另外,这首诗被批判的一个重要原因——"诗中女主人公对男主人公的反动行为同情有余而愤恨不足",也表明作者内心是把男主人公当作深可同情的人来塑造的,展现了对人性的极大尊重,也无意识地反映出他内在"里世界"对知识分子洁身自爱、孤芳自赏等气质的欣赏,是他处在泯灭个人的特殊环境下仍然坚守个体尊严的诗人本质的体现。当然,作者创造出这样的角色也与当时的政治环境——"双百方针"以及他在作协烦闷的打杂生活和棘手的"丁陈"结论刺激下创作欲望被激发有关。作品中男主人公脱离时代的不可调和以及对自我悲剧的认知所引发的消极情绪,和郭小川当时积压的内在情绪极为相似,而最终自杀的结局也是郭小川结合"过往和现世"的遭遇对自身命运的猜想。所以,诗中的男主人公才是作者内心包含自我本质及真实想法的"里世界"的投射和体现。

三、矛盾的郭小川——红白相交的表里世界的融合

无论是犹如红玫瑰一般浓烈炽热,在革命的光明大道上熠熠生辉、光彩绽放的女主人公"大刘",还是宛如白月光一样惨淡敏感,在人生的旅途中游移徘徊,最终选择了纵身一跃的男主人公,想要真正解读和体悟《深深的山谷》背后所蕴藏的最本真的诗人个体,我们不能将这二者割裂开来,即使男女主人公的冲突对比是如此鲜明激烈,甚至有些格格不入,但真正能展现1957年的诗人郭小川全部灵魂的也正是这两者所代表的表里世界红白相交的融合。

"小云睁着那水灵灵的眼睛/现出一种振奋的深思的神情:人生是多么复杂啊!"①在诗歌《深深的山谷》的末尾处,作者郭小川借由诗歌中的"倾听者"小云之口,发出了由自身而引发的深沉感叹:"人生是多么复杂。"这一时期的郭小川正挣扎在政治洪流中,主流政治严厉的规矩要求与独属于诗人灵动自由的追求之间产

---

① 郭小川.郭小川诗选[M].北京:人民文学出版社,2001:214.

生了深切而不可调和的矛盾。而也正是因为这份要求与时代撕裂的不合感，让本身诗人气质浓厚的郭小川无法避免地将自身内心世界划分为处于表面层次，承担起保护和理想责任的表世界以及处于内在层次，放逐着真情和本性意愿的里世界，并将其寄托在作品的男女主人公身上。但值得注意的是，尽管表里世界分别处于内外的双层层次，并体现出"对立"的不同倾向，但这并不意味着两者是完全分开的。实际上，对于此时的郭小川来说，已经成为矛盾化身的他，正努力将两者融合为一个新的，可以适应时代却又不完全丧失本真自我的新的内心世界，正如作品《深深的山谷》中男女主人公的"爱情"关系所隐喻的那样。

"我爱你，是因为我绝对地忠实于自己／我决不戏弄这只有一次的人生／而爱情是人生的最重要的依据。"①赋予代表着表里世界的男女主人公"爱情"关系的郭小川实际上并不愿意将两者对立起来，而是想要将其统一，让两者成为密不可分的一对"交融共存"的关系。但也正如诗歌最终所呈现的"爱情悲剧结局"那样，郭小川已经预见了这样的努力迎来的最终结局只能是失败，渺小的个人存在终究无法抵抗时代的磅礴浪潮。"不，我也有过可怕的记忆／压在我的心上，艰难地走过长途／就在那战争的严峻的日子里／爱情也曾把我的生活蒙上迷雾。"②最终，无法再"绝对地忠实于自己"的男主人公只能选择结束自己的人生，而女主人公也把这曾经轰轰烈烈的爱情看作了"迷雾"。这样的故事发展设定或许表明了矛盾的郭小川其实已经预见了自己内心世界融合的"结局"。所以，尽管从讲述者女主人公的生命轨迹看，作品似乎是光明常在的奋斗主题，但男主人公这一生彻头彻尾的悲剧色彩才真正彰显了诗歌最本质的内核。

1957 年的郭小川在时代的要求下将自己的内心世界划分表里双层，并努力想要将其融合，为自己开辟一条新的个人与时代"共赢"的道路。尽管他自身已经预见这样的努力最终只能化作徒劳，但无法否认的是，也正是因为这一特殊时期中诗人本身所产生的这一融合而矛盾的气质，他的诗歌创作历程才迎来了最后一次的光荣绽放。

---

① 郭小川.郭小川诗选[M].北京:人民文学出版社,2001:196.
② 郭小川.郭小川诗选[M].北京:人民文学出版社,2001:192.

四、结语

创作于 1957 年的《深深的山谷》是郭小川内心忧虑纠结迸发而出的一个载体,借由男女主人公强烈而矛盾的个性塑造反映出其内心融合而又割裂的表里世界。这种个体言说的表达尽管部分地打破了主流政治话语的规范,但也无比真诚地展示出作者作为一个诗人真正的本色。处于 1957 年这一特殊的复杂时期,身处作协机关这一矛盾之地,由反右运动所衍发出的各种批判如狂风暴雨般充斥了郭小川的生活,这让在内心深处向往自由的他感到压抑至极:"作协的事简直没有完结的时候,四面八方都把我逼住,真是叫人烦恼,我实在不想干下去了。"①于是,身心俱疲却又过度敏感的诗人不得不开始思考个人与群体、生死与宇宙、人性与信仰等超越性的本质话题。而面对围绕在自身周遭沉重的压力,被时代的风雨所席卷的郭小川唯一可以有所寄托,得以喘一口气的就只有诗歌的创作。于是,诗人开始在群体的桎梏范式中挣扎逃脱,从个人内心丰富而复杂的表里世界出发,真诚而勇敢地表达出自己的迷茫矛盾,以叙事长诗的方式思考形而上的本质话题,触及人性、宇宙、信仰、生死等重大主题,展现出自己内心表里世界激烈的碰撞冲突,毁灭重生。即使这类反映自我、反映真实的诗歌给他带来许多麻烦,受到逼迫的他不得不批判检讨自己反映"个人主义思想"的"毒草"作品,但他也凭借这些承载着自身矛盾复杂心灵世界的真实倾诉获得了读者的认可,并在中国当代文学史上留下了浓重的一笔。

高尔基说:"一个经验丰富的作家总是自相矛盾的,因为经验充实,则要求广大的、有组织力的思想,而这些思想是同集团和阶级的狭隘的目的对立的。"②对于诗人郭小川而言,拥有对立的表里世界的他,本身就是一个矛盾的集合体。从里世界来看,郭小川从本质上就是个诗人,渴望拥有平静的日子来专注创作。但面对现实世界的压力,他又不得不强行消泯"里世界",从而将自己整个向"愿望中"的表世界转化,在生存和本真的矛盾里挣扎,最后像诗中的男主人公一样,将代表自己真实灵魂的"里世界"重重抛入"深深的山谷"。"深深的山谷"既是男主人公的殒身地,也是横亘在作者本真灵魂上的一道裂痕。具体而言,它是时代洪流下个人尊严与

---

① 郭小川.郭小川 1957 年日记[M].郑州:河南人民出版社,2000:7.
② 高尔基.俄国文学史[M].缪灵珠,译.上海:上海译文出版社,1979:6.

集体利益的矛盾，是知识分子在面对个体性格与时代洪流冲突时内心的复杂矛盾与灵魂的焦虑痛苦，更是现实生存需要对个体生命本真造成的阴影。

当"深深的山谷"完全接住代表郭小川"里世界"的灵魂之时，上天所赋予其作品的灵性与才气也就完全被掩埋了。紧跟着时代潮流，失去诗人本真的郭小川放弃了独立思考的"里世界"，与之后的"文革"期间创作出的空洞的"表世界"作品一起被时代的洪流所彻底掩埋。也因此，人们不禁扼腕叹息道："由于个人及历史的局限，郭小川终生未能达到完整而独立的人格境界。"

参考文献

[1]叶橹.一个充满复杂矛盾的性格和灵魂——郭小川《深深的山谷》赏评[J].名作欣赏,1986(6).

[2]郭晓惠,范肖丹.关于郭小川长篇叙事诗《深深的山谷》[J].南方文坛,2006(6):82－87.

[3]王恒升.当个性尊严遭遇集体主义——郭小川的《深深的山谷》及其诗里诗外[J].电影文学,2008(10):128－129.

[4]巫洪亮.融合·冲突·缝合——从郭小川《深深的山谷》看知识分子与革命关系[J].大连大学学报,2009,30(5):56－61.

[5]王静.撕裂的灵魂与焦虑的心曲——《白雪的赞歌》与《深深的山谷》对比阅读[J].名作欣赏,2018(6):135－138.

从《高老夫子》《风筝》等文本看鲁迅的自卑心理

毛琳琳

摘　要:童年时期的家庭变故,在鲁迅的内心萌发了自卑的种子,乡人的讥笑与奚落,使鲁迅的作品中多次出现"被看者的焦虑";留学日本期间,鲁迅的民族自尊心又受重创,为了摆脱民族自卑感,鲁迅把清算国民性中的卑劣部分作为其国民性批判的重要方面;历史因袭的古老鬼魂,使鲁迅背负毒气和鬼气而无法驱除,这反映在《风筝》《弟兄》等文本中,即表现为毫不留情地自我解剖。

关键词:个人自卑;民族自卑;文化自卑

自卑情结是个体精神分析学中的重要概念,笔者通过对鲁迅成长经历的回顾,发现家庭变故的发生使童年时期的鲁迅处于被看的焦虑中;后留学日本期间,日本人的轻蔑、同胞的丑态又使鲁迅的民族自尊心和自信心遭到重创;竭力驱逐旧有文化的影响而不能的失败尝试,使鲁迅产生了文化自卑感。但在以往的研究中,因为鲁迅神化光环的遮蔽,学者中较少会将自卑情结与鲁迅联系在一起。因此,本文将以精神分析为工具,对鲁迅自卑情结的产生与表现加以分析,并对《高老夫子》《风筝》等反映出鲁迅自卑心理的作品做出进一步的阐释。

一、个人自卑

在以往的研究中,《高老夫子》中的高尔础与《肥皂》中的四铭,大多被学者归为同一类,即维护封建思想的知识分子形象。但笔者认为不然,高尔础对女学堂"我没有再教下去的意思。女学堂真不知道要闹成什么样子。我辈正经人,确乎犯不上酱在一起"①的评价,并不是出于维护封建道德的目的,而是因为无法克服自卑感故而退缩的表现。因为童年时期发生的意外,高尔础左边的眉棱上带有一个尖劈形的瘢痕,对此,他多加掩饰,担心一旦被学生发现,会被看不起。在与教务长谈话过程中,高尔础心中涌现出的繁乱心绪,如"上堂的姿势应该威严;额角的瘢痕总该遮住;教科书要读得慢;看学生要大方"②,无一不是因为担心学生"看不起"而采取的课前准备措施。

高尔础这种略带神经质的焦虑,在其授课期间,得到了最为充分的表现。经统计,鲁迅在对高尔础上课时的心理描写中,共提及六次"笑",分别是"似乎有谁在那里窃笑了""便只听得吃吃地窃笑的声音了""他总疑心有许多人暗暗地发笑""他似乎听到背后有许多人笑,又仿佛看见这笑声就从那深邃的鼻孔的海里出来""他似乎听到背后有许多人笑,又仿佛看见这笑声就从那深邃的鼻孔的海里出来""他还听到隐隐约约的笑声"③。在这种疑心被笑的心理下,鲁迅借高尔础的视角刻画了讲台下的学生,"半屋子都是眼睛,还有许多小巧的等边三角形,三角形中都生着两个鼻孔,这些连成一气,宛然是流动而深邃的海,闪烁地汪洋地正冲着他的眼光"④。面对一众学生"可怕的眼睛和鼻孔联合的海",以及其时时疑心的窃笑,高尔础连忙收回眼光。下课后,因为急于逃离教室,高尔础甚至撞在树上,他已与其讲学中的苻坚一样,骇得草木皆兵了。

除了《高老夫子》,这种"被看者的焦虑"成为鲁迅作品中的普遍现象。《伤逝》中的涓生"觉得在路上时时遇到探索,讥笑,猥亵和轻蔑的眼光,一不小心,便使我的全身有些瑟缩,只得即刻提起我的骄傲和反抗来支持"⑤;《孔乙己》中的咸亨酒店经常因孔乙己的到来,"引得众人都哄笑起来,店内外充满了快活的空气"⑥;《孤独者》中的魏连殳"有许多零碎的话柄,总之,在 S 城里也算是一个给人当作谈助的

---

① 鲁迅.鲁迅全集:第 2 卷[M].北京:人民文学出版社,2005:85.
② 鲁迅.鲁迅全集:第 2 卷[M].北京:人民文学出版社,2005:80.
③ 鲁迅.鲁迅全集:第 2 卷[M].北京:人民文学出版社,2005:84.
④ 鲁迅.鲁迅全集:第 2 卷[M].北京:人民文学出版社,2005:82.
⑤ 鲁迅.鲁迅全集:第 2 卷[M].北京:人民文学出版社,2005:117.
⑥ 鲁迅.鲁迅全集:第 1 卷[M].北京:人民文学出版社,2005:458.

人"①;《狂人日记》中的狂人和《白光》中的陈士成甚至疑心"赵家的狗""一群鸡"都在看他、笑他。显然,李长之也注意到了这一点,"在他的作品里,几乎常常是这样的字了:奚落,嘲讽,或者是一片哄笑。我们一方面看出他自身的一种过分的神经质的惊恐,也就是在《狂人日记》里所谓的'迫害狂',另一方面,我们却见他是如何同情于在奚落与讽嘲下受了伤害的人物的创痛。悲哀同愤恨,寂寞同倔强,冷观和热情,织就了他所有的艺术品的特色"。②

这不免使人产生疑问,为什么鲁迅要在作品中多次表现被看者神经质的精神焦虑呢?他对被看者的心理又为什么揣摩得如此真实而贴切?笔者认为,这种"被看者的焦虑"与鲁迅童年时期萌发的自卑心理有关,而他的作品中看/被看的二元对立模式的形成也与其时常经受的讥笑与奚落不无关系。

个体精神分析学在对作家进行精神分析时,往往追溯其童年经历。阿德勒在《洞察人性》中论及自卑感的产生与童年时期的关系时,便强调:"讥笑孩子会对孩子的心灵产生近乎恒久的影响,并会在孩子成年后变成其习惯与行动,因此简直称得上一种犯罪。童年时期经常被讥笑的人,将一直处在再度被讥笑的恐慌中难以脱身。"③

鲁迅的祖父周介孚因"科场案"入狱,为免受株连,鲁迅兄弟暂时寄住在亲戚家,大舅父家的人却讥笑他为"乞食者";后来,父亲周伯宜突发疾病,又使鲁迅经受了从小康之家坠入困顿的考验,他在出入当铺的路上,便时常受到同城人的指指点点,"从一倍高的柜台外送上衣服或首饰去,在侮蔑里接了钱,再到一样高的柜台上给我久病的父亲去买药"④;因为家境困窘,鲁迅只得选择前往江南水师学堂就读,而这在一般绍兴人看来,是"将灵魂卖给了鬼子",因而遭受了加倍的奚落和排斥。时隔多年,鲁迅回忆起家庭变故后的成长体验,还谈到"我小时候,因为家境好,人们看我像王子一样,但是,一旦我家庭发生变故后,人们就把我看成叫花子都不如了,我感到这不是一个人住的社会"⑤,由此可见,童年时期遭受的讥笑与奚落对鲁迅的影响之深。

①　鲁迅.鲁迅全集:第2卷[M].北京:人民文学出版社,2005:88.
②　李长之.鲁迅批判[M].北京:北京出版社,2011:4.
③　阿德勒.洞察人性[M].张晓晨,译.上海:上海三联书店,2019:57.
④　鲁迅.鲁迅全集:第1卷[M].北京:人民文学出版社,2005:437.
⑤　薛绥之.鲁迅生平史料汇编(第四辑)[M].天津:天津人民出版社,1983:359.

笔者认为，正是因为鲁迅童年时期时时处于讥笑的眼光中，使他对被看者的心理有了亲身的体会，而这种自卑心理的无意识流露，便使他的作品中多次出现了"被看者的焦虑"。鲁迅对看客的批判，是其国民性批判中的一个重要部分。笔者认为，这种对看客现象的深刻揭露，未必没有这种曾经处于被看者身份的影响。

二、民族自卑

除了因家庭变故萌发的"被看的自卑"心理，中华民族在近代历史上的多次战败经历，又使鲁迅产生了民族自卑感。中日甲午战争的失败，严重打击了中华民族的自尊心和自信心。国力衰微之时，鲁迅东渡日本，便不可避免地受到日本人的轻蔑和嘲笑。这一点可在同为日本留学生郁达夫的作品《沉沦》中得到印证。除了日本人对中国人的轻蔑与嘲笑，同为中国留学生的不思进取、跳舞玩乐的丑态，更加重了鲁迅的民族自卑心理。在《杂论管闲事·做学问·灰色等》一文中，鲁迅回忆东京留学时的见闻，表示"现在的留学生是多多，多多了，但我总疑心他们大部分是在外国租了房子，关起门来炖牛肉吃的，而且在东京实在也看见过"[1]。《藤野先生》中，每到傍晚，中国留学生会馆的地板便因跳舞而"不免要咚咚咚地响得震天，兼以满房烟尘斗乱"[2]。鲁迅对此类现象颇为反感，他在与蒋抑卮的通信中，便自言为"离中国主人翁颇遥"前往仙台。但即使身在仙台，日本人对中国的歧视与轻蔑也依然存在。鲁迅受教于藤野先生，他的成绩便被认为是因教员泄露题目而得的，"中国是弱国，所以中国人当然是低能儿，分数在六十分以上，便不是自己的能力了：也无怪他们疑惑"[3]。

"自卑感就某种程度而言普遍存在于我们身上，因为我们发现自己希望改善自身"[4]，在阿德勒看来，自卑是普遍存在的，但没有人可以永远承受自卑感。"中国在现代社会挨打的境遇打破了盲目自大的心境，弱国的自卑随之蔓延开来，渗透到生活的各个方面，尤其在国民心理上构成了潜在的影响，使他们在精神上难以自立自强。"国人性格中"卑怯"的部分，便是国民自卑心理的直接表现。为了摆脱弱国

① 鲁迅.鲁迅全集：第3卷[M].北京：人民文学出版社，2005：199.
② 鲁迅.鲁迅全集：第2卷[M].北京：人民文学出版社，2005：313.
③ 鲁迅.鲁迅全集：第2卷[M].北京：人民文学出版社，2005：317.
④ 阿德勒.自卑与超越[M].吴杰，郭本禹，译.北京：中国人民大学出版社，2013：211.

的自卑感,鲁迅把清算国民性中的卑怯部分作为他国民性批判的重要方面。"这种劣根性曾经使他在异族面前相形见绌,自尊心遭受过极大的刺激,他与它势不两立。他希望他的国家和民族强大起来,能够为他的人民提供足够的生存信心。"①

鲁迅在与旭生先生的通信中,明确提出卑怯的国民性的两种表现方式:一是"遇见强者,不敢反抗,便以'中庸'这些话来粉饰,聊以自慰";另一种则是"倘有权力,看见别人奈何他不得,或者有'多数'作他护符的时候,多是凶残横恣,宛然一个暴君"②,鲁迅对国民性中卑怯部分的思考,经过艺术加工后,在《阿Q正传》中,便塑造出一个作为"国民性"浓缩体的阿Q,他的身上便兼有鲁迅所说的卑怯国民的两种外在表现形式。

每当阿Q被打时,"我总算被儿子打了"的心理安慰,使他免于失败的苦痛,转而因觉得自己是第一个能够自轻自贱的人而转败为胜、心满意足,这种自欺欺人的精神胜利法在国民中具有一定的代表性。面对这些"一心一意在造专给自己舒服的世界"的人,鲁迅写作了大量杂文,以"给他们放一点可恶的东西在眼前,使他有时小不舒服,知道原来自己的世界也不容易十分美满"③。在《论睁了眼看》一文中,鲁迅开篇便强调正视的重要性,"必须敢于正视,这才可望敢想,敢说,敢作,敢当。倘使并正视而不敢,此外还能成什么气候"④,之后,鲁迅追溯了中国文化中"非礼勿视"的传统对国民的影响:"先既不敢,后便不能,再后,就自然不视,不见了。"而中国的文人也以瞒和骗的方法聊以自欺和欺人,使中国愈加深陷瞒和骗的大泽中,"于是无问题,无缺陷,无不平,也就无解决,无改革,无反抗",在这样的文化环境中,国民"一天一天的堕落着,但却又觉得日见其光荣"。文章末尾,鲁迅真诚地呼唤冲破一切传统的闯将出现,能够"取下假面,真诚地,深入地,大胆地看取人生并且写出他的血和肉",开辟一片崭新的文场。

除了以自我欺瞒的方式逃避对现实的正视,阿Q欺凌小尼姑,以转移被王胡和假洋鬼子欺负的痛苦,表现了国民性中卑劣的另一面,即以欺凌弱者的方式转移自卑的心理。

---

① 苏桂宁.文化自卑与文化批判——鲁迅创作心态探索[J].暨南学报(哲学社会科学),2000(1):6-14.
② 鲁迅.鲁迅全集:第3卷[M].北京:人民文学出版社,2005:38.
③ 鲁迅.鲁迅全集:第1卷[M].北京:人民文学出版社,2005:3-4.
④ 鲁迅.鲁迅全集:第1卷[M].北京:人民文学出版社,2005:251.

鲁迅在《杂忆》中，批判国民性中卑怯的一面："我觉得中国人所蕴蓄的怨愤已经够多了，自然是受强者的蹂躏所致的。但他们却不很向强者反抗，而反在弱者身上发泄，兵和匪不相争，无枪的百姓却并受兵匪之苦，就是最近便的证据。再露骨地说，怕还可以证明这些人的卑怯。卑怯的人，即使有万丈的愤火，除弱草以外，又能烧掉甚么呢？"①面对羊而显凶兽相，面对凶兽则显羊相，这些抽刃向更弱者的怯者们，这些专向孩子们瞪眼的屠头们，便显现出国民性格中的卑怯。在《杂感》中，鲁迅更是指出国民性中卑怯的一面可能导致的"孩子们在瞪眼中长大了，又向别的孩子们瞪眼"的恶性循环，显然，"这样下去，一定要完结的"。

"国人之自觉至，个性张，沙聚之邦，由是转为人国。人国既建，乃始雄厉无前，屹然独见于天下，更何有于肤浅凡庸之事物哉？"②鲁迅在《文化偏至论》中提出了通过立人以实现民族自新的办法，在他看来，国家要强大，国民就要有与之相配的强大精神。尤其在"此国将与彼国为敌的时候"，要想使国民一同去捍御或攻击，一个必要的条件就是：国民是勇敢的。"因为勇敢，这才能勇往直前，肉搏强敌，以报仇雪恨。假使是怯弱的人民，则即使如何鼓舞，也不会有面临强敌的决心。"③面对爱国者"煽起国民的敌忾心"的行为，鲁迅也提出了自己独到的见解："我以为国民倘没有智，没有勇，而单靠一种所谓'气'，实在是非常危险的。"因此，"在引起他们的公愤之余，还须设法注入深沉的勇气，当鼓舞他们的感情的时候，还须竭力启发明白的理性；而且还得偏重于勇气和理性，从此继续地训练许多年"。

三、文化自卑

根据许广平、周作人、许寿裳等人的回忆，《风筝》《弟兄》皆是取材于鲁迅自身经历，进行艺术加工而成的，其中的"我"和张沛君的原型即鲁迅自己。在这两篇文章中，鲁迅对"我"在毁坏小兄弟风筝时的心理刻画，对"我"试图补过的隐秘心理的揭示，对张沛君无意识的梦境的揭露，使得这两个人物带有了较多的负面色彩。《风筝》中的"我"俨然成了一个残留着封建大家长粗暴专断特点的长兄，张沛君也

---

① 鲁迅.鲁迅全集：第1卷[M].北京：人民文学出版社,2005:238.
② 鲁迅.鲁迅全集：第1卷[M].北京：人民文学出版社,2005:57.
③ 鲁迅.鲁迅全集：第1卷[M].北京：人民文学出版社,2005:237-238.

被大多评论者认为是一个心口不一的伪君子。既然《风筝》和《弟兄》都是以鲁迅自己为原型的人物,为何鲁迅要对他们进行如此无情的解剖甚至于丑化呢?学者杜光霞在对《弟兄》这一文本进行分析时,不免产生了同样的疑问:"在通常情况下,人们说话、写作不都是为了对自己思想和行为所具有的价值与合法性进行告白和辩护吗?鲁迅为什么要如此彻底地'糟蹋'以自己为原型的张沛君呢?他怎么会如此残忍、冷酷地将自己的真实心理历程扭曲、变形、虚构得那么惨不忍睹呢?"①

在笔者看来,这正是鲁迅正视其文化自卑的表现。阿德勒在对自卑的概念进行界定时强调:"当个体对面临的问题没有做好恰当的准备或者应对,且他认为自己无法解决时,自卑情结就出现了。"②而所谓文化自卑,即是鲁迅"苦于背了这些古老的鬼魂",却"摆脱不开"的无能为力感。鲁迅在与李秉中的通信中表示:"我自己总觉得我的灵魂里有毒气和鬼气,我极憎恶他,想除去他,而不能。我虽然竭力遮蔽着,总还恐怕传染给别人。"③这种历史因袭的旧有传统,使得"我未必无意之中,不吃了我妹子的几片肉"④。在《风筝》中,"我"对长幼有序的封建文化的潜在认同,使"我"依据个人偏好,粗暴地干涉了小兄弟放风筝的自由。《弟兄》中的张沛君在梦境中无意识地流露出了旧式家庭中大家长的"最高的威权和极大的力","他看见自己的手掌比平常大了三四倍,铁铸似的,向荷生的脸上一掌批过去……"⑤。

不仅仅是《风筝》和《弟兄》,鲁迅对自己身为旧有文化同谋者的反思还表现在其他作品中。在《狗的驳诘》中,"我"在训斥狗时,却发现身为人类一员的"我",也具有人类"势利"的共性,因此在面对狗"我终于还不知道分别铜和银;还不知道分别布和绸;还不知道分别官和民;还不知道分别主和奴"⑥的反驳时,"我"一路逃走,不敢反顾;《祝福》中的"我"在面对祥林嫂"一个人死了之后,究竟有没有魂灵的?"的一再追问下,俨然成为一个犯人,"招供出灵魂深处的浅薄与软弱,并终于发现自我与鲁镇传统精神的内在联系"⑦,只得离去。在《灯下漫笔》中,鲁迅从钞票

① 杜光霞.置诸死地而后生——从《弟兄》看鲁迅特殊的自我心理治疗[J].鲁迅研究月刊,2013(1):13-20.
② 阿德勒.自卑与超越[M].吴杰,郭本禹,译.北京:中国人民大学出版社,2013:103.
③ 鲁迅.鲁迅全集:第11卷[M].北京:人民文学出版社,2005:453.
④ 鲁迅.鲁迅全集:第1卷[M].北京:人民文学出版社,2005:453.
⑤ 鲁迅.鲁迅全集:第2卷[M].北京:人民文学出版社,2005:143.
⑥ 鲁迅.鲁迅全集:第2卷[M].北京:人民文学出版社,2005:203.
⑦ 钱理群,温儒敏,吴福辉.中国现代文学三十年[M].北京:北京大学出版社,1998:64.

折现的经历中,剖析出自身遗留的奴隶根性:"但我当一包现银塞在怀中,沉垫垫地觉得安心,喜欢的时候,却突然起了另一思想,就是:我们极容易变成奴隶,而且变了之后,还万分喜欢。"①鲁迅在对这些无意中继承而无法摆脱的传统根性做了进一步反思后,便对自身的历史地位和作用加以重估,即既要呼唤光明的到来,又发现自己身上因袭着黑暗,这种"夹在中间"的尴尬处境表现在《影的告别》中,便出现了一个"黑暗又会吞并我,然而光明又会使我消失"②的影子。这个徘徊于明暗之间的历史中间物便是鲁迅对自我的定位,"有我所不乐意的在你们将来的黄金世界里,我不愿去"的自白也反映出他特有的文化自卑心理。

身为历史中间物,背负旧有传统的鲁迅,其文化自卑感在与许广平的婚恋经历中也有体现。鲁迅与许广平的通信中,自言"我有时自己惭愧,怕不配爱那一个人"③。"不配"的原因之一,便有鲁迅在面对他的旧式婚姻时的无力与为难。在《热风》中,鲁迅便对此表露过看法:"我们既然自觉着人类的道德,良心上不肯犯他们少的老的的罪,又不能责备异性,也只好陪着做一世牺牲,完结了四千年的旧账。"④原配夫人朱安的存在,时刻提醒他并不是一个彻底的新人,从他把朱安称作"母亲给我的一件礼物",便能体会到鲁迅不愿承认这一旧式婚姻却又不得不面对的无奈。

文化自卑感的存在使得鲁迅在面对青年时的态度上充满矛盾。一方面,他坚信"后起的生命,总比以前的更有意义,更近完全,因此也更有价值,更可宝贵;前者的生命,应该牺牲于他"⑤,甘愿"自己背着因袭的重担,肩住了黑暗的闸门,放他们到宽阔光明的地方去";另一方面,对青年的崇拜加重了他衰老的自觉,"我常常欣慕现在的青年,虽然生于清末,而大抵长于民国,吐纳共和的空气,该不至于再有什么异族轭下的不平之气,和被压迫民族的合辙之悲罢"⑥,鲁迅多次表示不愿做青年的导师,在笔者看来,除了不知方向的茫然,应该还有他在面对青年时深藏的文化自卑心理的原因。当然,鲁迅在面对青年时的文化自卑感也并非一成不变,高长虹

---

① 鲁迅.鲁迅全集:第1卷[M].北京:人民文学出版社,2005:223.
② 鲁迅.鲁迅全集:第2卷[M].北京:人民文学出版社,2005:169.
③ 鲁迅.鲁迅全集:第12卷[M].北京:人民文学出版社,2005:10.
④ 鲁迅.鲁迅全集:第1卷[M].北京:人民文学出版社,2005:338.
⑤ 鲁迅.鲁迅全集:第1卷[M].北京:人民文学出版社,2005:137.
⑥ 鲁迅.鲁迅全集:第1卷[M].北京:人民文学出版社,2005:236.

事件和广东的经历便使他破除了对青年的迷信。"我在广东,就目睹了同是青年,而分成两大阵营,或则投书告密,或则助官捕人的事实! 我的思路因此轰毁,后来便时常用了怀疑的眼光去看青年,不再无条件的敬畏了。"①新青年旧精神的发现,对青年价值的重估,使鲁迅"但看少爷们著作,竟没有一个如我,敢自说是戴着假面和承认'党同伐异'的,他们说到底总必以'公平'自居,因此,我又觉得我或者并不渺小"②。

鲁迅在《写在〈坟〉后面》一文中,明确提出了历史中间物的概念:"一切事物,在转变中,是总有多少中间物的。动植之间,无脊椎和脊椎动物之间,都有中间物;或者简直可以说,在进化的链子上,一切都是中间物。"③而历史中间物的任务,便是"在有些警觉之后,喊出一种新声;又因为从旧垒中来,情形看得较为分明,反戈一击,易制强敌的死命"。鲁迅在《风筝》《弟兄》等文本中,对自我的严厉解剖,对自身旧有文化传统的直视,是他对历史中间物这一身份进一步认同的表现,他以自己为标本,将旧社会的病根暴露出来,催人留心,设法加以疗治。

鲁迅曾多次声明:"我的确时时解剖别人,然而更多的是更无情面地解剖我自己。""我从别国里窃得火来,本意却在煮自己的肉的。""我知道我自己,我解剖自己并不比解剖别人留情面。"④《墓碣文》更是以形象化的方式描述了鲁迅对自身几近残忍的自剖:"有一游魂,化为长蛇,口有毒牙。不以啮人,自啮其身,终以殒颠。……抉心自食,欲知本味。创痛酷烈,本味何能知? ……痛定之后,徐徐食之。"⑤这种"穿掘着灵魂的深处"的指向自我的剖析,使得鲁迅"受了精神底苦刑而得到创伤,又即从这得伤和养伤和愈合中,得到苦的涤除,而上了苏生的路"⑥。

四、结语

鲁迅自言不要做名人,"一变名人,自己就没有了"。在笔者看来,正是受到鲁迅神话的遮蔽,在以往的研究中,学者们大多把鲁迅对自我的贬抑看作他的自谦,

① 鲁迅.鲁迅全集:第 4 卷[M].北京:人民文学出版社,2005:5.
② 鲁迅.鲁迅全集:第 11 卷,北京:人民文学出版社,2005:652.
③ 鲁迅.鲁迅全集:第 1 卷[M].北京:人民文学出版社,2005:301 - 302.
④ 鲁迅.鲁迅全集:第 3 卷[M].北京:人民文学出版社,2005:477.
⑤ 鲁迅.鲁迅全集:第 2 卷[M].北京:人民文学出版社,2005:207.
⑥ 鲁迅.鲁迅全集:第 7 卷[M].北京:人民文学出版社,2005:107.

因而较少会将普通人存在的自卑情结与名人鲁迅联系在一起。结合鲁迅的生平经历和其作品，本文对鲁迅自卑情结的形成原因及表现做出了阐释，并对其克服自卑感，实现自我超越的心理过程做出了个人化的解释。当然，精神分析的方法不免带有唯心主义的倾向，笔者对鲁迅自卑与超越心理的分析也只是提供一种假说，但笔者希望能够助力打破鲁迅的神话，将其从思想的神坛上解放下来，以期实现与鲁迅平等对话的可能。

参考文献

[1]鲁迅.鲁迅全集[M].北京:人民文学出版社,2005.

[2]阿德勒.洞察人性[M].张晓晨,译.上海:上海三联书店,2019.

[3]阿德勒.自卑与超越[M].吴杰,郭本禹,译.北京:中国人民大学出版社,2013.

[4]王晓明.无法直面的人生——鲁迅传[M].上海:上海文艺出版社,2001.

[5]朱栋霖.文学新思维[M].南京:江苏教育出版社,1996.

[6]周作人.毕竟是兄弟:周作人记忆中的鲁迅[M].南京:江苏人民出版社,2018.

[7]李长之.鲁迅批判[M].上海:上海三联出版社,2013.

[8]钱理群,温儒敏,吴福辉.中国现代文学三十年[M].北京:北京大学出版社,1998.

[9]冯雪峰.冯雪峰忆鲁迅[M].石家庄:河北教育出版社,2000.

[10]刘纳.嬗变[M].北京:中国人民大学出版社,2010.

[11]苏桂宁.文化自卑与文化批判——鲁迅创作心态探索[J].暨南学报(哲学社会科学),2000(1):6-14.

[12]钱理群.对比解读鲁迅先生的《我的兄弟》和《风筝》[J].文学教育(上),2010(1):4-7.

[13]姬蕾.鲁迅《孤独者》中的三次复仇[J].名作欣赏,2012(36):35-36.

[14]薛毅,钱理群.《孤独者》细读[J].鲁迅研究月刊,1994(7):23-29.

[15]李今.研究者的想象和叙事 读《鲁迅:为爱情作证——破解〈野草〉世纪之谜》想到的[J].中国现代文学研究丛刊,2006(4):211-220.

[16]杜光霞.置诸死地而后生——从《弟兄》看鲁迅特殊的自我心理治疗[J].鲁迅研究月刊,2013(1):13-20.

[17]聂绀弩.回忆我和萧红的一次谈话——序《萧红选集》[J].新文学史料,1981(1):186-189.

[18]李玉明.人的"喜剧":《狗的驳诘》新论[J].鲁迅研究月刊,2016(12):4-8.

平行现实，多视角阅读的切入点
——以对《云中记》的解读为例

摘　要：个人现实指在个人的认知中判断为"真"的世界；群体现实指具有类似认知世界方式的群体，共同认知中判定为"真"的世界；各个人或群体现实互为平行现实。从平行现实出发理解作品是很好的进行多视角阅读的方法，阿来的《云中记》就可以用这个方法进行多视角阅读。在小说中，作者通过内部角色相关的四组对立平行现实的描写，展现了他对社会问题的深入思考。在小说外，通过对读者与小说人物这对平行现实的分析，我们能够深入思考作品、作品中人物、读者三方的关系问题，并认识到多视角阅读、多维度认识世界的重要性。

关键词：个人现实；群体现实；平行现实；观测者；多视角

作家塑造一个人物时，往往会进行多方面的描写，使该人物形象更加丰满，因为过于片面化的人物形象，其内涵也将十分单调。反过来，读者在阅读时，若只站在单一立场上思考、从一个角度去理解作品，那读者所能感悟到的东西也是十分狭窄的。要想深入思考，从多个角度阅读并理解作品是极其重要的一点。而以平行现实为切入点进行阅读便是一种很好的多视角阅读方法。下面将以对《云中记》的解读为例，说明这一方法。

一、平行现实

1.平行世界

在讨论平行现实之前,我们先来了解一下平行世界。

平行世界又叫平行宇宙,是量子力学"多世界理论"下的一个概念。

1973 年,狄维特和格拉汉姆在《量子力学的多世界解释》中提出:"在测量过程中由初始波函数描述的世界分裂成同样真实的但是却相互之间不可观察的世界分支,即形成多世界。在每一个这样的分支世界中,一次测量只有一个确定结果,但是在不同的分支世界中,这样的测量结果并不相同。在处于叠加态的观察者的眼里,不同的分支世界相当于是一些备选的平行宇宙。"

从这段话我们可以知道,最初的世界是一个原点,而后像一棵树可以不断分叉一般,这个原点也在不断分叉。每一次分叉,都会产生两个或多个走向不同的世界,所以每根"树枝"都对应一条独一无二的世界线。各个世界并存,但彼此相互平行、互不干扰,对于其中的一个世界来说,其他的世界就是它的平行世界。处在叠加状态的观测者可以以一个旁观者的身份清晰地看到这些不同的世界,但对于置身于某个具体世界之中的人来说,他只能看到自己所处的世界,无法感知其他平行世界的存在。

平行世界的存在虽然尚未被百分百证实,但用这个思路来理解"平行现实"却十分合适。

2.个人现实

一个人以自己这个个体为出发点去认识周遭的世界,以自己个体的感觉作为标准去评判世界,这种情况下,在他的认知中被判断为"真"的东西,就是他的个人现实。

例如,一个真的相信有神魔鬼妖存在的人,神人鬼妖共存的世界就是他的个人现实;在他的认知里,自己所生活的现实世界就是会存在灵鬼游荡、神明显圣,不管他是否真的看到过。而对一个唯物主义者来说,神鬼无存、科学至上的世界才是他的个人现实;即使遇到了一些百思不得其解的现象,他也会认为是其中尚有自己未能发现的奥秘,而绝对不会想到是妖魔作祟。

3. 基于个人现实的社会性平行现实

"基于个人现实的社会性平行现实"其实就是社会版的"平行世界"。

每个人都活在自己的个人现实里。除非个人主动改变自己对周遭事物的本质性判断，否则就算外人给他灌输一千遍异质思想，他的个人现实也不会改变。一个无神论者，就算每天都被各种宗教徒灌输有关神的知识，但只要在他自己的认知中，神被判定为"假"，被判定为不存在，那么他的个人现实就是一个没有神的世界。

价值观多元化的社会里，不同的个人现实同时存在，但却无法互相干扰对方，这就像是平行世界一般。这些彼此之间无法互相干扰的个人现实的关系是平行的，因此这些个人现实互为"平行现实"。"个人现实"是一个统称性的概念，不同人有不同的个人现实，平行现实是一个相对性的概念。假设有 A、B、C 三人，他们分别有自己的个人现实：个人现实 A，个人现实 B，个人现实 C，那么个人现实 A、个人现实 B、个人现实 C 互为平行现实。

每个平行现实都是一个独立的存在，各个平行现实之间无法相互侵蚀。至于说信神鬼的人某天变成了唯物主义者的这种情况，并不是信神鬼之人的个人现实被唯物主义者侵蚀了，而是他自己主动接收了来自唯物主义者的讯息，经过一番思索后，自己的认知发生了质的变化，从而导致了个人现实的改变。平行现实的这种不可侵蚀性可以看作它的"绝对防御"，能够促使自己发生改变的只有自己。

4. 平行现实的社会性与群体现实

平行现实的社会性有两重含义。

其一，社会对个人现实的形成有着至关重要的作用，几乎可以说是社会塑造了个人现实。一个人生下来接触到的家庭、教育、文化等社会性因素直接影响着其对世界的认知和对事物的判断。

其二，平行现实是相对的，因而其范围也是较为模糊的。随着社会群体大小的界定，平行现实的外延也不相同。

若涉及的只有两个人，那么此处的平行现实就只是这两个人的个人现实；若涉及两个家庭，如家庭 A 和家庭 B，那家庭 A 成员的个人现实综合和家庭 B 成员的个人现实综合互为平行现实；若涉及两个民族，那么民族 A 内部所有成员的个人现实综合与民族 B 内部所有成员的个人现实综合互为平行现实。"个人现实综合"不是个体现实的简单相加，而是群体内所有个人现实共性的概括，概括之后形成的就是"群体现实"。

社会群体内部所包含的个体越多，群体现实就越抽象。例如，当说到整个瓦约乡的群体现实时，似乎就只能说他们信神信鬼魂，而再往下说就发现他们有信佛教和苯教的矛盾。但若只说云中村的群体现实时，我们就可以说他们信神信鬼魂，信的神是苯教的山神阿吾塔毗。

拥有相同的认知世界方式的复数个体才会有自己的群体现实。云中村的阿巴和自己的外甥仁钦两人都是云中村人，可以构成群体现实 A；嫌弃瓦约乡厕所脏的游客和被卖天价野菜的游客都有游客的身份，可以构成群体现实 B；A 和 B 互为平行现实。与之相比，阿巴和嫌弃瓦约乡厕所脏的游客两个人似乎就不存在什么共通点，也就难以构成自己的群体现实了。

二、《云中记》里：多组对立的平行现实

在《云中记》这部作品里，有无数个平行现实，其中有几组是作者有意对比起来描述的。不同的现实相互碰撞，展示出了不同视角下的世界，也反映出了作者对诸多社会问题的深入思考。

1. 阿巴与仁钦——死者与生者、神谕与科学的对立

阿巴的个人现实和仁钦的个人现实构成一组对立的平行现实。

阿巴的个人现实，是一个山神阿吾塔毗、逝去之人鬼魂、小精灵、独角鬼等奇幻之物都存在的世界，虽然最初他还对鬼魂的存在抱有怀疑，但随着在云中村生活时间的增加，他实现了精神的升华，完成了对神灵世界的确认。在仁钦看来，把自己定位为祭师的舅舅宛如一个神明。仁钦的个人现实则正好和阿巴相反，应力数据、非物质文化遗产继承人、危机公关这些才是仁钦的世界里应该出现的词。

这组平行世界的对立是十分明显的。一开始阿巴便向仁钦强调两人分工不同：仁钦是乡长，管活着的乡亲；自己是祭师，管死去的灵魂。阿巴代表死者和神谕，仁钦代表生者和科学。这背后反映的是两种截然不同的思维体系的对立。

但作者的思考不仅仅停留在两者的对立层面，他发现，神谕与科学又有相似之处：科学和神都明明白白地显示在人们面前；科学跟神一样，一点都不可怜人。诗

性思维与理性思维似乎也可以达到和解,在跟余博士的思维碰撞中、在科学话语的启发下,阿巴领悟到了山地藏民传统生命哲学的最高境界,理解了死亡、消失、转换的相对意义,实现了"孤独个体"封闭性的突破。

2.云中村和移民村、瓦约乡和外界——传统社会与现代社会的对立

云中村的群体现实和移民村的群体现实,作为被观赏者的瓦约乡民的群体现实和作为观赏者的外界游客的群体现实各自对立。

云中村人的群体现实终究还是和以移民村为代表的外界人不同。他们学着移民村的人用买来的发胶抹头发、一天一洗澡、消去云中村的味道,但是阿巴回村时,他们还是相信自己亲人的鬼魂会回来,让阿巴给死去的亲人捎东西;云中村即将消失时,他们还是聚在一起唱响古歌。虽然从行为和职业上看,云中村的人已经完全适应了移民村的生活方式,但实际上他们还是像水油分离一般疏隔,生活在不同的群体现实中。

瓦约乡和外界在群体现实上也是阻隔的。虽然表面上看,瓦约乡人为了财富,一步步改掉自己的固有观念,从不肯低头到有了服务意识,从善良淳朴到贪图小利,但骨子里他们还相信神的存在。如果瓦约乡人的观念变得和外界完全一致,变得可以共用同一个群体现实,那么瓦约乡也就失去了其旅游业的最大招牌了。

这两组平行现实背后反映的是传统社会与现代社会的对立,以及作者对现代社会发展正确性的质疑。随着时间的推移,云中村以及瓦约乡的人发现新兴事物越来越多,自己的语言无法说出,传统的云中村已无法跟上现代社会的发展速度。但是这种发展带来的也并非都是好的事:独自回到云中村过传统生活的阿巴,碰到了央金姑娘带来的摄像机,碰到了中祥巴驾驶过来的热气球,消费苦难的摄像机和热气球一再打破逝者之村的静谧;电视的孩子、黑社会、观光农业等新兴事物一再出现,最终瓦约乡的人们也迷失在现代社会的洪流中了。

3.正常的阿巴与"失魂"的阿巴——思考者与盲从者的对立

正常阿巴的个人现实与"失魂"阿巴的个人现实是一组对立的平行现实。

虽然都是阿巴,但是个人现实却不同。个人现实是以个人对世界的认知和判断为基础形成的,与个体的主观精神状态有密切关系。"失魂"状态下的阿巴,用他自己的话说,"意识已经离开自己十多年了",认知并不像正常情况下那么完整,在这个基础上形成的个人现实也就和正常情况下的有所区别。

正常的阿巴，他的个人现实里有神灵祭祀，有家人朋友，有电线灯泡，有学校政府，是一个丰富的世界。而意识离开了的阿巴，个人现实里除了父亲留下的祭祀用的衣服和法器之外，再无其他。

这两种状态下的阿巴的对立，其实是思考者和盲从者的对立。当阿巴大脑放空只剩下祭祀时，可以看作他已经生活在一个只有神灵鬼魂的个人现实里了，在这种状态下，他绝对相信神灵的存在，相信祭祀的力量，但其实，现实中的他不仅没有成为与人沟通者，反而变成了一个拖累妹妹的废人。相反，当他意识回来之后，虽然对鬼魂和神灵存在的真实性有所怀疑，但在与地质学家的交往过程中，科学与信仰两种知识体系相互碰撞，阿巴受到启发，赞叹："原来消失的山并没有消失，只是变成了另外的样子。"这种高境界的传统生命哲学思想甚至感动了坚信科学的余博士。

4. 云中村和瓦约乡其他的村子——文明继承与文明遗失的对立

云中村人的群体现实和瓦约乡其他村人的群体现实也是一组对立关系的平行现实。

云中村的人，拥有的是一个信奉苯教，山神名为阿吾塔毗的群体现实；瓦约乡其他的村子，则早已改信佛教，在他们的群体现实中，山神叫作金刚手菩萨。

本是有同一信仰的人们，最后却分化出了两个群体现实，这背后反映的是文明的继承与遗失问题。依照阿巴讲述的史诗，瓦约乡的几个村子都是阿吾塔毗的后代。但是随着其他村子的迁移，他们的信仰逐渐发生改变，甚至提出让阿吾塔毗以金刚手菩萨侍从的身份进入佛教。在佛教喇嘛的眼中，因为云中村的人不愿意改变信仰，所以导致阿吾塔毗也进不了佛教，是云中村的人连累了阿吾塔毗。但其实正相反，是云中村的人始终把自己当作阿吾塔毗的后代，这份文明才得以传承和延续，如果连云中村这最后的坚守者都失去的话，那将是这个文明莫大的悲哀。

这四组对立的平行现实的呈现，都反映了作者对矛盾背后隐藏的社会问题的深入思考。

三、《云中记》外：读者与书中人的平行现实

"观测者"是和平行世界紧密相连的一个概念，"观测者"处在平行世界的外侧。身处在某个特定平行世界的人，只能认知到自己所处的世界，但对处于叠加状态的

外部观测者来说，他可以观测到多个平行世界。拿《云中记》来讲，阿巴、仁钦、云丹只能在属于自己的故事世界中认知到自己的个人现实，他们的活动只存在于故事中；但是对于处在故事外围的读者来说，那是一个和自己不同次元的存在，他们可以以次元外旁观者的姿态去观测那个世界。平行现实亦然。故事中人的世界和故事外围读者（即观测者）的世界是平行的，双方的个人现实也是平行的，所以外围读者的个人现实也是多视角阅读的视角之一。

分析内外侧平行现实的相关问题，有助于我们更好把握读者与作品的关系。通过对《云中记》内外侧平行现实的分析，我们可以得出以下三个结论。

1. 作品让两个平行现实距离拉近，实现情感共鸣

一般情况下，我们听到毫不相关的人或物消逝时，断不会有高兴之情，但同时也不会为之伤心，若是后续还有哀悼活动，那也是缺乏实感的走形式，因为人在面对一个完全未知的对象时，很难产生共情。

而作品可以打破这种"阻隔"，拉近读者与书中人的距离，实现情感共鸣。读者通过阅读作品，有了一个观测故事中人的个人现实、深入了解他们生活的经历，这样，共情就很容易发生。当被观测者（故事中人）发生变化时，观测者对被观测者给予的关注越多，观测者的情感起伏就越大。

对于《云中记》来说，读者整体代入的就是阿巴这个角色，进入的也是阿巴所在的神鬼世界。在代入的过程中，读者一直用自己的眼睛注视着阿巴和云中村，看到了水电站事故后失了魂的阿巴，看到了地震后变成废墟的云中村，也看到了五年后重返云中村招魂祭神的阿巴。读者和阿巴以及云中村实现了较大程度的同步，因此当那一天到来之时，看到阿巴和云中村在平静的叙述中走向毁灭，读者会有一种自己走向了毁灭或者失去了亲人一样的感觉，悲伤难过之情、怅然若失之感也就油然而生。

《云中记》拉近了读者与阿巴的个人现实，因此读者读完作品之后，会为古老村落的消亡、传统文化的消逝而感到惋惜，也会为生命的消逝感到悲伤。这是一种平静的、无言的、直击心灵深处的悲伤。已经有了一次参与度如此高的精神体验，而后再联想到"5·12"地震时，读者对逝去的生命和建筑的悲伤就更加真实和深刻了。那不是冰冷的数字，而是无数个阿巴和云中村，是无数条鲜活的生命和无数座古老的建筑。

2. 观测者决定平行现实的存亡

除了上述提到的作品内部的四组对立平行现实，读者还能够在作品中观测到其他几个世界。每个世界都是自己主观的平行现实。

首先是谢巴家的世界。每次提到谢巴家，云中村的人就像描绘另外一个世界一样描绘这对夫妇营造的新居。整个云中村都在向着未来的一百年而去，这户人家却回到了一百年前。谢巴家生活在另外一个世界，以至于就连专门回来祭祀的阿巴，也是在回到云中村的第四个月，才想到了这户人家的存在。

其次是鹿眼里的世界。小说中这样描述："阿巴从鹿眼里看得见一个被曲面扭曲得有些怪异的世界。天空，云彩，树，山坡和自己。鹿眨一下眼睛，这个世界就消失。鹿睁开眼睛，这个世界就出现。"鹿可以说是人类世界的观察者，鹿有自己的现实，也能和人类产生关联，但是它们是和人类不同的生物，虽产生关联但并不主动参与到人类的社会中去，所以鹿也是相对客观的人类世界观察者。若说读者是身处故事之外、以不同次元者的身份在观察小说世界，那么鹿就是身处故事之中、以不同生物的身份观察人类世界，鹿的眼睛映射出来的是它观察到的人类世界。与此相似的还有泪珠里的世界。阿巴认为泪珠也映照出一个世界，"一滴泪水落下去，这个世界就消失，又一滴泪水溢出眼眶，这个世界又出现"。

再次是阿巴梦中的世界。梦境不同于人日常生活的实际空间，它们是独立于实际空间的另一个世界。不考虑其他因素，阿巴自己下坠、上升的梦境和阿巴祭祀招魂的日常是完全平等的两个世界，梦之世界和日常世界各有各自的真实。梦之世界一旦被作者叙述出来，读者就能够观测到。

最后是云中村的世界。阿巴认为，自己和云中村一起坠落之后，自己不是死，而是消失，和世界一起消失；因为此时阿巴和云中村已经高度同步，他的个人现实里只有自己和云中村了，对他来说自己和云中村就是"世界"的全部，所以人一旦死了，事物一旦消失了，"世界"也就等于没有了。但是，阿巴同时还认为："只要有一个云中村的人在，只要这个人还会想起云中村，那云中村就没有消失。"

不难发现，上面几个世界有一个共性：有人意识到该世界的时候，世界才存在；当无人看到或意识到时，世界就消失了。这种消失不是相关实物的不见，而是认知里的不存在。谢巴家在真实世界中客观存在着，但在阿巴的记忆里浮现出这户人家时，读者的认知里并不存在这样一户人家；鹿眼睛睁开时，鹿看到的世界就存在，闭上眼就消失；梦境世界，作者描述出来后，读者就能观测到，它就存在，作者不描述读者就不知道它的存在；云中村在小说的真实世界中虽然消失了，但云中村的人们记得它，读者记得它，所以它一直存在于云中村民和我们的认知里。因此我们可以得出这个结论：当所有的观测者都不再能捕捉到一个现实的存在时，这个现实就真的消失了。

3.切换个人现实，才能认识到更加广阔的现实

读者通过阅读《云中记》，经历了一个"个人现实遇到挑战——切换视角尝试理解——领悟深刻道理——个人现实拓展变化"的过程。

第一，个人现实遇到挑战。

对故事观测者来说，自己虽然是置身于故事之外，但要想对其进行观测，还是要将自己的目光聚集在其中某个事物身上；就算是宏观俯瞰，也不可能毫无焦点。放到阅读小说的读者身上来讲，那就是角色代入，而作为故事核心线索的主角一般是读者最容易进入的角色。所以，读者在阅读《云中记》时，一般都会代入阿巴的角色。

阿巴是一个处在古老特殊文化氛围中的祭师角色，生活的地方是有许多神秘风俗的边缘村庄，拥有的是一个立足于神秘文化的个人现实。而读者大多数是生活在一个追求真理、破除迷信、尊崇科学的环境中，生活理念大致相同，拥有的是一个立足于科学文化的群体现实。因此，读者虽然代入阿巴的角色，但其实思维模式却更贴近以仁钦为代表的乡镇领导。

此时矛盾便暴露出来了。自己代入了一个角色，但这个角色所拥有的平行现实和自己的现实是对立的，这就产生了一种违和感，原有的个人现实遭到挑战。

第二，因传统认知遭到冲击，所以尝试切换视角去理解。

违和感产生后，接下来会发生两种情况：要么读者认为这部作品在胡言乱语，选择不再阅读；要么读者重新审视自己的固有认知，打破思维定式，得到一个新的看问题的角度，获得更加客观的认识世界的思考模式。《云中记》带给我们的显然是后一种情况。

起初，读者会觉得自己的观念和自己代入的角色的观念总是发生冲突：地震发生后，干部的话是"一方有难，八方支援，在祖国大家庭的怀抱中开始新的生活"，可云中村的人却觉得是"背井离乡"；志愿者们想要找老乡谈话给他们做心理疏导，但

老乡不爱听书本上学来的话……

但后来却又发现，作品中似乎也提供了一个科学文化理解神秘文化的例子：仁钦。他坚信科学和唯物主义，是一位优秀的基层干部，却也不全盘否定阿巴，知道自己怎么劝都无济于事，最终还是放阿巴留在山上。在仁钦那里，两种观念和解并不是因为他改变个人现实转投神秘文化了，而是因为他选择了切换和理解，从乡长的思考模式切换到了祭师一族后人的思考模式。

于是读者试着暂时放弃从科学视角出发进入阿巴的神秘世界，直接站在神秘世界的立场上看问题。这时，阿巴的一切行为都能理解了。

第三，换位思考后，领悟到了深刻的道理。

原先站在自己立场上无法理解的事，换上阿巴的视角后就觉得一切是理所当然的；明明是同一自己看同一件事，视角不同获得的感受也不同，这种奇妙的变化让读者意识到：处在不同平行现实中的人，对同一事物的评判标准是不同的；若机械地从自己的个人现实出发解读他人的故事，就可能会得出与他人完全相反的评价；那些自己看来理所当然的、帮助别人的事情，说不定反而会给他人带来灾难。

第四，个人现实拓展变化。

在经历上述三个过程后，一方面，实际操作上，因为切换视角，读者在原有的个人现实外又理解了另一种认识世界的方式；另一方面，理论上，知道了唯一视角解读事情的危害和切换视角的重要性，读者的思考模式更加成熟。所以，到这个阶段，读者的个人现实便有了很大拓展，认识到的世界以及认识世界的方式都和此前大不相同了。

填补漏洞的方式就是去拓展。若个人现实出现漏洞，那就试着切换到他人的世界去理解他的现实，然后按照自己的思维方式有选择地将他人观点接纳吸收，丰富并拓展自己的个人现实，这样，不和谐的漏洞就能消失了。

作品讲述的故事只有一个，但故事内外涉及的平行现实却有无数个。阅读时，以平行现实为切入点，从不同的平行现实进入故事，理解不同个体的个人现实，能够帮助我们从多个视角认识世界，从而拓宽我们的眼界。而走出自己的小天地，不再故步自封，正是多视角阅读的最终目的。

参考文献

[1]阿来.云中记[M].北京:北京十月文艺出版社,2019.

[2]郑震.空间:一个社会学的概念[J].社会学研究,2010(5):167-191.

[3]岳雯.安魂——读阿来长篇小说《云中记》[J].中国当代文学研究,2019(2):56-66.

[4]张思远.论阿来《云中记》对灾难文学意义空间的拓展[J].美与时代(下),2020(1):84-86.

[5]陈璋斌.论平行世界小说的历史对话性[J].文艺争鸣,2020(2):166-170.

[6]佘国秀.图像叙述视域中的阿来小说《云中记》研究[J].民族文学研究,2020,38(2):118-128.

[7]张丽.量子测量中的多世界解释理论研究[D].中共中央党校博士学位论文,2011.

从 20 世纪 80 年代小说创作看家庭教育新变

王　荟

摘　要："祖宗虽远,祭祀不可不诚;子孙虽愚,诗书不可不读",家庭教育作为传统教育的重要组成部分,在我国历史悠久、内涵丰富。从孟母三迁到梁启超的四百余封家书,这些拳拳的爱子之心不仅书写了无数的教育典范,更构建起了文学作品中不朽的教育主题。20 世纪 80 年代以来,社会的剧烈变革加速了思想文化,尤其是教育观念的更新。而文学作品作为时代的镜子,无疑为我们探究这一时期的家庭教育提供了一个很好的媒介。细读 80 年代的小说文本,可以发现这一时期的家庭教育与从前相比已有了较大差异,具有鲜明的时代特点,如:家庭教育的区域差异性愈加突出;新型的西方文明式的家庭教育的深化发展;民主的家庭教育模式的尝试构建。通过文学作品探析这一时期家庭教育的特点,追溯其形成原因以及分析其利弊得失,不仅拓宽了当代文学的研究领域,也同样给予我们今天的教育以借鉴。

关键词:80 年代小说;家庭教育;时代特点;原因追溯;影响

孔子说:"父在,观其志;父没,观其行;三年无改于父之道,可谓孝矣①。"我国古代很早就认识到了家庭教育的重要性。只不过在儒家文化占主导地位的中国传统文化的影响下,中国古代传统的家庭教育主要是针对生命观的教育;与之相应,大多采取言传身教等家庭教育方法。而由于古代缺乏系统的理论著作,文学作品

---

① 杨伯峻.论语译注[M].北京:中华书局,2006:8.

便成为探究不同时期家庭教育观的重要渠道。20 世纪 80 年代，随着对外开放政策的进一步确立，中国加大了与世界的交往程度；与此同时，农村与城市的全面改革，也促进了商品经济的迅速发展。在社会的剧烈变革中，人们的思想文化不断更新，各种价值观念得以重新确立，各个领域都呈现出了不同于以往任何时期的鲜明特色。作为社会生活的重要组成部分——教育，不可避免地反映在这一时期的文学创作中。只是由于这一时期伤痕文学、改革文学等各种文学思潮的兴起，长期以来人们的目光便更多地聚焦于这些文本所蕴含的对"文革"的反思、对改革的思考等思想内涵，而忽略了其中蕴含着的家庭教育观念。因此，立足于 20 世纪 80 年代的小说文本探析这一时期的家庭教育，不仅有利于我们把握时代的风貌、反思当今的教育，也同样可以拓宽当代文学的研究领域。

一、中国古代家庭教育的时代特点

1. 中国古代家庭教育内容的特点

《大学》有言："古之欲明明德于天下者，先治其国；欲治其国者，先齐其家；欲齐其家者，先修其身；欲修其身者，先正其心；欲正其心者，先诚其意；欲诚其意者，先致其知；致知在格物。"①修身、齐家、治国、平天下，修身是基础，彰显了儒家对道德，对人格的重视，当然，也代表了受儒家思想影响的中国古代大多数人民的追求。颜之推在《颜氏家训》序言中也说："夫圣贤之书，教人诚孝，慎言检迹，立身扬名，亦已备矣。"②也是在表明古代圣贤写书的目的更多是教人道理而非传授知识。以上均可表明古人对于道德修养的重视，而这也就决定了古代传统家庭教育的第一个特点：家庭教育以德育为主，即相较于知识，父母更注重对子女道德品质的教育。

从三国诸葛亮《诫子书》"夫君子之行，静以修身，俭以养德"③到宋代王应麟《三字经》"昔孟母，择邻处"④；从晚清文学家曾国藩"京师子弟之坏，未有不由于骄、奢二字者，尔与诸弟其戒之，至嘱至嘱"⑤到近代教育家梁启超"将来成就如何，

---

① （汉）郑玄，孔颖达．十三经注疏·礼记正义［M］．北京：北京大学出版社，1992：1592.
② 王利器．颜氏家训集解［M］．北京：中华书局，1996：1.
③ 张连科，管淑珍．诸葛亮集校注［M］．天津：天津古籍出版社，2008：109.
④ （宋）王应麟．三字经［M］．北京：中信出版社，2018：3.
⑤ （清）曾国藩．曾国藩家书［M］．北京：中国致公出版社，2011：184.

现在想他则甚？着急他则甚？一面不可骄盈自满,一面又不可怯弱自馁,尽自己能力去做,做到哪里是哪里,如此则可以无人而不自得,而于社会亦总有多少贡献。"①无论是修身、养德、戒骄戒躁……凡此种种,无不体现着父母对子女道德品质的教育。

2. 中国古代家庭教育方法的特点

我国现代杰出的教育家蔡元培先生 1934 年在上海市儿童节庆祝大会发表演说时谈道,双四节应注意两种四件事:(1)儿童之日常生活,"衣""食""住""行",此四事全靠年长者供给;(2)"德""智""体""美",尤应成年人予以良好之指导,在儿童本身应遵守训导。"因未来之责任,异常繁复,如无相当之训练,将来不易担当。"②在这里他明确指出了家庭教育的内容以及家庭教育的重要性。当然,好的教育内容固然重要,可如果没有恰当的教育方法相辅,也难以达到好的教育效果。考察我国古代的家庭教育,可以发现我国传统家庭教育的方法已相当多样。具体来说包括言传身教、环境熏陶等。

言传身教:我国古代家庭教育以品德培养、道德教化为主。对于这些书本以外的人生知识,父母的言传身教似乎能达到更好的效果。曾国藩是我国晚清著名的政治家、军事家、思想家。虽然出生于普通的耕读之家,他却自幼勤奋好学,不仅在多个领域有非凡的建树,其人品修养更是令人称赞。在子女的教育中,他更是严于律己,从来不停留在口头说教,而是用一个个切实的行动为子女树立学习的典范。如曾国藩在咸丰九年(1859)十月给儿子纪泽写的家书中这样讲道:

我朝列圣相承,总是寅正即起,至今二百年不改。我家高曾祖考相传早起,吾得见竟希公、星冈公皆未明即起,冬寒起坐约一个时辰,始见天亮。吾父竹亭公亦甫黎明即起,有事则不待黎明,每夜必起看一二次不等,此尔所及见者也。余近亦黎明即起,思有以绍先人之家风。尔既冠授室,当以早起为第一先务。自力行之,亦率新妇行之。③

由此观之,曾国藩教育子女从来都是言传身教,在言与行的双重教育下,使子女真正有所发展提高。

① 梁启超.梁启超家书[M].北京:中国言实出版社,2019:106.
② 蔡元培.蔡元培教育论著选[M].人民教育出版社,2018:677.
③ (清)曾国藩.曾国藩家书[M].长春:吉林文史出版社,2016:18.

环境熏陶：我国古代社会十分注重良好家风的建设，希望为孩子营造一个健康向上的成长环境。所谓"近朱者赤，近墨者黑"，由于年龄、社会经验、生理发展等多方面因素的限制，小孩子极容易受到外界的影响，并且这种影响可能会伴随终生。因此，在童年时期为孩子构建一个良好的环境是极其重要的。一个积极阳光的环境不仅可以使孩子心情愉悦，健康快乐；同样有利于他们良好品格的培养。孟母三迁的故事家喻户晓，孟母煞费苦心、不辞辛劳，三迁住宅，因为她深知环境对于教育的重要性。

借助各种文学作品可以发现我国古代的家庭教育历史悠久，内涵丰富。由于受传统儒家思想的影响，我国古代的家庭教育呈现出以德育为主的特点。与之相适，家庭教育方法也以言传身教、环境熏陶等为主。了解了这些特点，我们将更加清楚地意识到 20 世纪 80 年代家庭教育的时代特色。

二、20 世纪 80 年代小说创作中的家庭教育特点

1. 家庭教育观的区域差异性愈加突出

所谓教育观是指人们对于教育现象和教育问题的基本观念体系，例如人们对教育的目的、内容、方法、功能等方面的基本观点。一个人的教育观不仅受到经济、政治、文化等社会与时代因素的制约，也同样受到他所接受的教育水平、所处的生活环境等各种个人因素的影响。因此教育观具有很大的差异性，不同的人有不同的教育观。1978 年 12 月，中国共产党第十一届中央委员会第三次全体会议在北京举行，会议确定了改革开放和以经济建设为中心的重要决议，成为我国历史上的一个重要转折点。自此，我国开始设立经济特区，农村和城市拉开了改革的帷幕。20世纪 80 年代，随着改革开放的深入进行，我国加大了与世界的交往程度，东部地区由于地理和政策优势，飞速发展，一个个现代化的大都市开始兴起；而中西部农村地区由于地处内陆，发展相对缓慢。也就是在这一时期，东西部、城乡各地发展差距迅速增大，区域发展的不平衡性愈加凸显。经济政治上的差异必然导致思想观念的不同，其中一个重要的反映即表现在人们的家庭教育观念上。

1988 年，中国作家路遥创作的长篇小说《平凡的世界》顺利完成，该小说以生动的笔墨，展示了中国 20 世纪 70—80 年代十多年间城乡生活的巨大变迁。虽然整本

书主要是从孙少安、孙少平两兄弟的奋斗史展示平凡小人物不平凡的一生,但我们却能从中窥探出整个时代的风貌。通过少平、兰花、兰香以及田晓霞几个年轻人迥异的人生,我们大致可以捕捉到这个时代的教育状况,以及人们对教育的不同观念。首先是兰花,孙家的大姐,一个没有受过良好教育的农村妇女的典型。早年因为家里贫穷,以及农村普遍流行的"女孩子上学没有用"等观点,早早辍学帮忙维持家里的生计。没有受过良好的教育直接导致她一生的悲惨:毫无判断力,随随便便嫁给了一个二流子度过了一生。如果说兰花的辍学更多的还是经济原因,那么在兰香的教育经历上我们可以更深刻地体会到农村教育观念的落后。兰香是家里最小的女孩子,初中快毕业时,由于全县中小学恢复实行秋季招生制度,需要再增加半年课程,才能毕业。懂事的兰香为了节省家里的开支,提出要放弃读书,干活补贴家用。当她提出这一想法时,父亲没有反对,因为在老一辈农村人的眼里依然认为"女孩子认个字就已经很好了"。幸好,兰香遇到了两个好哥哥,她才能在那样的年代,那样的环境中,接受高中、大学教育,最终改变自己的人生。从孙家几个孩子的经历中,我们可以看到,虽然这时农村人的家庭教育观念已经有了很大进步,只要条件允许,他们会尽力让孩子接受教育,比如孙家人一直竭力供少平、兰香兄妹读书;但同样,我们也可以发现,这一时期农村的教育观念依然很落后,女性教育仍未受到重视,更不要说对子女教育内容、教育方法的选择了。

同样是在这个故事中,另外一个女孩子——田晓霞,却可以过着不同的人生。田晓霞是高官田福军之女,由于受父亲的影响,她从小热爱读书,并且接受了高等教育,具有较高的文化修养。而平等、自由的家庭氛围,无形中也使她形成了积极乐观的性格。从田晓霞的一生,我们可以看到家庭、教育对一个人的影响,也可以观测到以田福军为代表的一批城镇知识分子的家庭教育观。首先,可以看出在对子女的教育上,他是非常重视的,虽然晓霞是一个女孩子,他却一直鼓励晓霞接受高等教育。其次,可以发现田福军非常注重教育方法的选择:在面对一些人生的知识,他选择言传身教,例如通过自己的阅读习惯影响女儿;在面对一些书本的知识,他选择鼓励启发式的教育,例如他经常鼓励晓霞阅读报纸,发表自己的见解,以此来锻炼晓霞的思维。

通过以上的对比可以发现,20 世纪七八十年代中国的家庭教育观念其实已经有了很大的进步,人们越来越认识到教育的重要性。但由于城乡经济、政治等差距在这一时期的迅速增大，城乡家庭教育观念的差异性也愈加显著。相比较而言，农村的家庭教育观念依然比较落后，像不重视女子教育等现象依然比比皆是，而城镇在这方面则有明显的不同；同时，在教育方法上，农村的家长几乎不曾考虑方法的选择，而城镇的家长在这方面的做法具有显著的区别。

2. 新型的西方文明式的家庭教育的深化发展

回望 20 世纪的中国历史，中国的近现代史是一段反抗侵略与救亡图存并行的历史，是一段逐渐摆脱蒙昧、不断向西方学习的历史。洋务运动时期，在荣闳、曾国藩、李鸿章等人的支持下，清政府先后派出了 100 多名学生赴美留学，这也是我国历史上最早的一批官派留学生。自此以后，中国派往国外的留学生逐渐增多，越来越多的青年选择主动走出国门，接受西式教育。无疑，这种潮流对国人的教育观念产生了很大的影响，越来越多的父母愿意让孩子同时接受传统教育与西式教育。20 世纪 80 年代后，中国加大了与世界的开放程度，越来越受到国外教育的影响，这种新型的西方文明式的家庭教育逐渐在国内深化发展。阅读 20 世纪 80 年代的各种小说，可以很清晰地感受到这种变化。

《活动变人形》是 20 世纪 80 年代由中国当代作家王蒙创作的一部长篇小说。小说通过讲述 19 世纪末到 20 世纪 80 年代的四代人的生活：倪吾诚的母亲和岳母周姜氏，倪吾诚、倪吾诚的妻子静宜以及静宜的姐姐静珍，倪吾诚的子女倪藻、倪萍和倪荷以及他们的后代，展示了 20 世纪中国的历史和社会变迁，对国民性格进行了审视。由于小说的时间跨度长、空间场景变换大以及人物身份设定复杂，几乎可以很清楚地看到中国 20 世纪教育变迁的历程。倪吾诚出生在河北省的一个穷乡僻壤里，但家里还算富裕，五岁上私塾，九岁又上了洋学堂，算是接受了一定的教育。父亲早逝，他所受到的家庭教育全部来自母亲。母亲封建迷信，是一个一辈子没有离开过乡下的文盲。她对倪吾诚的教育就是教他吸食鸦片，禁止革命，给他说媳妇。其实这也代表了 20 世纪初中国绝大部分的家庭教育状况，即家庭教育意识很薄弱，仍然采用中国传统的教育内容与方法。到了第二代，倪吾诚对子女的教育已经发生了很大的改变。倪吾诚虽然出生于地主家庭，但上过洋学堂，又到西方留学两年，因此他的伦理观念虽是传统的，知识储备却是现代的。这种矛盾性就体现在他对子女的教育上。他竭力想为子女灌输现代的、文明的生活学习理念，比如他要求孩子们洗澡、刷牙，给孩子买鱼肝油吃，是希望孩子们养成良好的卫生习惯，具有强健的体魄；他卖了自己的瑞士表，给孩子们买活动变人形的玩具,是希望能丰富孩子们的精神生活。可以看到,虽然倪吾诚的生活不富裕,但他却很注意子女的家庭教育。我们不可否认,他尝试给予孩子们的是一种新型的西方文明式的教育,虽然由于家庭的阻碍,结果是失败的。这种现象也代表了 20 世纪中叶的一种家庭教育状况:人们越来越意识到家庭教育的重要性,并且试图构建一种新型的西方文明式的家庭教育方式。到了第三代,倪荷对子女的教育又发生了明显的变化。倪荷和丈夫都属于高级知识分子,两人很年轻就当上了副教授,可以说他们更加注重对子女的家庭教育。除了家庭教育意识的提高,他们还很注重教育的方法,如经常陪伴、监督孩子们学习,并且注重孩子的健康,把健康视作学习的基础。而在学习内容上,也同样是中式教育与西式教育并重。这也是 20 世纪七八十年代的一种教育现象。

通过《活动变人形》中三代人的教育故事,我们可以看到 20 世纪中国家庭教育发展的整体趋势。到了 80 年代,中国家庭教育在继承以往的基础上,又呈现出了鲜明的时代特点,即家庭教育的意识逐渐增强,家庭教育的方法变得多样化,并且一种新型的西方文明式的家庭教育正在深化发展。

3. 民主的家庭教育模式的尝试构建

我国古代社会在儒家文化的影响下形成了一种森严的等级秩序,所谓"君君臣臣,父父子子",君在国家中占据统治地位,父在家庭中起着领导作用。而由此直接导致的就是中国传统的家庭教育是一种权威式的教育,父亲具有绝对的话语权,决定着子女是否接受教育,以何种方式接受教育以及教育的内容等各种事宜,而子女在整个过程中只能被动地接受与服从。"五四"以后,西方各种先进思潮涌入国内,人们的思想逐渐解放,表现在家庭教育中即父辈的权威性逐渐消解,而子辈以各种方式追寻自己的教育自由。这种现象在同时代的大量文学作品中都有所体现,如巴金的"激流三部曲"中觉民、觉慧对权威的挑战,对自己人生道路的主动选择。随着 20 世纪现代化进程的加速,人们的思想愈加自由解放,80 年代商品经济进一步发展,家庭教育民主性也愈加凸显,体现在小说创作中,如:王蒙的短篇小说《悠悠寸草心》中,儿子对身为老革命的"我"的教育方式的无动于衷,使"我"不禁感叹:"这种当年对于我们这一代人非常有效,非常感人和富有威力的论证的方法和调门,对于儿子可能效用并不大了。"同样他的长篇小说《活动变人形》中,倪藻主动选择站在母亲一边,对父亲的教育理念和方法采取无声的抵抗,使倪吾诚对子女的家庭教育最终归于失败。这些在文学作品中讲述的故事均体现出了，这一时期父亲在子女教育中话语权的逐渐减弱，家庭教育权威性的逐渐削减。而像王滋润创作的《鲁班的子孙》等小说体现的已不仅是教育权威性的减弱，同时隐含着教育民主性的逐渐增强，传统伦理地位上的权威此时已逐渐让位于学识的权威。

三、20 世纪 80 年代家庭教育特点的形成原因

20 世纪 80 年代的家庭教育是在延续中国以往家庭教育的基础上形成的，有正面意义，也有负面影响。但不可否认的是，对它的探讨已成为文学作品中的一类重要主题。立足于小说文本，结合时代背景，可以发现 20 世纪 80 年代家庭教育这些特点形成的原因是复杂的，主要有以下三方面。

20 世纪 80 年代是中国大转型的一个时期，十一届三中全会与中国共产党十二次全国代表大会的陆续召开为我国的现代化建设重新指明了方向。农村确立家庭联产承包责任制，改革旧有经济体制的弊端，农业经济取得巨大发展；城镇实行全面改革，使广泛存在的政企不分、平均主义等问题得到初步改善；尤其是东南沿海各地逐次设立经济特区，利用地理与政策优势，逐渐与世界接轨……全国各地的面貌在此时期都有所改善，尤其是沿海城市，随着商品经济迅速发展，一座座现代化大都市的雏形逐渐显现。然而，由于城乡先天的地理、环境等的差距，加上当时政策的倾斜，城乡之间的差距也在迅速扩大。经济、政治、思想的差距也必然会对教育水平和教育观念有所影响。因此，这一时期家庭教育观念的区域差异性也愈加凸显。城市的发达，使人们越来越意识到家庭教育观念的重要性，在教育的内容，以及教育方法的选择上都愈加科学；而农村的落后，使得人们依然持有比较保守的教育观念，并且几乎很少能意识到家庭教育的重要性。虽然这种差距从来都有，但这一时期的差异性尤其明显。

新时期为了适应政治经济的巨大发展，教育领域也进行了全面改革。20 世纪 80 年代，"教育要面向现代化、面向世界、面向未来，培养德智体美全面发展的社会主义建设者"以及与之相关的教育方针在全国各地纷纷确立。这种国家教育理念、教育目标也必然会影响到同一时期的家庭教育。所以，这种西方文明式的家庭教育越来越被人所接受。这种家庭教育其实也是符合"五四"以来教育的发展趋势

的,是一种在认识西方文明之后的教育的现代化转型。

20 世纪 80 年代是一个破除迷信、打倒权威的时代。关于真理问题的大讨论,打破了过去盛行的教条主义和个人崇拜的精神枷锁;十一届三中全会的召开,使"解放思想,实事求是"的原则深入人心。这一破一立,为一种新的教育观念的出现提供了契机。我国古代的家庭教育在传统伦理秩序的规范下从来都是一种权威式的教育,父亲在子女的教育中具有绝对的话语权与控制权。20 世纪 80 年代,在时代思潮的影响下,年轻一代越来越渴望发出自己的声音。从最初思想上的怀疑,到后来行动上的反叛,父辈在家庭教育中的权威性逐渐消减,一种民主的家庭教育方式正尝试构建。

四、20 世纪 80 年代家庭教育的影响

通过 20 世纪 80 年代的小说创作,我们从中窥探出了这一时期家庭教育的普遍状况与突出特点;立足于社会背景,我们了解了 20 世纪 80 年代影响家庭教育的时代因素。然而,分析这一时期家庭教育所产生的影响,则可以为我们今天的教育提供借鉴。

通过前文分析,可以发现 20 世纪 80 年代家庭教育呈现出的第一个特点是:家庭教育观的区域差异性愈加突出。虽然这种现象的形成有着特殊的时代背景与社会因素,但我们无法否认的是,长此以往,这种现象也会造成严重的社会问题,即教育的不平衡问题。由于城乡经济发展差距的逐渐扩大,人们对家庭教育的重视程度也有很大不同。城市居民逐渐认识到家庭教育的重要性,子女可以得到越来越好的教育,城市学生的受教育程度越来越高,而农村则相反。长此以往,城乡教育差距的拉大,会导致严重的社会问题,不利于社会的长久发展。20 世纪 80 年代,家庭教育的另外两个显著特点是:新型的、西方文明式的家庭教育的深入发展与民主的家庭教育的尝试构建,这两种趋势对教育的发展有很大益处。首先,国人越来越深刻地认识到现代文明的重要性,不断借鉴、学习西方的先进经验,从而可以不断更新我们的教育观念,使教育更加科学合理。其次,父辈在家庭教育中的权威性逐渐消解,家庭教育朝着民主化的方向发展,可以及时从孩子方面获得教育反馈,发现并解决问题;而子女在教育中获得更多话语权,父母在家庭教育中充分考虑到孩子的意愿,则可以使家庭教育更有成效。

《论语·阳货》:"《诗》可以兴,可以观,可以群,可以怨。"①文学作品从来都具有反映现实的强大功能。借助20世纪80年代的小说创作,我们很清楚地看到了这一时期家庭教育的普遍状况:既与以往的家庭教育有相似之处,又具有其自身的独特性。而立足于时代背景,分析其形成原因与利弊得失,则可以给予我们今天的教育以借鉴启发。同时这种借助文学革新教育的做法,充分发挥了文学的实际功用,无疑可以为当代文学的发展注入更强大的生命力。

参考文献

[1]杨伯峻.论语译注[M].北京:中华书局,2006.

[2]郑玄,孔颖达.十三经注疏·礼记正义[M].北京:北京大学出版社,1992.

[3]王利器.颜氏家训集解[M].北京:中华书局,1996.

[4](宋)王应麟.三字经[M].北京:中信出版社,2018.

[5](清)曾国藩.曾国藩家书[M].长春:吉林文史出版社,2016.

[6]梁启超.梁启超家书[M].北京:中国言实出版社,2019.

[7]人民文学编辑部.1979年全国优秀短篇小说评选获奖作品集[M].上海:上海文艺出版社,1980.

[8]王蒙.活动变人形[M].北京:北京联合出版公司,2016.

[9]路遥.平凡的世界[M].北京:北京十月文艺出版社,2017.

[10]何光全.二十世纪八十年代中国教育方针沿革研究[D].西南师范大学,2001.

[11]孔霞,龙玲玲.中国古代家庭教育思想初探[J].现代教育科学,2011(4):10-12.

[12]邹京村,俞爱宗.中国传统家庭教育中的教育观研究综述[J].教育观察(下半月),2017,6(7):8-10.

[13]王振.权威的弱化——从20世纪80年代小说看教育伦理关系的嬗变[J].新文学评论,2018,7(4):60-64.

---

① 杨伯峻.论语译注[M].北京:中华书局,2006:208.

边缘困境与女性生存
——以严歌苓《谁家有女初长成》为例

王　捷

摘　要：《谁家有女初长成》讲述了偏僻山村女孩潘巧巧被拐卖后杀夫的命运悲剧。潘巧巧是生存在当今社会边缘困境中的边缘女性，她的悲剧命运受到环境推动与自身自觉意识缺失的影响，但又在极致的人生环境中努力生存，彰显出女性独有的生命意识。小说叙述中体现着作者对边缘处境女性的深切关怀以及对人性之善的守护。

关键词：女性；边缘；生存；悲剧

《谁家有女初长成》是美籍华人作家严歌苓的中篇小说作品，描绘了20世纪90年代初"女子进城"背景下残酷而又激荡人心的生命故事，也将边缘生存困境下女性的命运悲剧展现在我们面前。在商品经济冲击下的农村，很多像小说中潘巧巧一样的女子试图通过进城来改变命运，却产生了一个又一个令人伤痛的时代悲剧，牵动着每一个人的神经，激起人们内心深处的悲悯与思索。作者以第三人称全知叙述视角，摆脱以善恶为标准的道德评判，深刻地展示着极致环境中女性的自我拯救和人类情感世界深处惊心动魄的另一面，通过潘巧巧生命存在的悲哀与困境透视女性的悲剧命运，呼唤读者对女性生存境遇进行深度思考。

一、边缘处境中的边缘人

潘巧巧生活在贫困偏远的小山村黄桷坪，这是个与已经步入"都市文化"的外界大城市相距甚远的川北边远小镇,同村里其他女孩一样,潘巧巧小学毕业就辍学帮助家人干活。小说在一开头便叙述了她的城市梦——去深圳做一名"流水线"上的女工。她们把"深圳来的"打扮得很俗气的曾娘(人贩子)称作"华侨",以为脖子上戴链子、手上戴镯子,"三分怪三分帅四分不伦不类"的人就是财富的代表。黄桷坪虽然又小又穷,但有很多像潘巧巧这样"要强"的女孩,怀揣梦想出去,"混得好混得孬",谁也不知道。"走出去的女孩,如果没有汇款单来,她们的父母就像从来没有生过她们一样……落一场空。"①小说还写道:"黄桷坪的人从不为那些干干净净失掉的女孩们担心,倒是个把回来的惹他们恼火。"②显而易见,个把回来的女孩是因为在流水线上患了肺癌,她们混得孬,让父母和黄桷坪丢脸了。"那些父母想得很开:这些没款汇回来的女娃儿就算多怀个十六七年,十七八年的一场空。"③从小生存在女孩可有可无的无爱环境中,黄桷坪的少女们自然期待着走出去改变命运,"巧巧是怎样也要离开黄桷坪的,世上哪方水土都比黄桷坪好,出去就是生慧慧的肺痨也比在黄桷坪没病没灾活蹦乱跳的好"④。类似飞蛾扑火的决心让她们奔向城市,即使"一天在流水线上坐十六个小时,吃饭只有五分钟,而买饭的队要排一小时"⑤,即使咳出了血也愿意。她们渴望着离开家乡,可是一旦离开,家乡便不会再接纳她们。如果说,农村的男人们走出去,他们的根依然还在故土,那么,黄桷坪的女孩子一旦走出去,就再也没有机会回来了。从离开家乡那一刻,她们的父母就如同泼水般把她们卖出去了,不仅变成城里的边缘人物,也成了家乡的边缘人物。

"黄桷坪的人从不为那些干干净净失掉的女孩们担心",那些消失得干干净净的女孩子怎么样了呢? 恐怕多半都成了潘巧巧。像小梅和安玲也可能真的到流水线上当了廉价劳动力……她们不一定会被拐卖,不一定会沦为杀人犯,但就"失掉"这一结局来看,与潘巧巧并没有本质区别。潘巧巧的故事是颇为普及的乡村女孩的故事,"普及"到连一个警察都懒得追究。四十大几的警察对自作自受的女孩子见得多了,有无数个潘巧巧看不见的同类,她们不需要他来救,他也救不过来。这不仅是一个双向边缘的处境,更是时代的悲哀。严歌苓自述:"我追求个性化的东

---

① 严歌苓.谁家有女初长成[M].北京:人民文学出版社,2014:6.
② 严歌苓.谁家有女初长成[M].北京:人民文学出版社,2014:7.
③ 严歌苓.谁家有女初长成[M].北京:人民文学出版社,2014:7.
④ 严歌苓.谁家有女初长成[M].北京:人民文学出版社,2014:7.
⑤ 严歌苓.谁家有女初长成[M].北京:人民文学出版社,2014:7.

西,所以我对边缘人对边缘题材更感兴趣。"《谁家有女初长成》中主人公潘巧巧身份的设置、出走的两难困境即体现着严歌苓自身的影子,依据严歌苓个人生活空间的转移轨迹,可以更清楚地理解她选择该题材的原因。严歌苓曾如此表述她的移民感受:"即使做了别国公民,拥有了别国的土地所有权,我们也不可能被别族文化彻底认同。荒诞的是,我们也无法彻底归属祖国的文化。"①美国之于国人,正如深圳之于黄桷坪的潘巧巧们,严歌苓与潘巧巧一样都处于双向边缘的困境中,进退失据。此中的艰辛,已全部被掩饰在"光鲜亮丽"的装扮之下。

"边缘情境"这一概念源自德国存在主义思想家卡尔·雅斯贝尔斯,是指人的一种存在状态。"由于某种严重的变故,个体与他人、与社会之间的对话关系出现断裂,个人置身于日常的生存秩序之外。"②作者将小说主人公置于边缘情境中,生存在封闭落后山村的潘巧巧还未踏出家门已落入了人贩子的连环陷阱。离开家乡后,更是被多舛的现实和意想不到的危险逼进了进退两难的边缘处境,迎接她的只有被拐卖的现实、更偏僻陌生的生存环境和新的伦理困境,在女性尊严受到侮辱后潘巧巧最终选择举起菜刀走向不归路。存在主义哲学认为,边缘情境的鲜明特征,即死神闯入了人的存在:在目睹他人死亡、预期自己的死亡之际,个体不得不开始怀疑原来所谓的"正常生活",原来的规范与价值尺度、身份与自我、信以为真的生存意义,遭受前所未有的质疑或否定③。开始逃亡生涯的潘巧巧,成了真正边缘情境中的边缘人。作者将边缘情境设定为故事框架的基点,关注让女性理想变质的现实,关注边缘女性的生存与困境。多层边缘处境的层层深入,真实地彰显了潘巧巧生命存在的悲哀与困境,透视了边缘女性的悲剧命运。

二、女性自我意识的缺失

潘巧巧离开了黄桷坪,梦想着光辉亮丽的大都市(深圳),可迎面而来的是随时随地布下的陷阱和比黄桷坪更灰暗、更令人失望的世界。她被人贩子拐卖到甘肃西北部,卖给养路工郭大宏为妻,本已向现实妥协,却又被郭二宏侮辱,得不到女性

---

① 严歌苓.花儿与少年[M].北京:昆仑出版社,2004:194.
② 彼得·贝格尔.神圣的帷幕:宗教社会学理论之要素[M].高师宁,译.上海:上海人民出版社,1991:51.
③ 梁旭东.遭遇边缘情境:西方文学经典的另类阐释——重读经典导言[M].北京:北京大学出版社,2004:35.

应有的尊严。陷入伦理困境的潘巧巧愤怒之下用菜刀结束了郭大宏及其兄弟郭二宏的生命，逃到青藏线上一个偏僻的小兵站。但东窗事发，她被处以极刑。社会对刚走出乡村的潘巧巧没有一点包容，有的只是被拐骗、侮辱、指责、杀人、逃命、死亡。潘巧巧的悲剧，除了因为外界社会的不公与淡漠，还因为自身自我意识的缺失。

乔以钢在《中国女性与文学》中谈道："从女性主体的角度来说，女性意识可以理解为包含两个层面：一是以女性的眼光洞悉自我，确定自身本质、生命意义及其在社会中的地位，二是从女性立场出发审视外部世界，并对其加以富于女性生命特色的理解和把握。"①排除先天的生理性因素，女性自我意识的形成主要由女性主体的物质生活和精神生活综合决定。落后封闭的生活环境以及从小辍学的真实现状导致潘巧巧女性意识缺失，精神世界处于迷茫状态，具体体现在其"自我宽慰"的性格弱点和"认命"的心理弱点上。

小说开篇便展现出一个唯唯诺诺的农村小女孩。在离开家乡的火车上，潘巧巧对于曾娘（人贩子）的怪异举止充满了疑问，却因为不愿惹曾娘生气发火而把话含在嘴里，处处忍让。西安车站里，她已看出陈国栋（人贩子）的各种破绽，但她想都没想、脑子不动就接受了他的说法，不管错出在哪儿，她都先认下来。本有机会向长脸警察求救，潘巧巧却撒谎承认人贩子陈国栋所说的"假表哥"身份并自我宽慰"谎扯得不算大，不要认真的话，黄桷坪的人谁同谁都沾点表亲"②，宁愿相信人贩子也不相信警察。即使第二天在陈国栋的哄骗中坐上了北上的火车，潘巧巧依旧在说服自己"也别跟他太认真了，城里人讲话都是个毛重，不能论斤论两去计较的"③。这种性格弱点可以称之为"精神胜利法"，潘巧巧就像鲁迅笔下的阿Q一样，无论面对何种不如意的处境，她都能够通过变换角度，获得心理的满足。不去质疑现实而是尽力宽慰自己，这一性格缺陷在嫁给郭大宏后表现得格外明显。起初潘巧巧还极力反抗，通过言语谩骂来发泄自己的痛苦和不满，以撕扯结婚证来反抗。但等她在郭大宏的自我介绍中，对他的收入和城市户口认同后，她已经开始默

---

① 乔以钢.中国女性与文学[M].天津：南开大学出版社，2004：140.
② 严歌苓.谁家有女初长成[M].北京：人民文学出版社，2014：14.
③ 严歌苓.谁家有女初长成[M].北京：人民文学出版社，2014：27.

默接受对方了："一个月一百出头呐。很快算了一下：一年能存出一千块呢。"①潘巧巧去医院做人流，遇到了一个或许同样是被拐卖来的江西孕妇，在与这个陌生女子较量生活和丈夫时，潘巧巧甚至认为被卖给郭大宏是一种幸运了。"郭大宏从她嘴里出来，便成了个没挑的男人，有房有地，挣国家的钱，捞着夜班外快，还有辆专车。"②小说中写道："巧巧几乎要感激这个萍水相逢的异乡女子，她给了巧巧一个客观立场，让她看到自己不仅过得去，还有那么点令人眼红的福分……巧巧眼前的风景也好山好水起来。"③这就是潘巧巧啊，不论事实已经恶劣到哪种程度，她总能通过对比与自我宽慰，从高兴的角度出发，去看待这个事实。在被卖之后，潘巧巧并不是没有机会逃跑。没有逃跑的根本原因，就是这种"变换角度，以获得心理快感"的"精神胜利法"，不真实的安慰感让她认为处境并没有恶劣到必须逃跑的地步，"她是个正正规规的妻子，有个很拿她当回事的丈夫"。在虚拟快乐中，潘巧巧开始为她的丈夫郭大宏骄傲，给远方的父母寄了证明自己生活美好幸福的夫妻合影照片和 500 块钱，对自己的处境大夸特夸。小说这样评价道："原来自视不凡的巧巧也就这点志向：草草嫁人，安居乐业。"④这种性格上的悲剧一步步造成了潘巧巧的命运悲剧。

除去自我宽慰的性格弱点，潘巧巧还有着"认命"的心理弱点。像千千万万中国传统女性一样，面对生活困境，经过短暂的反抗都会选择接受，但在接受命运的安排后，却又出现另外难堪的处境，直至将其逼上绝境。认命与妥协将潘巧巧带入了深层的困境与悲剧中。被卖给郭大宏后不久，当潘巧巧听说郭大宏为了娶到她花费一万元钱时，竟萌生了"拿人家的手短"的心理。这种向妥协倾斜的心理既显出她单纯、老实的一面，也说明了她的愚昧与守旧。潘巧巧最初是那样地向往着新天地，自认为从不会认命，从来不去想她和郭大宏的未来。但在现实处境面前，无形中还是让无知与封建意识占了上风。这是潘巧巧性格导致的命运悲剧，也是保守、落后的人格对她向上人格的战胜。20 年的成长经历导致的自我意识欠缺使潘巧巧很快妥协了。做了妻子后的潘巧巧，将自己关在厨房和小院里，扮演着妻子的

---

① 严歌苓.谁家有女初长成[M].北京:人民文学出版社,2014:37.
② 严歌苓.谁家有女初长成[M].北京:人民文学出版社,2014:47.
③ 严歌苓.谁家有女初长成[M].北京:人民文学出版社,2014:50.
④ 严歌苓.谁家有女初长成[M].北京:人民文学出版社,2014:62.

角色：做饭、种菜、收拾家务、给丈夫打毛裤，经常不自觉地出门迎下班回来的丈夫，嘴里虽抱怨但仍把一个不像样的家营造成一个温情的家。在许多个日子后，潘巧巧才懂得她其实跟祖母、母亲及黄桷坪一代代的女人相差不大，是很容易认命的。这种"认命"体现了女性对自身命运的无力掌控和精神世界的迷茫，在婚姻中处于被动地位，很快就屈服并安于现实。医院中遇到的同样被拐卖的江西孕妇以及黄桷坪走出的其他给家去信炫耀自己过得"好"的女孩，她们这种种"满足"心理的流溢，都在向人们说明：这种对被拐卖现状的认同感是许多像潘巧巧一样的女人都具有的，由封闭愚昧的物质生活与精神生活实践共同造成的自我意识欠缺的悲剧在一定范围内依旧普遍存在，值得社会警醒与关注。

就在潘巧巧已经如此"认命"时，郭二宏奸污了她。这个三人组成的人伦关系失衡的家庭，又将潘巧巧逼入了新的伦理困境中。丈夫对此事默许与冷漠的态度让她心中燃起的维系家庭的渴望被浇灭，安于现状的幻想被打破，最终采取了一种非理性的自我拯救方式：拿起菜刀残忍地结束了郭大宏和郭二宏的性命。落后封闭的生存环境决定了潘巧巧骨子里的某种封建落后思想与认命心理，然而在心灵的重压与人伦的残酷逼迫下，潘巧巧终于选择将自己从苦难中拯救出来。这种血腥、暴烈的自我拯救方式是非理性的报复，是女性尊严被践踏后反道德的表征，更是生存困境中女性走投无路的极端表现，是一种浑噩中的清醒反抗。① 她无法再接受命运的安排，也将自己逼上了生存的绝境。

三、极致环境下的人性回归

严歌苓曾经说过："我的写作，想的更多的是在什么样的环境下，人性能走到极致。在非极致的环境中人性的某些东西可能会永远隐藏。"②基于这样的理解，严歌苓小说中的女性大多处于"极致"的环境中。潘巧巧刚离开黄桷坪就踏入了一个陌生的世界，被拐卖到西北山区，更是将她置于一个完全陌生的生存环境中。没有人可以帮她，20 岁的农村女孩刚走出家门就要独自与两个陌生男人周旋，这个畸形的

---

① 叶先云，杨红旗.女性的生成——论严歌苓《谁家有女初长成》独特的女性叙事[J].重庆交通大学学报（社会科学版），2011,11(2)：76 – 78.

② 锐雪."极致环境"下的人性拷问——浅析严歌苓小说[J].吉林省教育学院学报（下旬），2014,30(8)：121 – 122.

家庭成了她生活的全部。不久后又遭遇"丈夫"兄弟二人的欺骗与侮辱,命运步步紧逼,边缘生存困境导致的极致环境中,或是杀人,或是自杀,她被迫走上了不归路。已洞悉自己悲剧命运的潘巧巧开始了逃亡。小说的下篇与构成潘巧巧全部悲剧命运的上篇共同完成了这部悲剧性作品,也将整个悲剧推向最高潮。

设置人生"极致"环境时,作者严歌苓又引入一种带有传奇色彩的"隐藏"模式。潘巧巧在杀害郭大宏兄弟二人后,逃到了青藏线上一个偏僻的小兵站。隐藏在这个近乎"与外界隔离"的小兵站里,她受到了所有人的喜爱。极致的人生境遇中,生命的最后一段时光里,人性内敛的东西得以敞开,潘巧巧的美丽、善良等女性魅力得以充分展现。作者在小说下篇以自己独有的方式在文字中实现了对女性弱者身份的超越,摆脱了以简单的善与恶为标准的道德评判,再现女性弱到极处的强大,执着地表现与呵护着女性特有的脆弱和温暖的人性。

身心受到重创的潘巧巧对世界充满仇恨,命运却偏偏使她逃到青海线的一个兵站,遇到20多个善良的战士,他们的尊重与关切唤醒了潘巧巧的本性。上、下篇通过不同的叙事环境与人物关系的转变,表现出了潘巧巧人性的多重性与多向性。小说上篇,生活在黄桷坪的潘巧巧是个美丽的农家女子,聪明活泼,一张特别讨巧的小嘴儿格外惹人怜爱;当不得不面对被拐卖现实与伦理困境时的她刻薄、泼辣,嘴里常是千刀万剐的凶狠。然而下篇出现在读者面前的却是一个年轻美丽、活泼可爱、健谈外向的成熟女性小潘儿,读者再也无法将之与最初西安车站中怯懦、无知的小女孩相联系。上篇是以陈国栋为代表的一伙人贩子,下篇是以金鉴为首的青年官兵。全然不同的、重组的人物关系展示出人物灵魂的深度;不同的环境见证了潘巧巧自身意识的逐渐觉醒与生存困境中人性光辉的回归。兵站里和睦温暖、青春昂扬的气氛软化了潘巧巧因苦难而扭曲的人性,她恢复了活泼可爱、勤劳善良的本性。在这个作者构建出的温馨美丽的世界中,潘巧巧非理性的自我拯救在人性的光辉中转向自我意识的觉醒。这些像潘巧巧一样生存在极致、困苦处境中的女性,在野蛮逼仄甚至是黑暗龌龊的社会中,虽困境重重却并未自甘堕落,仍保持着自身的单纯善良,重压下依旧有着女性独有的韧性与坚强,迸发出顽强的生命力,在黑暗的生存状态中散发着微弱的亮光。

在兵站的11天,是潘巧巧生命里最快乐的一段时光,她得到了一个正常女性应有的尊重。潘巧巧帮战士们洗衣、做饭、种菜,战士们和她开玩笑,给她看电视。爱上她的刘司务长明知她的底细,却宁可犯错误也要想办法帮她逃走。与一群兵站的官兵接触时,潘巧巧既表现出了体贴、朴素、能干的一面,又表现出农村女孩那毫无恶意、略带自私的狡黠一面。此时呈现给读者的才是真正的潘巧巧!一个普通的与常人无异、充满女性魅力的潘巧巧,既不丑恶又并非完美到极点。正是这种寻常普通的她才更容易让读者动容,使人们看到如果没有外界环境的压迫与生存的边缘困境,潘巧巧也是很美好的20岁的女性,也可以和我们一样为他人带来幸福与温暖。身处充满朝气、活力、青春的军营中,潘巧巧开始眷恋这种生活。她渴望爱情,在刘司务长的关切中重拾对未来的期待,燃起对生活的希望。她对知识充满了向往,从她对站长的敬重甚至是隐隐的爱慕中,对读过重点高中的"艺术家"小回子格外关注的行动中,可以看到潘巧巧潜意识里对知识的仰慕。潘巧巧讲述自己家乡的小孩子早早辍学帮父母上山砍树做家具时,站长金鉴近似义愤填膺地痛陈了"无知"与"文明"的关系,此时她显然已经意识到了自己悲剧的所在——拒绝教育,选择无知。然而正如鲁迅先生所言,"人生最大的悲哀是梦醒后无路可走"。因为无知而落入人贩子手中的潘巧巧在绝境中犯下杀人的大错,现在虽已然洞悉悲剧原因却已无路可走。兵站的美好险些让她以为过去的一切都可以勾销,可随着通缉令的到来,她生命中最美好的时光也走到了尽头。临行前夜,潘巧巧对所有人表现出的感情与行为都在诉说着无奈与悔恨,但一切都已无法挽回,梦醒后的无路可走,是潘巧巧悲剧最深刻之处。[①] "要是再活一回的话,就晓得要读书了。读书,考大学,然后到哪个单位去工作。"[②]没有怨恨与诅咒,在对自身命运、自我生存境况的一种自觉意识的觉醒中,在生命的最后时间里,潘巧巧完成了自我救赎与人性的回归。

生命意识可以说是文学表现的普遍核心要素之一,但其作为"具有了意识活动能力的人类对自我生命存在的感知与体悟,以及在此基础上产生的对人的生命意义的关切与探寻",体现在文学文本中常常因作者的生存环境、人生际遇与文化人格的差异等而千差万别。[③] 作者严歌苓因东西方文化碰撞与女性视角的结合而造就出多元化的文化人格,她在探寻女性的生命意识时,有意识地进行挣脱身份处境

---

① 崔士岚.论《谁家有女初长成》的悲剧性及悲剧层次的深入[J].鞍山师范学院学报,2004(5):85-88.
② 严歌苓.谁家有女初长成[M].北京:人民文学出版社,2014:137.
③ 杨守森.生命意识与文艺创作[J].文史哲,2014(6):97-109.

的个人化思考。这种个人化思考不以道德和政治法度为标尺,避开理性的、功利性条件所要求的外在表征,意在发掘个人对生命意义的创造与承担的自觉性。① 正如米兰·昆德拉所认为的小说是"道德审判被悬置的疆域"②。文学的叙事并非只是对世界、对人物做出明晰或简单的道德判断,而是关注个人的灵魂深处。严歌苓笔下的潘巧巧犯下杀人大罪,但众多读者却无法对这个20岁的女孩产生恨意,有的只是惋惜与哀叹。作者运用独特的叙述视角,没有简单地将善与恶作为评判人物好坏的道德标准,向读者展示了一个20岁农村女孩潘巧巧的悲剧故事。通过对人物生命与灵魂的极度关怀以及对边缘女性善良人性的呼唤,在文学的想象空间中建构出属于女性的温情美好的生存空间。透过潘巧巧们这些边缘女性人物的形象,展示女性独特的生命意识,守护人性之善。

四、结语

通过上、下两篇中正与邪、美与丑、善与恶的鲜明对照,潘巧巧的生存困境及人性的多重性得到了深度展现。生存的边缘处境中,女性面对命运有着无力感,但在重压下也迸发着生命的坚韧与顽强。客观条件制约着她们,不可能从根本上消除重重苦难,像潘巧巧一样的边缘女性在命运逼迫的极致环境中"认命"。可她们并没有在现实困境中迷失停顿,而是在命运"给定"的环境中,最大限度地努力生存。潘巧巧杀夫的悲剧故事中饱含着作者对女性命运的关怀,严歌苓摆脱了道德和政治法度的标尺,发掘个体对生命意义的创造与承担,为读者呈现了女性在边缘困境中的自我拯救。小说透过潘巧巧的悲剧命运,启示读者对女性的生存境遇进行思考,呼唤社会营造更具温情与人性的生存空间。

参考文献

[1]崔士岚.论《谁家有女初长成》的悲剧性及悲剧层次的深入[J].鞍山师范学院学报.2004(5):85-88.

[2]江少川.双重边缘 生存悲剧 现代叙事——评旅美女作家严歌苓《谁家有女

---

① 张政,张文东.论严歌苓《第九个寡妇》中的生命意识[J].文艺争鸣,2018(11):160-164.
② 米兰·昆德拉.被背叛的遗嘱[M].余中先,译.上海:译文出版社,2003:164.

初长成》[J].高等函授学报(哲学社会科学版),2005(3):16-18.

[3]王晓红.严歌苓《第九个寡妇》女性书写策略探析[J].小说评论.2007(5):71-74.

[4]刘惠丽.女性与人性的对话——谈严歌苓小说的女性叙事[J].唐都学刊,2008(4):103-106.

[5]熊延柳.从"救赎他人"中"救出自己"——论严歌苓的女性书写模式[J].电影文学,2009(19):97-98.

[6]叶先云,杨红旗.女性的生成——论严歌苓《谁家有女初长成》独特的女性叙事[J].重庆交通大学学报(社会科学版),2011,11(2):76-78.

[7]陈俊.历史困境与女性命运——评严歌苓的《小姨多鹤》[J].小说评论,2012(2):199-202.

[8]苏婷.通往城市之路——《谁家有女初长成》之深层解读[J].文艺理论与批评,2012(5):67-71.

[9]张政,张文东.论严歌苓《第九个寡妇》中的生命意识[J].文艺争鸣,2018(11):160-164.

[10]李玉杰.严歌苓《谁家有女初长成》中的悲剧意蕴[J].南都学坛,2019,39(2):53-58.

视域融合策略下的教材文本解读与教学活动设计——以散文《老王》解读为案例

王顺航

摘　要:在高中语文新课标出台与统编版教材即将推广的背景下,核心素养指向下的语文教学对教师文本解读能力有更高要求。在阅读教材文本时,读者与作者间难免存在时间与空间上的差距。作为课堂引领者,教师应努力打破文本内外的壁垒,将"文本—读者—作者"三个视域整体勾连,进行视域融合,寻求解读策略,从而设计出优质的教学活动。我们以杨绛散文《老王》为例,在整体认知近年解读趋势的基础上,把握该篇文章三个维度的解读特点,感知三种视域单一解读之弊端,建议教师运用融贯式的解读方式,将三种视域融合,解读出独具特色的文本意涵,进而为提升教师解读技能和教学活动设计提供可以参考的范例。

关键词:文本解读;视域融合;教师技能;《老王》

《老王》是杨绛先生于 1984 年创作的回忆性散文,文章以"文革"为背景,平淡的语言中饱含作者复杂的情感。文中写人叙事看似简单,潜藏在文字背后的情感往往容易被忽视。教师对杨绛语言的理解如果只停留在表面,不静心潜入文本,那么文本中蕴含的丰富情感就很难体会得到。"其沉淀简洁的语言,看起来平平淡淡,无阴无晴。然而平淡不是贫乏,阴晴隐于其中。"①我们通过文本研究,能更好地把握杨绛写人散文的语言特点,发现其平实无奇的语言背后蕴藏着巨大表现力。

---

① 林筱芳.人在边缘——杨绛创作论[J].文学评论,1995(5):102.

《老王》曾入选多版教材,包括人教版、苏教版、沪教版,新课标背景下位于统编版教材七年级下册。人教版是将《老王》放在八年级上册,而苏教版和沪教版都是将《老王》放在高中教材中。"面对八年级的初中生,《老王》的主题可以解读为特定年代的人间真情,启发学生要关注普通人,关爱弱势群体,而两套高中教材对《老王》的解读要求就更高一些,文本反映的是知识分子内心的自我反省,是道德朴素的坚守,是诚实的品质守护社会良知,倡导学生要有平民意识,而且还要善于发现。显然要求高中生对文本理解的程度更深,关注的面更广。"更好地解读老王,对发散学生思维,提高学生鉴赏能力,养成学生良好阅读习惯有重要作用。在新的时代背景下,《老王》的文本解读逐渐成为教师关注的热点。在语文教育领域,关于《老王》解读的精彩课例也层出不穷,逐渐呈现出特有的趋势,且大都围绕读者、作品、作家角度进行延伸。

一、《老王》解读整体情况探析

从读者中心的视域看,《老王》的主题解读呈现多元化趋向,如反映底层人物诚实善良的人性光辉;知识分子的自我反省;体现特定年代的人间真情;发扬平等的人道主义精神;关注弱势群体;等等。蒋红曾在《语文月刊》上发表文章《对〈老王〉的多元解读》,该文将《老王》的主旨解读为:"对人性光辉的挖掘,对人间真情的思考,对自我灵魂的拷问。"田薇薇认为《老王》讲述的是"在特定的年代两个善良人相互取暖的故事,表现了知识分子对苦难的反思,含蓄地讽刺与谴责了黑白颠倒的年代"。各地中学老师也对这篇文章进行了同课异构,进而引发了十位名师教《老王》,并出版了相关书籍。此种解读方式以读者为中心,体现的是接受美学思想。西方代表人物姚斯认为:"作品的价值并不是单单由创作者或作品本身来决定的,只有经过读者的阅读和接受,才能实现作品价值的最大化。"[①]

经研究,十位名师教《老王》的学习目标主要体现以下层面:第一,语言学习层面。如学习平淡简洁、富有表现力的语言,理解"幸运""愧怍"等。第二,思想内容方面。人道主义关怀,对弱者的关注,劳动人民的优秀品质等。第三,写法层面。抓生活化片段表现,把握人物形象等。第四,学习方法层面。如合作探究,独立阅读等。

---

① 王卫平.接受美学与中国现当代文学[M].长春:吉林教育出版社,1994:4.

通过分析十位名师的教学案例,我们会有以下思考:教师在解读教材时结合自身阅读体验有助于挖掘出丰富的文本意涵,体现多元创新的特色。但是此种解读方式容易过度放大主体能动性,离开文本自身的规约,进而影响教学目标的落实与学生核心素养的提升。如北京的韩军老师解读《背影》时,就得出"生命哲学"的主题思考,引发了许多争议。

从作品中心的视域看,有学者认为教材解读可以从文本的语言、结构、象征、修辞、音韵、风格和作品的语调、态度等要素入手,探寻文本自身体现的意义。福建师大的孙绍振先生在《文学文本解读学》中强调"文本解读,核心是'文本'",解读必须围绕文本展开,一旦脱离文本,解读也就失去意义,这种解读方式强调的是文本细读,字字落实,自圆其说。作品中心视角的理论,主要源于俄国的形式主义、英美新批评以及法国结构主义等,他们认为作品的研究应从外部(世界、作家视角)转向内部(作品本身)。韦勒克在其著作《文学理论》中明确地指出作品的"外部研究"极端地妨碍了作品的"内部研究",这些"外部研究"的极端方法是不可取的,"而只有重视对作品的'内部研究',才能真正理解文学作品的审美意义和价值"①。许多老师也从这个角度出发做了一些课例。比如《老王》一课的"心砝码"活动教学,如下所示:

请大家默读课文,从"我"和老王交往中,找到彼此付出的情感。下面提供了两种不同克数的"心砝码",请你选择一种"心砝码"代表这种情感,为之命名,画在情感天平中。

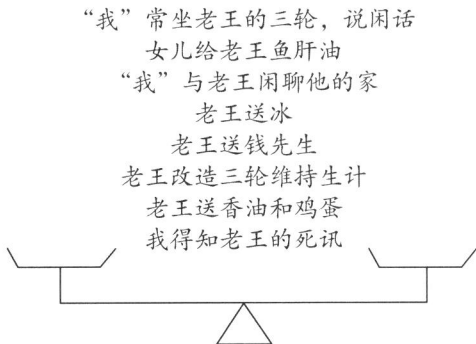

"我"常坐老王的三轮,说闲话
女儿给老王鱼肝油
"我"与老王闲聊他的家
老王送冰
老王送钱先生
老王改造三轮维持生计
老王送香油和鸡蛋
我得知老王的死讯

事件:＿＿＿＿＿＿＿＿＿＿＿＿＿＿＿＿＿＿＿

(1)我会给杨绛一个＿＿＿＿＿＿克的心砝码,这个心砝码名为＿＿＿＿。

———————————

① (美)韦勒克,沃伦.文学理论[M].刘象愚,等译.南京:江苏教育出版社,2005:9.

原因：_____

_____

（2）我会给老王一个_____克的心砝码,这个心砝码名为_____。

原因：_____

_____

相关回答举例：

事件1：老王送冰

（1）我会给杨绛一个5克的心砝码,这个心砝码名为关照。

原因：老王愿意给"我们"家带送冰块,车费减半,但"我们"不要他减半收费,看出"我们"对老王的照顾,及"我们"的真诚、不占老王便宜。

（2）我会给老王一个10克的心砝码,这个心砝码名为醇善。

原因：因为他给"我们"送冰,比别人大一倍,却只收半价,在"我们"坚持原价后,送更大的冰,尽管这钱是他赖以维生的,但主动吃亏,只为别人过得更好,是真正的醇善之人。

事件2：老王送钱先生

（1）我会给杨绛一个5克的心砝码,这个心砝码名为对外人的感激。

原因："我一定要给钱"可以看出"我"对老王是感激的,但这种感激是有距离的,"我"一定要用给钱的方式才能在获得别人帮助之后求得心理的安慰和平衡。

（2）我会给老王一个10克的心砝码,这个心砝码名为对自己人的亲近。

原因：老王送钱先生去医院,扶下车,"坚决不肯拿钱","拿了钱却还不大放心"。他做这一切都不是为了钱,在他看来这只是对他认为值得尊敬和亲近的人以理所应当的举动,是一种对自己人的亲近,所以不要钱。

该任务设计完全以学生的阅读思考和文本自身内容为依据,引导学生以找寻作者与老王交往的事件为基础,通过心灵天平的方式让学生对二人的言行做出评判,从而让学生参与课堂,理解思想情感,做到了尊重文本自身,能够有效避免先入为主的前见。

韩军老师在解读《老王》时提炼出人各有命的主旨,并对老王送"香油、鸡蛋"进行细节分析,他认为老王送鸡蛋、香油,并非纯粹"免费赠予"。老王真的有一点"功利目的",大概也在为自己的后事（埋葬）做准备,比如用香油、鸡蛋来换钱,买白布——老王是回民,死后要裹白布。且不论人各有命这样的主旨揭示以及解读导向恰当与否,就拿老王给杨绛送香油、鸡蛋这一点来说分析是欠妥的,送香油、鸡蛋就是为了换钱买白布吗? 在文章中是找不到依据的,因此解读要有界,切勿脱离文本。但是以文本为中心的解读方式也存在不足,如难以分析文章中的疑难问题,文本之外的更大系统容易被忽略,不利于更深层次地解读文本。

从作者中心的视域看,"我国的文学教学长期以文艺理论中'表现论'与'再现论'为依据,对文学作品的解读总是指向对作者思想情感与社会时代的还原"①。孟子创立的"知人论世""以意逆志"理论与这种说法相似,也可称之为源头。对于《老王》一课,按照这种方式解读通常采用以下三种形式:一种是对《老王》进行社会政治及道德文化解读,以此来反映"文革"时期的社会生活。通过文本解读的表层世界,我们可以看出,杨绛和老王都是"文革"中的不幸者,然而他们却相互关心、相互帮助,体现了特定年代人性至善的时代精神。另一种是通过对杨绛生平事迹、作品风格及作者的人生观、价值观的解读,体悟作者通过作品表现出的独特情感,以及通过知识分子自我的反省和灵魂的拷问,从而表现出作者的悲悯情怀。作者中心论突出对作家时代背景的介绍。解读《老王》时,杨绛生平及作品涉及的时代作为帮助学生理解文本的必要背景知识介绍,尤其是杨绛及家人在"文革"中的遭遇,以及老王"文革"中被组织排斥在外而成了失群落伍的单干户等,都是介绍的重点。

作者视域对深入理解文本非常重要,但是这种方式也有一些弊端,比如容易陷入僵化解读的死胡同,使得解读的内容思想政治化、标签化,容易丧失自我,窄化文本意涵。例如,教师在解读朱自清散文《荷塘月色》时,会聚焦开头的"这几天颇不宁静"一句。追溯原因,是政治上的,还是伦理上的,是工作上的,还是家庭上的。我们不得而知,但是文章的结尾说"这令我到底惦着江南了",江南的生活到底怎样,有哪些事情值得留恋,我们由此可以思考作者创作时潜在的复杂心绪。教师如果单是依据教参提供的创作背景——大革命低潮时期小资产阶级知识分子的彷徨与苦闷,便有些僵化、标签化了。

综上所述,无论是读者中心的视域,还是作品中心的视域对于解读文本都存在

---

① 余虹.文学作品解读与教学[M].北京:高等教育出版社,2011:39.

着一定的弊端，那么我们能否探究出一套便于操作，可以全面而又深入解读文本的模式呢？

基于生成论教学哲学的基本立场和哲学阐释学"视域融合"的文本解读观，结合整体思维方式，我们鼓励教师在进行教学时运用"文本—读者—作者"三位一体的融贯式文本解读方式。我们将以《老王》解读为例，结合以上理论，规划出教师在备课时的文本解读策略与相应的活动设计思路。

二、"融贯式文本解读"相关阐释

"融贯式教材文本解读，基于生成论教学哲学关于教学生成和人文化育的基本立场，秉持整体融通、'视域融合'的文本解读观，以文本作为解读本体和多维整合基点，促使单一中心、互相分离的解读范式走向多中心、整体融合的解读范式，确立'文本—读者—作者'三位一体的立体解读向度，从而全面深刻、个性化地理解和创生文本意涵。"①

原则如下。

1. 系统性原则。这种解读方式将教材文本看作一个有机系统，但它同时又处在更大的母文本系统中。因而，系统性地解读文章文本并非一个单一孤立的系统，而是处于立体化网络之中。教师在对单一文本系统内部进行意义探求的基础上，要善于发现文本内部潜隐的"症候"（悖逆、含混、反常、疑难现象等），并以此为解读的"突破口"，向单一文本系统外部进行溯源求证，同时依托文本字里行间自身的意涵，向其他兄弟系统、作者创作意向、人生经历、思想倾向等因素构成的泛文本系统进行全息考察，力求跳出解读误区，连接文本内外，对作者的文本达成"设身处地"的疏通和理解。

2. 创造生成原则。从本体论意义来说，文本解读不只是一种复制的行为，而始终是一种创造性行为。"视域融合"的过程，是文本意义的建构与读者自身的建构双重统一的创造、生成过程。首先，教师应将自身作为特定的解读主体，将丰富和独特的人生经验、思想情感、生活阅历等与文本融合，迅速产生移情代入的作用。其次，读者的自我处境和无声的世界能够形成内在勾连，有助于读者挖掘和生发出

---

① 李敏，张广君.融贯式文本解读：内涵、原则与方法［J］.课程·教材·教法，2018，38（2）：78.

新的理解意义。读者会不断地对文本做出创造性的解释,这意味着文本意义的可能性是无限的,文本的理解是一个不断开放生成的过程。

3. 规约性原则。多视角整体融通的"视域融合"要求文本解读也需要坚持规约性原则。首先,解读受到文本和作者的规约。我们要将文本作为解读的"基点",切不可离开文本随意解读。文本解读需要个人生活体验的注入和意义的建构,但应在文本规约的框架里进行。其次,解读受到课程、学科和学情的规约。一是课程的规约,不宜把一篇课文从教材体系中剥离出来。二是学科的规约。例如,在解读科普类文本《看云识天气》(人教版教材)时,若把云的基本特点和自然规律进行过多阐释,就脱离了语文学科的边界,偏离了语文学科的本原。三是学情的规约。文本解读要符合不同阶段学生的心理特点和认知能力,教师在开放解读的基础上,须慎重考虑,选择适当的解读成果作为教学内容,否则容易偏离学习目标,不利于学生核心素养与关键能力的提升。

三、具体操作:以《老王》解读为例

1. 落实"四读"基本环节

解读文本时本着"先内后外,系统审视,视域结合,创生解读"的逻辑路线,可按照"四读"操作模式,即文本素读、文本细读、文本研读、文本创读四个基本环节。素读环节的重点是获得初感。先抛开教参,以"陌生者"姿态走入文本,厘清文脉,感知大意。教师在素读散文《老王》之后,可以初步感知:文章首先介绍了老王的生存状态,之后主要回忆"我"与老王交往的几个生活片段,写老王送冰块,车费减半;载"我"丈夫看病,坚决不要钱;改装三轮车,装护栏拉客;临死给"我"送来香油、鸡蛋。体现出他的善良品性(纯朴老实、知恩图报等)。同时文章还写到作者一家对老王的态度,主要包括照顾老王生意,坐他的车;女儿送鱼肝油,治疗老王夜盲症;关心老王三轮车取缔后的生计;老王再客气,也付给他应得的报酬;老王送来香油、鸡蛋,不让他白送,也给了钱;等等。可以看出作者一家也是心存善意的。

教师素读结束后,可以明确感知,杨绛先生这篇文章的主题不止通过回忆与老王的交往,表达人性的善良光辉,一定还蕴藏着其他复杂的情感。

带着这样的思索,进入细读环节,这个环节的重点是发现有助于理解文本的关键"症候"。在细读环节中，笔者找到了几处令人颇为费解的"症候"：

（1）作者为什么说"反正同是不幸，而后者该是更深的不幸"，他的不幸体现在何处？

（2）老王送东西离开后，作者为什么"一再追忆老王和我的对话"，她追忆的是哪些事情？"琢磨"的又是哪些细节呢？她想表达什么？

（3）为什么作者"每想起老王，总觉得心上不安"？

（4）"那是一个幸运的人对一个不幸者的愧怍。"这份"愧怍"有着怎样深层次的内涵？

研读环节的重点是解答"症候"。这个环节中要系统运用"视域融合"方法，按照上述的三大原则，对文本进行观照。

首先，解答症候一，想要解答作者笔下的"不幸"，就要围绕作家创作背景、时代背景、人生经历等因素进行资料补充。补充材料举例如下。

背景概述："文革"爆发于 1966 年，那是中国的一个荒唐的年代。当时有很多高级知识分子受到了残酷迫害，钱锺书、杨绛夫妇此时也被打为"反动学术权威"，戴高帽，挂木板，受批斗，剃成"阴阳头"，被驱到大街上游行，最后被发配去扫厕所……经受了漫长的苦痛折磨。

（1）内部：杨绛作品《我们仨》《丙午丁未年纪事》《干校六记》关于"文革"经历的相关文字。如："1966 年，'文化大革命'开始了，我被'揪出'，在宿舍院内扫院子，在外文所所内扫厕所。8 月 16 日，锺书被'揪出'。8 月 27 日晚间，我在宿舍被剃了'阴阳头'。"

（2）外部：罗银胜《杨绛传》中关于杨绛一家遭遇的叙述。如"一九六六年八月二十七日，这是杨绛不幸的一天——早上她翻译的'黑'稿子《堂吉诃德》被没收，晚上又给剃成'阴阳头'。""杨绛戴着假发硬挤上一辆车，进不去，只能站在车门口的阶梯上，比车上的乘客低两个阶层。她有月票，不用买票。可是售票员一眼识破了她的假发，对她大喝一声：'哼！你这黑帮！你也上车？'"

（3）"文革"相关词汇解释

"五七干校"：中国"文革"时期根据毛泽东《五七指示》兴办的农场，是集中容纳中国党政机关干部、科研文教部门的知识分子，对他们进行劳动改造、思想教育的地方。"干校"是"干部学校"的简称，名实相差悬殊，其实是一种"变相劳改"的场所。"五七干校"是以"左"倾错误方针为指导办起来的,是夸大体力劳动的重要,轻视脑力劳动的集中表现,不仅浪费了大量人力物力,消耗了大批知识分子的宝贵时光,而且许多干校成为迫害干部的场所,大大损伤了广大干部和知识分子的自尊心和身体健康,助长了"知识无用"的风气。

单干户:主要指在中华人民共和国成立之后,全国农村出现了合作化运动,大部分农民都加入了各种形式的合作社等合作组织,还有极个别农民拒绝加入这种合作组织,依然以自己家庭为单位,保持独立地位。

通过以上资料进行助读,围绕作者的角度,我们可以看出杨绛在"文革"时饱受折磨,是"不幸"的。而老王的不幸,则主要通过文本自身角度显现。文章前四段写他的生存状态:弯腰曲背,瞎眼残年,住在一间塌败小屋,以蹬三轮为生,并且孤独无亲,受人闲话,是一个贫苦的老人。不论在物质上、生理上,还是精神上,老王都是一个彻底的"不幸者"。可这样的"不幸者",却在一个历史时间段里,与杨绛相识。他们的相识,从一开始就是不平等的,"他蹬","我坐",彼此之间的交流也只是局限于"闲聊",所以作者回忆起来,更觉得身处底层的老王与自己相比更加可怜,这也是读者阅读过程中的内在感受,所以文章第三段末尾写道:反正同是不幸,而后者该是更深的不幸。以上解读很好地将三个视域融合起来。

其次,解答症候二,围绕"追忆"与"琢磨",展开对文本具体内容的梳理,来体会作者的思想倾向和创作意图。这一环节,建议教师从文本视域出发,并结合自身的阅读体验、人生经历,着重分析老王与杨绛交往的主要事件,寻找文本细节,体会二人的心理和性格。

笔者设计了以下表格形式,帮助理解分析。

主要事件	类别	老王	杨绛
	言谈		
	举止		
人物性格 人物心理			

举例分析如下：

主要事件1	类别	老王	杨绛
送冰	言谈	无	无
	举止	(1)有一年夏天,老王给我们楼下人家送冰,愿意给我们家带送,车费减半 (2)每天清晨,老王抱冰上三楼,代我们放入冰箱 (3)比其他人送的大一倍,冰价相等	(1)当然不要他减半收费 (2)他从没看透我们是好欺负的主顾,他该压根儿没有想到这一点
人物性格 人物心理		通过"带送""每天清晨""三楼""代我们""大一倍""冰价相等"等词,可以看出老王的善良、助人为乐、勤劳朴实、服务周全等优良品性,通过"当然""从没看透""压根儿"等词,看出作者并不想亏欠老王,清高;并且会揣摩、提防他人	

主要事件2	类别	老王	杨绛
送默存	言谈	(1)"我送钱先生看病,不要钱" (2)他哑着嗓子悄悄问我:"你还有钱吗?" (3)他说凑合	(1)我笑着说有钱 (2)我问老王凭这位主顾,是否能维持生活
	举止	(1)老王帮我把默存扶下车,却坚决不肯拿钱 (2)他拿了钱却还不大放心 (3)老王欣然在三轮平板的周围装上半寸高的边缘 (4)开始几个月还能扶病到我家来,以后只好托他同院的老李来代他传话了	(1)烦老王送他上医院。我自己不敢乘三轮,挤公共汽车到医院门口等待 (2)我一定要给他钱 (3)幸亏有一位老先生愿把自己降格为"货",让老王运送;好像有了这半寸边缘,乘客就围住了不会掉落 (4)可是老王病了,不知什么病,花钱吃了不知什么药,总不见好

（续表）

主要事件2	类别	老王	杨绛
人物性格 人物心理		老王言谈:淳朴,乐善好施,体贴他人,不功利 老王举止: (1)老王细心,乐善好施,处处为他人着想 (2)老王朴实中带有同情心 (3)老王善良中凸显出积极和主动 (4)老王是全心全意地付出和毫不设防地信任	杨绛言谈:"笑着说",有点敷衍 杨绛举止: (1)杨绛客套,对老王身体不放心 (2)杨绛是照顾中带有居高临下,有些戏谑与嘲弄的意味 (3)作者与老王只是泛泛之交,没有主动交心与关心

主要事件3	具体事件	类别	老王	杨绛
送香油、鸡蛋	见面	言谈	嗯。(分析:没有力气说话,淳朴实在)	啊呀,老王,你好些了吗?(分析:吃惊;问得随意)
		举止 (神态)	(1)打门 (2)直僵僵地镶嵌在门框里 (3)面色死灰……哪一只不瞎(分析:身体很差,不受控制;临死征兆)	说得可笑些,他简直像棺材里倒出来的,就像我想象里的僵尸,骷髅上绷着一层枯黄的干皮,打上一棍就会散成一堆白骨。(分析:描述恐怖、戏谑、不怜惜)
	送礼	言谈	他只说:"我不吃。"(分析:不多想,无力解释,对友赤诚)	我强笑说:"老王,这么新鲜的大鸡蛋,都给我们吃?"(分析:怀疑,不信任)
		举止	直着腿往里走,对我伸出两只手,他一手提着个瓶子,一手提着一包东西(分析:拼尽全力送礼)	我忙去接;记不清是十个还是二十个,因为在我的记忆里多得数不完;也记不起他是怎么说的,反正意思很明白,那是他送我们的(分析:被动收受,敷衍,迎合)

（续表）

主要事件3	具体事件	类别	老王	杨绛
送香油、鸡蛋	交流	言行	"我不是要钱。"（分析：真诚，简单，直率）	"我知道，我知道——不过你既然来了，就免得托人捎了。"（分析：敷衍，不信任）
		举止	（1）他赶忙止住我 （2）他也许觉得我这话有理，站着等我（分析：善良，无奈，有同理心）	（1）我谢了他的好香油，谢了他的大鸡蛋，然后转身进屋去 （2）我把他包鸡蛋的一方灰不灰、蓝不蓝的方格子破布叠好还给他（分析：随意，轻俏）
	送别	言行	无	无
		举止	一手拿着布，一手攥着钱，滞笨地转过身子（分析：身体虚弱，满是无奈）	（1）我忙去给他开了门，站在楼梯口，看他直着脚一级一级下楼去，直担心他半楼梯摔倒 （2）等到听不见脚步声，我回屋才感到抱歉，没请他坐坐喝口茶水 （3）我害怕得糊涂了。那直僵僵的身体好像不能坐，稍一弯曲就会散成一堆骨头。我不能想象他是怎么回家的（分析：有点冷漠，缺乏温情）
	人物性格 人物心理		淳朴实在；对友赤诚；拼尽全力；真诚、简单	善良，有同情心戏谑、不怜惜；怀疑、不信任；敷衍迎合；随意轻俏；冷漠缺乏温情

从以上三件事情的细读之中，我们看出老王与作者对待彼此的不同态度。我们从文本自身出发，分析内在的情感态度，结合阅读者的独到体会，再联系作者所处的"文革"时期的供给制度（计划经济背景下），能够得知香油和鸡蛋来之不易。

将"文本—读者—作者"融贯,视域结合,通过老王的"三送",可以推知,在那样苦难的岁月里,孤苦无依的老王定是将作者一家当成了自己的亲人,我们可以清晰地感受老王的善良与纯粹。老王始终渴望的是朋友间的关怀,精神上的慰藉。

前文已经分析,虽然杨绛一家也对老王有一定帮助,但是,杨绛先生自始至终并没有真正理解老王的这份情感,没有真正理解老王对自己一家的感恩、牵挂和留恋。文章写道,作者目送老王离去,虽是担心,却没有实际的行动,甚至没有请老王进来坐一坐,喝口水歇歇。老王的死讯,也是在十多天后听老王同院的老李说起,可见作者并未真正关注老王的病情。多年后的追忆与琢磨,足以让作者的心灵作痛。

由此我们便可以解答症候三:作者"心上不安"四字的内涵。

最后,来解答症候四:"那是一个幸运的人对一个不幸者的愧怍。"

站在作者视域角度进行资料拓展。

补充材料1:钱锺书在给杨绛的《干校六记》写的"小引"中这样"论愧":"(十年浩劫中)有一种人,他们明知道这是一团乱蓬蓬的葛藤帐,但依然充当旗手、鼓手、打手,去大判'葫芦案'。按道理说,这类人最应当'记愧',不过,他们很可能既不记忆在心,也无愧怍于心。他们的忘记也许正由于他们感到惭愧,也许更由于他们不觉惭愧。惭愧常使人健忘,亏心和丢脸的事总是不愿记起的,因此也很容易在记忆的筛眼里走漏得一干二净。"

钱老的这番话警醒世人,要常怀反思之心。

补充材料2:杨绛先生《将饮茶》最后的《隐身衣》一文,凸显作者的人生追求与哲学反思。在尘世之中,要甘愿居于卑微,不受人关注,拥有自由的生活和率真的个性,进而可以冷静地观察世态人情的真相;同时要努力向上,不自暴自弃,做出自己的成就。这些都体现出作家的自觉、理性、反思的态度。

《丙午丁未年纪事》中的散文《乌云与金边》体现的是对黑暗时代下善良人性的感怀。

"每一朵乌云都有一道银边。"丙午丁未年同遭大劫的人,如果经过不同程度的摧残和折磨,彼此间加深了一点了解,孳生了一点同情和友情,就该算是那一片乌云的银边或竟是金边吧?——因为乌云愈是厚密,银色会变为金色。

常言"彩云易散",乌云也何尝能永远占领天空。乌云蔽天的岁月是不堪回首的,可是停留在我记忆里不易磨灭的,倒是那一道含蕴着光和热的金边。

读者通过这些材料分析,进行视域的融合,可以感知杨绛先生写这篇文章体现的是知识分子在历经沧桑之后深刻的反思。

人世间是存善的,但是在那个时代,作者对老王这样的弱势群体关心太少,甚至没有理解老王对自己一家的真情实意。没有给老王真情的温暖,精神的关怀。可以说,老王对作者是心的付出,而作者对老王却仅仅是钱的回报。老王是"不幸"的,没有在生命的尽头,得到作者一家最后的温暖。由此,我们可以总结杨绛先生为何"愧怍":为自己没有把老王视为真正意义上的朋友而愧怍;为对不住老人的真挚的情意而愧怍;为自己的居高临下,自命清高,不解人意而愧怍。

创读环节,重点是生成个性化解读。在整体审视文本和作者视角的基础上循着"症候"进一步思考、体悟文章的复杂意蕴。通过前文的比较整理与资料拓展,笔者认为,杨绛先生的笔锋间,又有着对整个知识分子群体的观照与反思。站在历史的维度,回顾知识分子的身份认同的变迁:在古代,儒者"为天地立心,为生民立命"(张载、朱熹等),"五四"之后,知识分子是城市小资产阶级的代表,以"反观者"和"国民思想救赎者"的姿态走在时代的前列(鲁迅、巴金等),而中华人民共和国成立后尤其是在"文革"时代,知识分子被下放到社会最底层,被"劳动改造",真正贴近群众之后结果如何? 有没有达到关注底层广大人民群众的效果呢? 值得知识分子深深反省。杨绛先生的"愧怍"可谓是儒家传统致良知精神的延续,是一个有责任心、有使命感的作家的心声和呐喊。杨绛通过反思生活而获得精神的自省。而知识分子精神的自省,又何尝不是另外一种意义上的"幸运"呢?

2. 解读时遵循要点

在解读过程中应遵循两个要点:一是整体性解读。在"四读"基础上,教师应按照先内后外的顺序,向外溯源至泛文本系统(作者人生经历、写作背景等)和母文本系统(所在文集),对其进行全面立体地审视,结合自己的人生经历和体验,捕捉潜藏于文本深层的意蕴,解读出合理且富于个性化的成果。

二是开放式解读。任何一个文本都不是封闭的、与外界绝缘的话语系统,而是与其他子文本相互参照、彼此牵连的,存在着这样或那样联系的开放系统。教师不仅需要深入文本本身,而且有必要理解作者的创作动机、思想倾向和时代背景,全面考察文本系统的参照价值和意义。

四、结语

以上解读方式实质上是站在整体思维、统观全局的角度,使读者在文本之间"穿梭跳跃",与作者进行对话交流,从而进行知识的建构。解读过程中,首先感知"读者未说之语",接着找寻疑难,之后深入文本自身探索发现,最后结合内外部资料及读者本人的人生经历形成独到的阅读感受,力求解读出真实且富有个性的文本意涵。进行视域的融合,目的是寻求文本解读时的代入感与共情效应。当我们设身处地站在杨绛这样一个高级知识分子的角度,融合我们自身对人间冷暖的感悟,对相关资料的理解,我们势必会发现不一样的奥秘,进而在代入移情的基础之上形成自我隔离式的阅读批判。而以上的代入作用,对于教师在课堂上引领学生理解文本潜在的情感十分重要。教师可以通过一系列活动,将思维与格局打开,在"文本—读者—作者"之间形成便于理解的桥梁,进而形成开放性的、动态生成性的语文课堂。

参考文献

[1]魏本亚,尹逊才.十位名师教《老王》[M].上海:上海教育出版社,2014.

[2]杨亮.语文教育经典研读手册[M].郑州:河南大学出版社,2018.

[3]曹明海.文学解读学导论[M].北京:人民文学出版社,1997.

[4]伽达默尔.真理与方法[M].洪汉鼎,译.上海:上海译文出版社,2004.

[5]李华平.症候:破译文本的密码——文本解读中的"症候解读法"[J].语文教学通讯,2015(1):42-45.

[6]余虹.语文文本解读之边界探寻[J].课程·教材·教法,2016,36(9):52-57.

从"×墙"看现代汉语"墙"的类词缀化

吕钰琪

摘　要："墙"的意义在网络中已经逐渐偏离词典中的释义，其用法也倾向于作为词缀参与构成新词。但目前"×墙"的用法只是盛行于网络，作为一种类词缀正广泛被使用。本文以"×墙"为研究对象，通过探讨它们与词根搭配的规律、历史渊源及其形成动因与发展趋势，来具体分析"×墙"中"墙"的类词缀化。

关键词：×墙；类词缀；词语模

说到"墙"，我们都会想到"隔音墙、承重墙、监督墙、公开墙、议政墙"等表实体意义的"墙"，或者是 20 世纪末随着信息技术发展产生的"防火墙"。现如今，随着网络社交平台的发展，各类高校"墙"，如"考试墙""表白墙""万能墙"又闪亮登场。由于涉及领域广泛，这些"墙"已成为高校学子日常交际中不可或缺的语汇。其构造从形式上看类似后缀，但由于这类词仍然部分保持实在意义，并未完全虚化，单独使用时，可以作为词根与其他词根组合成为复合词，又不能完全归为词缀。

由此，吕叔湘先生在《汉语语法分析问题》(1979)中提出了"类词缀"的概念，之后学界人士纷纷发表了自己的看法。总体来看，各家所列类词缀数目有很大的差异，对于类词缀的判定标准没有定论。李进玉(2009)指出：在类词缀的判定标准方面，明显存在两项标准(词义虚化性、定位黏着性)说和四项标准(词义虚化性、能产性、类化性、定位黏着性)说。[①]

[①]　李进玉.现代汉语类词缀研究[D].西北师范大学硕士学位论文,2009.

本文按照四项标准说,认为"墙"应该属于类词缀。

1. 意义有虚化倾向

"墙"本来是具有实在意义的语素,表示"场所",与"吧"相似,而在一些汉语新词语中,其语义正逐渐弱化,既可以表示具有特定功能的客观实在的墙,也可以表示抽象的场所,例如"友善墙""表白墙"等。

2. 定位黏着性

定位黏着性指一个词素词缀化前位置相对自由,而词缀化后位置固定下来,置于词根前或后。"墙"在词缀化前位置自由,如"砖墙、土墙、院墙、城墙;墙垣、墙头、墙头草、铜墙铁壁",可是用来表示网络空间固定场所之后就只能位于词根后,如"美食墙、考试墙、男神墙、女神墙、校园墙"等。

3. 能产性

能产性是类词缀最典型的标志。类词缀构词能力极强,语言中产生的一大批以类词缀为核心的族群就得力于类词缀的能产性。从本文所附属的词表中,我们可以看出,"墙"的能产性极强。

4. 类化性

类化性可以决定词的语法性质。按照现代汉语词缀的性质分类,"墙"的原词根是名词,作为类词缀仍是名词。它作为类词缀的类化表现在与其前置的动词或形容词结合,将整个词类化成一个名词。如"吐槽"本是动词,加了"墙"之后,"吐槽墙"就成为名词了。

从以上四个基本特征可以判定"墙"为类词缀。

本文根据 BCC 语料库、CCL 语料库、人民网搜索、QQ 搜索、百度搜索、新浪微博搜索、笔者自省等材料大体上按音节列出以下词表。

前置成分音节数	举例
单音节	漫
双音节	美食、考神、男神、女神、校园、相框、情话、彩虹、语录、书摘、论文、微信、粉丝、关系、性格、艺术、微笑、头像、沙雕、书影、万能、考试、签名、留言、许愿、扫码、吐槽、分手、表白、告白、励志、祝福、交友、考研、入梦、减肥、积分、涂鸦、旅行、分享、穿越、推荐、阅读、学习、寻人、闲置、趣读、夸夸、说说
三音节	云梦想、刷积分、找工作
四音节	抖音神句、感情治愈、兴趣扩列
其他	CD 墙、Logo 墙、DIY 墙

一、共时考察

我们首先对"墙"进行共时考察，主要从三个平面的角度对"墙"进行具体分析。

（一）音节类别分析

从音节构造上看，"×墙"格式中的"×"双音节词数量最多。可以说，双音节词成为"×墙"中"×"的演变趋势。但也有反例，比如"漫墙"最初是由"动漫墙"演变而来，可广为使用的却是"漫墙"一词。沈孟璎（1995）认为：现阶段"单音节＋词缀"的双音节化格式已呈弱化趋势。代之而起的是"双音节＋词缀"（或"词缀＋双音节"）的势头，三音化成了带词缀新词的主流，从目前所产生的"×墙"来看，也符合这个规律。

（二）词性类别分析

我们把"墙"所附着的成分的语法性质归纳如下。

1. 名词＋墙

美食墙、考神墙、男神墙、女神墙、校园墙、彩虹墙、语录墙、书摘墙、论文墙、微信墙、粉丝墙、关系墙、性格墙、答案墙。

2. 形容词＋墙

万能墙、励志墙、热血墙。

3. 动词＋墙

签名墙、留言墙、许愿墙、扫码墙、吐槽墙、分手墙、表白墙、告白墙、祝福墙、交友墙、考研墙、减肥墙、积分墙、涂鸦墙、旅行墙。

4. 动词重叠＋墙

夸夸墙、动动墙、玩玩墙、说说墙。

5. 英文字母＋墙

CD 墙、Logo 墙、DIY 墙。

（三）基本句法功能

"墙"属于体词性类词缀，其基本功能是充当主语、宾语、定语与定语中心语。

1. 充当主语

（1）考试墙又更新了。（百度搜索）

（2）失物墙给学子带来了极大的便利。（新浪微博搜索）

2. 充当宾语

（1）我来发布表白墙。（百度搜索）

（2）在家靠父母，在学校靠万能墙。（百度搜索）

3. 充当定语

我也是一枚漫墙少年。（新浪微博搜索）

4. 充当定中结构的中心语

丰富的万能墙让我不再感到孤独。（新浪微博搜索）

其中，充当主语、宾语是名词的主要语法特征，因此，从"墙"的基本功能及用法来看，"×墙"就是一个典型的名词。

随着"墙"使用范围的扩展与语义内涵的引申，"墙"的功能用法也在不断扩展，主要是充当谓语。与之前由"防火墙"的"障碍"义引申而来的谓词性"墙"不同（例如：AO3被墙是好事，普通民众应该感谢肖战粉丝），其具有"展示"的语义特征，但"展示"义正逐渐虚化。并且，其作谓语时，通常在被字句中出现表被动。

（1）今天我的帖子被墙了！求再次上墙。（新浪微博搜索）

（2）有人@你，你又被墙了。（新浪微博搜索）

（四）词汇意义

张小平（2008）指出：同族词中，每个词族都有一个固定的语义模式，对新词的理解和解读，就是给 W 赋值，只要把 W 的值代入语义模式，新词的词义就出现了，从而使这类新词的语义内容使人更容易理解。① "墙"的语义模式都是表示抽象的场所，但是在具体语境中各有侧重。只要理解了其前置成分的意思便可知晓整个词语的意义。例如"考试墙"，指的就是发布考试信息、资源的网络社交平台。关于"墙"的语义范围，大致可以分成以下几类。

1. 情感交流

随着网络空间的开拓，当代年轻人日益想要了解周边的人，并建立属于自己的关系圈，于是一定程度上就产生了"交友墙""关系墙""相亲墙"等。

2. 学习就业

在就业难的形势下，大部分大学毕业生选择继续深造，于是涌现出大量的"论文墙""考研墙""考证墙"等。

---

① 张小平.当代汉语词汇发展变化研究[M].济南:齐鲁书社,2008:150-151.

3.兴趣爱好

精神层面的兴趣爱好是高校学生交流的重要内容,主要有"美食墙""艺术墙"等。

4.资源分享

由于当前学生对各种信息资源与闲置资源的需求,"语录墙""书摘墙""说说墙""推荐墙""分享墙""二手墙""闲置墙"也纷纷涌现。

5.实际问题

在高校中,学生面临着拼车拼团、丢失物品、宣泄渠道不通畅等实际问题,于是产生了"万能墙""失物墙""吐槽墙"等。

二、历时考察及虚化路径

之后我们从历时的角度,考察"墙"的语义演变,分析其虚化路径,并探讨其类词缀化的整个过程。

(一)历时考察

1."墙"属会意字,从啬,从土,由"啬"("穑"本字,收获谷物。参见《汉字演变500例》"啬"字条)、"爿"("床"本字,表音。参见"床"字条)构成,意思是筑墙把谷物保存起来。本义为房屋或园场周围的障壁。后词义演化为用砖石等砌成承架房顶的建筑物或隔开内外的障碍物,如:

(1)墙,垣蔽也。(《说文解字》)

(2)远古盖以蒺藜为墙,欲人之不得入耳。(《说文解字约注》)

(3)《诗经·鄘风·墙有茨》传云:"墙所以防非常。茨,蒺藜也。"是其义也。今农家园圃犹树蒺藜以当垣蔽,盖古之遗法也。……今农家积谷于外,辄斩取荆棘艺束以为之障。凡不及树之蒺藜者,多用此法,亦即垣蔽之意。(《说文句读》)

(4)圉师掌教圉人养马。春除蓐,衅厩,始牧;夏庌马;冬献马;射则充椹质;茨墙则剪阖。(《周礼·夏官·圉师》)

(5)古者天子诸侯必有公桑蚕室,近川而为之,筑宫仞有三尺,棘墙而外闭之。(《礼记·祭义》)

(6)将仲子兮,无逾我墙。(《诗经·郑风·将仲子》)

（7）粪土之墙不可杇也。（《论语·公冶长》）

（8）止如堵墙。（《尉缭子·战威》）

（9）立依于庭墙而哭,日夜不绝声。（《左传·定公四年》）

（10）春色满园关不住,一枝红杏出墙来。（《游园不值》）

2. "墙"字的一个引申义为古代出殡时枢车上覆棺的装饰性帷幔。如：

（1）舆棺之车……其旁曰墙,似屋墙也。（《释名·释丧制》）

（2）"奠席于枢西,巾奠乃墙。"郑玄注："墙,饰枢也。"（《仪礼·既夕礼》）

（3）"孔子之丧,公西赤为志焉,饰棺墙,置翣。"郑玄注："墙之障枢,犹垣墙之障家。"（《礼记·檀弓上》）据傅淑敏考查,这个引申义还可以体现"墙"本身的装饰义。

3. 由宅院的围墙可以引申为城邑的围墙,即城墙,与"墉"的本义相同,如：《论衡·须颂》："城墙之土,平地之壤也。"

4. 另外,由于实体墙本身具有醒目的特征,常被用作张贴的场所,如"议政墙、公开墙、出版墙"等。

5. 后产生了与实体墙具有相似特征,能实现障蔽功能的抽象客观存在。如：

（1）墙外的世界很精彩。（新浪微博搜索）

（2）中国银行"上岸"（开办人民币储蓄业务）,建设银行"转向"（向真正的投资银行方向转变）,交通银行"破墙"（打破专业银行业务垄断）,各家银行形成了竞争局面。（人民日报 1987 年 8 月 3 日）

6. 由于 20 世纪末互联网的发展,"墙"产生了新的引申义,如"防火墙",指一种将内部网和公众访问网（如 Internet）分开的方法,它实际上是一种建立在现代通信网络技术和信息安全技术基础上的应用性安全技术、隔离技术。并由此产生动词意义,指阻挡在防火墙外无法访问。

（1）阻挡在防火墙外无法访问。（新浪微博搜索）

（2）谷歌的新服务器又被墙了。（新浪微博搜索）

（3）知名导演发声力挺! AO3 被墙是好事,普通民众应该感谢肖战粉丝。（新浪微博搜索）

7. 随着网络社交平台的发展,依托 QQ 空间产生了"考试墙""生活墙""表白墙""万能墙"等各类高校"墙"。通常由高校在校生运营,可在线发布学生失物招领、拼车拼团等信息，其形式类似于过去人们在墙上贴告示，故称之为"墙"。

（二）虚化路径

王军在《汉语词义系统研究》（2005）中指出：义素的表达方式不是元语言，我们所用来描写义素的语言不一定具有元语言最后的不可分解性，而是具有相对于理解者来说的最后可领悟性。比如，分析"狗"一词，不需要最后一直追究到"犬科动物——哺乳动物——动物——有机体——分子——原子——质子——建筑块料——东西"，而是用人们可以感知的分解方式："家畜""嗅觉、听觉灵敏""食肉""可用来守护"。这样可以使人尽快联系到指称物，更易被人们理解和掌握。①

本文采用王军先生的分解方式来分析"墙"的语义特征，以此为基础探讨其发展为类词缀的虚化路径。我们根据上面对"墙"的历时分析并结合词表将"墙"分为以下四类。

1. 围墙、城墙、山墙、土墙、承重墙、隔音墙。

2. 议政墙、公开墙、纪念墙、出版墙。

3. 防火墙、次元墙。

4. 万能墙、考试墙、表白墙。

第一类指实体性的墙，含有"墙"的本义与其表示的建筑物的特征，前置成分常用单音节或双音节支配式。第二类的语义重点逐渐转移，主要放在修饰语部分，"墙"主要作为一种处所义存在。第三类逐渐虚化，已经不指实体性的墙，而将实体墙的"障碍性"凸显。第四类逐渐虚化，将表示具有特定功能的客观实在的墙转化为表示抽象的场所。

（三）类词缀的来源

马庆株（1995）在探讨词缀的来源时，将词缀划分为自源性和他源性两类，通过上文分析，我们认为"墙"无论是作为词根还是作为类词缀，都是根植于汉语言本土的语素，只是语言内部发展过程中的一次演变，并没有外源因素的参与，属于"自源性"类词缀。

---

① 王军.汉语词义系统研究[M].济南:山东人民出版社,2005:154-156.

三、形成动因与发展趋势

接着我们解释说明"×墙"的形成动因与发展趋势。

（一）形成动因

"墙"的类词缀化是多种因素共同作用的结果,和社会、文化、心理及语言的内部机制都有关。

1. 外部因素

社会性是语言的根本属性,随着时代的演变和社会发展,出现了大量新兴的事物和现象,因此许多描述新事物和新现象的词语应运而生,这是类词缀产生的重要条件。我们将从三个方面来分析"×墙"发展的社会原因。

首先,社会发展的需要。近年来,随着中国经济的迅速发展,很多新事物、新现象渗入到我们的言语活动中,我们需要新词来命名、指称这些新事物。"×墙"就是一个典型的例子。社会发展推动人们在不违反原规则的条件下,对已存在的语言单位加以改造模拟。

其次,网络媒体的推动和传播。现在是信息全球化时代,互联网平台进入到千家万户,网络已经成为我们日常生活中必不可少的一部分,比如娱乐、购物、学习、工作、聊天等。网络打破了之前只能面对面交流的局面,微信、QQ等各种平台使人们的交流方式进一步多样化。"×墙"的发展自然也离不开网络,网络平台为"×墙"新词的产生提供了相对自由的环境并加速了"×墙"的传播,微博、论坛、贴吧等各种媒介缩短了"×墙"的传播周期并拓宽了其影响范围。

最后,社会成员是所有语言活动的参与者,势必影响语言的发展。"90后""00后"作为互联网尤其是社交媒体发展至今的最主要的参与群体,占据了社交媒体上除官方舆论调控以外的最绝对的话语主导权。"90后""00后"大多处于求学阶段,于是,在高校中产生的一些高频词得以传播和推广,而渗透日常生活的"墙"自然在广泛的使用过程中逐渐为人们所接受。

2. 内部因素

（1）经济原则

无论是日常对话还是新闻传媒,人们都倾向于用更简洁的语言表达更丰富的内容。在如今快节奏的信息时代,类词缀符合语言的这种经济原则(省力原则),它提高了人们的沟通效率，因而得以推广。例如，用"考试墙"代指"考试交流网络平台"，就避免了语言的烦琐，做到了言简意赅。

（2）词语模理论的影响

李宇明（2002）在《语法研究录》中指出：大多数新产生的词语，都有一个现成的框架背景，这一框架就像是造词模子一样，能批量生产新词语，并使其所生产的新词语形成词语簇。这一框架即词语模，它由模标和模槽两部分构成：模标指词语模中不变的词语，模槽指词语模中的空位。①

依据模槽位置的前后，还可以将词语模分为"前空型"和"后空型"两种。参照这一标准，我们可以界定"×墙"为词语模，因为它同时具备模标和模槽，其中"×"是模槽，属于不确定成分。通过前文的分析可知，"×"可以由多种成分充当，从而将"×墙"具体化，如"考试、万能、表白"等，都能同"墙"组成不同词语。"墙"是模标，是"×墙"词族的共有成分，前文分析过它有类词缀的倾向，且位置固定在"×"后，语义出现类化，泛指网络虚拟空间。所以，"×墙"属于前空型词语模。

复制性和能产性是词语模最显著的特点，一是因为词语模自古以来就存在，新词产生的形式是现成的。"×墙"新词的出现就是模拟早期构词模式的产物。二是因为语言是人类的思维工具，同时语言也反映了人类的思维模式。词语模"×墙"存在之初就已经在人脑中形成思维定式，所以在人们遇到相类似的情况时，会受到思维定式的影响，从而选取已存在的"×墙"来描述这一情况，最终形成一个新词。如"闲置墙"的出现，就是人们按"×墙"的形式创造出来的，用于表达张贴、展示空间。词语模的能产性还源于其组成成分模标。通过分析可知模标通常已经类化，表示类别，因此能够快速形成具有此类特点的词语。如模标"墙"，上文已经分析了它类词缀化的倾向，指出它的意义表示抽象的场所，并且"墙"义类化后，使用者就以"墙"为中心，在头脑中构建了一个语言体系。当类似的新事物或新现象出现时，就将原有的类化义进行套用，所以衍生出了一批带有"抽象场所"特征的"×墙"。

另外，词语模还具有开放性，主要表现在内部构成成分——模标、模槽的搭配上。模标主要表现为组合能力强。就"×墙"而言，模标"墙"本身可独立成词，在这

---

① 李宇明.语法研究录[M].北京:商务印书馆,2002:3.

里充当构词能力强的词根语素,再加上意义已经逐渐泛化,进一步扩大了"墙"的搭配层面。如"砖墙、土墙、院墙、城墙"与"美食墙、考试墙、男神墙、女神墙、校园墙"两组词中的"墙"意义有所不同:前者是本义,"墙"是词根;后者指网络空间抽象场所,意义泛化,搭配也更加多样化。模槽主要表现为区别性,使具有同一模标的词可区分开来。因为它是不定成分,各个语言符号都可以互相替换。这些词因为作用相同可交替使用,因此它们聚合成群,形成了一个聚合关系。"×墙"中的模槽"×"可以由各类词充当,它们都共有模标"墙"的意义,以自身意义来表示"墙"以外的特征,即"×墙"的区别特征。

(二)发展趋势

由于"墙"的传播平台依托网络,类推方式简便灵活,且意义丰富,符合高校学子的心理需求,非常适合当下快餐式媒体传播。并且目前看来,由于其承载内容的日益丰富,"墙"的意义仍在不断被虚化,其功能仍然在不断地扩展,并在此过程中逐渐组合成了一些习语。

"×墙"作为一类新兴的网络词语,因被广泛运用而引起意义、功能方面的变化。通过以上分析,我们发现"墙"的意义逐渐脱离字典释义,越来越虚化。并且,其位置逐渐定型,具备一定的能产性。此外,在这一过程中,"×墙"中的"墙"由词根语素变成了黏着语素。但是目前"墙"的语义并没有完全虚化,还只是一个类词缀,之后能否发展成为只表示语法范畴的词缀,需要我们在今后的语言生活中进一步考察。

参考文献

[1]吕叔湘.汉语语法分析问题[M].北京:商务印书馆,1979.

[2]赵元任.汉语口语语法[M].北京:商务印书馆,1979.

[3]吕叔湘.现代汉语八百词[M].北京:商务印书馆,1980.

[4]叶蜚声,徐通锵.语言学纲要[M].北京:北京大学出版社,1981.

[5]朱德熙.语法讲义[M].北京:商务印书馆,1982.

[6]武占坤,王勤.现代汉语词汇概要[M].呼和浩特:内蒙古人民出版社,1983.

[7]陈光磊.汉语词法论[M].上海:学林出版社,1994.

［8］刘叔新.汉语描写词汇学［M］.北京:商务印书馆,1995.

［9］邢福义.汉语语法学［M］.长春:东北师范大学出版社,2000.

［10］谢光辉.汉语字源字典［M］.北京:北京大学出版社,2000.

［11］葛本仪.现代汉语词汇学［M］.济南:山东人民出版社,2001.

［12］李宇明.语法研究录［M］.北京:商务印书馆,2002.

［13］王军.汉语词义系统研究［M］.济南:山东人民出版社,2005.

［14］陆俭明.现代汉语语法研究教程(第五版)［M］.北京:北京大学出版社,2019.

［15］马庆株.现代汉语词缀的性质、范围和分类［J］.中国语言学报,1995(6).

［16］沈孟璎.试论新词缀化的汉民族性［J］.南京师范大学学报(社会科学版),1995(1).

［17］张谊生.当代新词"零×"词族探微——兼论当代汉语构词方式演化的动因［J］.语言文字应用,2003(1):96－103.

［18］董秀芳.汉语词缀的性质与汉语词法特点［J］.汉语学习,2005(6):13－19.

［19］王洪君,富丽.试论现代汉语的类词缀［J］.语言科学,2005(5).

［20］张谊生.附缀式新词"×门"试析［J］.语言文字应用,2007(4).

［21］曹大为."族"的类词缀化使用分析［M］.山东社会科学,2007(5).

［22］曾立英.三字词中的类词缀［J］.语言文字应用,2008(2):32－40.

［23］张谊生,许歆媛.浅析"×客"词族——词汇化和语法化的关系新探［J］.语言文字应用,2008(4):77－82.

［24］陈昌来,朱艳霞.说流行语"×党"——兼论指人语素的类词缀化［J］.当代修辞学,2010(3):64－70.

［25］夏莹.近十年汉语新词族研究综论［J］.沈阳师范大学学报(社会科学版),2010(1):86－89.

［26］张佳.从"微×"浅析"微"的类词缀化现象［J］.语言研究,2011(2).

［27］张芮.从"×系"看现代汉语"系"的类词缀化［J］.汉江师范学院学报,2019(2).

［28］李菡幽.现代汉语词缀研究［D］.福建师范大学硕士学位论文,2001.

[29]曹春静.当代汉语词语模研究——兼论相关新词新语[D].上海师范大学硕士学位论文,2007.

[30]李进玉.现代汉语类词缀研究[D].西北师范大学硕士学位论文,2009.

[31]康军帅.当代汉语新词族研究[D].中央民族大学硕士学位论文,2012.

[32]赵菊.网络新词"×族""×客""×友"比较分析[D].华中师范大学硕士学位论文,2012.

[33]熊洁.现代汉语新词新语词语模研究[D].四川师范大学硕士学位论文,2013.

[34]刘晓姣."×货"词族的多角度研究[D].上海师范大学硕士学位论文,2016.

《穆天子传》对"知华友华"国际人才培养的价值探讨

张雨婷

摘　要:随着"一带一路"倡议的平稳推进,培养"知华友华"的国际人才是传播中华优秀传统文化与加强中国同世界各国友好合作的必需之策。作为我国最早的一部日记体游记,《穆天子传》具有深厚的文学内涵及历史价值,对培养"知华友华"国际人才有重要作用。本文以《穆天子传》的内容体制及历史价值为基础,围绕其中的地理、诗歌和礼乐文化,分析它在培养"知华"国际人才上的文化教学价值;且依据传记内容与当今"一带一路"的契合点,探讨其在培养"友华"国际人才上的现实价值,旨在增强对外汉语教育领域对该类作品的重视程度,进而探索出一条具有开拓性的对外文化教学途径。

关键词:《穆天子传》;知华友华;对外文化教学;人才培养

随着汉语国际化逐渐成为一种必然趋势,越来越多的国际人才致力于学习汉语及汉文化。在此背景下,对外汉语教学界愈发重视对语言教学实践经验的积累、反思与总结,却往往轻视了对外文化教学的重要性和对相关课程模式的完善。如今,中国多数高校所开设的对外文化教学课程具有总括性和孤立性,所选取的教材过于单一,这些都无益于国际人才对中华文化进行更深入透彻的了解。本文则重在发掘《穆天子传》的丰富文化内涵及其对培养"知华友华"国际人才的深刻价值,旨在为对外文化教学领域提供一种创新性教学思维模式,并助力中国外交的可持续发展。

一、《穆天子传》的主要内容与体制价值

《穆天子传》，又名"周王传""穆王传""周穆王游行记"等，是西晋时期发现的一种汲冢竹书，撰者不详。该书以"穆王西游"为主线，记录了穆王一行人游历的日期、方向，途中的山川地貌、民族部落分布及相关外交活动等内容。

《穆天子传》常被后世视作一部似《山海经》般带有强烈迷幻性质和主观色彩的传说，但是据刘德谦《中国旅游文学新论》（1997）中的两篇文章《我国最早的游记著作》及《悠悠旅游史 炳炳游记存——〈周王游行记〉的发现及内容》①考证，《穆天子传》当为我国最早的一部日记体游记。该书自西晋被发掘，后经过荀勖、束晳等人整理成六卷本，所记内容有些残缺，但对于时间、地点线索的记录则是较为完整明确且前后连贯的。此外，当下诸多学者也对其进行了考证，如王贻梁②与刘蓉③依据金文佐证出"穆满"是对周穆王的尊称，而《诗经》《逸周书》及其他发掘出土的彝器铭文对周穆王的记载同《穆天子传》一致，均为"天子"。这都在一定程度上证实了该书作为我国第一部日记体游记的真实性与可靠性。

此外，《穆天子传》的实录性特征还体现在其所记述的地理路线及相关历史的可考察性上。学者们通过研究考证周天子一行的地理路线，同时对应现实自然地貌和相关典籍记载，成功定位书中所记的"瓜纑之山"，并以此为支点，进而推论出所谓"丝绸之路大海道"的历史年代与古今路线。如此一来，以"南疆"为"西王母之邦"，以"伊犁河谷"为"大旷原"，以库姆塔格沙漠中部"沙海"为"沙衍"，便形成了较为完整的证据链。与此同时，随着《穆天子传》实录性质的确认，不仅早期"丝绸之路"的路线、历史需要改写，"中国先秦史"的部分章节在一定程度上也需要进行调整。

综合来说，《穆天子传》不仅在记述内容上具有真实性，还在文学史上具有开拓性，其成书年代的特殊性也对后世学者考察研究我国尤其是西域的地理历史有至关重要的提示意义。

---

① 刘德谦. 中国旅游文学新论[M]. 北京：中国旅游出版社，1997：32.

② 王贻梁.《穆天子传》的史料价值[J]. 华东师范大学学报（哲学社会科学版），1994（6）：51－55.

③ 刘蓉. 论《穆天子传》的史料价值[J]. 文史哲，2003（5）：14－19.

二、《穆天子传》对培养"知华"国际人才的价值

在对外汉语教学中,学生常常会将以往的价值观念、语言习惯以及思维方式带到汉语学习中来。在文化差异较大的情况下,国际人才想要较为透彻地学好汉语,就必须了解中国人普遍的思维方式、价值观念及我国的传统文化,以减少由文化差异而造成的交际障碍。中国传统的思维方式和价值观念都扎根于传统文化,因此,在进行中国传统文化的对外教学时,我们应基于适度、循序渐进与知行合一等原则,反思现有教学模式的漏洞,并持续在实践中对其进行开拓与完善。

（一）文学艺术价值

《穆天子传》含有许多有关中国古代早期诗歌的表述,这使得该书在记录游历过程的同时还表现出显著的文学艺术特征。以"吟诗话别"为例,这段诗歌出自《穆天子传》第三卷,周穆王在西游即将结束时,于临别之际在瑶池与西王母会面,他们宴饮共乐,吟诗别话。其中两段为"白云在天,山陵自出。道里悠远,山川间之。将子无死,尚能复来""予归东土,和治诸夏。万民平均,吾顾见汝。比及三年,将复而野"①。西王母与穆天子之间的这段吟诗在一定层面上反映出诗歌作为周朝对外文化交流的重要手段和依托,具有不容小觑的社会功能,也为后世学者研究边塞诗的孕育及渊源提供了史料支撑。此外,《穆天子传》中涉及的诗歌还包括第五卷中天子有感而发的"哀民二章"（"我徂黄竹,□员闵寒,帝收九行。嗟我公侯,百辟冢卿,皇我万民,旦夕勿忘"②）和其一行人的"宴饮之歌"（"壬辰,祭公饮天子酒,乃歌《昊天》之诗。天子命歌《南山有台》,乃绍宴乐"③）,这些都赋予了该书超越寻常游记的文学价值,为后世文人学者模仿、创作及考究都提供了极有价值的材料。

（二）历史地理价值

作为一部日记体游记,《穆天子传》以周天子游历为人文文化的活动线索,串联起若干特色鲜明的自然地貌,如"朱泽""春山""群玉山"。传记中较为丰富全面的自然地理记述不仅利于增强学生对中国中部、西部及东部部分地区地理概况的人文认知,且能够为其策划高质量的"中国之旅"提供借鉴。

---

① 王天海.穆天子传全译[M].贵阳:贵州人民出版社,1997:63.
② 王天海.穆天子传全译[M].贵阳:贵州人民出版社,1997:129.
③ 王天海.穆天子传全译[M].贵阳:贵州人民出版社,1997:113－114.

大致而言,周穆王一行穿行尤尔都斯盆地的路线应与今"218 国道(伊宁—若羌)"基本重合,即自今新源县那拉提镇,东向顺巩乃斯河谷翻越"巩古斯达坂"后进入尤尔都斯盆地,一路向东至今"扎克斯台河"北岸,之后翻越"查干诺尔达坂",东南向经今"巴仑台"进入焉耆盆地。① 到今天为止,这一路线仍是穿行尤尔都斯盆地东出焉耆最为便捷的道路,具有很强的现实价值。此外,周穆王所行至的"积山之边",实际为今"库姆塔格沙漠"之边缘,疑即今敦煌西北 90 千米处之"古玉门关"一带。"古玉门关"亦称"小方盘城",为汉代玉门都尉治所,相传和田美玉东输中原皆须由此过关,故而得名。

综合可知,周穆王一行途径的路线在 21 世纪的今天也依旧具有很强的现实意义,路途中所涵盖的历史悠久的景点遗址如上文所提及的"古玉门关",有着独特的地域风光、极强的观赏价值和丰富的文化内涵,是使外国友人们亲身感受中华悠久历史文化的绝佳之地。

(三)友好外交价值

《穆天子传》中对周穆王与沿途异邦部落交往活动进行了大量描述,利于后世对早期西域的历史地理概况形成初步认知,从而窥探西周社会独特的风俗风尚。据传中记述的周穆王西征的主要活动可知,其一行人在整个征途中与西域诸国进行的商贸活动密切频繁,如卷二中所记:面对曹奴之人"献食马九百,牛羊七千,穄米百车"②,天子亦"赐曹奴之人戏□黄金之鹿,银□,贝带四十,朱四百裹"③,而此般有铭文记载的商贸往来活动,在中国历史上尚属首次。另外,结合传中周穆王会见西王母等活动的相关记述可知,周穆王这次长达几万里的西行并不是恣意的游乐行为,也不是对周边邦国部落的侵略行径,而是一种和平友好的外交活动,同时也是一种具有前瞻性的商贸往来活动。

综而述之,《穆天子传》在文学艺术上、地理历史上和友好外交上都有至关重要的作用,不仅为我国学者研究中国历史、文学、地理等内容提供重要史料依托,还可作为一种文化交流的媒介,帮助国际友人多视角地了解中国文化,从而推进我国与世界各国的多领域合作交流。

---

① 任乃宏,冯小红."瓜芦之山"与"丝绸之路大海道"[J].青海师范大学学报(哲学社会科学版),2018,40(2):47-53.

② 王天海.穆天子传全译[M].贵阳:贵州人民出版社,1997:47.

③ 王天海.穆天子传全译[M].贵阳:贵州人民出版社,1997:47.

三、《穆天子传》对培养"友华"国际人才的价值

随着中国综合国力的提升,汉语国际化成为一种必然趋势。在此背景下,从历时角度来看,我们不能孤立地进行汉语及汉文化教学而不紧跟时代,而是要将传统文化与现代文化相结合,一方面选取传统文化中具有代表性的部分进行传播,另一方面尊重汉语及汉文化在新时代的变迁与发展;从共时角度来看,我们应把握世界文化多元化的趋势,选择中华文化中与世界其他文化紧密相连的内容,在承认语言、文化差异的基础上进行选择性传播。这样看来,只要能对现代年轻人和国家文化传播产生积极影响,许多被忽视的小众文化同样可以成为对外教学传播的对象。

经上述分析可得,我们不但要重视《穆天子传》的文学、历史和传统教学价值,还应把握其作为中国第一部日记体游记的特殊地位,不断发掘其中与现代视域相重合的内容,并探索其在现实精神与物质生活中的深刻价值。

通常来说,学界把西汉时期张骞出使西域后打通的、由长安经河西走廊和西域、最终到达中亚和欧洲的贸易及文化传播之路称为"丝绸之路"[①]。其实,据《穆天子传》中周人与沿途邦国部落及西王母之邦的外交活动可知,在穆天子西行的周朝,这条交流通道就已经存在,有学者称其为"前丝绸之路"。对此,著名史学家范文澜先生也有相似的看法:"穆王是一个大游历家,相传曾到过昆仑山西王母之国,一个天子不会冒险远游,当是西方早有通商的道路。"[②]

从文献记载、考古发现等多方面来看,西周以前就已经形成了连通中原与西域的"彩陶之路"和"玉石之路",以中原为起点,延伸到甘青地区,经蒙古高原,再沿阿尔泰山南北麓至中亚各国。《穆天子传》卷四中提到的"群玉之山"以及卷二中提到的"珠泽之人献白玉"[③]都可以印证"玉石之路"的存在。除了物质文化交流,《穆天子传》中也记述了中原礼乐文化、诗歌文化向西传播的过程,并彰显出周朝的相应外交观念。从而可见,周朝时期的这条通道不仅是一条商品贸易通道,同时还是一条文化交流通道,它不仅在连通中西文化方面具备着空间广度,而且在文化交融方面具备着历史深度。这条"前丝绸之路"为西汉之后的"丝绸之路"奠定了重要基

---

① 韩高年."前丝绸之路"上的文化与文学交流——以《穆天子传》为核心[J].文学遗产,2018(2):164-172.

② 范文澜.中国通史简编:第一编[M].北京:人民出版社,1964:148.

③ 王天海.穆天子传全译[M].贵阳:贵州人民出版社,1997:44.

础,更为汉唐之后中华文化走向世界提供了重要经验。

放眼当下,周朝时期的"前丝绸之路"也为21世纪世界各国了解中国的"一带一路"倡议提供了宝贵的借鉴材料。自从2013年习近平主席在哈萨克斯坦提出共同建设"丝绸之路经济带"的倡议,中国就始终秉持着"共商共建共享"的原则,与沿线国家在经济和文化等领域进行可持续性协同发展,而培养"知华友华"的国际人才服务于外交策略,就成为其中一项重任。这也要求对外汉语教师在为学生搭建良好的汉语知识学习平台的同时,更要让学生全方位、多角度、多元化地了解中国、感知中国,鼓励其成为传播中国优秀传统文化的使者。

《穆天子传》中,周穆王通过大飨礼仪与西方邦国之主互通款曲,虽有"六师"而不用武力,充分体现了我国"以礼相问、相交"的传统外交思想。因此,将《穆天子传》嵌入对外文化教学的课堂,可以有效地使国际人才站在历史维度去探索"一带一路"渊源,体悟中国的传统友好外交政策。在当今多元文化的世界中,文化交流应立足于彼此尊重、彼此联系的原则之上,一味开展"政治书"式的"丝路文化"教育活动不但无法达到良好教学效果,反而还可能使学生曲解相关文化内涵,从而产生抗拒心理,甚至为我国外交增添阻碍。因此,在对外文化教学中引入《穆天子传》等反映中国友好对外交流的作品,就是让国际人才在"知华"的基础上深刻了解当今中国的外交态度,生发"友华"心理;就是通过一种新途径展示中华文化的深厚魅力,鼓励国际人才在"友华"的基础上进一步向世界"讲好中国故事"。该做法不仅有助于塑造良好中国形象,推进"一带一路"顺利建设与发展,更有助于我国通过由点到线、由线到面的点滴积累,朝着"人类命运共同体"的精神文化目标大步迈进。

四、《穆天子传》在对外文化教学中的应用探究

目前,许多对外汉语教学机构的对外文化课程范围有限,教学内容笼统,如"中国历史""中国地理"这样的课程,虽然能够培养外国学生对中国基础文化有初步认知,但很有可能导致教师拘泥于对文化概况的讲解,而忽略了学生们具象地、全方位地了解中国文化的需求,也无法高效培养其实际应用所学知识的观念及能力。在此背景下,将《穆天子传》中的部分地理、诗歌和礼乐文化内容嵌入对外文化教学就具有深刻的应用与实践价值。

（一）地理文化教学

中国土地辽阔，地大物博，自然地貌呈现出丰富多样的特征。对大部分学习汉语及汉文化的国际人才来说，地理知识是其从客观角度了解中国的必不可少的一项。然而，如何为国际人才清晰、简明又富有趣味性地讲解中国的广博地貌则是对外汉语教师应不断探索研究的一个问题。同上文所述，如今许多对外文化教学中的地理课程普遍采取了"以地图讲解为主，以人文文化为辅"的教学模式，这种方式对有一定中国地理知识背景的学生来说是合适的，但是对无中国居住经历或完全不了解中国地理的学生来说难度较大，很容易使其形成一种依赖于地图的割裂式思维。在这种情况下，如果我们采取"以人文文化为媒介，引出地理文化"的教学方法，则可以从学生更为熟悉的角度出发，延伸出若干存在关联的自然地貌，这种将主客观文化结合起来的教学法在一定程度上可以有效促进学生系统性、联想性思维的形成。

据《穆天子传》记述，周穆王在漫长的游巡过程中，跨越了许多山川河流，领略了别样的异域风光。由于历史局限和文体等原因，传记中记载的自然地貌大多与周穆王一行人的具体行为活动联系在一起，主要起提示作用，因此相关描写十分简洁。为了更形象传神地将传记中的自然地貌展示给学生，教师首先可以引导学生对相关自然地貌进行微观层面的欣赏，根据各类自然地貌的特点，有针对性地选择教学辅助材料，同时将多种教学法融会贯通。以第二卷中记述"春山"的片段"季夏丁卯，天子北升于春山之上，以望四野……"①为例，教师可以在讲解经改编的传记内容的基础上，借助现代教育技术来展示有关昆仑山的图片或纪录片，同时结合传记中相应的人物活动片段，创设情境，组织学生进行角色扮演等课堂活动。在学生进行微观欣赏后，教师则可以基于改编后的《穆天子传》故事文本，引导其自主归纳线索，并以此为依据画出一幅宏观的"穆天子游历路线图"。这种微观与宏观视角相结合的教学模式，不仅能够增强学生对中国自然地理多感官的学习体验，在情境交际中更高效地习得文化知识，还能使他们对中国相应的自然地貌有一个宏观层面的把握，增强系统性、串联性记忆，更有助于其在整个汉语及汉文化的学习过程中养成一种联想拓展的思维模式。

---

① 王天海.穆天子传全译[M].贵阳:贵州人民出版社,1997:39.

《穆天子传》中的游历路线和具体活动将原本独立的自然地貌串联了起来,并且赋予了其一定文化内涵。此时,学生接触的不再是抽象的、孤立的地理知识,而是具象的、串联的地理文化,这也会使他们在保持较高参与感的同时加深对相应自然地貌的情感积淀。最终,这些知识会跳出固定框架,自然转化为学生日常生活的一个重要文化向导:帮助其开阔眼界,加深对中国自然风物、文化背景的了解,以及更有策略和指向地规划高质量的"中国之旅"。

（二）诗歌文化教学

中国古代诗歌是国际人才学习中国语言文化的一个重难点。中国独特的诗歌文化内容浩瀚,极具魅力。因此,为了让越来越多的国际人才全方位地感受我国的诗歌艺术、拓宽中国诗歌文化走向世界的渠道,对外汉语教师应该不懈探寻更具开拓性的、针对性的教学法和相应内容。

刘珣在《对外汉语教育学引论》的"语言习得理论"一章中提到,在接触一门新的语言时,潜意识的、自然的"习得"比有意识的、规则的"学习"效果更好。① 因此,尽可能创造第二语言习得条件是无数语言专家及相关教学者始终坚持的工作。其中,英国语言学家威尔金斯提出的"交际法"是经无数实践证明有显著成效的一种教学法。下文则主要围绕"交际法",分析将《穆天子传》引入对外诗歌文化教学中的可行性与重要性。

首先,我们需要明确"交际法"的相关定义。"交际法（Communicative Approach）"又称"功能法（Functional Approach）"或"意念功能法（Notional Functional Approach）",是"交际教学法（Communicative Language Teaching）"的简称,是指在语言教学过程中教师运用各种手段真实地反映人们用语言进行交际的全过程,使学生在现实的语言环境中学会或提高运用语言进行交际的能力（应云天,1997）。"交际法"是一种以功能语言学、人本主义心理学为基础,以培养学生交际能力为根本目标的教学法体系。在对外汉语课堂中使用交际法的途径有很多,"创设情境"就是其中最典型的一种,而《穆天子传》就可以作为汉语教师为学生创设"沉浸式"交际情境的一个重要依托,从而利于克服传统教学法中重视语言知识传授而忽视语言技能训练的弊端。

---

① 刘珣. 对外汉语教育学引论[M]. 北京:北京语言大学出版社,2000:155.

要想使国际人才在交际中"沉浸式"地习得中国古代诗歌，教师应尽可能为他们创造一种接近自然的第二语言环境，从而使其在潜移默化中提高对中国古代诗歌文化的欣赏和体悟水平。如上文所述，《穆天子传》中的诗歌内容大体分为三类："吟诗话别""哀民三章"和"宴饮之歌"。教师在带领学生欣赏"吟诗话别"时，应提前以串讲故事线的形式将穆天子与西王母在瑶池宴会的背景交代清楚，并且灵活运用"情境设定法"，引导学生以亲历者的视角去感受故事，从而在实际参与中加深对诗歌内容及其蕴含的人物和文化的认知。再如"哀民三章"，教师可以结合"情境设定法"和"全身反应法"等教学方法，通过构造情境、小组表演以及角色感知，鼓励学生主动感受特定时代中国社会的灾难惨状，并发表对周穆王为君原则的看法；在讲述"宴饮之歌"的片段时，教师可以通过"直接法"，借助实物（酒具、服装等）进行教学，简易地再现祭公请穆天子一同宴饮的流程，以使学生在中国古代宴饮这种具有传统特色的交际环境中加深对"宴饮之歌"的理解。"沉浸式"地学习《穆天子传》中的诗歌，不仅能使国际人才理解其表层含义，更能使他们体会到"诗歌"这一文体在中国周代政治、社会活动中的重要作用，从而将对中国传统外交文化的浅层认识转为深层了解。

以往，对外汉语课堂中的"交际法"常用于锻炼学生的汉语口语能力，大部分教师创设的交际主题或情境都是以当下时代为主的，很少有教师能够将中国传统文化很好地融入"交际法"中。而将《穆天子传》引入对外汉语教学的"交际法"中，不仅能在教学内容上兼顾语言与文化，更能在文化跨度上兼顾现代与古代，这是"交际法"在对外汉语教学课堂中的一种突破性应用。在这种背景丰富的交际环境中，学生所接触的汉语和汉文化是极具连贯性且底蕴深厚的，与此相应，其所习得的知识也不再是浅显模糊的，而是深刻具体的。

（三）礼乐文化教学

周公制礼作乐，遂逐渐形成一整套周密完整的礼乐文化制度，不仅较好地维护了周王朝长久的统治与稳定，还对当时人们社会生活的诸多方面产生了重要影响，甚至经历代王朝沿用而绵延至今，影响着我国部分地区的习俗传统，在某种层面上成为中国传统文化的一个显著标志。对于国际人才来说，如果孤立浅显地学习中国传统文化而不深究其所蕴含的道德伦理观念，则很难突破文化表层形式而深入文化内部。然而，中国传统礼乐文化内涵十分丰富，且在不同历史时期呈现方式有异,体系庞大,因此,在对外文化教学中,我们可以挑选其中较具代表性的、与现实社会紧密相连的"宴饮之礼"作为教学内容,带领国际人才一齐探索中国"以和为贵""以礼治国"传统观念的渊源与发展。

《穆天子传》一书中记载了大量周代宴饮礼仪之事,不仅包括西域邦国部族宴请周天子的礼仪活动,还包括周天子宴飨异域邦国部族及诸侯、王臣、六师、七萃之师的活动。这些宴饮活动不仅反映出周王朝与异域邦国部族的友好交流态度,还反映出二者之间礼乐文化的差异,因此对其进行应用能够便于从多个维度向国际人才展现中国原始的礼乐文化。如上文所述,礼乐政策的实施往往需要诗歌进行辅助,因此在进行相关内容的教学时,对外汉语教师可以将诗歌文化与礼乐文化贯穿起来,着重讲解传记中同时提到诗歌与宴饮的片段。如此,学生就可以在学习诗歌文化的过程中拓展对礼乐文化的认识,在学习礼乐文化的过程中能再度唤醒对相关诗歌文化的记忆,这样螺旋式的记忆模式更有助于其稳扎稳打地、系统地学习中华文化。

在教学法上,教师则应把握宴饮活动的形式特点,以情境创设法为主要教学法,再依据礼乐文化的具体特征附带一些其他教学法。例如在讲述卷五中的"壬辰,祭公饮天子酒,乃歌《昊天》之诗。天子命歌《南山有台》,乃绍宴乐"一段内容时,教师应首先引导学生在了解故事整体框架的基础上重温这部分内容的背景,再借助科普视频、图像等辅助材料向学生讲解传记中涉及的具体宴饮礼仪和器具,并播放《昊天》和《南山有台》的吟唱片段以供学生欣赏与模仿,最后借助服装、自制酒器等道具创设出一种简单的宴饮场景,鼓励部分学生进行角色扮演,亲身参与并感受中国传统宴饮之礼的全过程。通过理论学习与切身体验,学生不仅能从形式上了解到中国传统礼乐文化,同时还能以此为基础,拓展自身对中华文化其他方面的认知(如对"昊天"的认识)。

同单从理论和形式的角度讲解中国礼乐文化的传统教学模式相比,将《穆天子传》引入相关文化教学则是编织出了一张"文化网",借助周天子的游历故事,将中国礼乐文化与诗歌、地理及民俗等中华传统文化串联起来,呈现出一种多维立体的、极富活力的文化形式。在这种教学模式下,国际人才感知到的中华文化不再是被割裂的、呆板的,而是流动的、具有旺盛生命力的,其了解、探索及主动传播中国传统文化的动力也就能被更大限度地激发出来。

五、结语

作为我国最早的一部日记体游记，《穆天子传》不仅为国内学者了解和考究中国相关文化内容提供了重要的史料依托，更在当今"一带一路"背景下对培养"知华友华"的国际人才具备极大的应用价值。相应地，对外汉语教学工作者则应不断在教学实践中增强自身综合素质，树立良好"中国形象"，同时还要不断增强探索创新能力，在选取借鉴传统编订模式的文化教材的同时，发掘出中国历代文学中具有代表性的、有现实应用价值的作品，对如《穆天子传》般具有深刻价值的中国传统经典给予重视，从中提取精髓并创新性地应用于教学中，从而培养出更多"知华友华"的国际人才，向全世界"讲好中国故事"。

参考文献

[1]刘德谦.中国旅游文学新论[M].北京:中国旅游出版社,1997.

[2]王贻梁.《穆天子传》的史料价值[J].华东师范大学学报(哲学社会科学版),1994(6):51-55。

[3]刘蓉.论《穆天子传》的史料价值[J].文史哲,2003(5):14-19.

[4]王天海.穆天子传全译[M].贵阳:贵州人民出版社,1997.

[5]刘珣.对外汉语教育学引论[M].北京:北京语言大学出版社,2000.

[6]应云天.外语教学法[M].北京:高等教育出版社,2002.

[7]任乃宏,冯小红."瓜㽄之山"与"丝绸之路大海道"[J].青海师范大学学报(哲学社会科学版),2018,40(2):47-53.

[8]韩高年."前丝绸之路"上的文化与文学交流——以《穆天子传》为核心[J].文学遗产,2018(2):164-172.

[9]范文澜.中国通史简编:第一编[M].北京:人民出版社,1964.

浅谈"苹果 VS 华为"背后的故事

赵嘉怡

摘　要:近几年来,国人围绕着苹果与华为手机之间的议论和纷争不断。从苹果在中国手机市场的大受欢迎,再到华为与苹果平分秋色。在这背后,我们可以看到许多值得探究的现象:一方面,部分国人存在着从众心理、攀比心理,民族自信心不足;另一方面也可以看到,近些年来我们国家科技创新能力、文化软实力、文化影响力在不断地增强,我们国人民族自信心也在不断提高。

关键词:国人心理;文化影响力;民族自信

　　请问您现在使用的手机是国产的还是外国产的? 您是否使用过苹果公司或者华为公司的产品呢? 您是如何看待目前国内对于苹果和华为之间的讨论的呢? 如果您对这个问题感兴趣,那么就请看看以下笔者对于"苹果 VS 华为"这一现象的看法吧。

　　2019 年 9 月 11 日,苹果公司举行了新品发布会,推出了包括 iPhone11 在内的若干新产品。随后,9 月 18 日,华为公司也正式发布了 Mate30 系列手机。两大品牌都首次在发布会中将对方作为比较对象,这引发了社会舆论的广泛关注与讨论,并且大众对于这两个品牌的态度也呈现出站队的倾向。以下是从某社交软件平台获取的投票信息,如图 1 所示。

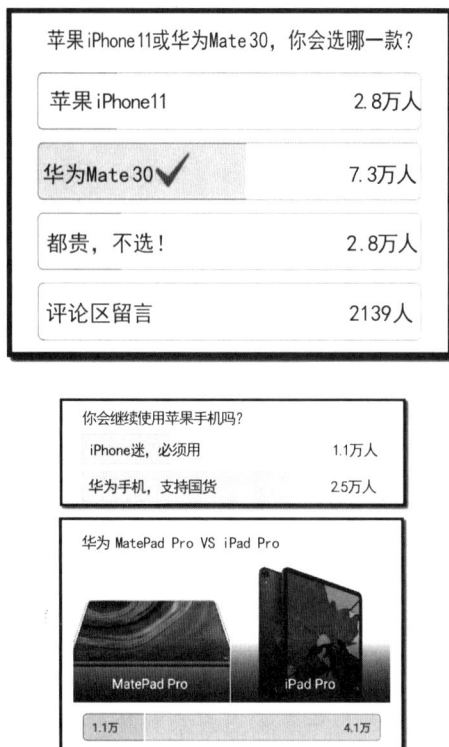

图 1　投票信息

可以看到,目前在我国手机市场上,华为和苹果无疑是最受关注的两个品牌。双方的粉丝"花粉"和"果粉"之间围绕诸如"苹果好还是华为好""买苹果还是华为"等问题的讨论甚至是争论也在持续发酵。透过这一现象,也许我们可以观察出目前部分国人的一些心理以及隐藏在背后的"文化影响力"问题。接下来我们就以此进行探索、分析。

一、苹果在中国"独领风骚"的七年

苹果正式进军中国市场是在 2009 年,它真正走入国人视野则是以 2010 年发布的 iPhone 4s 为标志。由于当时这款手机具有以往智能手机所没有的新功能和体验,因此这一具有"划时代意义"的手机刚刚进军中国市场,便立刻成为国人广泛关注和青睐的对象。其不菲的价格,也使得这款手机成了新晋"奢侈品"。据有关统计数据显示,2010 年,我国城镇居民家庭年人均可支配收入约为 19109 元人民币,而当时一部 iPhone4s 的售价约为 5000 元人民币,几乎相当于普通家庭人均年收入的四分之一,可见其昂贵程度。因此,iPhone4s 一时之间成为人们炫富的工具,成为"有钱人"的必备品。许多的人争先恐后地去购买这部手机,并不是出于实用目的,也并非被这款手机的性能所吸引,更多的只是把它当作一种炫耀、攀比的工具。而一些没有足够经济能力的消费者,为了得到这部手机可谓是"不择手段"、不惜付出一切代价。当时的新闻媒体就报道了由此引发的一系列事件,其中最过"闻名"的莫过于发生在 2011 年的这个事件:一名 17 岁的安徽小伙儿,为了购买苹果手机,竟将自己的一个肾脏卖掉,换取了 2.2 万元,结果造成了三级伤残。类似于为买苹果手机而卖肾这样的事件并非仅此一例,因此网络上也有一些网友将诸如 iPhone6 等的苹果手机戏称为"肾 6"。但玩笑背后,事态的严重性不得不引发我们的思考:为什么这么多的人会如此执着地想要购买一个超出自己经济承受能力的苹果手机呢? 我们可以从这类人群的心理来进行分析与探讨。

(一)从众心理的影响

美国社会心理学家所罗门·阿希曾在 1951 年做了这样一个实验:他邀请史瓦兹摩尔学院的几十名男性学生参与实验,每组 7 人,坐在一排,其中 6 人是实验者的助手,只有一位是真正的被试者,而被试者并不知道其他 6 人的身份。实验开始之后,实验者向所有人展示了一条标准直线 X,同时向所有人出示用于比较长度的其他三条直线 A,B,C,其中有一条和标准直线 X 长度一样,如图 2 所示。然后让所有人(其中包括 6 位助手和 1 位真正的被试者)说出与 X 直线长度一样的直线。

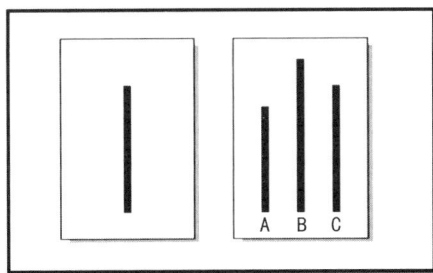

图 2 测试直线

实验者故意把真正的被试者安排在最后一个,前面 6 位由实验者的助手伪装的被试者们,都会按照事先的要求说出统一的错误答案,最后再让真正的被试者判断哪条直线和 X 直线长度一样。实验结果是:在被试者做出的所有回答中,有 37%的回答是遵从了其他人意见的错误回答,大概有 3/4 的人至少出现了一次从众,大约有 1/4 的人保持了独立性,自始至终没有一次从众发生。这就是著名的"从众心理实验"。可以看出,在个体面对社会群体的压力时,许多人会选择随大流,而不是坚持自己的立场,当然前提是他们曾经有自己的立场。还有许多人是缺乏主见的,因而便有了所谓"三人成虎""人云亦云"的现象。就是这样,在从众心理的影响下,那些实际上并不真正了解苹果手机的性能也并不是真正需要苹果手机的人,他们在身边人以及社会舆论的影响下,受从众心理的驱使,选择去购买一个并不是必需的,甚至是自己根本负担不起的"奢侈品"。近年来,因为大众的这种从众心理而被"炒"热的产品可谓是层出不穷,比如近年来出现的"炒鞋热",一些在青少年中比较流行的名牌鞋子,原本价位在 1000 元左右,却在舆论、"炒鞋"者的"推波助澜"下,被哄抬到了过万的价格,这远远超出了鞋子本身的价值,并且误导众多青少年跟风购买这些昂贵的鞋子而不考虑家庭经济能力。这便是大众纷纷想要购买苹果手机的心理原因之一。

(二)虚荣心作祟

如果说从众是社会中大多数人在某些情况下会做出的反应,那么爱面子和讲"排面"则的确是我们国家较为常见和独特的一种社会心理,而且这种心理也是长期以来所形成的一种民族心理。在古代,一些帝王好大喜功,例如秦始皇强征近 80 万劳力,历时约 38 年,只为给自己修建一座陵墓;慈禧太后挥霍 1000 多万两白银大肆举办自己的六十大寿,兴建颐和园,却不肯为北洋水师的建设投资,最终甲午一役清政府惨败……君王贵族的行为也深刻影响到民间,无论是过去还是现在,人们每逢红白喜事,总要请亲朋好友吃饭,且场面越大越好。而有很多人实际上是"打肿脸充胖子",即使条件不富裕也要撑起"排面"来。曾听过这样一个笑谈:20 世纪的中国,物资比较短缺,普通人家平时几乎是吃不上肉的,也就到了逢年过节或者家里有重要的事情时,才会去买上一些肉,改善改善伙食。而有个人好面子、爱吹牛,他经常在邻里面前吹嘘说自己家天天吃肉,为了令旁人信服,他特意买了一小瓶香油,每次出门前都往嘴上抹一些,然后特意当着众人的面,边用手擦嘴,边故作满足的样子道:"今天吃的肉可真香啊!"大家都信以为真,用艳羡的目光看着他。直到有一天,当他像往常一样,用香油抹了嘴在邻里面前"炫耀"时,他的儿子突然急匆匆跑来,喊道:"爸,不好了,你的抹嘴油让老鼠偷吃了!"大家这才恍然大悟,原来这个人一直都在装啊……这个故事虽是个笑话,却真实地反映出了一些人的虚荣心理。也许有人会说,人们之所以会做这样的事是因为在那个年代,物资匮乏,大家是穷怕了,所以才会做出诸如"打肿脸充胖子"的举动。可事实是,现在国人富裕了,我们也确实不用再假装我们吃得起肉了,因为我们的确吃得起了。可"打肿脸充胖子"的行为依旧存在,只不过从对生存物质层面的追求,转向了对更高层面的物质享受的追求。所以出现了许多人在朋友圈炫名车、名表、豪宅等现象;有人为了买苹果手机向父母哭闹甚至以跳楼相逼,还有的不惜伤害自己的身体,更有人做出偷窃、抢劫等疯狂的违法犯罪行为。还有一些学生,为了攒钱买名牌运动鞋,一两个月都不好好吃饭,想以此省下钱来……因此无论是说爱面子也好,有虚荣心也罢,这种心理的的确确是深深扎根于我们国人的内心的。因而这也就解释了为什么这么多人无论如何都想要买苹果手机了。

近代以来,众多国内外学者都注意到了中国人的"爱面子"心理,他们普遍认为"面子"是最显著的中国国民心理特征。在中国古代,面子更多指向一个人的行为举止是否得体,是否拥有较高的社会地位与声誉。而随着近些年经济社会的发展,物质生活的改善,中国人对面子的追求逐渐更多也更普遍地转向了对物质富足的展示。这也反映了一个严肃的问题:在物质文明得到明显提高的同时,国民的精神文明却仍待提高,自古以来就是中国人的心理陋习的爱面子、虚荣心,并未得到实质性的改善。真正的精神文明是国人都能够拥有健康的心理,物质的富足不再需要通过炫耀的方式去展现。当然,物质决定文化,精神的进步是需要物质生产的发展来促进的。因此,我们相信,当社会主义经济建设达到高度发达的水平,人人都能够得到物质满足时,无论是攀比心理还是虚荣心理都将得到有效改善。

(三)信赖外国产品

随着经济全球化的深入和网络购物的发展,我们足不出户就能够买到来自全球的商品,这使得我们在购物时有了更多的选择。与此同时,出现了一个很明显的消费倾向,那便是在购买同类型产品时,国人更倾向于选择外国商品而非国产商品。那么为什么大家对包括苹果手机在内的外国产品如此热衷呢?

一方面,对于许多欧美国家来说,他们的品牌大多都有上百年的历史,他们所拥有的生产经验和核心技术确实优于我们国家,因此他们的产品的确在某种程度上能给消费者带来更加优质的消费体验。因此许多人买车时会倾向于选择德国、日本品牌的车,买奶粉会选择澳洲、新西兰等进口奶粉,买手机时会选择苹果、三星等品牌。而苹果公司之所以能够备受消费者青睐，除去上述原因外，更重要的是"创新"。以 iPhone4s 为例，不得不说，它无论是从外观还是性能方面都大大超越了同时代的其他通信产品，它的出现不是满足了消费者对手机功能的需求，而是让人们惊叹于手机还可以有这样的功能，它所提供的消费体验是人们不曾想过的。因此，能够风靡全球的苹果手机当然也会在中国备受追捧。

另一方面，我们也要反思的是，为什么国产商品不能得到本土消费者认可呢？诚然，我们国家在许多产业方面都是刚刚起步，发展不充分，无法与外国品牌相比。但是这只是一方面原因。我们所缺乏的不仅仅是经验而已。2008 年，三鹿集团被爆出在奶粉中添加了有害物质三聚氰胺，导致约 30 万婴幼儿身体受到损害。从此以后，大多数人对于国产奶粉丧失信任，选择购买进口奶粉。曾经，有一个词总让人与国产商品画等号，那便是"山寨"：有山寨的苹果手机，改变其图标以假乱真；有山寨版的 Adidas——"Addidas"；更有雷人的"雷碧"——雪碧的山寨品……各种各样的山寨产品充斥着我们生活的方方面面，这令消费者感到失望，甚至愤怒。我们可以看到，一些本土企业缺乏的不仅仅是经验，更是诚信、创新这些企业生存发展的立足之本，这使得消费者丧失了对国产商品的信心，将消费者推向了海外市场，这也就难怪许多人热衷进口产品了。

好在近些年来，我们国家已经深刻认识到了这一点，鼓励企业创新、保护知识产权等举措，都有力地推动了中国产品提升自身竞争力，越来越多的中国企业纷纷崛起。华为公司，便是中国本土企业崛起的典范。

二、华为与苹果"平分秋色"

近两年来，情况发生了一些变化，大家对苹果手机的狂热程度似乎稍有下降，究其原因，那便是华为的"崛起"。华为由最初的开拓低端市场，到技术创新，同时发展高端和低端两个市场，现在的华为手机，尤其是其较高端的 Mate 系列和 P 系列，得到了越来越多消费者的认可和青睐。

与此同时，由于华为的高端机型与苹果在价格和性能方面都比较接近，因而两者也就不可避免地经常被放在一起比较。这本来是件好事，说明我们国家自主研发的产品得到越来越多人的认可，甚至可以与手机界的"领头羊"——苹果公司角力,这是令人欣喜的。然而,现在的舆论却出现了这样一种现象,一些人到处宣扬一种观念:买苹果手机等于不爱国,爱国就该买华为。这种观点未免太过绝对、偏执,甚至有点可笑。但事实上这样一种声音确实在许多国人那里具有很大影响。尤其是 2019 年以来持续发酵的"中美贸易战"以及与此相关的一些事件,如:美国禁止美企业向华为供应芯片等产品;加拿大警方逮捕华为创始人任正非的女儿孟晚舟;等等。这一系列事件激起了国人的愤怒。因此"买苹果等于不爱国"的言论又一次占据了舆论的制高点,而网络上这种言论的主张者和反对者的争论也从未平息。这不禁令人联想到 2012 年左右的钓鱼岛事件,当时一些情绪过于激愤的国人出于偏激的爱国心理而做出了一些比较疯狂甚至影响比较恶劣的举动,比如打砸在中国的日本商店,以及毁坏一些日产汽车。他们爱国的心理能够理解,但是他们不应该如此鲁莽地破坏他人的财产,特别是自己同胞的个人财产。这是不理智的,更是不正确的。

虽然现在大家关于买苹果手机还是华为手机,以及这是否与爱国有关系的争论更多的是在网络上的"口水战",但却能够从中看出部分国人的这样一种心理——缺乏自信,抑或是说缺乏民族自信。如果我们真的拥有这种自信,我们相信我们国家自己的品牌具有这种绝对实力去和他国品牌竞争,那么我们就会平心静气地、客观地去比较两个产品的优劣,从而做出选择。而不是单纯地将买什么品牌的手机与爱国与否直接关联,这不正恰恰说明了我们一些人还是缺乏这种自信吗?

的确,近代以来我们国家在经济、科技方面都曾远远落后于西方,我们所接触到的先进的科技产品,也大都购买自国外。大多数人也逐渐接受、习惯了这一事实,因此,在这方面,我们是缺乏民族自信的。然而,我们中国人是有这样一种决心与毅力的,那便是我们虽然曾经落后,但是,我们不甘心一直落后,终有一天我们会凭借自己的努力去赶超那些拥有先进科技的国家的。从屠呦呦发现青蒿素,到"和谐号"高铁展现出"中国速度",再到支付宝改变传统支付方式……事实证明,我们做到了,我们正凭借自己的努力一步步变得强大。更令人振奋的事情是近期华为公司掌握了领先于世界的 5G 核心技术,我们终于在通信领域成为引领者、标准的制定者,将命运掌握在自己手里。也正是有了这样的底气与自信,再加上优良的性能,在 2019 年 9 月的新品发布会上,华为推出的新款机型,最高售价突破万元,与苹果在高端手机市场上"平分秋色"。因此,我们完全可以多一分自信,相信我们的民族品牌的发展会越来越好。同时，伴随着这种自信，我们应以一种更加包容的心态去看待不同国家的品牌与本土品牌的竞争，要知道，竞争不会令中国人倒下，反而会更加激起我们的斗志，令我们愈发强大与自信。

三、"文化影响力"问题

其实说到底，以上围绕苹果与华为手机的争论，其最根本的原因还是我们国家并没有十分强大的文化影响力，能够让国民树立起足够的民族自信心。文化和我们的生活说是息息相关的，随着社会的发展，人们有了更高的文化消费与体验需求。但是我们也要正视这样一个问题，就是我们国家的文化产业发展还不足以满足大众的需求。许多人在结束了一天疲惫、快节奏的工作、生活之余，需要通过文化活动来进行消遣，但现在的事实是：我们看电影时更多的会选择好莱坞、迪士尼等欧美公司制作的影片，看电视剧时会选择看韩剧，看动漫时则会选择日漫……这是因为比起一些国内文化产品来说，这些外国作品的确能给人带来更好的文化体验。

这就反映出一个很现实的问题：经过近几十年的发展，我们国家不论是经济实力、军事实力还是科技实力，都取得了巨大的进步，也一跃而起成为仅次于美国的世界第二大经济体。但是与我们不断增强的经济、军事、科技等"硬实力"所不相匹配的，是我们的"软实力"——文化影响力"掉队了"。

可以说，我们距离成为一个文化强国还有很长一段路要走。在古代，整个东亚世界，像朝鲜半岛、日本、越南等地区或国家，都深受中华文化的影响，形成了我们常称的"儒家文化圈"。但现在反而是日韩向我们输入文化，日韩文化、欧美文化在我们国家的影响是非常广泛而巨大的。

那么我们现在要反思的问题就是：为什么我们国家的文化在国内的影响力受到了外来文化的冲击，不能得到大多数国人的青睐，并且在"走出去"的路上也不是非常的顺利呢？原因就在于我们的文化生产力不足，文化创新力有限，同时也不能够很好地运用我们现有的资源。我们迫切需要利用几千年来积累的辉煌的历史文化，来进行文化形象的打造和宣传。那么我们就很有必要去学习和借鉴国外的有益经验。

以文化强国美国为例，其文化和意识形态的输出一直影响着全世界，从漫威系列到迪士尼，从好莱坞大片到 NBA。包括上述提到的苹果公司，它也是凭借着科技和文化软实力而在世界范围内产生巨大影响的。通过这些文化产品，美国很好地输出了其价值观，也很好地宣传了美国的文化，为美国提供了巨大的向心力和认同度。而且美国善于博采众长，汲取他国文化为自己所用，比如阿拉伯寓言故事《一千零一夜》中的《阿拉丁神灯》就被美国人搬上了荧幕，而我们中国家喻户晓的女将军花木兰能在国外为大家熟知亦是因美国拍摄的动画《花木兰》，甚至连我们的国宝熊猫都被美国人拿去拍成了《功夫熊猫》系列电影。这就是美国的厉害之处，也是我们所要学习和借鉴的地方。

近些年，国家大力倡导文化强国的建设，我们国家的文化领域发生了许多可喜的变化。以电影行业为例，在过去，只要一提到国产片，大多数人的脑海中都会浮现这样一个词——"烂片"，因为许多国产片都存在着相同的令人诟病的问题：高额的成本投入和低水准、低质量的作品输出。然而，近几年，我们可以看到如《我不是药神》《大圣归来》《流浪地球》《战狼》《哪吒之魔童降世》等高质量的、具有中国特色的国产影片，在收获了高口碑、高票房的同时，也有力而巧妙地宣扬了中华文明、中国价值观。这些有口皆碑的国产影片的出现，扭转了大众对国产影片的信心，也提升了国人的民族自信、文化自信，增强了主流文化在国内的话语权和影响力。

与此同时，我们也在积极推动文化"走出去"。例如我们一直致力于宣传中国文化，积极与其他国家开展各种文化交流活动，在世界各地开办孔子学院、大规模引进留学生等举措，都取得了一定的成绩和不错的效果。再如，最近一名叫李子柒的视频博主，她将自己在农村的日常生活尤其是制作中华传统美食的视频传到网上，引起了许多人的关注，她的这些视频更是火到了国外，目前在国外已经收获了过千万的粉丝。她的视频中所展现的中华传统工艺、慢节奏的生活以及中华传统美食，都是非常具有吸引力的，因此不仅中国人喜欢，许多的外国人也对她的这种生活方式非常感兴趣。通过李子柒，越来越多的外国人了解到了中国传统文化，并对中国产生了浓厚的兴趣。我们从中可以看到，这是一个很好的文化"走出去"的例子，不用通过多么博人眼球的、哗众取宠的方式，只是淡淡地、默默地将中华文化中最有魅力的部分展现出来，便取得了不凡的效果。我们期待着有更多的"李子柒"出现，更多的优质的文化产品出现，不仅仅让中国人更加热爱自己本民族的文化,增强国人的民族自信,更要让世界了解我们的文化,听到我们的声音。

此外,我想说的是,我们强调文化影响力,并不是在排斥外来文化,相反,我们应该吸收、借鉴国外优秀文化和经验,来增强我们的文化软实力,从而使我们自己的文化能够被更多人了解。通过文化交流,以此来促进彼此间的沟通、信任、理解,消除和避免不必要的误会,这就是文化的作用,也是我们想要增强我们国家的文化影响力的目的。

四、结语

近些年来,我们国家无论是在硬实力(经济、军事、科技)还是文化软实力方面,虽然与发达国家仍有差距,但是我们不断发现问题、吸收借鉴有益经验,并采取有效措施,使得我们的国家不断实现全面的发展与进步。因此我们有理由相信,我们的综合国力会不断提升,各方面影响力也会不断增强,我们会更加充满自信地站在世界舞台中央。拥有着数千年优秀文化传统的中华民族的未来一定会更好的。

参考文献

[1]翟学伟.中国人的脸面观[M].台北:桂冠图书股份有限公司,1995.

[2]杨国枢.中国人的心理[M].南京:江苏教育出版社,2006.

[3]谭永生.建立扩大消费需求长效机制的对策探讨[J].消费经济,2011,27(6):27-30.